Louis Aragon
Aurélien

•

오렐리앙 2

창 비 세 계 문 학

93

•

오렐리앙 2

•

루이 아라공

이규현 옮김

창비

차례

•

일러두기

1. 이 책은 Louis Aragon, *Aurélien* (Gallimard 1972)를 번역 저본으로 삼았다.
2. 원문에서 이탤릭이나 대문자, 괄호로 강조한 부분은 작은따옴표로 표시했다. 원문에 일부 외국어로 표기된 부분은 뜻을 적고 괄호 안에 원문의 외국어를 밝혔다.
3. 각주 가운데 원주는 '(원주)'로 구분했고 원주에 옮긴이가 덧붙인 부분은 〔 〕로 표시했다. 그외의 각주는 옮긴이의 것이다.
4. 외국어는 되도록 현지 발음에 가깝게 표기하되 우리말 표기가 굳어진 것은 관용을 따랐다.

오렐리앙 2

41

그는 몽마르트르에서 어슬렁거렸다. 더이상 서 있을 수 없을 때까지. 뢸리스의 숨 막히는 분위기, 어느 아르헨띠나 남자와 함께 있는 시몬을 목격한 엘 가론의 너무 밝은 바, 삐갈퐁뗀 사거리의 담배 파는 술집에서 서성이는 흑인들, 그리고 새벽에 아가씨들이 서서 샌드위치를 사먹는 제과점, 탁자 위에서 잠든 꽃 파는 여자, 심심풀이로 그녀의 바구니에서 제일 좋은 제비꽃을 훔치는 샤또 꼬까지앵의 관리인과 함께 엉뚱한 유령들이 그의 기억 속을 떠다녔다.

그럼에도 그가 진땀, 구겨진 시트, 불안감과 무력감 속에서 소스라쳐 깨어났을 때는 8시 반밖에 되지 않았다. 그 모든 꿈 때문에 긴 밤, 끝없는 밤을 가로질렀다고 단정했을 것이다. 그는 여러시간 동안 레누아르 길에 전화할 수 없었다. 덧창을 열었다. 어질러진 집

안, 나뒹구는 신발, 새로운 의미로 가득한 친숙한 물건들, 베레니스가 만졌던 타나그라 인형, 블레즈 아저씨의 그림, 비아리츠에서 제조된 재떨이를 바라보았다. 그리고 샤워기 아래로 뛰어들었다. 오, 마음대로 조절할 수 있는 이 따뜻하고 차가운 비, 고무 장막 안의 이 봄철, 자고 난 뒤의 놀라운 휴식! 그는 마침내 여유와 몸의 젊은 기운을 되찾았다. 느긋하게 이 쾌락을 즐겼다. 결국에는 기분을 거스르는 의문들이 떠오르리라는 것을 잘 알고 있었지만.

현관문 아래로 밀어넣은 편지. 아르망딘의 편지. 두툼했다. 그녀는 그에게 무엇을 바랐을까? 그를 만난 지 그리 오래된 것도 아니었다. 편지는 "나의 렐리오에게"로 시작되었는데, 그가 아주 어렸을 때 어머니가 부르던 이름이었다. 편지의 내용에 석연치 않은 점이 있었다. 또한 그들의 지난 대화 이후 아르망딘이 동생에 대해 하는 걱정에 관한 온갖 종류의 고려, 그녀로서는 믿을 수 없지만 그는 아주 자유롭다는 것, 그리고 그것이 그의 행복이라면 그녀도 그녀의 남편도 무엇이 손해이고 무엇이 이익인지 안다고 자부할 수 없다는 것, 누가 어떻게 자부할 수 있겠는가? 어쨌든 오렐리앵은 깊이 생각했는가? 결혼한 여자, 그것이 내포할 수 있는 모든 것. 물론 이혼이 있다. 하지만 끔찍한 책임이…… 등등. 마침내 아르망딘이 본론에 들어갔다. "네게 말하는데, 동생, 아주 오래전부터 우리, 자끄와 나는 꿈, 막연한 생각을 품고 있어."

오렐리앵은 어깨를 으쓱했다. 누나의 편지에 보이는 이 특징적인 문체를 익히 알고 있었다. 그녀는 난처할 때 단 한가지 사항을 말하기 위해 명사를 덧붙이곤 했다.

"애들의 장래를 생각해야 하지 않겠니? 나중에 그애들에게 살 곳, 관계를 유지시킬 가족의 안식처를 남겨주려면……"

그는 여러줄을 건너뛰었다. 누나의 글에서 그녀가 말하고자 하는 바를 알아내기 위해서는 얼마나 망설임 없이 한 단락을 뛰어넘어도 되는지 알고 있었다. "어려운 점은, 동생……"

아, 그것에 가까워지고 있음이 틀림없었다. 왜냐하면 그녀가 별스럽지 않은 이 친밀감 어린 단어를 다시 썼기 때문이다. "부동산의 취득에 필요한 돈을 회사에서 끌어다 쓰는 거야. 그렇지만 자끄는 해결될 거라고 말하면서 지금이야말로 황폐화된 지역의 재건축사업 때문에 오히려 자본을 끌어와서 회사를 키우고 공장을 풀가동해야 한다는 거지."

요컨대 그들, 드브레스뜨 부부는 생주네, 오렐리앵이 물려받은 재산을 생각했던 것이다. 그는 그곳의 소작료를 받았지만 어떤 것도 하지 않았고 한번 가본 적도 없었다. 거기에 작은 별장이 하나 있었는데 수리하고 확장할 필요가 있었다. 그만큼 전쟁 동안에 훼손되었던 것이다. 그리고 후원을 받아 수리를…… 그러니까 만일 생주네가 드브레스뜨 부부의 소유였다면 그들은 거기에 건물을 지었을 것이다. 그것을 그들에게 양도하는 것이 오렐리앵에게 무슨 이득을 가져다줄 수 있을까? 매형은 소작료와 동일한 금액을 그에게 지급할 것이고 게다가, 두고 봐야겠지만 계약도 없이, 그러지 않겠는가? 그보다 좀 더할지도…… 오렐리앵은 소작인이나 흉작, 요컨대 농지와 관련한 온갖 돌발적인 일을 생각하지 않아도 된다는 이점이 있겠다. 드브레스뜨 부부는 그렇지 않으면 자본을 들여 다른 곳에 사야 할 땅을 소유하게 될 것이다. 오렐리앵의 무관심, 불확실한 미래 때문에, 있을 수 있는 일이지만 그가 불가피하게 근저당을, 그것도 한차례가 아니라 두세차례 설정할지도 모르고, 그렇게 되면 그들의 어머니에게서 물려받은 생주네가 어느날 외지 사람의 손에 넘어갈 것인 만큼, 그들은 이 시스템에서 이점만 보았다.

그다음으로 아르망딘은 이 주제를 떠나서 애들에 관해 특별히 많은 얘기를 했다. 오렐리앵에게 외삼촌으로서 조카들에게 관심을 갖기를 청했다. 그애들의 말. 그애들의 지능. 그애들의 감성. 현실을 고려할 때, 아버지에 의해 공장에서, 아마도 부당하게 배제된 오렐리앵이 돌아오는 것처럼 모든 일이 진행될 것이다. 그렇다고 그의 생활에서 바뀔 것은 아무것도 없다. 왜냐하면 자끄가 거기서 일하고 있기 때문이다. 그는 결국 출자자가 되고, 이를테면 가족은 그 모든 것을 넘어서 유대가 더 깊어진다.

오렐리앵은 무기력하게 편지를 침대 위로 던졌다. 뒤비뉴 부인이 곧 들어올 것이었다. 그녀가 주방에서 움직이는 소리가 들렸다. 아침식사…… 괘종시계를 바라보았다. 전화하기에는 아직 너무 이른 시간이었다.

뒤비뉴 부인의 수다가 오전 내내 이어졌다. 오렐리앵은 무엇보다 자문하고 싶지 않았다. 베레니스는 왜 안 왔을까. 왜 먼저 전화하지 않았을까. 아니다, 그는 이렇게 자문하지 않을 것이다. 그렇지만 그 몸짓을 할, 먼저 전화할 여유를 그녀에게 남겨두고 싶었다. 열번이나 전화기 쪽으로 가서 심지어 수화기까지 들었지만 그때마다 마음을 다잡았다. 괴로웠다. 하지만 허락하고 싶지 않은 것이…… 정오까지만 기다리겠다고 다짐했다. 괘종시계를 쳐다보지 않으려 했다. 그래서 흘러가는 시간을 재기 위해 천까지, 만까지 셌다. 습관적으로 그것은 초를 나타냈다. 정오 십오분 전에 세기를 그만두었다.

통화중. 통화중. 통화중. 전화는 악마의 발명품이다. 이 벨소리는 잔혹하다. 통화중…… 아, 이번에는 누군가 전화를 받는다.

하녀. 망설이는 목소리. 이름을 되묻는다. 모렐 부인이요? 모르겠는데요, 모렐 부인이…… 하지만 잠깐만 기다려주시면…… 그는 묘한 동요와 혼란의 인상을 받았다. 그 목소리에 석연치 않은 점이 많았다. 마침내 베레니스의 말소리가 들려왔다. 정말로 기어들어가는 것 같았다! 도대체 무슨 일이 일어났는가? 그녀는 대답을 얼버무렸고 초대전에 대해 사과했다. 갈 수가 없었다, 정말로 갈 수가 없었다. 오늘 아침에 전화하려고 했지만…… 나중에 설명하겠다. 그녀의 목소리가 멀어졌고, 그의 생각에 그녀는 누군가에게 말하는 것이 분명했다. "위험은 없나요, 의사 선생님?" 같은 말을 하는 것 같았다. "여보세요, 여보세요, 베레니스."

"예, 잠깐만요, 오렐리앵, 다른 사람에게 얘기를 해야 해서요." 침묵. 그런 뒤에 베레니스의 목소리. "미안해요, 누군가와 얘기를 좀 해야 했어요."

"들은 것 같아요. 무슨 일이죠? 어디 아픈가요?"

"아뇨, 오, 아니에요, 걱정할 것 없어요. 그러니까 실은……"

"여보세요! 잘 안 들려요. '의사 선생님'이라고 했나요?"

"예, 그러니까 블랑셰뜨가…… 알다시피, 전화로는 설명하기가 힘들어요."

"아니, 블랑셰뜨가 뭐라고요?"

"괜찮아질 거예요. 의사가 방금 내게 말했어요."

"저런, 베레니스! 블랑셰뜨라니? 내가 갈까요?"

"아니, 아니에요, 그럴 생각은 아예 하지 마세요!"

"그러면 언제 올 건가요?"

"잘 모르겠어요. 어려워요. 그녀의 곁을 떠나기가 힘들어요."

"그럼 내가 레누아르 길로 갈게요. 가만있을 수가 없네요."

"제발 부탁해요, 오렐리앵, 오지 마세요." 음, 알겠어요, 조용히 빠져나갈게요. 그래서는 안 되겠지만…… 약속해요, 애써볼게요. 오늘 오후에……

"확실한 거죠?"

"예, 당신 집에서, 5시에요. 실례할게요, 나를 찾네요."

우선 그는 고개를 깊숙이 떨구고 무슨 일인지 생각해보기 시작했다. 블랑셰뜨, 그녀가 괜찮아질 거라고. 한밤중에 전화기에서 들리던 그 힘없는 목소리를 떠올렸다. 하지만 점차로 생각의 방향이 바뀌면서 하나의 영상이 다른 영상을 대체했다. 베레니스, 그녀는 조금 전에 얼마나 쌀쌀맞고 차가웠는지! 그리고 어제저녁에는 오지도 않았다. 그는 그 모든 허비한 시간을 생각했다. 어쩌면 그들의 삶에서 유일한 시간이었을 것이다. 실제로 그녀는 곧 떠날 게 아닌가? 그가 그녀를 이렇게 그냥, 그냥 멀어지게 내버려둔다면, 아, 그들의 기회를 놓쳐버리지 않을까? 베레니스를 결국 잃어버리지 않을까? 그는 점심을 먹으러 마리니에로 내려갔다.

정오에서 5시까지의 시간은 기차 안에서의 하룻밤처럼 길다. 뭔가 하면서 시간을 죽일 필요가 있었다. 오렐리앵은 매우 의식적으로 한가지 붙박인 생각에 몰두했다. 베레니스를 '이렇게' 돌아가도록 내버려두지 않을 것이다. 그녀는 그의 것이어야 했다. 일반적으로가 아니라 조만간에. 바로 오늘. 조금 후에. 그녀가 올 때. 5시에. 그는 생미셸까지 가서 꽃집에 들러 12월의 탄생화 몇송이를 샀다. 좋아하지 않는 도자기 꽃병에 흐트러지고 빈약한 모습으로 꽂혀 있어서 마음에 들지는 않았다. 집으로 돌아갔다. 베레니스를 위해 집 안을 꾸몄다. 하찮고 세세한 것들에 매달려 물건들의 위치를 바꾸었다. 그런 다음 창문을 마주하고 서서 창유리에 이마를 댔다.

베레니스를 다르게, 새삼 정확하게, 깊은 욕망에 따라 생각하려고 애썼다. 그녀의 눈, 그는 그녀의 뜨고 있는 눈을 상상하고 중얼거렸다. "눈을 감지 마······"

5시 15분, 그녀가 초인종을 눌렀다. 그 소리에야 전등을 켠 오렐리앵의 눈에는 모든 것이 어질러진 듯 보였다. 거울을 보았다. 머리카락이 몹시 흐트러져 문을 열기 전에 망설였다. 마침내 그녀가 여기 왔다. 첫날의 그 옷을 입고 있었다. 그는 그 옷의 원단과 베이지색이 싫었다. 그리고 한결같은 벨벳 모자. 그녀가 문에서부터 말했다. "금방 돌아가야 해요."

"오, 일단 들어오세요!"

"블랑셰뜨 때문에 오래는 안 돼요."

그는 블랑셰뜨를 잊고 있었다. 그래서, 무슨 일이 있었는가? 그가 방문객을 맞아들여 곧바로 그녀의 모자를 벗겼다. 그녀가 오렐리앵의 발 언저리 쿠션의자에 풀썩 주저앉았다. 그제야 그는 그녀의 얼굴에 피곤하고 걱정하는 기색이 또렷하다는 것을 알아차렸다. "무슨 일이라도, 베레니스?"

그녀는 마치 그가 미치기라도 한 듯이 그를 쳐다보았다. 그렇다, 그는 모르고 있었다. "전화로는 말할 수 없었어요. 의사가 있었거든요. 게다가 계속 하녀들이 들락거렸어요." 요컨대 블랑셰뜨는 자살하고자 했다. 밤에. 베로날을 먹고. 아침까지 아무도 알아차리지 못했다. 다만 가봉한 옷을 입어보는 날이라 재단사가 왔다. 그래서 누군가가 그녀를 깨우러 들어갔다가 빈 약병과 그녀의 유서를 보았다. 의사는 그녀가 다행히도 너무 많은 약을 먹었다고 말했다. 그녀는 중증일 것이다. 그것이 전부다. 곤란한 것은 그녀를 계속 깨어 있도록, 다시 잠들지 않도록 해야 한다는 것이었다. 그녀는 토했다, 다행히도. "이 모든 것이 다 로즈 때문에!" 오렐리앵이 외쳤다. "맞아요. 어제저녁 에드몽이 내게 말하길……" 베레니스가 고개를 가로저었다. 로즈라니! 어머나, 아니에요. 하지만 그녀는 에드몽이 계속해서 그렇게 생각한다고 블랑셰뜨에게 단언했다. 오렐리앵은 입이 무거우니까 신뢰할 수 있어요, 안 그래요?

　사실을 말하자면 블랑셰뜨가 에드몽을 핑계로 벌인 소동의 목적은 우선 사모라 초대전에 가지 않은 이유를 감추려는 것이었다. 에드몽이 돌아오기 전에 그녀는 베레니스와 격렬하게 언쟁했다. 그것을 생각하면 베레니스는 아직도 섬뜩했다. 맹렬한 질투. "당신을 질투한다고요? 블랑셰뜨가?"

　베레니스는 얼마간 초조한 모습을 내보였다. 블랑셰뜨가 오렐리앵, 그를 사랑한다는 것을 오렐리앵이 모를 리 없다. 그러니까 그들의 거듭된 대면이…… "나를? 블랑셰뜨가? 어휴, 당치도 않아요!" 베레니스는 자신이 말하는 중에 끼어드는 오렐리앵을 무시했다. 그녀가 사촌올케와 벌인 언쟁은 무시무시했다. 블랑셰뜨는 그 초대전을 베레니스 초상화의 초대전으로, 베레니스의 열렬한 환영식으로 여겼다. 무슨 일이 있어도 거기에 발을 들여놓지 않았을 것이다. 그녀는 부당한 질책, 분별없는 발언을 쏟아냈다. 울었다. 베레니스는 상황이 그토록 심각해지리라고 상상할 수 없었고 블랑셰뜨없이 에드몽과 함께 그 저녁 모임에 가기로 마음을 먹었다. 하지만 에드몽이 아내의 마음을 뒤흔들었다. 로즈 멜로즈라는 핑곗거리를 제공했던 것이다. 그때부터 모든 것이 변했다. 상식적으로 베레니스는 블랑셰뜨만 혼자 집에 남겨두고 에드몽의 정부와 함께 그를 따라갈 수는 없었다. 블랑셰뜨를 배신하지 않고 사촌오빠 앞에서 이유를 설명할 수도 없었다. 블랑셰뜨의 비밀…… "하지만 그 이야기는 터무니없다고요!" 터무니없건 그렇지 않건 그녀들만 함께 남아 있었다. 몇시간이 흘렀고 블랑셰뜨의 광기, 그녀의 괴로움이 극에 달했다. 베레니스가 연민에 휩싸일 정도였다. 블랑셰뜨의 목적은 베레니스를 오렐리앵으로부터 떼어놓는 것이었다. 그녀는 자신을 비하하고 헐뜯었다. 으르기까지 했다. 그 시간 동안 온갖 말도 안 되는 짓에 빠져들었다. 베레니스의 발치에 몸을 던지고 자신에게 무슨 일이 일어나면 애들을 돌봐달라고 부탁하기도 했다. 베레니스는 그녀를 이해할 수 없어서 우선 거부의 몸짓만 보였다. 블랑셰뜨는 자신이 내뱉은 말에 대해 자책했다. 잘 기억해내지도 못하면서. 그녀가 베레니스에게 오렐리앵에 대한 자신의 사랑을 고백하고 이 비밀을 지켜달라고, 에드몽이 그것을 조금도 짐작하지 못한 채로 계속해서 로즈에 대한 질투 때문이라고 생각하게끔 해달라고 간청한 것은 바로 그때였다.

"오, 나는 그 점에 관해 그녀가 내게 거짓말했다고, 그것 역시 그녀에게 별것 아닌 것은 아니었다고 생각해요." 베레니스가 말했다. "하지만 당신과 관련해서, 그리고 에드몽과 관련해서 그녀의 마음속에서 두가지가, 어떻게 그럴 수 있는지 모르겠지만 결합되었어요. 그녀는 에드몽을 기다렸지만 그는 귀가하지 않았어요. 밤중에 전화가 왔는데, 그것이 그녀에게 굉장한 영향을 미쳤어요. 그녀는 에드몽의 전화라고 생각했지만, 틀림없이 착각이었을 거예요. 상대방이 전화를 끊었어요. 그러자 그녀는 완전히 미쳐버렸어요. 나는 그녀를 버려두고 나올 엄두가 나지 않았어요. 그녀는 너무도 불행했으니까요. 그러고 나서 그녀는 침대에 누웠고, 나는 잠들었다고 생각하고 물러났어요. 그랬는데 오늘 아침에, 베로날을…… 에드몽은 몹시 걱정하면서도 상당히 화가 난 기색이었죠. 하지만 그녀 곁에 머물러 있으면서 그녀를 지켜보고 흔들어 깨우고 해야 했지요. 아뇨, 안 돼요, 여기에 계속 머무를 수 없어요. 블랑셰뜨 곁으로 돌아가야 해요. 미안해요, 오렐리앵." 그는 그녀를 붙잡을 수 없었다. 모든 것이 너무도 당혹스럽게 돌아갔다. 그가 그녀를 압박했다. "우리 언제 다시 보죠?" "내일, 내일 전화할게요." 그가 그녀를 품에 안으려 했다. 그녀가 빠져나갔다. 그는 그녀의 마음속에 어떤 변화가 생긴 것을 알아차렸다. "전화할게요." 그녀가 현관문 앞에서 다시 한번 말했다.

42

중앙시장 근처에 있는 허름한 레스토랑은 좁고 혼잡한 길과 허름한 집들, 약간 기울어진 벽에 붙어 있었다. 사람들을 태운 삼륜자전거, 인력거 들이 뒤얽혀 건물 아래층과 마찬가지로 포도주색으로 칠한 철제 간판 아래로 도착했고, 푸른 전나무 가지 위에 굴 바구니가 놓여 있는 좌판 두개와 오래전부터 있던 성모상이 사라져버린 고딕풍 벽감 사이로 출입문은 열려 있었다. 계산대로 시작되는 통로와 싸구려 독주를 마시는 작업복 차림의 보도블록 인부들을 지나면 정오에는 언제나 만원인 아래쪽 홀에 이르렀는데, 얼마 전부터 대량으로 제조되기 시작한 밀랍을 먹인 접이식 나무 칸막이 하나로 선술집과는 약간 다른 분위기가 연출되었다.

로즈는 거기에 머물러 있기가 싫었다. 기자들, 다소간 안면이 있는 사람들 무리가 있었다. 그녀 같은 여자는 호기심으로부터 안전하지 않은 법이다. 연철로 된 꽃줄 장식이 달린 낡은 적갈색 벨벳

속치마 같은 것을 매달아놓은 나선형 계단을 통해 올라가는 이층은 사람들의 눈길을 더 잘 피할 수 있는 곳이었다. 세면장과 현관을 지나면 독립된 작은 방 세개가 있는데, 테이블은 많지 않았고 오전에는 반쯤 비었다. 가장 작은 방은 어떤 동아리가 차지하고 떠들썩하고 쾌활한 연회를 벌이고 있었고 가장 큰 방에는 한 커플이 조용하게 대화를 나누고 있었다. 다른 쪽 끝에는 늙은 남자 두명이 앉아 있었는데, 묘하게도 알제리 출신일 듯한 도살업자 부류가 잔뜩 쌓인 블롱 굴 더미를 사이에 두고 아주 말쑥한 신사와 어울렸다. 로즈는 힐끗 둘러보고 나서 주위에 아무도 없는 창가 자리를 선택했다. 그리고 블레즈가 그녀의 맞은편에 마치 중학생처럼 고민스러운 얼굴로 앉았다.

그날 아침 그녀가 전화했을 때 그의 가슴이 얼마나 두근거렸던지! 그녀가 그렇게 소식을 전해오지 않은 지 일년도 넘었다. 그녀는 그와 점심식사를 같이하고 싶어 했다. 그는 자신의 느닷없는 외출을 마르뜨에게 설명하기 위해 무엇이건 생각해냈다. 맙소사, 이 늙은 가슴에 젊은 기운이 남아 있을 수 있다니!

"자, 무얼 시킬까?"

로즈가 아주 꼼꼼하게 메뉴를 읽었다. 여기는 시시한 유흥장이 아니었다. 그녀는 매우 예쁜 회색 투피스와 괴상한 모자 차림에 소매까지 올라오는 긴 장갑을 손목까지 내리고 있었고 분과 크림을 경이롭게 섞어 바른 그 얼굴에는 기적처럼 젊은 기운이 감돌았다. 그리고 여러해 동안 바뀌지 않은 그 향수 냄새가 풍겼다. 참으로 미식가다운 용모! 음식에 대한 정말로 어린애 같은 관심! 선택의 망설임으로 눈에 주름이 잡혔다.

"여기 전채가 나쁘진 않아. 하지만 블롱 굴 봤지? 나는 밤 쀠레를 곁들인 사슴고기가 끌리는데."

목덜미에 붉은 주름이 한줄 파인 갈색 머리의 딱 바라진 주인이 허리를 거의 직각으로 구부렸다. 그가 안타까워했다. 사슴고기가 떨어진 것이다. 부인이 허락하신다면 지금은…… 그가 추천했다.

"사냥한 고기가 먹고 싶은데 어떡하면 좋죠? 야생의 맛을……"

"부인 마음에 드신다면, 메뉴판에 표시되어 있지 않은 꿩이 한마리 있습니다."

"오, 좋아요, 꿩고기! 그걸로 하죠."

"이봐, 오늘 아침에 당신을 파산시키겠어. 꿩 요리 전에 푸아그라를 먹었으면 하는데." 로즈가 말했다.

간이 장밋빛으로 매우 먹음직스러웠다. 상춧잎 한장이 옆에 놓여 있었다. 아주 연했다. 화가는 상춧잎을 잡는 손을 바라보았다. 정성 들여 가꾼 티가 역력했다. 그는 작은 무를 와작와작 씹어먹었다.

"아, 기분 좋아." 그녀가 속삭였다. "옛날처럼 이렇게 당신과 함께 있으려니, 우리 늙은 부부 같지 않아?"

그가 그녀를 쳐다보았다. 도달할 수 없는 여자, 사내도 그림도 무시하는 것이 아니었나? 로즈 멜로즈, 대단한 로즈. 그는 그녀가 오데옹에서 파이드라[1] 역을 연기한 그날을 떠올렸다. 정념에 대한, 정념들에 대한 그 깊은 이해. 여자. 일찍이 다른 여자들이 그녀와 같은 여자였던가? 그녀는 행복이었다. 우리가 소유하지 않아도 우리를 가득 채울 수 있는 그런 것이었다.

---

1 라신의 희곡 「페드르」의 주인공. 그리스 신화에서 아테네 왕비 파이드라(페드르)는 의붓아들 히폴리투스를 사랑하게 되지만 거절당하자 그를 모함하는 유서를 쓰고 자살한다.

"잘 모르겠어, 멜리." 그가 말했다. "당신처럼 게걸스럽게 먹는 사람은 결코 본 적이 없어. 매번 똑같은 감탄이 절로 나와. 새침 떠는 여자들이 어떻게 깨작거리는지 생각할 때면 말이야!"

그녀가 여느 때처럼 턱을 쳐들고 꽤 큰 소리로 웃었다. 그녀의 멋진 목이 고스란히 보였다. "여자들은 몸매에 신경을 써. 어쩌라는 거야, 베베! 난 이상하게도 먹지 않으면 늙어."

그가 그랬듯이 그녀도 그를 예전의 어쭙잖은 이름으로 불렀는데, 그 이름을 앙베리외의 애칭이라고 주장했다. 그가 그녀의 손을 잡았다. "당신은 여전히 젊고 예뻐. 어서 많이 먹어. 얼굴 피부가 정말 매끈하고 탱탱하네, 멜리."

"오, 당연하지. 안마를 약간 받았어. 피부 관리 말이야. 거기서…… 하지만 생각만큼은 아니야! 몸매를 유지하고 싶어 하는 여자들은 생각하기를…… 난 안마 받는 것이 좋아. 하지만 약간 거북하긴 해."

"그래서 맹인 안마사를 쓰는 거지."

"음, 알다시피, 맹인이 내 가슴을 눈으로 보지는 못해도 만진다면! 결국 정사를 벌이는 건 전신 안마를 받는 것과 같아. 여자들 대부분이 늙어가는 건 충분히 하지 않기 때문이야. 뭐냐면……"

그는 이런 말을 들어도 질투가 들지 않을 수 있었다. 그 건강한 몸, 그처럼 발그스레한 볼이 좋았고, 그것은 피가 잘 돌아서지 파운데이션 덕분이 아니었다. 그녀는 자신이 목적한 쪽으로, 그날 아침 블레즈에게 전화한 이유 쪽으로 조금씩 나아갔다. "그렇지, 그래서 내 안마사들과의 사이에 말썽이 일지 않도록, 알겠지만 그런 속임수를 두세차례 웃어넘겼지. 게다가 귀찮기도 해. 한 안마사가 내게 반했는데…… 내가 뭐랬지? 그래, 그래서 여자를 좋아하지 않는 안마사를 채용했지. 정말이야, 그는 우리를 미워하기까지 해. 상당히 별난 사람이지. 체르께스 출신이고 아주 잘생겼어. 내게 발로 안마를 해. 좀 야만적이지. 내 배 위로 올라가. 좀 아프긴 해. 경멸하는 듯이 이를 악물고 완전히 나를 발로 짓밟는다니까!"

그녀가 폭소를 터뜨렸다. 꿩 요리가 나왔다. 화제가 바뀌었다. 블레즈는 포도주를 누구보다도 잘 골랐다. 그 점은 인정해줘야 했다.

"꿩 요리가 나왔을 때 내가 무슨 말을 했지, 베베?"

"당신의 체르께스 안마사에 관해 말했어."

"그래, 내 체르께스 안마사. 알지, 내가 그를 고용하기로 결정한 건 멋진 여자들은 모두 다 그렇게 하니까…… 맹인들, 요즘은 대개 전쟁 때문에 맹인이 된 사람들, 그편이 무난하거든. 하지만 재미는 없지. 그런데 발가락으로 당신의 목을 잡을 수 있는 그 쌍칼 무용수 말이야! 그는 런던에서 활동했어. 빠리에서는 그를 잘 몰라. 곧 떠들썩하게 한바탕할 거야, 함께……"

"한바탕? 무슨 말인지 잘 모르겠는데, 멜리!"

"내가 알아듣게 설명하지 않았구나! 하지만 그는 아무것도 몰라! 아참, 내가 정신을 어디에 두고 있지?"

"꿩 요리에, 아마도."

"친절하기도 해라! 잘 들어봐."

"집중해서 듣고 있어!"

로즈가 갑자기 매우 상기된 표정으로 블레즈에게 멜로즈 제품의 출시 전략을 설명하기 시작했다. 모두 미용 제품이었다. 의사의 의도, 그리고 여러 사소한 비결. 그녀는 로즈 멜로즈의 여자 손톱 관리사, 로즈 멜로즈의 중국인 남자 발톱 관리사, 그리고 당연히 그녀의 체르께스 안마사와 함께 방문 서비스팀을 꾸릴 생각이었다.

모든 서비스에 멜로즈 제품만 사용될 것이다. 심지어 향수 가게를 내는 것도 이미 논의되었다. 그래, 향수!

"향수의 경우에 내가 고른 상호 '사디의 정원'²에 대해 어떻게 생각해? 장미 때문에, 알지. 그리고 또 우리는 생각하길, 그러니까 에드몽의 생각이지만, 알다시피 모든 것이 에드몽에게 달려 있잖아, 무게를 달아 파는 저가 향수 코너를 마련할 수 있을 거야, 알지. 얼마나…… 물론 다른 상호도 가능해. '마리로즈'도 생각했어. 마리드 뻬르스발을 끌어들이기 위해서지. 그녀도 투자하기로 약속했으니까. 하지만 그녀는 약간 마음을 딴 데로 돌리려 하고 있어. 다른 관심거리가 있나봐. 늙은 거야, 알지."

블레즈는 정신을 차릴 수 없었다. 이 새로운 역할은 무엇일까? 이제 여성 사업가로서의 멜리라! 한가지 사항만 잊어버렸군. 그 에드몽이 누구인지 말하지 않았어.

"아, 내 정신 좀 봐. 하지만 알잖아, 내 새로운 친구, 택시 업계의 바르뱅딴."

블레즈는 그에 관한 이야기를 들은 적이 있었다. 그와 안면이 있는 젊은 친구에게서였다.

"골칫거리가 있는데," 로즈가 말을 이었다. "그의 아내야. 알다시피 그녀 소유의 재산이거든. 게다가 그녀는 질투가 심해. 바로 어제는 자살 소동을 벌였대! 눈에 선해! 곤란해졌을 거야. 그 가련한 에드몽이 몹시 초조해했어. 희극배우지 뭐야! 유명하지도 않은 게! 베로날, 알지, 그런 속임수를 우리에게 두세차례 써먹었다고!"

에드몽은 이 사건에 몹시 겁이 났고 그래서 그녀에게 준비, 회

---

2 13세기 페르시아의 시인이자 산문가 사디(Saadi)의 가장 유명한 작품 『골레스탄』(*Golestān*)은 '장미 정원'이라는 뜻이다.

사 설립, 설비 등을 서두르라고 말하기 위해 잡아놓은 바로 그날을 건너뛰었다. 그의 아내가 그후로도 무슨 수작을 부릴지 알 수 없기 때문이었다나! 그는 이사회 의장직을 수락하도록 상원의원인 아버지를 거의 설득했어. 이 사업에 대한 에드몽의 관심은 그만큼 지대하니까. 정말 효자야! "그리고 또 레지옹도뇌르훈장은 말이야, 베베, 그리 흔치 않아!"

커피와 함께 먹을 것이 있으면 좋겠는데. 이 가게에 독주에 절인 작은 자두가 있어. 정말이라니까.

"그 모든 것에 내가 개입할 여지가 있어?" 로즈가 자두 두세개를 조금씩 빨아 먹고 나자 블레즈가 더없이 진지하게 물었다. 그녀가 공연히 그를 오라고 하지 않는다는 것, 그녀를 점심식사에 초대할 사람이 없지 않다는 것, 그녀가 자신의 크림과 향수 제품에 관해 그토록 길게 말하는 것은 모든 비밀의 중심이 거기에 있기 때문이라는 것을 그는 간파하고 있었다.

"그렇지, 그거야, 베베." 로즈가 말했다. "당신이 큰 희생을 좀 해주었으면 해. 내게 약속해줘."

"잘 알잖아……"

"안 된다고 말하지 마. 아직도 나를 사랑하지? 좋아. 당신은 사랑을 희생으로 이해한다고 내게 여러차례 말했어."

"제발 멜리……"

그녀가 그를 유심히 쳐다보았다. 그는 그녀가 불가능한 것을 요구할까봐 두려웠다. 오직 그뿐이었다. 그녀가 미소 짓고는 눈꺼풀을 내리깔았다.

"오, 그렇게 큰 희생은 아니야. 내가 바라는 건, 당신이 내 사업에 투자를 좀 하는 거야."

"당신이 잘 알다시피 난 돈이 많지 않아."

"요점은 그게 아니야. 우선은 당신이 멜로즈 제품에 아주 조금만 투자하는 걸로도 충분해. 그저 당신 이름을 투자자 명단에 올리는 거지. 그런 다음에 우리가 두번째 단계로 '사디의 정원'을 설립할 때 당신이 다시 등장하는 거야. 사람들은 이미 당신에게 친숙해져 있을 테지. 그리고 당신은 자본금 증자를 위해 상당한 액수의 돈을 출자하는 거야."

"하지만 어떻게 그럴 수 있지?"

"바보 같으니. 자, 들어봐! 당신은 명의대여자일 뿐인 거야. 에드몽이 ……할 수 있게 되어 있어. 그가 믿을 만한 사람들과 함께, 그리고 나도 역시. 이해가 돼? 그러니까 애초에 당신의 하찮은 저축금치고는 오히려 좋은 사업이잖아! 이봐, 가장 예쁜 손에 그걸 쥐여주는 셈 아니겠어?"

그는 그녀의 손에 오래 입맞춤했다. 그녀가 그의 콧수염을 어루만졌다.

"그런데 당신 남편은?" 그가 말했다.

그녀가 어깨를 으쓱했다. "알다시피 그이는 선량한 사람이야. 괴로워하지. 계산서 달라고 해. 꽤 일찍 마리의 집에 가야 하니까. 방문할 곳이 많아, 이해해줘. 신년 초하루 다음날을 위해 모든 게 준비되어 있어야 해. 내가 제네바에서 조꼰다 역할을 할 예정인 만큼 더욱이나. 아, 아드리앵 아르노와 친분을 터야 할 거야! 그는 에드몽의 심복이고 필요한 경우에는 그를 상대하게 될 거야. 외투를 입게 도와줘. 마르뜨는 잘 지내? 당신에게 그녀의 안부는 묻지 않으려 했는데…… 아, 이봐, 친구, 결혼과 사랑은 별개의 문제라고!"

블레즈가 일어났다. 그는 조금 전부터 곰곰이 어떤 생각을 하고 있었다. 그리고 로즈가 그의 얼굴을 볼 수 없도록 그녀의 등 뒤에서 물었다. "그런데 에드몽 그 사람, 그를 사랑해?"

그녀는 곧바로 대답하지 않았다. 장갑을 다시 끼었다. 그러고는 뒤돌아보았고 확신에 찬 목소리, 파이드라 같은 목소리로 말했다. "그래, 이번에는, 정말 그렇다고 생각해, 이번에는."

블레즈 앙베리외는 바닥의 톱밥 위에 떨어진 자신의 목도리를 주워들었다.

벨퍼유 길에 로즈를 내려준 블레즈는 걸어서 뽀르뜨 도핀 쪽으로 내려갔다. 날씨가 흐렸다. 먹구름이 끼었고 살을 에는 삭풍이 불었다. 블레즈는 개의치 않았다. 환상環狀 철도 옆의 구비옹생시르 대로를 따라 천천히 걸었다. 로즈 때문에 북받쳤다. 전보다 좀더 불행했지만 불행해서 행복했다. 난 정말 희한한 인간이야! 그는 생각했다. 지하철을 타지 않고 곧장 몽마르트르로 돌아가기 위해 느릿느릿 걸었다. 점심때 먹은 것이 체한 느낌이었다. 바람에 원기가 회복되었다. 어둠이 내릴 때까지 걸었다. 몽소 공원 부근에서, 예전에 그가 여러시간 동안 로즈를 기다렸던 그 모조 그리스 무대에서. 어둠이 그를 따라잡았다.

그가 집으로 들어갔을 때 안방에는 누군가가 마르뜨와 함께 있었다. 두 여자가 일어섰다. 베레니스였다. 그가 놀란 얼굴을 했다. "모렐 부인? 무슨 바람이 불어서 오셨나!"

그녀가 그를 향해 다가와서 심각하게 말했다. "드릴 말씀이 있어서요. 제 사촌올케 바르뱅딴이 자살하려고 했어요……"

하마터면 그는 "알고 있어요"라고 말할 뻔했다. 그런 마음을 억눌렀다. 그가 말했다. "맙소사! 하지만…… 좀 앉아요."

그들 셋이 모두 앉았다. 마르뜨가 그를 쳐다보았다.

43

"무슨 일이 있어도 나를 방해하지 말라고 했잖아요. 무슨 일이죠?"

시모노는 문 앞에서 망설이며 담배색 가죽 소파에 깊숙이 앉아 있는 아드리앵 아르노에게 눈길을 던지고 나서 대머리에 단정하게 손질한 멋진 흰 수염을 돌려서 사장에게 변명했다. "하지만 사장님, 고무 업계 분들입니다. 오래전부터 기다리고 있어서요."

에드몽이 몸을 뒤로 젖히고 손가락으로 책상을 톡톡 두드렸다. "음, 기다리라고 해요! 바쁘다고 말했잖아요!"

시모노가 나가면서 돌린 눈길을 아드리앵이 붙잡았다. 그가 조용히 킥킥댔다. "매를 버는군. 그는 나 같은 녀석과의 대화는 일이라고 생각하지 않는 모양이지, 그 고무 업계 분들 곁에서!"

에드몽이 어깨를 으쓱하고는 모호한 손짓으로 시모노와 고무 업계 등등을 지웠다. "요컨대, 그 일을 도와줄 거야, 말 거야?" 그가 말했다.

아드리앵이 콧수염을 만지작거렸다. "물론이지, 물론이야. 무엇보다 나는 자네에게 빚이 너무 많아. 하지만 문제는 거기에 있지 않지."

"어디에 있는데?"

"나는 내가 능력을 갖췄는지, 정말로 적임자인지 모르겠어. 법률 공부를 하지 않은데다 그 모든 건 상당히 까다로운 문제를 유발할 거라서. 살아 있는 …… 사이의 증여라. 모르겠어, 우연히 주워들은 말을 되풀이하는 거야."

"법률 전문가는 쓸모가 있겠지. 의논해봐."

"더 능력 있는 사람이⋯⋯"

"아이고, 모호하게 의문을 제기하기만 하면 돼, 일반적으로, 어떤 상세한 설명 없이. 자네는 충분히 할 수 있을 거야. 그러니까, 나는 드러나지 않기만 하면 되고."

"물론, 당연히⋯⋯"

전화벨 소리. 에드몽이 수화기를 들었다. "여보세요? 예, 접니다. 아, 너구나, 베레니스. 그래서, 그녀는 좀 어때? 나아졌군. 그럴 줄 알았어. 내가 아무것도 아닐 거라고 말했지. 그렇다니까, 화가 치밀지. 그리고 또, 전화해줘서 고마워. 의사가 내일 아침 다시 올 거라고? 집에 있도록 애써볼게. 알았어, 그래. 아니, 집에서 저녁식사 하지 않을 거야. 그럼 오늘 저녁 아니면 내일 아침⋯⋯ 일찍 자, 분명히 피곤할 테니까. 아니면 내일 아침, 그래." 그는 전화를 금세 끊으려 했으나 한가지 생각이 그를 엄습했다. "잠깐, 잠깐만!" 너무 늦었다. 상대방 쪽에서 전화를 끊었다. 그가 낭패로군, 하는 몸짓을 했다.

"부인은 좀 나아졌나?" 아드리앵이 물었다. "그녀에게 정확히 무슨 일이 있었지?"

에드몽은 곧바로 대답하지 않았다. 아드리앵의 가까이 붙은 검고 작은 두 눈을 보았다. 하긴 그를 대단히 신뢰해서 멜로즈 제품의 비밀을 털어놓긴 했지만 그걸로 충분했다. 사업의 심리적인 측면까지 말할 필요는 없다. "오, 별일 아니야." 그가 말했다. "그렇고 그런 여자들 문제 중의 하나야. 여자들의 배는⋯⋯" 그는 매우 재빨리 대화를 이었다. "살아 있는 사람들 사이의 증여에 관해 자네가 뭐라고 말했지?"

"아는 게 없다고 말했네. 결국 내 생각에는, 자네 사업에 관해 누군가가 떠드는 말대로 상황이 흘러간다면……"

"누가? 내 아내가?"

"자네 부인과 그녀의 변호사. 예상할 필요가 있지. 증명하기는 쉬워. 예컨대 내게 돈이 말랐다는 건 누구나 알고 있지. 내 아버지가 파산했으니까."

"원래 모든 파산에는 은폐된 것들이 있지. 그다지 많은 금액은 아니니까 모두가 아주 당연한 것으로 생각할 거야."

"좋아, 내 경우에는 아마도. 하지만 자네 아버지는? 그분을 끌어들인 것은 경솔했다는 생각이 들어."

"아니, 아니야. 내가 이 사업에 관심을 갖게 된 건 오히려 아버지 때문이야."

"자네가 내게 해준 얘기지. 하지만 꼬치꼬치 캐기 좋아하는 사람들이 있다는 걸 알려드려."

"어쩌라는 거야. 상원의원, 그의 훈장……"

"알아, 하지만 자네 아버지야."

"자, 내가 보란 듯이 투자할 금액은 어떤 문제도 유발할 수 없는 돈이야."

"그래, 물론이지."

"그리고 필요한 경우에는 사업에 지장을 초래하지 않는 범위 내에서 내 기명 주식을 아내에게 반환할 수도 있어. 그로 인해 무슨 차이가 생기겠어? 나의 선의는 명약관화해."

"에드몽, 사업 감각이 자네를 부추기는 걸까? 하지만 무엇이 자네 이름으로 되어 있는지는 아무도 관심이 없다는 걸 자네도 잘 알잖아. 다른 사람들은…… 3백만 프랑은 아무 데서나 얻을 수 있는 돈이 아니지."

"나 같은 상황에 있는 사람이라면……"

"자, 나 아드리앵 아르노는 자네가 아니야, 그러니까 자네가 출자자들에게 나를 보증하지 않는 한…… 그래서……"

바르뱅딴이 어깨를 으쓱했다. 아드리앵, 짓궂게 곤란한 문제를 제기하는 것이 즐거운가보네. 이 모든 것은 매우 잘 해결될 거야. 사업은 아주 건전해. 우선 뻬르스발 부인이 있어. 그녀의 참여는 논란의 여지가 없을 거야. 그녀에 대해 그는 확신이 있었다. 그 약해빠진 노인네를 곁에 두고 블랑셰뜨를 골탕 먹여서 몹시 행복했다. 다음으로 멜로즈 부인은 늙은 애인, 아무도 에드몽과 연줄이 있다고 의심할 수 없는 절대 안전한 녀석을 끌어들였다.

"그런데 자네는 로즈를 신뢰하나?" 아드리앵이 느릿느릿 물었다. 그는 이 어린 시절의 친구에게서 부정의 몸짓을 기대했다. 그에 관해 모르는 것이 없을 정도로 친했고 그가 그 능글맞은 깜찍한 웃음을 지으리라는 것을 알고 있었다.

"오늘이라고 말하진 않겠어." 그가 말을 이었다. "하지만 십년, 오년 후에, 그저 자네가 그녀에게 싫증이 나게 될 때도……"

"이봐, 십년 후에 로즈는 늙은 여자일 거야. 그때 내가 블랑셰뜨에게, 적어도 그녀에게는 더이상 젊은 남자가 아니라면……"

그는 스스로에게 심리적 안정을 주는 상황을 설명하기에 돌입했다. 요컨대, 언젠가 이혼하게 된다면 아내의 관대함에 좌우되고 싶지는 않다는 것이었다. 그가 말했다. "딴 주머니를 차기, 그런 뒤에는 관망하기!" 그가 라이터를 찾지 못하자 아드리앵이 그에게 피우고 있던 담배를 내밀었다. "블랑셰뜨가 자금의 출처를 굳이 알고 싶어 한다면 그녀 자신과 관련된 여러가지 것들을 공개해야 할 거야. 결국 '부동산'회사의 대차대조표에 대한 조사가 닥칠 테니까! 만일 우리가 자회사 설립을 위한 해결책을 찾아내지 못한다면 배당금에다 배당금을 슬쩍 떠넘겨야 할 거야. 그렇게 하는 편이 최대 주주인 블랑셰뜨에게 이익이지."

멜로즈 제품, 향수와 그밖의 것들도 결국 다양한 부동산회사, '트랑스뽀르 프로방소'와 똑같은 방식으로 시작되었다.

"그렇지만 향수는 '부동산-택시'의 자회사로 간주될 수 없어!" 아드리앵이 항변했다. "회사 규정에 그런 종류의 활동을 허용하는 조항이 없다고!"

낮은 휘파람 소리에 그가 말을 중단했다. "자네는 규정집을 다시 읽어보는 것이 좋겠어, 아드리앵. 매우 교묘하고 매우 모호한 짧은 문장, 어느 경우에나 적용할 수 있는 문장이 있다는 걸 알아차리게 될 거야."

마침내 아드리앵은 에드몽이 자기 아버지를 이사장 자리에 앉히고 자신도 이사회의 일원이 되었다는 것을 알게 되었다. "눈에 훤히 보이는 수작이야! 자네의 선의를 입증하기 위해 자네 부인 곁에 누가 있나? 아니지? 거봐!"

그건 사실이었다. 에드몽은 곰곰이 생각하기 시작했다. 대화 상대방의 말은 건성으로 들었다. 언젠가 그것이 이루어진다면 모든 것은 블랑셰뜨와 갈라설 상황에 달려 있었다. 완전히 합의에 의해 이루어진다면…… 아, 설마! 수백만이 걸려 있는데 무엇이건 합의에 의해 이루어질까? 분명히 블랑셰뜨는 먹고살 것, 근근이 먹고 살 것 정도만 계속해서 그에게 넘겨줄 것이다. 하지만 하나 더하기 하나는 둘이다. 그의 뜻에 반하는 이혼이 이루어지도록 허용해서는 안 된다. 어머니이자 아내로서 마음에 깊은 상처를 입은 블랑셰뜨를 상대로는 안 돼! 물론 법적으로 말하자면 잘못은 그에게 있을 것이고 모양이 좋으냐 나쁘냐의 문제다. 하지만 예컨대 애인이 있는 블랑셰뜨라면 이혼에 동의할 수도 있을 것이다. 모든 유리한 조건. 더이상 그녀는 지나치게 면밀히 검토하지 않을 것이다.

"난 모르겠어." 아드리앵이 말했다. "자끄 쉴제르 같은 사람을 사업에 끌어들일 거라니. 그는 께넬 집안과 관련되어 있고 동시에······."

쉴제르? 고맙지. 그가 자신과 관련 없는 일에 참견하다니! 그렇게 말하고 나서 에드몽은 아내의 애인을 생각했다. 측은한 마음이 들었다. 좋아, 좋아, 그리고 남자 말이야! 그놈이 사업에 통달한 협잡꾼, 타산적인 호인으로 변하게 된다면! 곤경에 빠지겠지. 사실 뢰르띠유아 같은 사람이라면 그렇게 서투르게는 하지 않을 거야. 그렇지만 그에게 느끼는 이 질투는 기묘해!

"그리고 이봐, 한가지 생각이······ 만일 내 아내의 애인이 이사회의 일원이라면, 그것에 대해 어떻게 생각해?"

아드리앵이 몹시 놀란 표정으로 그를 쳐다보았다. "자네 부인의 애인? 그건 또 무슨 말인가?"

상대방이 그 능글맞은 깜찍한 웃음을 지었다. "애인, 마침내 머지않아 그녀는 애인을 갖게 되겠지! 말하자면 적절하게 선택된, 성가시지 않을 좋은 녀석이 멜로즈 제품의 이사회에 들어왔다고 가정해보라고. 그리고 우연히 상황이 그렇게 되어 지금부터, 잘은 모르지만 오륙년 뒤에 내 아내와 그가······ 자네가 알다시피 지금부터 그런 낌새가 느껴지지만 소란을 피울 생각은 없어. 나는 뒤로 물러나 있겠어. 블랑셰뜨에게 자유를 돌려줄 거야. 내 자식들의 이익은 당연히 보호될 것이고, 나로 말하자면 어떤 것도 요구하지 않

아. 알아서 할 거야. 이해하겠어?"

아드리앵은 여전히 콧수염을 만지작거렸다. 그것이 버릇이 되었다. 누구를 생각하는 걸까, 에드몽은? 좋은 녀석? 언제나 그런 것은 아니었다. 오, 까를로따와의 염문 이후로 바르뱅딴은 충분히 그럴 수 있어! 그는 블랑셰뜨를 생각했다. 이런 상황은 바르뱅딴이 그를 특이하게 써먹는 것이었다. 그래도 동의해야겠지. 상당한 거금, 확실해. 그렇다면 상황이 바뀌겠지.

에드몽이 말했다. "이봐, 내일 아침 거기 올 수 있지? 그래? 자네가 어떤 사람을 좀 만났으면 해서." 그는 벌써 전화를 요청했다. 아무도 받지 않는데요. 응답이 없습니다. 에드몽이 말을 이었다. "이봐, 조금 후에 그가 찾아올 거야. 아니면 그에게 속달우편을 보내지. 내일 아침 자네는 내가 말한 녀석과 만나게 될 거야. 자네도 아는 사람이지, 우리 집에서 그와 함께 점심식사를 한 적이 있으니까. 뢰르띠유아, 매우 심성이 곧은 사내야. 게다가, 그렇지, 우리는 전선에서 함께 복무했어!"

아드리앵은 대답하지 않았다. 자신이 실망했는지 자문해보았다. 어떻게 해서든 수습할 것이다.

시모노가 다시 문 앞에 나타났다. 이런 식으로 그는 사장에게 다른 사람이 그랬다면 참지 않았을 태도를 보였는데, 예고용 전화기가 없던 시절에 만들어진 태도였다. 에드몽이 눈살을 찌푸렸다. "또 무슨 일이에요, 시모노?"

"사장님, 저기 고무 업계 양반들이 안달을 부려서요. 그리고 뢰르띠유아 씨가 오셨습니다." 뢰르띠유아! 때마침 왔군. 바르뱅딴이 아드리앵 쪽으로 얼굴을 돌렸다. "자리를 좀 비켜주게나. 바로 내가 말한 사람이야. 가지 말게, 다시 부를 테니까."

"사장님, 고무 업계 양반들이……"

"오, 지겹네요, 시모노! 뢰르띠유아 씨를 들여보내고 그 양반들에게는…… 아니, 말하지 말아요. 그들이 뭘 원하는지 직접 알아봐요, 그들을 너무 오래 기다리게 할 것 같으니까. 내가 그들에게…… 아니, 필요한 말은 당신이 해요!" 시모노는 수긍하기 어려웠지만 고개를 숙였다.

"작은 사무실로 건너가 있게. 오래 걸리지는 않을 거야. 이러면 자네의 내일 아침나절을 빼앗지 않아도 되겠네. 자, 시간을 보내기 위해 책을 원한다면, 프루스뜨의 최신작이네."

아드리앵이 마치 전화번호부를 떠안듯 두꺼운 책을 받았다. 프루스뜨에 매혹되지 않는 것처럼 보였다. 미용실에서는 훑어보라고 『빠리 생활』[3]을 준다.

그가 나가자마자 시모노가 오렐리앵을 안내했다. 초췌한 얼굴이었다. 어느 양복점에서 옷을 지어 입었을까? 언제나 매우 멋지단 말이야. 더 밝은색 넥타이를 맸다면 더 멋있어 보였을 텐데. 베레니스에게 말해야겠어. 이런 생각이 떠오르자 에드몽은 멋쩍게 웃었다. 자신이 게임메이커, 권력자라는 느낌이 들었다.

"근처를 지나다가, 올라올 생각이 들었어." 뢰르띠유아가 말을 시작했다.

"정말 생각 잘했네! 거기 앉게나. 아니, 소파에. 담배 줄까? 라이터를 어디 두었는지 모르겠군. 내 말이 믿기지 않겠지만 방금 전에 자네에게 전화를 걸려고 했었어. 그런데 이렇게 자네가 나타났지 뭔가, 연극처럼!"

---

3 *La Vie Parisienne*. 1863년부터 1970년까지 중단 없이 발행된 주간지. 오펜바흐(Jacques Offenbach)의 동명 희극 오페라에서 이름을 따왔다.

오렐리앵이 다리를 꼬았다가 풀고는 반대 방향으로 다시 꼬았다. 블랑셰뜨가 죽을 뻔했는데도 바르뱅딴의 기분이 너무 좋은 것 같다고 생각했다. 아내에 대한 에드몽의 감정에 관해 환상을 품었기 때문이 아니었다. 하지만 그는 체면을 차리는 사람이었다. "블랑셰뜨는 나아졌겠지?" 그가 말했다. "모렐 부인과 통화할 수 없었네. 그리고 하인들은 어떤 말도 하지 않으려 하는 것 같아. 위험한 고비는 넘겼지?"

"오, 별것 아니었네. 위험이랄 것도 없었지. 자네도 알다시피 여자들은 아주 빈번히 배가……" 그는 오렐리앵의 눈에서 동요를 알아차렸다. 이 친구에게는 딴청 피울 필요가 없겠군. "어? 베레니스가 자네에게 알려주었나? 알다시피, 그렇게 많이 신경 쓸 건 아니고……"

"모렐 부인이 짧게 말해주었네, 아주 간단히. 난 자네의 근황이 궁금했을 뿐이야."

에드몽이 싱긋 웃었다. 난처한 기색이었다. 그가 친근하고 은밀하고 자연스러운 체하는 어조로 말했다. "자네하고는 별개의 문제일세. 어쨌든 우리는 온갖 것을 함께 넘겼잖은가!" 분명하진 않았지만 팔의 동작이 불쑥 전선, 참호, 포탄, 엄폐호 등을 환기했다. 침묵이 흘렀고, 오렐리앵은 침묵을 깨지 않았다. 에드몽이 말을 이었다. "그래, 그렇게 된 거네. 나는 말 상대할 사람이 있으면 좋겠다 싶어. 생각하는 것을 큰 소리로 떠들 좋은 친구 말일세. 재미없는 이야기지 뭐! 붙어살며 날마다 보지만 서로에 대해 아무것도 모르다가 어느날 저녁…… 그게 뭔지 상상이 가지. 그녀가 행복하다고 생각했어. 그녀에게 무엇이 부족했을까? 그다지 외향적이지 않고 제법 굳센 여자…… 바로 그거네, 애들의 어머니!"

마지막 말의 허세가 꽁초를 버리기 위해 손을 휘저으며 재떨이를 찾는 동작에 의해 중단되었다. 에드몽은 열심히 담배를 짓이겼다. 그러고는 몸을 약간 뒤로 젖히고 두 손을 맞붙였다. "결국은 그녀를 위해 했어야 하는 모든 것을 언제나 했는지 자문하지. 그리고 '모든 것,' 그걸 어디서 그만둘지 몰라서 애를 태우고 심사숙고하고."

오렐리앵은 에드몽이 심사숙고하는 사람치고는 안색이 좋다고 생각했다. 그는 베레니스에 관해 말하고 싶어서 여기 왔다. 이틀 전부터 베레니스가 전화를 하지 않았고 다섯번에 한번꼴로 얼버무리는 말로 대답했다. 블랑셰뜨를 핑계로 전혀 시간을 낼 수 없다는 것이었다. 연인들의 자기중심주의에 따라 그는 이 실패한 자살로 인해 베레니스가 빠리에 더 오랫동안 머무를 것이라고, 성탄절 때문에 떠나는 일은 없으리라고 생각했다. 그러니 좋은 기회가 아니겠는가! 방문의 구실을 찾았는데 그것을 이용하지 못한다는 생각이 들었다. "나도 자네에게 부탁할 게 있었어. 그런데 무엇 때문에 내게 전화했지?"

"나중에 말해주겠네. 먼저 자네가 청하고 싶은 것을 말해봐. 친구 좋다는 게 뭔가."

"간단히 문의할 것이 있어."

오렐리앵이 호주머니에서 편지를 꺼냈다. 에드몽에게 내밀었다. "자, 읽어봐. 아르망딘이 보낸 거네. 자네는 내 누나와 약간 안면이 있고, 내가 누나와 어떤 관계인지 알지. 언제였더라? 여드레 전이지, 아마. 누나가 내 집에 들렀어. 내게 편지를 보냈다는 것에 관해선 한마디도 없었는데 그다음에…… 자네가 판단해보게. 내게는 이상한 것 같아, 뭐라 분명히 말할 수는 없지만. 이보게, 난 사업가가 아니네. 자네는 나를 잘 알지. 나는 이해할 수 있는 게 전혀 없어. 그래서 자네에게 물어볼 생각을 했지. 왜냐하면 막연한 인상이지만…… 이런, 읽으라고 해놓고선……"

에드몽이 흥미롭다는 듯이 편지를 훑어보았다. 그가 사업가로 여겨지다니 웃기는 일이지 뭔가! 그렇지만 뭐, 사람마다 떠도는 소문이 있으니까 그것에 어긋나지 않도록 애쓸 필요가 있지. 아래쪽에서 그가 오렐리앵을 쳐다보았다. 여자들은 그에게서, 약간 미련해 보이는 이 큰 용모에서 도대체 무엇을 보고 끌릴까? 어디 보자, 이 편지, 음, 그렇고 그런 가정사. 명백한 것 같아. 눈 가리고 아웅하는 이 교활한 여자, 아르망딘, 꼴불견이로군! 그는 냉소를 짓고 한참 입을 다물었다.

"어떤가?" 뢰르띠유아가 캐물었다.

"음, 그래, 편지가 자네 누나를 닮았네. 엄숙하게 에둘러 말하는 이 방식이 말이야. 하지만 자네 매형의 코끝이 보여! 그 유능한 드브레스뜨…… 자네가 알다시피 나는 방수천 건으로 그와 계약을 맺었지. 오, 그건 그렇고, 저기 고무회사 양반들이 나를 기다리고 있어. 할 수 없지! 더이상 친구들과 수다를 떨 수 없다면……"

"내가 자네에게 방해가 된다면……"

"내게 방해가 된다고? 미쳤나? 그러니까, 이 재산 문제를 좀 살펴보자고. 드브레스뜨가 자네에게서 그것을 사고 싶어 한다면, 그것은 한 재산이 될 게 틀림없긴 한데……" 그가 말을 끊었다. 그것 참! 그에게 곧바로 그런 생각이 들었던 것은 아니다. 하지만 모든 것이 너무 잘 풀렸다. 기막히군! "이보게, 팔고 싶었나, 그 토지?"

"내가? 아니야. 그럴 생각은 조금도 없었어."

"하지만…… 자네들 사이에는 그게 문제였던 거군."

"결코. 내 어머니의 죽음 이래로 정해진 일인데 뭐. 나는 소작료를 받고 있어. 소작인들이 착해. 결코 분규를 일으키지 않아.

"그러니까 꺼림칙하지 않느냐고? 이런 말을 하고 싶지는 않지만, 자네 누이가…… 아니지! 하지만 드브레스뜨는 경험이 없지 않아. 자네는 눈여겨본 것이 없나?"

"자네에게 말하는데, 내가 보기에 그는 어렴풋이……"

"어렴풋이? 뭐라고? 어렴풋이라니! 그들은 자네를 갈취하고 싶어 해, 아주 간단해! 강탈하려는 거지! 자네가 그들에게 자네의 토지를 넘겨주면 그들은 자네에게 무엇을 넘겨줄까? 아무것도. 그들은 자네에게 소작료를 내놓겠지, 더도 아니고. 공장에서의 한 몫을 자네에게 제안하지 않고 있잖아. 그래, 지대, 그게 전부야. 하지만 자네로 말하자면, 그들에게 자네의 자본을 내어주는 셈이지. 이해하지, 그들은 주택을 세울 거야. 그 자식들의 재산이 될 테지. 자네는 결코 그것을 되찾을 수 없을 거야. 그들은 돈을 한푼도 쓰지 않을 거야. 그리고 만일 자네가 먼저 죽는다면 상속세를 낼 필요가 없을 테지, 점유하면 소유권이 생기니까. 공장과 관련해서 자네는 부모님이 물려주신 주식을 갖고 있는데도…… 아, 가족이란! 가족이란! 답장했나?"

"아니, 먼저 알고 싶었어. 자네는 그들이 내게 바가지를 씌우려한다고 생각하나?"

"만일 내가 그렇게 생각한다면! 그가 여전히 그것을 요구하고있잖은가!"

오렐리앵은 별로 놀라지 않았다. 하지만 그의 평계가 약간 지나치게 실현되었다. 그는 베레니스에 관해 묻고 싶었던 것이다. "고맙네. 아주 확신했던 것은 아니야." 그가 말했다. "이제 다른 이야기를 하자고. 블랑셰뜨가 아프니까 모렐 부인은 여기에 며칠 더 머무를 테지?"

에드몽은 다른 것에 관해 말할 계제가 아니었다. 그가 재빨리 내뱉었다. "내 사촌매제가 방금 수도에 내렸으니까 그만큼 베레니스의 빠리 체류가 연장되겠지. 그래, 그녀의 남편…… 하지만 그 토지, 자네는 뭐라고 부르지? 생주네, 값이 얼마나 나가나?"

오렐리앵은 자신이 방금 알게 된 것 때문에 생주네를 거의 아랑곳하지 않았다. 모렐이 빠리에……

베레니스의 침묵, 그녀의 회피, 신기하게도 설명이 된다. 그녀를 꼭 다시 만나 말할 필요가 있다.

"생주네의 가치가 얼마나 되는지 묻잖아?"

그것은 세금에 대한 공증인의 평가를 고려하느냐, 또는 소작료에 따라 가치를 계산하느냐에 달려 있다. 명백히 그것은 오늘날……

"참 재미있어, 여보게!" 에드몽이 몹시 기뻐했다. "멋진 일이야! 아르망딘이 쓴 것에는 확실히 고려해야 할 사업의 측면이 있어. 그들의 공장에서 발행한 주식을 자네가 보유하고 있으니까. 그녀가 자네에게 드브레스뜨 사업의 필요에 관해 말한 내용은 바로 그것이네. 만일 그들에게 추가 자본이 필요하다면…… 자네가 그들을 돕고자 하는 이유는 그것일 테지. 하지만 동시에 그들은 부동산을 매입하지 않아야만 하지! 그러니 아니야! 결코 자기 가족과 거래해서는 안 된다고. 언제나 속게 마련이니까."

그가 '알 만큼은 안다'라고 말하듯 한숨을 쉬었다.

"이봐, 조만간 자네와 소작인 사이에 실제로 다툼이 벌어질 거야. 대흉년이 들어 토지에 위기가 닥칠지도 몰라. 농부들이…… 자네는 지대에만 관심이 있어, 그렇지 않나? 아르망딘, 즉 드브레스뜨 씨 가족, 그들이 원하는 것은 농지나 다른 부동산이지? 그리고 그것을 구입하고 싶으면서도 그들 기업의 자금은 줄이지 않기를 바라고 있어. 좋아, 내가 자네에게 제안을 하겠네."

오렐리앵은 아주 건성으로 들었다. 뜻밖에도 약사가 빠리에 온 것에 생각이 사로잡혀 있었던 것이다. 베레니스는 분명히 돌아가서 성탄절을 지낼 수 없었어. 그래서 남편이……

"알겠나? 내가 드브레스뜨 회사에 투자하겠네. 자, 생주네의 값어치의 두배가 되는 금액이 좋겠어. 그러면 그들이 더이상 왈가왈부할 수 없을 거야. 내가 자네에게 예상 밖의 가격을 제시했다고 그들에게 말하게. 그들은 결코 낼 수 없을 만한 돈이지. 그리고 내가 자네에게 주는 금액을 자네는 내 사업체들 중의 하나에 투자하는 거야. 그러면 소작료보다 훨씬 더 많은 수입이 생길 테지. 이해하지, 길게 보면 그게 내게도 이익이네. 내 사업체니까, 그렇지 않아? 자네는 이보다 더 좋은 보장은 받을 수 없을 거야. 내가 관심을 갖는 기업이라니까. 드브레스뜨 씨 가족은 입을 다물 수밖에 없어. 난 작은 농지를 찾고 있었네, 때마침. 내가 생주네의 구매자가 되는 거야. 그리고 자네가 원하는 대로 값을 잘 쳐주겠네. 자네는 계속해서 자본의 주인일 테고, 자네 자본이 내 회사에서 일하는 셈이지. 차이가 이해되는가? 자네의 조카들, 매형, 아르망딘, 그래, 그들 역시 이득을 보겠지. 그들의 공장은 기병대가 필요하니까."

아니, 오렐리앵은 에드몽이 왜 그토록 열광적으로 이 모든 것에 관해 말하는지 잘 이해가 되지 않았다. 상황을 복잡하게 만드는 것은 엉뚱한 발상이다. 그 자신의 돈을 드브레스뜨 회사에 투자했다가 거기서 꺼내 오렐리앵에게 주고 '또 어쩌고' 하는 대신에 그 에드몽의 기업에 직접 투자하는 것이 더 이익이지 않을까?

"내가 작은 토지를 가지고 싶다니까 그러네.""그래, 그랬지. 그렇지만……""그렇지만 뭔가? 수지맞기 쉽도록 자네에게 강권하는 것이 내게 즐거운 일이라면? 친구 좋다는 게 뭔가?"

"이봐, 난 원치 않아. 자네에게 청하지 않았어."

"알고 있네, 그렇고말고! 하지만 받아들이게. 그렇게 하는 것이 나는 즐거워. 바보처럼 굴지 말게. 내게는 그것이 아주 사소한 일에 불과하다는 걸 이해하게. 다른 일들도 많아."

"약간 망설여지는군. 자네, 모렐 씨가 빠리에 있다고 말했나?"

"그래, 뤼시앵이 도착했지. 어쨌든 그 모든 건 계획대로 추진될 거야."

"무슨 말이야?"

"문제의 회사 이야기네! 뷰티, 향수 등의 제품 말일세. 멜로즈 제품."

"아, 알겠네!"

"자네는 아무것도 몰라. 무엇보다도 난 현실감각이 있네. 로즈, 물론 로즈가 있지. 그녀는 브랜드, 광고야. 핵심은 내 눈길을 끄는 건전한 기업이지. 이 일은 로즈 때문이라기보다는 내 아버지 때문이야."

"자네 아버지?"

"이사회를 이끌고 계셔. 그래서 난 그 모든 것의 짜임새를 속속들이 꿰고 있지. 자네도 알다시피, 내 친구들이 사업 개시, 곧 진행될 광고로 이득을 보도록 준비하고 있어. 베레니스의 남편이자 내 사촌매제인 뤼시앵으로 말하자면, 그가 약사라는 건 알고 있지? 약사가 얼마나 유용할지 생각해봐. 지방에 주소를 두고…… 나는 그가 이 일에 관심을 갖도록 할 거야. 다시 말해 그를 연결해서……
그들이 서로 맞춰나갈 것이라고 확신해. 베레니스의 금전적인 문
제를 좀 해결해주는 것도 나쁘지 않지, 그녀가 더 여유롭게 살도
록." 오렐리앵이 눈을 깜박거렸다. 에드몽이 이를 알아차리고 말을
이었다. "내 귀여운 사촌누이는 그런 평범한 삶에 맞지 않으니까.
우리끼리 이야기지만, 자네는 그녀가 마음에 들지, 베레니스 말이
야. 좋아, 좋아, 그건 자네 일이니까. 자네들 둘의 이익이 연결되어
있으면 멋질 거라고 생각하지 않나? 그녀가 옷을 사고 가끔씩 빠리
로 오게 해줄 그 무엇에 자네가 돈을 투자한다면 말일세."

오렐리앵은 완전히 동의하기가 어려웠다. 이 산타클로스 같은
행태, 그리고 베레니스를 내세우는 이 약간 조잡한 방식. 그렇지만
에드몽에게는 무슨 이익이 있을까? 갈피를 잡지 못하겠다. 드브레
스뜨 회사에 돈을 투자하지 않도록 그를 설득할 권리는 내게 없지.
그것은 매우 힘든 일일 거야. 아르망딘과 자끄, 그들이 아무리 그
를 속이고자 해도 소용없어. 그밖의 것에 관해서는…… 오렐리앵
은 어쨌든 오랜 친구인 에드몽, 그의 영국산 능직물 재킷을 샹빠뉴
의 진창으로 망치지 않으려고 애쓰면서 다시 그를 보았다. 느닷없
이 빠리에 온 모렐, 정말로 멜로즈 제품 때문일까?

"마침 자네가 여기 온 김에 멜로즈 제품 담당자를 만나보는 게
좋겠어." 에드몽이 말했다. "그러면 자네가 무엇을 하고 싶은지 알
게 될 거야. 엄밀하게 말하자면 그것은 내 일이 아니네. 나와 관련
이 있는 것은 드브레스뜨 공장과 자네 소유의 농지지. 게다가 자네
는 그와 안면이 있어. 그와 함께 우리 집에서 점심식사를 한 적이
있거든. 일에 적극적인 젊은 녀석이야. 전쟁 전에 우리는 세리안[4]
에서 함께 빼땅끄 게임을 하곤 했지. 그래서 그에게 도움을 줄 마

음이 있어."

그가 초인종을 울렸다. 타자수 쉬잔 양의 감상적인 얼굴이 문 앞에 나타났다.

"아, 어서 들어와요. 아르노 씨에게 내가 사무실에서 기다린다고 말해줄래요?" 그녀가 나갔다. "두고 보면 알겠지만 아주 멋진 녀석이야. 사업 수완이 대단하지. 이 일의 두뇌는 바로 그야. 로즈와 비교하면 포동포동한 애송이라네!"

"부르셨어요?" 아드리앵 아르노가 말했다.

오렐리앵이 돌아보았다. 신참은 짧은 콧수염이 우스꽝스러웠고 작은 눈이 마음에 들지 않았다. 하지만 사람들에 대해 이런 식으로 판단해야 한다면, 예컨대 뤼시앵 모렐은 무엇처럼 보일까? 베레니스 생각이 그의 마음을 가로질렀다.

44

날들이 속절없이 지나갔다. 도시가 아득하듯이 까마득한 그 성탄절, 기독교 전통에서가 아니라 성탄절이 내포하는 이별의 위협 속에서 오렐리앵의 마음을 지배한 그날, 성탄절은 그가 꿈꾼 아마도 애절한 새벽, 중세의 파수꾼들이 떠나는 연인의 속내 이야기를 들어주는 공모자이기도 한 새벽이 아닐 것이다. 성탄절은 어느 평범한 날처럼 다가왔다.

"제가 혼자 살지 않는다는 것 아시죠"라는 베레니스의 짧은 한

---

4 프랑스 남부에 위치하는 것으로 설정된 상상의 소도시. 아라공의 소설 『아름다운 동네』(1936)에도 나온다.

마디 말, 건조함보다 끔찍한 신중함으로 더 가슴 아프게 한 한마디
가 그에게 레누아르 길로 전화하지 말라는 부탁이었다. "다른 이유
때문이 아니라 제 사촌에 대한 배려 때문에……" 그의 삶에서 어떤
것보다 더 이 짤막한 구절이 그를 눈물에 젖게 했다. 베레니스는
떠나기 전에 오렐리앵에게 전화를 하거나 약속을 잡아 알리겠다고
다짐했다. 참 너그럽기도 하지!

그는 번민에 시달렸다. 그 모든 것이 환상에 불과했단 말인가?
아니면 희극, 잔혹한 희극? 그렇지만 그녀는 조금도 그의 용기를
꺾지 않았다. 오직 사랑받는다는 허영심만을 드러낼 뿐인 강한 집
착, 탐욕을 사랑으로 착각했던 것일까? 있을 수 없는 일이었다. 그
로서는 도저히 이해할 수 없는 어떤 요소가 틀림없이 있었을 것이
다. 오렐리앵은 그 이중성, 그 위선을 인정할 수 없었다. 가장 황량
한 사막에서 생겨나는 신기루와 유사한 현상으로 베레니스는 이렇
게 오로지 부재할 때에만 그에게 보였던 것이다. 그는 밤마다 잠에
서 깨어나 자신의 침실에 그녀가 들어와 있다고 생각했다. 환한 대
낮에는 가구를 덮은 우중충한 천에서 그녀의 모습만이 빛을 받아
반짝거렸다. 진주색으로 비치는 모습 같은 것이 모든 것 위로 드리
워졌다. 그가 아득한 도시처럼 생각한 것은 베레니스에 관해서였
을까, 아니면 성탄절에 관해서였을까? 카이사레아, "나는 오랫동
안 떠돌아다녔소."

우리의 삶에서 어떤 날들에는 시간이 실타래이지도, 삶이 펼쳐
지는 무의식적인 방식이지도 않게 된다. 시간은 우선 우리 안에서
비침무늬, 깊은 자국, 오래지 않아 강박관념으로 나타나거나 비춰
보이기 시작한다. 감지할 수 있게 될 때면 빨리 흐르지 않는다. 괴
로움을 생각하지 않으려 하는 사람은 본래의 대상과 분리된 시간

의 강박 속에서 괴로움을 되찾는다. 고통스러운 것은 바로 시간, 시간 자체이다. 시간이 더이상 흐르지 않는다. 누구라도 시간을 보낼 생각조차 하지 않을 것이다. 모든 일이 우스꽝스러운 듯하다. 눈앞의 이 길, 상상할 수 없는 생애가 아니라 시간, 임박한 시간, 예컨대 다가올 두시간을 생각하기만 해도 절망에 사로잡힌다. 이 괴로움은 무엇보다도 그치리라고 생각할 수 없는 격심한 치통과 유사하다. 우리는 여기서 돌아본다. 무엇을 할지, 육체와 망상, 집요한 기억을 어떻게 처리할지 더이상 알지 못한다. 스스로가 이것들의 먹잇감임을 깨닫지만 아무런 소용이 없다.

오렐리앵은 일종의 냉소적인 증인이 제시하는 매우 단순하고 매우 진부한 설명을 받아들일 수 없었다. "그녀는 너를 사랑하지 않는다. 사랑받는 것에 우쭐해하고 흡족해한다. 남편, 생활이 있다. 도대체 왜 남편과 생활을 저버리겠는가? 휴가를 즐긴 소시민 여자다. 그리고 휴가는 끝났다. 정직하게 말해서 그녀는 남편을 속이지 않았다!" 그는 이 회의적인 목소리, 죽을 지경으로 불길한 분별력을 억눌렀다. 허황한 이야기, 낭만적인 설명을 만들어냈다. 기만적이라는 것을 잘 알고 있었음에도. 시간, 무정한 시간을 보내기 위해 계속했다. 그러다가 모든 것을 깨부술 정도로 분이 치밀어 돌연 중단하고 우리에 갇힌 곰처럼 집 안의 작은 방들을 걸어다녔다. 실제로 더이상 외출하지 않았다. 전화를 기다렸다. 올 것 같지 않았다. 아니, 기다리지 않았다. 하지만 외출해봤자 무슨 소용인가? 어디를 갈 것인가? 가소로운 활동으로 자신을 속일 이유가 있을까? 아무도 보고 싶지 않았다. 무엇보다 사람을 만나고 싶지 않았고 뒤비뉴 부인마저도 귀찮았다. "내일은 오지 마세요." 그가 말했다. 그녀가 놀란 눈으로 그를 쳐다보았다. 이튿날 그는 그녀에게 …… 말할 용기가 나지 않았다. 그래서 그녀는 다시 매일 아침마다 왔다. 그 왕래, 그 끊임없는 말소리는 그가 자신에게 가하는 벌이었다. 그녀가 떠날 때면 얼마나 마음이 놓였는지!

그렇지만 뒤비뉴 부인의 방문을 감내할 필요가 있었다. 만약 느닷없이 베레니스가 그의 집에 온다면, 문이 열린다면, 집 안이 청결하고 그녀를 위해 모든 것이 준비되어 있어야 했다. 오지 않을 그녀를 위해. 그는 뒤비뉴 부인이 필요하다고 확신했을까? 그는 병적으로 온종일 방 두개, 주방, 욕실을 청소했다. 청소를 시작하면, 바닥과 벽 각각의 제곱센티미터, 가구와 옷을 무력한 눈으로 바라보기 시작하면, 모든 것이 주의 깊게 청소할 필요가 있어 보이고 모든 것에 대한 관심이 갈수록 세세해진다. 그래서 어떤 날에는 자기 자신의 몸에 쏟는 정성, 의심을 이 작업에 기울인다. 마룻바닥과 내장재를 가정용 도포제로 끝없이 문지르고 한없이 광을 내고 기름칠할지도 모른다. 그것은 광기에 가깝다. 청결하다는 것을 더이상 믿을 수 없고 모든 청결이 상대적이라는 것을 분명히 알고 있다. 이 돌보는 정성의 영역을 한없이 나눈다. 이러한 닦기의 열정 속에서 깨끗하지 않은 물건, 병든 짐승처럼 빗질된 양탄자의 아주 작은 부분만 닦아냈을 뿐이라는 것, 그리고 더러운 부분이나 더 나쁘게는 청결하지 못한 영역이 한없이 남아 있다는 것을 확인하고는 갑자기 절망에 사로잡힌다. 실제로 상대적인 청결보다는 논란의 여지가 없는 때를 선호하게 된다. 적어도 이 더러운 때에 대해서는 젖은 헝겊이나 긁개 등등으로 쉽게 승리감을 얻기 때문에.

어쨌든 그는 성탄절 아침, 가족에게 성스러운 그날 아침 훌륭한 배우자 모렐 부인이 확실히 남편과 함께 있을 것이고 그를 1미터도 떠나지 않을 것이고 그, 오렐리앵에게 전화하지 않으리라는 것을 알고 있었기 때문에, 대뜸 아파트에서, 이 청결의 편집증에서 몸을 뺐다. 뒤비뉴 부인을 기다리지 않고 밖으로 나왔다. 그녀의 수다를 모면해서 다행이다 싶었다. 그는 면도하지 않고 지저분한 셔츠를 다시 입은 모습이었다. 언짢은 만족감을 느꼈다.

우중충하지만 건조한 날씨였고 삭풍이 불었다. 이맘때면 늘 그렇지! 그는 중앙난방장치로 따뜻해진 실내를 사흘 정도 떠나지 않은 사람처럼 오싹거렸다. 한기가 발목에서 무릎으로 기어오르는 느낌이었다. 외투의 앞자락을 포개고 깃을 세운 그는 호주머니에 손을 찔러넣고 센 강변을 따라 하구 쪽으로 걸었다. 관 같은 닫힌 헌책 가판대들을 바라보았다. 포도 위에서 마치 도발하듯 '프랭땅'이란 글자를 새긴 검은 줄무늬의 파란색 배송차가 덜컹거리며 지나가는 가운데 흰 말의 편자가 반어적으로 울렸다. 택시들이 급하게 달렸다. 도시가 청소되어 텅 빈 듯했다. 그렇지만 시떼섬의 끝자락에서 다리와 제방 위로 사람들의 검은 무리가 몸을 기울여 강을 굽어보고 있었다. 야단법석이었다. 무슨 일이 일어났을까?

가까이 다가간 그는 그 군중, 그 혼란 속에서 난간으로 떼밀렸다. 아래쪽에서 사람들이 달리거나 분주히 움직였다. 그리고 벌거벗은 남자들이 있었다. 일부는 머리에 고무 모자를 썼는데, 이 추위에 옷을 벗다니 놀라웠다. 그들이 선수 보좌역들, 친구들과 함께 일렬로 나란히 섰다. 위쪽에는 구경꾼들, 여자들, 팬들…… 갑자기 그 하얀 몸통들이 파리한 큰 물고기, 창백한 바다표범처럼 강으로 곤두박질쳤다. 사람들이 함성을 질렀고 흥분해서 다리 위에서 오른쪽 강변으로 그들을 뒤쫓는 것 같았다. 오렐리앵은 속도 경쟁을 하면서 멀어지는 그들을 바라보았다. 그들은 자기 자신보다는 추위와 싸우는 듯했다. 아마 백명쯤 되었을 텐데, 자신들이 무엇을 하는지 아는 것 같았다. 다리 위에서 카메라가 돌아가고 있었다. 꽁꽁 언 맞은편 강변에서는 사진기자들이 그들을 기다리고 있었다. 강이 청록색 얼음으로 그들을 감쌌고 떨리는 수면 아래로 그들의 몸이 나타났다. 민첩한 운동선수의 몸이었다. 정육점의 고깃덩이 같았다. 낙오자들의 헐떡임에서 선두 주자들의 노력을 알아차릴 수 있었다. 사람들이 이 경쟁의 의미를 파악하기도 전에 이미 투지가 강물을 환하게 밝혔고 벌써 유영자들의 등급이 나뉘기 시작했다. 날렵한 선두 그룹, 두세명이 따라잡을 희망으로 서두르는 추격 그룹, 다음으로 다수의 중간 그룹, 마지막으로 멀리 뒤처진 그룹, 자신의 체력을 정확히 알지 못한 채 엄청난 환상 때문에 다른 이들과 함께 뛰어들었지만 추위뿐만 아니라 부끄러움도 느끼는 이들의 무리가 형성되었다.

오렐리앵은 다른 쪽 강변의 결승점 부근에 있지 않은 것을 잠시 후회했다. 여기서는 가장 잘하는 사람들, 가장 흥미로운 사람들이 잘 보이지 않았고 수영법과 스타일을 비교할 수 없었다. 갑자기 리께, 오베르깡프 실내 수영장에서 마주친 그 청년이 기억났다. 그는 아마 저기에 참가했을 것이다. 운을 시험해본다기보다 차라리 기력 과시의 취향을 만족시키려고 했을 것이고, 스포츠 역사로 보면 시시한 시합에 참가하여, 그가 우승자를 부르는 대로 '챔프들' 사이에 끼지 못했다고 실망할 사람이 아니었다. 마을 축제에서 자신이 높은 곳까지 도달할 수 없다는 것을 알면서도 보물 따먹기 기둥을 힘겹게 기어오르는 이들처럼, 여기서 이 성탄절 수영대회에 도전하는 사람들은 대부분이 그와 같은 부류였다. 빠떼주르날 영화관에서 뉴스 시간에 그들을 보게 될 때, 추위에 몸을 떨면서 "음, 저들은 정말 용기 있다니까!" 하고 말할 사람들이 없지 않을 것이다.

함성이 일었다. 우승자가 결승점을 통과한 것이다. 오른쪽 기슭 쪽으로 질주하는 무리들에서 그의 이름이 떠돌았다. 왁자지껄한 논평이 일었다. 운이 덜 좋은 유영자들이 센강에서 계속 허덕거렸지만 군중의 대부분은 그들에게 관심이 없었다. 오렐리앵은 무엇을 할지 망설였다. 그러고는 발길을 돌려 왼쪽 기슭으로 여러세기의 기념물들이 가득하고 중세풍의 장인들과 매춘부들이 아직도 어슬렁거리는 그물망 형태의 좁은 길들로 사라졌다. 오렐리앵은 현재의 시간을 피하고 싶은 심정이었고 센강과 유영자들, 찬바람이 얼굴을 후려치는 피안, 탐욕스러운 구경꾼들, 스포츠에 열광하는 사람들로부터 멀어지고자 했다. 리께를 생각했다. 작고 딱 바라진 녀석의 생김새, 저속함, 그 동물적인 잠재력을 떠올리려고 애썼다. 그는 알 수 없는 이유로 더이상 리께 생각을 떨쳐버릴 수 없었다. 아르망딘은 "리께 씨가 옳아" 하고 유별나게 진지한 태도로 말했었다. 그가 어깨를 으쓱했다. 세상의 모든 리께가 그와는 반대로 옳지, 물론이야. 그는 쓰지 않아서 잃어버린 자신의 체력을 생각했다. 자신의 아파트를 구두처럼 광내는 데 힘을 쏟았다는 생각이 났다. 어깨를 으쓱했다. 강둑길과 직각으로 교차하는 길들을 이리저리 걷다가 접어든 쓸쓸한 골목길의 표지판을 보고 크리스뗀 길이라는 것을 알아차렸다. 정말 혼자로군! 그는 이제 베레니스 생각을 하지 않았다. 이제는 베레니스를 생각하지 않았다.

다시 생각이 리께에게로 뻗쳤다. 리께 씨라는 상징으로. 그의 사랑스러운 여자 친구와 함께. 그의 공장일. 그의 날뛰는 취향, 넘치는 기력. 일요일에는 무슨 생각을 할까? 그가 사는 누추한 집은 어떤 모습일까? 오렐리앵은 리께보다는 오히려 그와 자신을 갈라놓는 것에 관심이 갔다. 그와 같은 사람이 되었을지도 모른다. 조금

전에 그와 같이 차가운 강물에 뛰어들어 온 근육의 격렬한 힘으로, 능란한 몸의 움직임으로 불가사의한 성취를 순전히 혼자서 기록하고자 애썼을지도 모른다. 그것은 무엇이었을까? 어떤 의무감? 자신을 정당화할 필요? 자존심을 높이려는 욕망? 불쾌하게도 확실히 그 순간의 오렐리앵에게는 없는 어떤 것이었다.

그는 리께를 잊고 오전 시간을 보내러 뤽상부르로 갔다. 창백한 어린아이들이 하녀와 어머니 곁에서 노는 것을 바라보고 물을 뺀 분수대를 따라 어슬렁거리고 석조 잔해를 뚫어지게 쳐다보았다. 그리고 학생들이 없는 생미셸 대로, 창유리가 물병처럼 주조된 까페들을 가로질러 천천히 집으로 돌아갔다. 신발 안에서 엄지발가락을 꼼지락거렸다.

뒤비뉴 부인이 아직 있었다.

"돌아오셨네요? 아이참, 어떡하죠, 부인이 다녀간 지 오분도 채 지나지 않았는데. 몹시 안타까워하는 것 같더라고요. 꾸러미를 하나 남기고, 전화하겠다고 말했어요."

베레니스, 베레니스가 그의 집에 왔던 것이다!

때로는 몸짓이 말보다 앞선다. 오렐리앵은 불쑥 손을 올려 면도하지 않은 뺨의 수염을 손등으로 만졌다. '그렇게 외출하지 않았어야 했는데.' 이런 생각이 그의 머릿속에 맨 먼저 떠올랐고 그의 수염이 혼란스러운 생각, 후회, 되살아나는 희망에 섞여들었다. 베레니스가 그의 집에서 그를 만나지 못한 탓에 무슨 일이 벌어질 수 있었을까? 맞아, 맞아, 면도하지 않은 것, 다시 말해서 그녀를 기다리지 않고 그녀에 대해 절망하고 어리석은 두려움 때문에 그녀에게 잘못을 전가한 것은 좋지 않았다. 결코 다시는 그녀 때문에 면도하지 않고 하루를 보내지 않을 것이다. 그녀를 위해, 그녀에 대한 존

50

중으로 면도를 할 것이다. 그녀가 왔었다니! 그는 욕실에 들어가서 가죽을 걸고 면도칼을 갈기 시작했다.

"그녀의 꾸러미를 열어보지 않나요?" 멀리서 뒤비뉴 부인이 그에게 소리쳤다.

그렇지, 꾸러미! 베레니스가…… 당황해서 베레니스의 꾸러미를 잊어버리다니! 그는 가죽을 놓고 작은 유리 탁자 위에 면도칼을 펼친 채 내려놓고는 침실을 가로질러 '방' 쪽으로 뛰어갔다. 뒤비뉴 부인이 막 나가려다가 호기심에 붙들려 꾸러미를 눈에 잘 띄게 두었다. 과자 상자처럼 큰, 아니 약간 더 큰 정육면체 꾸러미는 골판지로 싸이고 검은 끈으로 묶여 있었다. 수신인 인적 사항이 없었다. 아무것도. 아니, 그가 베레니스의 가방에서 본 그 금색 띠를 두른 작고 파란 만년필로 마지막 순간에 덧붙인 말, "오렐리앵에게"가 모서리에 적혀 있었다. 망설이는 듯 약간 유치한 글씨로 크게 쓴 대문자에 우스운 장식을 했다. 더이상 그를 떠나지 않는 냉혹한 편지에서[5] 그가 물리도록 본 글씨였다.

그가 뒤비뉴 부인의 눈길을 의식하고 멈췄다. "그러게요, 제가 잊었군요." 그가 말하고는 꾸러미를 들고 침실로 가져갔다. 뒤비뉴 부인이 실망하여 여전히 외치는 어조로 물었다. "제가 더이상 필요하지 않지요? 내일 아침을 위해 특별한 어떤 것도요?" "예, 그래요, 특별한 어떤 것도, 아무것도. 안녕히 가세요, 뒤비뉴 부인."

그는 꾸러미를 풀고 싶어 손이 근질거렸다. 꾸러미의 내용물을 어서 빨리 보고 싶었지만 주방 문이 닫히는 소리가 들릴 때까지 참았다. 뒤비뉴 할멈은 화가 많이 났음에 틀림없어! 에이, 어쩌라고!

---

5 베레니스는 오렐리앵에게 편지한 적이 없다. 작가의 착각인 듯하다.

그가 끈을 풀고 구겨진 신문지로 안을 댄 포장을 아주 조심스럽게 뜯은 다음 "파손 주의"라는 글자가 적힌 상자를 마침내 열었다. 박엽지로 감싸인 덩어리를 꺼냈다. 단단한 것이었다. 아, 그는 짐작했다. 그 표면을 손가락으로 알아보았다. 베레니스는 성탄절 선물로 '센강의 미지인'을 그에게 가져온 것이었다. 그것이었다. 바로 그것뿐이었다. 석고상의 포장지를 벗겨낸 그는 약간 소박한 감동과 환멸 사이에서 갈피를 잡지 못했다. 도대체 무엇을 기다렸을까? 베레니스가 말했잖은가. 그녀는 어쨌든 이 익명의 얼굴을 질투했었다. 그랬는데 그것을 그에게 가져다준 것이었다.

첫눈에 그는 이해가 가지 않았다. 가면을 잘 아는 것처럼 반듯이 놓지 않고 아무렇게나 잡았다. 그러자 '미지의 여자'가 움직였다고, 말하자면 미지의 여자에 대해 순간적인 흔들림 같은 것을 느꼈다. 그가 너무도 잘 아는 석고상이면서 그 석고상이 아니었다. 그는 그것이 무엇을 의미하는지 어렴풋이 알 것 같은 느낌이 들었다. 가면을 두 손으로 들고 뒤집어 자세히 살펴보았다.

아니, 미지의 여자가 아니었다. 그녀의 머리모양, 가면의 마름질을 기억하려고 애썼다. 분명히 애썼다. 하지만 생김새가 달랐다. 특히 입이. 베레니스, 그것은 베레니스였다! 비록 이 데스마스크, 이 석고상은 변신의 신비를 통과한 베레니스처럼 보였지만, 의심의 여지가 없었다. 그토록 닮았고 그토록 달랐다. 이제 그는 그녀가 미지의 여자와 얼마나 다른지, 왜 자신이 처음에 그 두 얼굴의 공통점을 전혀 알아보지 못했는지, 왜 다른 얼굴들을 통해 알아보아야 했는지 이해했다. 당시에 그는 미지의 여자를 너무 잘 알았고 베레니스는 충분히 알지 못했다. 다른 얼굴들은 이 두 얼굴의 일시적인 느낌만을 지녔을 뿐이었다. 착각하기에 충분했다. 너무 피상적이

어서 마음의 심연처럼 깊은 차이를 감지할 수 없었다. 오렐리앵이 잘못 생각할 리 없었다.

그의 가슴이 두근거렸다. 그는 그 무명 여인의 가면이 바닥에 떨어져 부서진 장면을 떠올렸다. 양탄자 위의 석고상이 다시 보였다. 손안의 이 물건이 깨지기 쉽다는 것을 깨달았다. 몸이 떨리는 흥분 속에서 그것을 놓칠까봐 두려웠다. 베레니스의 얼굴을 침대 위에 내려놓았다. 우스워 보였다. 약간 되는대로 놓았던 것이다. 다시 들어서 범죄자처럼 슬그머니 베개까지, 베개의 볼록한 부분으로 솟은 자리까지 짙은 색 비단 위로 옮겼다. 그리고 말없이 움직이지 않고 서서 베레니스를 오래 바라보았다.

눈을 감은 베레니스.

그녀는 그를 위해 그 비극에 동참했다. 석고 작업실에 가서 눈을 감고 몸을 뉘었다. 눈, 입, 콧구멍, 두피, 귀에 석고가 발렸다. 죽음의 창백한 빛깔처럼 사방에. 그녀의 이목구비를 본뜨는 축축한 석고로 덮인 채 참아가면서 계속해서 숨을 쉬었다. 그를 생각했다. 그를 위해 이 음산한 작업이 불러일으켰을 게 틀림없는 불쾌한 기분을 참아냈다. 그녀 자신의 덧없는 모습을 이 움푹하고 차가운 거울에 맡겼다. 자신의 입술을 마르게 하는 석고에 그 전언, 그 고백을 털어놓았다. 그녀의 입술은 석고가 닿자 말로 표현되지 않은 고백, 생기 있는 입술로 하지 않은 입맞춤, 그 입맞춤의 석고형을 만들어 냈다. 오렐리앵은 수많은 미세한 균열이 있는 이 입술이 고통스럽게 비쭉거린 모양, 이 꽃잎 모양, 이 절망의 표정을 혼란스레 바라보았다. 우롱당한 욕망, 충족되지 않은 갈증을 호소하는 이 입술. 오, 살아 있되 죽은, 부재하되 현존하는, 요컨대 진실한 베레니스, 그녀는 미지의 여자보다 얼마나 더 아름다운가, 얼마나 더 대단한가, 얼마나 더 지독하게 생소한가!

　미신의 색채를 띤 두려움 속에서 오렐리앵은 손을 뻗었다가 멈췄고 가면을 살짝, 가만히, 손가락의 연한 살로 어루만졌다. 말이 그에게 왔다. 다정한 말이 살짝 벌어진 그의 위아래 이들 사이에서, 유령처럼 움직이는 그의 혀에서 빠져나왔다. 그것은 그가 생각하기도 전에 듣는 말, 숨결이었다. 죽은 자들의 나라에서는 아마 이렇게 말할 것이다. 다른 어디에서도 이렇게 말하지 않을 것이다. 나무들의 사랑에서 바람이 모으는 그것, 바람이 수천 킬로미터 떨어진 곳으로, 수분되지 않은 다른 나무들 쪽으로 옮기는 그 씨를 닮은 말이었다. 오렐리앵은 이제 자기 자신을 인식할 수 없었다. 가슴이 터질 듯이 두근거렸다. 결코 겪은 적 없는 어지럼증에 휩싸였다. 온 손으로 무감각한 가면을 쓰다듬었다. 갑자기 깜짝 놀라 손을 떼고 손가락에서 석고의 하얀 흔적을 바라보았다. 상반된 감정들이 돋아났다. 무엇이건 명확한 것을 생각하는 것, 결론을 내리는 것, 이 형체를 이것이나 저것에 연결하는 것이 두려웠다. 그렇지만 마음속으로 어떤 확신이 파도처럼 밀려왔다. 마치 배 속에서 생겨난 듯이 그에게 들이쳐 몸통, 팔의 관절에 이르고 사지로 퍼지고 목으로 올라와 그에게 외치게 했을 것이다. 그는 숨이 막히고 얼굴이 온통 붉어졌다. 확신만이 들었을 따름이다. 모순이 사라졌다. 그는 침대 위에 무릎을 꿇었다. 그가 베레니스 쪽으로 몸을 숙여 그녀의 생기 없는 눈에서 읽어낸 것은 베레니스가 그를 사랑한다는 확신이었다.

오렐리앵은 이제 집 밖으로 나갈 용기가 나지 않았다. 베레니스
를, 베레니스의 방문을 그토록 멍청하게 놓친 자신의 잘못을 용납
할 수 없었다. 베레니스를 기다렸다. 전화기, 현관문을 바라보았다,
사냥개처럼. 삶 전체가 사실상 중단되었다. 생각, 감정 자체, 괴로
움의 기이한 막간이 시작되었다. 그는 기다렸다. 기다리는 것 말고
는 아무것도 하지 않았다. 이는 과장이 아니었다. 점심도 저녁도 먹
지 않았다. 그가 느끼기에 시간이 더딘 것 같지도 않았다. 오렐리
앵은 문장 토막들이 자신을 가로지르는 기분이었다. 막연한 상념
들이 떠다녔고 어떤 것도 형체를 갖추지 않았다. 어떤 것도 완성되
지 않았다. 그에게는 베레니스가 자신을 사랑한다는 이 확신을 제
외하고는 이 세상에 어떤 것도 존재하지 않는 것 같았다. 그는 기
쁨을 느낄 것이라고 생각했으나 결코 기쁨이 아니라 기묘한 무감
각이 찾아왔다. 마치 이 확신에 힘입어 세상을 다 가진 기분, 이후
로는 허무밖에 발견할 것이 없는 단계에 다다르기라도 한 듯했다.
알렉산드로스 대왕도 인도양에서 자신의 말에게 물을 먹일 때 틀
림없이 이렇게 생각했을 것이다. 그 전설의 대양 너머에 뭍이 있으
리라고는 상상조차 할 수 없었으니까. 베레니스가 그를 사랑한다
는 것, 이것을 알고 있고 더이상 의심하지 않는다는 것 때문에 꿈
의 문은 열리지 않았고, 오렐리앵은 이 모험의 속편을 조금도 상상
할 수 없었다. 베레니스의 사랑은 모험이 아니라 상태였다. 오렐리
앵은 이 확신을 얻은 이래 서로 사랑하는 관계의 전개를 상상하는
것이 여느 때보다도 더 당치 않게 여겨졌다. 자신의 품에 안긴 베
레니스를 더이상 마음속에 그려보지 않았다. 베레니스를 차지하기

위한, 오렐리앵을 비롯해 모든 남자가 사랑이라는 말에 부여하는 온전하고 제한된 의미에서 베레니스의 사랑을 얻기 위한 싸움을 더이상 상상하지 않았다.

밤 10시쯤에 배가 고팠다. 그는 젊은 남자의 배고픔이라고 생각했다. 이 허기로 인해 종일토록 아무것도 하지 않았다는 것, 긴 하루를 무용한 일로 다 써버렸다는 것을 절감했다. 베레니스가 다시 오지 않고 전화하지도 않았다는 실망감이 생겨남과 동시에, 이러한 희망이 터무니없다고 생각했다. 그날 아침에 이미 그녀는 그의 집에 오기 위해 힘들게 빠져나오지 않았는가? 이튿날도 그녀에게 기회가 오리라는 것은 생각할 수 없는 일이다. 그는 자신이 가벼운 식사를 하러 나갈 구실을 찾고 있는 게 아닌지 확신하지 못했다. 정말로 배가 고팠다. 레스토랑에 가기에는 너무 늦었다. 샌드위치를 사먹을 수는 있겠다. 그는 어둠을 생각하자 몸이 떨렸다. 밖을 내다보았다. 비가 내리고 있었다.

조명이 강렬한 샤틀레 옆의 까페 안으로 들어갔을 때, 그의 중절모에서는 빗물이 줄줄 흘렀고 비옷은 거무스름해 보였다. 여기서는 그라땡 수프와 소시지를 팔았다. 그는 온종일 굴뚝처럼 담배를 피워댔다. 흑맥주가 자신의 생각과 묘하게 어울리는 배경인 것 같아 신기하게 여겨졌다.

베레니스는 과연 어디에 있을까? 뜻하지 않게 빠리에 온 남편과 무엇을 할까? 오렐리앵에게 그녀의 남편은 살아 있는 존재가 아니라 일종의 유령, 연인들을 갈라놓는 운명의 화신이었다. 오렐리앵은 자신이 그 남편을 질투하는지, 질투할 수 있는지 매우 진지하게 자문해보았다. 아니, 그는 질투하지 않았다. 그녀가 남편과 함께 있다는 것이 괴로웠다. 그들의 친밀함을 상상하지 않았다. 적어도 당

56

장에는. 하지만 상황이 변할지 모른다는 생각이 들자 몸이 벌벌 떨렸다. 불행해지지 않으리라 단단히 마음먹었다. 베레니스는 나를 사랑한다. 베레니스는 나를 사랑한다. 그는 치즈 한조각, 과일 한개를 들고 배회했다. 비가 그친 상태였다. 덜 추웠다. 그는 걸어서 화물 수송이 시작된 중앙시장 쪽으로 갔다. 아세틸렌등을 단 새해 첫날의 작은 가게들로 혼잡한 큰길에 다다라 정어리 통조림 깡통으로 만든 장난감 기계, 놀랍도록 복잡한 양말대님을 구경하고 이 시간에는 인적이 드문 이딸리앵 길의 모퉁이에 이르러 빠떼폰 안으로 들어갔다. 거기서 예전에 중학교 동창들과 함께 그랬듯이 「보리스의 죽음」과 니키슈[6]가 지휘한 「성 금요일의 마법」 그리고 「선택받은 아가씨」 「마법사의 제자」 「소로친찌의 장터」 「금계」 「트리스탄」 등에서 샬랴삔[7]이 부른 노래에 무턱대고 귀를 기울였다.

그가 침을 다시 넣고서 같은 음반을 세번 연속해서 틀었다. 세상의 어떤 음악도 「트리스탄」보다 더 그에게 제격일 수 없었다. 3막의 첫 부분.

그는 몽마르트르의 유혹을 떨쳐버릴 수 없었다. 뢰리스에 가기에는 너무 이른 시간이어서 블랑슈 광장의 까페들 쪽으로 갔다. 거기서 푹스와 마주친 그는 소리쳐 불렀고, 오렐리앵의 탁자로 와서 앉은 푹스는 오렐리앵을 한시간이나 놓아주지 않았다. 그가 무슨 말을 했는지 누가 알겠는가! 오렐리앵은 신경 쓰지 않았다. 언제 보아도 이 작고 꾀바른 남자는 미지의 많은 사람들, 빠리의 아주 특별한 명사, 발행인, 귀여운 여인, 마권업자, 화가, 식민지 관리

6 Nikisch Artúr(1855~1922). 헝가리 출신으로 베를린을 비롯해 보스턴, 런던 등에서 활동한 지휘자.
7 Fyodor Shalyapin(1873~1938). 러시아의 오페라 가수 겸 영화배우.

들을 뒤흔들어놓을 비밀이 엄청나게 많은 것 같았다. 그 모든 것이 여느 때처럼 여전히 굉장한 '라 까냐'[8] 사업과 관련된 것이었다. 푹스는 정말로 아무런 할 일이 없어서 매번 만날 때마다 이처럼 달라붙는 것일까? 오렐리앵은 밤 12시 30분경에 그에게서 풀려났다.

새벽에 잠자리에 들었어도 소용없이 이튿날 8시쯤에 잠이 깼다. 자느라 중단된 기다림을 재개했다. 깨끗하고 단정하고 나무랄 데 없는 모습에 대한 관심, 광택을 낼 필요도 그를 들뜬 상태에서 그다지 오랫동안 돌려놓지 못했다. 그는 이제 전날처럼 멍한 상태가 아니었다. 신경과민에 사로잡혀 이 방에서 저 방으로 오갔다. 책을 한권 집어들었으나 읽지 않았고 아르망딘에게 편지를 쓰기 시작했다가 세줄 쓰고 나서 찢어버렸다. 담배를 더이상 피우고 싶지 않았다. 전날 너무 많이 피워서 이가 제자리에 없는 듯했다. 그래도 피웠다. 끝까지 피우지 않고 꽁초들을 가구 주위에 늘어놓았다. 뒤비뉴 부인으로 인해 그의 초조함이 절정으로 치달았다. 그녀가 있다는 사실만으로 이미. 그리고 그녀의 수다. 조간신문에 범죄 기사가 났어요. 읽지 않았나요? 아니, 나리는 읽지 않았다. 그가 원하는 것은 집에서 먹을 것뿐이었다. 산더미만큼이 아니라 너무 요란을 떨 필요가 없는 것, 이미 조리해놓은 것이었다. 아뇨, 푸아그라 말고요. 늘 그렇지는 않죠! 뒤비뉴 부인은 그를 위해 요리할 마음이 굴뚝같았다. 아, 그건 아니에요! 그럼 좋아요, 그렇게 하지요. 마침내 그녀가 나갔다.

이는 오로지 돌아오기 위해서였다. 식품을 구입해서. 상자, 햄, 빵. 뗏목을 타고 대양을 건너려는 것 같았다. 심지어 큰 비스킷 상

---

8 La Cagna. '피난처' '오두막집'의 뜻. 나중에 이 이름으로 신문이 발행된다.

자도 있었다. 오렐리앵은 짜증이 났다. 이제 그녀는 떠날 수 있었다. 그녀가 떠났다.

기다림을 참기가 어려웠다. 음식물 더미가 주방의 식탁 위에 남아 있었다. 그는 손대지 않았다. 식욕이 멀리 달아났다. 이른 아침에 이 식은 고기를…… 갑자기 초인종이 울렸다. 그가 현관문으로 뛰어갔다.

집배원이었다. 달력과 함께. 그리고 연말의 미소. 아까 왔었는데 아무도 없었단다. 집배원 다음에는 관리인이었다. 계단을 급히 내려가는 소리가 났어요. 뢰르띠유아 씨는 그 작은 소음을 듣지 못했나요? 뢰르띠유아 씨 댁에서 난 소리인지 알아보려고요. 아니다, 그 소리는 뢰르띠유아 씨 집에서 나지 않았다.

마침내 오렐리앵은 햄 한조각과 빵 한조각을 삼켰다. 그러자 더럽다는 느낌이 들었다. 칫솔질을 하고 손을 씻었으나 이 어처구니없는 생각을 몰아낼 수 없어서 옷을 벗고 샤워를 했다. 아르망딘이 무슨 말을 했을지 생각했다. "점심식사 후에, 그렇게!" 이 말에는 그들 집안의 내력인 울혈에 대한 두려움이 배어 있었다. 그는 웃지 않았다. 화가 났다. 생주네를 처분함으로써 그를 그녀의 가족과 얽히게 하는 모든 것이 정말로 끊어진다고 생각하니 안도감이 들었다. 그래, 가족 기업보다는 에드몽의 회사에 돈을 재투자하는 것이 백번 나아! 끝이다, 끝이야!

그는 이제 베레니스를 기다리지 않았다. 매순간이 지날 때마다 점점 더 그녀가 오거나 전화할 것 같지 않았다. 그는 그녀를 바라보았다. 가면, 사랑의 이 치명적인 얼굴을 바라보았다. 이 가면을 한없이 바라볼 수 있었고 거기서 빛이 어른거리는 것을 볼 수 있었다. 가능한 한 많은 빛이 석고상 위로 쏟아지도록 커튼을 활짝 열어젖혔다. 더이상 베레니스를 기다리지 않았다. 더이상 그녀를 기다리지 않는다고 속으로 말했다. 막 울음이 터지려고 했다. 그때 아파트 밖 복도에서 오가는 소리가 들렸다. 동파된 수도관을 수리하러 온 배관공이었다. 갑자기 베레니스가 도착한다면, 용접용 램프가 부딪히고 공구 상자가 바닥에 던져지고 일꾼이 움직이는 이 다양한 소음에 그녀의 발걸음이 섞여들 것이다. 그녀는 오지 않을 것이다. 물론 그렇지! 누군가가 현관문 너머에서 기침을 했다. 그러고 나서 오랜 정적이 이어졌다. 빛이 줄어들기 시작했다. 빠리의 흰 하늘에 검은 물결무늬가 어른거렸다. 벽에 걸린 석고상이 이 부질없는 기다림을 내려다보고 있었다. 오렐리앵은 아주 오래전부터 기다리고 있는 느낌이었다. 틀림없이 매우 늙어 보였을 것이다. 물건들의 위치를 바꾸었다. 압둘라 재떨이를 넘어뜨려 담뱃재, 꽁초, 검게 탄 성냥개비가 쏟아졌다. 그 더러운 것들을 그러모으고 양탄자에 솔질을 해야겠다고 생각하는 참이었다. 초인종이 울렸다.

아니야, 그럴 리 없다. 그녀가 아니다. 그는 최선을 다해 지저분한 것들을 감추고 자신의 손을 바라보았다. 손을 씻어야 한다. 또다시 초인종이 울렸다. 그녀가 조바심이 났나보다. 지독하군. 그것은 그녀가 아니었으므로…… 그가 문을 열었고 블레즈 앙베리외가 들어왔다.

46

"같이 자는 여자는 별것 아니야. 곤란한 건 같이 자지 않는 여자지." 화가의 이 멋 부린 듯한 격언에 뒤이어 침묵이 무겁게 내리깔렸다. 해가 진 어둠 속에서 두 남자가 벽난로 옆에 몸을 구부리고 앉아 있었다. 눈에 불꽃이 어른거렸다. 그들은 아마 한시간 전부터 대화를 나누고 있었을 것이다. 한해가 끝나간다는 사실로 인해 그렇지 않아도 의기소침한 그들은 자신들이 느끼기에도 더욱 침울해지는 것 같았다. 블레즈는 우선 거들먹거리고 돌려 말하면서 무슨 할 말이 있어서가 아니라 시간을 보내기 위해 이렇게 우연히 들렀다고 애써 주장했다. 그런 뒤에는 틀림없이 이렇게 주장하기를 그만두고 속내를 털어놓을 것이다. 오렐리앵은 이 방문에 뭔가 있다는 것을 분명히 느꼈지만 그것을 기대했던 것은 아니었다. 그가 모르는 사이에 베레니스가 화가를 다시 만났으리라고는 생각하지 않았기 때문이다. 왜, 어떻게? 하지만 이렇게 그녀의 부탁으로 그가 왔다. 그녀가 블랑셰뜨 때문에 피하는 눈치이고 블랑셰뜨 때문이라고 주장하는 요즈음에도, 그녀는 블레즈를 만나고자 하여 그와 만날 약속을 했다. 그와 오랫동안 이야기했다. 오렐리앵에게는 감추는 것을 그에게 말했다. 그를 속내를 털어놓을 수 있는 사람으로 여긴 것이다. 블레즈. 블레즈 아저씨. 오렐리앵이 기다림에 지치는 동안⋯⋯

"이봐, 애야, 네가 언짢게 생각하지 않았으면 좋겠다. 난 정말로 웬만하면 다른 사람들 일에 참견하지 않아! 너에 대해서도 그럴까? 아니지, 그럼. 그녀가 원했어. 심각한 일인 줄 몰랐단다, 그녀 쪽에나 네 쪽에나. 이야기가 어디로 향할지 알아차렸을 때 나는 그녀에게 말했지, 난 빠지겠다고. 아, 맙소사!"

그는 어디서부터 이야기를 풀어나갈지 몰라 허둥댔다. 열을 냈다. 콧수염을 가볍게 깨물었다. 그의 모호한 설명에서 결론은 베레니스가 ⋯⋯ 않는다는, 아니, 베레니스가 아저씨더러 오렐리앵에게 그녀는 그를 사랑하지 않는다고 전해달라고 했다는 것이었다.

"어떻게 그럴 수가 있겠니! 전혀 그렇지 않아. 네게 그 말을 전했어야 할까? 어떻게 된 일인지 헤아리지 않으면 틀린 생각을 갖게 될 거야."

문제를 포장해보았자 무슨 소용인가?

"아저씨가 저를 구슬리고 제가 충격을 덜 받게 하시려는 것은 무척 대단해요. 하지만 무슨 소용인가요? 말씀 잘 들었어요. 다른 말씀은 제게 전혀 하시지 않았지만 자세히 말씀하신다 해도 변할 것은 아무것도 없어요."

"하지만 당치 않아! 그럴 리가 없어! 무엇보다, 그녀가 너를 사랑하지 않는다고 말할 때 나는 그녀가 믿기지 않았다."

"그녀가 그렇게 말했어요. 그걸로 충분하지 않나요?"

"머리가 어떻게 된 거니, 얘야? 머리가 약간 이상해졌구나. 그녀가 그렇게 말하긴 했지만 그게 무엇을 증명하지? 그녀는 네게 직접 그 말을 하기로 마음먹을 수 없었기 때문에 내게 전하도록 한 거야. 만약 그녀가 너를 사랑하지 않는다면, 무엇 때문에 네게 그렇게 말하지 못하겠니?"

"그렇다고 생각하지 않으신다는 건가요? 그래서 제게 그렇게 말하러 오신 거예요?"

"얘야, 얘야, 그런 표정 짓지 마라! 어리석기는. 날 원망하겠구나! 마르뜨가 내게 분명히 말했었지."

"그래요? 아주머니가 말씀하셨군요!"

"화내지 마라! 나는 난처했어. 이해하지. 전해야 할 말은 아니지만 그녀가, 베레니스가 나더러 맹세하게 했어. 게다가 만일 내가 네게 알리지 않는다면, 남편이 와 있는데 네가 어리석은 짓을 할지도 모른다고 생각했단다.”

“무얼 맹세하게 했나요?”

“잘 알잖니, 이미 네게 말했는데. 괜히 다시 듣고 괴로워할 것 있겠니?”

“그녀는 저를 사랑하지 않는다, 아닌가요? 그녀가 그 말을 꼭 전해달라고 했다면서요? 나머지는 곁다리고요. 그게 아니면 아저씨가 맹세하실 필요가 없지요. 하지만 아저씨는 그녀의 말이 믿기지 않는 거죠. 그녀의 말을 믿지 않는 거예요, 블레즈 아저씨! 그리고 제게 그 말을 하러 오신 거고요. 둘 다를요. 저도 그래요. 그렇다고 생각하지 않아요. 아니, 그녀는 저를 사랑해요. 그녀는 저를 사랑한다고요. 제가 미쳤나요, 아니면 그녀는 저를 사랑하나요?”

그가 일어나더니 몇발짝 걸어 장작개비를 하나 집어 불 속으로 던지고 다시 앉았다. 공연을 관람하듯이 불꽃이 이 새로운 먹이를 집어삼키는 것을 보았다. 침묵이 약간 길어졌다. 그런 뒤 블레즈가 말했다. “얘야, 내가 말해주길 바라니? 내가 받은 인상으로는, 음……” 그가 또다시 콧수염을 가볍게 물었다. “글쎄요?” 오렐리앵이 약간 조급하게 말했다.

“그러마. 우리가 까페에서 처음 만났을 때, 그녀는 싸우고 있었어. 자신을 방어하려 했고 그녀 자신을 두려워했지. 어떤 술책을 생각해내고는 거기에 나를 써먹으려고 한 거야. 이해가 가니?”

“별로요.”

“내 말 잘 들으렴. 만약 그녀가 너를 사랑한다는 것을 그토록 확신해서 너를 사랑하지 않는다고 누군가에게 분명히 말할 필요가 있다면, 너에게가 아니라…… 그녀는 너를 아프게 하는 것이 두려웠기 때문에……”

"그녀가 두려워했다고요! 그러면서 아저씨를 보내다니요!"

"나를 보낸 건 그때가 아니야. 그녀에게 말을 나눌 누군가가 필요했어, 너 말고. 집에는 사촌올케가…… 있을 수 없는 일이지! 그래서…… 바르뱅딴 부인의 자살 시도 이후로 단지 두차례뿐이야."

"그럼 첫번째 만남에서는 그녀가 저를 사랑하지 않는다고 아저씨에게 말했나요?"

"물론, 물론. 다만, 어떻게 말할까, 난 믿지 않았다."

"지금은 믿으시나요?"

"아니, 아니야! 믿지 않는다고 혀가 닳도록 되풀이하잖니!"

그가 쩔쩔맸다. 오렐리앵은 그를 도와주지 않았다. 머리가 지끈거리고 발이 차가웠다. 손가락으로 머리카락을 흐트러뜨리고 손톱을 물어뜯었다.

점차로 두차례 만남의 밑그림이 드러났다. 첫번째에 까페에서 베레니스는 진정한 사랑 앞에서 모든 여자가 자연스럽게 갖게 되는 두려움에도 불구하고 말투가 매우 침착했다. 사랑하지 않는다고, 오렐리앵을 사랑한다는 생각이 들지 않는다고 분명히 말했다. 하지만 그녀의 태도에서 그녀의 말이 거짓이라는 것이 분명히 드러났다. 그렇지 않다면 도대체 무엇이 두려웠겠는가? 요점은 그녀가 이 운명에 굴복하는 것, 이 운명에서 벗어날 수 없다는 것을 두려워한다는 것, 그녀의 마음속에서 무언가 자신이 통제할 수 없는 것이 그녀에게 뭔가를 촉구한다는 것이었다. 그녀 자신의 소질에 대해 비상식적인 관념을 갖게 되어서가 아니었다. 만약 그녀가 오렐리앵에게 단순한 충동, 육체적 취향만을 느꼈다면 아마도……왜 아니었겠는가? 하지만 너무 심각했다. 바로 그것이 문제였다. 이 사랑의 전개를 멈춰야 했을 것이다. 그녀는 오렐리앵에게 피해를 끼치겠다고 결심할 수도 없었고 이와 동시에 자신이 벌써 욱신거림을 느끼는 불길의 시련을 각오할 수도 없었다. 또한 동시에 그가 그녀를 사랑한다는 것에 취한 것 같았다. 그것은 그녀가 포기할 수 없는 열의였다. 그녀는 이 사랑에 집착했고 그것을 믿었다. 필사적으로 믿었다. 오렐리앵의 이 사랑이 사라질 수 있다는 것이 또한 두려웠다. 예컨대 북돋아주는 것이 없어서. 그녀는 그를 신뢰했다. 하지만 자신이 그의 용기를 꺾고 그를 허물어뜨릴 수 있다는 것이 또한 두려웠다. 정말로 생각만 해도 무섭고 끔찍했다. 그토록 희귀하고 그토록 귀중하고 그토록 대단한 것. 한번 주어지는 선물, 어쩌면 두번 다시는 받지 못할 선물을 어떻게 무턱대고 거부할 수 있겠는가? 그녀는 자신이 함께하지 않는다고 단언하는 이 사랑을 잃는다는 생각에 고통스러웠다. 아저씨가 아마 그의 가장 좋은 친구일 것이라는 말을 오렐리앵에게서 들었기 때문에 마침내 블레즈에게 온 것이었다. 어느정도는 그녀가 모르는 다른 오렐리앵을 찾아내기 위해 그와 대화를 나눴다. 그 위험, 그 빛을 우회하기 위해서.

"이해가 가지, 얘야, 그녀는 전구를 갈았어!"

그녀는 오렐리앵에게 무엇이건 말해달라고 아저씨에게 청하지 않았다. 반대로 이 만남을 비밀로 해달라고 부탁했다. 아마도 자신이 오렐리앵에게 빠져들 것을 생각했기 때문에 자신이 결코 그의 것이 될 수 없다는 사실을 그만큼 강조했을 것이다. 다들 알다시피, 여자들이란.

"그러면 두번째는요?" 그가 외쳤다.

앙베리외가 손으로 젊은이를 토닥거렸다. 불꽃이 약간 사그라들었다. 늙은 화가가 부젓가락으로 불붙은 것들을 모아 부서진 장작개비들 아래로 잉걸불을 넣었다.

"두번째 만남에서 그녀는 블랑셰뜨의 그 일로 무척 당혹스러워했어. 넌 그 일이 그녀에게 미친 영향을 잘 납득하지 못하겠지. 가만, 번번이 내 말을 가로막지 마라, 코흘리개 같구나! 난 무엇을 믿을 수 있는지, 이 모든 일에서 누구를 믿어야 할지, 그리고 네가 무슨 수를 쓸 수 있었는지 잘 모르겠구나. 아, 지겨운 일이야! 내가 수를 쓴다는 말을 했다고 죽상을 하진 마라! 블랑셰뜨가 네 애인이었는지 아니었는지 내가 알겠니? 네게 묻지도 않잖아. 너 같은 부류의 신사는 성가시지. 조용히! 어찌 된 일인지 알고 싶다면 내 말에 토를 달지 마! 내가 수를 쓴다고 표현했지."

오렐리앵이 어깨를 으쓱했다.

"결국 부인은 너의 잘생긴 낯짝 때문에 끝내고 싶어 한 거야. 늘…… 나머지는 무시해도 돼! 그것이 그 어여쁜 부인을 혼란에 빠뜨렸지. 그래, 그 직전에 그녀들이 대화를 나눴을 때…… 그녀의 머릿속에는 생각이 들어차 있어. 다시 말해서 그녀는 자신에게 책임이 있다고 느껴. 잘못 처신했다고 자책하지. 사촌올케가 죽어가고 있을 때 그녀에게 너를 다시는 만나지 않겠다고 약속했어. 다른 쓸데없는 소리는……"

"정말로요? 그녀는 어제 아침에 여기 왔다고요!"

"내게서 무슨 말을 듣고 싶니! 그건 의도한 게 아니야. 그녀는 너를 만나려 하지 않겠다고 단언했어. 불행히도 모렐 씨가 느닷없이 여기 왔다고, 볼링장에 개가 뛰어든 것처럼, 그러지 않았으면 자신은 이미 떠났을 것이라고, 너희 둘 사이에 거리를 두었을 거라고 말이야."

"거리라뇨! 기차가 있어요! 그랬으면 제가 그녀에게 달려갔을 거예요!"

"아, 그건, 그녀는 네게 절대 그렇게 하지 말라고 간청하고 있어. 네가 그녀에게 그런 짓을 할 것이라고는 생각하지 못해. 그것 또한 내가 네게 말해주기로 다짐했다. 그래서 말인데……"

"하지만 그녀는 떠나지 않았고 어제 여기 왔어요. 제가 그 직전에 외출하는 바람에…… 아, 하느님 맙소사!"

"하느님은 계시는 곳에 내버려두렴. 물론 그녀가 왔겠지. 아마나의 심부름꾼 노릇을 그다지 신뢰하지 않아서였을 거야."

"그녀가 왔어요. 게다가 오기만 한 게 아니라고요! 저것을 가져왔어요! 저것을요! 이해하시겠어요, 저것을요! 길거리에서 산 제비꽃 한다발이 아니라고요. 네, 저것을요! 그녀가 만들게 한 가면, 분명 그녀의 남편을 위해서는 아니겠죠? 최근 며칠 동안 그녀는 소상塑像 제작자에게 갔던 거죠, 사촌올케를 내버려두고. 그사이에 사촌올케가 베로날을 들이마실 수도 있었는데, 소상 제작자에게 가기 위해…… 빠리에 곧 도착할 남편을 위해 그녀가 저렇게 자신의 얼굴상을 찍어내게 했다고 생각하세요? 그녀의 남편을 아세요? 아니죠. 저도 몰라요. 그는 남부에서 약사로 일해요. 그가 자기 아내의 가면을 응접실에 놓을 거라고 생각하세요? 자, 어서 대답해보세요!"

블레즈 아저씨는 이 커다란 얼간이를 자애롭게 바라보았다. 너무 괴롭지 않은 상태에서 이 모든 것이 정리될 수 있다면 이 녀석은…… 하지만 다분히 그는 상황을 안이하게 받아들였다. 블레즈는 오직 오렐리앵이 너무 괴로워하지 않기를 바라서 완충지대 역할을 수락했던 것이다. 그는 이 건장한 남자의 어머니를 생각했다. 그런 것처럼 보이지 않았음에도 그녀는 얼마나 불행했는지! 그리고 젠장, 늙은 블레즈 역시 그녀 때문에…… 그녀는 어느날 저녁 그에게 말했었다. "블레즈, 이를 꽉 물고 내 말을 잘 들어요. 그리고 분명히 기억하세요. 난 당신을 사랑하지 않는다고요." 이는 분명한 사실이었다. 그녀는 그를 사랑하지 않았다. 다른 남자를 사랑했다. 오렐리앵을 몹시 닮은 다른 남자를. 로즈 이전, 멜리 이전의 일이었다. 훗날에야 그는 괴로워했다.

"그녀는 남편을 사랑한다고 주장하나요?" 젊은이가 갑자기 외쳤다. 늙은이는 머리를 가로저었다. 아니, 그녀는 그를 좋아했다. 정확히는 모르겠지만 그의 생활, 그의 마음을 부수고 싶지 않았다. 그렇다고 그녀가 그를 사랑한다고 주장할 정도는 아니지 않겠는가! 오렐리앵이 깊은 한숨을 쉬었다. "그러니까, 그녀는 이제 저를 보려고 하지 않는다, 그건 남편 때문이 아니다, 블랑셰뜨 때문이다? 믿을 수가 없어요! 지금으로서는 블랑셰뜨 때문이죠! 요컨대 블랑셰뜨, 또한 남편, 그리고 훨씬 더 큰 이유는 그녀 자신 때문이에요."

오렐리앵이 냉소를 지으며 말했다.

"아, 그래요, 그녀는 뜻밖에 벌어질 일을 두려워해요! 선수를 치는 거죠, 저를 사랑하지 않는다고. 무엇이 그녀에게 저를 사랑하지 않는다고 그토록 확신하게 하는 걸까요?"

"내가 말하잖니, 그녀는 너를 사랑해."

"그래요…… 아니에요! 그녀는 왜 거짓말을 할까요? 게다가 전 그녀의 말이 믿기지 않아요! 그녀는 저를 사랑해요. 그녀는 저를 사랑한다고요! 제게 이 가면을 가져왔어요. 가면의 눈에서 알아차렸어요." 그의 눈에 슬그머니 눈물이 고였다. "그래서, 아저씨, 제가 그녀에게 편지를 쓰거나 전화를 걸지 못하게 막는 건가요? 그녀는 제가 그녀를 사랑한다는 것을 알아요. 그리고 제가 그녀를 사랑하지 않게 되기를 바라지도 않는다고요."

"그녀가 그것, 네가 그녀를 더이상 사랑하지 않는 것보다 두려워하는 것은 이 세상에 없어."

"그럼요, 그렇다니까요! 그녀는 제가 어떻게 하기를 바랄까요? 하지만 그녀가 왔으니까! 이런, 저는 너무 멍청해요. 그녀가 뒤비뉴 부인에게 다시 올 것이라고 말했는데……"

"음, 아마도 다시 오겠구나."

"아마도요? 어떻게 그런 불확실한 말씀을? 제가 견딜 수가 있겠어요?"

블레즈는 느닷없이 목소리를 높일 뿐더러 말의 앞뒤가 맞지 않는 이 오렐리앵, 자신이 아는 오렐리앵과 너무도 다른 이 헝클어진 머리의 오렐리앵을 호기심 어린 다정한 시선으로 바라보았다. 사랑은 얼마나 놀라운 것인가! 그가 되풀이 말했다. "얘야, 난 네게 해줄 조언이 없구나. 하지만 내 말 잘 들으렴. 같이 자는 여자는 별것 아니야. 곤란한 건 같이 자지 않는 여자지."

47

기다리는 것은 끔찍하다. 더이상 기다리지 않는 것은 더 끔찍하다. 오렐리앵은 이제 베레니스를 기다려야 할지 아니면 단념해야 할지 알지 못했다. 블레즈 아저씨의 전갈을 무가치하고 헛된 것으로 여길 수는 없었지만 그렇다고 베레니스의 방문, 가면과 몹시 상반된다고 생각하지 않을 수도 없었다. 어쨌든 어떻게 될까? 오렐리앵은 숨이 막혔다. 이제는 고독을 견딜 수 없었다. 사람들, 다른 것에 관해 말할 무관심한 사람들, 어리둥절하거나 그 반대일 사람들을 만날 생각은 더더구나 없었다. 속내 이야기, 불행한 사랑의 그 마지막 치료법보다 더 오렐리앵에게 거슬리는 것은 없었다. 하기야 누구에게 속내를 털어놓겠는가? 그의 친구들, 그에게 친구가 있었던가? 상황이 상황인 만큼 에드몽을 친구로 생각할 수는 없었다. 샤를 옹프레도 자끄 쉴제르도. 그는 너무나 혼자라는 느낌이 들어서 한순간 옛 지도교수 베르제뜨 선생을 생각했다. 푹스를 성가시게 할 생각까지 했으니 더 말할 것도 없다. 여자들도 있었다. 디안이나 마리, 왜 안 되겠는가? 전화는 너무 큰 유혹이었다. 디안은 외출 중이었고, 자끄와 함께 있을 테니 마리에게는 전화하지 않았다. 입이 무거우리라는 확신이 들지 않았다. 사실 그녀는 에드몽을 더 좋아해. 분명히……

봄이었다면 그는 어느 곳이건 시골로 가서 걷고 기어오르고 배회했을 것이다. 하지만 날씨가 춥고 칙칙하고 음산했다. 어떻게 시간을 죽일 것인가? 빨리 오거나 늦게 오는 이 견디기 힘든 나날을 어떻게 보낼 것인가? 확실한 것은 그가 자신의 방 두칸짜리 아파트, 쓸쓸한 집 안, 도저히 읽을 수 없는 책, 피곤하게 하는 불빛, 단조로운 실내장식과 날마다 몇시간 일하다 가는 뒤비뷰 부인, 특히 무엇보다도 사랑을 침울하게 환기하는 그 하얀 데스마스크를 더 이상 견딜 수 없다는 것이었다. 그렇지만 외출하기가 두려웠다. 만일에라도? 할 수 없지. 아무러면 어때, 끝났는데 뭐! 평생 처음으로 오렐리앵은 자신의 삶이 완전히 공허하다고 느꼈다. 보통은 잠에서 깨어날 무렵에만 찾아오는 그 날카로운 감정과 함께였다. 이제까지는 다소간 뭔가를 하고 있다고, 죽음을 그다지 두려워하지 않는다고 생각했다. 결국 얼간이들의 관점에서는 백수처럼 보였겠지만, 그는 사람들을 보았다. 그들의 말에 귀를 기울이고 이 불합리한 세상을 판단하고 이 세상에서 표면의 동요에 섞이고 심층의 드라마를 가늠하고 즐거움을 함께하는 것이 마음에 들었다. 여러 모험을 했다. 약간은 새로운 발견이었다. 때때로 여행을 했다. 사방으로 자유롭게 돌아다니면서 전쟁에 뒤이어 온 그 무의식적이고 무거운 시절, 평화라는 그 은밀한 다른 전쟁의 입김, 취기를 들이마셨다. 그 딜레땅띠슴이 오늘 그에게는 얼마나 공허하고 무용해 보이는지! 그는 아무것도 바라지 않았다. 태양, 열기조차 바라지 않았다. 도대체 무슨 일이 일어났는가? "단 하나의 존재가 사라지자 모든 것이 공허해졌다." 샤를 옹프레와 연결된 이 라마르띤의 시구가 그에게 분노처럼 떠올랐다. 정말로 이 지경이 되었는가? 언제든지 불청객으로 옹프레의 집에 가서 저녁식사를 할 수 있었다. 젊은 옹프레 부인, 주식 동향에 관한 대화가 생각났다. 샤를은 그에게 왜 멕시칸 이글 주식을 사지 않는지 다시 한번 묻겠지 기타 등등. 하여튼 그가 참아낼 만한 유일한 유형은 여전히 의사 드삐르였다. 지끼, 실은 그토록 불행한 사람. 그러자 그 징징거림의 상념이. 그들 둘이 함께…… 아, 아니야, 안 되고말고! 드삐르 생각에 느닷없는 환멸, 말도 안 되는 부아가 치밀었다. 그 나약한 사랑. 모든 것을 감수하다니, 고통을 겪으면서도! 그 검은 강물 앞에서 몸부림쳤다. 전율했다. 정말로 이 지경이 되었는가?

느닷없이 그는 옷을 차려입기로 마음먹었다. 마치 저녁 모임에 가야 한다는 듯이. 면도가 잘되지 않았다는 생각이 들었다. 뺨에 스킨로션을 바르고 삼면거울로 자신의 눈을 보았다. 이 다른 세계의 분위기는 뭐지? 결막의 붉은 실핏줄, 보랏빛 눈꺼풀, 땀방울이 맺힌 관자놀이. 분을 발랐다. 결코 해본 적 없는 일이었다. 화장이 끝나자 잘 차려입은 자신의 모습을 다시 한번 바라보았다. 자, 해야지, 마치…… 마치, 뭔가? (그녀를 생각했다.) 가면을 보지 않으면 그녀의 추억에서 아주 쉽게 풀려날 수 있겠지. 그는 가면을 떼어내 옷장에 넣어두려 했다. 한동안 손에 가면을 들고 있었다.

넥타이 뒤 손수건 사이에 가면을 놓았다. 옷장 문을 다시 닫은 오렐리앵은 빈 벽을 올려다보았다. 배신을 저지른 것이 아닐까? 어이없군, 어이없어. 괴로워하지 않기다. 무엇보다 괴로워하지 말아야 해.

막심스에서 저녁식사를 했다. 첫번째 방은 안쪽에서 오케스트라가 연주하는 동안 사람들이 춤을 추고 있었다. 그의 주위로 테이블이 혼잡했고 사람들은 무리를 지어 식사하고 있었다. 바에는 여자들, 단골손님들. 그는 왜 여기로 왔을까? 이곳의 차양을 좋아해서였다. 옛날식으로 온통 주름이 잡히고 꽃줄로 장식해서 여자 속옷 느낌이 나는 차양이었고 마로니에 잎을 주제로 한 모던 스타일의 장식도 마음에 들었다. 그 소음, 상투적인 양탄자와 조명, 부산스러운 웨이터들이 그리워서였다. 자신이 하다못해 그 사교계에, 대실패와 승리를 가로질러 작동하며 극장, 경마 클럽, 경찰, 돈과 관련된, 빠리 생활 자체인 그 무엇에 속한다는 생각에 마음이 동해서였다. 그 흐름에 휩쓸릴 필요가 있었다. 그리고 정성껏 꾸민 여자들, 비싸게 차려입은 여자들이 있었다. 그가 돈을 낼 것인지 아니면 누가 내줄지 궁금해하면서 그를 바라볼, 얼굴에 화색이 돌고 눈부신 어깨를 드러낸 채 예쁘게 양손을 모으고 있는 평범한 여자들이었다. 불가능한 것은 아니다. 그는 다소 일찍 왔다. 꼬냑 한잔과 함께 커피를 시켰다. 디안이 자끄 쐴제르, 그리고 아주 잘 차려입은 반백의 두 신사와 함께 들어왔다.

"어머나, 오렐리앵!"

디안이 손을 내밀어 입맞춤하게 했다.

"아니, 이봐, 아주 일찍 저녁을 먹는군!" 쉴제르가 외쳤다. "이 시간에 까페라니!" 꼬냑 잔을 우리 테이블로 옮기게나."

그가 변명했다. 사람들이 그를 기다리고 있어서 그렇게 일찍 저녁식사를 했다고.

"아, 여전하네! 그리고 장담컨대 '넌' 눈이 아름다워!" 디안이 말했다.

이 사람들이 들어옴으로 해서 그는 거리로 나왔다. 갑자기 그 무리에 끼어들 생각에 못 견디게 싫었던 것이다. 디안은 몹시 아름다웠지만 멍청해 보였다. 자끄에 관해서는 말할 것도 없다.

그는 영화를 보러 갔다. 큰길가의 작은 극장이었고 악기 세개로 구성된 합주단이 상하이 항으로의 입항을 위한 종소리 소곡의 삽입 순간을 기다리고 있었다. 물론 사랑 이야기였다. 매끄럽게 나풀거리는 옷을 입고 걸핏하면 다리를 꼬는 갈색 머리의 키 큰 여자, 눈을 크게 뜨고 두리번거리는 젊은 남자, 다음으로 희극, 허울뿐인 작은 아파트를 배경으로 유산 상속이 기대되는 부유한 아주머니와 벽장 안의 여자 친구가 등장하는 그 비극적 보드빌 중의 하나. 합주단의 연주가 알레그로로 바뀌었다. 더 빠르게 연주하려고 음을 빼먹을 정도였다. 뭘 하지? 보행로에서 10시가 채 되지 않았고 오렐리앵은 망설였다. 집으로 돌아가? 턱시도 차림이 꼴사나웠다. 건너편 큰길가의 극장으로 다시 뛰어들었다.

여기서는 영화가 더 큰 장르였다. 관객이 그다지 많지 않았다. 안내원의 손전등이 도착한 사람을 비추었다. 앉아 있는 사람들과 무심결에 몸이 닿을 정도로 어두웠다. 오렐리앵은 너무 가까이 있는 것이 싫었다. 스크린에서 시작된 미국 이야기가 그의 머릿속에서 가닥이 잡히기까지 얼마간 시간이 걸렸다. 여자들의 모습이 서로 비슷해서 그는 누가 누구인지 갈피를 잡지 못했다. 이 뚱뚱한 남자는 누구의 남편이지? 왜 저 어린 소녀가 죽임을 당했지? 붉은색 자막을 읽어도 맥락이 전혀 이해가 되지 않았고 너무 강한 음악 역시 이해에 보탬이 되지 않았다. 매우 감상적이었다. 젊은 커플이 고층건물들 사이의 어느 공원에서 만났다. 잘 관리된 공원이었다. 여기저기에 실업자들과 연인들이 있었고 작은 조약돌과 꽃과……

누군가 다가와서 오렐리앵은 일어나야 했다. 향수를 짙게 뿌린 여자였다. 그녀가 그의 옆자리에 앉았다. 그는 곧장 무슨 일인지 알아차렸다.

극장 밖으로 나온 그는 자기 자신이 불만스러웠고 절망감에 사로잡혔다. 이 모든 것에 어렴풋한 죄책감이 섞여들었다. 모든 것이 너무 어리석고 무의미한 짓거리 같았다. 자기 마음속의 짐승이 미웠다. 그토록 멍하게 무얼 하는 것인지. 몽마르트르 교외로 방향을 잡았다. 여자들이 걸리적거렸고 신문팔이들의 외침이 들려왔다. 비는 오지 않았다. 이미 많이 내렸다. 까페들이 강렬한 흰빛으로 반짝거리고 있었다. 망설일 이유가 없었다. 그는 그 알코올의 빛 속으로 들어섰고 카운터에서 작은 잔을 여러차례 들이켰다. 전에 없이 취했다. 얼마나 혐오감을 느꼈는지, 얼마나 혐오스러웠는지!

48

대낮이고 개막일과 달리 사람이 많지 않아서인지 화랑이 전혀 다르게 보였다. 같은 전시회인지 믿기 어려웠다. 오렐리앵은 모자를 벗고 팔에 우산 손잡이를 걸었다. 당시에 누구나 그랬듯 몸에 꼭 맞는 외투를 입은 그는 침묵 속에서 낯선 곳에 온 느낌을 받았다. 길을 가다가 우연히 들어온 커플이 소곤거렸고 큰 전시실의 탁자에서 머리를 곱게 빗은 화랑지기 여자가 글을 쓰면서 종이가 펜촉에 긁히는 소리를 냈다. 기괴한 그림들에는 누구나 익숙해진 것 같았는데, 어느 그림이나 유별날 것 없이 비슷해 보였고 벽면에 비해 너무 많은 느낌이어서 숨이 막힐 지경이었다. 그게 다였다. 왼쪽 전시실은 이미 불이 밝혀져 있었다. 인공조명에 색이 뭉개졌다. 수채화에서 색칠하지 않은 종이, 천재의 우스꽝스러운 버릇, 편집증, 가식을 흉내 낸 나머지 느닷없이 천재성이 번득인 듯싶은 그림의 여백은 보이지 않는 흰색 염료로 덧칠된 것처럼 보였다.

　여기서 오렐리앵은 뭔가를 찾고 있었다. 꽤나 조바심을 내며 마음속 깊이 불쾌감을 안고 그 흐릿한 그림에 접근했다. 이중으로 그려진 얼굴의 선이 이번에는 아주 굵고 멋없어 보였다. 이게 그렇게 닮았나? 그는 자신의 젖은 신발이 회색 양탄자에 자국을 남기는 것을 알아차렸다. 그는 약간은 도둑처럼 여기 왔다. 그는 정확히 무엇을 두려워했는가? 그가 돌아서며 등 뒤로 눈길을 던졌다. 아무도 이 당황한 모습의 오렐리앵에게 관심을 갖지 않았다. 그래서 그는 사모라에 의해 두차례 고정된 베레니스를 바라보았다. 여유롭게 바라볼 수 있었다. 핀으로 고정된 나비 같았다. 그녀의 각각의 모습은 얼마나 실망스러운지! 그는 겹쳐진 두 스케치에 대해서만 그렇게 생각한 것이 아니라 자기 집 벽에 걸려 있는 그 참된, 참되고 이것만큼이나 거짓된 가면에 대해서도 그렇게 생각했다. 묘한 것은 사모라가 서로를 부정하는 이 두 스케치를 공존하게 함으로써 자기비판을 하는 것처럼 보인다는 점이었다. 무능의 고백이 엿보였다. 하지만 고백자에게만 관련된 것은 아니었다. 포착할 수 없는 베레니스……

오렐리앵은 자신의 관심을 후회했다. "무엇보다, 잘못 그린 거야." 그가 중얼거렸다. 그는 서로 얽힌 선들 사이에서 갈피를 잡지 못했고 닮음이 사라졌다. 갑자기 그녀가 다시 나타났다. 초상이 숨을 쉬는 것 같았다. 처음으로 오렐리앵은 이 초상의 크게 뜬 눈에서 절망의 표현 자체를 읽었다. 어떻게, 이게 뭐지? 사모라의 창안, 비극적이게 보이는 취향인가, 아니면 진실인가? 이 화가가 베레니스의 눈에서 그가, 오렐리앵이 못 본 것을 보았단 말인가? 옆 전시실에서 웃음소리가 들려왔다. 젊은 사람들. 들어와서 몹시 즐거워하는 미술학교 학생들이었다. 그는 베레니스에게서 멀어져 다른 그림을 보는 척했다. 사실상 개막일 저녁에는 아무것도 보지 못했었다. 다른 것에 흥미를 느껴서가 아니었다. 많은 사람이 모여들어……

멀리서 초상화가 자석처럼 그를 다시 끌어당겼다. 새삼스레 그는 교차된 선들을 이해할 수 없었다. 이중의 얼굴을 눈여겨보려고 다가갔고 그렇게 바라보자 감은 눈에 특유한 것을 파악할 수 있었다. 비법은 아주 단순했다. 초상화를 덮은 유리 아래에서 쇳가루로 하는 하찮은 놀이 같다. 매우 어려워 보인다. 그래도 능숙한 솜씨가 있다면……

"저기 초상화 좀 봐, 사팔뜨기야!" 그의 등 뒤에서 또렷이 외치는 애송이의 목소리가 들렸다. 오렐리앵은 그 녀석을 쳐다보았다. 작은 파란색 줄무늬가 있는 회색 넥타이를 매고 턱수염을 기른 풋내기가 겨드랑이에 녹색 마분지를 낀 채 엄지손가락과 집게손가락 사이에 파이프를 들고 있었다. 틀림없이 그런 자신의 모습을 그리게 했을 것이다. 저런 애송이가 파이프를 피우다니 예상 밖이로군!

같은 부류인 네명 중 하나가 베레니스를 가리키면서 넥타이보다 더 신경을 긁는 목소리로 말했다. 아직 변성기가 지나지 않은 듯했다. "앵그르처럼 그린 것 같아. 뤽올리비에 메르송⁹처럼 구성했어!"

오렐리앵이 어깨를 들썩였다. 이 고약한 녀석들의 볼기짝을 때려주고 싶었다. 그는 외투 깃을 여미고 우산을 접힌 팔꿈치 쪽으로 끌어당기고는 전시실을 떠났다. 넓은 홀에서 약간 머뭇거리다가 번존스¹⁰ 스타일의 차림새에 머리를 모두 빗어넘긴 부인에게 다가갔다. 갈색 머리도 금발머리도 아니었고 젊지도 늙지도 않았으며 특징이라고는 들창코밖에 없는 그녀가 도록에서 눈을 떼고 그를 올려다보았다. 얼굴이 누르스름하고 입술이 너무 진했다. 오렐리앵이 물었다. "실례합니다, 부인. 57번 그림의 가격을 알고 싶습니다만."

들창코가 잠시 실룩거렸고 전몰자를 추념하는 경례가 있는 듯이, 부인이 고객에게 미소를 지었다. 그녀는 아마 자신이 머리핀을 곧잘 잃어버린다는 사실을 떠올린 듯 뭔가를 찾아 손으로 목덜미를 더듬었다. 그러고는 엉거주춤 일어나 큰 소리로 말했다. "57번이라, 57번…… 좀 기다리세요. 화랑 관장에게 물어봐야겠네요. 마르꼬뿔로 씨! 마르꼬뿔로 씨!"

나뭇잎 무늬가 있는 사냥 모티프의 모조 태피스트리 커튼으로 가려진 작은 문에서 마르꼬뿔로 씨가 나왔다. 향수 냄새를 풍기는 뚱뚱한 남자는 허리께에 주름이 잡혔고 듬성듬성한 머리카락은 가르마를 탔다. 얼떨떨한 얼굴에 면도한 코밑수염은 소형 비행기 모양이었다. 평소에 그는 18세기 조각품, 영국풍 채색 판화, 나체의

....
9 Luc-Olivier Merson(1846~1920). 프랑스의 화가, 삽화가.
10 Edward Burne-Jones(1833~98). 영국의 화가. 라파엘전파의 영향으로 신비적이고 낭만적인 화풍을 보였다.

여자가 뱀과 함께 있는 유형의 현대화를 팔았는데 사모라의 전시회 때문에 자신의 장르에서 약간 이탈했다. 하지만 그에게 가격을 물어보는 경우는 매우 드물었던 것이다! "57번, 그게 「심장 자리에 놓인 난소」지, 아마? 모두가 그 그림을 구입하고 싶어 하죠! 아니라고요? 아, 이런 바보 같으니! 「M 부인의 초상」인가요? 그래요, 「M 부인의 초상」. 팔린 그림인지 모르겠네요. 그 양반이 다시 들른대요? 벨리퐁뗀 부인!"

부인이 책상에서 벌떡 일어섰다. "뭘 원하세요, 관장님?"

"벨리퐁뗀 부인, 그 양반이 「M 부인의 초상」 건으로 다시 올 건가요? 다시 왔었나요?"

"그 양반이요? 무슨 말씀을 하시는 건지 모르겠네요." 벨리퐁뗀 부인이 무뚝뚝하게 말하고는 검붉은 포도색 입술을 깨물었다.

"보시다시피, 선생님," 마르꼬뽈로 씨가 탄식조로 말했다. "도움이 안 돼요. 이러니 내가 어떻게 알겠어요! 그 양반이 왔다 해도 내가 여기 없었다면 그는 그것을 확실히 구입한 것이 아니지. 아니야, 그러니까……"

"그런데 그 초상화의 가격이 얼마냐고요."

"장부를 봐야겠네요. 괜찮겠습니까?"

마르꼬뽈로 씨는 온갖 거드름을 다 피우고 나서야 예의 장부를 펼쳐 보기 시작했다. 긴 검은색 수첩에 가격이 문자와 숫자로 적혀 있었는데 암호를 쓰지 않았음에도 금고보다 더 고약했다. 어디 봅시다, 내 생각이 틀리지 않아. 그리고 마르꼬뽈로 씨는 오렐리앵의 외투와 우산, 손에 든 모자의 비단 안감을 감정했다. 정확히 5천 프랑, 5천, 그렇습니다!

터무니없는 가격이었다. 사모라에게도 오렐리앵에게도. 그는

15상띰 정도의 그림이라고 생각했었다. 아니, 사실은 전혀 아무런 생각이 없었다. 유감이네요. 그러고 나서 갑자기 부끄러운 느낌이 들었다. 여기서 무얼 하는 거지? 베레니스를 흥정하다니! 수치스러웠다. 그가 말했다. "최종가인가요?"

마르꼬뽈로 씨가 최종가라고 외쳤다, 만약 이 그림이 이미 팔리지 않았다면. 자, 오늘날 5천 프랑으로 무엇을 손에 넣을 수 있을까요? 게다가 사모라의 그림이잖아요! 그가 갑자기 입을 다물었고 아연실색했다. 고객이 수표책과 만년필을 꺼냈던 것이다.

"마르꼬뽈로라는 이름으로 발행할까요?"

그렇고말고요. 이주 후에, 아니 십칠일 후에 전시회가 끝나면 즉시 이 그림을 선생님 댁으로 보내드리겠습니다.

"수표에 횡선을 그을까요?"

선생님이 원하신다면요. 그건 중요하지 않습니다. 선생님의 주소가……

마르꼬뽈로 씨는 정신을 차리지 못했다. 손가락으로 수표를 들고서 어쩔 줄 몰랐다. 고객이 나가자 그가 소리쳤다. "벨리퐁뗀 부인! 벨리퐁뗀 부인!"

벨리퐁뗀 부인이 아침잠에서 빠져나오듯 도록에서 뽑혀나왔다.

"벨리퐁뗀 부인, 당장 57번에 '팔림' 꼬리표를 붙여요, 지금 당장 57번에 '팔림'을. 이게 더 중요한 일이라고요!"

49

"당신에게 편지를 씁니다." 편지에는 이렇게 쓰여 있었다. "이 침묵을 더이상 견딜 수 없어서요……" 오렐리앵은 저녁 우편물에서 이 편지를 발견했다. 두번째로 베레니스의 글씨를 보았다. 새로운 면모였다. 무질서하고 커 보였지만 글줄의 수를 많이 늘렸는데, 글자의 높이를 감안하더라도 행간이 이례적으로 넓었다. 여자들에게 일반적인 한결같은 글씨체가 전혀 보이지 않았다. 여자들은 모두 초등학교와 어린 시절로부터 뭔지 모를 화려함, 처음으로 교육 받았을 때의 자취, 오늘날 여성의 글씨에 관해 사람들이 갖는 관념의 흔적을 간직한다. 이상하게 꾸밈이 없는 글씨였다. 바람이 통하고 가슴이 뛰는 느낌을 주었다. 이 미지의 글씨가 오렐리앵의 눈 안에서 춤을 추었다. 그는 너무나 감격한 나머지 처음에는 편지를 이해하지 못한 채 읽었다. 상황을 정확히 판단하고 바닷물 색으로 옅게 채색된 이 종이 위에 이 파란색 잉크로 편지를 쓴 사람이 정말로 베레니스라는 것을 확신할 필요가 있었다. 베레니스…… 어떤 베레니스? 눈을 뜬 베레니스인가, 눈을 감은 베레니스인가? 여하튼 베레니스. "……처음에는 당신을 보지 않는 것이 잠드는 것과 같으리라고 생각했어요. 누구나 잠을 잘 자면 행복하죠. 하지만 나는 잘 자지 못해요. 불면증이라고 하는 편이 더 정확할 거예요. 당신 아닌 어떤 것으로도 나의 관심이 쏠리지 않네요. 무엇으로도 마음을 딴 데로 돌릴 수 없어요. 나는 이 침묵 속으로 들어왔고 이 침묵으로 인해 숨이 막혀요. 더이상 당신의 말을 듣지 않는 것은 어떤 것도 듣지 않는 것이랍니다. 그럴 수 있으리라고는 결코 생각하지 못했지요. 이제 다시는 당신을 보지 않으리라고 맹세했지만, 그 가면이 내게 배달되었을 때 나 자신이 그것을 전달할 수밖에 없었어요. 깨지기 쉽잖아요. 그것을 맡길 사람이 내겐 아무도 없었어요. 어떻든 여러 이유로, 관리인실에 맡기리라 생각했지요. 관리인 여자는 외출 중이었어요. 당신이 알다시피 작은 게시판에…… 내가 올라갔어요. 당신은 집에 없었어요. 당신이 방금 외출했다고 가정부가 말해주더군요. 그래도 나는 약속을 지킨 셈이었죠. 그때부터 멍하니 정신을 놓고 있네요. 다시는 당신에게 편지를 쓰지 말아야 할 거예요. 이 편지를 찢어버리리라, 보내지 않으리라 생각해요. 이렇게 생각하니 당신 앞에서 눈물을 흘릴 서글픈 용기가 나네요. 오렐리앵, 이 모든 것은 내가 감당할 수 없는 일이라고요! 블레즈 아저씨에게 맡긴 끔찍한 일을 생각하면 어지럼증이 도져 견딜 수가 없어요. 애초에는 그랬죠. 나 자신의 무분별한 약속으로 여전히 격정에 휩싸여 있었어요. 블랑셰뜨는 몹시 불행해요. 눈 뜨고 차마 볼 수 없을 정도죠! 나는 당신에게 그저 조금 끌릴 뿐이고 이런 충동에는 충분히 저항할 수 있다고 확신했어요. 또한 나 자신을 희생할 열의도 있었죠. 당신을 사랑하지 않는다고 앙베리외 씨에게 진심으로 말할 수 있었어요. 그분이 내 말에 공감했다고 확신해요. 그분이 당신에게 그렇게 말하지 않았나요? 이제 나는 당신도 그렇게 생각했을까봐 두려워요. 이로 말미암아 당신이 괴로워할까봐, 당신을 잃을까봐 두렵기도 해요. 오, 아니에요, 그럴 수는 없어요, 내 사랑! '내 사랑'이라고 쓰니까 오히려 마음이 놓이네요. 그래요, 내가 거짓말했어요. 예, 당신을 사랑해요. 이 편지를 찢지 않겠어요. 내가 당신을 사랑한다고 여기에 쓰여 있으니까요. 선악의 기준은 어디에 있을까요? 블랑셰뜨는 살아야 해요. 애들이 있잖아요. 내 사촌오빠는 그녀가 질투한다고 생각해요. 하지만 그녀는 겨우 기력을 회복하자마자 다시 일을 벌이려고 했어요. 전 알았어요. 그날 밤 우리가 나눈 대화 때문에 나 자신이 살인자라고 느꼈어요. 그래서 그녀와 맞붙어 싸웠죠. 그녀를 감시하고 그녀에게서 알약 통을 빼

앗아야 했어요. 그녀가 말했지요. '나를 내버려둬요, 죽게 내버려
둬!' 나는 그녀에게서 다시는 그러지 않겠다는 약속을 받아냈어요.
하지만 그 대신에 다른 것을 주는 조건으로였죠. 나는 그녀의 죽
음, 우리의 삶 앞에서 비겁했어요. 어쩌면 당신은 나를 미워하겠죠.
나는 당신을 완전히 잃어버렸을 테죠. 당신은 나를 경멸하겠죠. 그
거짓말, 그렇게 다시 하게 된 거짓말, 이 모든 것 때문에 당신은 혐
오감을 느끼고 내게서 멀어지겠죠. 이런 생각을 나는 더이상 견뎌
낼 수 없어요. 우리가 결코 다시 만나서는 안 될지라도, 당신이 결
코 다시 내 손을 꽉 잡아서는 안 될지라도 당신의 사랑, 우리의 사
랑이 내게 무엇을 의미하는지는 아무도 상상할 수 없을 거예요. 나
는 일평생 이토록 집착하는 것과 마주친 적이 없어요. 앞으로 다시
마주칠 일도 없을 거예요. 당신을 처음 보았을 때, 낙담했어요. 웃
는 척했어요. 살아 있는 척했죠. 나는 죽은 여자였어요. 내 삶은 목
적이 없었어요. 존재 이유가 없었죠. 나는 더이상 어떤 것도 믿지
않았어요. 내 마음속에 나를 물어뜯는 권태, 영원히 혼자라는 확신
이 있었어요. 나는 그저 날마다 반복되는 생활을 정해진 일정대로
계속할 뿐이었죠. 태어났기 때문에 살아 있었어요. 그게 전부예요.
내가 어린아이, 소녀로서 바랐던 것이 조금씩 변질되었어요. 퇴색
해갔죠. 삶이 변할 가능성은 없었어요. 어디에서 이런 변화를 기대
했을까요? 여자 운명의 사소한 변화조차 믿어야 했을 거예요. 여자
의 행복은 무엇일까요? 예쁜 옷을 갖는 것, 지방에서 살지 않게 되
는 것, 아니면 뭐가 있을까요? 여자의 행복 따위는 믿지 않았어요.
사랑한다고 생각했었죠. 그러고 나서 내 생각이 잘못되었다는 것
을 알았을 때, 평생을 두고 그런 척하기로 결심했어요. 적어도 다
른 사람을 행복하게 만들기로 말이에요. 내게는 그것이 불가능했

으니까요. 맞아요, 내가 꿈꾸었던 사랑은 책에만 있을 뿐이었죠. 멋들어지게 지어낸 것일 뿐이었어요. 나는 그럴 능력이 없었어요. 혹시라도 내가 아주 미쳐버려서 이 편지를 당신에게 보내기라도 한다면, 당신이 즉각 불태우리라고, 없애버리리라고 확신하기 때문이라는 것을 명심하세요. 내가 이 모든 것을 써서 당신에게 보이는 것은 그저 무분별한 짓일 따름이죠. 여태까지 나는 감히 그렇게 하거나 그렇게 하겠다고 고백할 생각이 없었어요. 블랑셰뜨만 있는 것이 아니에요. 이해해주세요, 오렐리앵. 블랑셰뜨는 그저 내가 멀리한, 잠시 잃었던 의식을 되살아나게 했을 뿐이에요. 내가 블랑셰뜨에게 맹세한 것은 맞아요. 그녀가 나에게서 그 끔찍한 약속을 억지로 받아낸 거죠. 하지만 문제는 그녀가 아니에요. 그녀의 삶도 아니고, 그녀의 딸들도 아니죠. 그 어린아이들을 생각할 때면 마음이 몹시 아프지만 말이에요. 애들은 내게 가장 고통스러운 격정을 불러일으켜요. 그들이 이 세상에 태어나고 싶어서 태어난 건 아니잖아요. 그리고 우리는…… ('이 대목에서 한 단락 전체가 삭제되었다. 아주 새까맣게 칠해졌다. 오렐리앵은 여기저기 l자나 f자가 삐쳐 나온 그 단어들, 어떤 비밀의 고리를 분간할 수 없었다.') 그것에 관해서는 말하지 않는 편이 낫겠어요. 하지만 뤼시앵이 있어요. 당신은 그를 잘 알지 못해요. 그가 내게 무엇이었는지 몰라요. 우선 자유, 그다음에는 황홀한 젊음, 자기 자신이 누군가로 살아간다는 도취의 느낌이었어요. 그는 나를 사람으로 존중하면서 내게 말을 건넨 최초의 사람이죠. 그이 덕분에 나는 처음으로 세상에 대해 내 아버지 집에서 모두가 지니고 있던 그 침울한 관점과는 다른 시각을 갖게 되었어요. 그리고 뤼시앵과 나 사이에도 그 그림자, 나의 아버지, 내 아버지의 불행이 드리워 있어요. 나의 어린 시절, 집

안, 떠나간 어머니에 관한 나의 긴 이야기에서 당신이 무엇을 기억했는지 모르겠네요. 공정하기란 몹시 어려워요. 내가 당신을 사랑하고부터는…… 내가 이렇게 쓰다니! 별일이지요. 처음으로 사랑니가 나고부터라는 듯이, 세상에서 가장 자연스러운 일인 양, '내가 당신을 사랑하고부터는'이라고 쓰다니요. 내가 당신을 사랑하고부터는, 오렐리앵, 몇가지 일을 의심하기 시작했어요. 어린 시절에 나는 폭력적이고 과묵하고 불행한 아버지에게 완전히 순종했지요. 아버지 때문에 삶이 고달팠어요. 꿈 많은 어린 소녀의 온갖 공상과 함께, 어머니에게 '가버려!'라고 말한 것을 기억했어요. 사랑이 좋았어요. 온 세상, 무엇보다 내 아버지, 미운 아버지에게 맞서는 길은 사랑밖에 없다고 생각했어요. 하지만 사랑한 적은 없었죠. 고통을 겪는다는 것이 무엇인지 몰랐어요. 세월이 흐른 지금, 내가 변했어요. 이해했지요. 죽을 때까지 결코 사라지지 않은 아버지의 그 깊은 우울증, 그의 마음속에서 일어나서 결코 가라앉지 않은 감정의 소용돌이, 그것은 바로 사랑, 정말로 사랑이었어요. 어머니는 사랑의 이름으로 떠났죠. 하지만 사랑했을까요? 전혀 모르겠어요. 아버지가 어머니를 사랑했다는 건 알아요. 그것은 바뀔 수 없어요. 오렐리앵, 당신을 더이상 만나지 않게 되었을 때 그것을 알아차렸죠. 누구나 어떤 사람에게 그렇게 할 권리가 있을까요? 내가 당신에게 그렇게 할 권리가 있을까요? 하지만 당신은 나를 사랑하죠. 누가 그렇게 말할 수 있겠어요? 뤼시앵도 그이 나름의 방식으로 나를 사랑해요. 그는 '이 방식'이 다른 방식, 다른 사랑과 상이하다는 것을 알지 못해요. 사랑은…… 그렇지만 내가 떠난다 해도, 그와 헤어진다 해도, 사랑의 이름으로 말이죠, 그의 삶에 대한 내 기억은 결코 지워질 수 없을 것이라는 것을 알아요. 그의 삶은 끝날 거예요. 나는 그의 젊음이자 그의 모든 것을 좌우하는 계기죠. 그때부터 그는 몹시 변했어요. 극적으로요. 그때 있었던 일이 그의 삶에서 다시 일어날 수는 없어요. 그는 나를 상대로 행복의 잠재력을 단숨에 소진했어요. 만약 내가 떠난다면…… 아, 당신은 그이를 잘 몰라요, 오렐리앵, 당신은 나를 이해할 수 없어요. 그리고 나는 어렸을 때 온 힘을 다해 미워한 아버지, 아버지에 대한 나의 부당한 무지를 생각했어요. 뤼시앵이 언젠가 아버지처럼 되는 것을 바라지 않아요. 이번에는 그가 날마다 반복되는 그 괴로움, 끝나지 않는 슬픔을 나 때문에 겪게 되지 않았으면 해요. 그래도 아버지는 나를…… 아버지는 나를 사랑하지 않았어요. 아버지에게 나는 다른 남자와 함께 떠난 아내에 관한 역겨운 기억이었죠. 결국 아버지에게는 미워할 내가 있었어요. 그것은 여전히 사랑이고 삶이지요. 나는 혼자인 뤼시앵을 생각할 수 없어요. 그에게 남길 아이가 없어요. 그러니까 그이보다 당신을 더 완강하게 대하는 것일까요? 내게 우리 자신과 맞설 기력을 주는 것은 당신이 그이보다 그토록 더 강하고 더 멋지고 더 사랑스럽다는 생각이에요. 누구나 당신을 좋아해요. 누구라도 당신을 좋아할 거예요. 당신은 혼자가 아닐 테죠. 이런 생각보다 더 해로운 건 없어요. 나는 이 편지를 부치지 않을 거예요. 당신을 너무나 사랑해요. 이 말을 해야 했죠. 당신을 그 거짓말에 계속 붙들어놓을 수는 없었어요. 당신을 사랑해요, 오렐리앵, 영원히 당신을 사랑할 거예요! 안녕히 계세요. 나를 보려고 애쓰지 마세요. 나는 당신을 결코 잊지 않겠어요. 사람들 사이에서, 길거리에서, 언제나 당신을 생각하겠어요. 오직 당신만을 사랑하겠어요. 결코 어떤 것에 의해서도 우리의 사랑이 시들게 되지 않으리라는 이러한 위안이 우리의 사랑에 없지 않을 거예요. 오렐리앵, 처음이자 마지막으로 당신을 내 품에 꼭 껴안아요, 그대, 그대, 내 사랑!"

50

오렐리앵은 무엇을 기다렸을까? 베레니스의 편지로 인해 빠져든 혼란 속에서 잠자코 있기로 몇번이나 결심했다가 자신의 결심을 몇번이나 번복했다. 조바심, 신경질을 이기지 못하고 베레니스를 다시 만날 욕구에 결국 굴복했음이 틀림없었다. 그래서 이렇게 걸어서 레누아르 길로 왔던 것이다. 아파트 현관에서 흰 면장갑을 낀 하인이 문을 열어주었다. 오렐리앵은 에드몽이 있는지 물었다. 주인님도 마님도 안 계시는데요. 모렐 부인은? 마님과 함께 외출하셨어요. 하지만 뢰르띠유아 씨께서 모렐 부인을 만나고 싶다면…… 아니야, 아니네. 그는 되돌아 나오려고 했다. 그때 안쪽의 문이 대기실 쪽으로 열렸다. 작달막하고 뚱뚱한 남자가 나타나 왼손을 내밀었다. 계절에 비해 아주 밝은 회색 상의가 몸에 꽉 끼었다. "뢰르띠유아 씨! 들어오세요. 알게 되어 반갑습니다. 이야기 많이 들었어요. 제가 모렐 부인의 남편이올시다!"

이 현관에 약간 기묘하고 동시에 신경에 거슬리는 어떤 것이 있었다. 오렐리앵은 어떻게 궁지에서 벗어나야 할지 몰랐다. "폐를 끼치고 싶지는……"이라고 떠듬거리기 시작했다. 창피했다. 하지만 상대방만큼이나 자신이 우스꽝스럽다고 느꼈다. 그래서 기꺼이 받아들였다. 응접실로 그를 따라갔다. 오렐리앵을 문안으로 들어오게 하려고 모렐이 뒤로 물러났다. 오렐리앵은 가까스로 쳐다본 이 인물에게서 신체적 세부사항 한가지만 알아차렸다. 베레니스의 남편은 상의 오른쪽 소매가 흐늘흐늘 비어 있었다.

"앉으세요, 뢰르띠유아 씨. 자, 어서요."

"에드몽을 만나러 왔어요. 지나가다가, 사업 때문에……"

"예, 알아요, 압니다, 잘 알고 있지요. 제 사촌처남은 출타 중이에요. 하지만 정말로 매우 기쁩니다, 우연히……"

오렐리앵은 앉을 수밖에 없었다. 격식을 차린 인사말이 오가는 동안 그는 뤼시앵 모렐을 바라보았다. 놀람의 밑바닥에서 불안이 꿈틀댔다. "이야기 많이 들었어요." 누구나 늘 하는 말이지. 하지만 그는 자신의 이름이 남편의 면전에서 말해졌을 대화를 상상했다. 거북했다. 거짓말은 어디에서 시작되는지? 어디에서 끝나는지?

뤼시앵 모렐은 스물예닐곱살쯤 되었지만 불룩 솟은 두꺼운 아랫입술, 툭 튀어나온 눈, 매부리코가 아니었다면 벌써 벗어진 이마, 빗어넘긴 꽤나 듬성듬성한 진갈색 머리카락, 다리가 짧은 몸 때문에 삼십대로 보였을 것이다. 못생기지 않았다. 다만 지나치게 착한 모습이었고 상당히 지성 피부여서 콧방울과 관자놀이가 반짝거렸다. 갈색 눈썹이 매우 짙었다. 다소 너무 흰 분이 뺨에 아직 남아 있어서 모렐은 신경이 쓰일 게 틀림없었다. 제법 말쑥한 남자였다. 어쨌든 옷에 정성을 들였다. 하지만 베레니스가 이 잘린 팔에 관해 한마디도 없었다는 것은 참으로 이상했다.

"빠리에 얼마간 더 머무르시나요?"

오렐리앵은 이 예의 차린 말에서 자신의 속셈이 드러날까 두렵다. 레누아르 길에 올 생각을 했다니, 제기랄.

"저희는 새해 첫날이 지나면 곧바로 떠날 겁니다. 마침 베레니스가 말하더군요, 당신을 다시 만나지 못한 것이 매우 아쉽다고."

"요즘 제가 매우 바빴습니다. 하지만 제 생각에는……"

"사과하지 마세요! 이해할 만한 일입니다. 베레니스는 다만 애석해했을 뿐입니다. 요컨대 그녀가 머무는 동안 당신이 그토록 친절했으니까요. 그리고 제 아내는 기분 전환이 매우 필요했어요."

수긍할 수 없는 말이었다. 이 말을 듣고서 그는 빈 소매를 바라보지 않을 수 없었다. 대체로 오렐리앵은 사람들에게 무슨 말을 하는 것이 좋은지 잘 알지 못했다. 대화의 재주가 거의 없었다. 그가 뤼시앵 모렐에게 무슨 말을 할 수 있을까? 이상하게도 상대방은 거북하지 않은 듯했다. 순진한 건지 능청스러운 건지 알 수 없었다.

"매우 기쁩니다." 그가 말했다. "저희가 아이들을 데려가게 되었어요. 베레니스는 애들을 아주 좋아하죠."

"아이들을 데려가요?" 오렐리앵이 뭔가를 환기하려고 말했다.

"그렇습니다. 에드몽과 블랑셰뜨는 겨울 스포츠를 즐기러 가죠. 그래서 여자아이들을 저희에게 맡기더군요. 베레니스에게 좋은 일이니 저도 만족합니다. 제 아내는 정말 아기를 갖고 싶어 했지요." 그가 탄식했다. 손을 이마로 가져갔다. 그리고 뢰르띠유아를 물끄러미 바라보았다. 무척 착한 티가 났다. 몹시 거북했다. "때로는 아이를 입양해야 하지 않을까 생각해요. 베레니스가 별로 행복해하지 않으니까 말입니다. 그래요, 제 아내는 행복하지 않아요! 왜 제가 이런 말을 하는지 의아하시죠? 원하는 게 뭐야 하고 생각하실지도…… 사람들이 제게 당신에 관해 무척 많은 얘기를 했어요. 확실히 당신을 약간은 안다는 생각이 듭니다, 뢰르띠유아 씨. 아이고, 제 얘기만 하고 있군요. 사촌처남댁의 소식은 전하지 않고! 블랑셰뜨가 갑자기 회복되었어요, 갑자기."

"아! 저도 생각했는데, 그녀가 외출했다니까……"

"오, 여러 날 전부터 외출했어요. 많이 좋아졌지요. 아직은 걸음걸이가 약간 뒤뚱거리고 그다지 균형을 잘 잡지는 못해요. 어떻든 그 이야기는 이제 쑥 들어갔지요. 확실히 그녀는 아직 침울해요. 그거죠, 여전히 침울하지요. 산, 바깥공기, 눈, 이런 것이 그녀에게 큰 도움이 될 겁니다. 당신이 안부를 물으러 왔었다고 그녀에게 전할까요?"

"참, 물론이죠."

"그렇게 전할게요. 아니, 베레니스가 전할 거예요. 그녀는 아직 몹시 예민해요! 여자는 여자가 더 잘 아니까요. 베레니스는 당신이 왔다고 하면 매우 흡족해할 겁니다. 알다시피 베레니스는 자기 자신을 잘 몰라요. 저는 아내가 블랑셰뜨를 별로 좋아하지 않는다고까지 생각했어요. 그리고 이런 상황에서는……" 이 남자는 자신의 말에 신중을 기했다. 소름이 끼쳤다. 이것으로 마침내 오해가 드러났다. 모렐이 오렐리앵에 관해 알고 있는 것은 모두 블랑셰뜨와 관련되어 있었다. 베레니스의 이중성이 오렐리앵의 마음에 빛처럼 생생히 실감되었다. 그는 젊은 여자의 일상생활, 몹시 사치스러운 이 집을 생각했다. 그와 함께 좋지 않은 때에 일탈한 그 남편, 블랑셰뜨의 광기, 에드몽의 빈정거림, 그리고 매순간의 역겨운 숨바꼭질을 떠올렸다.

"아쉽네요, 에드몽이 집에 없어서." 오렐리앵이 약간 난감한 듯이 큰 소리로 말했다. "그는 요즘 동분서주하는군요."

"예, 맞아요, 동분서주하죠. 어쨌든 그를 거의 볼 수 없었어요. 그런데 그는 제게 멜로즈 제품에 관해 말했어요. 당신도 그 일에 관여한다고 알고 있습니다만."

"실은……"

"우리를 이어주는 또 하나의 끈인 셈입니다. 저도 수락했으니까요!"그가 집게손가락을 우스꽝스럽게 쳐들었다. "우리는 같은 배를 탄 셈이죠, 뢰르띠유아 씨! 괜찮은 사업일 겁니다. 게다가 사촌 처남과 함께! 당신은 전선에서 그와 함께 복무했다지요, 아마?"

그렇다고 말해야 했다. 그러자 약사가 전쟁에 대한 비난을 쏟아냈다. 어디선가 이미 들어본 틀에 박힌 말이었다. 오렐리앵은 정중하게 그의 말을 가로막았다. "당신 같은 사람은 그런 얘기를 할 자격이 있죠."

모렐이 말을 그쳤다. 어리둥절했다가 자신의 소매를 바라보면서 쾌활하게 소리쳤다. "저 같은 사람이요? 오, 알다시피 전상戰傷이라고나 할까요. 실은 거의 사고였어요. 베레니스가 말해주지 않았나요? 그것참, 그저 제가 지나갈 때 빠리에 폭탄이 떨어졌던 거예요. 독일의 장거리포에서 발사된 것이었죠. 동부역 앞 가판대로 신문을 사러 가는 중이었어요. 그때 한쪽 팔을 잃었어요. 뭐, 아주 영광스럽게는 아니었죠!" 그러고 나서 느닷없이 관심을 내보였다. "이보세요, 베레니스가, 그녀가 당신에게 제 팔에 관해 아무 말도 하지 않았나요? 안 했다고요? 그럴 줄 알았죠! 제 아내는 별난 여자랍니다! 사람들에게 그런 말을 결코 하지 않지요. 그래서 다들 나중에 저를 보고 깜짝 놀라죠. 그들의 얼굴에서 읽을 수 있어요!"

오렐리앵이 놀라고 당황한 표정으로 그를 바라보았다. 약사에 대해 혐오를 느끼고는 스스로 놀랐다. 그와 같은 사람은 부지기수로 많다. 일일이 알아보기조차 어렵다. 그들은 처자식이 있다. 버스에서 옆자리에 앉은 승객일 수도 있다. 하지만 번들거리는 피부에 별로 가지런하지 않은 이, 입 냄새가 나고 비만에 천식 증세가 있는 이 젊은 짐승은 오렐리앵에게 끔찍한 존재로 다가왔다. 그와 베레니스 사이의 유대 관계 때문이었다. 이 녀석은 발이 있고, 배가

있고, 뭔가를 분비했고, 먹었고, 더워했고, 틀림없이 잘 웃었을 것
이다. 그러고 나서도 뢰르띠유아의 눈길은 여전히 소매로 향해 있
었다. 생각이 마무리되지 않았다. 혐오감을 느낀 것은…… 상대방
이 우겼다. "베레니스가 아쉬워할 겁니다. 사촌들도 물론이겠지만,
베레니스는 몹시 바랐을 텐데…… 그리고 저희가 사는 곳에 오면
꼭 들러주세요. 집이 크지는 않아요. 하지만 친구를 위한 침대 하나
쯤은 늘 갖추어져 있지요. 그럼요, 정말이라니까요. 초대받은 손님
이라고 생각해주세요."

계단에서 오렐리앵은 신경질적인 웃음을 터뜨렸다.

51

"하루에 시멘트 기둥 열개, 열한개를 만들어. 보통 일이 아니지.
그런데도 일하지 않는다고 야단이야! 번번이 자재, 기중기, 그리고
모든…… 옮겨야 해. 물론 콘크리트 작업을 위해 나중에 오는 조가
있지. 하지만 벌써 그 정도라니까! 난 생뜨띠엔-그르노블 구간을
맡고 있어."

웨이터들이 수프 접시를 치웠다. 금빛 햇살이 테이블 위로 내려
앉았다. 사람들은 벌써 아뻬리띠프, 올해 첫 보졸레와 메뉴를 훑어
보며 느끼는 편안함을 만끽했다. 연회는 빠리, 지붕, 어둠 위로 테
라스를 이루는 레스토랑의 안쪽에서 벌어졌다. 그러나 밑단 장식
이 달린 푸른 커튼에 가려 아무것도 보이지 않았다. 단골손님들이
자리하고 계산대와 작은 테이블들이 있는 일반 구역은 반쯤 비어
있었다. 하지만 주문하는 소리가 들려오고 『라 까냐』의 초대 손님

들 쪽으로 요리가 건너갔다. 안쪽에는 찬장과 업라이트피아노가
있었다. 몇명일까? 스물다섯, 서른? 푹스는 적갈색 구레나룻 때문
에 그렇지 않아도 붉어 보이는 안색이 시뻘게졌다. 옷깃이 턱에 닿
았다. 옆에는 공공건설 토목업자가 앉아 있었다. 뚱뚱한 남자로, 뺨
에 사마귀가 하나 있고 눈썹이 굵고 검었다. 푹스가 일어나 옆사람
에게 말했다. "먹기나 해, 본당신부 같으니. 나중에 지껄이라고. 웨
이터, 쥐랑송 포도주, 제기랄!" 그렇게 포크와 사기 접시 부딪는 소
리들 가운데……
　"이 술집은 와본 적이 없어." 긴 식탁의 끝에서 크고 건장한 갈색
머리 남자가 말했다. 잘 가라앉지 않는 뻣뻣한 머리카락에 가르마
를 탔다. 부리부리한 작눈, 붉게 물든 뺨, 살짝 기른 콧수염을 왼편
손님 쪽으로 돌렸다.
　"죄송합니다만, 당신의 이름을 듣지 못했어요. 군대에서 당신을
알지 못했지요." 상대방이 곱슬곱슬하게 맵시를 낸 머리, 툭 튀어
나온 눈을 갸웃하면서, 그리고 입술 위에 부채꼴로 기른 콧수염의
털을 말아올리면서 말했다. 목소리가 매우 부드러웠다. 금발의 운
동선수처럼 울퉁불퉁한 몸과 대조적이었다.
　"뒤꿰, 스떼판 뒤꿰." 상대방이 말했다. "당신의 연대에 있지 않
았으니까요. 사단 포병대 소속이었죠. 하지만 민간인 신분이 되어
푹스를 알았죠."
　그가 한쪽 눈썹을 치키면서 관자놀이로 흘러내리는 머리카락을
익숙한 몸짓으로 쓸어넘겼다. 상대방은 그를 재보았다. 단단해. 포
병이군. 싸움꾼이야. 두꺼운 입술이 잘 다물어지지 않고 흰 이가 보
이잖아. 게다가 어깨를 들썩이며 끊임없이 짓는 잔웃음을 보라고.
그가 대꾸했다. "나도 그렇소. 난 보병이오. 순전히 우연이죠. 용기

병이었소. 16연대에 배속되었어요. 마르솔로, 마르솔로 중위, 2대대. 처음에는 미요 중대. 저기 보이죠, 누가 주재하는지? 미요 대위, 다음에는 정보장교 뻬에르기즈 소령. 아, 그건 전혀 별개의 문제였소! 왜냐하면 미요는 우리끼리의 이야기지만…… 소령이 오늘 저녁 올 수 없었다니 유감이오."

왁자지껄한 대화로 귀가 따가울 지경이었다. 사람들이 서로 말을 걸면서 큰 소리로 웃어댔다. 연회 참석자 일인당 술이 다섯잔까지 제공되었다. 술잔 부딪는 소리가 났다. 식탁의 이 끝에서 저 끝까지 사람들이 서로 알은체했고, 각자 토스트를 가져다 먹었다. 다소 어수선했다.

샤쁠랭 옆에서 어느 마르고 키 큰 녀석이 나부대다가 갑자기 목이 멨다. 수염을 길게 길러 늘어뜨리고 옷깃에는 냅킨을 두른 녀석이었다. 누군가 그의 등을 두드리고 그에게 술을 마시게 했다. "저런, 블랑샤르 여기 있나?" 그를 찾아낸 마르솔로가 지적했다. "갑자기 엉뚱한 생각이……"

"그가 누구야?" 뒤뻬가 물었다.

"오, 하사관이야! 유명할 것 없는 녀석이지." 그가 콧수염을 쓰다듬고 다른 이야기를 했다.

"아니," 뒤뻬가 말을 이었다. "이 술집은 와본 적이 없어. 이렇게 사크레꾀르 한복판에서 계단을 오르고 말이야. 저 창녀 같은 푹스는 여기저기 나댄다니까!"

"전선에서부터 이미 그랬어." 마르솔로가 코를 킁킁거렸다. "일이 잘 굴러가나봐. 그의 엉터리 신문 말이야. 그래도 자랑스러워. 우리에게서 생겨났잖아!"

"오, 알다시피 그는 사업가요. 어떻게 그것, 『라 까냐』가 팔리는

지 누구도 잘 몰라. 하지만 팔려나가, 식민지들에. 진절머리를 내는 행정관들 중에 수많은 구독자가 있어. 어떻게 그가 그들을 사로잡았는지 모르지만 아무도 개의치 않지, 그렇지 않나? 요는 그게 팔린다는 거지!"

"그래?" 테이블 너머에서 뀌세 드 발랑뜨가 외쳤다. 술집 주인처럼 보이는 뚱뚱한 녀석이었다. "그러면 왜 그는 삽화가들에게 전혀 돈을 지불하지 않지? 푹시네 말이야. 내게 많은 돈을 빚지고 있어!"

다른 쪽 끝에서 퇴직한 매춘 단속 경찰 르무따르가 벌써 얼근히 취해 기어코 노래를 한가락 뽑고 싶어 했다. 그는 취하면 옛 생각에 젖어 기분이 울적해졌다. 「빠리의 다리 아래」를 부르기 시작했다. "미노꾸르 다리에서……" 누군가 그의 입을 다물게 했다. 간사한 생김새에 피부가 거무스름하고 머리가 많이 벗어진 작은 남자가 온통 발그레한 얼굴로 그에게 명령을 따르도록 했다. 지독한 남프랑스 억양이었다. 르무따르가 더듬거렸다. "대위님." 그러고는 다시 앉았다.

"누구죠?" 의사가 오렐리앵에게 물었다. 로즈 멜로즈의 남편은 『라 까냐』의 기고자로서 이 모임에 우연히 참석해 있었다. 푹스가 그에게 원고를 청탁했던 것이다. 의학적으로 진기한 것들의 역사에 관한 의사 까바네스[11] 유형의 원고였다. 왜냐하면 온갖 종류의 불결한 것을 이야기할 수 있고 가봉이나 마다가스카르의 구독자들에게는…… 오렐리앵은 대위라 불린 남자를 바라보고 미소를 지었다. 의사에게 봉빠르를 어떻게 설명하지? 다시 보고 마음이 흔들리는 것은 이 모든 사람 중에서 이 남자의 경우뿐이었다. 그는 오고

---

11 Augustin Cabanès(1862~1928). 프랑스의 의사이자 역사가. 의학사적 신비에 관한 책으로 유명했다.

싶지 않았다. 어떻게 해야 좋을지 몰랐다. 푹스가 끈질기게 간청했다. 얼마나 찰거머리 같은지! 에드몽이 참석하기로 약속했다고 그가 확언하지 않았다면…… 게다가 에드몽은 내 손바닥 안에 있다고, 그가 올 것이라고 푹스는 단언했다. 적어도 까페에는! 요즈음 오렐리앵은 혼란 속에서 아무렇게나 살았고 그런 만큼 자기 대대의 전우들, 그리고 푹스의 몇몇 친구들과 이렇게 즐겁게 먹고 마시는 것은 가당찮다고 느꼈다. 푹스는 이런 종류의 무언가를 조직하면서 한평생을 보냈으니 말이야! 그에게 사생활이 있었을까? 그는 틀림없이 1퍼센트는 되는 요식업자들과 연락을 취했을 것이다. 그리고 『라 까냐』를 위한 광고……

오렐리앵은 의사에게 관심이 있었다. 이 남자에게는 익사자, 바다에서 실종된 사람의 기색이 있었기 때문이다. 그들 사이에 비슷한 점이 있었다. 둘 다 어떤 것에 관해서든 말할 수 있었고, 상대방이 마음속에 품고 있는 것에 관해 아무 말도 하지 않으리라는 것을 알고 있었다.

"봉빠르 대위라고, 그렇지만 내게는 언제나 봉빠르 중위죠." 오렐리앵이 말했다. "18년에 '최후의 순간'에서야 세번째 계급 줄을 달았어요. 난 이미 동방에 있었지요. 물론 임시[12]로죠. 지금은 예비역 군인이고요. 그가 대위인데도 지금 중위로 불리는 이유지요. 이에 대해 그는 분통을 터뜨리죠! 다시 볼 때마다 성 같은 곳의 지하 저장고에서 곤드레만드레 취해 있었어요. 수아소네에는 더이상 성이 없었지만 지하 저장고는 있었지요. 독일군이 성을 점령했어요.

---

12 A T. T. 임시 계급(à titre temporaire)의 약어. 전시에 다수 장교의 전사로 인한 장교 부족 사태를 해소하기 위해 정식 행정절차를 밟지 않고 한 계급 승급해주는 제도에 따라 부여받은 계급을 가리킨다.

하지만 봉빠르 중위를 찾아내지 못했죠. 우리가 독일군을 격퇴한 날 새벽에 그가 경기관총을 들고 나타나더라고요. 사람들이 도착하기 전에 그는 모든 곳을 청소했어요. 그러고 나서 풀썩 쓰러졌지요. 나는 그가 부상을 입었다고 생각했어요. 그가 쓰러진 곳까지 조심스럽게 다가가 몸을 굽혔지요. 중위! 중위! 그는 무사태평하게 코를 골고 있었어요."

그가 손목시계를 보았다. 아니야, 에드몽은 오지 않을 거야. 하마터면 의사에게 물어볼 뻔했다. 경박스럽게 실수할까봐 두려웠다. 의사는 자신의 아내에 관해 정확히 무엇을 알고 있을까? 만일 알고 있다면 희한한 양반이다. "멜로즈 부인은 지금 공연이 있나요, 선생?"

"아뇨. 그녀가 내게 무슨 말을 했더라? 뢰르띠유아, 당신은 우리의 출자자가 되나요?"

정말이지 모든 이가 그것을 기정사실로 여겼다. 오렐리앵은 아니라고 말하지 않았다. 그의 빈 소매와 함께 뤼시앵 모렐을 떠올린 탓이었다. 건너편의 나이 지긋한 사람으로 화제를 돌렸다. 어깨가 굽고 팔이 아주 길었으며 손에 털이 나 있었다. 그에게 다른 시기가 생각났다. "보세요, 봉빠르, 나의…… 냅킨을 조끼 안으로 찔러 넣었어요. 온통 주름진 작은 눈에 저렇게 순진한 표정이라니. 무얼 모르는 것처럼 보이죠. 뭔지 몰라요. 하지만 모르는 것처럼…… 나중에 보면 그는 매우 잘 알고 있어요. 교활한 사람이죠!"

"제대 후에는 무슨 일을 하죠?"

"오, 오늘! 온갖 일을 했다는군요. 냅킨 아래로 조끼가 보이죠? 그래요, 검고 노란 줄무늬 조끼. 전쟁 중에도 벗지 않았지요. 군복 상의 아래…… 오늘 저녁 우리를 위해 그것을 다시 입었네요. 아마도 날마다 입는다고 주장할 겁니다. 그가 말했죠. '내가 니스에서 침실 담당 종업원으로 일할 때 걸친 조끼……' 그가 침실 담당 종업원이었을까요? 확실치 않아요. 그것이 부하들의 빈축을 샀지요. 장교들이 장교 식당에서 그것 때문에 거북하다고들 했지요. 사람들은 참아줬어요. 그가 무서우리만큼 용감했기 때문이죠. 그는 오히려 자기 자랑을 했어요. 전쟁 전에는 기름을 팔았대요. 그렇지만 양질의 기름이었는지는 모르겠어요. 그렇다고는 했지만 불량 기름이었지요. 그는 마르세유에 살았어요. 사람들은 그를 좋아했어요. 하지만 그는 볼 장 다 본 고약한 사람이었죠. 당번병을 마구 부려먹었고 엉덩이를 걷어차곤 했지요. 그런 후에는 함께 폭음을 했죠."

튀김 냄새 속에서 오렐리앵은 이 모든 것에 관해 말함으로써 자신의 생각을 덮어버렸다. 자신의 생각이 두려웠다. 베레니스를 피했다. 지난밤 그를 줄곧 깨어 있게 한 모든 것을 멀리했다. 될 대로 되라는 나약한 생각이 들 때마다 마음속에서 흐느낌이 올라오는 것을 느꼈다. 마음대로 할 수 없는 그 흐느낌을 억눌렀다.

"당신의 건강을 위해, 중위님!" 어느 키 큰 남자가 그에게 외쳤다. 몸매가 좋고 꽤나 상스러운 남자로, 짚 빛깔의 털에 건방져 보이고 눈이 멍했다. 너무 큰 턱 때문에 얼굴의 조화가 깨졌다. 오렐리앵이 쥐랑송 백포도주 잔을 들었다. "자네의 건강을 위해, 하사!" 의사가 그에게 물었다. "누구요?"

"베끄메유라고, 르무따르, 블랑샤르, 그리고 푹스 자신, 빠리고라는 이와 함께 오늘 저녁 여기에 온 드문 하사관들 중 하나죠. 누구보다 더 꾀발랐죠. 그는 잠복에 능했어요. 하지만 아름다운 목소리로…… 누구나 손님들이 있을 때면 그를 초대했지요. 조금 후에 그가 「이스의 왕」[13]을 노래할 거라고 확신해요."

오렐리앵의 왼쪽 옆자리에 앉은 사람이 대화에 끼어들었다. "아니면 「마농 세레나데」[14]를, 뢰르띠유아, 어쨌든 둘 중 하나겠지! 그는 애조 띤 이 노래들을 감사하게 여길지도 몰라. 그것들 덕분에 곤경에서 벗어났지. 언제나 여러 부서에서 그를 서로 차지하려고 했잖아. 그를 소대로 보내는 것은 불가능했지."

의사는 오렐리앵 너머로 말하는 사람을 바라보았다. 고양이 눈에 당나귀 턱이라. 매우 젊군. 하지만 앉아서 생활하는 습관으로 나쁜 지방이 많아. 원래는 그렇게 생활할 젊은이가 아닌데 말이야. 머리를 짧게 깎았어. 의사는 그의 동작을 눈여겨보았다는 기억이 났다. 직업상의 버릇이었다. 아마도 의족일 거야. 오렐리앵이 소개를 했다. "의사 드삐르, 위송샤라스……" 의사는 위송 은행에 다니는 그의 사촌들과 알고 지내는 사이였고 이로 인해 대화가 시작되었다. 오렐리앵은 그들의 대화에 아랑곳하지 않을 수 있었다.

구운 고기와 함께 세번째 포도주가 나왔다. 함성이 일었다. 말할 필요가 있어. 저기 악마 같은 푹스 말이야, 그는 친구들끼리 실컷 먹고 마시는 것이 무엇인지 알아! 즐거운 식사를 위해! "여러분," 사람들이 쉿 소리를 냈다. 연회 주재자가 손을 흔들면서 목소리를 높였다. 조용히, 대위가 무언가를 말하려 해. "여러분……"

미요 대위가 약간 헛기침을 했다. 순박함과 거드름이 섞여 있었다. 그는 전쟁 전에 뚤루즈에서 사진사였다. 사람들이 그를 미남이라 불렀다. 멋진 몸매지만 약간 통통하다. 이제는 듬성듬성한 검

---

13 에두아르 랄로(Édouard Lalo)가 작곡한 3막 오페라(1875~78).

14 쥘 마스네(Jules Massenet)의 오페라 「마농」(1882) 제1막의 열정적인 이중창 「내 이름은 마농」의 남성 성부를 가리키는 것 같다.

은 머리를 뒤로 빗어넘겼다. 아, 봉급과 제복 덕분에 누릴 수 있는 그 우아함은 더이상 찾아볼 수 없군! 개버딘과 영국산 능직물에 무슨 돈을 쓸 수 있었겠는가! 그가 입술을 가로막은 다갈색 칫솔과 코 사이로 손가락을 통과시키는 익숙한 동작을 했다. 그는 완전히 나약해졌다. 1914년의 돈 후안은 정말로 핼쑥해졌다. 그가 말했다. "여러분! 나는 연대가 아니라 영광스럽게도 내가 지휘한 2대대를 위해 건배하겠습니다. 임시로지만 지휘한 건 틀림없지요! 여기 우리는 거의 모두 그냥 '대대'라고 불리는 그 대대, 보기 드물게 강인한 사람들의 대대에서 군복무를 한 사람들이오! 삐에르기즈 소령이 오늘 저녁 우리와 함께할 수 없다는 점이 아쉽군요. 하지만 사실을 말하자면 난 그것을 애석해하지 않아요. 그로 인해 내가 여러분에게 말할 수 있게 된 것이니까요."

짐짓 멋을 부린 연설이 털실 뭉치의 실처럼 풀려나갔다. 틀림없이 여자들이 좋아했을 그 얼굴은 무른 밀가루 반죽처럼 보였다. 모든 이를 위한 미사여구, 전사자와 불참자에 관한 추억, 연회 주재자로서 수고를 아끼지 않은 푹스에 대한 찬사, 거기에 덧붙여진 프랑스에 대한 언급, 결코 지켜지지 않은 전투원과의 약속에 관한 재담이 이어졌다. 사람들이 어깨를 들먹이고 서로에게 예컨대 "아, 그것 말이지, 그의 말이 맞아. 우리는 전선의 불쌍한 머저리들이야!" 같은 몇마디 말을 했다. 조르주 위송샤라스는 테이블 아래 왼쪽 다리가 불편했다. 의족이 옆사람에게 닿지 않도록 몸을 움직였다. 베끄메유가 탄식하며 말했다. "아, 그럴 수가!" 그리고 마르솔로가 기름때 묻은 손을 만지작거리다가 순대 모양의 손가락을 한껏 벌리고는 스떼판 뒤삑 쪽으로 몸을 기울여 흰 이 사이로 약간 휘파람 같은 소리를 내면서 흥겹게 고시랑거렸다. "불쌍한 대위! 그를 봐요, 무능한 사람. 저런 사람들에게 전쟁은 기회죠. 전쟁으로 젊음이 연장되지요. 여자들과 함께 있는 그를 보았어야 하는데 말이에요! 아주 쉬운 일이었겠죠! 자신이 매력적이라고 생각하니까. 그래서 난 그가 지겨웠어요. 그를 좋게 보는 뻬에르기즈 소령이 아니었다면……"

기름때 묻은 손의 동작으로 이 이야기가 마무리되었다. 이제 마르솔로는 알자스에 근무할 때 대위에게서 가로챈 귀여운 예쁜이를 회상하느라 정신이 없었다. 이름이 뭐였지?

"그는 뚤루즈에서 여전히 사진사인가요?" 스떼판 뒤뛔가 끝없는 연설에 하품을 하고는 물었다. 마르솔로가 교실에서 대답하는 학생의 표정을 짓고서 대답했다. "결코…… 저 양반은 상류 생활을 맛보았어요. 뚤루즈에 만족할 수 없었을 테죠! 그에게는 수도首都가 필요했어요. 게다가 아내가 그를 떠난 마당이었으니! 행운이었죠! 그는 빠리에 정착했어요. 완전히는 아니지만, 보지라르 길에요. 기회가 찾아왔어요. 모든 것이 갖춰진 가게를 얻은 거죠! 첫 영성체를 하는 아이, 결혼식, 상점 주인의 사진을 찍었어요. 그러고 나서는 더이상 마음이 내키지 않아 그만둬버렸죠. 오년 동안 집에만 틀어박혔어요, 참 나! 술, 일, 그런 무엇이 필요해요. 그를 봐요. 온통 부었어요. 눈이 안 보일 지경이죠. 보지라르 사람들만이 까페에서 그를 대위라 불러요. 자르에서 그가 전투부대를 지휘했을 때 당신이 보았다면! 아주 우쭐해 있었지요."

함성이 높아졌다. 대위의 연설이 끝나자 사람들이 환호했다. 이번에는 르무따르가 몹시 취해 말하려고 나섰다. 봉빠르가 곧바로 그를 다시 앉혔다. "야, 입 다물어!" 이에 모두들 요란하게 폭소를 터뜨렸다. 토목업자는 눈물이 날 정도로 실컷 웃었다.

봉빠르가 위로에게 속삭였다. "왜 소령은 여기 안 왔지? 그가 연설했다면 더 감동적이었을 텐데!" 위로 중위의 노르께한 얼굴에 동요가 일었다. 눈동자가 흔들렸다. 그가 소곤소곤 말했다. "우리는 이제 삐에르기즈 씨와 저녁식사를 할 자격이 없어."

"여기는 참 덥군." 위송샤라스가 말했다. "생실베스트르 축일인데도 말이야. 자동차 갖고 왔어? 아니라고? 내 발 때문에 자네가 나를 좀 데려다줄 수 있길 바랐는데 낭패로군. 푹스가 택시를 부르러 가겠지. 마르솔로 옆의 저 청동상은 뭐야? 자네가 아는 녀석이지?" 오렐리앵이 테이블 끝 쪽을 바라보았다. 저 녀석, 스떼판 뒤뛰야. 잠시 포병대에 근무했어. 『라 까냐』에 글을 기고하고 있어. 사회주의 사상을 지닌 회의주의자야. 여자에 관해 아주 나쁘게 말하지. 애인이 블라우스 만드는 여자야. 그녀와 결혼할 생각은 없나봐. 그녀에게 몇푼 안 되는 돈을 빌려주고는 안 갚는다고 비난해. 아버지가 법원장이야. 부모 집의 일층 스튜디오에 살고 있어. 한쪽 귀가 안 들려. 포격 때문에, 알잖나.

"식사가 시작되기 전에 그가 내게 떠들어댔어." 위송샤라스가 말했다. "사회주의, 러시아에 관해서 말일세. 내가 어떻게 알겠나? 그는 백화점이 더이상 필요하지 않다고 생각해. 그리고 간판의 불빛 때문에 눈이 상한다지 뭐야! 정신이 좀 돈 거지, 그렇지 않나?"

의사도 오렐리앵에게 말을 붙이려고 열심이었다. 보아하니 온통 멜로즈 제품 이야기에 관심이 쏠려 있었다. 뢰르띠유아를 주주로 취급하는 듯했다. 바르뱅딴이 그에게 고가 향수 사업에 관해 알려주었을까? 뻬르스발 부인과 함께…… 회사명은 마리로즈일 것이다. 알다시피 마리와 로즈 때문에. 로즈는 극장을 소유할 것이다. 로즈는 자신의 재능, 천재성에 걸맞은 장소가 없었다. 그녀가 레잔,

위대한 사라처럼 자신의 극장을 갖게 되면…… 샐러드가 나왔다.

"네 처는 잘 지내?" 오렐리앵이 위송샤라스에게 물었다. 그는 사촌과 결혼했다. 이제 그가 다른 무엇을 할 수 있을까? 그녀는 그에게 간호사 같은 인상을 주었다. 하지만 블로[15]에서의 예비 사관생도 시절 이후로나 병영생활 중에는 예전처럼, 사람들이 당시의 그에게서 알아본 그 밀렵꾼의 활력으로 여자를 사냥할 수 없었다. 그는 그 사냥개를 자신에게서 내쳤다! 오렐리앵은 미로 병사, 중위의 잠자리를 보는 데 따라올 자가 없던 농부를 떠올렸다. 옆자리에 앉은 사람의 냉담하고 처량한 이야기에 귀를 기울였다. 아내, 집안, 위송 은행에서 맡게 된 일에 관한 이야기였다. 누군가가 그를, 요컨대 그와 그의 다리를 취직시켜주었던 것이다. 그는 틀림없이 아내를 미워했을 것이다. 뚱뚱해졌다. 예전에는 변호사가 되고 싶었다. 군복무 전 일년 동안의 법학, 그다음에는 전쟁…… 테이블 밑에서 계속해서 의족을 옮겼다. 제대로 자리에 앉아 있는 것을 힘겨워했다. 그 때문에 매번 다시 뤼시앵 모렐이 오렐리앵의 기억에 떠올랐다. 그가 물었다. "언제 부상을 당했나? 자네의, 그러니까……"

"내 다리?" 상대방이 말했다. "운이 없었어! 완전히 막판에 이르러…… 상상해보라고! 10월 18일이었어. 말메종에서 후퇴할 때, 모뵈주 도로에서였지. 전선에서 삼년을 지냈지만, 물론! …… 치고는 아무 일도 없었어. 그리고 자네가 알다시피 나는 온갖 골칫거리에 투입되는 그 얼간이들에 포함되지 않았지. 있는 그대로 말해야겠지. 나는 두려웠어. 죽을 것이라고 확신했어. 전투가 끝나면 내 팔다리를 셌지. 일이 심상치 않다 싶으면 온몸이 땀으로 흥건했어. 그

---

15 퐁텐블로 숲의 약칭.

것은 명백하다는 생각이 늘 들었지. 일단 참호 앞부분에 쌓은 흙벽을 통과하면 괜찮았어. 난처한 것은 언제나 흙벽을 기어오르는 일이었지. 어떻든 모르겠어, 너희는 그다지 …… 않은 것 같았지. 하지만 나는 제기랄! 맞았다고 느꼈을 때 다시 확인하기 시작했지. 머리, 팔, 다리…… 다리가 둘 다 여전히 제자리에 있었어. 하지만 저쪽에도 하나가 있었지. 기묘했어. 한기 같은 것을 느꼈어."

그건 아무래도 좋았고, 디저트를 기다릴 수가 없었다. 베끄메유가 일어섰다. 입술과 턱에서 기름이 번들거렸다. 더없이 짚 빛깔이었다. 모두의 요청에 응하여 가슴에 손을 얹고 노래했다.

오래지 않아 로젠이 도착하면
아! 슬프도다! 난 곧 죽으리라

"자네 말이 맞았어!" 위송샤라스가 말했다. "하지만 곧이어서 「세레나데」를 듣게 될 거야, 두고 봐."

"아니야, 발랑뜨만 끌어내면 돼. 그는 멈추지 않을 거야." 오렐리앵이 말했다.

"발랑뜨가 누구야?"

"뀌세 드 발랑뜨, 화가야, 저기 뚱보. 오, 모임에 활기를 불어넣는 사람이라고들 하지! 그럼 이야기를 하지 않을 때 그는……"

의사가 머리를 끄덕였다. "신기하네요, 뢰르띠유아. 당신은 이곳의 모든 이를 아는군요. 당신에게 이런 면모가 있으리라고는 결코 생각하지 못했네요. 내가 당신을 고독한 사람으로 잘못 봤어요. 당신은 관계를 쌓고 있었네요. 뜻밖이에요!"

오렐리앵이 그를 바라보고 미소를 지었다. 조금 전까지 고독을

느꼈던 것이다. 그는 돌아앉지 않을 수 없었다. 레스토랑의 출입문
에 등을 돌렸다. 그곳을 통해 아마도 에드몽이 곧 들어올 터였다.
에드몽에게 성가시게 구는 것처럼 보이고 싶지 않았다. 에드몽은
그에게 베레니스에 관해 말할 것이다. 갑자기 그는 실내장식의 세
세한 부분에 민감해졌다. 모든 것이 엉뚱했다. 장밋빛의 주름진 소
형 갓을 씌운 스탠드들, 그에 덧붙인 구리 조각들, 거친 바다를 표
현한 그림 한점, 이것과 짝을 이루듯이 붉은 바위가 있는 잔잔한
바다를 묘사한 그림, 그리고 기묘한 병들, 샴페인 통들, 여벌 식기
가 가득한 테이블 옆의 찬장. 피아노를 덮은 방울 술이 달린 플러
시 천과 조화와 인조 나뭇잎이 꽂혀 있는 세브르 공방풍의 커다란
꽃병. 방의 야릇한 불균형, 저쪽의 작은 테이블들, 거기에 앉아 플
랑드르의 시끌벅적한 수호성인 축제에 우연히 참석하게 된 아프리
카 원주민처럼 거북한 눈길로 연회를 지켜보는 사람들. 떠들썩한
기쁨. 노래의 중간중간에 터져나오는 환호, 웃음, 함성. 여러 사람
에게서 느껴지는 일어나 춤추고 싶은 욕구. 완전히 취해 포크를 흔
드는 르무따르. 다음 곡에 대한 기다림. 하지만 파르페가 나오는 동
안, 베끄메유의 노래가 끝나고 일어난 사람은 발랑뜨가 아니라 봉
빠르, 노랗고 검은 줄무늬 조끼를 입은 봉빠르 중위였다. 오렐리앵
이 혼잣말했다. 아, 그렇게 되겠구나, 이제, 에빠르주에서처럼.
　봉빠르가 일어나 팔을 흔들었다. 재킷을 벗어던졌다. 여러번 언
급된 조끼에 셔츠를 받쳐 입은 모습이 완전히 원숭이를 닮았다. 그
에게서 오렐리앵은 전선에서의 모습을 알아보았다. 뒤로 젖혀진
철모는 없었다. 철모만 있었다면…… 그가 그때처럼 걸었다. 여전
히 턱을 앞으로 쳐들고 어깨를 꾸부정하게 구부린 자세였다. 당시
에 공격 십분 전 그의 모습이 이랬다. 군복 상의를 입고 부하들을

104

놀래려고 참호 위에 서서 쌍안경으로 독일 놈들을 태연하게 바라보았다. 지금은 상대를 자극하고 있었다. "마르솔로! 어이, 마르솔로! 게으름뱅이, 이리 와서 투우사 역을 맡아!" 그리고 다른 사람 쪽으로 돌아섰다. "위로, 자네는 음악을 좀 연주해!" 사람들이 우스갯소리를 했다. 그것이 많은 것을 상기시켰다. 위로는 쉽게 들어주지 않았다. 피아노 있는 데로 끌려갔다. 짜증을 냈다. 계속해서 짜증을 냈다. 이 젊은 남자는 렌즈 윗부분이 초승달 모양으로 파인 코안경을 끼고 있었다. 콧수염에 군데군데 털이 없었고 어깨가 왜소해 남의 시선을 끌기 어려워 보였다. 그가 피아노 앞에 앉았다. 먼지 때문에 얼굴을 찌푸렸다. 한편 봉빠르와 마르솔로는 서로 대립했다. 마르솔로의 경우에는 거의 거저먹기였다. 망또 대신으로 냅킨을 사용하면 충분했다. 벌써 발돋움하면서 거드름을 피우고 있었다. 일단 일어서자 이 옛 용기병은 완전히 우락부락해 보였다. 금발 흑인의 외모, 이마 위의 주근깨, 헝클어진 곱슬머리, 아폴론 상처럼 큰 키, 통통한 체구, 소매가 터질 듯 우람한 팔 때문이었다. 그래, 여자들은 그를 무시하지 않았다. 연회 주재자가 약간 짜증스러운 표정으로 시선을 돌렸다. 그에게는 옛 부하의 노골적인 아름다움이 언짢았다. 그것은 미요 대위에게 말썽을 연상시켰다.

"봉빠르를 좀 봐!" 위송샤라스가 외쳤다. "자신에게 필요한 걸 금세 찾아내잖아!" 실제로 봉빠르는 찬장을 꾸미는 커다란 청색 장식 꽃병에서 인조 나뭇가지를 잔뜩 빼내서는 그것들을 이마에 대고 끈으로 묶었다. 아주 큰 뿔 같았다. 피아노 앞에서 위로 중위가 스페인풍으로 음을 조율하는 동안, 오른쪽 왼쪽으로 껑충거렸다. 르무따르가 일어서서 손뼉을 치면서 큰 소리로 말했다. "황소! 황소!" 다른 이들에게도 큰 즐거움이었다. 샴페인을 나르는 웨이터들이 이 광경을 보려고 멈춰 섰고, 레스토랑의 손님들이 일어나 서로 보려고 했다.

푹스가 뛰어들었다. 어릿광대의 몸짓으로 황소 봉빠르와 투우사 마르솔로 사이에서 심판 역을 연기했다. 사람들이 전열에 참가하여 작은 대피소에서 또는 휴식 중에 우연히 만난 휴게소에서 하듯 황소를 뒤쫓았다. 그것은 2대대의 오래된 행사의 일부는 아니었다. 이 새로운 상황이 기꺼이 받아들여졌다. 그래서 새로운 것이 덧붙여지기 시작했다. 베끄메유와 발랑뜨가 합심해서 조수 노릇을 자임하고 나섰다. 황소 돌보미가 뿔을 주무르고 꼬리를 쓰다듬는다. 그러니까 새로운 것이 가득하다. 관심의 중심이고 싶은 발랑뜨에게는 이 모든 것이 필요했다. 푹스가 으스대며 걸었다. 떠들어댔다. 관중에게 약혼녀를 소개하듯이 손을 붙잡고 두 투사를 차례로 소개했다. 그러고는 예전에 영화에서 리가댕[16]이 그랬듯이 다가올 전투 시나리오를 몸짓과 표정으로 연기했다. 그가 손으로 입맞춤을 보내면서 물러났다. 위로가 「까르멘」을 연주하기 시작했다. "투우사여, 조오오심해……" 모임에 온 사람들이 일제히 노래하기 시작했다.

의사 드꾀르가 고개를 끄덕이면서 놀란 표정으로 뢰르띠유아를 바라보았다. "이런, 감격한 것 같네요."

오렐리앵이 돌아보았다. "예, 좀 바보 같지요. 하지만 저 바보짓을 보세요, 선생. 아무튼 저것이 전쟁, 우리의 전쟁이죠."

마르솔로가 냅킨을 쳐들고 손짓했다. 나뭇가지 속에서 봉빠르의 머리가 반짝였다. 마르솔로에게 덤벼들었다. 돌아서서는 관중 쪽

---

16 조르주 몽까(Georges Monca)가 감독한 프랑스 무성영화 「강도 리가댕」(1911)의 주인공.

으로 달려들 기세였다. 가상의 울타리 앞에서 멈추더니 울타리를 따라 종종걸음을 쳤다. "황소! 황소!" 오렐리앵이 말을 이었다. "내가 마지막으로 저것을 보았을 때, 선생, 봉빠르는 황소 역할을 했어요. 하지만 투우사는 릴 출신의 젊은 방데르벨, 사관후보생이었죠. 어찌나 밝은 금발이었는지 여자아이 같았어요. 에빠르주에서였지요. 이튿날 급습을 당하는 중에 그 사관후보생은 사망했어요. 오, 알아요, 몹시 떨떠름한 이야기죠!" 모든 이가 즐거운 함성을 질렀다. 봉빠르가 열네살 남짓 연하인 마르솔로를 숨차게 했다. 피아노에서 귀에 익은 노래가 점점 더 세게, 또박또박 연주되었다. 르무따르가 자기 자리에서 스페인 춤을 추면서 손가락을 딱딱 튕겨댔다. 냅킨을 망또로 활용했다. 아무도 그를 눈여겨보지 않는 것 같았다.

"기괴하네요, 당신들의 전쟁 말이죠." 의사가 중얼거렸다. "후방 부대에 배속된 우리는 이런 일은 상상조차 할 수 없어요."

겨루기는 죽임으로 종료되었다. 봉빠르가 바닥에 뒹굴었다. 투우사가 갈채를 받고는 입술로 볼 키스를 날렸다. 테이블에서 웨이터들이 잔에 샴페인을 넘치도록 따랐다. 진력이 난 피아노 주자가 한잔을 들이켜고 투덜댔다. "에이, 이런, 푹스! 맛이 형편없군, 샴페인 말이야! 달아!" 푹스가 항변했다. 어떤 사람들은 단맛이 없는 것을 좋아하고 다른 사람들은…… 어느 쪽의 말을 들어야 할지 몰랐다. 게다가 샴페인은 그런 것에 아랑곳하지 않았다. 생실베스트르 축일의 저녁이었기 망정이지, 그렇지 않았다면……

"맞아, 이 꼬마 위로는 늘 불평해! 무슨 성격이 그래!" 미요 대위가 외쳤다.

"하지만 대위님, 샴페인이……"

"샴페인한테 대위가 무슨 소용이야! 주면 마시는 거지!"

그들은 네다섯명씩 무리지어 앉았다. 샴페인을 병째 들이켜도록 강요받은 위로가 몸부림을 쳤다. 여기저기에 샴페인이 흘렀다. 단 맛이 났다. 혐오스러웠다. 이제 르무따르만 흥에 겨운 것이 아니었다. 베끄메유도 그랬다. 노래하고 싶어 했다. 하지만 발랑뜨가 기회를 노리고 있었다. 열렬히 공연을 했다. "그래, 좋아," 스뻬판 뒤쀼가 지껄였다. "집배원 역을 하는 발랑뜨!" 이것이 그의 레퍼토리였다. 약간 취하자마자 집배원 노릇을 했다. 우편 가방을 들고 거닐었고, 행인들에게 인사했고, 계단을 올라갔다. 온통 발가벗고 문을 열어주는 어느 아주머니 집으로 들어갔다. 그리고 어느 사제관으로, 관리인실로, 자전거를 타고 시골로…… 사람들은 전부 이해하지는 못했지만 쉴 새 없이 웃었다. 그가 레스토랑을 가로질러 달렸다. 작은 테이블에 앉아 있는 손님들을 부추겨 자신의 무언극에 관심을 갖도록 하고 다시 돌아왔다. 이런 식으로 한참 더 나부댔다. 약간 술에 취해 "마농, 해가 떠오르는구려!" 하고 노래하는 아름다운 목소리가 마침내 그의 목소리에 덮였다.

연회가 꽤나 난장판으로 변했다. 작은 무리들이 만들어졌고 사람들이 서로 소리를 질러댔다. 커피와 술이 나왔다. 시가를 피웠다. 테이블이 상당히 더러워졌다. 넘어진 물건들, 먹다 남겨 녹아버린 아이스크림 속의 담뱃재, 대위의 신경질적인 손가락 놀림에 의해 잘게 부서진 작은 비스킷들…… 이제 발랑뜨는 완전히 들떠서 자신이 가장 즐겨 부르는 노래 「통킹 아가씨」를 불렀다. 뒤쀼, 위로, 위송, 블랑샤르, 마르솔로 등 모든 이가 일제히 후렴을 합창했다. "나의 아나나, 나의 아나나, 나의 아나미뜨……" 드꾀르가 오렐리앵에게 말했다. "당신들의 전쟁, 그것은 장교와 하사관의 전쟁이었군요. 여기는 단 한명의 병사도……"

오렐리앵이 어깨를 으쓱했다. "당신은 아무것도 이해하지 못하네요, 선생. 재향군인 단체들이 있지요. 이것은 친구 모임입니다. 우리는 우연히 장교와 하사관이었을 뿐이에요. 그럴 수 있죠. 사람은 크게 달라질 수 없는 법이에요. 아시다시피, 우리는 소매 위의 한낱 계급장 때문에 총알을 맞을 뻔했어요. 그런 우리가 다시 만난 것이거든요."

"아니, 뢰르띠유아?" 위송샤라스가 의자에서 한 발을 뻗치고 그에게 외쳤다. "우리와 함께 노래하지 않아?"

의사가 오렐리앵을 쳐다보았다. 오렐리앵이 노래했다. 드뙤르가 입술을 살짝 깨물었다. 웃을 것 같아서가 아니었다. 사람들과의 깊은 간극. 그들은 사람들이 그들에 대해 갖고 있거나 그들이 스스로 만들어 갖는 이미지로부터 얼마나 멀리 떨어져 있는가. 몽마르트르나 마리 드 뻬르스발의 집 또는 바르뱅딴의 집에서 본 이 단정하고 느릿느릿한 키 큰 남자. 언제나 옷을 잘 차려입었고 상당히 조용했지. 그가 여기서, 그것도 처음으로 얼굴에 약간 땀까지 흘리며 노래하고 있었다. 주위에 신경 쓰지 않는 듯했다. 의사는 뢰르띠유아가 정말로 편안하다는 것을 깨달았다. 오렐리앵에 대해서만 이런 종류의 발견을 한 것은 아니라고 생각했다. 깊은 쓰라림을 느꼈다. 랭보의 시를 낭송하는 로즈, 대단한 로즈에 관해서도 그렇다고 말할 수 있었다. 아이고야. 누군가 팔을 붙잡는 느낌이 들었다. 스뙤판 뒤뀌었다. 얼굴이 완전히 붉어져 있었다. 머리카락이 점점 더 눈으로 흘러내렸고 콧수염 언저리를 가볍게 물었다. 축구선수처럼 활기차게 이리저리로 몸통을 움직였다.

"이봐요, 선생, 푹스가 내게 그 일에 관해 한마디 합디다. 참신한 생각이에요, 멜로즈 제품 말이오. 대단한 성공을 거둘 테니 푹스가 내게 인터뷰를 하라고……"

아, 그래요? 이득의 냄새가 나면 언제나 그랬지, 저 폭스 말이야. 드끼르는 이 수법을 잘 알았다. 『라 까냐』의 부장이 바르뱅딴의 집에 들렀을 것이다. 그것은 규칙이었다. 그들이 날짜를 잡았다. 뒤뛰는 로즈를 생각만 해도 매우 흥분되었다. 그 남편에게 비굴할 정도로 공손하게 굴었다. 이 드끼르는 과연 매우 강건한 녀석이군. 스떼판은 자기 자신을 추켜세우려고 애썼다. 자신이 쓴 책, 소설에 관해 말했다. 주제, 그 기이한 알코올, 죽이는 습관, 요컨대 전쟁 후의 삶을 공허하다고 생각하는 전투원의 환멸. 이 시시하고 숨 막히는 세계. "당신도 많이 죽였나요?" 의사가 사교계의 억양 없는 말투로 물었다. 상대방이 한바탕 웃음을 터뜨렸다. 거북해서 어깨를 흔들고 머리카락을 뒤로 쓸어넘겼다. "오, 아시다시피 저는 포병이었어요. 하지만 다른 전투원을 많이 알았지요. 그들은……" 무리를 지은 연회 참석자들, 미요 대위 주위의 몇몇 사람, 성냥개비로 탑을 쌓은 폭스와 르무따르 곁의 사람들, "경기병, 용기병, 근위병이 보이나요?"라고 혼자서 「꿈은 사라지고」를 부르는 베끄메유를 가리켰다.

드끼르가 말했다. "명백히, 당신은 당신이 말하고자 하는 것을 알고 있어요. 전쟁 동안 숨기만 한 나는……"

그가 입술에 도발적으로 주름을 잡고 이렇게 말하자 뒤뛰는 마음이 상했지만, 이 말에 압도되었다. 별것은 아니지만 강조했을 터였다. 자신이 사실상 포병으로서…… 자기 책의 주제를 상세히 설명했다. 다른 측면, 혁명의 측면, 주인공의 저항, 이 상업과 정치, 술책의 빠리에서 주인공이 느끼는 혐오. 그리고 당연히 시, 시골로의 도피, 고립, 결말의 환멸…… "아시겠지만 저는 불을, 불은 내 주인공의 이름인데, 떠나게 할 수가 없어요. 누구나처럼 타히티로, 하라레로 말입니다. 마침내 그는 브르따뉴 해안으로 갈 거예요. 관광객이 없는 지역이죠. 섬, 사냥, 어부가 있는 곳이에요. 거의 크누트 함순의 『목신牧神』이 시작하는 것처럼 끝날 겁니다. 함순을 좋아하세요?"

물론 의사는 함순을 좋아했다. 의사가 무엇을 좋아하지 않을까? 위로가 그들의 대화를 가로막았다.

"여자들이 필요하다고 생각하지 않나요?"

그것이 이 성 잘 내는 허약한 사람을 괴롭힐 수 있는 문제는 결코 아니었을 것이다. 목소리가 너무 높고 유별났다. 평범한 얼굴, 보통의 발에 키가 중간 정도인 이 직장인에게서 예상하기 힘든 목소리였다. 그는 큰 악기회사의 회계원이었다. 다리 때문에 약간 소외당한 위송샤라스가 의사와 뒤뼤의 대화에 끼어들었다. 그래서 그가 피아노를 연주했던 것일까, 아니면 반대였을까? "아, 그놈의 인과율!" 의사가 말했다. 요컨대 그것이 위송샤라스에게 예술에 관한 생각을 불러일으켰다. 그는 음악회에 가려고 결혼을 안 했다고 했다. "기억나, 뢰르띠유아, 모롬[17]에서의 위로?" 위송이 오렐리앵을 불러 세우면서 말했다.

"그의 기침 물약 병이 깨져버렸을 때?"

그들이 우스갯소리를 했다. 정말 편집광이지, 위로 녀석 말이야! 대호對壕에서까지 그의 정리 강박증은 빈축을 살 정도였다. 50제곱센티미터 내의 모든 것을 그는 합리적으로 체계화했다. 수통, 반합, 대검을 정돈해놓았다.

"목도리, 위송, 목도리를 잊지 마! 물약과 함께 그가 죽음에 대비

<hr>

17 베르됭 북서쪽 뫼즈강 좌안의 언덕으로 제1차 세계대전의 격전지 중 하나. 295고지와 265고지로 알려진 두 봉우리가 있다.

하기 위해 갖추는 것들 중에서 필수불가결한 것이지. 병이 총알에 맞아 깨졌을 때 그 일그러진 표정이라니."

"총알이 아니었어. 파편이었다고!"

그들은 이 역사적 사항에 관해 언쟁했다. "오늘 저녁, 바로 그가 여자들을 요구하다니!"

의사가 말했다. "물론 솔직히 고백하자면, 뢰르띠유아와 나는 우리가 왜 혼자 왔는지 알고 있어요. 하지만 다른 사람들은요? 부인들을 어떻게 한 거죠? 게다가 한해의 마지막 날이잖아요!"

"오! 대부분이 얼마 전에 가족과 함께 성탄절을 보냈으니까요! 사실 모두가 이 자유의 순간에 불만이 없어요!" 뒤뀍가 말했다.

"그래요? 이상하군요." 의사가 마르솔로를 가리켰다. "그는 미혼인가요?"

"예, 여자 친구가 있는데, 그에게 넥타이를 사줬죠." 위송이 말했다. "그리고 봉빠르는 부인을 마르세유에 두고 왔어요. 지나는 길에 잠시 들른 거죠. 기억나, 뢰르띠유아, 봉빠르 부인의 사진? 그가 늘 보여주었지. 정돈된 머리, 금빛 십자가 목걸이, 작은 눈에 꾸밈 없고 선량한 부르주아 여자였어. 그래서 숙영지에서 그를 매춘부들과 함께 있게 할 수 없었지. 기억나? 그는 자신의 부르주아 아내에게 굉장한 삶을 마련해줄 것이 틀림없어, 저 녀석 말이야!" 그리고 베끄메유는 애가 셋이지, 형제들은 죽었지, 어머니 부양해야지, 아내는 아침부터 저녁까지 소리를 질러대지, 애들은 병약하지! 그를 이해해줘야 해. 여기서 그는 젊음을 되찾아. 잡화 세일즈맨이야. 닦아낸 매트, 열어준 문, 손에 든 모자…… 그 모든 식구를 돌봐야 하니까! 그리고 블랑샤르는 마요 관문 쪽에서 타이어를 팔지. 딸이 다섯이야. 아내는 달아났어. 의사가 머리를 끄덕이고는 스떼판을 향해 몸을 돌렸다. "그래요, 당신 말이 맞아요. 세상이 잘못된 거죠. 늘 전쟁은 아니라서 유감이네요!" 위송이 투덜대면서 자신의 넓적다리를 만지작거렸다. 오렐리앵은 이해가 가지 않는 듯 드꾀르를 멍하니 바라보았다. 하지만 뒤뛰는 곧장 사정을 알아차렸다. "아무렴요, 그때가 좋았죠."

52

그 조촐한 모임은 매우 언짢게 끝났다. 어떻게 싸움판이 시작되었는지 아무도 정확하게 말할 수 없을 것이다. 사람들이 독주를 들이켜고 또 들이켰다는 것은 확실하다. 부르고뉴 화주를 마신 후에 아르마끄를 시음했다. 그리고 몹시 독한 독일산 증류주가 나오고는 휴전 이후의 알자스에 관한 온갖 종류의 뒷이야기를 다시 문제 삼았다. 그것들에 대해 의견이 일치하지 않았다. 아마 르무따르가 꽤나 취해서 블랑샤르를 자극했을 것이다. 그들은 사이가 좋지 않았다. 하지만 바로 직전에 블랑샤르가 무슨 말을 했던가? 갈색 머리에 마르고 까무잡잡한 피부, 풍차 같은 손짓을 하는 그 키 크고 줏대 없는 사람은 식사하는 동안에는 얌전히 있었다. 하지만 결국 사람들이 그의 심중을 알게 되었다. 그를 초대한 것은 폭스 쪽의 나쁜 발상이었다. 그는 어떤 말로든 르무따르를 화나게 할 수 있던 것이다. 자기에게 애국심의 교훈을 줄 사람은 아무도 없다고 소리쳤다. 그가 기막힌 무공훈장을 받았다는 것은 잘 알려져 있었다. 하지만 그렇다고 해서 아무 말이나 해도 되는 것은 아니었다. 그것이 불러일으킨 말 못 할 난투극 속에서 누군가가 다른 누군가를 때리자마자, 그리고 되갚아주는 것이 불가능해지자마자 전직 매춘 단속 경찰에 대해 특별한 애정이 없는 마르솔로 같은 사람들도 열을 받았다. 르무따르가 처한 상황을 헐뜯는 것을 보고 그냥 넘어갈 수 없었다. 사실 마르솔로는 블랑샤르의 몸뚱이에 좀처럼 덤벼들 수 없었다. 그는 지나치게 컸다. 게다가 술을 절제할 때는 자신의 옛 상관인 중위와 드잡이하리라고는 꿈에도 생각하지 못했을 테지만, 당장은 자신이 무슨 짓을 하는지도 모를 정도로 정신을 잃은 베끄메유가 정면에 있었다.

사람들이 그들을 떼어놓으려고 시도했다. 마르솔로가 압도적 우세를 보였다. 그는 권투를 했다. 자, 어서, 하는 고함 소리가 여기저기서 터져나왔다. 그의 상대가 코피를 흘렸다. 주위 사람들이 격분했고 위로가 푸념했다. 오렐리앵이 마르솔로의 팔을 붙잡아 끌어냈다. 상대방이 항의했다. 그사이에 미요 대위, 뒤이어 봉빠르, 상관들이 개입했다. 대위는 사태의 발단을 모르는 척 마르솔로를 비난했다. 그가 꼴도 보기 싫었다. 마르솔로는 중사를 때리기 전에 틀림없이 자신의 계급이 생각났을 것이다. 대위가 신성한 구호를 외쳤다. "전선에서처럼 단결." 모든 것이 그 연설 속으로 쓸려들었다. 깨어진 술잔, 술 묻은 냅킨, 바닥에 널브러진 잡동사니, 그 모든 것 사이에 더러운 접시가 있었다. "정말 난장판이로군!" 위로가 말했다. 그리고 뒤튀는 큰 낯짝으로 알통을 뽐내면서도 개입할 시간이 없는 체했다. 무슨 일이 벌어졌나? 그는 늘 이 모양이었음에 틀림없었다. 포병이었으니까.

마침내 뿔뿔이 흩어질 때가 되었다. 위송샤라스가 푹스에게 택시를 잡아달라고 부탁했다. 사람들이 옷을 찾아 입었다. 의사가 오렐리앵에게 말했다. "어딘가에서 송년 모임이 있나요?" 뢰르띠유아가 고개를 가로저었다. 그들은 계속해서 저녁나절을 함께 보낼 것이다. 위송샤라스는 오렐리앵이 삯마차에 동승하기를 바랐을 테지만, 비가 그쳐서 약간 걷는 것이 마지막 담배 연기를 날려버릴 수도 있고 나쁘지 않았다. 오렐리앵과 드쀠르, 에로와 봉빠르가 함께 사크레꾀르성당의 계단을 내려가고 있었다.

봉빠르가 오렐리앵의 팔을 스스럼없이 붙잡았다. "널 봐서 기뻐, 귀여운 녀석. 저녁식사 동안은 서로 이야기할 수 없었지. 이 고달픈 삶이 네게는 어떻게 굴러가니? 결혼했어? 아니라고? 네 생각이 맞아. 결혼하지 마. 절대 하지 마."

그들 위로는 하얀 바실리카가 우뚝 솟아 있었고 그들의 발아래로는 도시가 흐릿한 불빛에 싸여 있었다. 그들은 추위 때문에 외투를 잔뜩 여미고 깃을 세웠다. 위로가 여느 때와 다름없이 투덜거렸다.

"마르솔로, 물론, 마르솔로지. 언제나 말다툼을 벌여, 그 녀석. 따분한 놈이지. 소령의 보좌관이었을 때는 고자질하면서 시간을 보냈어."

"그럼, 그럼. 소령이 있었다면 아무 일도 일어나지 않았을 거야. 미요는 권위가 없어."

"너, 봉빠르, 마르솔로를 펀드는 게 좋을 거야. 너희가 잘 알고 있듯이 나는 마르솔로에 앞서 소령을 보좌했어. 그뒤에는 연대장이 그와 함께 나를 택했지. 그는 나의 정리 능력을 높이 샀어. 그래서 나는 많은 것을 알게 되었지. 무엇 때문에 이년 동안이나 진급하지 못한 거야, 응, 봉빠르?"

상대방이 소스라쳤다. 계단의 중턱쯤에서 손으로 난간을 잡고 멈췄다. 그가 위로의 어깨를 툭 쳤다. "가끔은 입 좀 다물래? 마르솔로라니? 아니야!" 그들은 말없이 걸었다. 아래쪽에서 음악 소리와 자동차 경적 소리가 들려왔다. 의사가 몽마르트르에 관해, 끝나가는 한해에 관해 무언가를 말했다. 오렐리앵은 베레니스를 생각했다.

"그걸 믿어, 뢰르띠유아?" 갑자기 봉빠르가 폭발했다. "마르솔로가 나를 골탕 먹이다니, 나를! 늘 이곳저곳 기웃거리는 그 녀석이. 게다가 결코 갚은 적이 없어. 우리의 비용으로 한량 노릇을 했지. 그리고 머리가 좀 모자란 놈이라고!"

"내가 갖고 있는 자료를 너희에게 보여준다면……" 위로가 짜증을 냈다. "마르솔로에 관한 자료가 있어. 기억나지, 에빠르주에서……"

"그걸 말이라고 해? 철없는 놈! 그의 부하들이 그를 골탕 먹이고 싶어 했어. 공격 중에 그가 피신했기 때문이지. 바로 내가 그를 곤경에서 구해줬다고! 그런데 그 개자식이……"

"그것참, 우리 같은 후방 부대 근무병은 전선에서 그런 일이 벌어진다는 건 상상도 하지 못했어요." 의사가 탄식하며 말했다.

의사의 말로 인해 흥이 깨졌다. 하지만 위로가 이야기를 시작했다. 입이 근질근질했던 것이다. "그래, 전선에서처럼 단결, 들었지, 그 멍청한 미요의 말. 그는 마르솔로와 떨어질 수 없는 사이야. 나중에는 상대방이 그에게서 여자를 가로챘지. 그래서 마르솔로에게 거슬리는 것은 다 좋다는 식이야. 그리고 개인적인 적대 관계가 아니었다면 열번이고 스무번이고 틀림없이 내가 붉은 훈장을 달지 않았을까? 누가 내게서 그것을 앗아갔는지 알지? 사단의 종군 신부야, 물론이지, 그 빈대! 연대장은 나를 높이 평가했어. 하지만 예수회 수도사들이 말할 때는…… 벨리아르 사제, 그에 관한 재미있는 이야기가 많아! 아, 내 자료를 펴낼 수 있는 날이 온다면!"

그들은 르삐끄 길을 잰걸음으로 내려갔다. 거리에는 사람이 많았고 축제 분위기가 났다. 추위에도 불구하고 모든 유흥장이 불을 밝혔다. 블랑슈 광장에서 큰 까페들이 불빛으로 타올랐다. 그들이 걸음을 멈췄다. 봉빠르가 중얼거렸다. "어쨌든 그 마르솔로에 관한 거야! 그리고 나는 그와 함께 투우 놀이를 했다고!" 그들이 웨쁠레르 가게로 들어갔다.

위로의 짜증에 의사가 즐거워했다. 그는 여러가지 유도 질문을 해서 위로를 부추겼다. 아주 뜻밖에도 봉빠르는 무방비 상태의 상대였다. 이 점으로 인해 그는 세번째 계급 줄을 너무 늦게 달아서 정식으로 임관될 수 없었고 사람들은 계속해서 그를 중위라고 불렀다. 강등된 셈이었다. 그는 거의 삼년 전부터 이 모욕을 곱씹었다. 여전히 나쁜 기름을 팔았다. 그에게 삶은 씁쓸했고, 그는 삶에 빚이 없었다. 정말로 대위가 되고 싶었을 것이다. 오렐리앵은 대화에 열의가 없었다. 게다가 불공평이라는 감정에 맥없이 잠겨 있는 참이었다. 예수회 수도사, 프리메이슨 단원을 비난할 수 있기를 바랐을 것이다. 그는 그럴 수 없었다. 그녀는 그를 사랑한다. 이런 것은 어떤 것도 해결하지 못한다. 그녀는 그를 사랑한다. 하지만 그를 피할 것이다. 결코 그의 것이 되지 않을 것이다.

"그 블랑샤르, 그는 제대 후에 무슨 일을 하나요?" 드뾔르가 물었다. "타이어 판매상?"

"오, 아시네요." 위로가 냉소를 지으며 말했다. "판매업자, 상인! 소매상이 더 맞겠네요. 환상環狀 철도를 따라 어딘가에서…… 돈벌이가 변변치 못한 녀석…… 가족을 부양해야지, 아내는 집을 나갔지. 버림받은 불쌍한 남편, 에이!"

"우리 모두 그렇죠." 의사가 말했다. 봉빠르가 농담을 했다. 위로가 입술을 오므리고 항의했다. "당신들 이야기나 해요. 당신들에 대해 말하라고요. 자기가 무엇을 원하는지 생각하는 건 그의 권리라는 걸 잊지 마세요. 인권, 그건 우리 사이에 끼어들어 소동을 일으킬 이유가 될 수 없어요. 마르솔로는 그런 일에 참견하죠. 그게 불행이에요! 나는 어느 누구만큼이나 평화주의자입니다. 그래도 한다면 하는…… 하지만 평화주의의 깃발을 내세우는 건 역겹다는 생각이 드는군요."

대체 무슨 얘기였을까? 오렐리앵은 대화가 귀에 들어오지도 않았다. 눈을 감고 수심에 젖은 얼굴, 속마음을 알 수 없는 자개 빛깔 얼굴을 보았다. 흐트러진 금발머리, 눈부신 빛, 입…… 아, 그는 그 입의 윤곽이 바뀌는 것을 보았다! 베레니스의 입이 정말로 그랬을까? 입술의 윤곽은 우리의 욕망에 따라 빚어지는 것이다. 오렐리앵은 기억에 남아 있는 베레니스의 모든 입술 모양을 뒤섞었다. 이제 베레니스는 오늘날의 사랑만이 아니었다. 그의 사랑, 다른 여자들에 대해 품었던 사랑, 전쟁의 커다란 어둠 속에서 여자들에 대해 지녔던 강박관념, 청소년기의 꿈, 남자로서의 불안이었다. 그런 뒤에는 갑자기 뺨의 살집, 베레니스의 광대뼈를 알아보았다. 그리고 눈이 서서히 열렸다. 어두운 눈, 비스듬한 추억의 눈이었다.

"농담은 그만하고," 봉빠르가 말했다. "이봐, 위로, 내게 단언할 수 있어? 마르솔로가……"

"아, 그래!" 회계원이 지껄였다. "넌 아둔한 게 틀림없어, 아니야? 정말 바보로군! 내가 이야기하는데…… 하지만 너는 거기 있었지. 아, 아니야, 하긴. ……전 며칠엔가 네가 부상당했지. 우리가 엘레뜨 운하에 도착했을 때, 그 마을, 이름을 까먹었네, 어떻든 확실한 건, 미글이 진지를 빼앗았지. 잘 알다시피 그 시골뜨기, 뺨이 진홍색이었어. 뚱뚱한 곱슬머리 청년, 콧수염…… 그래, 너도 그를 본 적이 있어. 그는 소위였지. 교사가 되기로 예정되어 있었어. 5중대의 부대원들과 함께…… 루께스가 후송되어 떠난 직후였지. 그때 그를 보호해줄 사람이 아무도 없었어, 미글 말이야. 소령은 연대에 있었지. 연대장은 직전에 우리를 떠났고. 모든 건 미요와 마르솔로 둘이 꾸민 거야. 미요가 대대를 지휘했지. 마침내 마르솔로가 월계수 가지 휘장을 받았어. 그런데 그가 전열에서 보이지 않았던 거야. 미글은 솔질을 했어. 아, 그런…… 운이 없었지, 불쌍한 젊은이. 그는 고향 샤량뜨에서 고등사범학교 학생과 약혼한 상태였어. 11월 11일 아침에…… 아니야, 생각나지, 1918년 11월 11일! 게다가 프랑스 포탄. 끝나기 직전에…… 탄약 수송차량이 비워졌어. 그 빌어먹을 포병들 중의 하나…… 죽었어, 미글, 그때 거기에 파묻혔지! 아무것도 남지 않았어. 내가 그의 개인 소지품을 거두었지. 그의 편지를 읽었어. 11일 9시 반 무렵, 로렌에서…… 아, 아! 전선에서처럼 단결이라니! 거참 재미있는걸!"

위로 또한 너무 많이 마셨다. 의사가 오렐리앵의 눈에서 조바심의 기색을 알아차렸다. 봉빠르는 자신이 간파한 것을 곱씹었다. 그의 앞에 접시가 쌓였다. 그는 술에 취하면 우울해하는 버릇이 있었다. "궁금해, 왜 소령이 오지 않았는지, 빠리에 있는데도 말이야. 내각에 있는데……" 그가 중얼거렸다.

"가족과 함께 저녁식사를 하겠지." 오렐리앵이 말했다.

"냉수 마시고 속 차려!" 위로가 위스키 한잔을 단번에 들이켜고는 빈정거렸다. "내가 가족과 함께 저녁을 먹나? 그러면 키 작은 소령은? 역시 가족과 함께 저녁식사를 해? 바르뱅딴은? 그 사람들은 더이상 우리를 알지 못해. 우리는 너무 보잘것없는 나리들이지. 그다지 신분이 높지 않아!"

사람들이 레스토랑으로 들어와 홀 안쪽의 송년회 밤참을 위해 예약한 테이블로 향했다. 드뫼르가 뢰르띠유아 쪽으로 몸을 기울였다. "다른 곳으로 가서 송년회를 계속하죠." 다른 사람들은 그가 돈을 냈다는 것을 알아차리지 못했다. 사람들은 별 생각 없이 그들을 나가게 내버려두었다. 위로가 같은 말을 되풀이했다. "내 자료를 펴낼 수 있다면!" 웰치 주스와 맥주 냄새, 주방의 열기가 가득했다. 아르헨띠나 오케스트라의 등장을 예고하는 것이었다. 오렐리앵은 의사가 이끄는 대로 따라갔다. 풍차에 조명을 밝힌 물랭루주 앞의 광장에서 숨을 깊이 들이마셨다.

"어떻게 할까요?" 그가 물었다. 저녁나절 내내 뢰르띠유아의 침울함을 곁눈질한 드뫼르가 인자한 어조로 말했다. "뤼리스 어때요, 뢰르띠유아? 민간인 생활로 다시 들어가는 이야기, 괜찮으시다면! 제기랄!" 그가 오렐리앵의 팔을 덥석 붙잡지 않았다면 소형 부가띠가 길모퉁이에서 그를 쓰러뜨렸을 것이다. 젊은 남자 옆에 두 여자가 포개 앉아 있었다. 어둠 속에서 그 고급 자동차의 요란한 엔진 소리가 들려왔다.

53

또다시 좁은 바, 담배 연기 자욱하고 조명이 장밋빛인 그곳, 또다시 마호가니와 구리, 높은 간이의자, 술병, 칵테일 셰이커, 빨대, 예일과 하버드의 깃발과 함께 벽에 정렬된 잡다하고 우스꽝스러운 작은 그림들. 또다시 무어풍 댄스홀에서 들려오는 음악, 그리고 시끄러운 목소리들, 그리고 웃음소리, 그리고 취기가 오른 근엄한 남자들, 미국인들과 아가씨들, 갈색 머리 파트너와 함께 있는 넓게 튼 옷깃의 부인들, 자주 드나드는 여자들, 쉬지, 조르제프, 이본……또다시 그 불면과 알코올의 무대, 그리고 피하고 싶은 온갖 상념, 잊었던 온갖 생각으로 무겁게 짓누르는 어둠의 지속, 잠자는 것이 두려운, 잠들지 않는 것이 두려운 이들의 춤. 흰옷을 입은 바텐더들이 싫증난 손님들 앞에서 직업적인 미소를 지으면서 셰이커를 흔들었다. 뚱뚱한 륄리가 무리들을 가로질러 베네찌아 사람답게 불룩한 배를 내밀고서 돌아다니며 박수를 치고 "올레! 올레!"하고 소리쳤다. 계산대 근처에는 매우 뚱뚱하고 나이 많은 여자가 분홍색 옷을 입고 요오드 빛깔로 염색한 머리에 팔을 드러내고 있었다. 커다란 비단 옷깃이 그녀의 가슴처럼 처졌다. 그녀가 금전출납기 앞의 륄리 부인과 끝없이 이어지는 수다를 떨며 구슬 핸드백을 흔들었다. 살이 흔들렸다.

"그래도 당신이 내 팔을 잡아당기지 않았다면 지금……"뢰르띠유아가 말했다.

"내가 출자자를 그렇게 놓쳤을 거라고 생각해요?"

이 농담의 자연스러움이 오렐리앵에게 먹혔다. 그 합자회사 이야기가 계속 되풀이되며 이상하게 그를 따라다녔다. 이번에는 꼭 해명하고 싶었다. "이봐요, 선생……"그가 말했다.

상대방이 그의 말을 끊었다. "알아요. 오늘 모렐 씨를 만났어요. 매력적인 남자더라고요. 틀림없이 그는 물약을 만드는 데 애로가 있겠더군요. 그의 팔이…… 똑똑한…… 그러니까, 약사치고는 말이죠. 그는 우리에게 매우 유용할 거예요. 연민을 불러일으키죠. 그가 하는 일은 자기 자신을 위해서가 아니에요. 아주 사심이 없어요.

전부 모렐 부인을 위해서죠. 그녀를 위해서라면 못 할 게 있을까요? 보기 좋아요. 오늘날에는 드물죠, 그런 감정 말이에요. 우리는 사이가 좋다는 게 무언지 잊어버렸어요. 아내를 생각하는 남편, 그런 걸 보려면 시골로 가야 해요." 신랄한 목소리였다. 목소리에 억양이 없었다. 이 의사, 로즈의 그림자, 그는 비극이건 희극이건 그들의 삶이 드러나 보일까봐 말조심을 했다. 오렐리앵은 때때로 궁금하기도 했다. 당장은 한가지 걱정에 휩싸였다. "모렐 부인도 만났나요?"

"오, 아니에요. 그녀는 외출 중이었어요. 그녀의 마지막 쇼핑이죠. 그들은 내일 저녁에 빠리를 떠나요. 여자는 지방으로 은거하러 가기 전에 언제나 상점들을 샅샅이 뒤질 필요가 있으니까요."

"내일 저녁이요?"

"예, 가족과 함께 새해 첫날을 기념한 후에요."

오렐리앵은 에드몽이 연회에, 연회 동안에는 어느 때나, 연회가 끝난 후에는 까페 또는 술집으로 오리라는 희망에 한참 동안 매달렸다. 알고 싶었다. 에드몽에게 물어볼 수 있을 것이다. 이제 말도 안 되는 생각이 그에게 떠올랐다. 사실을 말하자면 그는 드피르가 릴리스를 제안하자마자 그 생각을 했다. 에드몽이 동조했거나 베레니스 자신이…… 오렐리앵이 오늘 밤 여기 있는 것은 무척 자연스러웠다. 그가 어디에 있기를 원할까? 그들은 곧 올 것이다. 그녀는 문득 저기, 그가 그녀의 손을 잡았던 넓은 홀에 있을 것이다. 꾀를 냈을 것이다. 그녀가 그토록 즐거운 그날 저녁을 어디에서 보냈는지 뤼시앵에게 보여주고 싶지 않을까? 예컨대 몽마르트르. 약사, 그가 몽마르트르에 와봤을까? 에드몽과 함께, 또는 에드몽 없이. 에드몽, 그 녀석은 아마 로즈와 함께 있을 것이다! 의사가 로즈에 관해, 그녀가 지닌 영혼의 유별난 섬세함에 관해 말했다. 로즈, 우월한 인간들이 삶에서 갖는 권리…… 그들에 대해 다른 사람들에 대해서처럼 판단할 수는 없다. 동일한 규범에 따라서는 안 된다. '규범'은 의사의 마음에 드는 말이었다.

"댄스홀을 둘러봐도 괜찮겠어요, 선생?"

"물론이죠, 그럼. 오히려……"

이 자욱한 연기. 도착하는 사람들의 무리, 입구에서 방긋이 열리는 문, 부지런히 움직이는 제복 입은 종업원들, 꽃 파는 여자들, 그리고 왈츠를 위해 푸른 불빛에 싸인 넓은 홀, 여자들의 피부에, 드레스의 반짝거리는 금속 조각에 반사되는 빛, 흑인 남자들, 가슴 장식, 조명 빛깔의 식탁보. 저쪽에서는 돌아가는 원반과 함께 불빛이 변한다. 지금은 옅은 보라색이다. 네모진 플로어 위에서, 테이블들과 샴페인 병들 사이에서, 나른하게 춤추는 사람들이 한덩어리처럼 발을 구르고 미끄러진다. 얼굴 표정이…… 무용수가 너무도 많아서 역겨운, 분수대 없는 알람브라궁전 같은 곳. 크림 케이크 같은. 오렐리앵이 손목시계를 본다. 격렬한 원반, 빙글빙글 도는 불빛이 홀, 발코니, 춤추는 사람들을 전속력으로 알록달록 물들인다. 오케스트라가 종지부를 향해 달린다. 다시 정적이 찾아들고, 접시 부딪는 소리와 웃음소리가 요란하고, 커플들이 오케스트라에 갈채를 보낸다. 오케스트라가 다시 유순하게 왈츠를 연주한다. 온통 파란색, 파란색, 파란색이다.

오렐리앵의 눈이 밝은 곳과 어두운 곳을 속속들이 탐색한다. 눈길이 어느 팔의 곡선에 막힌다. 얼굴을 가린 여자의 어깨를 우회한다. 오가는 웨이터들 때문에 그가 …… 보려고 자리를 옮긴다. 다채로운 기둥 근처에서 음악에 의해 가려진 욕망이 납작코 남자의 표정에서 드러난다. 종이 식탁보가 타는 한구석에서 간드러지는 웃음이 은화의 땡그랑 소리처럼 들려온다. 아니야, 아무도 없어. 손목에 찬 시계. 바늘이 자정에 가까워지고 있다. 그들은 곧 올 것이다, 확실히 곧 올 것이다. 뚱뚱한 릴리가 거대한 검은 파리처럼 앞날개를 넓게 벌리고서 군중을 헤치고 나아간다. 그가 지나고 나자 트였던 길이 몸을 흔들며 춤추는 사람들에 의해 다시 메워진다. 그가 오케스트라에 대고 소리친다. 무슨 말인지 들리지 않는다. 정장 차림의 남자들과 길고 밝고 잔잔하고 장중하고 놀랍도록 옅은 색깔의 드레스를 입은 여자들 무리가 방금 도착했다. 웨이터들의 움직임이 빨라진다. 손님들을 밀치고 테이블을 마련하기 위해 부산하다. 악사들이 일어나서 「성조기여 영원하라」를 연주한다. 춤추다가 놀라서 동작을 멈춘 사람들을 남자들이 가로지르면서 거수경례한다. "미국대사관 직원들이네!" 의사와 뢰르띠유아 옆의 창백한 붉은 머리 여자가 흐릿한 불빛 속에서 중얼거린다. 시곗바늘이 자정을 향해 나아간다. 김 나는 요리들이 주방에서 나온다. 빛의 왈츠와 함께 춤이 다시 시작된다. 시곗바늘. 오렐리앵은 손목에서 눈을 떼지 못한다. 맥박이 뛴다. 그녀는 곧 올 것이다. 어떻게 오지 않을 수 있을까? 그는 생각을 떨쳐버린다. 드피르가 무슨 말을 했지? 그가 되풀이하는 말은 불확실해! 시야가 흐려진다. 어둠에 빛줄기가 그어진다. 박수 소리가 요란하다. 저것은 릴리스의 대단한 자랑이다. 그레뱅 미술관에서 빌려온 것이다. 빛의 눈, 천장에서 떨어져 바닥에서 자취를 감추는 꽃잎들로 덮인 인조 정원으로 쏟아지는 연한 눈송이, 밤참을 먹는 사람들이 박수를 치고 어빙 벌린[18]의 왈

---

18 Irving Berlin(1888~1989). 러시아 태생의 미국 작곡가.

츠가 연주되는 삐갈 길의 자정 이분 전의 시적인 정취…… 바의 뚱
뚱한 여자가 구경하려고 목 주위에 주름 장식을 한 모습으로 그들
옆으로 왔다. "거대한 여자로군요." 의사가 말한다. 등장한 여자의
내분비선을 생각하는 것이 틀림없다. 그가 덧붙인다. "삐까소의 최
근 기법……" 오렐리앵이 무언가 중얼거린다. 어쩌면 이 시각, 밖
의 젖은 길에서는 베레니스가 택시에서 내릴 거야. 심벌즈 치는 소
리, 드럼을 빠르게 두드리는 소리, 함성. 어둠. 어둠 속에서 오렐리
앵은 손목시계의 숫자가 희미하게 빛나는 것을 얼핏 본다. 자정. 아
무것도 보이지 않는 가운데 길을 잃고 헤어진 사람들을 감싸는 일
종의 검은 기쁨, 서로를 찾는 혼잡, 함성 소리, 웃음소리 속에서 뚱
뚱한 륄리가 베네찌아식 영어로 "새해 복 많이 받으세요! 새해 복
많이 받으세요!" 하고 외친다.

그리고 갑자기 오렐리앵은 두 팔로 감싸이는 것을 느낀다. 맨팔
이 그의 어깨를 감싼다. 손가락이 그의 얼굴을 서투르게 더듬는다.
어둠을 뒤덮는 드럼의 굉음, 그들 둘을 마치 사막에 있는 듯이 만
드는 아우성, 사랑의 고독 속에서 그가 돌아선다. 몸을 구부린다.
그녀를 끌어당긴다. 결단코 평생 처음으로 자신의 몸에 그녀를 꽉
밀착시킨다. 얼굴을 만진다. 열정에 겨워 떨리는 입을 찾아낸다. 입
맞춤한다. 깨문다. 정신이 흐려진다. 다시 환해진 불빛, 아마도 여
기, 그녀 옆에 있을 남편을 생각하지 않으려 한다. 베레니스, 베레
니스, 이제 그녀의 이름, 그녀밖에 없다. 그녀에 의해 새해, 신세기
가 시작한다. 베레니스……

빛은 나팔 같다. 모두의 눈에서 이 광기의 비밀이 확연히 드러난
다. 사람들이 흩어진다. 여자들이 손을 입술로 가져가고 기계적으
로 머리카락을 매만진다.

오렐리앵은 마지못해 팔을 풀고 품 안의 시몬을 알아본다. 아니, 베레니스는? 베레니스는 없었다.

54

"한병 더!" 샴페인 통이 머리 위로 옮겨진다. 지배인의 더할 나위 없는 기품으로 인해 손님들의 속된 얼굴, 긴 의자 위에 쓰러진 그들의 몸뚱이가 대조적으로 드러나 보인다. 새벽 3시. 엘 가롱에 들렀다. 사람들이 빽빽이 들어차 있었다. 바를 지나갈 수 없을 정도였다. 샤또 꼬까지앵으로 갔다. 거기서는 칼춤이 오렐리앵의 신경을 약간 건드렸다. 결국 프랑스풍의 이 새로운 유흥장에 있게 되었다. 사람들이 모리스 이뱅[19]의 노래를 박자에 맞춰 부르며 머리카락이 파랗고 노란 키 큰 아가씨에게서 구입한 인형을 흔들어댔다. 그녀는 이제 구석에서 하품을 하고 있었다. 발이 아파서 은색 구두를 몰래 벗어버렸다. 샴페인이 유장乳漿처럼 느리게 흘렀다. 의사는 다른 사람이 시키는 대로 했고, 어머니 같은 사랑에 빠진 시몬은 서서히 취해갔다. "마음이 괴로운가봐, 당신, 마음이 괴로운 게 분명해. 자, 한잔 마셔. 여기 더 있고 싶어?" 그는 아직 술자리가 파하는 것을 원치 않았다. "이 싸구려 샴페인은 뭐지? 이런데도 이것을 아얄라라고 불러요? 꾀바르시네." 지배인이 달려와 사과했다. 무엇보다 샴페인이 차갑지 않았다. 샴페인을 차게 하라고 누구이 말해야 하나요? 손님들께서 용서하시길. 은빛 통이 사람들의 머리 위에

---

19 Maurice Yvain(1891~1965). 프랑스의 작곡가.

서 돌고 돌았다. "그러다가 거덜나겠어요." 의사가 조용히 속삭였다. 오렐리앵은 모호한 몸짓을 했다.

시몬이 말했다. "난 말이죠, 울적할 때……"

그녀가 울적할 때 무엇을 하는지는 아무도 몰랐다. 그녀가 오렐리앵의 목덜미를 어루만지고 식탁보를 만지작거렸다. "난 리넨이 좋아요." 그녀가 중얼거렸다. "이것, 리넨이 좋아요. 말할 것도 없이 리넨이 좋아요."

어떻게 저 작고 마른 녀석을 데려왔을까? 옷깃이 너무 짧았고 머리와 볼품없는 팔에 비해 지나치게 큰 목울대가 한없이 긴 목에서 오르락내리락했다. 그는 드피르와 아는 사람이었다. 샤또 꼬까지앵에서 이미 그를 보았던가? 그 젊은 남자가 의자를 밀쳤다. 틀림없이 턱시도가 너무 작았을 것이다. 바지를 무릎 쪽으로 끌어올리고 발을 꼬았다 풀었다 했다. "이보다 더 취해야지, 젊은이!" 오렐리앵이 말하고 그에게 술을 따라주었다. 이 무기력한 사람에게 턱시도는 더욱 이상했다. 목울대가 잠수 인형처럼 움직였고 바보 같은 얼굴이 샴페인에 빠졌다. 그는 자신이 시몬에게 말할 의무가 있다고 생각했다. 시몬은 왜인지 궁금했다. 그녀는 뢰르띠유아, 그녀의 로제가 잠자리에 들고 싶어 하기를 끈질기게 기다렸다. 그를 자신의 집으로 데려갈 것이다. 그리고 그는 잠들 것이다. 그게 전부다. 하지만 아침에…… 그녀는 사랑을 하고 싶은 욕구가 있었다. 그를 성적으로 소유하고 싶었다. 이곳의 단골손님인 어느 부인이 또 그들의 테이블로 와서 머릿수를 늘렸다. 머리카락이 연초록색이었다. 누가 그녀를 초대했을까? 드피르, 큰 목울대의 젊은 남자, 그녀 자신? 그녀가 거드름을 피우며 브레첼 비스킷을 요구했다.

간이식당의 장식은 매우 보잘것없었다. 진홍빛 그리스인들과 가슴을 드러낸 그들의 부인이 노란 카나리아와 함께 「피피」 스타일의……

상대방의 목울대는 강박관념이 되었다. 그 왜소한 애송이에게서 굵은 목은 어딘가 혐오스러운 면이 있었다. 오렐리앵이 가지색의 긴 의자 쪽으로 몸을 기울이고 손가락으로 그 긴 목의 연골을 가리키면서 의사에게 외쳤다. "내가 무슨 말을 하려는지 알겠어요, 선생?" "정확하게는 아니지만……" 그에게 설명하기에는 너무 길다. 애송이가 넘어진다면? 바짓단을 접어서 목울대처럼 올리고 내리는 짓으로 짜증나게 하는 녀석이다.

"누가 들어왔는지 봤어요?" 연초록 머리의 여자가 드피에르에게 날카로운 목소리로 물었다. 그는 본 것 같았다. 누가 들어왔는지가 그와 무슨 상관일까? 한 무리의 사람들, 젊지 않은 못생긴 남자들, 그다음으로 주위의 여자들, 정말로 보채는 여자들. 가장 어처구니없는 것은 테이블 전등 위의 작고 밝은 오렌지색 갓이었다. 악사들이 배경음악으로 자바 춤곡을 연주했다. 피아노, 아코디언, 플루트 연주자. "이봐요, 선생……" 그는 자신이 원하는 것을 의사보다도 알지 못했다. 드피에르가 연초록 머리의 여자에게 대답했다. "어, 사실이죠." 무엇이 사실일까? 사람들이 말하듯이, 어처구니없는 일이다. 그는 말하고 싶었다. 의사와 연초록 머리의 여자, 그들은 서로 이해하는 것처럼 보였다. 그녀가 말했다. "볼린……" 이것은 틀림없이 검은 콧수염을 기른 그 녀석의 이름일 것이다. 모든 이가 그에게 머리를 조아렸다. "만일 내가 그를 때려준다면?" 오렐리앵이 잠꼬대했다. 다른 사람들이 그에게 입을 다물게 했고 시몬은 그의 머리를 다른 쪽으로 돌렸다. 시몬, 그녀도 다른 사람들처럼 잘 알고 있는 듯했다. "볼린을 때리겠다니! 그는 자신이 무슨 말을 하는지 몰라요!" 연초록 머리의 여자는 몸이 으스스 떨렸다. 얼굴에 다시 분을 발랐다. "내가 어떤 사람을 아는데, 볼린의 애인을 가로챘지요. 다시는 그 사람을 볼 수 없었어요."

의사 드피르가 테이블 너머로 몸을 굽히고 오렐리앵에게가 아니라 젊은 남자에게 설명했다. "그와 아는 사이예요? 볼린 말이에요! 아니라고요? 대단한 인물이죠. 비가 오나 해가 뜨나 시베리아를 통해 중국으로 마약을 판매하는 가장 큰 상인으로, 검은 구두약 통에…… 그는 마사馬舍를 소유하고 있어요."

재킷을 입은 어떤 부인이 악사들 옆으로 홀을 가로질렀다. 머리카락을 소년처럼 잘랐고 살짝 끼는 옷에 눈이 예뻤고, 고개를 쳐든 모습이 우스웠다. 그녀를 위해 볼린이 몸을 일으켰다. 묘비 같았다. 그녀는 웃었지만 동시에 겁먹은 것처럼 보였다. 앉아서 다리를 꼬자 폭이 좁은 치마가 대번에 넓적다리 위까지 올라갔다. 오렐리앵이 마주 앉은 사람을 바라보았다. 그가 바짓단을 걷어올렸다. 연초록 머리의 여자가 다시 설명했다. "마농 그뢰즈예요. 곧 목소리를 듣게 되겠죠. 노래를 잘하거든요." "레즈비언?" 의사가 말했다. 상대방이 어깨를 으쓱했다. 그녀는 자세한 언급을 피했다. 볼린의 요청으로 아코디언 주자가 독주를 했다. 그의 뒤에 여자들이 있었다. 카지노에서 딜러 뒤의 칩 교환인들 같았다.

"한병 더!" 오렐리앵이 외쳤다. 시몬이 한숨을 쉬었다. 눈뜨고 볼 수 없는 꼴이 될라. 그녀는 그로부터 꽃을 선물받고 싶었을 것이다. 꽃 파는 여자에게 눈으로 아니라고 말했다. 환멸이 두려웠다. 목울대 녀석이 문학에 관해 이야기했다. "공꾸르상 수상작 읽었어요? 흑인에게 공꾸르상을 주다니! 난 마음에 안 들어요, 그『바뚜알라』,[20] 실수죠. 시시해요. 게다가 어이없는 일이에요. 외국인의 눈에 우리가 어떻게 보이겠어요? 우리 자신이 우리의 소설을 더이상 만들어낼 수 없다면……"

"음, 당신이라면 어떤 작품을 수상작으로 꼽겠어요?" 드피르가 말했다.

"글쎄요, 예컨대 『결혼 축가』[21]요! 프루스뜨가 받은 지 이년 후에 흑인 작가라니요!" 젊은 남자는 또한 얼마 전에 죽은 로베르 드 몽떼스끼우[22]에 관해 말했다. "그를 마구 때려주겠어." 오렐리앵이 중얼거렸다.

재킷을 입은 부인이 일어섰다. 피아노 전주가 시작되었다. 그녀가 딱딱한 깃 위로 목에 손을 대고서 노래했다. 천박하고 걸걸하고 굵은 목소리였다. 뜻밖에 손이 예쁘고 길었다. 가짜 다미아.[23] 결별이 있는 로맨스, 항구의 침실, 웃으며 떠난 애인이 가사의 주요한 내용이었다. 갑자기 뢰르띠유아는 마음이 흔들리는 것 같았고 눈물이 났다. 시몬이 손가락을 그의 얼굴에 갖다댔다가 몹시 놀라 젖은 손가락을 뗐다. 그가 한잔을 단번에 들이켰다. 사람들이 박수를 쳤다. 가수가 두번째 노래를 막 시작할 참이었다. 키가 작은 편인 뚱뚱한 남자가 홀 안으로 들어왔다. 반백의 수염을 길렀고 여기 있는 것이 어색한 듯 보였다. 옷 보관소의 여자가 뒤따라와서 그의 외투를 받아갔다. 그는 재킷 차림에 흰 비단 목도리를 두르고 레지옹도뇌르훈장을 달고 있었다. 가수가 그를 향해 몸을 돌려 인사했

---

20 *Batouala*(1921). 흑인 작가 르네 마랑(René Maran)의 반식민주의 소설. 작가는 같은 해에 공꾸르상을 받았다.

21 *Épithalame*(1921). 자끄 샤르돈(Jacques Chardonne)의 소설.

22 Robert de Montesquiou(1855~1921). 프랑스의 시인, 미술 및 문학 비평가.

23 Damia. 프랑스의 가수이자 배우 마리루이즈 다미앵(Marie-Louise Damien, 1889~1978)의 예명.

다. 볼린의 테이블에서 누군가 일어나 그를 불렀다. "상원의원님!" 뚱뚱한 영감이 몸을 돌려 서둘러 그쪽으로 가서 볼린과 악수했다. 비굴해 보일 정도로 열의가 넘쳤다.

"마농 그뢰즈의 연인이에요." 연초록 머리의 여자가 의사에게 털어놓았다. "상원의원, 거물이죠."

마농 그뢰즈가 대중가요를 불렀다. 이제 아파치 장르,[24] 금품 갈취, 댄스홀과 서푼짜리 꽃다발…… 상원의원이 박수를 쳤다. 그리고 술잔을 들어 볼린에게 건배를 제의했다. 검은 털이 무성한 흰 얼굴의 상대방은 미소만 짓고 마시지 않았다. 의사가 재미있다고 웃었다. "이봐요, 이봐요." 뢰르띠유아를 오렐리앵이라고 부를 수 없어서 거북했다. 시몬에게는 그가 로제이기 때문이었다. "이봐요, 뢰르띠유아." 그는 의사를 꽤나 무시했다. 무엇이 잘못되었는지 방금 기억이 났다. 그것이 공중에 떠다녔다. 두시간여 전부터 그것에 대한 감각을 잃었던 것이다. "못 알아보겠어요, 볼린의 손님, 마농 그뢰즈의 연인? 어서, 이봐요, 더 자세히 봐요. 상원의원, 상원의원 이라고요."

"그래서요, 그가 로마 교황이라도 되나요?" 오렐리앵이 말했다.

"취했군요. 하지만 그를 봐요. 저기요, 상원의원, 바르뱅딴 상원의원, 자, 에드몽의 아버지! 당신의 이사회 의장……"

바르뱅딴이라는 이름이 뢰르띠유아의 상처를 깊이 건드렸다. 그가 신음하며 다시 몸을 일으켜 바라보았다. 손님들과 아가씨들의 박수갈채 속에서 조금 전에 마농 그뢰즈가 새로 도착한 사람 옆에 앉았다. 의심할 여지가 없었다. 저 얼굴. 정말로 아버지 바르뱅딴,

---

24 아메리칸 인디언 아파치족의 음악. 짧은 후렴이 반복되는 리듬으로 최면 효과를 만들어낸다.

영예로운 바르뱅딴이었다. 새벽 4시인데, 프로쇼 길에! 저런! 내가 이런 소리를 하다니…… 오렐리앵은 손을 가슴 위로 쳐들고 테이블, 웨이터, 술 마시는 사람들을 가로질러 영감에게 팔을 크게 흔들어 인사했다. 상원의원이 그들 쪽으로 몸을 돌렸다. 눈을 깜박이면서 기억을 더듬어 드피으르를 알아보았다. 의자 위에서 몸을 이리저리 움직였다. 마농 그뢰즈가 그의 넓적다리를 만지작거렸고, 그가 그녀를 슬쩍 밀어냈다. 볼린이 그에게 한 말에 뭐라고 대답하고는 더이상 관심을 갖지 않았다. 작은 팽이처럼 흔들거리다가 벌떡 일어나 바닥을 딛고 한걸음 되돌아가 볼린에게 사과하고 가수의 볼을 살며시 어루만지고는 이 무리로부터 떨어져나오는 그의 모습이 보였다. 그의 수염이 드러났고 그 안에 미소가 번졌다. 상원의원이 의사와 그의 친구들 쪽으로 걸어왔다. 놀라는 체했다. 행복하게 놀라고 반가워하는 사람, 상냥한 사람을 연기하며 3미터 떨어진 곳에서 첫마디의 반쯤 쾌활하고 반쯤 은밀한 어조를 가다듬었다. "선생, 뢰르띠유아 씨, 숙녀 여러분……" 그들에게 새해 인사를 하러 들렀을까? "앉으세요, 상원의원님." 오렐리앵이 그에게 자리를 권했다. 상원의원이 의자에 앉고는 연초록 머리의 여자에게 미소를 짓고 아직 소개받지 않은 시몬에게 두세차례 인사했다. 이 젊은 여자와는 아는 사이가 아니었다. 그녀의 가슴을 엉큼하게 훔쳐보았다. "말모르 씨, 상원의원 바르……" 하지만 상원의원이 의사의 말을 잘랐다. 이상하게 생긴 목에 이름이 괴상한 이 젊은 남자에게 소개되기를 기대하지 않았다. "죄송합니다만, 여러분, 오늘 밤 나를 못 본 것으로 해주세요! 이해하시죠? 오늘 밤 못 본 것으로요. 나는 여기에 있지 않아요. 뤽상부르에 있는 거예요!" 그가 얼굴 가득 잔웃음을 지어 보이면서 술잔이 울릴 정도의 남프랑스 억양으로 말했다. 술 한잔을 기꺼이 받았다. 거품이 수염으로 흘러내렸다. 그가 옆자리의 여자를 살짝 꼬집었다. 틀림없이 마농 그뢰즈 때문에 여기 오는 바람에 알게 된 여자였을 것이다.

"그래요, 여러분, 양해된 겁니다, 아시겠죠? 나는 오늘 밤 상원에서 꼼짝하지 않았어요. 최고로 역사적인 밤이에요! 공화국의 예산이 열두번째 임시회기 없이 제때에 표결될 겁니다. 1870년 이래 네번째죠! 그대로 이루어지기를! 한해를 몇시간 연장하게 해주는 법적인 책략 덕분에, 11시 50분에 경위가 회의실의 괘종시계를 멈추게 했어요. 내 동료 의원들은 아직 지난해를 살면서 마지막 항목들을 신속하게 처리하고 있지요. 나는 그들을 남겨두고 3시 반에 나왔어요. 그들이 6시, 6시 반 무렵에 끝낸다면 썩 잘된 겁니다. 그래서 나는 용케 빠져나왔어요. 내 말 이해하시겠죠. 1870년 이래 네번째입니다! 여러분이 내 아들에게는 말하지 않는 편이 더 바람직해요. 바르뱅딴 부인 때문이죠. 우리는 명예를 중시하는 사람들이니까요! 이만 실례하겠습니다, 기다리는 사람들이 있어서."

그가 서둘러 불린의 테이블로 되돌아갔다.

"그렇죠, 거의 멜로즈 제품의 모임이군요." 드삐르가 말했다. "팔을 잃은 사람만 없네요! 아, 아니요, 술을 더 시키지는 말아요!"

"내 마음 내키는 대로지." 오렐리앵이 언짢다는 듯이 말했다. "70년 이래 네번째! 웨이터!"

"자러 가야 하지 않을까, 로제." 시몬이 한숨지었다.

그가 그녀를 쳐다보았다. 그는 여기 그녀와 함께 있었다. 그녀는 그가 뭔가에 동의하기를 기다렸다. 그가 재미있다는 듯이 웃었다. 삶은 약간 단순하다. 상원의원, 샴페인, 시몬…… 좋다. 그녀와 함께 잠자리에 들겠어. 그가 그녀의 맨 어깨에 손을 얹었다. 마치 그

녀의 소유자인 듯했다. "웨이터!" 아, 하지만 아직 저 꼭두각시를
마구 때려주지 않았잖아. 그가 말모르 씨의 넥타이를 붙잡았다. 술
잔들이 떨어져 깨어지는 소리가 났다. 소란이 일었고, 의사가 그들
사이에 끼어들었다. 젊은 남자는 말을 더듬었다. 사람들이 되돌아
갔다. 오렐리앵이 테이블 위에 1천 프랑짜리 지폐를 내던졌다. 젊
은 남자가 말했다. "자제력을 잃었군!" 그러자 시몬이 "네 돈, 어서,
로제, 네 돈……" 하면서 그것을 집어들고는 팁을 남겼다. "알지,
난 물랭루주 옆의 작은 골목길에 살아. 와, 가스 난방이 되어 있어
따뜻할 거야."

어떻게 해서인지 모르지만 그는 삯마차에 올라타 있었다. 마차
가 덜커덩거렸다. 이제 의사는 없었다. 목울대 녀석, 연초록 머리의
여자도 없었다. 시몬뿐이었다. 그녀가 다정하게 그를 안고서 아양
을 떨었다. 입술이 부드럽고 촉촉했다. 그는 블랑슈 광장의 불빛 때
문에 아직도 약간 마음이 상했다. 여기, 여기야, 내게 기대라고. 어
둠에 싸인 좁은 계단을 통해 그들이 침실에 도착했다. 침대만 달랑
보였다. 그리고 창가의 분홍색 액자 안의 사진들, 술 장식이 달린
커튼.

오렐리앵은 누군가 구두를 벗기는 느낌이 들었다. 조가비 모양
의 액자 안에서 작은 쿠션 위에 누워 있는 발가벗은 아기를 바라보
았다. 아무것도 이해하지 못했다. 꽃 병풍 뒤로 비데와 좁은 주방,
푸른색 난로, 그 모든 것이 악몽 같았다. 상원의원은 거기에 뭐 하
러 왔지? 그리고 그 레즈비언……

"내 대단한 로제, 믿기지 않겠지만 난 여러달 전부터 너와 사랑
에 빠져 있어. 너는 결코 오고 싶어 하지 않았지."

그의 코앞에 무릎을 꿇고 있는 이 여자, 그리고 그의 허리 밑으

로 움푹 꺼진 침대, 이 흐릿한 불빛…… 가만있자, 이게 무엇을 의미하지? 전쟁, 위로, 봉빠르, 테살로니키, 꿈에서 본, 결코 형태를 띠지 않는 모든 것, 달아나는 세월…… 여기 이 여자는 누구지? 그가 난폭한 몸짓으로 그녀의 머리를 풀었다. 그녀가 놀란 눈으로 그를 바라보며 짧게 외마디 소리를 질렀다. 그녀에 의해 반쯤 흐트러진 옷에 옭매인 상태로 그가 그녀를 침대로 던졌다. "로제, 로제……" 그녀가 신음했다. 그 녀석, 누구였지? 그를 마구 때려줄 참이었다. 침대 정면에 거울이 있었다. 그들의 사랑에 의해 연출된 광경, 무질서, 조잡함이 갑자기 그의 눈에 들어왔다. 그가 맹렬하게 일을 시작했다.

55

틀림없이 10시가 넘었을 것이다. 오렐리앵은 집에 이르러 강둑길에서 에드몽의 자동차를 알아보았다. 그것은 무엇을 의미할까? 그에게 즐겁고 행복한 한해가 되길 바라러 왔을까? 뢰르띠유아는 가시방석에 앉은 기분이었고 온몸의 피부가 마르는 느낌이었다. 부리나케 계단을 뛰어올랐다.

그가 사는 층의 층계참에서 기이한 광경이 그를 기다리고 있었다. 갑작스레 높은 언성이 들려왔다. 얼룩덜룩한 진회색의 스포츠 외투를 걸치고 중절모를 비스듬히 쓴 바르뱅딴이 문밖으로 내쫓기지 않기 위해 발을 문틈에 밀어넣고서 정확히 주택에 강제로 들어가려는 경찰 수사관처럼 굴고 있었다. 손과 약간의 머리만 보일 뿐인 뒤비뉴 부인이 빠끔히 열린 문을 통해 매우 날카롭게 대답하고 있었다. "아니, 이게 무슨 일이지? 바르뱅딴 씨를 들여보내세요, 뒤비뉴 부인!" 그가 바르뱅딴을 어깨로 밀었다. 뒤비뉴 부인이 뒤로 물러나며 입술을 꼭 다물고 무척 심란한 표정을 지었다. 하지만 돌아온 주인을 가리켰다. "저 신사분이 제 말을 믿으려 하지 않았어요. 보세요, 뢰르띠유아 씨는 집에 있지 않았잖아요!"

방에서야 오렐리앵은 방문객이 난감한 표정을 하고 꽤 흥분해 있다는 것을 알아차렸다. 하지만 우선 "뒤비뉴 부인, 차를 타주세요. 레몬을 넣어서 아주 진하게요" 하고 일렀다.

"아침에 차를! 말도 안 돼요, 커피가 있는데."

"분명히 차라고 말하잖아요. 일 보세요, 어서. 그래, 무슨 일이야?" 그들만 남게 되었을 때 에드몽의 감정이 터져나왔다. "베레니스 어디 있어?"

"베레니스?"

"순진한 체하지 말게. 여기 있지?" 너무 우스웠다. 그러나 에드몽은 농담하는 것 같지 않았다. 그가 오렐리앵의 어깨를 붙잡았다.

"자네 미친 거 아니야? 질투하는 남편처럼 보이는군."

상대방이 한걸음 뒤로 물러났다. "그러니까, 그녀가 어디 있는지 모른다고 말하는 건가?"

"허, 그렇다네. 그런데 왜 그녀를 여기 와서 찾아?"

"여기 아니면 어디서 찾기를 바라지? 쓸데없는 말 하지 않게 해줘, 상황이 극단적으로 악화되기 전에. 정말이지, 자네 참 너무하는군!"

"도무지 영문을 모르겠네."

몇차례 문답이 계속되었다. 그러자 베레니스가 정말로 사라졌고 그녀에게 무슨 일이 일어났다는 생각이 오렐리앵에게 떠올랐다. "자네 생각을 분명히 말해봐." 그가 말했다. "베레니스에게 무슨 일이 생겼지?"

"거참 너무하는군! 자네가 내게 묻는 건가?"

"대답해, 무슨 일이 일어난 거야?"

"자네에게 이런 희극배우의 재능이 있는 줄 몰랐네."

에드몽이 앉더니 모자를 목덜미 쪽으로 젖혔다. 그럴수록 더욱 경찰처럼 보였다.

"베레니스가 어제저녁 우리를 떠났어. 자정 조금 전이었지. 남편에게서 상당히 격렬한 몇마디 말을 듣고 나서 말이야. 우리는 그녀가 집으로 돌아오리라고 생각했어. 우리는 뵈프에 있었지. 하지만 아무도…… 날이 샜어. 아침에도 베레니스는 없었지. 그래서 온 거야."

그는 이것을 당연하다고 생각하는 것 같았다. 하지만 오렐리앵의 불안은 가장이 아니었다. 에드몽의 비꼼으로 말미암아 그는 열불이 났다.

"정말로 나는 모렐 부인의 애인이 아니야!"

"아니라고? 낭패로군." 그 빈정대는 말투가 지긋지긋했다.

"자네가 내 집에 오지 않았다면……"

"오, 그럼, 자네는 별난 놈이야!" 그들은 하마터면 서로 치고받았을 것이다. 하지만 에드몽이 얼굴이 붉었다면 오렐리앵은 창백했다. 아래쪽 센강을 생각하지 않을 수 없었다. 사람들이 강물에서 끌어낸 익사한 여자, 그리고 요전 어느날 손가락이 잘린 여자 시신이 생각났다.

"어떻든, 그럴 여자가 아니야. 종적을 감추는 유형의 여자가 아니지." 그가 말했다.

"'유형'이라니 재미있는 말이네. 자네의 범주별 여자 경험이……"

"한대 치고 싶군."

주방의 문이 열렸다. 뒤비뉴 부인이 차를 가져와 찻잔 두개와 함께 탁자에 내려놓았다.

"우러나도록 약간 더 두세요."

그녀는 뭔가 말하고 싶은 표정이었다. 오렐리앵은 초조해서 그녀를 내보냈다. "나가 계세요!" 그러고 나서 바르뱅딴에게 말했다. "차 마실 텐가?"

"아니, 고마워. 아침에는 안 마셔. 자네의 엄한 문지기와 같은 의견이야."

차는 아직 그다지 진하지 않았다. 오렐리앵이 레몬 조각 위로 차 따르기를 멈췄다. 바르뱅딴이 말을 이었다. "그러니까 어제저녁 11시 반부터 베레니스를 못 봤다?"

신문이었다. 견뎌야 했다.

"그래. 여러 사람과 함께 릴리스에 있었어. 끔찍스레 취했지. 외박했어. 원한다면 말해줄게. 시몬, 그 여자와 함께…… 자랑할 건 아니지. 만족해?"

그는 격분해서 단숨에 다 말했다. 찻주전자를 품에 안고 숟가락 끝으로 레몬을 짓누르는 방식에 비추어 어젯밤 정말로 술에 취했음이 틀림없었다. 에드몽이 고개를 끄덕였다. "이상하군! 정말 확실하다고 생각했는데. 그러면 그녀가 어떻게 할 수 있었을까? 게다가 그 바보 같은 뤼시앵이 내 집에 와 있다고. 그는 울먹이고 있어. 그것밖에는 할 수 있는 일이 없어."

"그가 달리 무얼 했으면 하나?"

"자네를 마구 때려주러 와야지!"

"좋아, 하지만 실은……"

"오, 그녀는 아마 여기 없겠지. 하지만 달라질 건 없어."

"나는 모렐 부인의 애인이 아니라고 이미 말했어, 이해하나? 마지막으로 말하는 거야, 알겠지?" 그가 이를 악물었다. 기분이 언짢았다. "그리고, 그녀를 찾아야지. 그녀에게 불행한 일이 일어났을지 몰라."

"내가 시체공시소라도 둘러보기를 바라겠지, 아마도?"

"어이가 없네. 자네는 그녀를 우습게 여기는군. 그녀가 여기에 없는 이상…… 그녀를 우습게 여겨, 자네는. 하지만 나는……"

"나는 자네가 모렐 부인의 애인이라고는 생각도 못 했어."

"나, 나는 그녀를 사랑해. 바보지. 나는 그녀를 사랑한다고, 알겠어, 응?"

에드몽이 코웃음 쳤다. 정말 가관이로군. 엄청난 감정. 뽈과 비르지니.[25] 로미오와 줄리엣. 어쨌든 간밤에 그녀는 어디로 갔을까?

"부르셨어요?"

뒤비뉴 부인이 문간에 다시 나타났다. 그녀는 틀림없이 두 남자 사이의 싸움을 걱정했을 것이다. 엿듣고 있었던 것이 분명했다. "우리를 내버려두세요, 뒤비뉴 부인, 젠장." 그녀가 구시렁거리면서 또다시 물러났다.

마침내 에드몽이 일어섰다. "뭔가 알게 되면 내게 알려줄 거지, 전화를 걸든가 해서?"

오렐리앵의 무척이나 불안해하는 표정에 바르뱅딴이 웃었다. "그래, 그래, 알았어. 시몬에게 안부 전해줘. 잊지 마, 내가 안부를

---

25 프랑스 소설가 베르나르댕 드 생삐에르(Jacques-Henri Bernardin de Saint-Pierre)의 동명 중편소설(1784)의 주인공. 아름다운 자연을 배경으로 한 비극적인 사랑 이야기다.

묻더라고 말이야."

뢰르띠유아가 세번째 찻잔을 들이켰다. 레몬 조각을 입에 넣고 씹었다. 신맛을 느꼈다. 오, 이 맛이로군, 취한 탓으로…… 그는 샤워를 해야겠다는 생각이 들었다.

그는 벌써 침실의 한가운데에 있었다. 바로 그때, 자신의 눈앞에 베레니스가 서 있는 것을 보았다.

그녀는 야회복 차림이었다. 마리의 집에서 입었던 로뛰스 드레스였다. 어깨와 팔의 하얀 피부가 산들거리듯 드러났다. 긴 검은 장갑이 떨어졌고 회색다람쥐 모피 외투가 바닥에 끌렸다. 틀림없이 방금 떨구었을 것이다. 그녀의 용모에 피곤한 빛, 대낮에 대한 일종의 두려움이 또렷했다. 금발머리가 흐트러져 있었다. 그녀가 오렐리앵을 바라보았다. 그는 침묵했다. 그들은 서로 아무것도 말할 것이 없었다. 모든 것이 말해졌다. 모든 것이 소름 끼치게 명백했다. 그는 그녀가 불행의 모습 자체라고 생각했다. 그녀의 입술이 여느 때보다 더 떨렸다. 루주를 바르지 않아 입술의 세로 주름들이 더 뚜렷이 눈에 띄었다. 베레니스는 생각했다. '틀림없이 내가 멋있어 보이지는 않을 거야.' 남자가 한숨지었다. 쇠약해진 느낌이었다. "들었어요?" 그가 말했다.

"죄다요." 그렇다고 상황이 나아질 것은 별로 없었다. 그는 그녀에게 시몬과의 일에 대해 그것이 아무런 의미도 없다고 해명할 수 있기를 바랐다. 그녀는 사촌오빠에 대한 미움이 너무나 컸다. 그들은 둘 다 불필요한 말을 했다. 그는 "당신만을 사랑한다고 맹세해요"라고, 그녀는 "그가 당신 앞에서 뤼시앵을 얼간이 취급하지 않을 수도 있었을 텐데요!"라고 말했다.

심리분석에 능하다면 이런 말에서 전반적인 여러가지를 어렴풋이 이해할 것이다. 예컨대 얼마나 두 사람 사이에 대화가 없었는가를. 그래서 운명을 바로잡기 위해 각자 상대방의 생각을 자발적으로 따라잡으려고 애썼다. "당신은 나를 속였어요"라고 말한 베레니스는 "아? 당신은 그를 생각하는군요!"라는 대답을 듣고 놀라워했다.

지척에서 뒤비뉴 부인이 응접실을 여기저기 들쑤시고 다녔다. 오렐리앵은 순간적으로 조바심이 나서 문으로 다가갔다. 가정부가 차를 치우고 있었다. "그냥 두세요, 뒤비뉴 부인. 우리를 내버려두세요."

그녀는 항의하는 표정으로 이미 다기茶器가 담긴 쟁반을 다시 내려놓고 찻잔을 보면서 해명했다. "나리에게 말하려고 했지만 나리가 말하지 못하게 하셔서……"

"괜찮아요, 뒤비뉴 부인, 괜찮아요."

"이 가련한 젊은 부인이 저기 소파에서 자고 있었지 뭐예요. 밖에 내버려둘 수가 없었어요."

그는 그녀가 나가는 것을 지켜보았다. 그가 침실로 돌아갔을 때 베레니스는 어깨에 회색다람쥐 모피 외투를 걸친 모습으로 침대 모서리에 앉아 있었다. 그녀가 돌아보았다. "저기 층계참, 소파에서 잤나요?"

그녀가 머리를 끄덕였다. 말하기가 힘들었다. 억지로 힘을 냈다. 목소리가 변해 부자연스러웠다. "여기 도착했어요. 틀림없이 자정이었을 거예요. 당신이 없었죠. 기다리고 싶었어요. 시간이 갔고, 나는 잠이 들었지요. 가정부가 저기서 나를 발견했어요."

그가 눈여겨보니 드레스가 쭈글쭈글했다. 그는 자정을 떠올렸다. 릴리스, 자신을 감싸는 팔…… 그가 중얼거렸다. "이렇게 당신이 정말로 왔군요."

깊은 침묵이 이어졌다. 이 침묵의 언저리에서 둘 다 불행, 돌이킬 수 없는 것, 무참한 것, 엉망진창을 가늠했다. 베레니스의 눈에서 그 긴긴 밤, 기다림, 두려움, 마지막으로 무력감이 읽혔다. 어젯밤 한순간 자신들의 생각이 자정에 그랬듯이 교차했다는 것을 그들은 알지 못했다.

그는 그녀가 용서하지 않으리라는 것을 알았다. 그 배신, 한해 마지막 날의 그 헛발질, 시몬…… 정말로 너무 어리석었어! "지금 당장 당신에게 해명할게요." 그녀가 손에 얼굴을 묻고 흐느꼈다. "울어요? 베레니스, 베레니스……"

"아뇨, 만지지 마세요. 내버려둬요, 내버려둬요."

그는 우두커니 서 있었다. 자신이 저지른 짓을 생각하면 죽어도 싼 것 같았다. 그짓을 말할 수 없었다. 그짓을 했다. 그런데도 거기 살아 있었다. 그녀는 그를 만나러 다시 왔다. "당신은 나와 다시 만나기 위해 왔는데, 그런데 나는, 그런데 나는……"

"그런데 당신은!"

그가 더이상 무슨 말을 할 수 있었을까? 모든 것이 지극히 분명하지 않은가, 불행처럼. 그가 저항했다. "하지만 당신이 잘 알다시피 나는 당신을 사랑해요. 당신만을 사랑해요. 당신은 나의 생명이에요."

결국 엄청나게 초라한 온갖 말이 뿜어져나왔다. 그녀는 그것들이 돌처럼 바닥으로 떨어지게 내버려두었다. 듣기 좋게 딱딱거리는 소리와 함께! 그가 이리저리 걷기 시작했다. 손을 호주머니에 찔러넣었다. 어깨를 들썩였다. 한숨지었다. 창문의 커튼 부근에서 멈췄다. 멍하게 커튼을 어루만졌다. 그런 동작을 하는 손을 바라보다가 갑자기 호주머니 속으로 다시 넣었다. 그런 다음 조용히 울고 있는 여자 쪽으로, 여자 쪽으로, 그가 생각하기에 그 여자 쪽으로 내닫고는 거의 고함을 질렀다. "아, 말을 해요, 말을! 이건 정말! 당신의 침묵을 견딜 수 없어요. 나를 모욕하세요. 내 얼굴에 침을 뱉어요. 당신이 원하는 대로 하세요. 하지만 거기서 나직이, 그렇게 계속 울고 있지만 말고, 말을 해요!" 그녀가 그를 바라보았다. 그렇게 잘, 그렇게 멋지게 모든 것을 엉망으로 만들어버린 남자. 그들 둘. 사랑. 삶. 그녀는 그의 이런 모습, 격앙된 모습을 결코 본 적이 없었다. 삼사분만 더, 그러면 그가 그녀를 모욕할 것이다. 그녀, 잘못은 그녀 쪽에 있을 것이다. 그는 이제 창백하지 않았다. 밤사이에 수염이 자라 푸르스름했다. 얼굴에 대리석 무늬 같은 자국이 있었다. 무의식적으로 손가락을 대고 누른 바람에 생겨난 그것을, 거울 앞에서 보았더라면 부끄러워했을 것이다.

"세상에, 우리가 이렇게 되다니, 당신 탓이에요!" 그녀가 말했다.

"하지만, 자, 바로잡을 수 있어요. 그래요, 그렇게 될 거예요. 제발 용서해줘요. 모든 것이 괴로워요. 실은……"

그는 베레니스의 눈에서 비아냥대는 기색을 감지했다. 그가 잘못했다. 하지만 그렇게 잘못한 것은 아니다. 다른 남자들처럼, 모든 다른 남자처럼…… 이런 지적이 들려왔다. 마치 그녀가 표명한 것인 듯했다. 그래서 말을 중단했던 것이다. 그가 말을 이었다. 목소리에서 깊고 절망적인 조바심이 묻어났다. "난 바보요. 내가 잘못했어요. 내가 잘못했다고요! 그렇지만…… 우리는 다시 시작할 수 있지 않나요. 그러니 말을 해요, 제발. 당신이 말을 하지 않고 있으니까 미치겠어요!"

그녀는 자제하려고, 자신을 짓누르는 숙명을 극복하려고 애를 썼다. 설명하려고 시도했다. "가엾은 사람, 난 늘 이랬어요. 얼룩지거나 손상된 물건, 귀퉁이가 떨어져나간 물건은, 아무리 세상없이 아름다운 것일지라도 더이상 보기가 싫어요."

그는 그녀가 자주 내보이는 그 추위하는 몸짓을 알아보았다. 이 최종적인 판단을 받아들일 수 없었다. 그럴 수는 없었다. "우리의 사랑을 내던지고 싶나요?"

그녀가 모피 외투로 몸을 더 단단히 감쌌다. 마치 윤을 내듯이 양손을 위아래로 번갈아가면서 비볐다. 사랑이라는 말에 관해 넋을 놓고 몽상에 잠겼다. 다시 침묵이 이어졌다. 아까만큼이나 깨기 어려웠다. "베레니스, 어젯밤, 당신은 원했건 원하지 않았건 심각한 일을 저질렀어요. 나를 위해 남편을 떠났으니까요."

그녀가 그를 쳐다보았다. 웃으려고 해보았다. 그것은 끔찍했다. "그런데 당신을 만나지 못했잖아요. 더이상 말할 것 없어요!"

그는 갑자기 어떤 진실에 사로잡혔다. 그녀에게는 그가 알던, 그가 그토록 사랑하는 여자아이의 모습이 이제 전혀 없었다. 피곤에 지친 불행한 여자, 충혈된 눈, 짙은 눈그늘. 그는 우선 자기 자신을 바라보는 냉혹한 시선으로 그녀를 보았다. 이 여자에게, 이 모르는 여자에게, 미지의 여자에게 어떻게 말해야 좋을지 몰랐다. 요컨대 그것은 큰 잘못이 아니다! 그래, 시몬과 잤다. 그래서? 베레니스의 이 낮은 흐느낌! 참을 수 없다! 그는 남자, 모든 남자가 하는 반응을 내보였다. 남자들은 모두 자신의 품에 마력이 있다고 생각한다. 자신의 접촉, 자신의 힘에. 대뜸 그가 베레니스를 품에 안았다. 그녀는 바둥거리지 않았다. 그가 그녀를 세게 껴안고 손으로 그녀를 자신의 소유물처럼 여기저기 만졌다. 그녀의 머리를 젖혔다. 그녀의 입술을 찾아 입맞춤했다. 죽은 여자와의 입맞춤이었다. 그녀는 소름 끼치게 수동적으로 그에게 몸을 내맡겼다. 반항, 대결보다 훨씬 더 나빴다. 그가 고집스럽게 계속했다. 공허한 포옹을 연장했다. 지기를 거부했다. 그녀는 단지 "아파요"라고 말했을 뿐이다. 이 말에 그는 부끄러움을 느꼈다. 그녀를 풀어주었다. 다시 침묵이 이어졌다. 현기증. 이번에는 베레니스가 침묵을 깨뜨렸다. 이 침묵에 숨이 막히고 오렐리앵 때문에 더욱 답답해진 탓이었다. "두 여자를 차례로…… 방금 전에 그녀를 떠났군요. 당신에게서 아직도 그녀의 향수 냄새가 나요."

그가 더듬더듬 무어라 말했다. 그게 가능한가? 향수 냄새는 틀림없이 꾸며낸 말일 거야. 그러고 나서 그는 일종의 어리석은 기쁨을 느꼈다. 그녀는 질투하는 거야! 그가 그 말을 했다. "질투하는 거예요?" 아아, 이것도 아니야. 이 말을 해서는 안 되었을 것이다. 하기야 무슨 말을 해야 했을까? 더 많이 말하는 것, 준비 없이 즉흥적으로 말하는 것, 베레니스를 말의 강물에 빠뜨리는 것, 말싸움에서 그녀를 이기는 것, 제압하는 것이 더 나았을까? 이와 함께 지독한 두통이 일었다. 그는 자신이 전 인생을 건 도박판에서 나쁜 패를 쥐고 있다는 것을 알았다. 그것을 던져버리고 다른 패를 다시 요구하고 싶었다. "이제 어떻게 할 거예요?"

그는 이 말로 그녀를 부추겼다. 그녀는 대답하지 않았다. 그가 말을 계속했다. "집으로 돌아가세요. 얌전히 돌아가세요. 아마도 용서를 빌어야…… 어쨌든 남편의 깊은 배려심을 믿고 남편을 만나세요."

"제발 말하지 말아요, 내 남편에 관해서도 깊은 배려심에 관해서도."

그녀가 무뚝뚝하게 말했다. 그가 그녀의 무릎을 와락 안았다. "베레니스, 난 짐승이오. 하지만 당신을 사랑해요. 당신은 나를 사랑했어요. 아니면 나를 사랑할 거였거나, 내가 그렇다고 생각할 거였죠. 당신은 어젯밤 여기 왔어요, 어젯밤…… 무슨 말을 할 수 있을까요? 내가 상상할 수 없는 것은 그 어리석음이, 그 잘못이…… 그것에 원하는 대로 이름을 붙이세요."

"원치 않아요, 이봐요, 원치 않는다고요. 말은 아무 소용이 없어요. 어떤 이름이건 말이죠. 그것이 당신에게보다 내게 덜 끔찍하다고 생각하세요? 난 어젯밤 소파에서 당신을 기다렸어요. 여러시간 동안, 몇시간 동안이나, 생각할 시간을 가졌어요. 두려웠어요. 하지만 상황이 이렇게 된 거죠. 다른 것은 없어요! 그리고 그건 물론 결국 내가 집으로 돌아갈 것이고 몇시간, 어쩌면 며칠 동안은 지내기가 역겨울 것이고, 해명할 것이고, 아니, 더 나쁘게는 해명하지 않을 것이고, 가장 나쁘게는 그 너그러운 침묵 속에서 마치 깨우지 말아야 하는 환자의 침실에서처럼 발끝으로 살금살금 걷듯이 살아갈 것이기 때문이 아니고요." 그녀가 격분, 무력의 몸짓을 내보였고 그런 다음에는 침착함을 되찾았다. "아니, 삶이 있을 것이기 때문이에요, 오렐리앵. 긴 삶 전체, 살아가야 하는 모든 날이 있을 거잖아요. 아, 난 그것을 생각할 수 없어요!" 그녀가 입을 다물고 입술을 깨물었다. 너무 세게 깨물어서 피가 나지 않은 것이 이상할 정도였다.

"그래서," 그가 말했다. "그러면……" 언제나 절망에서 낙관적인 결론을 끌어내려는, 귀류법으로 증명하려는, 궁지를 잘못된 여정의 증거쯤으로 간주하려는 남자의 고집이 발동되었다. 그는 어쩔 줄 모르고 그녀를 마구 핥으려고만 하는 커다란 개처럼 거기 있었다. 그녀가 그를 보았고, 그 완전한 몰이해, 그들 사이의 근본적인 몰이해를 알아차렸다. 다른 모든 것보다 더 이로 인해 마음이 쓰리고 아팠다. 그녀가 외쳤다. "당신은 내가 당신에게 한 말을 이해하지 못해요. 평생 말이에요!" 확실히 그는 그녀를 이해하지 못했다.

한 남자에게서 그를 다른 남자들과 다르게 만드는 것, 그에게 있는 특별한 것만 보았다면, 그에게 본질적인 것이 다른 남자들과 유사한 것이라는 점을 확실하게 재발견하는 것은 이미 잊고 있었던 만큼 더 충격적이다. 오렐리앵을 형성하는 모든 것은 베레니스에게 영향을 미친다. 하지만 사전에서 볼 수 있는 것과 동일한 도판, 팔꿈치를 접고 한 발을 디딤판에 올리고 있는 인체 해부도를 토대로 오렐리앵이 지어져 있다는 사실은 그에게 깃들어 있는 생각 자체에 더 큰 영향을 미친다. 오렐리앵은 베레니스가 밤에 자신의 집에 왔다는 그 확실성에 입각해서만 생각을 펼칠 수 있었다. 그 생각에 사로잡혀 있었다. 밤에 여자가 남자 혼자 사는 집에 올 때 그것이 무엇을 의미하는지는 불을 보듯 뻔하다. 그로서도 그것에 관해 깊이 생각해봤다면 어리석은 짓이라고 여겼을 것이다. 하지만 이렇게 별다른 생각을 하지 않더라도 그것은 명백한 사실이었다. 누구라도 그의 입장이었다면 동일한 결론을 내렸을 것이다. 그녀가…… 상상하지 않고 오지는 않았으리라는 것이다. 이 생각이 상스럽다고 해서 틀린 것은 아니다. 그것은 이미 허락한 것과 같다. 어떻게 보면 여자가 남자를 생각한 순간부터 그 남자는 그녀에 대해 어떤 남자도 부인하지 못할 권리를 갖는다. 나머지 모든 것은 단순한 오해다. 그것이 중요할까? 그녀가 거기, 그의 집에 있었다. 그는 문을 잠그기만 하면 되었다.

그는 갑자기 난폭한 무례의 감정을 느꼈다. 그들은 무슨 말을 했던가? 말이 엇갈렸다. 말이 속마음보다 덜 중요한 싸움. 그는 곧 이어질 몸짓을 상상했다. 베레니스의 저항, 구겨진 드레스, 로뛰스 드레스…… 그녀가 밤에 그의 집에 왔다. 또한 그녀가 그를 위해 포기한 것이 있었다. 그 용기, 물에 뛰어드는 그 방식. 이 점에 관해 에드몽이 잘못 생각했을까? 남편, 팔을 잃은 그 사람도 잘못 생각하지 않았다. 그녀는 자신의 삶을 기슭 너머로 던졌던 것이다. 그래서 그는 자신의 패배 가능성을 받아들일 수 없었다. 그녀는 우연에 의해 좌절을 맛보려고 그 모든 일을 저지른 것이 아니었다. 그녀가 그를 위해 한 일에 그는 큰 자부심을 느꼈다. 남자의 특성은 자부심이다. 그는 자신의 팔, 발, 욕망보다 훨씬 더, 이 자부심 때문에 다른 남자들과 유사했다. 그녀는 뤼시앵, 건실한 삶, 그곳의 집, 자신의 습관을 버렸다. 그는 베레니스의 용기에 도취되었다. 그녀는 세상을, 사람들을 고려하지 않았다. 아니, 더 낫기로는, 고려했다. 그는 갑자기 감사하는 마음이 넘쳐났다. 그가 말했다. "아니요, 베레니스, 집으로 돌아가지 말아요. 아니, 그 남자에게 돌아가지 말아요. 패배했다고 시인하지 말아요. 용서를 구하거나 그 가혹한 관용을 감내할 필요가 없어요. 그럴 이유가 있을까요? 알다시피 나는 당신을 사랑해요. 당신도 나를 사랑하고요! 나를 사랑하지 않는다면 용감하게 말해요." 그녀는 잠자코 있었다. 그는 우쭐했다. "자, 봐요! 삶을 직시할 필요가 있어요." 그는 이 말을 하면서 안색이 환해졌다! "이혼하고, 내 아내가 되어줘요."

베레니스가 웃기 시작했다. 어처구니가 없었다. 점입가경! 그는 잘 대처한다고 생각했을까? 남자들이란 결혼이라는 말을 꺼내면 모든 것을 다했다고 생각한다! 그녀는 겁먹은 여자아이가 아니었다. 아마 시몬과도 달랐을 것이다. 결혼, 그녀는 이미 그것을 경험했다. 남자란 얼마나 상황을 가소롭게 만들어버리는지, 참! 그녀가 웃음을 그쳤다. 이 모든 것에 우스운 점이라고는 전혀 없었다. 방금 그녀는 어떤 세계, 어떤 심연을 헤아려보았다. 그 세계, 그 심연은 오렐리앵, 그가 자신의 마음속에 지니고 있는 세계였다. 남자는 혼자가 아니다. 남자가 생각하는 것, 남자의 생각은 그 세계가 생각하는 것이다. 다른 사람들, 남자 주위의 모든 다른 사람의 생각이다. 가족, 친구, 아무래도 좋은 사람들, 뒤비뉴 부인…… 그녀가 웃음을 그친 것은 바로 오렐리앵이 생각했기 때문이었다. 그리고 오렐리앵이…… 그렇다, 그녀는 오렐리앵을 사랑했다. 다시 눈물이 흐르기 시작했다. 그녀가 코를 훌쩍였다. 무엇처럼 보였을 것인가 말이다, 주여! 그녀는 눈으로 거울을 찾았다.

그는 그녀의 바로 옆에 있었다. 그녀의 손을 붙잡았다. 그가 물었다. "내 아내가 되고 싶지 않았나요?" 이 물음에 불쾌할 것은 전혀 없었다. 그는 자신이 지니고 있는 것을 제의했다. 그녀는 상황을 상상하려고 해보았다. 오렐리앵 뢰르띠유아 부인, 사람들은 그것을 아주 이해할 만하다고 말할 것이다. 한쪽은 매우 매력적인 남자, 다른 쪽은 지방 소도시의 약사, 모든 것이 결국 무엇으로 귀결되겠는가! 그녀는 이 사랑 이야기에 도취했다. 오늘 이 침실에서, 이 독신용 아파트에서도 생각했다. 여기, 대낮에, 야회복 차림으로 이 성인 남자와 함께 있다. 그는 어느 여자의 집에서 나왔다. 그렇지만 침대 시트를 걷고 그녀의 가슴을 만질 것이고, 그런 다음 용서를 구할 것이다. 다시 넥타이를 매고 마리니에나 다른 곳에서 점심식사를 할 것이다. 마침내 그녀는 오렐리앵 뢰르띠유아 부인이 될 것이다. 이런 생각에 그녀는 토할 것 같았다. 그가 말이 많다는 것을 제외하고도. 그는 남자로서 약속할 수 있는 모든 것을 약속했다. 시골에 가서 사는 것. 또는 아메리카. 만일 그녀가 타히티를 선호한다면. 그가 애처로워 보였다. 정말로 그녀가 이것을 숭배했던가? 예전에도 그녀는 뤼시앵과 관련해서 스스로를 비하했다. 그것 때문에 슬펐다. 뤼시앵, 아, 이 난처함! 무슨 일이 일어나건, 그녀로서는 뤼시앵을 고려할 필요가 있었다. 뤼시앵이 어떻게 될 것인지를 무시할 수 없었다. 그는 더이상 잠들지 못할 것이다. 더이상 먹지 못할 것이다. 그럴 것이 뻔했다. 비루한 협박. 하지만 그녀는 이 생각을 감당할 수 없었다. 사나흘 후에 그는 무엇처럼 보일 것인가. 그의 텅 비어 처량한 소매……

베레니스의 눈이 천천히 감겼다. 여러차례 그녀는 움찔하면서 눈을 크게 떴다. "이봐요, 용서하세요, 잠이 와서…… 피곤해 죽겠어요." 그녀가 말했다. 그가 얼떨결에 그녀를 침대에 눕혔다. 그녀를 팔로 들어올렸다. 그녀는 잠자코 있었다. 모든 것이 바뀌었다. 그가 그녀의 머리 밑으로 베개를 밀어넣었다. 그녀는 벌써 잠이 들었다. 그가 큰 모포로 그녀를 덮어주었다. 더이상 그녀를 바라보려 하지 않았다. 그는 또다시 어린아이였다.

모처럼 뒤비뷰 부인이 필요한데 그녀는 나가고 없었다. 아마 기분이 상했을 것이다. 주방의 식탁 위에 쪽지를 남겼다. 그녀는 다음 날 여느 때와 같은 시간에 다시 올 것이다. 낮고 넓은 찬장에 버터가 있다. 설거지는 했지만 청소는 하지 않았다. 그리고 서명 대신으로 "새해 복 많이 받으세요, 나리"라고 적어놓았다. 그의 성화 때문에 이 말을 할 겨를도 없었던 것이다. 오렐리앵은 혼자 헤쳐나갈 것이다. 먹을거리, 간단한 음식을 사러 나갔다. 휴일에는 섬에서 무얼 살 곳이 마땅치 않았다. 좌안으로 건너가야 했다. 거기에 괜찮은 식품점이 있다. 눈이 녹아 길바닥이 더러웠고 찬바람에 귀가 시렸다. 센강은 늘 똑같이 흘렀고 여느 때처럼 이리저리 굽이쳤다. 그는 꾸러미를 품에 가득 안고 돌아왔다. 청어꼬치 상자가 굴러떨어졌다. 그 바람에 베레니스가 깼을까 걱정되었다. 침실 문까지 걸어가서 연민 어린 눈으로 침대를 살펴보았다. 아무도 없었다. 침실에도 다른 어디에도 없었다. 베레니스는 뒤비뉴 부인처럼 쪽지를 남기지도 않았다.

56

경악의 분위기가 레누아르 길에 퍼졌다. 블랑셰뜨는 암여우처럼 이 방 저 방으로 돌아다녔고 뤼시앵은 멍한 눈길로 그녀를 뒤쫓았다. 그의 포동포동한 얼굴 한쪽에 홍조가 눈에 띄었다. 마치 폐렴에 걸리기 직전인 듯했다. 에드몽이 여러차례 모습을 보였다. 그는 자신이 이 모든 것에 괜스레 연루되었다고 느꼈고, 베레니스와 뤼시앵에게 진력이 났다. 베레니스는 이주 예정으로 왔다. 그랬다가 차츰차츰, 그들이 곧 떠날 그날, 마침내…… 그는 겨울 스포츠를 하러 가고 싶었다. 음독, 이제 아이들을 모렐 가족과 함께 보내야 했다. 오, 그런 다음에는 가정교사가 빠리에서 아이들을 돌볼 것이다. 이밖에도 어린 마리빅뚜아르가, 무엇을 했는지 모르지만 제 어머니한테 뺨을 언어맞았다. 눈물, 고함. 지겨워. 그가 세번째로 오렐리앵에게 전화를 걸었다. 여전히 별일 없어? 손을 전화기 위에 얹었다. '블랑셰뜨!' 그녀를 몸짓으로 불렀다. 그녀에게 수화기를 주었다. 오렐리앵이 말했다. 그래, 별일 없어. 이제 놀란 사람은 그였다. "정말로 돌아오지 않았어? 지금 몇시지? 도무지 무슨 영문인지 모르겠군."

그렇다, 블랑셰뜨는 오렐리앵을 수상하게 생각했다. 왜 그는 그녀가 틀림없이 돌아왔을 것이라고 생각하지?

뤼시앵은 보기 딱했다. 자신이 그녀를 귀찮게 했다는 것이다. 그녀가 돌아오면 그는 아무 말도 하지 않을 것이다, 아무 말도. 에드몽이 폭발했다. "그게 자네의 방식이야. 그것이 어떤 결과를 낳는지 알잖아! 아무 말도 안 하기, 내버려두기, 아이 같은 짓을 하기!"

"내가 어떻게 해야 했을까요?" 약사가 청승스레 물었다. 에드몽이 어깨를 들썩했다. 아이고, 이 뤼시앵! 당장은 그들을 떠맡아야 했다. 로즈와 차를 마시러 가야 하는 그가.

마침내 심부름꾼이 뤼시앵에게 쪽지를 가져왔다. 에드몽이 벌떡 일어났다. 그는 어디서 왔지? 누가 그에게 쪽지를 전하라고 시켰대? 그는 까페 종업원이었다. 어느 부인이…… 아뇨, 그녀는 떠났어요. 그에게 100수를 줘!

베레니스는 뤼시앵에게 떠나라고 말했다. 집으로 돌아가라고, 거기서 일을 해야 하니까. 베레니스는 잘 있다. 걱정할 필요 없다. 혼자다. 어리석은 짓은 하지 않을 것이다. 혼자 있는 것이 필요하다. 나중에 사정을 봐서 편지를 보낼 것이다. 그에게 미리 귀향을 알려줄 것이다. 하지만 지금은 그가 그녀를 내버려두는 조건에서만 그럴 것이다. 그가 떠나고 나면 레누아르 길로 돌아갈 것이다. 술책을 부려 떠나지 않은 채 그녀를 기다리려 하지 마라. 만일 그렇게 하면 기분이 매우 안 좋을 것이다. 혼자 있고 싶다. 곧이어 돌아갈 수 있을 것이다. 마치 아무 일도 없었던 것처럼. 그를 불행하게 만들고 싶지 않다. 그리고 만일 지금 그를 본다면, 돌이킬 수 없는 일이 일어날 것이고 그에 대해서는 책임을 지지 않겠다.

"아이고, 맙소사!" 뤼시앵이 신음했다. "내가 그녀에게 무슨 잘못을 했지?"

그는 굵은 땀을 뻘뻘 흘렸다. 얼굴 위의 반점들 때문에 꼭두각시 인형처럼 보였다. 에드몽은 이 쪽지를 어떻게 생각해야 할지 대번에 알았다. 물론이지, 그녀의 말이 맞아, 귀여운 것. 뤼시앵, 그가 떠나기, 바로 그거야.

"내가 떠나야 한다고 생각해요?"

"들어봐. 자네가 그녀에게 싫증이 났다면 꼭두각시 노릇은 그만둬. 떠나! 그녀의 뜻을 따를 거라면 그녀의 말대로 해. 떠나! 하여튼 떠나!"

이것과는 별개로 사촌동생, 그녀가 중요해져서는 안 되었다. 사람들이 그녀의 문제에 관심을 갖게 되어서는 곤란했다. 그는 므제브²⁶로 갈 예정이었다. 그는 므제브로 떠날 것이었다.

블랑셰뜨, 그녀는 뤼시앵이 남아 있기를 더 바랐을 것이다. 예기치 않은 일이 닥칠 수도 있다.

그럴 리가 없다! 나 외출한다.

그는 그들을 남겨두고 나갔다. 서재에서 그들은 서로를 살폈다. 전화기 주위를 서성였다. 확실히 둘 다 오렐리앵에게 전화를 걸었을 것이다. 하지만 상대방이 보는 앞에서는 걸지 않았다. 갑자기 전화벨이 울렸다. 블랑셰뜨가 수화기를 들었다. 오렐리앵이었다. 그녀는 뤼시앵을 바라보았다. 누구냐는 그의 물음에 대답하지 않았다. "당신이에요, 블랑셰뜨? 아직 안 돌아왔어요? 어쩌자는 것인지

---

26 오베르뉴론알쁘 지방 오뜨사부아 도의 유명한 휴양지 마을.

원." 블랑셰뜨는 그가 말하도록 가만히 있었다. 그도 고통을 겪도록 내버려두었다. 그 쓰라린 감정에 취했다. 어쨌든 그들은 마음을 합치지 못했다. 그녀는 베레니스의 쪽지가 전달되었다는 사실을 그에게 말하지 않았다.

그녀는 자신이 뢰르띠유아와 통화하고 있다는 것을 뤼시앵에게 드러낼 만한 어떤 말도 하지 않았다. 그렇지만 그는 그녀를 얼마나 사랑하는지! 그는 이제 본심을 숨기려고 애쓰지 않았다. 블랑셰뜨를 전혀 측은히 여기지 않았다. 하지만 베레니스가 '도착'하지 않았다고 해서 블랑셰뜨가 그토록 놀란 이유는 도대체 무엇일까? '도착'이라는 말이 이상했다. 그녀는 문득 알아차렸다. 그는 그녀를 만났다. 그녀가 그를 떠났고, 그는 그녀가 레누아르 길로 돌아갔다고 생각했다. 블랑셰뜨가 물었다. "그녀가 여기로 곧장 돌아갈 것이라고 당신에게 말했나요?" 그는 별생각 없이 "아뇨"라고 대답했다. 사정을 드러내고 말았다. 하지만 그녀 또한 일어나서 수화기를 빼앗으려고 다가오는 뤼시앵 앞에서 그랬다. 그녀가 전화를 끊었다.

"뢰르띠유아 씨예요? 내게 거짓말해봤자 소용없어요, 블랑셰뜨. 그였군요. 당장 그에게 전화를 걸겠어요. 알아야겠어요. 정말이지 나는 알 권리가 있어요. 당신들 둘 다 나와 그들 사이에서 분주히 움직이잖아요."

"그들이라니요?"

그는 자신이 방금 무엇을 말했는지 깨달았다. 고백했는지. 인정했는지. 그가 입술을 깨물었다. 울먹였다. 그들. 베레니스와 어느 다른 남자, 그들에 대해 생각하기. 그렇게 하지 않는 것은 바로 그에게 달려 있다. 그들은 없다. 그는 무슨 생각을 하려는 것인가? 블랑셰뜨에게 분명히 이렇게 물었을지도 모른다. 뢰르띠유아는 베레니스를 사랑하죠, 그렇지 않나요? 하지만 그녀가 통과한 위기를 떠올렸다. 그녀를 또다시 고통스럽게 만들 수는 없었다. 틀림없이 그녀는 충분히 그렇게 생각했을 것이다. 그 실패한 자살이 지금 의미를 띠었다. 내가 맹목적이었어야 하는가!

그녀는 그에 대해 그렇게 상냥할 수 없었다. 그녀가 그를 바라보고 원망의 어조로 말했다. "예, 그들은 서로 사랑해요. 그래서요? 당신은 몰랐나요? 당신이 무얼 할 수 있죠? 그런 상황에서 할 수 있는 것이 있을까요? 그들은 서로 사랑해요."

"내가 당신에게 뭐 잘못한 게 있나요, 블랑셰뜨?"

"당신이요? 오, 그것참 재미있군요! 당신이 말이죠! 전혀 없어요, 당신은! 왜 당신을 속여야 하는지 도무지 모르겠네요. 당신은 더이상 어린아이가 아니에요. 고통을 느낄 나이가 되었어요. 그래서 괴롭나요? 그래서 정말 괴로워요?" 그녀는 틀림없이 불행의 동반자를 원했을 것이다. 전화벨이 울렸다. 또다시 오렐리앵이었다. 그가 다시 전화를 했다. 그는 블랑셰뜨가 자신에게 모든 것을 말해주지 않았다고 추측했다. 왜 그녀가 그에게 모든 것을 말했을 것인가? 뭐라고, 모든 것을, 더욱이. 아, 그녀는 자신의 하찮은 비밀을 최대한으로 활용했다. 이 몹시 괴로워하는 두 남자 사이에서 복수했다. 이번에는 뤼시앵이 수화기를 들었다. 그녀가 가로막았으나 소용없었다. 그녀는 몇걸음 물러났다. 그가 상대방에게 말하는 것을 지켜보았다. 그의 떨리는 입술, 신경질적으로 움직이는 손, 빈 소매, 제자리걸음, 피가 몰린 얼굴. 이로 인해 그는 깃에서 목을 빼려는 것 같은 동작을 했다. "그래요, 뤼시앵 모렐입니다. 아뇨, 아내는 돌아오지 않았어요. 그녀의 쪽지를 받았는데요……" 상대방의 고함 소리로 수화기의 금속판이 울렸다. 약사의 얼굴에서 뭔가가 사라졌다. "……아닙니다. 당연하죠, 이해합니다. 그녀가 내게 말하길…… 나는 곧…… 확실해요. 당신을 믿습니다. 그녀가 내게 말하길……"

블랑셰뜨는 이 믿을 수 없는 대화에 주의를 기울였다. 뤼시앵이 미웠다. 이 줏대 없는 인간. 자기 아내의 애인에게 저렇게 목소리도 높이지 않고 말하다니. 그의 불안에 동참하는 것 같다니, 아이고머니나! 아, 만약 그것이 나였다면! 그는 그를 죽였어야, 오렐리앵을 죽였어야 할 것이야. 갑자기 어떤 생각이 그녀를 엄습했다. 그녀는 전화하는 남자를 의심의 눈초리로 바라보았다. 그런데 만일 이 차분함이 거짓이라면? 술책이라면? 그는 베레니스가 요청한 대로 떠나야 했다. 맙소사, 그녀가 생각지 못한 사태였다!

그가 전화를 끊었을 때 그녀가 말했다. "짐 꾸리는 걸 도와줄까요?"

"짐을 꾸려요?"

"그야, 당신이 떠나기로 결심했으니까요."

"나는…… 오히려 당신이 말했죠."

"정신을 어디에 두고 있나요? 베레니스가 당신에게 그러라고 요청했잖아요! 당신이 분명히 알다시피 그들 사이는 깨졌어요. 그건 오로지 당신 때문이죠. 당신의 서투른 짓, 당신의 청승맞은 말…… 어제저녁처럼. 당신이 없었다면 그녀는 진즉에 떠났을 거예요. 그를 다시 만나지 않았을 거고요."

"그렇게 생각하세요?"

그는 어떻게 해야 할지, 어떻게 생각해야 할지 몰랐다. 블랑셰뜨, 그녀는 언짢은 기색이었다. 입술을 굳게 다물었다. 이 결의에 찬 얼굴 표정은 아버지로부터 온 것이었다. 뤼시앵은 그녀의 아버지, 께넬 영감을 거의 몰랐지만 기억이 났다.

"그러면, 짐을 꾸릴까요?"

그가 굴복했다.

뤼시앵은 새해 첫날 저녁에 출발하지 않았다. 출발하기로 결심할 수 없었던 탓이다. 레누아르 길에서 이틀을 서성거렸다. 베레니스는 그 이틀 동안 세차례 전화했다. 어디에 있었을까? 말해주기를 거부했다. 뤼시앵에게 떠나기를 재촉하기 위해서만 그와 통화하는 데 동의했다. 그 결과 마침내 그를 설복했다.

에드몽의 짜증, 블랑셰뜨의 불안으로 가득한 그 이틀로 인해 오렐리앵은 끝없이 짓눌렸다. 베레니스에 대한 죄책감, 바르뱅딴 가족과 관련해 체면을 구겼다는 생각으로 또다시 혼란에 빠져들어 정신을 차릴 수 없었다. 공백, 기다림. 그리고 절망이 아닌 어떤 것, 하지만 희망, 모든 희망의 부재. 그는 어떤 것도 소망하지 않았다. 다만 베레니스가 어디에 있는지, 그녀가 무엇을 하는지 모르는 것이 참을 수 없을 따름이었다. 첫날은 어디선가 우연히 그녀와 마주칠 것이라는 뚱딴지같은 생각에 잠겨 산책했다. 둘째 날은 전화기에서 감히 멀어지려고 하지 않았다. 오렐리앵이 귀에 딱지가 앉도록 계속해서 똑같은 것을 물어보자 에드몽은 결국 그를 매몰차게 대했다. 게다가 아버지가 그에게 불의의 기습을 했다. 소문으로 정신이 사나웠다. 브리앙의 몰락 가능성에 들떴다. 뿌앵까레가 아버지에게 약속했다는 것이다. 그렇다면 멜로즈 회사를 곧장 설립하지 않는 편이 나을 것이다. 말이 날 염려가 있었다. 이런, 뭐라고? 에드몽이 소스라쳤다. 아버지는 겁이 많은 사람이다. 자신을 드러낼 리 없다. 하지만 일단 도움을 준다면! 그 모든 것이 장관직에 대한 주기적인 신기루 때문이다. 아, 아니야, 설마하니! 상원의원이 질책했다. 아무나 할 수 있는 일이 아니야. 아버지가 보는 앞에서 에드몽은 아드리앵에게 전화로 회사 설립을 서두르라고 지시했다. 뭘 하고 있어, 제기랄. 아니야, 설명, 변명은 듣지 않겠어. 충분히 빈둥거렸어! 그가 전화를 끊었다.

상원의원은 아들의 흥분을 목격하고 놀랐다. "그러니까, 널 이해할 수 없구나, 에드몽." 그가 말했다. "내게는 나의 경력이…… 네 아버지가 장관이 되는 건 시간문제야. 최소한 국무차관은 되겠지!"

그는 우스꽝스러웠다. 에드몽은 거울에 자기 모습을 비춰보았다. 얼굴이 붉게 상기되어 있었다. 포마드를 바른 머리카락을 헝클어뜨렸다. 그 바람에 손가락에 기름이 묻었다. 그러고는 베레니스, 뤼시앵, 기타 등등! 그가 불평했다. 점점 더 이상해지는 블랑셰뜨는 말할 것도 없었다. 저녁 무렵 뤼시앵의 출발로 모든 것이 잠잠해졌다.

이튿날, 베레니스가 개인 소지품을 찾으러 왔다. 그녀는 갈르리에서 구입한 미니드레스를 입고 있었다. 안색이 상당히 나빴다. 어디에 둥지를 틀었어, 애야? 사촌오빠가 물었다. 그녀는 얼버무렸다. 친구들 집에요. 친구들 집? 그녀는 대답하지 않았다. 오, 그러고 보니 혼자 행동할 나이가 되었구나! 블랑셰뜨와의 대면은 신랄한 편이었다. 어떤 특별한 말도 없었다. 베레니스는 뤼시앵에 관해 사과하고 아이들에 대해서는 데려가지 못해 아쉽다고 둘러댔다. 블랑셰뜨는 후들거렸다. 마음속에서 치솟는 한가지 감정만큼은 상대방에게 꼭 느끼게 해주고 싶었다. 단 하나의 감정. 다르게 규정할 필요가 없었다. 일종의 쓰라린 경멸. 베레니스는 약속했고, 그 약속을 지키지 않았다. 그렇지 않은가? 그것만이 중요했다. 뢰르띠유아 씨에 관한 일이었다. 아무도 뢰르띠유아 씨에 관해 말하지 않았다. 아, 그건 그렇고, 그가 여러차례 전화했어요. 침묵이 깔렸다. 그리고 아가씨는 뤼시앵에게로 돌아갈 생각이죠, 곧바로? 모르겠어요. 두고 봐야죠. 나중에. 언니네는 므제브로 떠나나요?

에드몽이 폭발했다. 아, 그것, 우리는 므제브로 떠나. 그리고 격한 어조로. 이 빠리, 사람들, 가족이 지겨워! 눈, 스키…… 장관이 실각한다면 여기 있고 싶지 않아. 다시 한번 아버지가 우스꽝스럽게 분투하고 수상 후보들의 대기실에서 희망으로 땀을 흘리는 모습은 보고 싶지 않다고! 맑은 공기, 자연! 산에서는 쩨쩨한 것들을 잊을 수 있어.

"그들, 친구들 집이라면…… 누구인지 궁금해. 생각나는 것 있어?"

베레니스가 트렁크를 들고 떠나자 블랑셰뜨가 따져보았다. "나? 전혀. 그게 아니라도 불가능한 건 아니지." 에드몽이 말했다.

"그렇게 생각해?"

그녀는 이 "그렇게 생각해?"라는 말을 몹시 서둘러 덧붙였고 그래서 얼굴이 붉어졌다. 에드몽이 농담했다. "당신은, 그렇게 생각해?"

"도대체 무엇을? 난 모르겠어."

"자, '여보,' 내가 말하려는 것을 잘 알면서."

그는 가증스러웠다. 그들은 둘 다 자신도 모르게 전화기를 바라보고 있다가 문득 이 사실을 깨달았다. 전화기가 저기 탁자 위에 놓여 있었다. 검고 위협적인 근대의 신 같았다. 에드몽이 전화기를 집어들기까지 호전성을 밀고나갔다. "말해봐."

블랑셰뜨의 목소리에 바르뱅딴이 눈을 들어올렸다. "말해봐, 므제브에서, 우리가 멜로즈 부인과 마주치게 될까?"

그녀가 멜로즈 부인에 관해 그토록 직접적으로 말한 것은 처음이었다. 에드몽은 스포츠맨이었다. 순발력이 좋았다. "이번에는 아니야, '여보,' 그녀는 약속이 있어."

그가 어깨를 돌렸다. 마치 상의가 어깨 너비에 비해 너무 작기라도 한 듯이. 이 남자는 결코 허를 찔리지 않았다. 모든 것이 그에게는 득점하는 데 도움을 주었다. 블랑셰뜨는 번번이 패배했다. 그가 무심코 덧붙였다. "오렐리앵을 우리와 같이 가자고 초대하면 어때? 그는 회전 경기에서 솜씨가 나쁘지 않아."

"왜 내게 그런 말을 하지? 조금 전에 당신이 한 말은⋯⋯"

"농담이었어! 당신이 내켜 하지 않는다면야! 그리고 그는 니세뜨 문제로 죽을상을 짓고 있겠지." 그녀는 대꾸하지 않았다. 자리에 앉아 기계적으로 책갈피를 잘랐다. 크뤼삐 부인이 그녀에게 추천한 책, 최근에 페미나상을 받은 작품 『깡뜨그릴』[27]이었다.

57

바르뱅딴 가족이 므제브로 간 이래로 오렐리앵은 의지할 사람, 요행히 베레니스의 소식을 그에게 전해줄 수 있는 사람이 전혀 없었다. 그녀는 어디에 있을까? 빠리에 남아 있는 걸까? 오렐리앵은 그래도 그녀가 남편과 함께 R로 돌아갔기를 바랄 때가 있었다. 그는 무엇보다 이 침묵으로 인한 괴로움, 베레니스를 둘러싼 의혹, 완

27 *Cantegril*(1921). 보수주의 작가이자 기자, 미술비평가 레몽 에스꼴리에(Raymond Escholier)의 소설.

전한 실종, 이것이 지속될 수 없다고, 지속되지 않을 것이라고 생각했다. 벌써 사흘, 나흘이 지났다. 인내심이 도전받았다. 지긋지긋했다가 괴로워졌다. 그것은 육체의 고통과 반대였다. 아, 그가 자기 자신은 의심할 수 있었다 해도 베레니스에 대한 자신의 사랑을 의심하는 일은 더이상 일어나지 않았다! 쓰리고 아픈 상처는 누구도 의심하지 않는다. 소름 끼치는 것, 두통거리, 그것은 이러한 상황이었다. 오렐리앵은 이해하려고 애쓰면서, 이해하면서 심신이 안정된다고, 모든 것이 더 견딜 만하게 된다고 생각했다. 그래서 그 특별한 몇주, 그가 이미 자신의 행복이라고 부른 것의 새로운 어둠 속을 뒤졌다. 마치…… 그렇지만 이것은 무엇으로 귀착했는가? 뢰르띠유아는 스스로 기억을 학대하고 마음을 괴롭히면서 이미 종결된 그 시기, 그것의 짧음에 그가 불현듯 경탄하는 연애를 매순간 재구성했다. 그들이 함께 갔던 장소들의 순례를 시도했다. 어느날 오전에 그가 그녀의 손을 잡았던 대로변 까페에서 그는 다른 어느 곳에서보다 더 베레니스의 부재를 실감했다. 낮 동안에는 늘 그러듯 휴식을 취했다. 하지만 밤에는, 어떻게 륄리스로 돌아갈 수 있겠는가? 시몬을 만나는 것이 두려워서가 아니었다. 거기로 돌아가는 것이 베레니스와 관련해 좋지 않은 것 같았다. 잠이 오지 않을 때 어슬렁거릴 수 있는 장소들이 없지 않았지만 그래도 이제는 자정을 넘겨 귀가하는 경우가 거의 없었다. 어떤 이상한 선입견, 그에게 순응하는 것 같은 기묘한 의례가 이 습관의 단절을 설명해줄까? 삶의 균형이 깨졌다. 그리고 정말로 이것은 그가 자신에게 부과하는 처벌의 성격을 띠었다. 그는 집에 있는 것, 거리로 나가지 않는 것, 음악, 여자, 술, 등불, 잠들기 위해 필요한 그 인공 낙원 전체가 없는 것이 괴로웠다. 너무 갑작스레 마약을 끊은 아편 중독자 같았다.

얼굴에 경련이 일고 신경과민이 생겼다. 우리 안의 곰처럼 집 안을 서성거렸다. 이제는 뒤비뉴 부인도 그를 보기 어려웠다. 시간이 뒤집혀 정오, 1시 무렵에 옷을 입은 채로 침대에 곯아떨어지는 일이 잦았고, 그러고 나면 밤, 등불, 추억, 그리고 눈을 감을 수 없는 각성 상태를 되찾았다.

주중에 두가지 사건이 있었다.

첫번째 사건은 어느날 아침에 배달된 소포였다. 사모라가 그린 베레니스의 초상화, 전시회가 끝나서 화랑에서 보내온 것이었다. 뒤비뉴 부인이 와 있었다. 꼬치꼬치 캐묻고 소리를 지르고 이것저것에 관해 논평하는 꼴이란! 오렐리앵은 그녀를 죽여버리고 싶었다.

초상화는 맞은편의 석고 가면과 함께 침실에 걸렸다. 거기에는 뭔가 미쳐버리게 하는 것이 있었다. 너절한 농담. 겹쳐진 스케치의 그 찌푸린 얼굴이 춤추는 듯했다. 좀처럼 현대미술을 좋아하지 않는 오렐리앵은 그것을 싫어하기 시작했다. 그가 이 사모라의 작품에 사로잡혀 있었다는 것은 전혀 설득력이 없었다. 모든 것이 마치 '현대미술'이 간사한 인물로서 그에게 비열한 수단을 사용하기라도 한 듯이 일어났다. 베레니스에게서 이 표정의 이중성을, 그것도 바로 이 순간에 끌어오는 것은 그가 처음부터 지는 게임이었다. 사모라는 자신의 화법이 아닌 많은 것을 이용했다. 미술작품은 언제나 이 모양이라고 생각할 만한 철학이 오렐리앵에게는 없었다. 요컨대 벽에 걸린 이 흐릿한 초상화, 거의 이틀 동안의 기분 전환으로 말미암아 고통이나 비밀과 무관한 어수선한 고찰이 오렐리앵의 가장 은밀하고 가장 고통스러운 생각에 뒤섞였다. 그러자 점차로 초상화는 힘을 잃었고 맞은편의 가면이 힘, 강박관념의 특성을 되찾았다.

두번째 사건은 뢰르띠유아 씨에게 삐예빌 길의 자기 사무실에 들러달라고 요청하는 아드리앵 아르노의 쪽지였다.

그가 거기에 들렀다. 뭔가 알아내거나 어떤 징후를 찾아내려는 생각에 가슴이 뛰었다. 하지만 아무도 그에게 베레니스에 관해 말하지 않았다. 그럼에도 그가 보기에는 분명히 베레니스에 관한 일이었다. 언제나 그는 생주네의 토지를 멜로즈 유가증권과 교환하는 그 기묘한 일이 베레니스와 연관되어 있다고 생각했던 것이다. 왜 그런지는 막연하게만 알고 있었다. 아드리앵 아르노는 그 일에 관해 합의된 것인 양 그에게 말했다. 바르뱅딴 씨가 그렇게 간주할 것이다. 게다가 그의 제의는 예상 밖의 것이었다. 아르노는 말할 때 늘 마음속으로 혀를 차는 것 같았다. 품격, 성실성의 면에서 아드리앵 아르노보다 사업 수완이 나은 사람은 없기 때문이었다.

오렐리앵은 어떻게 거기서 빠져나가려 했을까? 베레니스에 대해 바로잡아야 할 잘못이 있지 않은가? 자신의 안정된 부르주아 생활을 희생하지 않을까? 생주네는 속죄의 제물이었다. 논의해야 할 치사스러운 뭔가가 있을 것이다. 그러고 나면 적어도 당장은 괜찮은 거래였다. 사업, 희생, 베레니스와 생주네, 모든 것이 오렐리앵의 머릿속에서 뒤섞였다. 사모라의 초상화와 함께였다. 재정에 대한 고려와 무관한 요소들이 문제 전체에 현기증 나는 빛을 비추었다. 아마 그는 어리석은 짓을 했을 것이다. 그렇게 하지 않았으면 자기 자신을 비하했을 것이다. 또한 약간의 탐욕이 꺼림칙했다. 에드몽에게 바가지를 씌웠을까? 맹세코 그러려고 애쓴 적은 없었다. 그는 동의했다.

아드리앵은 그에게 다음 날 다시 들러달라고 부탁했다. 서류가 준비되어 있을 것이다. 바르뱅딴 씨가 권한을 백지위임했다. 보증으로 필요한 것은 멜로즈 부인의 서명뿐이다. 아, 그래, 그 여자! 오렐리앵은 그녀를 잊고 있었다.

이튿날 그가 삐예빌 길에 다시 갔을 때, 키 큰 로즈가 와 있었다. 솔기에 술이 달린 흰 카네이션 무늬의 매우 고급스러운 검정색 비단 투피스 차림이었고, 그녀의 다리는…… 그녀가 움직이자마자 치켜올라가는 짧은 드레스를 입고서 다리를 꼬고 앉아 있으면 누구나 그녀의 다리만 보았다. 예쁜 다리였다. 오렐리앵이 눈길을 돌렸다.

"당신이 빠리에 있다고는 생각지 못했네요, 부인." 그가 분위기를 잡으려고 말했다. "의사 선생을 통 볼 수가 없군요."

로즈가 아름다운 이를 온통 드러내며 웃었다.

"드꾀르는 일이 지겹도록 쌓여 있어요, 오렐리앵. 향수, 실험실, 광고, 설비할 장소…… 우리는 샹젤리제 거리의 우리 사무실로 들어가요. 온갖 비품이 갖춰져 있는 곳이죠. 상상해보세요, 드디어……"

아르노가 그들의 대화를 중단시켰다. 여기에 서명하세요, 저기에도. 그가 거래 절차를 설명했다. 오렐리앵은 따라가려고 시도했지만 머릿속에 힘이 없는 느낌이었다. 이해의 실마리를 놓쳤다. 지난 사흘 동안 밤에, 말하자면 잠을 못 잤다. 그가 몇가지 질문을 했다. 의례적으로. 관심을 갖는 것처럼 보여야 했다. 그토록 젊은 여자의 그토록 나긋하고 싱싱한 긴 다리 쪽으로 저항할 겨를도 없이 슬며시 눈길이 쏠렸다. 다리는 사람들이 바라본다는 것을 알고 있는 듯했다. 맙소사, 여자의 다리, 그것은 얼마나 노골적인가! 스타킹을 신고 있다 해도. 압지가 서명의 잉크를 빨아들였다.

"차 갖고 나왔어요?" 로즈가 말했다. 그는 차가 있었다. "부탁할

164

게요, 나를 엘레스떼른 가게까지 태워주세요. 그들은 짜증나요. 나더러 돌아오라고 하지 뭐예요. 벌써 세번째죠. 그런데 나는 꼭또의 희곡을 위해 신고 나갈 것이 없어요. 당신은 모르겠죠! 나는 곧 꼭또의 작품에 출연할 거예요. 그렇다니까요."

다 됐다. 생주네는 이제 뢰르띠유아 집안 소유가 아니었다. 아르망딘이 어떻게 나올지! 오, 그러고 나서······

그들이 5마력 자동차를 타고 갈 때 로즈가 말했다. "내가 이렇게 앉아 있어서 기어를 바꾸는 데 방해가 되지 않나요?" 그는 기어를 삼단으로 바꾸면서 그녀의 다리에 손이 닿았다. 자신의 손에 그녀가 기댄다는 느낌이 들었다. 얼마나 짐승 같은가! 지금 로즈 때문에 마음이 흔들리다니. 그녀가 또다시 말했다. "사실상, 뢰르띠유아 씨, 내가 느끼기에 우리 두 사람이 다, 약간 버림받은 신세지요, 요즈음. 빠리는 참 공허해요!"

대꾸가 없었을 것이다. 자동차를 운전하고 있었으니까. 그가 몇 마디 중얼거렸다. 로즈가 덧붙였다. "함께 저녁 먹어요."

오렐리앵은 방돔 광장에 자동차를 세웠다. 묘한 현기증을 느꼈다. 머리는 뜨겁고 발은 차가웠다. 그는 잠을 잘 자지 못했다, 그렇지 않은가. "죄송합니다만, 몸이 좀 불편하네요." 그가 말했다.

그는 구두 가게로 들어가는 그녀의 모습을 바라보았다. 참 멋진 몸매야!

석간신문을 사라는 외침이 들렸다. 그가 『랭트랑』지를 샀다. 장관이 실각했다. 일년 동안 권력을 행사한 끝에. 일년 전과 똑같은 날에. 지난번에는 레이그가 허탕을 쳤다. 이번에는 브리앙이. 게다가 사정을 모르는 사람에게는 이유가 그다지 분명치 않았다. 일년, 장관으로 충분한 재임 기간. 이번에는 수뇌들의 내각이 될 것이다.

대통령이 뿌앵까레를 불러들였다.

오렐리앵 주위로 모든 것이 돌기 시작했다. 그의 시야가 흐려졌다. 그에게 이런 효과를 불러일으킨 것은 내각의 붕괴가 아니었을까? 오한. 제기랄, 또다시 발작! 그는 온 힘을 짜내 생루이섬까지 차를 몰았다. 영웅적이 되는 온갖 종류의 방식이 있다. 집에서 그는 블레즈 아저씨의 쪽지를 발견했다. 끌리시 광장에 들러달라고 청하는 쪽지였다. 그럴 힘이 없었다. 그대로 침대에 몸을 던졌고 모포 안에서 몸을 말았다. 열이 나서 몸이 마구 떨렸다.

58

역사상 처음으로 전직 대통령이 다시 수상으로 취임했다. 뻣뻣한 머리카락에 참신한 바지를 입고 나비넥타이를 맨 스떼판 뒤뛰가 드꾀르의 집에서 한시간 전부터 콧수염을 잡아당기면서 로즈의 귀가를 기다리고 있었다. 그녀와 인터뷰하러 온 것이다. "뿌앵까레, 왜 드샤넬이 아니죠? 그들이 거기에 있는 동안!" 그가 말했다. 의사가 무시하고 있다는 것을 그가 안다면! "묘한 조합이네요, 마지노와 바르뚜, 다음으로 식민지부 장관에 사로…… 푹스는 회화에 관한 특집을 준비하고 있어요."

"무슨 관계가 있나요?"

"무슨 말씀을! 사로가 식민지부 장관인 한! 푹스는 정기 구독을 바라죠. 장관은 예술 애호가거든요. 아, 약은 녀석, 키 작은 푹스 말이에요!" 그가 자신의 허벅지를 두드렸다. "어쨌든, 당신의 의장, 상원의원, 그 뭐더라, 그가 마린 마르샹드에 있더라고요! 의사로 아주 제격이더군요! 그자가 멜로즈 향수 사업을 잘되게 해줄 거예요!"

"아, 그녀가 오는군요!"

로즈가 도착했다. 피곤하고 매혹적인 모습이었다. 그렇지만 입 주위에 주름이 하나 보였다. 그녀는 틀림없이 마리 드 뻬르스발과 함께 있으면서 그녀를 부추겼을 것이다. 그들 두 사람은 어느 작은 바에 갔었다. 마리의 경우에 약간의 위스키는 괜찮았다.

"그녀에게 무슨 일이 있어요?" 의사가 물었다. 그는 정말로 지독하게 야위었지만 요즈음 기력을 되찾았다. 그가 말하기로는 겨울 스포츠 덕분이었다.

"나중에 설명할게. 미안해요, 스떼판! 옷을 갈아입고 올게요!"

불행히도 그것은 말하는 방식일 뿐이었다. 사실을 말하자면 모두가 마리에게 일어난 일에 신경을 쓰지 않았다. 마리가 먼저 로즈를 이끌었다. 위스키 한잔하자는 것이었다. 하지만 바 대신에 뢰르띠유아의 집으로 갔다. 솔직히 다 말할게, 정말이야. 몸이 아픈 뢰르띠유아가 마리를 자기 곁으로 불렀고 그녀는 그를 돌보았다. 그는 기분을 전환할 필요가 있었다. 그녀는 그에게 로즈를 데려와서 쿠키를 함께 먹자고 제안했다. 뢰르띠유아는 모습이 말이 아니었다. 그 모든 것이 그 젊은 얼간이를 위해서였다. 왜 그런지 모르겠지만 사랑받는 여자들이 있다. 감출 것이 전혀 없었지만 로즈는 거짓말하기를 좋아했다. 침실에서 그녀는 드레스를 벗고 가슴을 바라보았다. 꽃가지 무늬의 가벼운 실내복, 바바니 상점의 것을 걸치고 작은 구두를 벗어던졌다. 붉은색 실내 슬리퍼를 신었다. 이 실내복은 언제라도 앞자락이 터질 것 같았다.

"그럼 인터뷰를?"

스떼판이 키 큰 로즈를 바라보았다. 청원할 것이 있는 중학생 같았다. "내가 당신에게 향수에 관해 말하기를 바라나요? 아니면 체르께스 안마사에 관해? 아니면 꼭또의 희곡에 관해? 가브리엘과 관련된 소동에 대해서는 내게 기대하지 마시길! 그를 못 본 것이 언제부터, 언제부터더라…… 그 소동이 나를 젊어지게 하지는 않네요!" 그녀가 미소 짓고는 꽃을 가져와 화병에 꽂았다. "아, 아닌가요? 향수가 새로운 내각에 만족하는지 알고 싶나요? 이봐요, 인터뷰 기사를 작성하세요. 그러고 나서 내게 보여줘요. 잘되었으면 거기에 서명할게요, 괜찮겠어요? 첫 문장을 이렇게 시작하세요. '잊지 못할 조꾼다, 로즈 멜로즈는 젊은 시절의 비밀을 혼자만 간직하고 싶지 않았다' 운운. 결국 그게 당신의 일이니까요! 나를 찾는 사람은 없었지, 오늘?"

이것은 의사에게 한 말이었다. 아니, 누군가 있었어요. 도대체 누가? 당신의 화가…… 그녀가 웃기 시작했다. "그런데도 당신은 베베를 질투하지 않아?" 아니, 그는 앙베리외, 그 늙은 호인을 질투하지 않았다. 에이.

"그럼 내가 공연히 기다렸군요?"

뒤뻬가 콧수염을 가볍게 깨물었다. 짜증스러워서 하는 짓이었다. "그러니까, 그렇기도 하고 아니기도 해요. 당신은 나를 보았어요, 친구! 그리고 당신은 기자죠, 그렇잖아요! 자, 함께 저녁식사 하러 가요. 난 할 일이 산더미인데다 공연 전이니까 안 먹을래요. 오, 여보, 아니야! 속으로 그렇게 싫은 표정 짓지 마! 스떼판과 함께 많이 먹으라고요. 나를 삼십분 동안 내버려둬. 당신이 알다시피 나는 무대에 오를 거야, 그 파란색 배경의 무대에, 이 모습으로! 극장에서 봐요, 여러분."

떼아트르 몽마르트르 앞 작은 광장, 날씨는 춥고 건조했다. 불빛이 그다지 밝지 않았다. 두 남자가 도착해보니 오가는 무리들, 고함을 지르고 지팡이를 휘두르는 젊은이들이 있었다. 곧바로 의사가 불안해했다. 음모! 아, 로즈에 반대하는 것이라면! 스떼판이 한 시위자를 붙잡았다. 그들은 뽈 드니의 친구들로서 꼭또를 좋게 볼 수 없다는 것이었다. 소란을 피울 것이 뻔해서 극장 안으로 들어가는 것을 거부당했다. 그런 이유로 밖에서 소란을 떨고 있었다. 뽈 드니가 어떤 작고 뚱뚱한 남자와 함께 있다가 드피르를 알아보고 달려왔다. "선생! 얼토당토않아요! 우리는 관람료를 지불했다고요! 우리를 내보내다니! 멜로즈 부인에게 말해주세요."

의사가 어깨를 으쓱했다. 그들의 의도가 널리 알려져 있다는 것은 그들도 알고 있었다. "상상조차 할 수 없는 일이라고요!" 뽈 드니가 매우 큰 소리로 외쳤다. "치욕이에요! 시인들을 문밖으로 내쫓다니!" 그러고는 더 낮게. "아시다시피 멜로즈 부인 앞에서는 소란을 피우지 않을 거예요. 그녀에게 전해줄 수 있죠." "그만해둬요, 드니. 그건 내 일이 아니에요. 나도 막간 전에는 로즈를 볼 수 없어요." "이봐요, 선생, 나를 위해 그렇게 해줘요, 제발. 그러지 않으면 틀림없이 나는 퇴장을 기다렸다가 꼭또를 사정없이 패줄 거예요." "오, 오, 그럴 수가!" "어쩔 수가 없어요. 그게 재미있어서가 아니라, 내가 그렇게 하지 않으면 다른 사람들이 이해해주지 않을 거라서요, 아무도, 심지어 프레데리끄도요." "그게 나를 성가시게 해서가 아니에요." 의사가 말했다. "하지만 마리에게 부탁해보세요. 그녀가 나보다 더 잘할 수 있어요." 마리라는 이름에 젊은이의 얼굴이 침울해졌다. "무슨 말씀이세요, 모르세요? 마리와 나, 다 끝났어요!" 새로운 내각이 출범했다는 것을 의사가 모른다는 사실에 그가 얼마나 놀랐는지. "바로 그래서, 나는 기어코……" 그가 스떼판을 힐끗 보았다. 상대방이 오해했다. "스떼판 뒤쀠……" 그가 자기이름을 댔다. "우리는 『라 까냐』 사옥에서 마주친 적이 있죠." 뽈이무뚝뚝하게 인사하고는 의사를 따로 불렀다. "내가 설명할게요. 당신은 내게 큰 도움을 줄 수 있어요. 믿을 수 없는 일이 내게 일어났지요. 내가 사랑에 빠졌어요."

"축하해요!"

"고맙습니다. 비웃지는 마세요. 정말로 사랑에 빠졌어요. 멋진일이죠. 모든 것을 포기했어요. 어머니, 공부, 수산대학, 가족……우리는 함께 도망칠 거예요. 이 세상 밖이라면 어디든(Anywhere out of the world). 다만, 다른 것들이 있어요."

"무슨 다른 것들? 당신은 모든 것을 포기했는데 말이에요!"

"나는 모든 것을 포기했지요, 모든 것을. 어떻든 시는 아니고친구들, 운동도…… 그것은 사랑과 같아요. 그것에 관해 농담할 권리는 누구에게도 없다고요! 아, 그렇죠, 그들은 이해하지 못해요. 심각한 일이라고 생각하지 않죠. 당신은 그들을 알아요, 아닌가요? 잔인한 사람들이죠. 누군가 도망친다고 생각하면 언제나 그를 의심하려 들어요. 그 희곡이 있죠, 꼭또…… 스캔들이에요! 멜로즈부인이 아무리…… 내 생각에, 당신은 누가 돈을 대는지 알고 있어요. 좋아요, 잘됐어요! 요컨대 내일 저녁 여기로 와서 감옥에 갇히거나 죽는 것을 무릅쓰고 공연을 중단시키기로 결정이 났어요! 그러고 나서 곧장 내가 사랑에 빠졌죠. 나는 내일 떠나요. 드라마죠. 까페에서 7시에 메네스트렐이 예전처럼 또 내게 시비를 걸었지 뭡니까! 나는 평생 다시는 너를 만나지 않겠다. 너에게 맞서는 운동을 벌인다. 여기저기서 말하고 다닐 것이다 어쩌고. 그가 말할지도 모른다는 것이 두려워서가 아니에요. 하지만 그들과 불화하고 싶지 않아요. 내 모든 친구…… 나의 가장 좋은 친구 장프레데리끄 시크르, 음악가, 그는 메네스트렐이 옳다고 인정해요. 알다시피 그들은 그를 따를 거예요! 다른 사람들에 대한 메네스트렐의 권위에 대해서는 아무도 생각이 없어요! 그래서 내가 말했죠. 자, 오늘 저녁…… 할 수 없지, 이판사판이야. 내일 나는 떠나. 하지만 적어도 오늘 저녁은…… 그런데 이렇게 우리를 들어가지 못하게 하네요!"

광장에 차들이 도착했다. 사람들이 택시에서 내렸다. 한 무리가 그들을 통로 쪽으로 슬쩍 밀쳤다. 표정이 워낙 변덕스러운 뽈 드니가 갑자기 매우 이상한 얼굴을 했다. 의사가 돌아보았다.

"아, 선생! 이 작은 남자분과 함께 있는 거예요? 오세요, 로즈가 자신의 박스석에서 우리를 기다려요!"

친칠라 모피 외투를 입은 마리 드 뻬르스발이었다. 뽈 드니는 자신감을 완전히 잃었다. "마리……" 그가 중얼거렸다. "무슨 일이죠?" 그녀가 말했다. "당신은 천박한 젊은이예요. 나는 당신에게 할 말이 없다고요!" 그녀가 드쩨르를 이끌었다. 메네스트렐, 그 키 큰 녀석은 포근하게 목도리를 두른 모습으로 마치 모든 이를 때려 눕히려는 듯이 지팡이의 중간쯤을 잡고 있었고 그의 친구들 세 명이 그를 둘러싸고 있었다. 그들은 키와 생김새가 그렇게 잘다할 수가 없었다. 그가 마리와 뽈 사이로 뛰어들었다. 뽈이 무엇을 하고 있는지, 자신이 말을 걸 수 있는 사람들에 대해서는 신경을 쓰지 않았다.

"아니, 우리가 여기서 무얼 하고 있죠?" 그가 분개한 어조로 말했다. 꼭또가 틀림없이 깔깔대며 웃을 거예요! 너는 우리를 우롱하고 있어. 확실해. 너는 우리를 우롱하는 거야!" 그의 뒤에 방금 전 종종걸음으로 걷던 작고 뚱뚱한 남자가 있었다. 뽈의 분신 프레데리끄, 그는 늘 눈이 튀어나와 보였다. 뽈이 양팔을 하늘로 쳐들었다. 이 모든 것 위로 울리는 극장의 벨 소리, 가짜 조명, 누구나 아는 많은 사람, 기자들, 빠리의 유명인사들. 출입문 앞에서 함성이 들렸다. 무슨 일인지 알 수 없었다. 하지만 메네스트렐이 다시 고함을 질렀다. 팔로 지팡이를 반복적으로 휘둘렀다. 목도리가 공중을 이리저리 날았다. 다른 사람들이 합창했다. 드니가 그들과 함께했다.

"그들이 뭐라고 하는 거죠?" 의상디자이너 샤를 루셀이 방금 인사를 나눈 굿맨 부인에게 물었다. 그녀는 알지 못했다. '보들레르 만세' 같아요. 왜 '보들레르 만세'죠? 아, 내게 너무 많은 걸 묻는군요!

"궁금해요, 보들레르를 뭐 하러 저렇게 힘들게 불러대는지! 요컨대 저런 것이 젊음이죠." 의상디자이너가 말했다.

갑자기 함성이 일었다. 사람들이 달리기 시작했다. 엄청난 혼잡이 발생했다. 메네스트렐의 무리가 뒤로 밀려났다. 경찰이었다. 누가 경찰을 불렀을까? 아무도, 누구도. 극장 입구에 제복을 입은 경비가 보였다. 드니가 질풍처럼 통과하다 루셀과 부딪힐 뻔했다. 루셀이 상당히 놀라 팔로 그를 막았다. "아니, 젊은이…… 아, 당신이에요?" 그는 주먹으로 세게 한방 맞아서 코피를 흘리고 있었다. 의상디자이너가 신속하게 맞은편의 작은 까페로 그를 데려갔다.

밖에서는 다른 사람들이 서로 치고받고 있었다. 루셀이 감탄 어린 눈으로 자그마한 드니를 바라보았다. 그는 깃이 뽑히고 넥타이에 피가 묻은 채로 숨을 헐떡였다. "젊음이란…… 이 이상한 저녁에 관해 내게 짤막한 글을 써주지 않겠어요? 내 서재에 보관하게요. 내게는 희곡 원고도 있어요. 꼭또에게서 구입한 것이죠. 당신의 글을 제본하겠어요. 함께 제본할 것, 그것은 가치가……"

뽈 드니가 옷매무새를 고쳤다. 위스키 한잔을 청했다. 갑자기 한가지 생각이 떠오른 그가 말상대 쪽으로 몸을 돌렸다. "루셀 씨……" 그가 말했다.

"무슨 일인데요, 친구?

"루셀 씨, 나는 지금 내 인생의 희한한 순간을 맞이하고 있어요. 내가 당신을 찾지 않았는데, 여기 당신이 있네요. 그러니……"

"그러니요?

"당신은 나를 위해 아주 중요한 뭔가를 할 수 있어요. 그래요, 루셀 씨, 나는 사랑에 빠졌으니까요."

의상디자이너가 갑작스레 관심을 표했다.

"자리에 앉는 편이 좋지 않을까요? 자, 여기, 당신의 문제를 내게 이야기해봐요."

밖에서 경찰들이 시위자 두명을 데리고 지나갔다. 그들 중 한명은 퉁방울눈의 키 작고 뚱뚱한 남자, 음악가 장프레데리끄 시크르, 뽈의 친구였다.

59

"굉장하네요!" 디안이 말했다.

연한색 모피가 그녀에게 완벽하게 어울렸다. 잠그지 않은 외투 속으로 보이는 매우 단순한 검은색 드레스에 빠르마 제비꽃 문양이 있는 허리띠를 하고 둥근 모피 모자를 눈 바로 위까지 내려 썼다. 쉴제르는 네땅꾸르 부인을 매우 자랑스럽게 생각했다. 멜로즈 종합뷰티살롱을 방문하는 것이 썩 내키지는 않았지만 그것이 디안의 마음에 든다면 별 상관없었다.

아가토폴로스 양이 반갑게 맞았다. 마리는 그녀를 일종의 행정 관리자로 앉혀놓았다. 조에는 자기 아버지에게 그리스로 돌아가지 않겠다고 밝혔던 것이다. 물질적 원조가 끊겼으므로 일을 해야 했다. 그러면 내가 당신에게 무슨 일을 맡길까? 그녀는 뷰티살롱의 제품 목록처럼 보였다. 눈꺼풀에는 파란색, 눈썹에는 아이브로, 황갈색 분, 손톱은 선홍색. 그래도 눈에 확 띄는 코. 모든 관절은 변하지 않았다. 마침내 그 장밋빛 간호사 드레스, 이마를 가리는 베일, 실크해트 전체! 접객실에서 기다리는 점원 유니폼을 입은 그녀는 깔끔한 인상을 주었다. 사치품, 그녀에게 요구되는 모든 것.

그곳은 은행들이 매우 빨리 파산하는 샹젤리제에서 볼 수 있듯이 보통 건물보다 두배는 높은 아파트들 중의 하나였다. 거기 거주하는 사람들은 진즉에 실내장식을 바꾸었다. 장식용 벽재 안의 승강기들로 둘러싸인 웅장한 계단을 통해 사람들이 원형 건물로 들어갔다. 거기에는 단조로운 제과점들이 입점해 있었다. 연보라색 양탄자 위에 녹색 의자들이 놓여 있었다. 전부 뽈 이리브[28]의 솜씨였다. 그는 칸바일러[29] 경매를 통해 구입한 후안 그리스[30]의 그림들을 문 위쪽에 박아넣었다.(역시나 삐까소 그림들은 가격이 너무 부풀려진 상태였다!) 거기서 큰길 쪽으로 발코니가 나 있는 세 살롱

---

28 Paul Iribe(1883~1935). 프랑스의 디자이너이자 삽화가, 언론사 사장. 아르데코의 선구자들 가운데 한 사람으로 평가받는다.

29 Daniel-Henry Kahnweiler(1884~1979). 독일의 작가, 미술품 수집가 및 판매상. 1937년 프랑스로 귀화했고 1910~20년대에 입체파 회화를 후원했다.

30 Juan Gris(1887~1927). 1906년부터 프랑스에서 활동한 스페인 화가. 입체파와 가까웠다.

으로 사람들이 퍼져나갔다. 복도를 따라 칸막이를 없앤 방들이 들어차 있는 그곳은 사무실, 회계 부서 등등이었다. 끄트머리에서 작은 내부 계단을 통해 조에가 '클리닉'이라 부르는 곳, 다시 말해서 위쪽 아파트로 올라가게 되어 있었다. 거기에 있는 마사지, 체조, 미용실, 화장실, 네일아트, 증기, 전기 안마기 등을 위한 뷰티살롱의 방들 각각이 온통 니켈과 페인트, 리폴린 도료로 칠해져 있었다. 건너편 아래에는 상품을 취급하는 방들이 보인다. 거기에는 당연히 인테리어 비용을 쓰지 않았다. 예전 모습 그대로였고 줄무늬 벽지와 밤색 페인트도 그랬다. 반대로 여기에는 밀랍을 먹인 노란 병풍이 놓였고 계산대와 중간 높이의 칸막이가 설치되어 있었다. 여기에는 다른 종류의 여자들이 있었다. 회색 블라우스 차림에 입술에는 루주를 바르지 않았고, 옷깃의 접힌 부분에 장식 핀을 달고 귀에 연필을 꽂고 있었다. 또한 상자들, 열배로 확대된 로즈의 서명이 보이는 우아한 종이 상자들이 쌓여 있고 그 옆에 상품 배달원들이 있었다.

"하지만 내가 선호하는 곳은 응접실이에요!" 디안이 말했다. 한가운데의 살롱. 온통 금색. 검은색의 중국 가구들과 후지따[31]의 그림 세점, 창문들 사이에 하나, 루이 15세풍 벽난로 위에 하나, 고대 스페인산 브로까르[32]가 대수롭지 않은 듯 걸려 있는 이젤 위에 하나.

향수는 붉고 흰 살롱의 보석상 진열장 안에 있었고 살롱에는 마르발 부인[33]의 커다란 유화 한점이 걸려 있었다. 사과나무 아래의

---

31 Foujita Tsuguharu(1886~1968). 일본 출신의 프랑스 조각가, 삽화가이자 도예가. 사진작가와 영화감독으로도 활동했다.
32 금실이나 은실을 넣어 짠 풍부한 돈을무늬 비단.
33 Jacqueline Marval. 야수파에 속하는 프랑스 화가 마리조제핀 발레(Marie Josephine

여자들을 묘사한 그림이었다. 온통 장미색과 파란색 쿠션을 댄 세 번째 살롱의 마리 로랑생 그림들은 조에가 좋아하는 것이었다. 그녀는 이를 숨기지 않았다. "멜로즈 부인이 오늘 들를까요?" 디안이 물었다. "오, 아시다시피 우리가 그녀를 본 적은 매우 드물어요. 하지만 저 위 사무실에 의사가 있어요. 원하신다면 진료와 진료 사이에……" 아가토폴로스 양이 말했다.

"아니, 고마워요, 아가씨. 우리가 몹시 바빠서."

요란한 웃음소리, 원형 건물 안으로 들어오는 사람들. 한 점원이 다가갔다. 조에가 흘끗 보았다. 로즈였다. 틀림없었다. 몸짓이 가벼운 어떤 남자와 함께였다. 여전히 날씨가 나빴다.

"오, 설마!" 디안이 외쳤다. "뢰르띠유아 씨! 몸이 편치 않다고 들었는데요. 미안해요, 로즈, 호기심에서…… 기분 좋은 곳이네요, 당신 회사. 쉴제르를 아세요?"

모든 이가 서로 아는 사이였다. 로즈는 웃음 아래로 슬픈 기색이 엿보였다. 디안이 그것을 알아차리고 오렐리앵을 바라보았다. 그는 자신의 나쁜 기분을 전혀 숨기려 하지 않았다. 디안은 그에게 호감이 있었다. 그를 잘 알았다. 그들은 아주 서둘러 나갔다! 그녀가 자신의 애인에게 말했다. "그들이 같이 잔다고 생각해요?" 쉴제르는 꽤나 콧방귀를 뀌었다. 그가 말했다. "내 사촌 바르뱅딴이 빠리에 없으니까……" 이에 디안이 대꾸했다. "당신이 알다시피, 사람들에게 로즈의 나이가 보이기 시작한 거죠."

오렐리앵은 후지따의 그림이 있는 살롱에 앉았다. 로즈가 의사가 있는 곳으로 올라갔고 그다음에는 청사에서 마주친 어떤 브라

Vallet)의 예명.

질 가수 때문에 체르께스 사람과 약속을 잡으려 했다. 그녀는 청사에서 말했다. 차관실에서 말하는 것은 불가능하기 때문이다. 그 전에는 마린 마르샹드에서 저녁 모임이 있었다. 로즈는 「여행으로의 초대」를 낭송했다. 예전에도 낭송한 시였다. 오렐리앵은 살롱을 꾸민 장식이, 결국에는 필요했겠지만, 싫었다. 후지따의 그림들도 별로 좋아하지 않았다. 하지만 모델, 언제나 동일한 그 여자는 마음에 들었다. 말라리아 발작을 겪고부터 그는 인생의 공허함을 뼈저리게 느꼈다. 이상한 일이다. 아무것도 하지 않고 있다는 것을 알아차리지 못했다. 그러다가 어느날 그것이 견딜 수 없게 된다. 로즈가 없었다면……

그녀가 저 위에서 발견한 『보그』 최신호를 갖고 다시 나타났다. "배고프지 않아요? 나는 배고파요! 거의 1시네요, 알다시피! 고기! 게다가 당신은 고기가 필요해요. 그렇지, 원기를 회복할 필요가 있어요." 그녀가 그의 뺨을 어루만졌다.

사람들이 그녀의 나이를 고려하는 것은 사실이었다. 아니다, 그것은 너무 과장되었을 것이다. 하지만 그녀가 이제 한창때가 아니라는 것은 금세 눈에 띄었다. 멜로즈 부인의 얼굴에서 낙담이 묻어났다. 입가의 주름이 예사로워졌다. 분과 크림으로 피부를 가리는 것처럼 보였다. 보름 전만 해도 그의 뺨에서 느껴지던 그 절박한 삶에 결합되는 것처럼은 보이지 않았다. 그녀는 틀림없이 꼭또의 희곡, 몹시 힘겨운 역할 때문에 피곤했을 것이다. 또한 그녀가 오렐리앵 뢰르띠유아에 대해 공공연히 드러내는 이 갑작스러운 심취에는 기묘한 뭔가가 있었다. 그녀가 그의 뒤꽁무니를 쫓아다니는 것 같았다. 그런 것은 그다지 그녀의 취향에 맞지 않았다.

"당신이 내게 말을 걸었죠. 뭔가 할 말이 있었나요?"

위싱턴 길의 바에서 오렐리앵이 그녀에게 캐물었다. 그들은 밀
짚에 싸인 적포도주 병과 알 수고 스파게티를 앞에 두고 앉아 있었
다. 그들 위로는 유리 액자 안의 배우 사진들이 놓여 있었다. 로즈
가 한숨을 쉬었다. 근시가 더 진행된 탓으로 눈을 가늘게 뜬 채 면
을 힘들게 쌓아올리고는 포크를 내려놓았다. "묘한 기분이에요, 오
렐리앵. 내게 무슨 일이 일어나는지 궁금해요. 결국……"

"도대체 뭐가요, 로즈?"

"당신이 그걸 묻는 건가요? 자, 나는 그렇게 못생기지도, 아직은
그렇게 늙지도 않았어요. 보름째라는 걸 생각해봐요. 그래요, 적어
도 보름째예요. 이건 아니에요! 이건 아니죠! 아니, 하지만 이런 일
이 당신보다 먼저 내게 이미 한번, 단 한번 일어났다고 생각해요?
아뇨, 말하지 말아요! 내가 말하고 싶으니까. 이게 나의 관심을 끌
기 시작했어요. 만일 내가 디안과 아는 사이가 아니라면, 따라서 마
리와도…… 내 생각에 당신은, 말하자면 정상이 아닌 것 같아요."

그는 어깨를 들썩했다. 마리가 로즈에게 이야기했구나. 여자는
다 똑같아. 그가 정중한 얼굴로 말했다. "하지만 장담해요, 당신에
게만 달려 있다고."

"설마, 바보처럼 굴지 말아요! 당신은 중학생이 아니고 나는 당
신 어머니의 친구가 아니잖아요! 나는 남자아이를 욕보이는 취미
는 없어요. 아직은 아니라고요! 당신은 마음이 다른 곳에 가 있어
요, 다른 곳에, 그게 전부죠. 아무튼 내가 이 사실과 마주치는 것은
처음이에요. 사실상 나는 그것을 아주 좋게 생각해요. 단지 그것이
나를 어리둥절하게 할 뿐이죠. 또한 궁금한 것은……"

그녀는 가만히 생각에 잠겨 있었다. 슈니첼[34]이 나오고 잘생긴
갈색 머리 웨이터가 잘 가꾸지 못한 손으로 자신 있다는 듯이 소스

를 붓는 것을 가만히 지켜보았다.

로즈가 말을 이었다. "이봐요, 오렐리앵, 점잔 뺄 것 없어요. 저기, 아직도 내가 사랑받을 수 있다고 생각하나요? 웃지 말아요. 나는 아마 짓궂은 여자일 테지만 며칠 전에⋯⋯"

그가 놀란 눈으로 그녀를 쳐다보았다. 그는 그녀에게 반한 남자를 적어도 세명은 알고 있었다. 의사, 에드몽, 블레즈 아저씨. 그가 이것을 말해주었다. 그녀가 어깨를 흔들었다. 바로 그거다. 게다가 물론 극장에서 그녀를 본 젊은이들이 있었다. 그런 것이 중요한가? 그렇지 않다. 그녀를 알지 못할 어떤 사람. 누구인지, 무엇을 어떻게 할지 모르고 어딘가에서 그녀를 보게 될 어떤 사람이 문제다. 그녀가 말했다. "예전에, 내가 어떤 남자를 바라보면 그는 사랑에 빠져버렸어요. 모든 것을 포기했을 거예요."

오렐리앵이 다시 감자 퓌레를 먹었다. "달리 말해서, 내가 본데없이 굴고 있군요." 그가 중얼거렸다.

"얼간이인 체하지 말아요. 그건 예의가 아니죠. 이봐요, 어느날 피렌체에서⋯⋯"

그는 그 일화에 건성으로만 귀를 기울였다. 그녀에게 다른 할 말이 있다는 것을 잘 알고 있었다. 그가 이 점을 그녀에게 말했다. 그녀가 시인했다. "어머, 그래요. 하지만 나는 나 자신에 관해 말하는 것이 좋아요. 알겠지만 베베를, 그러니까 블레즈 말이에요, 어제 그를 만났어요. 당신에게 이 말을 해서는 안 될 텐데! 그가 나더러 맹세하라고 하면서⋯⋯"

오렐리앵이 코를 찡긋했다. 아저씨가 도대체 뭘 한 거지? 그가

---

34 얇게 썬 송아지 고기에 빵가루를 입혀 튀겨낸 요리.

농담했다. "마치 당신에게 무슨 권리가 있기라도 한 것 같네요!"

그녀는 화내지 않고 그의 손을 잡았다. "그렇지만 이상해요, 당신이 이렇게 내 맘에 든다는 것이. 사실 당신은 그다지 잘생기지도 않았고 별로 영리하지도 않은데."

"블레즈 아저씨에게 무얼 맹세했나요?"

"당신에게 말하지 않겠다고요. 아, 그랬는데 이런! 모렐 부인이 에드몽의 집에서 나와서 머무른 곳은 바로 그의 집이에요."

오렐리앵은 더이상 농담하지 않았다. "뭐라고요? 아저씨 집에요? 왜 아저씨가 내게 알리지 않았을까요? 그녀가 아직 거기 있나요?"

그녀는 이제 거기에 없다. 떠났다. 그리고 무엇보다 블레즈는 아무 말도 하지 않겠다고 확언했다. 그러고 나서 뢰르띠유아에게 말을 전해달라고 했다. 끌리시 광장에 들러달라는 것이었다. "나는 웬일인지 갑자기 몸이 아팠어요, 잘 아시다시피!"

아마도. 그동안 그 작은 베레니스가 앙베리외를 꾀었구나. 그는 그녀에 관해 말하면서 눈에 눈물이 고였지. 그가 오렐리앵을 나쁜 남자로 여긴 것은 결코 아니었다. 그녀가 그에게 무슨 말을 했을까? 그녀는 끝내 남편의 집으로 돌아가지 않았다.

"웨이터, 계산서! 미안해요, 로즈, 나를 이해해주실 거죠?"

그녀는 그를 이해했다. 그래도 커피를 청했다. 그리고 독주 한잔. 오렐리앵이 나갔다. 그녀는 생각에 잠겼다. 그토록 많은 것이 한꺼번에 다시 나타나 목으로, 머리로 올라왔다. 이 아르마냐끄 브랜디는 별 효과가 없다. 얼마나 지겨운 세상인가! 그것은 극장과 같다. 조명, 눈속임, 무대…… 게다가 분장실로 돌아온 배우들을 보라, 아, 젠장맞을! 신중하게 해야 할 것이다. 그녀는 다른 사람들처럼 아웅다웅하지 않을 것이다. 아직 약간의 시간이 앞에 있다, 유종의

미를 거둘.

아이야, 누이야,
꿈꾸어보렴, 얼마나 감미로울지

아, 제기랄! 그녀가 불붙인 담배를 짓눌러 껐다.
정면의 긴 의자에 매우 우아한 젊은이가 앉아 있었다. 주근깨가
있고 납작코에 금발이었다. 그가 그녀를 뚫어지게 바라보았다. 그
녀가 많이 받아본 눈길이었다. 그녀도 그를 근시안으로 거만하게
바라보았다. 그는 얼굴을 붉히더니 매우 급작스럽게 창백해졌다.
그러자 그녀는 자신이 파이드라를 연기할 때 히폴리투스를 어떻게
바라보았는지 떠올렸다. 그리고 그에게 미소를 지어 보였다.

60

벌써 날씨가 좋아졌다고 말할 만했다. 들판이 부드러운 색깔로
물들기 시작했다. 베이지색, 흰색, 갈색, 장미색의 경작된 벨벳 위
를 연한 풀잎이 누비고 과실수들에 하얀 꽃이 피기 시작했다. 이
풍경은 모래가 깔린 작은 철로와 함께 수풀로 뒤덮이고 길로 잘린
작은 언덕들을 등졌다. 더 멀리로 도로, 들판, 그리고 센강을 감추
고 뒤엉킨 것들이 보였다. 이 모든 것이 몇 킬로미터에 걸쳐 평평
하게 펼쳐졌다. 계곡의 다른 쪽으로는 모든 것이 희미해졌고, 고원
과 길게 뻗은 마을 한곳을 분간할 수 있었다.
큰 리무진이 물랭에서 내려오는 길에 정차했다. 군청색 복장의

운전사는 납작한 챙모자를 쓰고 있었다. 오페라에서 퇴장을 기다리는 것 같았다. 의상디자이너와 뽈 드니가 들판 아래 소로를 성큼성큼 걸었다. 갖가지 꽃이 심긴 대저택 근처였다. "기억나요. 저 아래, 에쁘뜨³⁵ 아닌가요?" 루셀이 말했다. 이 근처에 온 적이 있어요. 얼마 전이더라, 오, 여러해 전에. 옥따브 미르보³⁶를 만나기 위해서였어요. 그가 어떤 사람이냐면⋯⋯" 지팡이 구실을 하는 접은 우산 끝으로 그가 조약돌 하나를 쳐냈다. 뽈 드니가 눈으로 조약돌을 좇다가 방문객의 발을 바라보았다. 검은 구두 위로 연한색 각반이 보였다.

"이봐요, 드니, 무엇 때문에 여기 올 생각을 했나요?"

"아시다시피, 선생, 여기 아니면 다른 곳이라도! 미국인 친구가 있었어요. 젊은 작가로, 디드로에 관한 학위논문을 쓰기 위해 아내와 함께 여기에 은거했죠. 그때 내 생각으로는 서둘러야 할 일이 있으니 적당한 장소를 찾아야겠구나 싶었는데, 별안간 그들을 우연히 만났어요. 그들은 곧바로 물랭을 생각해냈지요. 아치볼드가 주인 내외에게 나를 소개했어요, 당신이 본 그 젊은 부부. 그렇게 해결되었어요."

"빈 곳이 있었나요?"

"체! 그러니까, 그건 우리의 관심사가 아니었어요. 우리는 무엇보다 별 문제 없는 구석을 원했지요. 우리가 여기 있다는 것을 아는 사람은 아치와 몰리밖에 없어요. 그리고 당신이 알다시피 미국인들은⋯⋯ 우리가 보고 싶을 때 그들을 만나요. 일주일에 한번. 대

---

35 센강 우안으로 흘러드는 지류.
36 Octave Mirbeau(1848~1917). 프랑스의 기자, 소설가, 비평가. 당대 문단에서 주목받는 작가 중 한명이었다.

단한 고독이죠."

"행복한가요?"

"예, 그렇다고 말할 수 있죠. 매우 행복해요."

뽈 드니가 입을 다물었다. 그를 알아보기는 불가능했을 것이다. 그는 재킷 없이 회색 스웨터를 입고 있었다. 3월의 햇볕에 벌써 얼굴이 그을었다. 신경과민 상태는 지나갔다. 누군가 그에게 말할 때는 눈길을 딴 데로 돌렸다. 다른 것을 생각했다. 많이 걷고 언덕을 힘들여 오르고 숲에서 시간 가는 줄 모르게 지내는 사람처럼 몸이 유연했다.

"당신 머리를 보니 잘라야 할 것 같아요, 친구." 의상디자이너가 지적했다. 뽈 드니가 고개를 끄덕였다. "내일 베르농에 갈 거예요." 언제부터인가 그는 날마다 이 말을 해야 했다. 어쨌든 루셀에게 큰 은혜를 입고 있었다. 매달 1천 프랑을 받았다. 그만한 금액은 쉽사리 구할 수 없다. 그러고 나서 대뜸 이렇게 된 것이다. 단지 뽈 드니가 루셀에게 "나는 사랑에 빠졌어요. 우리는 시골 어딘가에 숨어 있고 싶어요"라고 말했기 때문이었다. 사실 이 늙은 호인은 매우 세련된 남자였다. 하지만 온갖 기벽이 있었고 행동 방식으로 인해 사람들의 비웃음을 샀다. 얼마나 여러번 그랬을 것인가? 자신의 서재를 위해 문학통신란을 이용하여. 한달에 열쪽 내지 열다섯쪽. 아니다, 이 사람, 아주 멋지다.

명백히 루셀은 이것에 집착하지 않았다. 호기심이 우세했고, 자신의 젊은 피보호자가 어떻게 사는지 상세히 살피러 와야 했다. 또한 십중팔구 그 신분이 밝혀지지 않은 여자, 상대방이 은유를 통해서만 언급하는 여자를. 자동차가 물랭에 도착했을 때 샤를 루셀은 나무 밑에서 옅은 색 드레스 차림의 누군가가 사라지는 것을 분명

히 감지했다. 그리고 곧바로 뽈 드니가 나타나 다가왔다. 의상디자
이너가 낙낙한 반바지 차림으로 오토바이에 걸터앉은 젊은이, 보
아하니 하숙집 주인과 이야기를 나누고 있을 때였다. 달아난 여자
는 키가 크지 않은 금발이었다. 확실히 미녀는 아니었다.

그가 짐짓 신중한 표정을 짓고서 물었다. "당신의 친구들은? 메
네스트렐과 그의 일당 말이에요." 뽈 드니는 회피하는 몸짓을 했
다. 풍경이 거의 봄 같았다. 저 아래로 보이는 센강에서 곧 미역을
감을 수 있을 터였다. 시골의 진창에 겨울의 마지막 웅덩이가 남아
있었다. 새싹이 나기 시작했다. 루셀에게 필요하거나 그의 삶에 필
수적인 것으로 보였던 많은 것이 이 젊은이 때문에 중요성을 잃었
다. 전날 그들은 왕복 40킬로미터를 걸었다. 루셀은 드니가 늘 복수
형으로 말한다는 것을 알아차렸다.

"결국, 그들은 당신을 다시 만나려 하지 않았나요? 당신이 어디
있는지 알고 있나요?"

뽈이 해명했다. 그들 중의 한 사람만이 그의 주소를 갖고 있었
다. 그에게 편지를 쓰고 싶으면 편지를 그 친구에게 맡겨야 했다.
아니다, 그 친구는 아무 말도 하지 않을 것이다. 그가 맹세했던 것
이다. 물론 메네스트렐은 몹시 화를 냈다. 하지만 이 무리는 누구나
사랑을 존중했다. 사랑은 무엇이건 정당화할 수 있는 유일한 핑곗
거리였다.

"그는 …… 부인, 그러니까 당신의 여자 친구와 아는 사이인가
요? 메네스트렐 말이에요."

"오, 아뇨. 게다가 나는 그의 승인이 필요하지 않아요."

"그는 폭군……"

드니가 살짝 이를 갈았다. 그는 메네스트렐이 폭군 또는 독재자

같다는 말을 좋아하지 않았다. 독재자는 사람들이 흔히 입에 올리는 말이었다. 메네스트렐에 관해 사람들이 독재자라고 할 때 그것은 그들이 위험한 처지이기 때문이다. 메네스트렐은 언제나 옳다. 뽈은 다른 것에 관해 말했다. 물랭을 설명했다.

"예, 그 젊은 부부. 남자는 폐가 그다지 튼튼하지 못해요. 그들은 여기에 자리를 잡았지요. 그의 삼촌이 베르농 출신이래요. 입구에 차고가 보이죠. 여자는 무척 점잖아요. 바둑판무늬 블라우스를 입은 작은 금발, 당신이 도착했을 때 달아난 여자죠. 차림새가 엉망이었기 때문에……"

아? 그렇다면 당사자가 아니었다.

"이곳은 약간 오페레타의 장소 같아요. 전원풍의 취향, 실내의 영국 판화, 도처의 도자기, 거의 틀림없어요. 또한 당신이 이해하듯이 도덕을 아랑곳하지 않는 분위기예요. 고객으로는 화가들. 상당히 몽빠르나스 같아요. 때때로 주말 동안 여자 둘이 와서 아래에 큰 방을 잡아요. 레즈비언들이죠. 어떻든 내가 상관할 바 아니고요!"

"그렇게 여기 오는 사람들과 자주 어울리나요?"

"불가피하게요. 그러니까 자주 어울린다, 이것은 적절한 말이 아니죠. 함께 먹어요. 서로 이야기하고요. 그러고 나서 전축으로 음악을 들어요. 때로는 저녁에 춤을 추지요. 지난번에는 밤에 뇌우가 치고 전기가 나가서 여자들이 무서워했죠. 초를 켰어요. 모두 내려갔지요. 업라이트피아노, 음정이 맞지 않는 악기가 있다는 얘기를 해야겠네요. 평소에 나는 여간해서 그것에 손을 대지 않아요. 하지만 그날 저녁은 새벽 2시까지……"

샤를 루셀은 이 도발을 오래전부터 준비했다.

"베르농에 가서 함께 점심식사를 하지 않을래요? 훌륭한 레스토랑이 있거든요."

뽈 드니는 완전히 당황했다. 감히 거절하지 못했다.

"나는 혼자가 아니라서……" 그가 중얼거렸다.

"잘 알아요, 잘 알고 있어요. 부인이 원한다면…… 오, 그 문제는, 나 같은 늙은이는……"

뽈 드니는 거절할 여지가 없었다. 루셀은 그를 보러 왔던 것이고 어쨌든 그를 살게 해주었다. 그렇지만 치사한 느낌이 없지 않았다. 마치 갑작스럽게 그가 자신의 행복 쪽으로 난 대문을 열기라도 한 듯했다. 그러니까 이 노인네, 꼬치꼬치 캐기 좋아하는 인간. 진짜 훔쳐보기 좋아하는 변태. 그는 얼마나 그녀를 알고 싶은 욕구에 몸이 달았을까! 그녀를 설득해야 할 판이었다. "이해해줘. 나는 루셀 씨에게 거절의 말을 할 수 없어. 우리가 그에게 빚을 지고 있으니까." 그리고 뽈은 이미 대답을 들은 것 같았다. 비꼬는 목소리였다. 아, 이 뜻밖의 불운 때문에.

이야, 전혀 아니었다. 일이 굉장히 잘 풀렸다. 아마 오주 동안 시골 생활을 하고 나면 사교계 생활에 대한 갈증이 생기기 때문일 것이다. 아니면 루셀을 만난다거나 물랭에서보다 좀더 맛있는 점심식사를 할 수 있다는 생각에 그녀가 즐거움을 느꼈기 때문일 것이다. 만일 루셀이 비발포성 샴페인을 주문할 생각을 할 수만 있다면야. "나를 사랑해, 응?" 그녀가 머리를 가로저었다. "난 거짓말은 할 줄 몰라서……"

61

그녀는 시간의 흐름에 자신을 내맡겼다. 자신에게 일어나는 일, 무질서한 사건과 생각에 더이상 저항하지 않았다. 모든 것은 도둑질처럼 시작되었다. 베레니스에게는 무엇보다 그 모든 것이 지속되지 않을 것 같았다. 처음에 그것은 산책의 연장이었다. 이 감정은 익숙한 것이다. 예컨대 다른 곳에, 자신의 집에 있어야 할 것이다. 하지만 반드시 그런 것은 아니다. 식사처럼 기다리는 어떤 것이 있다. 커가는 죄의식 때문에 거기에 가지 않는다. 오분, 이분, 일분 더. 거기에 가지 않는다. 맞다, 날아간 시간. 다른 시간과 같지 않은 어떤 시간. 또한 망쳐진, 낭비된 시간. 의무의 깊은 습관이 경제, 순간들의 이해할 수 없는 경제에 대한 이상감각에 뒤섞인다. 마치 하기로, 해야 하기로 되어 있는 것이 아닌 다른 것을 할 때는 살아 있지 않은 듯하다. 할 수 없지, 가지 않겠다. 여기서 죽치고 싶어서, 여기 있는 것이 더 좋아서가 아니다. 그냥 여기에 있는 것이다. 그게 전부다. 순종하지 않는 것에 도취한다. 베레니스는 기억했다. 어린 그녀가 반죽을 만들기 위해 골목길의 다른 쪽에 있는 더미에서 파란 양동이로 모래를 퍼서 나를 때, 마치 스스로 모래 뺏기 놀이를 하는 듯이 설명할 수 없는 역효과 때문에 거의 모든 모래가 도중에 없어졌던 것이다. 다시 갔다 와야 했다. 정말로 그녀는 반죽 만들기 놀이를 한다고 생각했었지만 아무 생각 없이 모래를 찾으러 가는 놀이를 했다. 이 모든 것이 오늘 그녀에게 다시 생각났다. 1923년에 시작된 그 삶과의 막연하고 시원찮게 확립된 유비가 뒤따랐다.

벌써 나라 전체에 봄기운이 감돌았다. R에서 봄기운은 갑작스럽게 들이닥치지만 이와 달리 노르망디의 경계에서는 봄기운이 시골에 이르지 않는다. 프로방스에서처럼도 아니다. 거기서 사람들은 흔히 여름으로 뜀박질하면서 봄기운을 아쉬워한다. 빠리에서처럼도 아니다. 빠리는 극장에서 배우가 작은 촛불을 들고 입장할 때 모든 각광脚光을 일제히 켜는 관습을 좇아 어느날 일시에 환해진다. 아니다. 봄은 깊은 땅속에서, 축축한 들판에서 세상으로 들이쳤다. 봄은 올라오는 수증기와도 같았다. 미지근한 물의 느림과 무거움이 있었다. 아직은 봄이 아니었다. 봄에 대한 불안이었다. 이 무슨 기묘함인가! 베레니스는 거기에서 고독의 맛을 느꼈다. 그녀가 뽈과 헤어진 것은 다른 이유보다 훨씬 더 봄이 다가온 탓이었다.

실제로 이 모든 것에 뽈이 있었다. 또다른 기묘함. 그 젊은 남자. 별난 입 모양에 밤색 머리카락은 공기로 인해 탈색되기 시작했다. 그 야윈 모습과 그 철없는 신경과민. 뽈, 우연히 그녀의 삶에 들어와서 머무른 미지의 남자. 지나치게 큰 중요성을 띠었다. 그 녀석치고는 그렇다. 지나치게 컸다.

그녀는 아침을 좋아했다. 아침에 느릿하게 몸단장도 세수도 하지 않은 채 내려와 버터 바른 빵을 까페오레에 적셔 먹었다. 아니면 종잇장이 널브러져 있는 침대에 몸을 던지고 배를 깔고 누운 채 나중에야 의미를 띨 뭔가를 두서없이 썼다. 아침이면 뽈을 버려두고 그의 게으름 또는 그녀에게 평온을 베푸는 그의 몽상을 이용하여 들판에서 혼자 산책하기를 좋아했다. 이제는 나무 밑창을 댄 구두가 아니라 좋은 신발과 '거의' 방수가 되는 작은 밤색 외투가 있어서 가능했다. 게다가 반드시 비가 오는 것도 아니었다. 머리가 돌 정도로, 무감각해질 정도로 햇빛이 쏟아지기도 했다.

뽈이 있었다. 또한 다른 누군가가 있었다. 그에 관해서는 아무도 말하지 않았다. 저 아래 나무의 장막 뒤로 내려가서 땅이 질척하고 다채롭게 푸르러가는 비탈을 지나는 것으로 충분했다. 가을부터 검은 낙엽이 깔린 오솔길로 들어섰다. 거기서는 때때로 가시 달린 큰 나뭇가지들이 얼굴에 떨어지고 낮은 덤불이 다리에 걸리곤 했다. 그럼에도 걷기 쉬웠고 날에 따라서는 거기서 다시 올라가거나 내려올 수 있었다. 하지만 부드럽고 소란스러운 뭔가가 존재했다. 그 애무와 그 적의敵意가 있었다. 노랗고 하얀, 때로는 푸른, 해쓱해진 밑바닥에서 갑자기 소용돌이치는 물, 긴 물, 생각으로 가득한 물, 한없이 바라볼 수 있고 말을 걸어오고 몸을 흔들어주고 노래해주는 물이 있었다.

뽈이 있었다. 또한 센강이 있었다.

그 변함없는 센강. 생각하면 기이한 그 변함없는 센강. 조만간 날씨가 약간 더 더워지면 뽈이 센강으로 수영하러 갈 날이 올 것이다. 그는 이것에 관해 여러번 말했다. 수영복도 가져와서 어떤 날은 여행 가방에서 꺼내서 마치 무도회 드레스인 양 바라보았다. 과연 젊은이였다! 자신의 모습을 가감 없이 드러낸다고 그를 탓할 수는 없었다. 의외인 측면이 있었다. 상냥함. 피아노 앞에 앉을 때는 경이로웠다. 그의 둘도 없는 친구 장프레데리끄 시크르의 음악을 연주하지 않는다는 조건에서. 왜냐하면 그때…… 다만 뽈이 때때로 그토록 주위가 산만하지만 않았다면, 그러지 말았어야 했을 때……

센강은 딴생각이 없었다. 생각과 관련하여 강이 부추기는 그 잇달음! 결코 잊지 않고, 잘못 생각하지 않고, 저렇게 동일한 방향으로 흐르기. 둑길을 거슬러 올라가면 녹음이 무성한 곳이 있었다. 그 뒤엉킨 것들이 친구나 지인처럼 점차로 베레니스에게 고유한 특성을 내보였다. 지나는 길에 나무들이 그녀에게 서로 다른, 개별적인 그 나름의 방식으로 인사했다. 약간의 물거품이 바위 위까지 다가 왔다가 사라지는 강변, 그다음에는 강 쪽으로 급경사를 이루는 넓은 들판, 굴곡진 강변에는 버드나무가 한그루 있었다. 이렇게 모르는 사이에 에쁘뜨강과 센강의 합류점에 다다랐다. 거기서 작은 강의 상류로 거슬러 올라가야 했다. 그래야 더 높은 곳까지 계속 걷고 싶을 경우 버려진 사유지를 지나 수문 쪽으로 갈 수 있었다. 거기에는 덧창이 닫혀 있는 목조 주택, 그늘과 처량한 풀밭에 침범당한 정원이 있었다. 실제로 변하기 쉬운 장소였다. 더 나아가면 수문을 통과하는 물소리, 이윽고 거품이 이는 거센 물결, 다른 쪽으로는 아주 작고 아주 아련한 정자 쪽으로 강을 굽어보는 작은 철제 발코니들, 왼쪽 강변에 나 있는 넓은 도로, 거기서 양방향으로 달리는 자동차들, 그 도로의 괴기스러운 왕래와 마주쳤다.

변함없는 센강. 기적적으로 미끄러지는 짐배들. 배에 탄 정체불명의 사람들. 저렇게 서서 움직이지 않고 삶을 보내는 것 같은 성마른 사람들. 그리고 굽이치는 강물 속에서 떠내려가는 마른 나뭇가지들. 때때로 어떤 잔해들. 변함없는 센강. 최면을 건다. 빠리에서 와서 바다로 간다. 여전히. 결코 다르지 않게. 빠리에서 온다. 그리고 간다. 바다로.

여기서 베레니스는 정말로 혼자였다. 시골은 얼마나 적막한지 놀랄 지경이다. 까마득히 먼 곳에서 일하는 농부, 언제나 밭고랑에서 쐐기벌레를 잡아 없애는 것 같은 그의 꾸부정한 실루엣을 보자면 때로는 공간, 사막, 경이로운 사막의 느낌이 훨씬 더 잘 와닿았다. 아무도 센강을 따라 걷기를 생각해내지 못했다. 왜 그렇게 할 것인가? 그리고 누가? 사람들은 합리적이다. 센강을 따라 걷는 것은 의미가 없다. 다시 돌아와야 한다. 많이 나아갔다. 그리고 작은 친구 뽈은 빈둥거렸다. 양말 신는 것만 해도 한시간이나 여유를 부릴 수 있었다. 베레니스는 한가했다. 뽈, 그를 좋아했다, 거의 틀림없이. 하지만 언제나 함께 있을 수는 없다. 그는 그러기를 원했을 것이다. 소일거리에 몰두하고 있을 때를 제외하고. 사실, 함께 있는 것이 마음에 들었다면 그것을 바랐을 것이다. 이렇게 말해놓고 보니 완전히 정확한 말은 아니지만 대체로는. 베레니스는 침실 문제에 관해 양보하지 않은 것이 만족스러웠다. 그녀는 물랭에서 방을 두개 쓰자고 고집을 피웠다. 뽈은 원하지 않았다. 방 하나, 큰 침대 하나. 그로서는 아주 그럴싸한 이유가 있었다. 우선 가격, 다음으로 그들 둘 중 누가 그 비용을 부담하는가? 무엇으로 만족해야 할지 알고 있었다. 그리고 바누 부부는 그들이 결혼하지 않았다고 해서 그들을 비난하지 않았을 것이다. 매우 점잖은 주인 내외, 바누 부부. 아주 재미있고 입이 정말 무거운 자상한 커플. 그래도 베레니스는 버텼다. 여전히 뤼시앵과 결혼한 상태였다. 그렇게 할 이유가 없었다. 또한 저녁에 하녀가 먼저 잠자리에 들었을 때 누구의 눈에도 띄지 않게 조심하면서 자신이 뽈의 방으로 가서 합류하는 편을 더 좋아하기조차 했다. 거기에는 또 그녀가 원할 때 떠날 수 있다는 이점이 있었다. 그녀가 뽈과 함께 자는 것을 싫어하지 않았을지라도. 그는 아주 수더분한 사람이었고 잠잘 때 볼썽사납지 않았다. 그럼에도 방이 하나뿐이었다면…… 이렇게 하는 편이 훨씬 나았다.

수문 근처에 벤치가 있었다. 곰팡내 나는 낡은 벤치였다. 하지만 나무는 돌처럼 차갑지 않다. 베레니스는 거기에 앉아서 개폐문을 조작하는 것을 바라보았다. 필시 하구로 하천용 수송선을 끌러 갈 예인선. 머리카락을 잡힌 소녀처럼 그것을 상류로 끌고 갈 것이다. 그것으로 하여금 자연의 순리에 어긋나는 이 길을 가게 할 것이다.

그것을 억지로 어딘가에 데려다놓을 것이다. 아마 정박지에. 그것들은 생루이섬 앞을 지나갈 것이다. 불가능한 일은 아니다.

그녀는 늦어도 이튿날에는 베르농까지 가야 한다. 우체국에. 거기서 뤼시앵의 편지들을 받았고 자신의 편지들을 부쳤다. 그런 식이었다. 놀랄 만한 일은 없었다. 그녀는 뤼시앵을 불신했다. 모든 것을 이해한다는 그의 태도 때문이었다. 그 감상벽. 분명 뤼시앵이 문제였다. 하지만 규칙적으로, 일주일에 한번 편지를 써야 했다. 오로지 파국, 걱정을 구실로 협박하는 것을 피하기 위해서였다. 어떤 사람들은 오직 존재하는 것만으로도 다른 사람에게 고통을 준다. 누구나 그들과 자기 사이에 머나먼 거리를 두지만 아무 효과도 없다. 물론 그녀는 뽈에 관한 이야기는 전혀 쓰지 않았다. 오렐리앵이 없는 이상, 그는…… 그에게 괴로움의 양식을 주는 것, 그를 번민하도록 부추기는 것이 무슨 소용일까? 그는 작은 ……의 존재를 알지 못하는데도 이미 충분히 불행해졌다. 그가 이것을 받아들일 수 있을 리 없다. 이것은 다소간 과잉일 것이다. 아마 베레니스는 결코 그를 용서하지 않을 것이다. 둘 사이에 돌이킬 수 없는 것을 놓는 것이 무슨 소용인가? 혹은, 그는 의논해올 것이다. "당신은 그를 사랑한다고 확신해요? 그는 여자를 행복하게 해줄 능력이 있나요?" 그따위 남편은 시어머니보다 나쁘다.

저 아래 센강에 섬이 하나 있다. 센강을 따라 여러 섬이 있다. 이 섬에는 결코 아무도 가지 않는다. 이 섬은 아무런 쓸모가 없기 때문이다. 길고 좁은데다 나무 몇그루가 자라고 있을 뿐이다. 배들이 지나가는 다른 쪽에서 강이 비스듬하게 보인다. 이쪽에서는 모든 것이 친근해진다. 베레니스는 사람들이 수영을 하게 될 때 저기까지 헤엄쳐 갈 수 있을지 자문한다. 뽈은 수영을 잘하는 듯하다. 그녀는 물속에서의 그를 상상하기가 어렵다. 그에 대해 약간 걱정스러운 마음이 든다. 반면에 오렐리앵이 어떻게 수영하는지는 아주 잘 그려볼 수 있다. 이것에 관해 그가 그녀에게 오래 말한 적이 있다. 이것은 그가 능란하게 말하는 몇 안 되는 것들 중의 하나다. 그는 그다지 말솜씨가 좋은 사람이 아니다. 그녀는 센강에서 그를 본다. 헤엄친다. 헤엄을 얼마나 잘 치는지! 섬까지 가는 것은 그에게 대수로운 일이 아닐 것이다. 섬 가장자리는 틀림없이 진창일 것이다. 물에서 나와서 진창 속을 걸어다니는 그의 모습을 여기서 볼 수 있을 것이다. 그 크고 어설픈 몸. 그녀는 저 아래 섬에 있는 그를 더 잘 보려고 여기 벤치 위에 앉았다. 그는 섬의 남자이다. 놀라울 것은 없다.

예인선이 여울의 시련을 통과했다. 나무들을 지나 쉰 뱃고동 소리를 울리면서 당당하게 나아갔다. 검은색이었고, 굴뚝에 밤색과 흰색의 띠가 그려져 있었다.

아, 맙소사, 늦겠어. 점심식사! 뿔이 또 삐칠라. 그를 방치했구나!

62

"정말이야, 그렇고말고. 내가 뢰르띠유아와 자지 않은 건 바로 그가 원하지 않았기 때문이야!"

에드몽이 분개했다. 그가 화를 내면 얼마나 잘생겨 보이는지! 로즈가 웃었다. 과장된 웃음이었다. 이는 종합뷰티살롱 접객실들 옆의 작은 사무실에서 일어난 일이었다. 우선, 그 대단한 바르뱅딴이 빼어나게 멋진 모습으로 돌아왔다. 완벽한 도자기. 햇볕에 탄. 매끈

매끈한. 그의 하얀 이와 함께. 일품이었다. 장밋빛 도는 회색 정장 차림은 다른 사람이 입었다면 나약해 보였을 것이다. 로즈는 시스 드레스에 케이프를 걸친 차림이었다. 검은색 긴 장갑을 끼고 검은 구두를 신었다. 뻣뻣한 푸른색 리넨의 과도한 가슴 장식을 달고 있었다. 그녀가 어린아이들을 상대할 때 하는 어조로 말했다. "그래도 질투하고 골머리를 앓을 거지?"

"농담 그만하지 그래. 왜 내가 질투하지 않겠어? 돌아오니 들리는 말이라고는…… 참 멋진 귀환이야!"

"내가 당신에게 사정을 감추는 것이 좋아? 당신이 돌아왔고, 그래서 나는 당신이 없었을 때 일어난 일을 말해주는 거야. 내가 언제 말하길 바라지? 삼주 예정으로 겨울 스포츠를 즐기러 간다더니, 거기서 한달을 머물고도 돌아오지 않고 꼬뜨다쥐르를 돌아다니다가 사육제를 기다려 구경하다니. 그 모든 걸 아내와 함께. 그러고는 질투까지 해!"

"잘 알다시피, 내 아내는 신경 쓸 것 없어."

"늘 그런 식으로 말하지. 난 뢰르띠유아와 자지 않았어. 반면에 당신은, 아내와 자지 않았다면 하여튼 그건 다른 곳에서 잤기 때문이야!"

에드몽은 블랑셰뜨의 기분을 풀어주어야 했다고 설명했다. 그는 이혼할 마음이 없었다. 적어도 아직은.

"아, 아니야!" 로즈가 그의 말을 끊었다. "바보같이 굴지 마, 에드몽! 당신이 이혼하면 나는 더이상 당신을 붙잡을 수 없을 거야! 아직은 당신이 아내와 함께 사는 편이 좋아! 당신을 차지하기 위해서는 말이야."

그가 애써 웃었다. 오렐리앵 때문에 나오는 쓴웃음이었다. 왜 오렐리앵이지? 늘 오렐리앵이야! 그의 아내와도, 그의 애인과도. 아, 아니다, 그가 과장했을 것이다!

"반박해봐." 로즈가 말했다. "『타운 앤드 컨트리』[37]에서 당신 사진을 봤어. '프랑스 리비에라에서의 미인 대회.' 그래, 꼬노뜨 공작, 바르뱅딴 씨와 부인, 그리고 건너편에 아름다운 께넬 부인. 이거 이해하지? 당신 아내, 그럴 수 있지. 하지만 당신 장모? 안 돼! 까를로따는 안심할 수 없어."

"이상하네." 에드몽이 지적했다. "블랑셰뜨가 내게 말했어. '당신이 원한다면 멜로즈 부인은 …… 하지만 까를로따는, 짜증나!'"

로즈가 쏘아붙였다. "거참 기대가 되네! 내가 당신 아내의 축복을 받은 거야? 블랑셰뜨는 나를 당신에 비해 상당히 늙었다고 생각한다고!"

"바보!" 그가 그녀의 손에 입을 맞췄다.

"당신은 어떤 차림이었어?"

"전혀 특별할 것 없는 차림이었어. 마사초를 본뜬 정장. 까를로따는 예술가 친구가 있거든. 그런데 잘생긴 오렐리앵, 그가 원치 않은 것은 베레니스 때문인가? 그녀가 어디 있는지 궁금해. 그는 애도하고 있나?"

로즈가 화제를 돌렸다. 이곳의 모든 것이 출자자님의 마음에 들었을까? 살롱, 장식, 꽃, 타자수, 안마사, 미용사…… "우리는 정말 빨리 해치웠어! 달리기, 당신은 상상이 안 되지. 하지만 내가 1월 말을 놓쳤다 해도, 그때는 우기였어. 엄청나게 많은 사람이 와."

"열심히 일하기, 부인, 그걸로 충분하지 않았어?"

---

37 *Town and Country*. 1846년 창간된 미국 월간지. 미국에서 중단 없이 간행된 가장 오래된 종합지이다.

"아, 제기랄! 나는 말이야, 자기야, 여기 있는 이들에게 충실해. 인생은 짧고, 나는 그걸 사랑해. 이제 뭐 할래?"

그가 아주 추잡한 말로 대답했다. 로즈는 낯을 붉혔지만 그것이 화장에 가려졌다. 그녀가 한숨지었다. "당신이 원하다면, 내키진 않지만…… 하지만 다른 날에…… 오늘은 앙베리외와 나, 둘 다 이리저리 돌아다니게 해달라고 당신에게 부탁하고 싶었지. 자동차 갖고 왔어?"

"설마! 애인과 그녀의 화가라니! 내가 그딴 짓 하려고 돌아왔다고 생각해! 미뤄놓은 일들을 처리해야 해. 놀러 다닐 기분이 아니야!"

"바보, 바보. 미리 알려줬어야지. 베베에게 약속했다고."

"웬걸, 그 애지중지하는 사람에게 약속을 취소해. 그뿐이야."

"말도 안 돼. 우리는 약속이 있어. 내가 오래전부터 바라던 일이야. 베베가 나를 위해 끌로드 모네와 약속을 잡았다고."

"끌로드 모네? 당신이 수련이라도 되는 줄 알아?"

"바보짓 좀 그만해. 앙베리외는 모네의 오랜 친구야. 그가 늘 약속했었어. 모네와의 약속을 취소할 수는 없잖아. 그리고 그는 시골에 살고 있어."

"유감이야. 블랑셰뜨가 자동차를 쓰고 있어. 다른 차는 차고에서 수리 중이고. 무슨 엉뚱한 생각이야!"

"좋아. 뢰르띠유아에게 부탁할래. 5마력짜리 소형차에 꽉 끼어 앉으면 돼. 더이상 말할 필요 없어!"

"이봐, 이제 곧 나를 즐겁게 해줄 거지?"

"내일 해줄게. 언제냐면 당신이 내게……" 그녀가 근위병의 몸짓으로 자신의 생각을 나타냈다. 그러고는 에드몽이 노발대발하는 동안 수화기를 들었다. "여보세요? 당신이야? 얼른 내려와. 바르뱅

딴이 당신에게 인사하고 싶대! 그리고 다른 사람에게도, 여보!"에
드몽이 자기는 적지 않게 얼간이 노릇을 했다고 중얼거렸다.

"오, 추잡한 말이야! 그 말이 당신에게 불행을 가져다줄까 걱정
되네." 그녀가 말했다.

63

"믿을 수가 없어! 날씨가 거의 더울 지경이야."

낡은 갈색 기와지붕 한복판에 창이 뚫려 있는, 간략하게 가구가
갖춰진 침실로 아침 햇살이 철 이른 어린 말벌들과 함께 들어왔다.

비우지 않은 양동이 안의 파란 비눗물, 부랴부랴 던져놓은 어수
선한 옷들, 열린 여행 가방, 고르기 위해 끄집어낸 넥타이들, 베레
니스가 흐트러진 침대에 앉아 못마땅한 눈으로 바라보는 이 모든
것이 옷을 입는 뿔을 중심으로 요동치며 회전하는 듯했다.

"면도하는 편이 낫겠어." 그녀가 말했다.

"그렇게 생각해?"

그가 소나무 옷장의 거울 앞에 갑자기 멈춰 섰다. 손으로 뺨을
만지고는 말을 이었다. "바누가 말하길 남자가 아침에 면도하면 집
안에 뭔가 안 좋은 일이 생긴대."

"바누가 그런 말을 했어? 그는 하루걸러 면도해. 당신은 결코 준
비를 마치지 못할 거야. 게다가 당신 친구들이 오는데."

"그렇게 생각해? 야, 뻔뻔하다! 나는 그들을 초대하지 않았어."

"그렇고말고, 당신은 그들을 초대하지 않았지. 어떻든 말쑥한 모
습으로 맞이하는 편이 좋겠어." 침묵이 흘렀다.

"나는 내 주소를 주라고 프레데리끄에게 허락하지 않았어."

"당신은 그에게 허락하지 않았지만 그에게는 당신 주소가 있었지. 그래서……"

"누군가 그것을 갖고 있어야 했어, 그렇지 않아? 편지를 전하기 위해서는. 그리고 무슨 일이 일어나면……"

"아, 그래, 무슨 일이 일어난다면. 달리 보면 그것은 중요하지 않아. 하지만 그들이 온다고 놀라진 마. 그건 그러게 마련이었어."

"화났어, 버터 비스킷?"

그녀가 눈을 깜박거렸다. 그가 버터 비스킷이라 부르는 것이 싫었다. 아니, 그녀는 화나지 않았다. 점심식사를 피했다. 그뿐이었다.

"정말로 그들을 만나고 싶지 않아? 메네스트렐을 만나보고 싶지 않아?"

"뭐 하러?"

그는 그녀가 그와 안면을 트는 것에 열심이지 않다고 어지간히 되풀이 말했다. 위험을 무릅쓰고 싶지 않았다. 그런데 무슨 위험을 무릅쓰고 싶지 않았을까? 그녀 앞에 메네스트렐을, 메네스트렐 앞에 그녀를 내놓는 것? 그녀는 아무 말 없이 미소 지었다. 그가 그 폭군 같은 친구의 판단을 두려워한다는 것을 분명히 알고 있었다. 결국 사막, 은거는 끝났다. "몇명이 올 거지?"

"열다섯명. 전보로 열대여섯명이라 알려왔어. 나는 바누에게 열다섯명이라 말했고. 나중에…… 그리고 열다섯명 몫이면 열여섯명이 나눌 수도 있어."

전보는 저기 탁자 위에 있었다. 베레니스가 그것을 집어 읽었다. 뽈은 다시 면도하기 시작했다. 언제나 턱에서 시작했다. 안전면도기로. 곧 오른쪽 왼쪽으로 돌아볼 것이다. 비누를 닦아낼 신문지 조각을 찾아서.

"내가 당신 없이 살 수 있었다니!"

베레니스는 갑자기 듣게 되는 이러한 종류의 선언에 언제나 짜증이 났다. 어쩌자는 것인가? 뿔은 그 모양이었다. "당신에겐 마리가 있었지."

"오! 그 여자."

"뭐라고? 그녀는 당신에게 매우 친절했어."

"그래. 하지만 당신이 잘 알고 있듯이 나는 그녀를 사랑하지 않았지."

"보름 동안 당신은 그녀를 사랑한다고 생각했어. 당신 자신이 내게 그렇게 말했잖아. 그뒤로는 빠리, 당신의 공부…… 수산대학과 도롱뇽 유생幼生을 그리워하지 않는다고 확신해?"

"당연히 확신하지. 당신에게 보증해! 아!" 그가 베였다. 희한하게 생긴 입으로 갖가지로 얼굴을 일그러뜨렸다.

그녀는 웃지 않을 수 없었다. "무슨 일이야? 내가 우스워? 베였다고."

그녀가 입술 부근에 맺힌 약간의 피를 보고는 말했다. "예쁜 피네!" 그는 기분이 좋아서 뒤돌아보았다. 비누만 아니라면 그녀를 꽉 안아주었을 것이다.

"당신 말은 내가 도롱뇽 유생을 그리워한다는 거잖아! 그리고 아니에르, 그리고 엄마, 그리고 남동생들, 배추 냄새를 없애는 아르메니아 종이 냄새가 나는 작은 아파트도!"

"그래, 하지만 삐갈 광장의 까페, 메네스트렐과 그밖의 사람들이 있었어. 그들을 다시 보게 되어 다행이다 싶지, 그렇지?"

그는 곧바로 대답하지 않았다. 그러고 나서는 초연한 어조. "오,

아는구나! 당연히 그들의 사정이 어떤지 알아보는 것은 재미있어. 한달에 걸쳐 그들은 분명히 뭔가를 창안했을 거야. 틀림없이 자동 기술 시에 관해서는 더이상 말하지 않을 테지. 그는 어느 환속한 신학생으로부터 상속을 받은 것 같아. 프레데리끄가 오카리나를 위한 탱고를 썼어."

어라, 그는 편지를 받고서도 그것에 관해 말하지 않은 것이 틀림없었다. 그는 나를 사랑해. 베레니스는 생각했다. 알겠어. 하지만 자기식으로. 내가 무엇을 생각하는지 말한다면 그는 뒤로 넘어갈 거야. 미쳐 날뛸지도 몰라. 정말로 나를 사랑한다는 것을 내게 증명하려 들겠지. 그것이 무엇을 증명할 것인가? 그 사람들과 사랑은 참 잘 어울리겠구나. 그렇지만 그는 나를 사랑해.

"이해하지, 내가 어떻게 할 수 있었겠어?" 뽈이 말했다. "그들이 내게 전보를 보냈어. 나는 기정사실 앞에 놓인 거지. 그들이 오는 것을 막을 순 없어. 그래서…… 그것이 메네스트렐의 행태지! 선택의 여지가 없는 카드."

확실히 뽈에게 메네스트렐은 모이는 사람들 전체보다 더 중요했다. 하지만 그는 독립심 강한 사람인 체할 필요가 있었다. 베레니스는 뽈의 친구들을 만나볼 마음이 전혀 없었다. 그녀는 이 무리가 빠짐없이 모인 자리에 모습을 보이지 않을 것이었다. 열대여섯 쌍의 눈앞에서 호기심의 대상이 되는 것, 고맙지만 사양할게. 그녀는 메네스트렐도 뽈을 그리워한다는 것을 알고 있었다. 그가 삐갈 광장에 밀감으로 만든 뀌라소를 마시러 가고 메네스트렐의 집에서 호감을 사려는 것을 방해하는 지긋지긋한 사람으로 간주되고 싶지는 않았다. 자신이 이 수척한 남자와 함께 그렇게 충동적으로 떠났다니. 그는 피부가 볕에 탔는데도 예전의 하얀 얼굴빛이 그다지 감쳐지지 않았다. 때때로 그녀는 그것이 사실인지 의아했다. 1월의 그날 우연히 그를 만났을 때, 보나빠르뜨 길 쪽으로 강둑길을 배회했을 때, 그때는 모든 것이 한계에 이르러 너무도 지쳐 있었다. 센강, 하염없이 센강을 바라보았다. 미지의 여자, 시체공시소를 생각했다. 뤼시앵에게로 돌아가고 싶지 않았다. 회개한 여자 노릇을 하는 것이 싫었다. 다른 사람. 아, 다른 사람을 생각하면서 자학하는 것은 몹쓸 짓이야! 우선 그녀는 누군가와 마주칠까봐 난처했다. 일주일 전부터 앙베리외의 집에서 잤다. 늙은 블레즈가 그녀에게 하는 설교가 지겨웠다. 센강…… 그러다보니 누군가에게 말할 필요가 있었다. 그녀는 자신이 혼잣말하는 것을 듣고는 놀랐다. 더이상 자신을 알아볼 수 없었다. 뽈 드니가 그녀의 손을 잡았다. 안 돼요, 안 돼, 자살하면 안 돼요. 미쳤어요? 그녀가 자살하고 싶다고 말했던가? 기억이 나지 않았다. 어쨌든 그렇게 시작되었다.

그는 깔끔하게 면도한 자신의 모습에 만족했다. 잘생겼다. "수염 깎은 후 첫 입맞춤." 그가 그녀에게 달려들면서 말했다. "뽈, 그만!"

"오, 버터 비스킷, 오래 걸릴 거야! 떨어져 있을 거야! 오후 내내, 생각해봐! 처음으로…… 끔찍해!"

"아니야, 두고 봐, 시간이 빨리 갈 거야. 신학생, 메네스트렐, 꼭 또 이야기가 있을 거야. 결국 금방 저녁이 올 거야!"

그가 아니라고 고개를 살래살래 흔들었다. 반짝이는 눈으로 그녀를 바라보았다. 전혀 슬픈 것 같지 않았다. 그녀에게 팔을 뻗었다.

"아, 계속 이러지 말자!" 그녀가 말했다.

그가 눈살을 찌푸렸다. 하지만 구름은 빨리 지나갔다. "이봐, 니세뜨, 떨어져 있을 테니까 함께 나가자. 원하지, 한바퀴 돌자, 머피의 집까지."

그녀가 미소 지었다. 그는 목적지로 머피 가족이 필요했다. 하기야 왜 안 되겠어? 그의 말을 들어보면 베레니스와 뽈이 여기에 왔을 때의 상황은 머피네가 하라레로 달아났을 때와 약간 유사했다니까. 게다가 머피 가족은 상냥했다. 머피는 머리가 크고 외모가 야구선수 같았다.

"밑에서 기다려. 내 침실에 들러야 해."

한층 내려가 계단이 있는 어두운 복도를 돌아야 했다. 베레니스의 침실에는 거의 도처에 붉은색과 흰색의 바둑판무늬가 있는 작은 커튼과 노르망디풍의 가구가 비치되어 있었다. 거기에 놓여 있는 다갈색 돼지가죽 여행 가방은 이 배경이 풍기는 임시적인 성격을 상기시켰다. 베레니스는 손수건에 향수를 뿌렸다. 작은 화장대의 거울에 자신의 모습을 비춰보았다. 분이 필요했다. 뽈은 늘 분이 지워지게 했다.

모든 것이 정돈되어 있고 대낮일 때 이런 침실이 저녁의 무질서와 사랑의 무질서 속에서 불빛을 밝힌 동일한 침실과 거의 무관해 보인다는 것은 야릇하다. 그녀는 처음 며칠을 회상했다. 우선 기분 전환을 시도했다. 또한 무언가를 망치고 싶었다. 파괴하고 싶었다. 자신과 다른 사람 사이에 거리를 두고 싶었다. 그럴수록 그 키 작은 남자의 애원에 저항하지 못했다. 그가 사랑에 빠졌다고 그토록 굳게 믿은 탓이었다. 아마 그랬을 것이다. 그들이 마리의 집에서 서로 만난 첫번째 저녁부터 그는 그녀에게 구애하거나 심지어 그녀를 쳐다볼 엄두도 내지 못했다. 그들은 함께 음악 이야기를 하는 것이 좋았다. 말라께 강둑길의 난간에 기대어 있던 뽈은 그날 전까지 그녀를 보지 못했다. 문자 그대로 보지 못했다. 한눈에 반할 수 있다 해도, 한눈에 반하기가 첫눈에 반하기여야 할 이유가 있을까?

그것은 늦게 일어날 수 있다. 때때로 그녀는 그날 그가 틀림없이 모든 것에, 자신의 삶에, 뻬르스발 부인에게, 아니에르에, 도롱농 유생들에게, 심지어 메네스트렐에게조차 짜증이 났을 것이라고 생각했다. 그는 빅또르 위고에 관해 삐갈의 까페 전체와 싸웠었다. 자신의 열광 능력을 그녀에게로 옮겼다. 그녀는 내려오기로 마음먹지 않았다. 아치볼드와 몰리를 볼 마음 또한 없었다…… 그녀가 자신의 침실, 자신의 침실인 곳을 바라보았다.

첫날 그녀는 그가 하고 싶은 것을 하도록 내버려두었다. 그러려고 온 것이었다. 그는 몹시 행복한 것처럼 보였다. 미친 것 같았다. 어처구니없을 정도로 분투했다. 그녀가 자도록 내버려두지 않았다. 자신의 한계를 전혀 생각하지 않았다. 아주 자연스러운 감퇴에 깜짝 놀랐다. 어린애처럼 울었다. 그를 부드럽게 위로해야 했다. 그는 갑자기 잠들었다. 구덩이 속으로 떨어졌다. 그녀는 그의 곁에서 여전히 고독했다. 정말로 고독했다.

이런 일은 그의 방에서 일어나는 편이 낫겠다고 그녀가 생각한 것은 바로 그때였다. 그를 자도록 내버려두고 그녀의 방으로 돌아갈 수 있기 때문이었다.

"뭐 해? 밑에서 내 발걸음을 붙잡는 연하의 바누네 여자와 함께 기다린 지 한시간인데. 그녀가 자신의 불행한 어린 시절을 내게 늘어놨다고, 상상해봐!"

"당신을 생각하고 있었어." 그녀가 최고의 성의를 다해 말했다. 그는 기쁨으로 마음이 누그러졌다.

날씨가 정말 화창했다. 적어도 5월이라고들 생각했을 것이다. 정원의 끝자락에 라일락 나무들이 있었다. 한산한 작은 길에 부드러운 향기가 퍼져 머리가 어지러웠다. 베레니스는 어떤 꽃 이름도 대

지 못했다. 뽈이 중얼거렸다. "기억나, 뇌우가 몰아친 저녁?" 그녀
가 몸을 떨었다. 아, 그래, 맞다. 비가 내리기 직전에 바람에 실려
온 향기였다. 틀림없이 이 부근에서 바람이 불어왔을 것이다. 뽈
이 감격했다. "뇌우가 몰아친 저녁……" 그가 베레니스의 허리 주
위로 슬그머니 팔을 밀어넣었다. 그들은 서로 기대어 걸었다. 그녀
가 보조를 맞추려고 종종걸음을 쳤다. 뽈은 결코 보조를 맞추지 않
았다. 그래, 그녀가 그렇게 빨리 잊지는 않을 것이다. 그날 저녁, 뇌
우……

그들은 저녁식사 후에 다시 올라갔었다. 숨이 막힐 것 같은 날씨
였다. 그리고 나서 그것이 시작되었다. 덜거덕거리는 문들. 바람.
소란. 그녀가 결코 본 적이 없는 것 같은 번개. 굉음에 집이 흔들렸
다. 그 어지러운 빗줄기. 퓨즈가 나갔다. 어둠 속의 목소리들. 아래
에서 서투르게 피아노를 치는 바보. 이 모든 것이 어떤 역할을 했
을까? 아마도. 하지만 그의 품에서 그녀가 느낀 것은 일찍이 맛보
았던 것과 전혀 닮지 않았다. 폭력성, 그녀는 이 가능성이 자기 마
음속에 있다는 것을 몰랐다. 그리고 이 뽈이라는 사내, 바로 그녀가
별다른 경계심 없이 몇주 전부터 견뎌내고 있는 이 젊은이가 그녀
에게 그런 기쁨을 주었다는 것도 몰랐다. 믿어지지 않았다. 하기야
믿지도 않았다. 그것은 틀림없이 뇌우였을 것이다. 그녀는 생각했
다. 누가 알겠어? 이제 나는 곧 아이를 가질지도 몰라. 하지만 그녀
는 그것이 불가능하다는 것을 잘 알고 있었다.

그는 그 뇌우의 저녁에 관해 그녀에게 말하기를 좋아했다. 그녀
는 자신에게 일어난 일에 너무나 놀란 나머지 그에게 정말 놀랐다
고 말했었다. 거기서 그는 얼마나 큰 자부심을 끌어냈는지! 그것
에 관해 말할, 넌지시 암시할 기회를 놓치지 않았다. 그녀는 그에게

"사랑해"라고 중얼거렸을 정도로 미쳤었다. 그녀가 무엇을 할 수 있었을까? 그 말이 그녀에게서 새어나왔던 것이다. 그녀가 아무리 거짓이라고 반박해도 소용없었다. 결국 뽈은 그녀의 반박하는 말을 믿지 않는 것이 분명했다. 그 "사랑해"라는 말이 그의 가슴속으로 들어왔던 것이다. 그녀는 그를 거기에서 완전히 끝어낼 만큼 잔인하지 않았다. 하지만 이제 삶에 대해 더 많은 원한을 품었다. 그것이 그것일 수 있다면, 그리고 그것이 다른 사람과는 가능하지 않았을 것이라면, 그녀가 오렐리앵을 믿을 수 있었다면……

뽈은 결코 오렐리앵에 관해 말하지 않았다.

그들은 그 예쁜 정원 앞으로 지나갔다. 얼마나 호사스러운지, 이 꽃들! 주인이 시든 꽃을 보지 못하도록 정원사들이 밤에 바꿔놓았다. 꽃들은 새벽부터 파란색이었다. 전날에는 화단이 오렌지색이었다. 뽈은 그것을 기발하다고 생각하는 체했다. 그렇다고 기발한 것들을 싫어하지는 않았다. 사실은 그것에 압도되었다. 한적한 길이 농지를 가로질렀다. 농지는 건너편으로 계속 이어졌고 건너편에는 당나귀 등 모양의 숲과 함께 개울물이 굽이치고 있었다.

"『폭풍의 언덕』을 다 읽었어." 베레니스가 말했다. "이 제목을 프랑스어로 어떻게 번역할 수 있을지 궁금해. 머피에게 책을 돌려주어야 했는데, 그러다가 잊어버렸어."

"그래, 그런데 나는! 읽지 못했어."

"읽지 않을 거잖아."

"왜 내가 읽지 않는대? 당신은 그것이 경이로운 소설이라고 말했어. 사랑 이야기인가?"

"응, 사랑 이야기야."

머피 가족은 마을의 끝자락에 살았다. 식료품상인 프레즈 부인의 집에. 담이 높고 정원이 없는 시골집이었다. 마당에 닭들이 노닐고 두엄이 쌓여 있었다. 사다리 모양의 계단을 통해 이층으로 올라가면 서로 통해 있는 큰 방 두개와 맞닥뜨렸다. 화실로 개조된 이 높은 다락방들에는 화가들이 살았다. 공중을 가로질러 지붕 위로 나가는, 팔꿈치 모양으로 굽고 굵은 검은색 연통과 함께 발이 있는 침대 밑판과 기본적인 가구들, 주방을 구분하는 칸막이는 아치볼드 머피와 그의 아내 몰리, 코가 뾰족하고 키가 작은, 예쁘지 않지만 혈기 왕성한 별난 여자의 행복에 충분했다.

아치는 메네스트렐을 마음속 깊이 증오했다. 그의 '무리'가 꼴도 보기 싫었다. 자신을 재미나게 해주는 뽈 드니는 그렇지 않았다. 그에게서 전형적인 프랑스인을 보았기 때문이다. 오늘날 전형적인 프랑스인이란 콧수염과 뾰족한 턱수염을 기르고 몸에 딱 맞는 프록코트를 걸치고 걸핏하면 남의 코앞에 명함을 내미는 모습으로 여러 영화에 등장한 사령관 로쟁보와 더이상 유사하지 않다. 몰리는 토끼 반마리라고 단언하는 이상한 것을 요리했다. 밀랍을 먹인 식탁보를 씌운 식탁 위에 위스키 한병이 놓였다. 그들이 프랑스에 있기 때문이다. 그리고 모든 이가 살아가는 멈춤 없는 삶에 이미 몹시 싫증이 났기 때문이다.

그들이 점심식사를 하자고 베레니스를 붙들었다. 그녀는 로슈기옹 쪽으로 갈 생각이었지만 설득에 응했다. 뽈이 실쭉댔다. "그러면 혼자 돌아와야 할 텐데? 그 길은 온통……" 그래도 그는 친절했다. 또 봐, 꼬마.

"『폭풍의 언덕』을 깜박 잊고 돌려주지 못했네요. 내게 읽어보라고 줄 만한 것 없나요, 아치?"

아치볼드 머피를 특징짓는 것은 재킷을 벗고 셔츠를 바지 밖으로 나오게 입는 취향이었다. 그가 예일에서 단련된 강한 팔로 팔짱을 끼었다가 한손으로 턱을 괴고는 생각에 잠겼다. "잠깐만, 『모비 딕』을 읽어봤나요?" 그는 베레니스가 그것을 읽지 않았으리라고 판단했다.

"식탁으로!" 몰리가 프랑스인보다 더 프랑스어적인 억양으로 외쳤다. "식사해요, 기사와 아가씨 여러분! 토끼고기가 여러분에게 인사하고 홍당무가 여러분을 기다려요!" 그녀가 요리를 들고 왈츠를 추었다.

"여보! 당신 파이프! 나중에 피워요."

이곳의 무질서는 뽈 드니의 무질서와 전혀 달랐다. 몰리는 어지르는 것을 타고났다. 그녀가 지나가는 여기저기에 물건들이 기괴하게 짝지어졌다. 반숙 계란을 넣는 잔 안에 우표가 들어 있었고, 책갈피에 포크가 끼워져 있었고, 다른 것들도 마찬가지였다. 그녀가 베레니스 쪽으로 몸을 돌리고는 뜻밖에도 갑작스럽게 베레니스의 팔을 꼬집었다. "앉아요! 프레즈 부인의 요리법으로 만든 거예요. 프레즈 토끼고기 요리. 아뻬리띠프, 하죠?"

아래에서 고함 소리가 들려왔다.

"관심 갖지 말아요! 프레즈 부인이 다투는 거니까. 이렇게 말하는 것이 맞나요?"

그들 셋이 모두 너무 작은 원탁 주위에 둘러앉았다. 머피 부인이 식사에 필요한 것들, 후추, 겨자, 버터, 맛을 돋울 필요가 없는 쌓인 접시를 그들 주위 여기저기에 놓았다.

"메네스트렐과 아는 사이 아닌가요, 베레니스?" 아치가 베이스 톤의 목소리로 물었다. 그는 자신의 모국어대로 "베러나이스"라고 말했다. 괴상하게 들렸다. 그가 메네스트렐에 관해 말하기 시작했다. 그것은 뽈이 묘사한 모습과 닮은 데가 없었다. 엄숙하고 학식을 뽐내는 아주 불쾌한 인물. 친구들을 이용해먹는. 친구들을 질투하는. 궁정이 있고 모든 사람 사이에 음모가 판치는 약소국의 왕. 전제군주의 모습이 분명히 보였다. 같은 사람이 그토록 다른 모습으로 그려질 수 있다니 이상했다. 불쾌하기도 했다. 아치볼드는 턱을 내리면서 천천히 말했고 때때로 말을 멈추기도 했다. 기묘한 갈색 곱슬머리에 왼쪽 눈 아래에는 작은 상처가 있었다. 그가 인간의 한계를 넘어서는 크기의 술잔들에 적포도주를 따랐다.

'나는 여기 있다.' 베레니스가 생각했다. '나는 여기 있고 메네스트렐에 관해 말하는 것을 듣는다. 그리고 몰리는 식탁 밑에서 발로 나를 건드린다. 아래에서는 프레즈 부인이 날카로운 소리를 지른다. 오렌지색이었던 정원의 꽃들이 오늘 아침에는 파랗다. 내가 어떻게 여기 도착했지? 이 모든 것은 무엇을 뜻하는 걸까? 뽈은 나를 사랑한다고 생각하고, 환속한 신학생을 만나러 뛰어간다. 뤼시앵은 아주 현명하게도 '우체국 유치 우편'으로 내게 편지를 보내고 아스피린 캡슐을 팔면서 한숨짓는다. 나는 오로지 오렐리앵만 생각한다. 왜 나 자신을 속이겠는가? 오직 오렐리앵만. 그렇지만 오렐리앵과 나 사이는 끝났다. 시작하지도 않았는데 끝났다. 그토록 고귀하고 그토록 위대하고 그토록 완벽해야 했을 것이기 때문이다. 그래서, 단지 그래서…… 내가 할 수 있었을 것은, 그리고 내가 할 수 없었을 것은, 그래, 내가 할 수 없었을 것은…… 오렐리앵과는 아니다. 뽈은 다른 문제다. 그것은 중요하지 않다.'

아치볼드 머피가 입을 다물었다. 꼭꼭 씹어먹었다. 이제는 야구를 하지 않지만 팔 동작이 배고픈 사람 같았다. 몰리는 베레니스가 한눈파는 틈을 타서 그녀의 접시에 토끼고기를 듬뿍 담아주었다.

프레즈 토끼고기 요리는 희한했다. 작은 양파들이 담긴 종이 상자 같았다. 아치가 적포도주를 따르고 나서 갑자기 말했다. "죄송하지만, 베레니스, 왜 뽈을 사랑하지 않죠?"

이로 인해 멋쩍은 침묵이 흘렀다. 베레니스는 마음속으로 길게 이어지는 이 물음에 귀를 기울였다. 그것은 뜻밖의 단언이었다. 그녀의 눈길이 아치 쪽으로 향했다. "그렇게 보이나요?" 그녀가 말했다. 그는 대답하지 않았다. 그녀가 말을 이었다. "아시다시피, 그는 그렇게 생각하지 않아요."

아치가 샐러드를 잡기 위해 접시 바닥까지 몸을 숙였다. 양상추였다. 샐러드를 엄숙하게 뒤섞고 나서 말했다. "그에게 고통을 주어서는 안 될 거예요. 매우 사랑스러운 남자랍니다."

베레니스는 놀라지 않았다. 이 대화 덕분에 그녀의 생각이 아주 잘 이어졌다. 나는 여기 있다. 야구선수가 양상추를 뒤섞는다. 몰리가 자신의 손톱을 물어뜯는다. 우리는 뽈 드니에 관해 이야기한다. 장래가 유망한 젊은 시인, 나의 애인…… 그녀가 소스라쳤다. 그녀는 자신에게 애인이 있다는 생각을 결코 해본 적이 없었다.

"그를 고통스럽게 하면 안 돼요." 아치가 되풀이 말했다. "뽈은 삐갈 광장의 그 모든 사람보다 더 나아요. 그는 모든 것을 굉장히 진지하게 받아들여요. 겉으로 보이는 것보다 훨씬 더 그래요. 당신과 진지한 관계라고 생각해요. 당신이 그를 떠나면, 그것은 그에게 끔찍한 타격일 거예요."

몰리가 식탁을 치우고 다시 차렸다. 디저트를 내오다가 벌렁 넘어져서 잼이 길고 낮은 궤짝 아래로 떨어지고 사과가 여기저기로 굴러갔다. 베레니스가 사과 하나를 줍기 위해 몸을 숙였다.

"내가 어떻게 하면 좋겠어요?" 그녀가 바닥을 보면서 말했다.

"이것이 언제까지나 지속될 수는 없을 거예요. 나는 그에게 어떤 것도 약속하지 않았어요."

"당신이 아주 잘 알고 있듯이, 부인, 문제는 그게 아니라……"

그는 '부인'이라는 말에 미국식 과장을 넣으며 몸 전체를 숙이는 동작을 곁들였다. 껍질이 한번도 끊기지 않게 한줄로 돌려가며 사과를 깎는 그 나름의 방식이 있었다. 과일과 치즈를 섞었다. 아주 파란 고르곤졸라 치즈였다. 그가 술잔을 비웠다.

"뽈은 친구들이 있어요." 베레니스가 말했다. "시골에 살 사람이 아니에요. 그에게는 잡지, 온갖 잡지를 읽고 좋지 않은 시, 자신과 다른 감각을 지닌 사람들에 대해 분개하고 유행, 제대로 평가받지 못하는 책, 터무니없는 주인공을 창안하는 것이 필요하죠. 그는 피아노, 넥타이, 영화를 좋아해요. 듣기 좋은 말에 매우 민감하고요. 자신이 여자들의 마음에 든다고 생각해요. 모든 것에 관심이 있기 때문에 자신이 왜 울었는지 잊어버려요. 정치에 열광하게 될지도 몰라요. 나중에 돌이켜보면 나는 하나의 삽화적 사건에 지나지 않을 테죠."

"그렇게 생각하지 말아요!"

이제 몰리는 커피를 끓이느라 부산했다. 그녀가 시도하는 모든 것이 뮤직홀의 프로그램처럼 보였다. 그녀가 커피그라인더를 돌렸다. 마치 순종 말을 다루는 듯이. 필터로 거르는 작업을 마치 종교의식을 치르듯이 했다. 그런 다음에 커피라고 나온 것은 멀건 음료였다.

"설탕을 많이 넣어요." 그녀가 일러주었다. "커피가 맛있지 않네요!"

그녀가 베레니스의 잔에 각설탕 두조각을 추가했다. 뜨거운 시럽 같은 것이 될 판이었다.

"보다시피 그는 이미 나를 떠나 메네스트렐을 보러 가요." 베레니스가 말했다. "그의 삶에서 중요한 것은 여자가 아니라 자신이 속한 집단이죠."

아치볼드가 말했다. "집단!" 그러고는 셰익스피어풍의 모욕적인 말을 아주 거칠게 내뱉었다. 그는 자신의 욕설을 스스로 비웃었다. 그리고 베레니스에게 그것을 설명해주었다. 매우 학자인 체하는 어조로, 목걸이 같은 커다란 비계 주름이 생길 만큼 턱을 울대 쪽으로 꽉 당겼다. 그가 엘리자베스 시대의 연극에 관해 말했다. 베레니스는 「스페인 비극」[38]을 아직 읽지 않았다. 그가 아버지 같은 표정으로 발뒤꿈치까지 내려오는 저음의 목소리로 번역했다. "에스빠냐 비극은……"

그의 억양으로 말미암아 말이 똑똑 끊겼다. '에-스-빠-냐……' 묵음의 음절이 길게 발음되었다. '뢰……' 프랑스어는 강세가 없고 음절을 하나의 동등한 높이로 발음한다는 설명을 그는 예일에서 들었다. 따-따-따-따…… 베레니스는 자신이 다시 뽈에 관한 얘기를 꺼냈다는 사실을 알아차리지 못했고 그도 마찬가지였다. "그렇지만 내가 그를 사랑하지 않는다면…… 나는 당연히 그를 사랑해요. 하지만 그가 바라는 대로는 아니에요."

"그가 생각하는 대로는……"

"그가 생각하는 대로는. 나도 힘들게 살아가고 있어요, 아치. 마음도 있고요."

"그 마음속에 누군가 있나요?"

***

38 토머스 키드(Thomas Kyd)가 쓴 엘리자베스 시대의 비극(1582~92).

그녀는 대답하지 않았다. 몰리가 바닥으로 미끄러지듯 몸을 굽혀 '쾅' 소리를 내며 떨어진 무거운 듯 가벼운 물건을 집었다. 밴조였다. 이제 그녀는 묘하게 자신과 무관한 이 대화를 슬그머니 따라갔다.

"내 마음에 누군가가 있다면요?"

그녀, 베레니스는 이 말을 하면서 얼굴이 창백해졌다. 아치가 투덜거리는 것이 천둥이 중얼거리는 듯했다. "불쌍한 작은 뿔." 밴조에서 「켄터키 옛집」의 선율이 흘러나왔다. 아치의 눈이 축축해졌다. 언뜻 보아 음악 탓이었다. 어쩌면 위스키 탓이었을지도 모른다. 그는 위스키를 꽤 많이 마셨다.

"당신의 마음에 누군가가 있다면, 베레니스, 왜 당신의 누군가에게가 아니라 뿔에게 몸을 맡겼어요? 왜?"

그녀는 아치볼드 머피, 그와 이제 막 알게 된 사이였다. 그를 만난 것은 대여섯번이었다. 십분, 한시간, 모두 몇시간이나 될까? 그녀에게 물을 권리를 그는 어디에서 얻었을까? 그녀는 궁금하지 않았다. 왜 그녀는 다른 사람 아닌 뿔의 뜻을 따랐을까……

"아시다시피, 사랑하는 사람보다는 정말로 사랑하지 않는 사람과 자는 것이 훨씬 쉬워요." 그녀가 도발적으로 말했다. 그녀는 자신의 마음속에서 서서히 생각으로 바뀌는 말에 귀를 기울였다.

머피가 그녀를 바라보고 고개를 끄덕였다. 그가 베레니스에게라기보다는 자기 자신에게 말했다. "당신들 프랑스인은 묘한 민족이군요. 그래서 우리는 장 라신을 이해하기가 그토록 힘들지요. 그의 작품에 나오는 여자들, 그녀들은 우리의 관심을 끌면서 동시에 우리를 겁먹게 하죠, 당신처럼."

이제 밴조가 멎었다. 정말로 듣지 않는 것처럼 보였던 몰리가 소리쳤다. "아치! 어리석은 늙은 개!"

그리고 무언가가 날아들었다. 틀림없이 실내화였을 것이다. 하지만 곧바로 음악이 이어졌다. 감상적인 음악, 남부 강들의 우수가 고스란히 담겨 있었다. 그녀의 연주가 틀림없이 아치의 심금을 울렸을 것이다. 실제로 그는 실내화를 간신히 피하고 나서는 머리로 박자를 맞추기 시작했고 눈을 굴리면서 노래했다. 베레니스는 혼자 남았고, 자신의 생각을 뒤쫓을 수 있었다. 음악에 힘입어 거기에 몰두할 수 있었다. 마침내 그녀가 일어났다. "고마워요, 아치, 방금 한 얘기를 내게 말해줘서. 그것은 친구의 조언이지요. 생각해볼게요. 실례지만, 몰리, 난 이만 산책하러 가고 싶네요. 바람 쐬면서 생각할 시간을 좀 가지려고요."

그들이 프레즈 부인으로부터 보호해야 한다는 핑계를 대며 그녀를 배웅하려고 아래로 내려왔다. 아치볼드가 그녀를 위해 현관문을 열어주면서 외쳤다. "너무 빨리 물랭으로 가지 말아요! 메네스트렐이 당신을 잡아먹으려 들 거예요!" 그러고는 턱을 벌리고 크게 웃었다. 그녀가 미소를 지어 보였다. 그는 셔츠가 바지 허리춤에서 너무 많이 비어져나온 것을 알아차렸다. 이번에는 지나쳤다.

베르농으로 갈 것이다. 베레니스는 속으로 말했다. 아마 뤼시앵의 편지가 와 있을 것이다. 아랫길을 통과하기만 하면 된다. 물랭에서 보이지 않는다. 지금 그들은 모두 정원에 모여 그들만 아는 그 시시한 사교 놀이를 하고 있을 것이 틀림없다. 그녀는 마을의 창 없는 벽들 사이로 미끄러지듯 지나갔다. 날씨가 화창했다. 다른 모든 것을 잊어버릴 정도였다. 그녀가 한적한 길로 접어들었다. 거기서 길은 에쁘뜨 쪽으로 구부러지다가 물랭 쪽으로 올라갔다. 새로 난 푸른 나뭇가지에 햇살이 걸렸다. 벌써 먼지가 일었다. 짐수레가 그녀와 마주쳐 지나갔다. 농부, 젊은 남자가 그녀를 끈질기게 바라보았다. 더 멀리에서 귀여운 여자아이가 그녀에게 좋은 하루 보내세요, 하고 인사했다. 공중에 노란 나비들이 맴돌았다.

그녀는 길이 지나가는 예쁜 정원 앞에 이르러 걸음을 멈추고 왼쪽으로 다리, 물, 가볍게 흔들리는 나무, 보드라운 새싹, 수생식물을 바라보았다. 그러고는 멀리서 자주 보았던 키 큰 노인의 집 쪽으로 몸을 돌렸다. 그에 관한 말이 고장 전체에 퍼져 있었다. 시든 꽃을 두고 보지 못하는 사람이었다. 파란 꽃이 그녀의 눈에 들어왔다. 하단의 흙을 최근에 갈아엎었다. 여기저기에 파란 꽃이었다. 집 쪽으로 난 작은 골목길. 연한색의 잔디. 그리고 또 파란 꽃. 그녀는 철책에 기대어 몽상하기 시작했다. 꽃이 시들려 할 때 곧바로 뽑아내고 다른 꽃을 심을 수 있다면? 밤 동안 마음의 색깔을 바꾸고, 그 완벽한 개화의 순간에 늘 머물러 있고, 잊어버리고, 잊어버리지조차 않고, 잊어버릴 필요가 없을 수 있다면……

꽃 위의 빛이 그토록 아름다웠다. 이 꽃은 뭐였을까? 진짜 파란색 꽃은 없다고들 하지만…… 누가 알까, 키 큰 노인, 그가 저 안에서 파란 꽃을 볼지도? 그의 눈이 병들었다고들 했다. 맹인이 될지도 몰랐다. 생각하기에 끔찍한 일이었다. 삶 전체가 눈에 있는 남자. 그는 여든살이 넘었다. 그의 눈이 멀게 되면…… 꽃을, 어쨌든 그가 더이상 볼 수 없을 그 꽃을 여전히 시들기 전에 뽑으라고 요구하는 노인을 상상할 수 있었다. 파란 꽃은 장미로 대체될 것이다. 그다음에는 흰 꽃으로 바뀔지 모른다. 매번 단숨에, 마치 정원을 다시 빗질하는 듯이. 그렇게 정돈하려면 어느 정도의 그리움에 도달해 있어야 할까? 정원사들이 안쪽으로, 정원으로 지나갔다. 그들은 불안하게 빈둥거리는 기색이었다. 꽃을 면밀히 조사하는 듯했다.

어제 거기 있던 오렌지색 데이지 중의 하나를 실수로 빠뜨렸다면? 어느 하찮은 구석에…… 마음속 어딘가에 무엇이 남겨져 있는지 아는 사람이 있을까? 우리의 서랍 속에 무슨 편지가 굴러다니는지?

베레니스는 철책에 얼굴을 기댔다. 꽃 핀 덤불 너머로 집이 조용했다. 비어 있는 듯했다. 아마 사람들이 자고 있을 것이다. 푸른 덧창, 붉은 지붕, 약간 식민지 주택처럼 보였다. 오솔길의 자갈 위에 널려 있는 파란 꽃의 반사광. 어쩌면 조용한 기슭에 정원사들의 그림자 이외에는 아무도 없을 것이다. 그리고 베레니스. 그리고 베레니스의 몽상. 이제는 어떤 것도 그녀의 몽상을 막지 않았다. 아무도. 뿔도 아치도 바누 부부의 동조하는 미소도 몰리의 밴조도. 베레니스는 몽상에 젖었다. 불평을 잊었다. 한번도 부른 적 없는 노래에 사로잡혔다. 파란 꽃, 빛나는 조약돌 사이에서, 몽상 속의 온갖 집들과 비슷한 집 앞에서. 그런데 이 몽상 속에 한 남자가 있었다. 굼뜨고 우유부단한, 키 큰 남자였다. 어깨를 부드럽게 굴리는 동작, 검은 머리카락, 마음을 앗아간 남자, 말수가 적고 미소를 잘 짓는 남자, 오렐리앵, 내 사랑, 오렐리앵……

"베레니스!" 그녀가 소스라쳤다. 누가 그녀를 불렀을까? 철책 건너편에서. 있을 수 없는 일이다. 그가 거기에 있다. 서 있다. 모자를 쓰지 않은 모습이다. 미소 짓는다. 젖은 눈을 그녀 쪽으로 돌린다. 굼뜨고 우유부단한, 키 큰 남자, 오렐리앵…… 그녀는 이마로 손을 가져갔다.

"베레니스!"

그가 그녀의 이름을 되풀이해서 불렀다. 꿈이 아니었다. 오렐리앵이 여기, 끌로드 모네의 정원에 있었다. 그가 그녀를 바라보았다. 눈물에 젖어 있었다. 꽃이 파란색이었다. 틀림없었다. 그의 거무스레한 피부에 햇살이 쏟아졌다. 베레니스는 가슴이 두근거리는 것을 느꼈다. 무서웠다. 달아나야 했다. 그녀의 손이 철책을 놓지 않았다. 갑자기 그가 출입문 쪽으로 향하는 것이 보였다.

그러자 그녀는 그 자리를 떠나 한적한 길로 달렸다.

64

그가 그녀를 뒤따라 달렸다. 가슴이 너무 두근거렸을까, 아니면 달아나보았자 소용없다고 느꼈을까, 또는 자신의 반응이 엉뚱하고 어이없다는 것을 갑자기 자각했을까? 그녀가 돌아섰다. 숨을 몰아쉬며 돌더미에 등을 기댔다.

오렐리앵은 그녀를 향해 나아갔다. 그녀의 쳐들린 가슴, 관자놀이에 맺힌 가느다란 땀방울, 쳐든 얼굴, 젖혀진 머리, 한쪽으로 흘러내린 금발을 보았다. 떨리는 눈꺼풀, 눈을 더 흐려 보이게 만드는 눈언저리의 푸르스름한 그늘, 그리고 떨리는 입술, 그토록 하얗고 앙증맞은 꼭 다문 이…… 그가 멈췄다. 그녀 앞에서, 매우 가까이에서 그녀를 굽어보았다. 그는 이런 그녀를 본 적이 없었다. 그녀는 시골풍의 옷, 베이지색 짧은 치마와 노란색 점퍼를 입고 있었다. 그들 둘 다 상대방의 숨소리에 귀를 기울였다. 아무 말도 하지 않았다.

그녀가 여자의 방어 감각에 힘입어 먼저 말문을 열었다. "이렇게, 나를 뒤쫓았군요. 나를 염탐하고……"

그가 항변했다. "맹세컨대……"

그리고 그녀가 말했다. "맹세하지 말아요."

"우연이라고요, 베레니스."

"우연! 웃기지 마세요."

놀람의 감정이 지나가자 그녀가 유리한 고지를 차지했다. 위치가 뒤바뀌었다. 만일 그녀가 세걸음 더 달렸다면 그가 그녀를 품에 안았을 것이다. 재빨리 그의 설명이 이어졌다. "기이한 일이에요, 솔직히, 믿을 수 없는 일이죠. 하지만 우연이에요, 경이로운 우연. 모르고 있었어요. 정말로 생각지도 못했죠. 5마력 소형차로 로즈와 블레즈 아저씨를 여기, 끌로드 모네의 집에 데려다주었어요. 로즈는 적어도 한번은 그를 만나보고 싶어 했는데 마침내 만난 거죠. 오래전에 아저씨가 그녀에게 약속한 바였고요. 로즈는 샤를로뜨 리제가 모네에 관해 말하는 것을 무척 많이 들어왔대요. 그녀는 우리 시대의 가장 위대한 여배우라고 로즈가 말했어요. 그들은 집 안에 있어요. 나는 알려지는 것이 싫었어요. 이 일에서 단지 운전사 역할만 했지요. 정원에서 식사를 하고 있었는데 그때……"

어쨌든 그가 왜 거짓말을 하겠는가? 하지만 그녀가 그에 대해 갖고 있는 영향력은 사라지지 않았다. 그녀가 그의 말을 잘랐다. "그렇다 쳐요. 하지만 멜로즈 부인과의 그 느닷없는 친교는 뭐죠? 당신에겐 그녀가 중요할 테죠?"

그녀가 입술을 깨물었다. 질투 때문인 것 같았다.

"오, 하기야," 그녀가 말을 이었다. "멜로즈 부인 아니면 시몬!"

그것은 더 직설적이었다. 오렐리앵도 그렇다고 느꼈다. 그가 울먹였다. "베레니스, 베레니스, 왜 나를 피하나요? 당신은 아직도 나를 사랑해요……"

그녀가 그를 바라보았다. 얼굴에 두려움의 표정이 나타났다. 그는 이것을 오해했다. "당신을 건드리지 않을게요, 베레니스. 다만 아직도 나를 사랑한다고 말해줘요."

그녀가 두려워하는 것은 그가 아니라 그녀 자신이었다. 그녀는 쫓기는 짐승 같았다. 자기 자신의 술책에 걸려 몸부림쳤다. 자신이 그를 사랑한다는 것은 너무나도 명백했다. 그 순간은 그것이 모든 것에 영향을 미쳤다. 그것이 세상의 유일한 위험이었다. 자신이 사랑하는 사람은 적, 유일하게 두려운 적, 이 남자이다. 베레니스는 더이상 감정을 억제할 수 없었다. 그녀는 한 여자일 뿐, 여자의 회피 본능일 뿐이었다.

"왜 왔어요? 내가 당신을 불렀나요? 그러니까, 당신은 나를 쉽게 끔 가만히 내버려둘 수 없나보죠?"

"맹세컨대, 베레니스……"

"당신은 그 말밖에 할 줄 모르는군요. 우리 사이에 뭔가 변한 것, 깨어진 것이 있다는 것을 알아차리지 못하나요? 이해하지 못하나요?"

"말도 안 돼요. 이 모든 것은 어느날 저녁, 어느날 밤, 어느날 밤의 불행, 그 여자, 취기 때문이에요. 나는 너무 불행했어요. 어떻게 이토록 매정할 수 있어요?"

"아뇨, 그 여자 때문이 아니에요. 우리 사이에 그날 밤만 있다면……"

"오, 그럼 당신은 아직도 나를 사랑하는 거라고요! 제발 나를 용서해줘요!" 그녀가 고개를 가로저었다. 이번에는 그가 두려워할 차례였다. "하지만 도대체 뭐죠? 다른 무엇이 우리를 갈라놓을 수 있나요? 나는 상상할 수가……"

"그날 밤 때문이 아니에요." 그녀가 말했다. "삶 전체, 올해의 모든 날과 모든 밤, 나의 날들, 나의 밤들 때문이에요."

"무슨 말을 하는 거죠? 그것은 의미가 없어요, 베레니스!"

"나의 날들, 나의 밤들⋯⋯ 그래요, 나는 당신을 용서했어요, 나를, 그 잘못, 그 배신을⋯⋯ 나를 용서하세요. 그렇다 해도 내게서 어떤 것도 변하지 않을 거예요."

그는 그녀의 손목을 잡고 그녀를 끌어당기려고 했다. 이 모호한 말에는 모든 현실보다 더한 여자의 불길한 술책, 원초적인 공포의 굴곡이 있다는 것을 어렴풋이 느낀 탓이었다. 그 순간 큰 소음이 들리고 먼지가 일었다.

"조심해요!" 그녀가 외쳤다.

그가 얼른 옆으로 비켰다. 오토바이였다. 영국 취향의 차림새로 챙모자를 쓴 한 젊은이가 타고서 지나는 길에 무어라 소리치면서 베레니스를 향해 유쾌하게 손을 흔들었다. 그녀가 매우 난처한 기색으로 억지 미소를 지었다.

"당신이 아는 사람?" 뢰르띠유아가 물었다.

"예, 호감이 가지 않는 사람이죠. 이렇게 단둘이서, 서로 말다툼하는 우리를 보고 무슨 생각을 했을까요?"

그는 어리둥절한 기분이었다. 이것은 베레니스가 지베르니[39]에서 살면서 맺은 관계, 그녀가 만나는 사람들을 전제했다. 그는 그녀의 삶을 상상해본 적이 없었다. 그녀를 다시 찾아낸 여기에서 그녀는 혼자라고 상상했다. 그 오토바이 탄 사람이 바뀌었을 뿐이라는 것을 알 수 없었다. 그로 말미암아 수많은 물음이 떠올랐다.

"보다시피, 이 대화는 불가능해요." 그녀가 말했다.

새로운 계략. 그녀는 자신의 비밀을 지킬 것이었다. 오렐리앵은

---

39 노르망디 지방 외르 도에 위치한 작은 마을. 무엇보다 인상파 화가 끌로드 모네 (Oscar-Claude Monet)의 집과 정원으로 유명하다.

맞상대가 되지 못했다. 그러나 그는 처음에는 당황했지만 문득 그녀가 오토바이가 지나가기 전에 했던 마지막 말을 생각해냈다. "당신이 무슨 말을 했더라…… 그렇다 해도 당신에게서 어떤 것도 변하지 않을 거라고 했지요. 당신에게서 변화시켜야 할 것이 뭔가요?"

그녀가 속눈썹을 깜박거렸다. "내가 무슨 말을 했는지 생각나지 않아요."

그녀는 이렇게 방어진지 안으로 떠밀려 시간을 벌고자 애썼다. 확실한 계획이 없었다. 그에게 무슨 말을 하고자 하는지 알지 못했다. 거짓말을 하고 싶은지 알지 못했다. 이제는 그가 유리한 고지를 점했다. "어디 살아요? 짐을 꾸리세요. 아무도, 오토바이 타는 사람도 알지 못하는 어딘가로 당신을 데려다줄게요. 당신이 자유롭게 선택할, 우리가 우리의 삶을 결정할 곳으로요."

"아뇨, 데려가지 말아요."

그녀가 안전을 보장받겠다는 어조로 말했다. 그는 당황했다. "왜요?" 그가 중얼거렸다. "누가 방해하나요? 누가?" 그녀는 대답을 망설였다. "내 애인……"이라고 말하려 했다. 하지만 입술에서 도발을 멈추었다. 부끄럽기도 했다. 그렇지만 그것이 범죄일까? 뭐라고? 애인이 있어? 그다음에는? 그녀는 그저 "나요"라고 말했을 뿐이다. 그들은 침묵했다. 파리들이 윙윙거렸다. 나무들을 가로질러 짐배의 고동 소리가 들려왔다. 둘 다 센강을 생각했다. 그들의 이야기에 따라붙는 그 운명을 생각했다.

"거짓말이에요." 오렐리앵이 말을 이었다. "당신은 내게 거짓말하고 있어요. 왜 내게 거짓말을 하나요, 베레니스?"

그녀가 소스라쳤다. 물, 익사자의 모습이 그녀의 마음속으로 침입했다. 뿔은 날마다 바누에게 물었다. "아직도 수영하기에는 강물이 너무 차가울까요?" 성가신 일이었다. 그녀는 유영자 주위로 만들어지는 빛무리를 눈앞에 보았다. 그녀가 눈을 감고 말했다. "오렐리앵, 나는 여기서 혼자가 아니에요……"

그는 그녀의 말을 얼른 이해하지 못했다. 아무러면 어때요? 그녀가 고개를 저었다. 그녀는 늘 고개를 저었다. 아닌가? 뤼시앵인가? 뤼시앵이 아닌가? 천이 찢기는 듯한 침묵이 지속되었다. 뢰르띠유아는 길의 조약돌을 바라보았다. 그녀가 방금 그에게 말한 것을 분명하게 생각하려 들지 않았다. 그것은 봄의 무거운 공기 속에서 천천히, 관자놀이의 맥박처럼 뚜렷이 부각되었다. 언제 그렇게 되었는지 모르지만 이제는 하늘이 파랗지 않았다. 뇌우의 수증기가 배어들었다. 저 아래 센강이 흘러가는 쪽에서 태양이 맴돌았다. 트인 공간의 구멍을 통해 들판, 언덕, 아득한 작은 숲이 보였다. 오렐리앵은 묻고 싶었다. "누구요?" 이 말이 목구멍에 걸려 나오지 않았다. 아직도 그는 그 인물에게 남자의 용모를 부여하려고 정말로 애써야 할 만큼 충분히 그 인물의 존재를, 자신의 불행을 믿지 않았다. 어느덧 "그런데…… 그를 사랑하나요?"라고 묻고 있었다.

그러자 베레니스가 퇴색한 하늘 쪽으로 눈을 들었다. 참기 어려운 습기가 천지에 가득했다. 오, 그녀에게 너무 많은 것이 요구되었다! 그녀는 오렐리앵의 이 물음에 "아뇨"라고 대답할 수 없었다. 이 부정은 무엇을 가능케 했을까? 그녀는 오렐리앵에게 아니라고 대답할 권리가 없었다. 바로 그가 여전히 그녀를 믿고 있었기 때문이다. 그녀는 충실성 게임에 걸려들었고, 이 게임에서 불성실한 모습을 보이지 않았다. 무엇보다도 그녀 자신에 대해. 그녀는 또한 오렐리앵의 경멸을 두려워했다. 함께 떠난 남자를 사랑하지 않는다고 고백한다면…… 아니라고 말하는 것보다 더 쉬웠기 때문에, 그녀가 고개를 돌리고 말했다. "예……"

그 순간 "오렐리앵! 오렐리앵!" 하고 부르는 소리가 들렸고 끌로드 모네의 정원에서 실루엣들이 분주히 움직였다. 연한색 드레스와 한 남자, 로즈와 블레즈가 돌아온 것이다.

"당신의 친구들이 당신을 부르네요. 나는 그들을 만날 수 없어요. 잘 가요, 오렐리앵!"

그는 달아나는 그녀의 모습을 바라보았다. 그녀는 어깨를 움츠렸다. 서둘러 걷지 않으려는 듯했다. 도중에 풀잎을 뽑았다. 한적한 길이 구부러졌다. 그녀는 사랑한다. 사랑한다고 말했다. 누구인가? 그는 "누구요?"라고 외치고 싶었을 것이다. 이 믿기지 않는 고백 때문에 꼼짝달싹할 수 없었다. 그녀는 거짓말했다, 과연! 아니다. 그녀는 거짓말하지 않았다.

"아니, 이봐요, 무엇 때문에 넋을 잃고 서 있어요? 누굴 만났나요? 언뜻 본 것 같긴 한데." 로즈가 말했다.

"잘못 생각한 거예요." 그가 말했다. "당신이 원하는 대로 할게요. 빠리로 돌아가나요?"

65

아드리앵 아르노는 과거를 돌이켜볼 때 어떤 쓰라린 마음을 금할 수 없었다. 밥벌이가 시원치 않아서나 장래가 유망하지 않아서가 아니었다. 그는 서른한살, 거의 서른두살이었다. 그렇게 많은 나이는 아니다. 그의 인생길에서 바르뱅딴은 굉장한 도움이 되었다. 전쟁 직후에 아버지가 파산했을 때 그를 궁핍에서 벗어나게 해주

었다. 그리고 아드리앵은 그의 곁에서 천천히, 하지만 확실하게 성
장했다. 합리적인 향락을 즐겼다. 사촌들이 사는 집에 거주함으로
써 주거비를 절약할 수 있었고, 게다가 집주인의 아내 이자벨은 아
드리앵이 다른 곳에 거주하게 될 때 언제든지 물의를 일으키지 않
고 쉽게 차버릴 수 있는, 어쨌든 편안하고 쌈박한 정부였다. 그는
자기 아버지를 닮았다. 아버지의 노란 피부도 보잘것없는 뼈대도
물려받지 않았지만 확고한 절약 정신만큼은 아버지를 빼닮았다.
그는 자족할 줄 알았다. 로열 더치와 멕시칸 이글 주식을 사두고
그것들의 상장가가 오르는 것을 만족스럽게 바라보았다. 이 모든
것에도 불구하고 쓰라린 마음이 가시지 않았다.

　세월이 흐른다. 그리고 이 정도밖에 안 되다니, 이 정도밖에 못
가지다니 하는 한탄이 도처에서 들려온다. 여기에 자신의 가치가
낮게 평가받았다는 감정이 동반된다. 그래도 세리안에서 뻬땅끄
게임을 했을 때, 여전히 누벨 갈르리의 상속인이고 자신이 세운 프
로 파트리아[40] 그룹과 이 도시의 청년들을 휘어잡았을 때에는 일종
의 황금 후광 속으로 출발하는 듯했다. 무엇을 위해, 어디로인지는
말할 수 없었겠지만. 확실히 자신의 동료, 아들 바르뱅딴의 오른팔
경력을 위해서는 아니었다. 사실 자신은 그보다 훨씬 덜 명석하고
훨씬 더 부지런했다. 사람들의 생각에 따르면 아마 의사의 적당한
후계자에 지나지 않을 판이었다. 얼마나 상황이 바뀌었는지! 에드
몽의 장점을 인정해야 했다. 그는 삶의 난관을 잘 헤쳐나갈 줄 알
았고 어린 시절 친구들을 소홀히 하지 않았다. 그가 없었다면 아드
리앵이 무엇을 했을까?

....
40 Pro Patria. 라틴어로 '조국을 위해'라는 뜻. 누벨 갈르리(Nouvelles Galeries)는
　1897년 프랑스 대도시에 설립된 백화점 체인.

그래도 이것은 정당하지 않았다. 그가 치른 전쟁에서. 모든 이의 경우와 같지 않은 전쟁. 그의 것과 같은 십자훈장은 손에 꼽을 만큼 드물었다. 저돌적인 면에서 그보다 더한 이는 없었다. 공교롭게도 아드리앵은 도처에서 치열한 전투를 치렀다. 모룸, 보꾸아, 에빠르주, 베르됭…… 웬만했으면 군대에 남았을 것이다. 하지만 생시르를 졸업한 이들에게 치여 길이 막혔다. 그건 아니었다. 민간 생활로의 재진입은 더럽게 혹독했다. 에드몽이 없었다면, 그리고 에드몽이 있었어도. 그는 모든 것에 순응했다, 그렇지 않은가? 에드몽의 변덕에. 그가 택시 운전을 했다고들 생각할 때도, 철저히. 물론 요즘은 모든 것이 더 정상적이었다. 또한 그는 사장의 신뢰를 얻었다. 사장으로부터! 뻬땅끄 게임에서 몇 점 접어주던 녀석인데 사장이 되었다니! 산다는 게 뭔지…… 처음에 그는 상당히 굴욕을 느꼈다. 지금은 더했다. 그것에 익숙해졌다. 그러자 멋진 옷차림을 했다. 이자벨이 빨래를 해주었다. 질서가 잡힌 시시한 생활. 샹빠뉴에서는 그를 보고 이렇게 말했을 것이다.

아드리앵은 모험가가 아니었다. 야망이 있었지만 모험가는 아니었다. 가진 것을 몽땅 걸어야 하는 일에 뛰어들지는 않았을 것이다. 아버지의 파산을 짊어지는 것만 해도 벅찼다. 게다가 아버지 쪽으로부터 현실주의 정신을 이어받았다. 마리 드 뻬르스발의 이 표현을 들은 에드몽은 말했다. "아드리앵은 언제나 '사무적'이야." 그래도 괜찮았다. 사람들은 에드몽을 가까이에서 볼 때면 그에 대해 몹시 아쉬워했다. 결국 사업가 스타일이라면 다른 데 가서 알아봐야 했기 때문이다. 바르뱅딴은 이런 일에 관해 전혀 몰랐다. 정말이지 전혀. 그의 주위에 사람들이 없었다면…… 그가 표방하는 그 어리석은 댄디즘. 그 조잡한 철학. 심각한 무능을 가리기 위한 그 모든 것. 점차로 아드리앵은 자신이 없어서는 안 될 존재라고 느꼈다. 사장에게 몇차례 도움을 주었던 것이다. 게다가 상대방도 그를 인정했다. 또는 인정한다고 생각했다. 삐예빌 길, 그의 사무실에서 그를 만나야 했다, 거드름을 피우며 말하는. 그것이 마음을 아프게 했다.

물론 바르뱅딴은 사업 수완에 의해 성공한 것이 아니었다. 물론이었다. 여자들의 환심을 샀다. 이 점에 관해서는 아드리앵도 나름의 생각이 있었다. 말하자면 그들은 세리안에서 빠니에플뢰리에 꽤 자주 함께 갔었기 때문이다. 만일 그가 그때, 인생의 그 시기에 사장을 알았더라면! 매우 평범했다. 아드리앵은 그 지나간 시기, 빠니에의 귀여운 곱슬머리 여자 마리 르불에 대한 몽상에 빠졌다. 그 만남들을 회상했다. 아니다. 이 면에서도 사업의 면에서도 에드몽이 그보다 더 나은 대접을 받을 이유는 없다. 운의 문제, 그뿐이다. 그리고 운은 약간 거들 필요가 있다.

아드리앵이 여자들 마음에 들지 않았을까? 설마. 그는 맹목적이지 않았다. 이자벨만 있었던 것은 아니었다. 다만 이상한 점은 그가 어떤 사회적 등급에 성공적으로 진입한 뒤로 그 이상으로는 올라가지 못하고 있다는 것이었다. 요컨대 그는 속이 깊었다. 특히 여점원들, 타자수들이 그를 마음에 들어 했다. 이러한 상황은 설명이 불가능하다. 하지만 어쩔 것인가? 다 그런 거다. 이를 분명히 인정해야 한다. 예컨대 삐예빌 길의 그 작은 여자, 비서. 그는 자신이 한가지 몸짓만 취하면 된다는 것을 알아차렸다. 그렇게 하지 않았다. 이자벨 때문이 아니었다. 그 아가씨가 마음에 들지 않기 때문도 아니었다. 그렇다, 하지만 그것이 그에게 도움이 되었다. 여기서는 그녀의 속옷이 보인다. 누구나 그것을 너무 잘 안다. 그렇지만 그는 그녀에게 미소 지었다. 그녀가 빠르게 타이핑하기 시작했다. 몹시 당황한 눈치였다. 딱했다. 아, 그는 이런 태도가 지겨웠다. 불공평이 너무 크게 느껴지던 시절에 자신이 매력적이라는 것을 입증하고픈 욕망에서, 앙갚음하려고 이런 유형의 여자들이 하는 무언의 유혹에 스무번이고 서른번이고 넘어갔으니만큼 더욱더 그랬다. 누구나 헐값으로 욕구를 충족하고 나면 길을 잃고 운명, 자신의 불만스러운 운명이 더욱 굳어진다. 삶의 경우처럼 여자의 경우에도 자신을 위해 무엇을 하는지 보면 그 사람을 알 수 있다. 에드몽을 보라. 까를로따, 다음으로 그의 아내, 그리고 그가 아내를 그다지 걱정하지 않는다는 것을 눈여겨보라. 까를로따는 몸매가 엄청나게 잘 빠졌다. 하지만 그는 친구가 무엇을 바라는지 알았고 그녀를, 게다가 모든 아가씨, 모든 유부녀를…… 아드리앵은 연이어 지나가는 무엇을 놓쳤단 말인가! 에드몽은 그녀들을 그에게 보여주는 고약한 버릇이 있었다. 오, 그를 어떤 것에도 끌어들이지 않고, 바로 그에게 망신을 주기 위해 그랬을 가능성이 충분했다. 빠니에플뢰리부터의 오래된 습관. 현재 활동하는 배우는 전혀 아드리앵의 취향이 아니었다. 그렇지만 로즈하고라면 정말로 잤을 것이고, 어쨌든 그녀는 틀림없이 유혹하기가 어렵지 않았을 것이다. 그가 그녀에게 환심을 사려고 치근거렸다면. 다만, 정말로 큰돈을 거는 것이었다. 에드몽이 그것을 그다지 좋게 받아들이지 않았을 것이기 때문이다. 물론이었다. 그리고 마흔을 넘긴 홀쭉한 여자…… 그녀는 명문 출신이었다, 두말할 것도 없이. 모름지기 그는 에드몽을 이해했다. 그녀는 틀림없이 노련미가 있었을 것이다. 침대에서 부지런을 떨었을 것이다. 그것이 곧바로 눈에 확 띈다.

아드리앵은 이 모든 생각에 시달렸다. 사장의 골칫거리들을 날마다 더 잘 알게 되었기 때문이다. 혼자라면 그것들에 어떻게 대처

할지 매우 분명히 알고 있었다. 상대방이 허세를 부리고 바쁜 체하고 책임감에 짓눌린 녀석처럼 구는 것에 귀를 기울였을 것이 틀림없다. 식은 죽 먹기. 멜로즈 향수의 설립 때부터 그 일이 포함하는 모든 것에 대해, 그는 사장이 다른 사람들에게는 감출 수 있지만 자신에게는 감출 수 없는 은밀한 불안을 바르뱅딴의 허세 뒤에서 감지하기 시작했다. 뻬땅끄 게임이 틀림없이 틀어졌을 것이다. 오, 그는 이것을 알아보았다. 이것을 알아보고자 했기 때문에, 그는 이것을 알아보았다!

방어막의 결함이 어디에 있는지 알아차리는 것은 그다지 어렵지 않았다. 에드몽의 그 부르주아 마키아벨리즘은 한가지 방식으로만 설명할 수 있었다. 아드리앵은 무엇보다 사장의 골칫거리에서 은밀한 앙갚음을 예견했기 때문에 그것에 관심을 기울였다. 또한 오래지 않아 그는 그것이 자신의 안전에 엄청난 파장을 일으킬 수 있다는 것을 알아챘다. 명백히 어린 시절의 오랜 친구를 보좌하는 데 최선을 다했다. 그들의 이익은 서로 연계되어 있었다. 에드몽이 무너지면 아드리앵은 어떻게 될 것인가? 그렇지만 상황을 고찰하는 데는 여러 방식이 있었다. 카드 한장에 모든 것을 걸려면 미련해야 한다. 앞에서 이미 말했듯이 아드리앵은 비록 야망이 있었지만 모험가는 아니었다. 그래서 바르뱅딴의 상황이 어느날 극도로 나빠지면 무슨 일이 일어날지에 대해 무의식중에 공상하기 시작했다. 그렇게 되면 보통 큰일이 아닐 것이다. 누구에게나. 하지만 결국 가능한 일이므로 현실을 무시하는 것은 쓸데없는 짓이었다. 상황을 직시하기. 이것은 몽상의 통상적인 주제가 되었다. 우선 아드리앵은 유사한 돌발 사건을 상정하고 문제가 악화되기 전에 어떻게 빠져나올 것인지 자문했다. 그런 다음에 점차로 어떻게 상황을 자신에게 유리하도록 바꿀 것인가, 서투른 사람 편에 서 있을 것인가, 전화위복이 되게 할 것인가에 대해 자문하는 쪽으로 나아 갔다.

결국 에드몽에게는 두가지 위험이 있었다. 컨소시엄에서 빨메드 그룹이 갖는 영향력, 사장은 이것을 개의치 않는 것처럼 보였고 어쩌면 그가 틀렸을 것이다. 다음으로 그가 걱정하는 것처럼 보이는 것은 그의 아내, 부부의 재산이 아내의 것이라는 사실, 그리고 언젠가는……

멜로즈 향수의 속임수, 그리고 오렐리앙 뢰르띠유아와의 그 기묘한 결합이 아드리앵의 정신에 빛을 비추었다. 그의 몽상에 길잡이 구실을 했다. 그는 빨메드가 아니라 빨메드의 사위, 정계에 아주 깊숙이 뛰어든 매우 교활한 녀석과 좋은 관계를 유지했다. 이는 다소 부득이한 일이었다. 주유소 문제로 그를 만나 의논해야 했다. 언젠가는 그 녀석이 소용될 수도 있었다. 그리고 사위는 장인의 게임과 약간 다른 게임을 했다. 거래의 제안에 완전히 닫혀 있지는 않았다. 바르뱅딴이 그와 직접적으로 밀거래할 수는 없었다. 그런 만큼 아드리앵이 끼어든 것은 당연했다.

하지만 그의 몽상을 자극한 것은 무엇보다도 에드몽과 그의 아내에 관한 문제였다. 만일 바르뱅딴 부인이 언젠가 알아차린다면…… 아무리 그녀가 남편을 사랑해도 결국 그것은 그녀의 재산, 그녀의 딸들에게 돌아갈 돈이었다. 아드리앵은 에드몽이 벌이는 승부가 상당히 비열하다고 마음속으로 생각했다. 그는 전적으로 블랑셰뜨 편이었다. 딱히 인정에 얽매여서가 아니라 가족, 자식, 가정의 가치를 높이 샀기 때문이다. 또한 모든 것이 그를 저쪽으로 이끈다고 느낌으로써 그 자신이 느끼기에도 드높아진 기분이 들었다. 이런 면에 관해 홀가분하게 에드몽을 비난할 수 있었다. 그에 비해 정직하고 청렴하다. 그는 자신이 만족스러웠다.

이런 까닭으로 그는 에드몽의 사업에 지나치게 관심을 갖게 되었을까? 멜로즈 향수는 알맞은 계기였다. '부동산' 쪽으로 말하자면 그는 꽤나 잘 알고 있었다. 하지만 여러가지 것이 그에게서 빠져나갔다. 비서 마리 양에게 많은 신세를 졌다. 그가 오거나 오지 않는 사장을 기다려야 하는 한없이 긴 시간 동안 그녀는 그가 삐예빌 길의 서류를 열람하도록 내버려두었다. 시간을 잘 보내야 한다. 사람들이 그를 사장의 오른팔로 여기는 만큼 그것은 매우 자연스러웠다.

그는 복잡하게 뒤얽힌 에드몽의 사업에서 발견한 것에 급속도로 열광했다. 부정이 수없이 많았다. 특히 국세청을 속이는 일이 문제였다. 오, 삐예빌 길에서는 이것이 특별하지 않아! 그것은 도처에서 행해진다. 요컨대 상당히 이상한 여러가지 농간이 있었다. 아드리앵은 돌아가는 형편을 파악하고 나자 다른 것 때문이라기보다는 호기심 많은 정신 때문에 더 상세히 알아볼 생각이었다. 게다가 택시와 관련된 어느 사업에서 빨메드 그룹에 대한 공격 수단을 발견했다. 아무도 그것을 알아차리지 못했다. 그것은 어느날 에드몽에게 도움이 될 수 있었다. 또는 아드리앵 자신에게, 그가 허영심 때문에 빨메드의 사위와 논쟁하게 될 때. 그가 이 모든 것에 몰두할수록, 그리고 회사의 그 막대한 기계설비를 존중할수록, 아무것도 이해하지 못하면서 이 모든 것에 끼어드는 에드몽 부류의 호사가들, 신용할 수 없는 사람들을 덜 존중할수록, 허영심은 그들 옆에서 계속 작동하고 그들은 자신들이 경영한다고 생각하거나 생각하는 척한다. 딱하다! 기생충들. 정말로 머잖아 바르뱅딴 부인이 이혼을 원한다면 산업자본주의 기업가로 행세하는 이 가짜 위인, 이 빠리의 저명인사에게는 무엇이 남을 것인가? 게다가 누구의 눈앞에서! "마리 양, 그 서류를 내게 건네줘요. 알다시피 8구의 토지 소송사건, 장밋빛 파일이라고 생각되는데."

비서가 그를 쳐다보았다. 그는 되풀이 말해야 했다. 이 조그만 아가씨는 추잡하지 않았다. 그녀가 장밋빛 파일을 찾으려고 몸을 숙이자 그는 그녀의 목을 쓰다듬지 않고는 못 배겼다. 그녀가 몸을 떨었다. 빠져나가려 하지 않았다. 계속해서 장밋빛 파일을 찾았다. 곱슬곱슬한 작은 금발 타래가 흘러내린 연약한 목덜미 위로 그가 손가락을 천천히 조였다. 지배자의 손가락을.

그날 이것은 분명 바르뱅딴의 잘못이었다. 아드리앵은 그를 꼭 만날 필요가 있었다. 서명을 받아야 했다. 상대방은 오지 않았다. 그래서 그는 이사회 사무실에 편안하게 자리 잡고 책을 읽었다. 메모했다. "모르겠어요." 마리 양이 중얼거렸다. "만일 제가 해야 할 것이……" 그녀는 무엇에 관해 말했을까? 방금 전의 무람없는 사소한 몸짓, 아니면 그가 요구하지도 않았는데 그녀가 캐비닛에서 꺼낸 서류? 이 아가씨는 영리했다. 그가 무엇을 바라는지 금방 알아차렸고 그의 욕망을 과감하게 맞이했다. 그가 그녀에게 미소 지었다.

"내버려둬요, 마리 양, 내가 책임질게요."

그녀가 상당히 당황하여 사무실 밖으로 나갔다.

에드몽이 또다시 약속 장소에 오지 않자 아드리앵은 그의 집을 찾아가기로 결심했다. 바람을 쐬고 걸을 필요가 있었다. 큰길로 내려왔다. 꽁꼬르드 광장, 꾸르라렌…… 어쨌든 바르뱅딴은 집에 있지 않을 것이 분명했다. 아드리앵은 궁금하지 않았다. 블랑셰뜨 바르뱅딴의 모습이 무엇과 헷갈리는지 어렴풋이 생각했다. 별난 생각이었다. 그는 틀림없이 에드몽의 아내, 그녀를 제대로 본 적이 없었을 것이다. 그녀의 얼굴이 어떻게 생겼는지 명확하게 상상할 수 없었다. 예쁘지 않았다. 못생기지 않았다. 약간 행동이 느리고 어수선해 보였던 것 같다. 그녀 곁에 누군가가 있어 이야기를 나누고 있을지도 모른다. 그래도 어쩌면 에드몽이 거기 있을 것이다. 이 봄의 빠리가 특별한 매력을 발산하고 있었다. 이 모든 차만 없다면. 5시인데도 트로까데로 공원에 어린아이들이 가득했다. 강둑길을 따라 아드리앵은 걸음을 재촉하지 않았다. 늦게 도착할수록 더 기회가 많을 것이다. 그는 정말로 부유한 사람들이 사는 이 동네를 좋아했다. 빠시 지하철역에서 계단을 올라갔다.

그렇지만 그는 돈이 많다면 여기에 살고 싶지 않을 것 같았다. 레누아르 길보다 더 귀족적인 뭔가를 모색했을 것이다. 좌안. 그는 코를 쳐들고 약간 벌름대며 바르뱅딴 가족이 사는 큰 건물을 불만스럽게 곁눈질했다. 이 호화 감옥들, 게다가 길이 좁다. 지금 오고 있는 것 같은 트럭으로 충분히 길을 막아버릴 수 있다.

갑자기 그가 달리기 시작했다. 자신이 무엇을 하는지 생각지도 못한 채. 사람들이 비명을 질렀다. 그가 내의와 레이스로 된 그 작은 덩어리를 부여안았다. 괴물 앞에서 옆으로 날았다. 발이 미끄러졌다. 그가 충격을 받았…… 하늘이 가물거렸고 급브레이크의 기괴한 소음이 들렸다. 먼지와 기름때 냄새가 진동했다.

사람들이 그를 일으켰다. 아니, 어린아이는 괜찮았다. 어린 마리빅뚜아르가 울먹였다. 가정부가 거무스름한 팔을 휘둘렀다. 운전사가 악에 받쳐 경찰관을 상대했다. 아야! 다리에 지독한 통증이…… 기절. 그가 다시 쓰러졌다. 아드리앵은 걸을 수 없었다. 작업복 차림의 남자가 그를 부축하고서 물었다. 그가 입술을 실룩 실 그러뜨리고 미소 지었다. "별것 아니에요." 그가 말했다. "다리가 부러진 것 같아요."

그는 가정부와 에드몽의 아이들을 바라보았다. 그가 사장의 딸을 구한 것이다. 그는 또다시 기절했다. "그는 일어날 수 없어요." 어느 남자의 목소리가 들려왔다. 그리고 또다른 남자 목소리. "약국으로 옮겨야겠어요." 이 말에 어떤 여자가 울부짖었다. 틀림없이 가정부였을 것이다. "어머나, 아르노 씨잖아! 주인 양반의 친구예요!" 그녀가 그의 곁에 무릎을 꿇고 있었다. 그가 눈을 떴다. "별것 아니에요." 그가 말했다. "곧 괜찮아질 거예요." "당신이 이 어린아이를 구했어요."

물론, 그가 여자아이를 구했다. 일종의 도취감이 일었다. 그는 어린아이를 좋아했다. 그다음에는…… 그는 너무 기운이 빠져 이 새롭고 특별한, 결정적인 사실로부터 결론을 끌어낼 수 없었다.

"아뇨, 병원으로 갈 것 없어요." 가정부가 조잘거렸다. "어서요! 주인 양반의 친구라고요! 우리 집으로 올라가게 해줘요! 부인이 나를 용서하지 않을 거예요! 이분이 아이를 구했어요! 도와주세요, 거기 아저씨……"

누군가가 아드리앵을 팔로 붙들었고 다른 사람이 그의 발을 잡았다. 다친 다리를 건드렸다. 그가 비명을 질렀다. 그에게 잘 보이지 않는 세 남자가 아주 조심스럽게 그를 바로 앞의 집 안으로 옮겼다. 그를 승강기에 태우는 것이 또 한가지 큰일이었다. 가정부가 외쳤다. "제가 걸어올라가 침대를 준비하고 의사에게 전화할게요!"

다리의 통증이 지독했다.

우연, 기적 같은 우연.

66

무슨 일이 일어났는지 바누 부부가 알아차려서는 안 되었다. 뽈 드니는 숨을 깊이 들이마시고 손수건으로 이마를 닦았다. 달렸었다. 쓸데없이 달렸던 것이다. 성기게 짠 직물 셔츠에 짜증이 났다. 깃의 단추가 떨어져나갔다. 울고 싶은 마음을 억눌렀다. 울지 않을 것이다. 울지 않는 것은 의외로 쉽다. 그래도 모두와 점심식사를…… 그는 붉은색과 흰색 바둑판무늬의 작은 커튼이 쳐진 방에서 지체할 수 없었다. 거기, 열린 옷장, 화장대 위에 남겨둔 빈 화장수 병, 바닥의 종이 몇장, 아직 정돈되어 있는 침대 앞에 머물러 있고 싶었을 것이다. 거기에 틀어박혀 번민하고 싶었을 것이다. 사람들이 어떻게 생각할까? 그는 다시 내려왔다. 키 작은 바누 부인이 그에게 우편물을 내밀었다. "우편물을 가져가지 않았더군요, 드니 씨." 그녀는 그를 측은히 보는 기색이었다. 아, 아니야, 설마. 두가지였다. 잡지, 신문. "미안합니다만, 부인, 오늘은 점심식사를 하지 않겠어요."

철 이른 4월의 어루만지는 듯한 햇살! 그날 오전에 뽈은 센강에서 첫 수영을 할 수 있었다. 날씨는 여전히 따뜻하지가, 따뜻하지가 않았다. 하지만 강물, 풀잎, 심지어 맨발이 쑥쑥 빠지는 강가의 진흙, 얼마나 즐거울까! 벌써 햇살이 강했다. 뽈은 살짝 벌어진 셔츠 가슴팍에 금빛 깃을 달았다. 베레니스를 산울타리로 둘러싸인 강가의 이 들판에 데려오고 싶었다. 조용히 일광욕을 즐길 수 있을 만한 곳이었다. 그는 베레니스가 읽고 있는 영어책을 낚아챘을 것이고, 그녀는 그가 막 완성했고 그녀가 단편적으로만 알고 있는

『우울한 산책』의 원고를 읽기 시작했을 것이다. 반사적으로 그는 온통 햇살을 받으며 도로를 따라 달려 물랭 쪽으로 급히 내려갔다. 거기서 텅 빈 방, 짧은 편지와 마주쳤다. "나는 떠나, 뽈. 당신 마음을 아프게 하고 싶지 않아. 우리 둘, 잘못이야. 그것을 연장하는 것이 몹시 괴로워. 너무 울지 마, 다른 것을 생각해. 당신은 당신의 삶이 있어. 당신이 쓴 것(나는 당신이 쓴 것이 매우 좋다는 것을 기억하고 있어), 당신 친구들…… 혼자 있지 마. 다시 친구들을 만나러 가. 당신은 당신이 생각하는 것만큼 내게 집착하지 않아. 메네스트렐이 뭔가 흥미로운 것을 생각해냈을 테고, 삐갈 광장에는 새로운 것들이 있어. 나를 만나려고 애쓰지 마. 이렇게 단번에, 소리 없이, 격렬한 언쟁 없이 깨끗하게 갈라서는 것이 더 낫지 않을까? 내 결심은 돌이킬 수 없어. 나는 영원히 떠난 거야, 부디 이해해줘. 우리는 겨울의 끝에서 좋은 날씨가 올 때까지 거의 삼개월을 함께 보냈지. 이제 됐어, 화창한 날씨가 돌아왔잖아. 헤어지자. 그 세달이 내게는 언제나 매우 다정스레 떠오를 거야. 그 시절을 망치지 말자, 동의하지? 당신의 야릇한 작은 입으로 얼굴을 찌푸리지 마. 내가 나의 삶을 살도록 내버려둬. 그 시절 동안 내게 당신의 삶을 내주어서, 힘겨운 시기에 정말로 나를 도와주어서 고마워. 이제는 지난 일이야. 나는 강해. 나는 떠나. 다정한 포옹과 함께, 베레니스."

그녀는 떠나면서 바누 부부에게 무슨 말을 했을까? 그는 그녀가 떠난 이유를 알고 있을까? 그녀가 떠날 때 뽈이 없었다는 것, 베르농으로 그녀를 배웅하지 않았다는 것을 그들은 어떻게 납득했을까? 사람들의 동정을 감당하기란! 마치 이 모든 것이 자연스럽고 합의된 일인 양 처신해야 한다. 알고 있었던 체해야 한다. 그녀는 몇시 기차를 탔을까? 아마도 12시 30분 기차. 십오분 지났다. 이 무슨 불운인가! 그가 십분만 일찍 돌아왔더라면 자전거로 따라잡을 시간이 있었다. 하지만 저기, 바누의 탈것에, 오토바이에 서둘러 뛰어올랐다면…… 다만 그녀는 11시 47분 기차를 탔을 수도 있었다. 그는 물어볼 수 없었다. 더구나 그녀는 그에게 다시 만나려 애쓰지 말라고 말했다. "우리 둘, 잘못이야." 그녀는 아직도 뢰르띠유아를 생각한다. 뢰르띠유아와 재회하러 갔다. 맙소사, 뭐라고? 그가 그녀의 취향이라면! 그래, 뢰르띠유아와 함께 가라! 그는 자신에게 고통을 주는 그 이름을 되풀이해서 읊조렸다. 그렇지만 있을 수 없는 일이다. 이렇게 잘못 생각할 수 있을까? 그녀는 그를 사랑했다. 자, 보자, 그녀는 작은 뽈, 그를 사랑했다. "다정한 포옹과 함께." 그가 입술을 깨물었다. 그는 울 뻔했다. 여기, 서재에서, 영국 판화들, 주석 항아리들, 파이프 걸이, 분홍색과 초록색의 친츠 천 커버로 덮인 가구들 사이에서. 바누 부인은 물건의 먼지를 떨고 있는 것처럼 하면서 슬며시 그를 바라보았다. 그는 자신이 우편물을 읽지 않고 손에 베레니스의 편지를 펼친 채로 들고 있다는 것을 알아차렸다. 그는 밖으로 나왔다. 출판사의 편지는 『우울한 산책』의 원고를 요청하는 내용이었다. 특히 호화판을 위해 삐까소의 소묘가 더 많이 들어갈 수 있다면 판매에 도움을 줄 것이라고 했다. 그가 문간을 넘어섰다. "아시겠지만, 드니 씨!" 바누가 차고 구실을 하는 차양 아래서 오토바이 옆에 웅크리고 앉아 외쳤다. "내가 피아노를 조율하게 했어요! 그 아가씨들이 오늘 오후에 도착해요. 그녀들은 오늘 저녁 당신이 우리를 위해 연주하리라고 기대하고 있어요!" 그 아가씨들이란 레즈비언들이었다. 토요일이었다. 뽈이 무어라 투덜거렸다. 그는 토끼풀 들판을 통해 멀어졌다. 머피의 집으로 점심 먹으러 간다는 인상을 주고 싶었다.

이제 어떡하지? 지베르니에 남아 있어? 레즈비언들을 위해 피아노를 연주하고, 바누와 체스 게임을 하고, 삐까소에게 편지를 써서 약속한 소묘를 달라고 하고, 루셀에게 새로운 잡지들에 관한 의견을 구하고…… 아, 제기랄! 그는 한적한 길로 접어들었다. 눈물이 솟아오르는 것을 느꼈다. 땅, 엇갈린 바퀴 자국, 비탈의 풀, 갈색과 파란색 나비를 바라보았다. 길이 꺾이는 지점에서 연인들을 방해했다. 남자가 암묵적인 동조의 표정으로 뽈을 바라보았다. 뽈이 고개를 돌렸다. 그는 시간을, 삶을 어떻게 할 참이었을까? 모네의 정원 앞에 도착하자 마음이 서글퍼졌다. 노년과 영광을 오랫동안 막연하게 생각했다. 모네, 인상주의…… 어쨌든 나쁘지 않았다. 그것이 예전에, 어떤 시기에 나타냈던 것…… 그 사람들, 어쩌면 무정부주의자였을 이들의 젊은 시절에 관해 이 고장에 퍼져 있는 온갖 이야기…… 하지만 전혀 나쁘지 않았다. 모든 것이 작은 사유지, 꽃으로 끝난다. 빠리로, 오랑주리로 「수련」의 큰 화포畫布를 보러 갈 필요가 있겠어. 아주 미친 짓이라고들 하겠지만. 모네가 백내장 수술을 받는다면 다행스러운 일이 될 거야. 그에게는 바틱염색을 하는 조카, 뽈이 머피의 집에서 만났던 키 큰 녀석이 있었지.

그녀는 어디로 떠났을까? 빠리로? 빠리에 머무르지는 않을 것이다. 바르뱅딴의 집에? 앙베리외의 집에? 설마. 그는 갑자기 오렐리앵을 생각했다. 오렐리앵이 눈에 어렸다. 이로 인해 잠시 마음이 아렸다. 아니야, 그럴 리 없어. 그들 사이의 관계는 완전히 끝났다. 그는 베레니스가 오렐리앵에게 다시 돌아가기 위해 자신을 피한 것은 아니라는 것을 잘 알고 있었다. 아니다. 그녀는 남편의 집으로 돌아갈 것이다. 이것은 명백한 사실 자체였다. 반항의 시도, 가출, 삶에서의 여담…… 세달. 세달도 못 되었다. 그리고 가정으로의 복귀. 그는 코웃음 쳤다. 그저 그런 소시민 여자. 자, 더 이상 생각할 필요가 없었다. 열심히 뒤쫓기? 행여나! 그녀는 다른 무엇을 바랐을까? 그의 삶은 너무 활기가 없었다. 그에게는 모험이 필요했다. 이제 드라마는 고통을 주지 않을 것이다. 그가 그토록 미련하지는 않을 것이다. 아, 아니다, 잘됐다. 게다가 그녀가 분명히 말했다. 그에게는 친구들, 메네스트렐, 그가 쓴 것이 있었다. 친절하게도 그녀는 강조했다. "나는 당신이 쓴 것이 매우 좋다는 것을 기억하고 있어." 베레니스에게는 친절한 면모가 있었다. 오, 버터 비스킷, 버터 비스킷!

그의 몽상은 정확히 신체적으로 견디기 힘든 양상을 띠었다. 그는 센강 기슭에 도착했다. 아까 수영했던 곳이다. 정면의 작은 섬을 바라보았지만 그가 보는 것은 작은 섬이 아니었다. 그는 다가올 밤이 두렵기 시작했다. 아마 베레니스가 옳았을 것이다. 지베르니에 남아 있지 말고 빠리, 삐갈 광장, 밀감으로 만든 뀌라소, 친구들을 되찾기…… 자정 무렵 뢸리스에서 그는 뢰르따유아와 마주칠 것이다. 뢰르따유아가 혼자이고 침울하다는 것을 확신할 수 있을 것이다. 불가능한 것은 아니다. 그와 함께 한잔할 것이다.

그가 수영한 강물은 별로 깨끗하지 않았다. 작은 나무토막들이 떠내려갔다. 에쁘뜨의 물이 거기에 도달하는 것을 볼 수 있었다. 더 푸른 색깔의 차가운 물이 맴돌다가 자취를 감추었다. 나무들 뒤로 뽈은 자신이 옷을 벗었던 작은 만에서 지류 쪽으로 거슬러 올라갔다. 마음을 정하지 못했다. 빠리냐, 또는 빠리가 아니냐? 다시 다리로 이어지는 오솔길을 지나쳐 마을 어귀에 이르렀다. 그곳을 통해 수문으로 갈 수 있었다. 베레니스가 좋아하는 경로였다. 베레니스, 뤼시앵에게로 돌아간. 설마, 그럴 수 있었을까? 그는 떠올릴 때마다 몸서리친 냉혹한 말을 기억해냈다. 베레니스의 말. 어느날 밤. 그녀가 그에게 따뜻하고 포근한 그림자와도 같았던 그 버림받은 상태에서. 그녀는 그에게 바짝 달라붙었다. 그는 성적 쾌락에서 완전히 돌아오지 않은 상태였다. 그녀가 격한 어조로 중얼거렸다. "두 팔이 다 있는 남자가 얼마나 경이로운지 당신은 몰라!" 오늘 그에게 다시 떠올라 역시나 소름 돋게 하는 잔혹한 말. 그녀는 뤼시앵에게 돌아갔다.

정오에 뽈의 발걸음은 적막한 집들 쪽으로 향했다. 햇볕에 머리가 어지러웠다. 벌써 똥파리가 날아다녔고 어느 마구간에서 말이 뒷발질하는 소리가 들렸다. 뽈은 아주 자연스럽게 머피의 집으로 이어지는 길에 접어들었다. 편지 두개 중에서 하나만 뜯어봤다는 것, 그리고 손에 우편물을 들고 있다는 생각이 떠올랐다. 두번째 편지는 치과의사의 진료비 청구서였다. 565프랑. 그리고 신문에는 얼마 전에 죽은 데샤넬에 관한 기사가 "음해당한 위인"이라는 제목으로 실려 있었다. 뽈은 『라 까냐』의 만화를 건너뛰고 음화陰畵, 전쟁 사진, 라나발로 여왕에 관한 추억 등을 보았다.

기사 중에 메네스트렐에 대한 푹스의 칼럼이 있었다. 기만과 믿을 수 없는 악의로 작성된 칼럼이었다. 뽈은 이를 악물었다. 격분했다. 푹스 같은 인간쓰레기들이 감히…… 메네스트렐은 푹스 자식보다 훨씬 나았다. 물론이다. 하지만 그럼에도! 어처구니없게도 뽈드니, 자신에 대해 다정한 말이 있었다. 기자들의 술책 가운데 하나, 분할하여 통치하라, 친구들 사이에 의혹을 퍼뜨려라. 메네스트렐이 이에 대해 어떻게 생각했을 것인가? 뽈은 푹스에게 보낼 편지에 무슨 말을 쓸지 머릿속으로 궁리했다. '선생.' 그를 선생이라 불러야 할까? 오히려 '이 개자식'이 문체에 어울릴 것이다. '선생 겸

친애하는 개자식.' 이것으로 다 해결된다. 따라서 나는 말한다. '선
생 겸 친애하는 개자식, 무엇이 당신으로 하여금 내게서 재능을 발
견하도록 하는지.' 아니야, 약해. '당신이 싸구려 기사를 쓰게 하는
감옥에서 누가 감히 내게 어쭙잖은 자격증을 수여하는지 약간 궁
금하군요.' 자, 이런 종류의 뭔가를, 그다음에는 '메네스트렐과 나
사이에는 당신이 더러운 주둥이를 들이밀 여지가 없습니다' 등등.
쓰면서 수정하면 될 것이다. 그런 편지들은 뿔 드니의 대성공이었
다. 언제나 파국, 격렬한 싸움을 초래했다. 그는 그런 것을 열렬히
좋아한다고 말했다. 사실은 싫어했다. 하지만 명성을 유지할 필요
가 있었다. 이번 난타전은 그에게 불쾌하지 않을 것 같았다. 이를
통해 스트레스가 해소될 수 있었다. 그러고 나면 『라 까냐』의 퇴역
군인 무리가 그에게 혐오스럽게 굴었다. 그래서 어쩌라고! 이 악질
거간꾼 푹스, 되 마고[41]에서 사람들이 그에 대해 뭐라고 했는가? 푹
스는 부도수표를 발행했고 서명을 위조했다. 그에게 당한 사람들
중의 하나가 그를 거기에서 끌어냈다. 사기꾼들이 언제나 적당히
얼버무려 속이는 누군가였던 것 같다. 그런 인간들이 감히 메네스
트렐을 공격한다, 어김없이! 어느날 베레니스가 그에게 푹스에 관
해 무슨 이야기를 했던가? 베레니스가 그를 알다니, 빠리에서나 일
어날 법한 터무니없는 일들 가운데 하나였다.

　어디에서 565프랑을 구하지? 루셀에게 치과의사의 진료비 청구
서를 보낸다면? 아마도 결국에는 그가 지불할 거야. 키슬링[42]의 그
림 한점을 그에게 선물하겠어. 뒤죽박죽 많이 쌓여 있으니. 그것이
그의 관심을 끌어서가 아니라, 그러는 편이 덜 거북하니까.

---

41 빠리 6구의 생제르맹데프레 광장에 위치한 문학 까페 겸 레스토랑.
42 Moïse Kisling(1891~1953). 폴란드 태생의 프랑스 화가.

"오, 이런, 이봐요, 올라올 수 있나요?"

프레즈 부인의 작은 검은색 계단에서 큰 신발을 신은 아치가 중간층으로 뛰어내려왔고 머피가 몸을 구부리고 외쳤다. "폴!" 미국인의 그 팽창된 음절 때문에 프랑스 사람 뽈 드니는 자신을 부르는 것인지 늘 의심하곤 했다.

"올라와요, 친구(Do come up, Buddy)! 올라오라고요, 폴!"

몰리는 소파 위에서 머리에 수건을 두르고 쿠션 위에 엎드린 자세로 파이프를 피우고 있었다. 그녀 곁에 쌓인 책들 사이로 작은 술잔과 커피잔이 놓여 있었다. 그녀는 『랭트랑지장』의 삼행 광고를 열심히 읽는 중이었다. 먹고 남은 음식들이 조그만 원탁과 바닥에 널브러져 있었다. 공중에 연기가 자욱했고 생선구이 냄새가 났다.

"점심을 먹었다고요. 정말로 먹었나요(Did you really)? 간단히 차렸으니까 같이 먹어요." 그가 거절의 손짓을 했다. "그럼 커피? 독주는 거절하지 않겠죠? 난 당신을 알아요(I know you)!"

위협적인 작은 손가락, 목구멍 안쪽에서 내는 하하 소리, 사교계 부인의 큰 몸짓, 잘 알고 있다는 듯 끄덕이는 고개, 반쯤 감은 눈…… 몰리는 주인 노릇이 무르익었다. 커피라면 대환영이죠. 종이 네다섯장, 구식 표지의 책들이 바닥에 쌓여 있었다. 머피가 바닥에 책상다리로 앉아 디드로에 관해 말했다. 그는 『운명론자 자끄』와 『우울한 산책』이 같은 계통임을 발견했다. 그가 상상의 안경 너머로 뽈을 바라보았다. "단지 이 차이, 이 차이밖에 없어요. 『운명론자 자끄』는 젊은 시절의 작품이 아니에요. 그래서 당신들, 디드로와 당신을 비교하고자 할 때는 마음속으로 그려보려고 시도하죠. 스물두살의 디드로, 또는 마흔다섯살의 폴 드니를 상상해보려고 시도해요. 마흔다섯살에 당신은 어떻게 보일까요? 궁금해요? 군살이 붙고, 벌써 머리가 희끗희끗해지고, 당신이 완전히 남자일 때, 무슨 말인가 하면, 더이상 소년이 아닐 때요(I mean, no longer a boy)."

"나는 결코 마흔다섯살이 되지 않을 거예요." 뽈이 말했다. 몰리가 커피를 데웠다. 그녀는 머리를 싸맨 수건을 벗었다. 머리카락이 아직 마르지 않아 물에 젖은 강아지처럼 상당히 불쌍해 보였다. 손으로 머리카락을 털어보지만 별 효과가 없었다. 그녀가 물었다. "고상하고 드센 베레니스 부인은 어떻게 지내죠?"

뽈은 대답하지 않았다. 조그만 거울 앞에서 눈썹을 그리던 몰리가 침묵에 놀라 돌아보았다. 아치는 종잇장을 모아 순서대로 쌓기에 여념이 없었다. 뽈의 표정이 바뀌는 것을 알아채지 못했다. 하지만 몰리가 서둘러 말했다. "아니, 그가 울고 있는 것 안 보여(But, don't you see he is crying)? 이봐요, 뽈, 무슨 일 있어요? 이 짐승 같은 인간, 당신의 디드로와 함께 살아! 뽈, 이 커피 따뜻할 때 마셔요. 아뇨, 아무 말도 하지 마세요. 다른 음료라도 들어요(Have another drink)! 나와 함께…… 마음을 편하게 가져요(Take it easy). 오, 아치! 당신은 전혀 아무것도 안 보이지! 디드로! 부탁 좀 하자, 응(I ask you)." 뽈은 넋을 놓고 서 있었다. 머피가 물었다. "그녀가 떠났나요?" 뽈이 머리를 끄덕였다. 무거운 침묵이 흘렀다. 몰리가 쿠션을 가볍게 두드린 다음 뽈의 머리 뒤에 놓아주었다. 그녀에게서 술 냄새가 났다. 그녀가 중얼거렸다. "불쌍한 사람(Poor child)!" 그리고 그의 손을 잡았다. 밖에서 제대로 점화되지 않은 엔진 소리가 났다. 개 한마리가 짖었다. "이제, 그 일에 관해 우리에게 빠짐없이 말해봐요." 몰리가 말했다.

67

뽈과 베레니스의 비밀은 오래가지 않았다. 사방에 불을 붙이는 짚단과도 같았다. 누가 방화범인지 얼른 말하라! 샤를 루셀이 있었다. 의상디자이너의 조심성, 잘 알고 있는 듯 보이는 기색처럼 엄청난 것은 없다. 그가 말하지 않아야 하는 것은 오직 부인의 이름이었다. 하지만 뽈 드니가 지베르니에 어떤 사람, 사교계의 어느 결혼한 부인과 함께 있었다는 것 정도는 말할 수 있었고 거기에는 굿맨 부인의 호기심을 부추길 만한 뭔가가 늘 있었다. 그녀는 사모라와 함께 그의 집에서 점심식사를 했다. 「양성구유 뚜쟁이」의 효과에 대해 평가하러 갔던 것인데, 일단 르그랭이 액자에 끼워넣은 이 그림은 루셀 부인이 방향을 바꾸어 씻는 동안 보이지 않게 가려지도록 돌쩌귀가 달린 욕실의 벽에 덧문처럼 걸려 있었다. 그리고 사모라가 메네스트렐에게 그 여자는 누구냐고 물었다. 메네스트렐도 지베르니에 가보기는 했지만 그녀를 만난 적이 없었다. 다만 음악가 장프레데리끄 시크르, 뽈 드니의 절친한 친구가 사모라가 그녀와 아는 사이라고 넌지시 알렸다. 그는 더 많은 말은 할 수 없었다. 누구라도 그를 채근했을 것이다. 그 말을 할 때 그의 툭 튀어나온 큰 눈이 띠는 신비한 기색! 누가 그것에 관해 마리 드 뻬르스발에게 태연히 말했을까? 디안 드 네땅꾸르라 짐작된다. 그것이 어떤 경로로 그녀에게까지 전해졌을까? 어쨌든 마리가 그것에 관해 로즈에게 말했고 멜로즈 부인이 지베르니, 한적한 길, 그 실루엣, 그리고 뢰르띠유아의 거짓말에 관해 상상의 나래를 폈다는 것은 사실이다. 대단한 농간이 필요한 것도 아니었다. 어떻게 그녀가 그것에 관해 에드몽이나 드쀠르에게 말하지 않았을 것인가? 종합뷰티살롱에서 의사는 조에 아가토폴로스에게 그것을 말했고, 그녀는 자신과 마음이 통하는 친구 마리의 정보를 서둘러 보충했다. 에드 몽을 통해 사정을 알게 된 블랑셰뜨는 쓴웃음을 터뜨렸다. 그 보잘 것없는 베레니스! 정말 너무도 잘났군. 그녀는 이튿날 곧바로 깁 스를 바꿔야 하는 아드리앵에게 그 이야기를 했다. 그래 봬도 심한 골절이었다. 압박변형만 일어나지 않았으면! 맙소사, 그날 저녁 그 귀가를 떠올릴 때면! 그녀가 느낀 감동, 그녀의 어린 마리빅뚜아 르…… 가정부가 옳았다. 어떻게 마리빅뚜아르를 구해준 이를 병 원으로 가게 내버려둘 것인가? 집에 충분한 공간이 있었다. 또한 그를 병원으로 이송하는 동안 부상이 악화될 수도 있었다. 게다가 아드리앵은 에드몽의 가장 오랜 친구가 아닌가? 이중 골절, 뼛조각 에 의해 꿰뚫린 동맥 등!

그에게 빚진 것이 있었을 뿐만 아니라, 아드리앵은 거의 폐를 끼 치지 않았다. 다시 말해서 거의 폐를 끼치지 않았을 것이다. 그 사 촌형수만 아니었다면…… 키 큰 갈색 머리의 여자, 눈에 눈물이 글 썽한 물러터진 여자, 그녀를 마음대로 하도록 내버려두었다면, 그 리고 안면이 없는 사람들의 집에 이렇게 걸핏하면 와서는 안 된다 는 것을 그녀에게, 오, 몹시 조심스럽게! 납득시키지 않았다면, 그 녀는 아르노 씨의 침대 머리맡에 쉽게 자리 잡았을 것이다. 확실히 병원은 방문 시간이 정해져 있으므로 더 간단한 일이다. 사실 요령 이 좋아야 한다. 그녀와 그녀의 사촌시동생 사이에는 예상 밖의 뭔 가가 있는 것이 틀림없었다. 특히 그녀 쪽에서. 왜냐하면 그는 오히 려 짜증이 난 것처럼 보였으니까.

에드몽과 아드리앵이 얘기를 주고받는 것은 듣는 재미가 있었 다. 에드몽은 집에 있을 때 대개 손님용 침실로 가서 커피를 마셨다. 그들 사이에는 어린 시절, 그들이 자란 남쪽의 소도시, 성벽 지대에서의 **뻬땅끄** 게임, 스무살이 되기 전의 분별없는 짓들이 있었다. 블랑셰뜨는 그들이 하는 말을 듣고 놀랐다. 남편과 다른 에드몽, 자신이 알지 못해서 아쉬워했던 청년을 발견했다. 무척이나 호감이 갔고 자연히 아드리앵을 그 에드몽과 약간 동일시했다. 게다가 영웅, 아드리앵. 에드몽이 그녀에게 얘기해주었다. 그가 전쟁에서 멋지게 행동했다는 것이다. 어린아이를 구하기 위해 트럭 아래로 몸을 던진 것으로 판단컨대, 놀랄 것이 뭐 있겠는가!

이 모든 것에서 블랑셰뜨는 다시 오렐리앵을 생각했다. 씁쓸했지만 또한 만족스러웠다. 베레니스의 이 연애 때문에 그가 체면을 구겼다는 것, 그리고 베레니스가 다른 남자에게, 그 개구쟁이에게 갔다는 것을 알았기 때문이다. 블랑셰뜨에게 깃든 감정을 질투라고 부를 수는 없었을 것이다. 그것은 질투의 반대였다. 엄청난 평화가 그녀에게 내려왔다. 그래서 에드몽이 그녀를 떠나 곧 멜로즈와 다시 만나리라는 것을 알았지만 아무런 영향도 받지 않았다. 전혀 아무렇지도 않았다. 기분이 좋기만 했다. 그녀는 자신의 기도가 헛되지 않았다는 것에 대해 주 예수에게 감사했다.

아이들은 아르노 씨를 몹시 좋아하게 되었다. 아주 단순한 일이다. 특히 맏이는 동생을 무척 좋아해서 동생을 구해준 사람에 대한 고마운 마음이 넘쳐났다. 아드리앵은 아이들과 오래 놀아주었다. 얼마나 믿기 어려운 일이었는지! 아이들의 아버지는 그런 적이 별로 없었다. 대체로 아드리앵 아르노는 완전히 뜻밖에게도 한결같은 성격을 내보였다. 그런데 남자가 속셈을 드러내는 것은 그러한 상황에서다. 그토록 활동적일 때, 서른살이 채 안 된 젊은 남자일 때 부득이 취하게 된 휴식, 그리고 움직이지 못해서 겪어야 하는 모든 난처한 일을 생각해보라. 너무 분명하지 않은가. 그의 다리는 말할 것도 없다. 그 스트레칭 기구들은 끔찍하지만 부러진 조각들이 부분적으로 포개지지 않고 딱 맞게 붙어야 했다. 단순 골절일 때는 기구를 이용한 스트레칭이 그다지 고통스럽지 않다. 하지만 상처, 붕대…… 블랑셰뜨는 무슨 일이 있어도 다른 누군가가 그를 돌보도록 내버려두지 않았을 것이다. 전쟁 동안 그녀는 간호사였다, 그렇지 않은가?

블랑셰뜨의 삶은 변했다. 집 안이 더이상 텅 빈 곳이 아니게 되었다. 아이들이 더이상 파리 같지 않았다. 에드몽을 기다리는 시간이 고통이기를 그쳤다. 그리고 특히 죄의 그림자가 그녀로부터 멀어진 듯했다. 그녀는 아주 드물게만, 매우 차분하게 오렐리앵 생각을 했다. 명백히 상황의 진전이 한몫을 톡톡히 했다. 뢰르띠유아가 베레니스 때문에 낭패를 당해 낭만적 정취를 상실한 것이 큰 기여를 했다. 하지만 아르노 씨가 와 있는 것이 훨씬 더 크게 작용했다는 것은 인정해야 했다. 마치 그녀의 강박관념을 몰아내기라도 한 듯했다. 아드리앵이 블랑셰뜨를 보호했다. 거기에 있는 것만으로 그녀를 진정시켰다. 그녀는 어떤 계기로건 마음속에서 예전의 고민이 다시 시작되는 것을 느낄 때면 움직이지 못하는 손님을 보러 갔다. 그는 금세 얼굴이 환해졌다. 그녀를 보아서 늘 행복한 듯했다. 그녀만을 기다리는 것처럼 보였다. 게다가 그는 매우 재미있는 이야기꾼이었다. 보기와는 달리 견문이 넓었고 적지 않은 여행을 했다. 그리고 언제나 정중했다. 결코 농담하지 않았고 부적절한 말을 하지 않았다. 하지만 에드몽의 아내가 그를 두고 나갈 때 문까지 그녀를 좇는 눈길은 의미심장했다.

이런 가운데 장관이 아드리앵을 보러 왔다. 바르뱅딴 상원의원은 선량한 사람이었다. 손녀들을 애지중지했지만 볼 시간이 전혀 없었다. 그 사고 이야기에 마음이 흔들렸다. 그 아르노라니 그럴 수가…… 기다려봐, 그렇군, 그래, 세리안의 젊은이야. 기억나. 누 벨 갈르리의 아들! 그의 아버지는 내 정적이었어. 전차를 버스로 교체하는 건에 관해 나를 골탕 먹이기도 했지. 그게 1913년인가, 1912년인가 모르겠군. 아무튼 전쟁 전이었어. 쳇, 아주 오래전의 일 이야! 그는 형편이 나빠졌어. 내 생각에는 파산…… 하여튼 그 아 들은 책임이 없지. 그런데 그가 우리 귀여운 마리빅뚜아르를 구했 어! 우리가 그에게 빚을 진 셈이야. 면담은 상류사회풍으로 성대하 게 이루어졌다. 장관은 거의 아드리앵의 가슴에 십자훈장을 달아 줄 것처럼 보였다. "젊은이, 예전에 자네 가문은 내 가문과 싸웠네. 하지만 모든 것은 잊었어. 선량한 사람들끼리…… 우리는 모두 프 랑스인이지. 회복되면 내각으로 나를 만나러 오게. 내가 자네를 위 해 뭔가를 할 수 있다면…… 약속한 거지?"

아드리앵은 웃음거리가 되는 데 대단히 민감했다. 상원의원의 억양은 다른 사람의 억양만큼 그에게 와닿지 않았다. 자신의 억양 이 더 인상에 남았다. 더 말할 필요가 없었다. 아드리앵은 전쟁 전 부터 곤경에서 벗어나기 위해 온갖 것을 했기 때문이다. 하지만 웃 음거리가 되는 데 대한 걱정보다 국무차관이 자신을 만나기 위해 자리를 비웠다는 사실에 감격했다. 더 잘하라고 장관이라고들 말 한다 해도, 아드리앵 아르노에게는 국무차관이 더 신비스럽고 동 시에 더 현실적인 것처럼 보였다. 언제나 변함없이 그의 마음속에 는 모든 공식적인 것, 권력, 국가, 정부에 대한 깊은 존중이 있었다. 그는 이번 사고를 기꺼워했다. 이 기이한 휴가, 이 긴 시간의 몽상, 결말을 예감하는 이 연애의 모험을 가져다주었기 때문이다.

이자벨이 그를 방해했다. 그의 지난 삶, 그의 초라한 모습이 떨어져나가지 않는 것 같았다. 여기까지 그를 집요하게 따라다녀서 어쩌자는 것인가? 그가 이곳의 침실을 사촌 집의 침실과 비교했을 때! 그녀는 그와 단둘이만 있어서 안절부절못했고 그는 누가 갑자기 들어오지나 않을까 두려워했다. 불쑥 열리는 문, 하인들, 바르뱅딴 부인…… 사람들이 보는 앞에서 그럴 수는 없다. 이 이자벨, 정말 술꾼이다! 그녀를 이해시킬 방도가 없다.

그러므로 선수를 치는 편이 더 나았다. 바르뱅딴 부인이 뭔가 눈치를 챈다면…… 아드리앵은 그녀에게 속내를 털어놓았다. 다른 사람에게라면 감히 못 했을 것이다. 또한 사촌이기 때문에, 그의 타고난 조심성 때문에…… 하지만, 그러니까 나를 이해해주세요, 부인. 나를 나쁘게 생각하지 말아요. 그러면 절망스러울 거예요! 다만 이자벨이 납득하지 못할 뿐이에요. 그건 전적으로 그녀의 잘못이죠. 또한 아드리앵은 블랑셰뜨를 신뢰했다. 절대적이고 불합리한 신뢰였다.

"당신은 나를 몰라요." 그녀가 말했다.

그가 의미심장한 눈길로 그녀를 올려다보았다. 오, 아니다, 그는 그녀를 알았다. 그녀가 생각하는 것 이상으로! 그들의 관계는 정말 관습적이지 않은 방식으로 이루어졌다.

"좋아요, 당신의 사촌형수에 대해 말해보세요. 그녀를 사랑하나요?" 그녀가 말했다.

그가 그녀를 사랑하지 않는다고 말하기는 매우 어려웠을 것이다. 물론 그는 이자벨에 대해 약간 조급하지만 큰 애정을 갖고 있었고 그것은 오래전부터 지속된 것이다. 아드리앵은 바람기 있는 남자는 아니었다. 하지만 충실성은 사랑, 진정한 사랑을 바탕으로

하지 않을 때 고갈된다. 어느정도는 운명의 장난으로 형성되는 것
이라고 말할 필요가 있다. 그들은 함께 살았다. 그의 사촌은 자주
집을 비웠다. 그는 큰 곡물 수입사에서 일했고 그래서 마르세유, 생
나제르에 가야 했다. 그러면 텅 빈 집에서 남자와 여자, 젊은……

"미안합니다만, 지시할 것이 있어서요." 블랑셰뜨가 말했다.

68

"오, 오, 입구 쪽으로, 여기가 입구로군!"

회전 등불들이 비추는 테라스에 사람들이 붐볐다. 제복을 입은
하인들이 열을 지었고 다른 하인들은 정원의 연못 뒤로 미끄러지
듯 움직였다. 연보랏빛 모래밭 안으로 새로 도착하는 사람들이 차
에서 내렸다. 잔디밭 쪽으로 펼쳐진 크게 자란 나무숲, 금빛 천이
넓게 깔린 잔디밭, 채색된 나무들, 금박지를 입힌 나뭇잎들 때문에
풍경 전체가 비현실적인 모습을 띠었고, 그 속에서 아름답게 드러
낸 어깨, 잡다하고 우스꽝스럽게 차려입은 사람들의 꼴불견 때문
에 블랑셰뜨는 금세 어지러워졌다. 그녀를 여기에 데려온 것은 에
드몽이었다. 그 나름의 이유가 있었다. 그는 그녀를 신경 쓰지 않고
방금 소개한 어느 영국 남자의 손에 그녀를 맡겨놓았다. 옥스퍼드
출신 같아 보이는, 머리카락이 다갈색인 뚱뚱한 중년 남자로 다소
노출이 심했고 창과 방패, 금빛 장신구를 갖추고 있었다. 이름이 뭐
였더라? 어쨌든 대단히 부유한 남자였다.

세달 전부터 빠리 사람들은 이 저녁 모임에 관해서만 이야기했
다. 누가 발몽두아 공작의 파티에 참석하고 싶지 않겠는가? 그의

집은 그가 말한 것처럼 터무니없이 꾸며놓은 점이 루브시엔에 있는 꼬띠의 집과 상당히 비슷했다. 그는 집 전체에 금판을 붙이고 계단의 스핑크스를 구리 가루로 칠하게 했다. 내부는 훨씬 더 환상적이었다. 자정 무렵 혼잡은 절정에 이르렀다. 과연 없는 보석이 무엇인지! 그래서 대저택은 온통 불길한 그림자들로 둘러싸였다. 여기저기에 경찰이 깔렸고 작은 금빛 숲으로 샴페인을 마시러 가려던 사람들이 수풀의 정자에서 갑자기 나타난 인물들에게 검문을 받았다. 파티에 자극받아 소란스럽게 모여든 무리가 정원 입구에 몰려 서성거리면서 산울타리를 넘어 안을 구경하려고 애썼기 때문이다. 이 모든 사치스러운 향락을 다들 비난하고 있다고 했다. 경시청에서는 소요를 걱정했다. 모자를 쓰지 않은 여자들이 지나가는 손님들을 모욕했다. 그것이 이 저녁 모임에 일종의 혼란을 더했다. 그럼에도 매력이 없지 않았다.

발키리 차림의 키 큰 여자 열두명이 규칙에 따라 "에이오또오에이아아!"라고 노래하면서 명예의 계단을 올라갈 때, 총독 차림의 어떤 남자가 소매를 크게 휘저으면서 블랑셰뜨 쪽으로 달려들었다. 뀌세 드 발랑뜨였다. 그의 외투 자락이 사방으로 휘날렸다. "친애하는 부인, 그런데 당신은 무엇으로 분장했나요? 다나에, 그렇죠? 옷을 덜 입는 뭔가를 찾아내지 그랬어요? 내게는 눈요기할 다시없는 기회잖아요!" 그가 바르뱅딴 부인의 특이한 동반자를 바라보았다. 상대방이 자신을 소개했다. "휴 월터 트레블리언입니다." 뀌세는 뭔가 아는 기색이었다. "혹시 '그' 트레블리언 아닙니까?" "예, 바로 그렇습니다." "오, 오늘 저녁 여기서는 모든 것이 가짜라고 생각했는데! 이 황금빛 무도회의 아이디어를 낸 발몽두아라는 사람은 아주 상띠에의 상인 같아 보인다고 생각하지 않나요?"

그는 나타났을 때처럼 갑자기 그들을 떠났다. 그는 늘 하듯이 집
배원으로 분장하고 싶었을 테지만 그것은 배경과 그 베네찌아 외
투에 걸맞지 않았다. 열린 창문을 통해 보이는 재즈 악단의 연주
에 모든 것이 잠겨들었다. 일층 로비에서 사람들이 춤을 추었다. 불
을 밝힌 층들에서는 커플들이 발코니에 앉아 웃었다. 극장 같았다.
"드레스가 참 곱네요." 트레블리언이 말했다. "변장을 하지 않은
유일한 여자……"

블랑셰뜨는 이 부풀린 말에 미소 지었다. 그녀가 주위로 떨어지
는 둥근 마분지 조각들을 손으로 받으며 자신의 극장용 장신구, 목
걸이, 팔찌, 왕관 모양의 머리 장식, 모든 것이 잘 붙어 있는지 확인
했다. 이 모든 색색의 보석은 바로 샤넬 스타일이었다. 드레스도 샤
넬 제품이었다. 나오기 전에 그녀는 아드리앵에게 가서 자신의 모
습을 보여주었다. 그의 경탄에 마음이 즐거웠다. 매우 진지하게 아
드리앵은 그녀가 아름답다고 생각했다. 여주인에게 익숙해졌지만,
이 부(富)의 유령, 금과 보석으로 휘감은 다나에가 마음속 깊이 새겨
졌다. 블랑셰뜨는 그의 감탄에 매우 감격했다. 사실 여기에 얼쩡거
리러 오느니 차라리 그와 함께 남아 있었을 것이다. 일단 눈길을
알아차렸다면. 하지만 에드몽의 호의를 기다려야 했다.

트레블리언이 지나는 길에 시중드는 사람의 쟁반에서 술잔을
가져왔다. 그들은 다소 한갓진 어느 창문 아래 앉았다. 영어로 이야
기를 나눴다. 그는 자신의 모국어를 그녀가 능숙하게 구사하는 것
을 보고 놀랐다. "당신 미국인이로군요!" 그녀가 슬쩍 웃었다. "내
억양을 고쳤던 것 같네요. 미국에서 산 적이 있거든요." 갑자기 그
녀는 그가 하는 말이 귀에 들어오지 않았다. 그들 앞으로 한 커플
이 지나갔다. 사냥의 여신 디아나로 분장한 디안 드 네땅꾸르는 머

리에 별 모양의 장식을 달았다. 다갈색 그레이하운드 두마리가 그녀를 따랐다. 그리고 남자는 몇 안 되는 검은 정장의 남자들 중 하나로 얼굴에는 금빛 가면을, 머리에는 황금빛 가발을 쓰고 있었다. 그가 블랑셰뜨에게 인사했다. 그녀가 냉랭히 그에게 손을 내밀었다. "당신, 오렐리앵……" 그녀가 중얼거렸다. 그녀가 여기 온 이유는 바로 이것이었다. 그들은 어느날 다시 만날 운명이었다. 그를 가면 쓴 모습으로 다시 만나다니 기묘했다. 그가 말했다. "이해해줘요, 네땅꾸르 부인을 혼자 여기 오게 둘 수 없었어요. 틀림없이 자끄가 아내와 함께 들어올 거예요."

그는 무엇에 대해 사과했을까? 그녀는 자신이 베레니스의 사촌 올케라는 사실을 떠올렸다. 현관 앞의 낮은 층계 위에서 쉴제르 부인을 보았다. 그녀는 거리낌 없는 특유의 몸짓으로 거의 주인처럼 손님들을 맞이했다. 그리고 자끄 쉴제르의 아내가 그렇게 발몽두아와의 관계를 과시할 때 오렐리앵이 그의 애인을 수행할 필요는 정말로 없었다. 그녀가 말했다. "사교계로 돌아온 거네요, 당신. 올해 어느 곳에서도 당신을 본 사람이 없었는데."

그가 몸을 숙여 작별 인사를 했다. "당신이 오랫동안 불참했으니까요."

그녀는 그가 디안과, 디안의 개들과 함께 멀어지는 것을 바라보았다. "저 미남은 누구인가요?" 트레블리언이 물었다. 그녀는 아무렇게나 대답했다. 상대방이 대화를 이끌었다. "당신은 상상할 수 없겠지만, 내 생각에 빠리는 참 많이 변했어요. 확실히 프랑스는 알아보기가 어려워요. 나는 매우 오랫동안 프랑스 밖에 머물러 있었지요. 그래요, 이해하시겠지만 전쟁 시기에 아프리카에 있었어요. 나는 전쟁이 싫어요. 아프리카에 머물렀죠. 그곳에서는 모든 것이 너무도 단순해요. 원주민 아이를 하인으로 둘 수 있어요. 아니면 마음 내키는 다른 것을…… 나는 식민지 거주자들이 아주 좋아요. 매우 인심 좋은 사람들이죠. 그들은 많이 마시고, 문제를 제기하지 않아요. 나는 케냐에서 돌아오는 길이에요. 프랑스를 못 알아보겠네요. 정말 전쟁 전부터 대단한 길로 들어섰으니!"

그가 전쟁 전에는 틀림없이 매우 젊었겠다고 그녀는 예사말 하듯이 말했다. 그가 만족스러운 듯 매우 큰 소리로 웃었다. "마흔여덟살이에요! 마흔여덟! 그렇게 생각하지 않았을 테죠? 내 나이치고는 다리가 너무 피곤한 건가?" 실제로 그가 마흔여덟살이라니 전혀 믿기지 않았다. 기껏해야 서른다섯살쯤으로 보였다.

"도대체 무엇이 프랑스를 그토록 변화시켰을까요? 우리는 몰라요, 우리…… 삶은 언제나 그렇듯이 삶이죠." 그녀가 말했다.

"그렇죠, 당신은 사정을 너무 잘 알아요. 그래서 안 보이는 거예요. 그러니까, 설교는 내게 어울리지 않지만, 이 나라는 아주 문란해졌어요! 악습이 있는 것은 즐거운 일이 아니죠."

"아주 문란해졌다고요?"

"그래요, 불로뉴 숲의 그런 것…… 다른 것들도 그렇고요. 영화 보러 가는 것이 이제는 위험한 일이죠. 당신은 매우 좋은 사람들과 어울려요. 그들은 당신에게 저녁 모임을 이제 마치자고 제안하죠. 내가 어디라고 말할 순 없지만…… 그리고 특별한 말이 생겨났잖아요, 그 섹스 파티들…… 케냐에서 그런 것은 생각조차 할 수 없어요."

"죄송합니다만, 남편에게 할 말이 있어서요!" 블랑셰뜨가 말했다. 그녀는 모르는 늙은 신사를 데리고 지나가는 에드몽을 뒤따르는 척 현관 앞의 낮은 계단을 올라가 집 안에 이르렀다. 재즈의 요란한 소리가 울려왔다. 그녀가 사람들이 춤을 추고 있는 로비, 잡다한 색깔의 옷들, 느닷없는 열기, 트레블리언의 발언을 입증하는 듯이 보이는 뜻밖의 분위기를 가로질렀다.

"나 여기 있어요, 블랑셰뜨." 그녀 뒤에서 목소리가 들려왔다.

그녀는 그를 찾고 있었고 그는 이를 알고 있었다. 알고 있었다고 인정했다. 가면을 벗은 모습이었다. 기묘한 구릿빛 머리카락 아래 피부가 더 어두워 보였다. 사람들이 시끄럽게 떠들고 오가는 가운데 그들은 작고 낮은 안락의자에 앉았다. 천장이 높고 사방이 트인 방은 배로 치면 일종의 선루船樓 같은 곳으로 정원과 로비 쪽으로 통해 있었다. 벽감에 장미꽃과 함께 꾸아즈보[43]의 조각상 한점이 놓여 있었다. 그가 다시 말하기 시작했다. 그가 여기 온 것은 정말로 디안이 부탁했고 그녀가 힘든 상황에 처해 있기 때문이라는 것이었다. 블랑셰뜨는 그렇게 아름다운 여자가 슬픈 얼굴의 오렐리앵 이외의 다른 기사를 구하기 어려웠다는 것을 비꼬았다. "당신을 두고 틀림없이 커다란 슬픔을 겪었을 것이라는 말이 많아요. 그렇게 자취를 감출 정도로요." 그는 이 말을 무시했다. 그는 블랑셰뜨의 가식적인 모습을 보고 싶었던 것이 아니었다. 그가 그녀에게 무엇을 기대하는지 그녀는 잘 알고 있었다. 정말로? 하지만 그녀도 다른 모든 이보다 더 많은 것을 알고 있지는 않았다.

"모든 이가 무얼 알고 있는데요?"

"오, 어린애처럼 굴지 마세요. 사람들이 그것에 관해 지겨울 정도로 말해요. 사실이에요. 당신이 아무도 만나지 않는다는 것을 잊고 있었네요. 마리가 내게 말하길……"

---

43 Antoine Coysevox(1640~1720). 프랑스의 조각가.

"왜 그 얘기를 하는 거죠? 뻬르스발 부인은 내가 올겨울에 만난 몇 안 되는 사람들 중의 하나인데요."

"정말요? 당신들은 함께 서로를 위로했나요?"

그가 블랑셰뜨, 이 가장한, 공격적인 블랑셰뜨를 바라보았다. 모든 것이 이 사교계 차원에서 일어났다. 그들이 마음속에 간직한 감정은 정원의 나무처럼 금박지로 싸여 있었다. 그는 이 여자가 자살하고 싶어 했다는 것을 문득 떠올렸다. 그렇게 오래전도 아니었다. 그때부터 그녀를 만나지 못했다. 그가 그녀의 손을 잡았다. "블랑셰뜨, 우리가 좋은 친구일 수는 없나요?"

그녀가 냉담하게 손을 뺐다. "아뇨, 이봐요, 그건 결코!"

야릇했다. 엉뚱한 가발, 장소 탓이었을까? 그녀는 트레블리언을 떠나면서 열심히 뒤따랐다고 자인한 그 불안을 이제 그를 바라보면서는 느끼지 않았다. 떨지 않고 오렐리앵을 바라볼 수 있었다. 그녀의 마음속에서 무슨 일이 일어났을까? 그녀에게는 그에 대한 어떤 원한, 어떤 냉혹함만 남았을 뿐이다. 그 이전의 순간들에 관해 아무것도 알지 못했다. 그것이 묘한 효과를 냈다. 그녀는 아마 그를 아쉬워했을 것이다. 그녀도 그렇게 오래되지 않은 때에 자신이 죽고 싶어 했다는 것을 생각했다.

"국립고등미술학교, 이 생제르맹 문밖은 왜 이 모양이야!" 발키리들과 파랑돌 춤을 추던 뀌세 드 발랑뜨가 지나는 길에 그들에게 소리쳤다.

오렐리앵이 어깨를 으쓱했다. "소식 없어요, 어떤 소식도?" 그는 이름을 말하지 않았다. 그녀가 그를 도발했다. "누구의 소식요?" 그가 꾹 참고 말했다. "베레니스의……" 그러자 이 어처구니없고 거짓된 세상에서 그들 둘 모두 순간적으로 마음이 아팠다. 서로 다른 이유에서였다. 그 사랑하는 이름, 그 미워하는 이름.

"최근의 소식…… 없어요. 그녀가 베르농 근처 어딘가에 있었다는 것은 알았나요?"

그는 알았다. 그렇다. 우연히 그녀를 만났었다. 블랑셰뜨가 깜짝 놀랐다. "만났다고요?" 그것이 아직도 자신에게 영향을 주리라고는 미처 생각하지 못했던 것이다. 오렐리앵이 눈앞에 있어도 이미 아무렇지도 않게 되었는데 베레니스 생각에 뒤흔들린다는 것이 이상했다. 그가 어떻게 친구들과 함께 지베르니에 가서 모네를 만났는지 이야기했다. 멜로즈 부인과 함께라고는 감히 말하지 않았다. 조심스러웠다. 그는 누군가에게 그 이야기를 하고 싶은 마음이 간절했다. 그 이야기를 우연히 블랑셰뜨에게 하게 되었다. 그녀가 그의 이야기에 귀를 기울였다. 그녀는 완전히 치유되지 않았다. 그는 모네의 집에 갔을 때 그 만남을 예상하지 못했었다. 하지만 그녀는 미리 예고된 것이라 그가 하는 매우 느린 이야기의 끝에 그 만남을 기대했다. 그가 정원, 파란 꽃들, 눈이 잘 보이지 않는 키 큰 노인에 대해 말했고, 그런 다음 갑자기 철책에서……

베레니스의 유령이 그들과 함께 있었다. 그는 그녀에 관해 결코 말한 적이 없는 듯이 말했다. 아무에게도. 자기 자신에게도. 그녀가 거기 있었다. 짧은 베이지색 치마, 검은 눈, 손질하기 어려운 머리카락이 영락없이 그녀였다. 파티의 황금 숨결이 그들을 스쳤지만 그들의 기분은 바뀌지 않았다. 그들은 한적한 길에 있었다. 잔잔한 물 위의 작은 다리 근처, 거기서 수련은 누구에게도 이전처럼 아름답지 않았다. 그때에는 눈여겨보지 않은 것들이 이제야 다시 생각났다. 땅에 떨어진 잔가지들의 그림, 푸르른 울타리, 그리고 그가 자기 쪽으로 오는 것을 본 베레니스가 어깨를 다시 올리고 고개를 수그리는 모습. 그녀의 입, 그가 입맞춤한 적 없는 그 입이 얼마나 떨렸는지!

블랑셰뜨의 마음속에서 그것이 으르렁거렸다. 분노의 정령이. 그녀의 마음속에서 성경의 한 구절과 유사한 뭔가가 맴돌았다. 그녀는 베레니스, 그 위선적인 여자가 미웠다. 에드몽이 뤼시앵의 편지, 행복에 겨워 아내가 R로 돌아왔다고 알리는 편지를 아침에 받았다는 것을 오렐리앵에게 말할 것인가? 아, 참 무던하네, 그 사람! 그런 남편과 함께 사니 뭘 해도 괜찮겠네, 그녀! 블랑셰뜨는 오렐리앵의 말에 귀를 기울였다. 이기주의자, 누그러뜨릴 수 없는 오렐리앵. 사람들은 자기 자신의 마음에만 귀를 기울인다. 그녀도 이제부터 자기 자신의 마음에만 귀를 기울이겠다고 다짐했다. 갑자기, 어렴풋이, 누가 베레니스의 애인이었는지 뢰르띠유아가 모른다는 짐작이 들었다. 맙소사, 어떻게 그럴 수 있을까?

"그런데 마리가 당신에게 아무 말도 하지 않았나요?" 그녀가 말했다. "키 작은 드니가 베레니스의 애인이라는 것을 몰랐어요? 아, 미안해요, 내가 당신을 힘들게 했다면…… 하지만 정말이에요, 그 작은 젊은이예요, 보잘것없는. 사실 당신은 틀림없이 그게 낫다고 생각할 테죠."

그녀는 그가 괴로워하는 것을 지켜보았다. 왜 그가 이런 일에서 어느 쪽이 낫다고 생각하겠는가? 뽈 드니…… 그 미지의 인물에게 이름, 얼굴을 부여한 것. 그는 상상하기를 그토록 악착같이 거부하던 것들을 상상하기 시작할 것이었다.

블랑셰뜨는 문득 그들 앞에 에드몽이 있는 것을 알아차렸다. 그가 그들을 보고 있었다. 그녀가 미소 지었다. 처음으로 그녀는 죄책감 없이 그의 눈길을 맞받았다.

69

에드몽이 삶에 요구하는 것은 오로지 권태롭지 않을 것이었다. 그는 언제나 그렇게 할 준비가 되어 있었다. 돈에 집착하기도, 집착하지 않기도 했다. 돈과 함께 그 경이로운 부의 처분 가능성을 잃을까봐 두려웠고 이와 동시에 부로써 도대체 무엇을 마음대로 할 수 있는지 자문했다. 그가 블랑셰뜨를 중심으로 벌이는 끔찍한 게임에는 그런 것, 그러한 모순이 있었다. 블랑셰뜨, 그의 안전판. 그는 불장난하기를, 또한 불을 붙이자마자 끄기를 좋아했다. 그것이 즐거웠다. 아내를 속이는 쾌감은 그녀가 알지 않는 한 결코 온전하지 않았다. 그녀가 굴복하고 패배를 받아들이는 데에서 매번 승리감을 맛보지 않은 것도 아니었다. 하지만 그의 몽상에서 그것은 여전히 푼돈이었고 그가 코카인처럼 맛들인 필요한 자극 중 가장 낮은 것이었다. 그래서 결혼하고 처음 몇년 동안의 기초를 이룬 그 뒤쫓고 유혹하려는 의욕을 잃은 적이 있었다. 블랑셰뜨 말고 사랑에 밝은 여자가 있고부터 그 쉬운 변덕, 그 쓸데없는 분산에 예전처럼 마음이 쏠리지 않았다. 다시 따분해지기 시작했다. 그가 로즈멜로즈 때문에 피곤했다고 말할 수는 없다. 정반대로 그는 사용할 때마다 정당한 자부심을 느끼게 하는 사치품에 만족하듯이 그녀에게 만족했다. 그녀는 정말로 완벽했다. 바로 완전히 젊지 않아서 완벽했다. 걸쳐본 의상이나 이미 배송된 가방이 양복점에서 맞춘 의상, 상점에서 구입한 가방보다 더 나은 세련미, 더 확실한 관능미를 갖는 것과 같았다. 휴대품 보관소를 구비한 사람들은 언제나 너무 새 옷만 입는 이들을 경멸한다. 로즈가 완벽함 자체이기 때문에 그의 애인들 중 누구보다도 그를 다시 블랑셰뜨에게, 더 가까이 데려다주었다고 말한다면 사람들이 이해할까? 로즈만 해도, 그가 그녀에게 만족하고 극장, 그녀로 하여금 언제나 어느정도 그에게서 벗어나게 하는 그 삶의 위세가 그에게 크게 다가왔음에도, 로즈만 해도 그를 따분하게 했을 것이다. 게다가 그녀는 그를 약간 혹사시켰다. 그는 므제브를 핑계로 그들의 관계에 약간의 여백을 두는 것을 유감스럽게 생각하지 않았다. 블랑셰뜨를 관찰하고 그녀를 거미줄에 걸린 파리처럼 몰래 감시하고 스스로 새로운 비밀을 꾸며낼 시간을 그런 식으로 되찾았던 것이다. 그녀는 그에게 닥칠 새로운 위험과 전적으로 뒤얽혀 있는 이 새로운 비밀의 중심이었다. 그는 그녀에게 몰두했다. 사실상 그가 그녀에 대해 발휘하는 이 잔혹성은 일종의 사랑, 그가 아직 할 수 있는 종류의 사랑이었다. 그는 비싼 값을 치르고 그녀를 질투하는 즐거움을 얻었다. 그녀의 까다롭고 예민한 성격, 그녀를 그토록 많은 다른 여자와 구별 짓는 그 위그노다운 조심성에 대해 그녀에게 상당히 고마워하기까지 했다. 그녀가 없었다면 로즈가 정말로 그의 관심을 끌었을까? 블랑셰뜨는 모든 것에 죄의 맛을 부여했다. 죄에 대해 그토록 강한 감각을 지녔다. 에드몽은 죄가 감미로웠다. 정확히는 그가 어떤 것도 믿지 않아서 그것의 기이하고 이국적인 맛을 그 자체로는 발견할 수 없었기 때문이다. 에드몽에게 우월한 세계, 정신의 왕국, 가난한 사람들은 배제된 그곳으로 이르는 열쇠는 블랑셰뜨의 돈만이 아니었다. 그가 자신의 섬세한 정신을 블랑셰뜨에게 행사하고 그녀로부터 심리적 환희를 얻기는 하지만, 그에게 블랑셰뜨는 로즈 같은 여자가 결코 주지 못할 즐거움의 원천 자체였다. 그녀는 하마터면 그에게 신, 종교 같은 것들을 이해시켰을 것이다. 그에게 겨울 여행은 특이

한 심심풀이로 가득했었다. 털어놓지는 않았지만 사실상 그는 블랑셰뜨의 자살 시도를 그들의 관계에 의미와 향기를 다시 부여한 것으로 좋게 해석했다. 그 끔찍한 말썽 후에 에드몽은 아내를 존중하고 감정 회복의 단계들을 마련하는 모험을 했다. 임기응변을 통해 그녀를 이런 식으로 즐겁게 괴롭혔다. 오렐리앵의 이름을 들먹이지 않고 그의 그림자를 블랑셰뜨의 의식에 다시 드리우는 데 얼마나 수완을 발휘했던가! 또한 얼마나 세련되게 처신했던가. 그 뒤 흔들린 영혼을 마네킹인 양 살폈고, 그 어둠의 물고기들을 위해 얼마나 꼼꼼하게 양식을 준비했는지! 잘못을 저지르기를 숨어서 기다렸다. 부추기지 않았다. 시간을 들였다. 그가 하는 모든 말은 순전히 이중의 의미가 있었고, 그는 아내가 상당히 늦게야 그것을 알아챌 때만큼 행복한 적이 없었다. 암시를 서서히 확대했다. 서두르지 않았다. 불행한 여자를 언뜻 싱싱한 녹음처럼 보이는 어두운 숲 속으로 이끌어 마음을 가라앉혔다. 그는 서두르지 않았다. 휴가를 연장하기까지 했다. 거기서 한순간도 따분하지 않았다. 꼬뜨에서 까를로따와 만나 퇴폐라는 주요한 주제에 후회의 매우 부드러운 우수, 추억의 우아함이 덧붙여진 경우에도 결코 이만큼은 아니었다. 그렇다. 특히나 그가 몇주 동안 정신의 즐거움만 느끼면서 정말로 휴식을 취했다는 점에 비추어보면.

　그는 빠리로 돌아와서 다시 만난 로즈와 멜로즈 종합뷰티살롱, 그것의 사소한 즐거움들로 시간을 보내는 가운데서도 블랑셰뜨와 오렐리앵의 이 만남을 오랫동안 준비했다. 베레니스의 퇴장까지 모든 것이 기막히게 짜였다. 베레니스의 역할은 끝났다. 그녀는 게임을 방해하기만 했을 것이다. 에드몽은 오렐리앵을 다시 보았지만 이 운명적인 만남이 급하게 이뤄지지 않도록 했다. 기다렸다. 그의 마음속에는 뭔가 신적인 것, 즉 남의 운명을 마음대로 처분하는 방식이 있었다. 오래전부터 그는 발몽두아 공작의 무도회를 예정일로 잡았다. 어떤 무대가 황금빛으로 장식된 폴리 발몽두아의 무대보다 더 인위적이고 상상력에 충격을 주기에 더 적합하겠는가? 에드몽은 거기서 블랑셰뜨와 부가 혼동되는 어떤 상징, 자신의 재산을 그녀와 함께 거는 대담성 같은 것을 은근히 보고 싶었다. 한없이 계속되는 진전의 흔적이 발견될 것이다. 여러주 동안 그는 이 기회를 위해 바르뱅딴 부인용으로 선택한 분장을 만족스러워했다. 그녀가 다나에로 분장할 것을 생각해냈던 것이다. 그는 그녀가 입을 드레스에 특별히 신경을 써서 그녀가 샤넬에 주문하기를 바랐다. 몸소 나서서 유명한 의상디자이너와 오랫동안 논의했고 가봉할 때마다 놀랍도록 열정적으로 지켜보았다. 그는 블랑셰뜨를 훤히 꿰고 있었다. 무엇이 그녀에게 어울리고 무엇이 어울리지 않는지 누구보다도 잘 알고 있었다. 제작되기 시작한 드레스가 한가지 세부 사항 때문에 아내를 매력 없는 존재로 만들거나 아니면 거의 미인으로 만들게 하는 자신의 힘을 블랑셰뜨도 의상디자이너도 모르게 한껏 누렸다. 드레스에 관해 약간 흥분해서 시착試着 도우미에게 지시를 쏟아냈고, 이 좀스러운 관심이 어디에서 왜 생겨나는지 의아해하는 블랑셰뜨의 마음속에 불안을 부추겼다. 그리고 그녀가 보는 앞에서 이 드레스로 오렐리앵 곁에 있는 블랑셰뜨의 기회를 결국 망칠 것인지 반대로 유리하게 작용하게 할 것인지 알기를 여전히 망설이는 척했다. 블랑셰뜨는 신경이 예민해졌다. 으레 샤넬에게 일임하기를 몹시 바랐을 것이고, 그녀에게 루브시엔에서의 그 황금빛 무도회는 지겨운 사교계 행사, 참석하기 내키지 않는 저녁 모임에 지나지 않았기 때문이다.

그렇지만 아드리앵 아르노가 간청한 대로 자신의 모습을 보여주려고 그의 방에 들어갔을 때, 자신의 수고에 대해 아주 뜻밖에도 얼마나 큰 보상을 받았는지! 물론 그녀는 자신이 돋보이리라는 것을 알았다. 그녀를 이렇게 입히려는 고집이 에드몽의 무엇에서 비롯했는지 제대로 추정했다. 그에게 그런 천박한 속된 속물근성이 있는 줄 몰랐다. 그는 자신들이 발몽두아 저택에 초대받아서 갑자기 그토록 만족한 것일까? 아내의 모습이 『보그』에 실리고 그녀의 옷차림이 사람들의 입에 오르내리기를 바랐을까? 그다지 에드몽답지 않았다. 하지만 아드리앵이 별 가식 없이 그토록 솔직한 경탄의 눈길로 그녀를 맞이했을 때, 그녀는 에드몽을 잊었다. 자신의 드레스에 대한 그 느닷없는 관심의 배후에 악마적인 술책이 있지 않나 하는 걱정도 자취를 감추었다. 그녀는 화장 속에서 얼굴이 붉어지는 느낌이었다. 발몽두아 저택에 갈 마음이 사라졌다. 둥근 금속 조각들이 붙은 아름다운 드레스와 색색의 보석들로 치장한 채 기꺼이 아드리앵의 침대 머리맡에 남아 있을 생각이었다.

아무도 알지 못하겠지만, 다나에로 분장하고 나타난 이 순간 블랑셰뜨는 남편에게도, 야망에 시달리고 자신의 욕망에 사로잡힌 아드리앵에게도 아찔한 모습이다. 이 순간에 정말로 그녀는 어느 여자라도 이 두 남자에게서 얻고자 욕망할 모든 것, 즉 사심 없는 찬탄을 누리고 있다. 그것은 필시 지속되지 않을 것이다. 하지만 이 순간 그녀는 그녀 자신으로 사랑받는다. 이것은 그녀가 여자로서 살아온 삶의 정점이다. 이에 대해 그녀는 아무것도 알지 못한다. 이에 대해 조금이라도 아는 사람은 아무도 없다. 이상한 일은, 그것을 위해 이 드레스가 필요했다는 것이다. 이 드레스는 탐욕스러운 두 남자에게 그들을 도취시키는 부의 물질적 형상을 보여주는 것이자, 이 드레스를 입은 여자를 그들에게 처음이자 어쩌면 마지막으로 관능을 자극하는 여자, 한마디로 여자로 만드는 것이다.

에드몽은 자신의 외투로 아내를 감쌌을 때 한순간 그녀에게 "가지 말자. 파티는 중요하지 않아!"라고 말하고 싶었다. 그가 그녀를 팔로 껴안는 방식에 그녀는 약간 소스라쳤다. 오늘 저녁 그녀는 그가 무서웠다. 이 관심의 가면 뒤에 무엇이 있을까? 하지만 여자를 쉽게 얻을 수 있을 때 취하는 것보다 마음이 동할 때 거부하는 것이 더 큰 쾌감이라는 것을 에드몽은 너무나 잘 알고 있었다. 어떤 경우에도 그는 이 저녁 모임을 놓치지 않았을 것이다. 모든 것을 준비해놓았다. 자신의 공공연한 친구였던 남자와 팔짱을 끼고 쉴제르 부인의 애인 집에 입장하는 것이 예절에 맞는다고 디안 드 네땅꾸르를 자신이 설득하지 않았던가? 오렐리앵에게 되도록, 예컨대 위스네르를 타라고 권하지 않았던가.

에드몽 바르뱅딴이 어떻게 분장했는지 말하는 것을 잊었다. 그는 상당히 점잖지 못한 타이츠 위에 베네찌아식 연미복을 걸쳤다. 자신의 다리만 자랑스럽게 생각하는 것이 아니었기 때문이다. 물론 전체가 금색이었다. 하지만 이 분장의 묘미는 얼굴과 손을 흑인처럼 보일 만큼 구릿빛으로 그을리고 머리에 더부룩한 곱슬머리 가발을 썼다는 것이었다. 그는 오셀로였다. 이 인물의 풍미는 그를 제외하고는 아무도 감지할 수 없었다.

그렇게 해서 무도회가 한창일 때 꾸아즈보의 벽감 아래서 그가 자신도 모르게 갑자기 블랑셰뜨와 오렐리앵을 만나게 된 것이다. 그가 보기에 그들은 한동안 너무나 그들 자신에게 전념해서 그를 전혀 보지 못하는 것 같았다. 춤추는 사람들의 소용돌이, 여자들의 유쾌한 말과 웃음, 함성, 재즈의 소란 때문에 그는 자신이 있는 곳에서 아내와 뢰르띠유아가 하는 말을 들을 수 없었다. 그는 자신의 감정, 완벽하게 셰익스피어적인 감정에서 뉘앙스 하나도 잃어버리지 않도록 그 순간이 영원하기를 바랐을 것이다. 하지만 블랑셰뜨가 눈을 들었다.

그때 뜻밖의 충격적인 일이 벌어졌다. 그녀가 창백해지기는커녕 미소를 지은 것이다. 이로써 에드몽의 모든 계획, 예상이 좌절되었다. 그녀가 그를 침착하게 바라보고 미소 지었다. 아마 그가 이렇게 진한 화장을 함으로써 목표를 초과 달성했는지 모른다. 그러면 블랑셰뜨를 미소 짓게 한 것은 흑인이었을까? 아니야, 아니야. 그는 자신이 기대하지 않은 어떤 심리적 요소가 이 문제에 끼어들었다고 막연히 느꼈다. 그러자 정말로 그의 가슴이 고동쳤다.

그렇지만 온통 혼란스러운 생각에 휩싸인 오렐리앵의 멍한 얼굴을 보고 그는 마음이 놓였다. 그가 쓰고 있는 대팻밥 가발이 살짝 옆으로 움직였다. 흔히 비스듬히 써서 엄숙한 모습 아래 본성을 드러내는 영국 법관의 가발처럼 보였다. 오렐리앵은 패기 넘치는 남자처럼도, 여자와 밀회하고 있는 남자처럼도 보이지 않았다. 에드몽은 깊이 생각하고 나서 반대로 새로운 도발을 끌어냈다. 이 예비 연인들 쪽으로 다소 연극적으로 다가가서 명랑하고 약간 귀에 거슬리는 초연한 어조로 한바탕할 계획이었다. 대사까지 생각해놓았다. 그러나 블랑셰뜨의 미소 앞에서 그는 아무 짓도 하지 못했다. 멀리서 이 커플을 염탐하고, 그들이 갈라져 걸어가는 것을 바라보았다. 블랑셰뜨와 오렐리앵 중에서 누구에게 신경을 써야 할지 망설였다. 오렐리앵이 이 파티에서 난파선의 잔해처럼, 어찌할 바를 모르는 사람처럼 떠도는 것을 보았다. 언뜻 보아 블랑셰뜨는 그에게 무관심해졌다. 거기에 어떤 계략이 있을까? 에드몽은 아내를 피하기 위해 온갖 잔꾀를 부렸다. 그 미소 후에 곧바로 그녀와 맞서고 싶지 않았다. 그럼에도 블랑셰뜨는 그에게 도달하고 싶어 하는 듯했다. 그는 그녀를 잘 알았고, 그가 알다시피 그녀는 무도회를 지겨워했다. 그에게 집으로 가자고 요청할 것이다. 그는 용케 피했다. 블랑셰뜨가 가까이 왔을 때, 그는 디안 드 네땅꾸르에게 춤추자고 청했다. 그녀에게 이 긴 밤, 기다림, 자고 싶은 욕구, 그리고 그가 알다시피 그녀가 지를 수 있는 권태의 아우성을 더하지 않는 한, 그녀를 달리 학대할 방법이 없었다. 그는 무엇에 대해서인지 모른 채복수했다. 그것이 새벽 4시까지 계속되었다. 그는 그녀가 싸우다지쳐서 트레블리언과 춤을 추고 뀌세 드 발랑뜨와, 자끄 쉴제르와대화하는 것을 보았다. 자끄 쉴제르와 얘기하다니 지루한 것이 틀림없었다! 그녀가 측은해진 그가 그녀를 해방하러 갔다.

"이봐요, 친구, 당신과 춤을 추고 싶은데 거절하지 않겠죠?"

그녀가 애원의 눈길로 그를 올려다보았다. "오, 에드몽, 제발, 더이상 서 있을 수가 없어!" 하지만 그는 아내에게 반한 남편의 상냥한 태도로 고집을 부렸다. "한번만, 정말이에요, 여보." 쉴제르가그를 알아보고 조심스러운 체하면서 한걸음 물러났다. 그녀가 에드몽의 어깨에 오른손을 얹고 그가 이끄는 대로 몸을 맡겼다. 새로운 오케스트라가 블루스를 연주했다. 예전이라면 그녀는 이런 춤을위해, 그리고 에드몽의 고집, 정중한 태도에 무엇이건 내주었을 텐데! 하지만 지금 그녀는 거기에서 뭔가 의심스럽고 두려운 것을 느꼈다. 통로로 지나가면서 그가 그녀를 바짝 당겨 안았다. 그녀가 그의 얼굴 쪽으로 눈을 들었다. 완전히 겁에 질렸다. 에드몽을 닮은이 가짜 흑인…… 그가 몸을 숙이고 그녀의 귀에 속삭였다. "돌아가고 싶어, 정말로?" 그녀는 "너무 피곤해"라고 대답하기가 두려웠다.

그가 그녀를 데리고 나왔다. 등불에 의해 변모한 어둠 속에서 금빛 나무들과 모래밭은 악몽에 나올 만했다. 손님의 무리가 흩어지기 시작했고 하인들이 달려가서 호출된 차의 문을 열었다. 아주 멀리서 그들의 이름이 되풀이 불렸다. 바르뱅딴, 바르뱅딴…… 최후의 심판의 메아리 같았다. 커다란 위스네르가 낮은 층계 앞에 와서 섰다. 그들이 깊숙이 몸을 실었다. 정원을 나올 때 에드몽은 운전사에게 서두르라고 부탁했다. 조금 전에 듣기로 사람들이 어느 차의 발판에 뛰어올라 페루의 부호 리노 부인의 드레스를 찢어놓았다고들 했다.

통과할 때 그들은 사람들의 해쓱한 얼굴을 보았다. 폴리가 금빛 장식과 함께 이글거리는 한 자러 가기로 결심할 수 없는 사람들이었다. 하지만 낭떼르 쪽으로 가는 어두운 도로에 무사히 다다랐다.

"우리 주위에 정말로 근심거리가 그토록 많나?" 블랑셰뜨가 중얼거렸다. 그녀는 무엇보다 에드몽이 그녀 주위에서 지키고 있는 열렬한 침묵을 깨뜨리기 위해, 자신을 짓누르는 몇몇 생각을 떨쳐버리기 위해 이 말을 했다.

"모르겠소." 그가 대답했다. "당신 오늘 저녁 매력적이었어요."

그가 그녀를 팔로 감쌌다. 그녀는 머리에서 발끝까지 떨었다. 또한 눈물이 나도록 졸렸다. 그녀에게 언제나 말을 놓는 그가 왜 오늘 밤에는 공대했을까? 그는 그녀에게 가까이 갖다댄 검게 칠한 얼굴을 잊은 듯했다. 그 우스꽝스러운 화장, 지극히 정확한 몸짓, 모든 것으로 인해 이 귀환은 블랑셰뜨에게 가증스럽게 다가왔다. "제발, 그만요!"

게임이 다시 시작된 것일 뿐이라는 사실을 그녀가 알아차리지 못하도록 그는 아주 정중하게 그녀의 말을 따랐다. 그리고 그들이 레누아르 길에 도착하고 에드몽이 그들의 두 침실을 갈라놓는 욕실로 말없이 들어와 자신의 품으로 그녀를 끌어당겼을 때, 그녀는 정말로 질겁했다. 그가 그녀에게 아무것도 요구하지 않은 지가 그토록 오랬다. 그녀가 약하게 저항했다.

"나는 당신의 남편 아니오?" 그가 말했다.

창문에 새벽빛이 어렸다. 짙은 화장을 한 남자는 아무렇게나 풀어헤친 옷차림 때문에 어딘가 가소롭고 음산한 기운을 풍겼다. 금편들과 함께 바닥에 떨어져 있는 다나에의 드레스는 죽은 여자의 모습이었다. 수도꼭지에서 따뜻한 물이 나와 대리석 욕조로 부드럽게 흘러들었다. 그의 마음속에서 무슨 일이 벌어졌을까? 에드몽은 거칠어 보일 정도로 아내의 몸을 탐했다. 새벽의 흐릿한 빛이 블랑셰뜨의 얼굴을 비추어 그녀의 흐트러진, 거의 추한 모습이 드러났을 때에도 그에게는 아무런 변화가 없었다. 도리어.

70

네달여 전부터 오렐리앵은 되는대로 살았다. 생루이섬이 배처럼 목적도 뚜렷한 이유도 없이 시간의 흐름에 휩쓸려가다가 모든 모래사장에 좌초하고는 기억의 소용돌이 속으로 다시 떠나는 듯했다. 물리적으로 없는 것과 상상적으로 있는 것이 혼동되었다. 둘 중에 어느 것이 오렐리앵에게 더 고통스러웠을까? 그는 대답할 수 없었을 것이다. 이는 익사자가 물과 수초를 선택할 수 없는 것과 마찬가지였다. 강박관념의 먹잇감인 적이 없는 사람은 오렐리앵, 오렐리앵의 병을 이해하지 못할 것이다. 오렐리앵 역시 그것을 이해할 수 없었다. 그것을 치렀다. 그에게 그것은 흔적을 남기지 않은 이해 불가능한 과오 때문에 가해진 징벌 같았다. 그는 흔적이 없는 것에서 교훈을 얻느라 자신을 괴롭혔다. 자업자득이라고 생각할 수 있도록 도덕의 차원에서 게임이 행해졌기를 한사코 바랐다. 그러면 마음이 가라앉을지도 모른다고 생각했다. 베레니스가 사라지고 그의 삶에 대한 소송이 시작되었다. 이 수동성, 이 대담성의 결여는 그가 베레니스에게 제공한 것이 그녀에게 어울리지 않았다는 막연한 감정에서가 아니라면 어디에서 왔을 것인가? 오렐리앵이 가슴속으로 느끼는 부당함은 그 날카로운 상처에 시달릴 것이 틀림없을지라도 반드시 없앨 필요가 있었다. 그는 고통을 겪지 않으려고 애썼다. 그것이 틀림없이 쉬울 것이라고, 사랑하지 않는 것이 쉽듯이 다른 것을 생각하고 괴로움을 거부하는 것이 쉬울 것이라고 확신했다. 추론 끝에 참을 수 없는 것을 찾아내기 위해 이런 식으로 따져봤다.

그는 자신의 패배를 곧바로 받아들였다. 그것은 그가 스스로 벗어날 수 없는 것이었다. 그는 베레니스를 영원히 잃어버렸다는 것을 확실히 알고 있었다. 여자나 조국이나 마찬가지다. 잃어버리면 질겁한다. 운명의 시궁창을 생각해본 사람은 죽을 수도 있다. 설사 살아남는다 해도 더이상 동일한 사람이 아니다. 어떤 사람들은 괴상한 나쁜 습관에 시달리고 다른 사람들은 다시는 맺지 못하는 열매처럼 뇌우에 쓰러지는 것을 보게 될 것이다. 양쪽 다 비출 것 같지 않은 햇빛을 기다린다. 그에게 필요한 열기, 광휘가 어디에서 오겠는가? 그는 신을 믿지 않았다. 사람들로부터 단절되었다. 이 부서지기 쉬운 뗏목, 아파트, 적은 연금과 한가함만으로 버텼다. 삶에 맞서 싸워야 했다면 아마 베레니스를 향한 길을, 또는 그러지 못한다면 베레니스에 대한 망각을 찾아냈을 것이다. 하지만 이 장애물 없는 생활 속에서 그는 환영과 싸우고 있었다. 오직 환영에만 맞서 싸웠다. 그림, 석고 가면은 이 공허의 영속적인 거울이었다. 유대의 신이 공연히 우상을 금지한 것이 아니다. 피가 통하는 사람의 용모를 재현한 것에는 주술적 힘이 있다. 적어도 재현의 실마리를 잡고 있지 않은 사람에게는 그렇다. 오렐리앙은 이중으로 주술의 희생자였다.

잃어버린 조국…… 패배자는 패배의 저녁에 이제부터 모든 노력이 무슨 소용일지 자문한다. 그는 무엇을 위해, 누구를 위해 일할 것인가, 그의 힘을 바치는 일에 무슨 의미가 있을 것인가, 자신이 승리자의 손아귀에 놓인 장난감일 뿐이지 않을까, 영토처럼 기력조차 빼앗기지 않을까 두려워한다. 자신이 짐을 나르는 가축의 지위로 떨어졌다고 느낀다. 하지만 오렐리앙, 그는 결코 일한 적이 없었다. 실패의 청산금으로 정확하게 어떤 것도 요구받은 적이 없었다. 이후나 이전이나 그에게는 사막만이 있었다. 쓸데없는 피로, 놀이하면서 흘리는 땀, 운동으로 얻는 숙면을 추구할 것인가? 그는 무기력의 의식 속으로 처박혔다. 매순간 삶의 허무가 엄청나 보였다. 뭐라고, 그렇게 빈약하고 그렇게 보잘것없는 기회 때문에 그가 다른 사람들과 구별되어야 했을까? 그리고 그것을 받아들여야 했을까? 베레니스가 사라지고 나서 그는 그녀에 의해 가려졌던 내밀한 상처를 알아보았다. 사랑은 그의 마음속에서 올라오는 이 수치심을 몇주 동안, 단지 몇주 동안만 덮어 가렸다. 그는 그녀에게서 행복의 절정을 보고 싶었다. 틀림없이 올, 이미 왔던 사랑에 대해 유연하게 열린 상태를 확인하고 싶었다. 하지만 오늘, 비탄 속에서, 그는 변명의 여지가 없는 것에 대한 그토록 초라한 해명에 사랑을 남용한 것이 아닌가 하고 자책했다. 그를 사랑에 걸맞지 않게 만든 것은 삶에 대한 그의 부적격이 아니었을까? 베레니스가 이 부적격을 의식했느냐 그렇지 않느냐는 중요하지 않았다. 그녀가 떠난 것, 그녀가 그에게 절망한 것은 시몬 때문이 아니었다. 하찮은 사실, 입밖에 낸 말을 넘어 더 중대한 판단이 있었다. 오렐리앵은 눈에 보이지 않는 법정에 섰었다. 유죄판결을 받았다. 패배했다. 만일에라도 그가 베레니스를 되찾고 달래고 그들의 사랑을 다시 시작하고 재확립할 수 있다 해도, 그것은 이제 표면상의 화해에 지나지 않으리라는 것을 어떻게 모를 수 있겠는가? 베레니스는 깨어지거나 금이 가고 이가 빠진 물건을 용납할 수 없다고, 그녀에게는 그가 끝없는 질책처럼 참을 수 없는 사람이라고 말한 적이 있다. 아, 사랑을 대충 고쳐 쓸 수 있는 것일까? 그들의 사랑을 그들은 둘 다 너무 높은 곳에 놓았다. 그들은 둘 다 그 사랑에 대한 자부심이 너무 강해서 그것이 양도나 망각으로부터 헐값으로 살아남는 것을 받아들일 수 없었다. 그것은 그림을 그리기 시작하는 것과 같다. 그것의 선은 순수하다. 그러다가 갑자기 잉크가 쏟아지면, 손이 떨리면, 그것을 찢어버리기만 하면 된다. 수정하면 그것은 더이상 동일한 것이 아닐 것이다. 그것은 이제 아무것도 아닐 것이다. 이런 생각에 잠겨 있던 오렐리앵은 가슴 깊은 곳에서 이 살아 있는 파편들을, 그래도 있는 그대로 받아들일 수 있다고 말하는 어떤 모호한 목소리를 들었다. 아마도 그는. 하지만 그녀는, 하지만 베레니스는……
그는 그녀가 마음속으로 절대에 매혹되어 있다는 것을 그녀의 눈에서 충분히 읽었다. 그가 아직 그 약점, 그들에 대한 동정심을 갖고 있다면, 베레니스가 기준을 낮춰 그들의 부끄러운 행복을 받아들이는 일은 결코 없을 것이다. 그녀의 마음속에는 어떤 양보의 정신도 없었다. 이따금 오렐리앵은 반항했다. 그는 행복하고 싶었다. 베레니스를 원했다. 그녀가 그에게 거부되었다는 것을 인정하지 않았다. 자신이 패배했다는 것을 잊고 어이없는 대담한 계획을 쌓아올렸다. 그러고 나면 패배의 감정이 우세해졌다. 그래서 패배를 확신하고 깊이 새기는 것, 이 패배에 적응하고 순응하려 노력하는 것이 정상이라 여겼다. 이 현실의 테두리 안으로 삶과 생각을 축소해야 한다. 한순간도 그것을 잊지 말아야 한다. 야망, 활동, 굴욕을 헤아려보아야 한다. 이 굴욕 자체에 따라 삶을 뜯어고쳐야 한다. 불가능한 것은 아니다. 자신의 한계를 알면 아마도 자기 자신이 보기에도 다시 체면이 서고 괜찮은 삶을 다시 시작할 수 있을 것이다. 우선 베레니스의 환영을 쫓아내야 한다.

그것은 실천하기보다 말하기가 쉬웠다. 그는 가면과 그림을 내린 지 이틀 후에 다시 벽에 걸었다. 그는 자신들의 영웅들을 추방하고 싶어 하는 민족 같았다. 그들은 걸핏하면 재탄생하고 여기저기에 그들의 동상이 유령처럼 나타난다.

오렐리앵은 한가지 결심에서 다른 결심으로 떠다녔다. 점점 깊이 심연으로 가라앉았다. 무엇이건 일을 할 생각이었다. 직업전선에 투신할 생각을 했다. 야외에서 하는 가장 목가적인 일들, 돌 깨는 인부, 트럭 운전사를 몽상하기에 이르렀고 심지어 농사를 짓는 것도 고려했다. 이 모든 것은 결국 환상에 지나지 않았다. 그는 연금을 받고 있었다. 레스토랑, 영화관에 갔다. 자신의 고통이 진정되기를 막연히 기다렸다. 그의 앞에는 운명의 격변도 전망도 없었다. 모든 것이 그를 베레니스에게로 데려갔다. 가장 거리가 먼 독서조차도. 예컨대 그는 며칠 동안 발자끄를 탐독했다.『가재 잡는 여자』에서는 휴직급을 받는 장교들의 모습에 대단히 강한 인상을 받았고 자신이 사랑의 휴직급을 받고 있다고 생각하기 시작했다. 나뽈레옹 군대의 유감스러운 해체가 자기 운명의 전조처럼 보였다. 그게 무엇이건 그가 자신을 재발견하고 낙담하는 데 유용했을 것이다. 하지만 어떤 것도 베레니스만큼 효과적이지는 않았다. 우아하지 않은 금발, 각진 얼굴, 쫓기는 기색의 검은 눈을 지닌 그 조그맣고 하찮은 여자. 지베르니의 길에서 만난 그녀, 그녀의 마지막 모습이 늘 다시 떠올랐다. 옆의 똑딱단추 하나가 떨어져나간 베이지색 치마, 짧은 소매의 흰색 블라우스 차림, 팔의 중간 높이에 한 두 번의 가벼운 입맞춤. 그녀가 달리지 않는 척하면서 떠났을 때, 비탈에서 풀을 뜯던 모습, 숙인 목덜미, 다시 올라간 어깨. 그 순간이 그에게는 정말로 패배, 패배의 인정으로 다가왔다. 그가 보꾸아, 베르됭, 테살로니키에서 전쟁의 위험을 가로질러 온 것은 바로 그것을 겪기 위해서였다. 죽음은 그를 바라지 않았다. 그는 포탄 파편보다 훨씬 더 나쁜 것에 맞을 운명이었다. 자기 경멸의 운명이 예정되어 있었다.

기분 전환 거리를 찾아도 달라지는 것은 아무것도 없었다. 독서도 음주도 고독도 변화를 가져다주지 못했다. 디안이 그에게 발몽두아 저택으로 동행할 것을 청했을 때, 그는 코웃음 쳤다. 그것은 뭔가 어처구니없는 면이 있었다. 그런 다음에는 시간을 보내기에 좋겠다고 생각했다. 사교계 행사에서 찾아볼 수 있는 가소로운 것들에 한번쯤 도취해도 괜찮을 듯싶었다. 루브시엔에서 누구를 만날 것인가? 그리고 분장하기. 사실상 분장한다는 것 때문에 그는 디안을 수행하기로 마음먹었다. 공상적인 이야기. 성장이 끝나고 이미 상당히 한참 전부터 분비선이 작동 중인 사람들, 그들이 어느 날 밤 갑자기 무엇으로건 호화롭게 치장한다, 놀랍게도! 곤란했던 것은 오로지 쓰라린 감정 때문이었다. 누구나 스스로를 경멸할 때는 수치심의 절정에서 자신의 위대성을 찾아낸다. 발몽두아 저택에서의 무도회는 다른 사람들의 무분별에 대한 오렐리앵의 의식을 일깨움으로써 그에게 자신이 그들보다 우월하다고 느낄 기회를 제공했다. 특히나 의심과 수치심의 구렁에 빠져 있다면 누구라도 이러한 만족감을 피할 것인가? 그는 동일한 감정으로 사창가에 갈 수도 있었을 것이다. 그것을 고려하기도 했다. 그는 디안의 지시에 따라 구릿빛의 대팻밥 가발을 주문했다. 그녀는 전쟁 전의 꼬띠용 춤을 좋아하는 구식 취향에다 장식에 대한 약간의 안목이 있었다.

오렐리앵이 베레니스를 피할 수 없으리라는 것은 운명으로 정해진 듯했다. 그가 블랑셰뜨를 통해 만난 것은 바로 그녀였다. 그 순간부터 배경, 소음, 파티, 사람들이 무슨 상관이었겠는가! 그는 어떠한 희망도 품지 않았다. 그러니 바르뱅딴 부인에게 캐물으면서 무엇을 찾으려 애썼는가? 그는 답할 수 없었다. 확실히 그가 찾아낸 것은 없었다. 실제로 그는 지베르니 이래 그 그림자의 그림자, 미지의 것을 의식에서 떨쳐버리는 데 성공했다. 그것의 존재를 믿지 않는 데까지 거의 도달했다. 요컨대 베레니스는 아마 그들 사이에 돌이킬 수 없는 단절을 만들어내기 위해 그 상상의 인물을 창안했을 것이다. 거짓말을 했던 것이다. 그는 그녀가 정말로 거짓말했다는 것을 확인했다. 어쨌든 그 얼굴 없는 존재, 추상적인 애인으로 인해 베레니스의 가출에 어떤 모욕적인 평판도, 눈에 띄는 남편, 한 팔이 없는 뤼시앵으로 귀착되지 않는 어떤 것도 덧붙여진 것이 없었다. 그는 얼굴도 나이도 없었다. 일부러 오렐리앵은 그를 부정했다.

갑자기 래그타임의 리듬 속에서 그 유령이 구체화되었다. 다른 사람들이 그것을 보았다. 그것은 이전처럼 베레니스가 떨리는 입술로 하는 놀이가 더이상 아니었다. 그것은 이름, 모습이 있었다. 오렐리앵은 그것을 알아보았다. 그것이 자신의 기억에서 솟아오르는 것을 보았다. 뽈 드니. 그 창백한 젊은이, 어지간히 마른. 오렐리앵은 마리의 집에서의 그를 다시 보았다. 로즈가 랭보의 시를 낭송한 그날 저녁, 술잔을 꽉 쥔 손, 증오로 창백한 얼굴…… 피아노를 치는 뽈 곁의 베레니스를 다시 보았다. 베레니스와 뽈이 삐까소의 집에 함께 있던 날 자신이 질투했다는 것을 기억했다. 이 문제에 먼 근원이 있었으니까, 베레니스의 이중성이 명백히 드러났으니까. 그는 베레니스의 빛 속에서, 베레니스의 흔적 속에서 지금 그에게 나타난 것이 그 지저분한 녀석이어서 무참히 괴로웠다. 뽈 드니가 아니라 다른 누군가였다면 모든 것을 주었을 것이다. 모든 것이 더 바람직했을 것이다. 사모라, 드피에르, 늙은 블레즈, 그는 어떤 인간의 모습이건 떠올렸다. 누구라도 그 악동보다는 더 견딜 만하다고, 더 소화하기 쉽다고 생각했다. 베레니스를 그 어떤 난폭한 사람, 악질 브로커, 다혈질의 키 큰 괴짜, 그녀 고향의 단순한 사람, 기차에서 만난 남자, 우연한 애인의 먹잇감으로 상상하는 것을 감수했을 것이다. 하지만 뽈 드니는……

뽈 드니는 오렐리앵의 자존심을 시험했다. 그가 언젠가 감당해야 하는 가장 고약한 시험이었다. 세계의 색깔이 바뀌었다. 이제는 춤추는 사람들, 블랑셰뜨, 에드몽, 파티 참석자들이 환영이었다. 이 환영들 뒤로 그것들의 거짓 현실과 다르게 강렬한 허깨비가 하나 있었다. 베레니스를 껴안는 그 악동, 입술이 두껍고 야릇한, 지극히 불안정한 그 악동과 영원히 연결된 베레니스가 오렐리앵의 눈에 다시 보였다. 결코 본 적 없다고 생각한 것들의 강렬한 소묘와 함께. 이제 블랑셰뜨는 거기 없었다. 사람들이 그에게 말했다. 그가 정신 나간 말로 대답했다. 그러자 사람들이 놀라서 그의 얼굴을 뚫어지게 쳐다보았다. 그는 휴 월터 트레블리언과 술을 마시면서 그 날 밤을 보냈다. 그로부터 케냐 이야기와 오스카 와일드의 마지막 몇 년에 관한 일화를 들었다. 제모한 가슴의 벌레에 물린 조그만 자국이나 손톱 가위에 찔린 상처를 밝아오는 햇빛에 드러낸 그 앵글로색슨 검투사와 함께 그가 새벽까지 죽친 이유는 무엇이었을까? 그는 한참 전에 자끄 쉴제르와 함께 사라진 디안을 기다리고 있다고 생각했다. 꼭 그러고 싶은 것은 아니었다. 그것은 여자에 대한 친절의 문제라고 여겼다. 사람들은 장밋빛 응접실의 오뷔송 양탄자 위에서 잠이 들었고 수정으로 된 전기 샹들리에 아래 촛농 받침 위에서 밀초들이 빛을 발하고 있었다. 하인들이 술잔과 접시를 거두면서 좌석들 사이로 지나갔다. 밖에서 기차의 기적 소리, 수탉의 울음소리, 마지막으로 나가는 자동차의 엔진 소리가 들렸다. 발몽두아가 어떤 것에도 놀라지 않는 집주인으로서 트레블리언에게 다가와서 아주 허물없는 태도로 그의 턱을 잡았다.

"샴페인을 더 내올까, 친애하는 휴?"

오렐리앵은 공작의 젊은 시절에 관해 하는 얘기를 분명히 들었다. 하지만 머릿속에 남아 있지 않았다. 그는 틀림없이 어딘가에서 코끼리를 사냥했을 것이다. 날이 샐 무렵 트레블리언의 마흔여덟 살이 드러났다. 그의 떨리는 맨팔로 인해 이 모든 것에 대한 아주 특별한 혐오감이 생겨났다.

오렐리앵은 빠져나왔다. 정원 아래쪽에 그의 차가 있었다. 완전히 동이 텄다. 나무들을 감싼 금박지가 불쾌하게 빛났다. 사람들이 제과점에서 나가듯이 이 세계에서 나갔다. 도로 위에서 화물차들이 빠리 쪽으로 달렸다. 어느 공장에서 호각 소리가 났고 약간 더 멀리서 작업복을 입은 사람들의 발 구르는 소리가 들렸다. 모든 것이 제자리를 되찾고 다시 서두르기 시작했다. 대낮에 대한 그리움이 다시 시작되었다. 오렐리앵은 피곤해서 쓰러질 것 같았다. 운전하면서 추억의 영상 전체를 이 먼지 나는 도로에 뒤섞었다. 어느 여자를 칠 뻔했다. 깨어 있기가 힘들었다.

71

빠리는 또다시 미국 선원들로 가득했다. 5월 말이었다. 늦게 시작되는 밤이 놀라울 정도로 온화하고 강렬했다. 이즈음의 멋진 저녁나절에는 하얀 세일러복으로 인해 민첩하고 쾌활한 열기가 생겨났다. 이 다수의 젊은이들은 도시의 모든 층으로 하선한 듯했다. 그들 무리는 흩어졌다가 방학 중인 학교의 구성원처럼 서로 만났다. 그들은 모두 아는 사이처럼 보였고 마주치면 지나가면서 서로 웃음보를 터뜨렸다. 커다란 놀이기구를 찾아다녔다. 혼자 다니는 선원들도 보였는데 대개의 경우 술에 취해 있었다. 몽빠르나스에서 까페들은 그들로 넘쳐났고 몽마르트르에서는 놀이마당까지 벌어졌다. 커다란 증기 회전그네, 회전목마, 사격장이 붐볐다. 그들은 빠리의 머캐덤도로를 체중을 한쪽 다리에 번갈아 싣는 소리 없고 유연한 걸음걸이로 미끄러지듯 지나갔다. 큰 선박의 완벽하게 닦인 갑판 위를 걷는 듯했다. 밤새 노래했고 어두운 길에서 목청껏 소리를 질렀다. 몇명이었을까? 그렇게 많지는 않다. 빠리 사람들이 편안하게 느끼지 못할 만큼은 됐다.

"그들이 18년에 왔을 때 너는 여기 없었지? 맞아, 너는 테살로니키에 있었지. 그래, 그때도 저랬어!"

뀌세 드 발랑뜨가 한창 돌아가는 회전목마로 돌격하는 흰옷의 선원들 한 무리를 오렐리앵에게 가리켜 보였다.

"상상이 돼? 샤또띠에리 근처에도 그들이 보인다니까. 우린 촌구석 출신이야. 그렇게만 말할게. 물론 그렇고말고, 우리는 교대할 때 평온하게 행동했어. 발끝으로 물러났지. 그리고 나면 지독한 소란이 일었어. 휘파람을 불고 노래하고 고함치고 냄비를 휘젓는 것같이 욕설을 내뱉었지. 그리고 파이프! 우리가 그들에게 외쳤지. 당신들의 파이프! 아, 설마! 그들은 우리가 무엇에 관해 말하는지 알지 못했어. 요란하게 웃었어. 우리에게 '프랑스 만세!' 하고 말했어. 오래가지는 않았지. 대단한 교대였지 뭐야! 엄청나게 혼났어! 그들은 전열에 들어가지 않았어. 우리가 그들이 차로 돌아오는 것을 보았으니까. 희한하게 정렬해 있었지."

그들은 축제를 구경하면서 어슬렁거렸다. 둥글납작한 밀짚모자를 삐딱하게 쓴 발랑뜨는 봉제의 비밀을 알고 있는 그 작은 담황색 양복들 중의 하나를 입고 있었고, 그것의 솔기를 안에서부터 터뜨리고 싶어 하는 것처럼 보였다. 순회 놀이마당, 그건 그에게 익숙한 것이었다. 그는 그것의 중심에 있었다. 그레코로만형 레슬링을 구경하자고 청했다. 혼자 관중 속에서 박수를 유도하고 관중을 일정한 방향으로 부추기며 즉시 관중의 마음을 사로잡았다. 사격으로는 얼마나 큰 즐거움을 누렸는지! 고리 던지기 놀이에서 술을 한병 땄고 칼 던지기 게임에서는 빌리켄[44] 비슷한 인형 두개를 획득했다.

----

[44] 미국의 조각가 플로렌스 프리츠(Florence Pretz)가 1908년 제작한 마스코트 조각상. 눈을 감고 활짝 미소 짓는 우량아의 모습이다.

목에 건 종이꽃 목걸이는 어디서 떼어냈을까? 품 안의 성공 기념품들은 어디서 얻었을까? 호색한에 관한 아가씨들과의 대화는 굉장했다. 그는 그날 저녁 오렐리앵에게 필요한, 마구잡이로 그를 미로나 벼룩시장으로 떼밀 수 있는 동반자였다. 확실히 발랑뜨가 좋아하는 것은 결혼식, 그리고 총살당하는 탈영병이 나오는 야외무대였다.

그들은 앙베르 근처의 술집 테라스에서 좌초했다. 그다지 밝지 않은 테라스였다. 철제 의자들, 엄청나게 많은 사람, 안에는 약간 유행이 지난 노래를 연주하는 피아노가 한대 있었다. 맥주가 넘쳐 흘렀다. 볼만했다. 겨우 닦은 탁자들이 0.5리터들이 맥주잔으로 넘쳐났다. 위에서 손님들이 왈츠를 추고 있었다. 웨이터들이 빈둥거릴 수 없을 것 같았다. 내려놓는 쟁반. 얼마입니까? 실랑이. 3프랑 50…… 옮겨지는 의자, 교체되는 사람. 발랑뜨가 자신이 획득한 인형, 술병, 꽃을 오렐리앵 앞에 놓았다. 그것으로 옆 탁자의 여성들과 친교를 맺었다. 집요한 사람이었다. 오렐리앵은 이 기계적인 격류에 휩쓸렸다. 문득 옆 탁자의 사람들이 하는 말이 단편적으로 들려왔다. 너무 빼입어서 도리어 정중해 보이지 않는 남자 네명이 거기 앉아 체계적이고 정확한 분석을 하는 듯했다. 그들 한가운데에 커다란 흰 모자를 쓴 키 큰 여자가 꼼짝 않고 말없이 미소를 짓고 있었다.

"저것들 말이야, 그게 마음에 들지 않으면 집에 처박혀 있으라고해!" 그들 중 한 사람이 투덜댔다. 다른 한 사람이 말했다. "더러운 놈들! 여기는 프랑스야, 시카고가 아니라고!" 0.5리터들이 잔에 맥주를 따르면서 왁자지껄 떠드는 소리에 말이 묻혔다. 오렐리앵은 모네의 정원, 꽃들에 내려앉는 어느날 정오의 햇빛을 어렴풋이 다시 생각하기 시작했다. 반지 자국이 있는 통통한 손을 여자의 어깨에 걸친 꺽다리 녀석이 외쳤다. "우선, 저들은 우리를 진저리나게 해, 사미들[45] 말이야! 세네갈 사람들, 그들은 흑인이지, 아닌가? 어쨌든! 세네갈 사람들은 말이지, 우리를 위해 싸웠어!"

그러자 뀌세 드 발랑뜨가 바야흐로 팔을 흔든다! 그리고 작게 나팔을 만들어 부른다. 한 무리의 친구들 전부를. 아, 다행이야! 모임은 사람이 많을수록 좋지! 그것은 전혀 오렐리앵의 생각이 아니었다. 웬걸, 이봐, 그게 재미있으면 그들과 함께 계속하라고. 발랑뜨는 기분이 울적한 친구를 떠나고 싶지 않았다. 사람들이 그들의 탁자로 다가왔고 발랑뜨가 일어서서 소개했다. 남자 대여섯, 여자 둘…… 나중에 설명할게, 화가가 오렐리앵의 귀에 속삭였다. 남자들 중 한명이 전날 샴페인 파는 곳에 있었는데 거기서 미국인들, 선원들이 아니라 매우 고상한 사람들이 흑인 손님을 내쫓게 했다고 이야기한다. 이 이야기로 이웃의 대화가 이어졌다. 선원들과 길거리에서 마찰이 있었다는 것이다. "마르띠니끄, 마르띠니끄, 마르띠니끄에서는!"[46] 때마침 뀌세 드 발랑뜨가 흥얼거리며 노래했다. 그에게 흑인은 벌거숭이, '기꺼해야 아주 작은 팬티'만 입는 족속이었다. 그리고 혀짧은소리를 낸다는 것이었다. 착한 백인은 괴롭히지 않아, 흑인을. 그리고 대나무 오두막, 대나무…… 그래도 그들은 발랑뜨의 친구로 뭉쳐 삐갈 쪽으로 내려갔다.

"R 공작의 집에 살고 있죠, 그렇지 않나요?" 여자들 중의 한명이

---

45 Sammies. 프랑스 주민들이 제1차 세계대전 직후 프랑스에 주둔해 있던 미군 병사들을 '엉클 샘'에 빗대어 부르던 이름.

46 모리스 슈발리에(Maurice Chevalier)가 부른 샹송 「마르띠니끄에서」(1965)의 첫머리.

말했다. 긴 끈 목걸이에 연홍색 드레스 차림이었고 손이 예뻤다. 남편의 팔짱을 끼고 있었다. "우리는 당신의 이웃이에요, 뢰르띠유아 씨. 다시 말해서 완전히…… 아니죠. 앙주 강둑길에서 당신을 자주 봤어요." 아, 참으로 희한했다. 뢰르띠유아는 우연의 일치에 경탄했다. 아무튼, 달리 어떻게 할 수 있었을까? 당연히 어디에서 봤는지 궁금했다. 이렇게 친숙한 모습이 눈에 어리는데 어디에서인지 떠오르지 않았으니.

시르끄 디베르[47]의 출입구에 소란이 일었다. 경찰이 출동했고 한 무리의 사람들이 오갔다. 불빛이 눈부셨다. 부인들이 뛰어갔다. 무슨 일이지? 영화를 찍고 있었다. 햇빛 속에서 화장한 배우들이 끈기 있게 기다렸다. 부산을 떠는 사람들이 명령을 내렸다. 요금을 치러야 할 택시가 도착할 수 있도록 군중이 밀려났다.

앙주 강둑길의 이웃 여자가 오렐리앵에게 나지막한 목소리로 말했다. "저 사람 좀 봐요, 정말 잘생겼네요!" 회색 플란넬 옷을 입은 멋진 흑인이 첫째 열의 구경꾼들 사이에 끼어 있었다. 그녀가 덧붙였다. "게다가 참 대단한 악사들이에요!" 뢰르띠유아는 그녀의 말을 잘 이해하지 못했다. "그가 악사예요?" 그녀는 잠자코 있었다. 플로레스 부인이라고 했다. 참됐다. 빠리는 모르는 여자들로 넘친다. 남편이 말했다. "뢰르띠유아 씨, 우리를 찾아주셨으면 합니다만." 아, 예, 물론이죠, 물론입니다. 뀌세 드 발랑뜨가 자신의 인형들을 부인들에게 나눠주었다. 그가 술병을 흔들었다. 에르네스뜨의 집으로 이걸 마시러 갈까? 에르네스뜨는 그 남자들 중의 한 명이었다. 근사한 독신용 아파트가 있다. 또한 워낙 좁고 너저분한

---

47 Cirque d'Hiver. '겨울 서커스'라는 뜻으로, 1852년 빠리 11구에 건립된 공연장. 서커스, 마장마술, 패션쇼와 콘서트 등의 다양한 행사로 유명했다.

집으로 평판이 나빠서 불편해할 필요가 없다. 발을 구르고 대중가요를 큰 소리로 부르고 접시를 깨뜨려도 된다. 에르네스뜨가 웃었다. 키가 작고 얼굴이 몹시 붉은 남자로, 사십대에 가까웠다. 오렐리앵이 미안하지만 먼저 실례하겠다고 했다. 에이, 김빠져! 우리를 버리겠다고? 발랑뜨가 항의했다. 자, 꽃이라도 가져! 이렇게 말하고는 그의 목에 종이꽃 목걸이를 걸어주었다. 부인들이 살짝 웃었다. 오렐리앵이 작별 인사를 했다.

그는 혼자 삐갈 광장을 가로질러 갔다. 갖가지 색깔의 그 긴 목걸이를 어깨에 걸었다. 마음속으로 그것을 가볍게 비웃으며 어떻게 될지 알지 못한 채 앞으로 나아갔다. 그럼에도 불구하고 조금도 변하지 않았다. 그가 정상적인 사람, 모든 사람과 같은 유형이었다면 발랑뜨를 비롯한 다른 사람들과 함께 남아 있었을 것이다. 플로레스 부인에게 수작을 걸었을 것이다. 옆집에 사는 여자, 생각해보라, 얼마나 좋은 기회인가. 조만간 함께 잘 것이 확실했다. 그녀는 그의 취향에 맞을 만큼 충분히 큰 가슴을 지니고 있지는 않았다. 그렇지만 틀림없이…… 그는 플로레스 부인의 엉덩이를 상상하려고 애썼다.

"조심 좀 하시지 않고!" 격한 목소리가 고함쳤다. 아, 그는 용서를 구할 따름이었다. 행인을 보도 가장자리로 밀었던 것이다. 빠져나오는 군중에 떠밀려서 그랬다. 자동차 한대가 광장을 가로질렀다. 사람들이 보는 가운데 근력 측정기 앞에서 미국 선원 한명이 햇볕에 그을린 팔 위로 흰 소매를 걷어올리고 망치를 치면서…… 고함친 사람과 오렐리앵이 갑자기 서로 쳐다보았다. 그들 사이에 어떤 놀람이 일었다. 오렐리앵이 발랑뜨가 준 목걸이를 떼어내 땅바닥에 던졌다.

"마침 잘 만났네요." 뽈 드니가 말했다. "당신을 찾고 있었어요."

72

"아뇨, 그렇게 생각하지 않아요." 블랑셰뜨가 말했다. "당신이 알다시피, 우리가 결혼했을 때 나는 계약에 의해 그이에게 얼마만 한 금액, 어떻든 적지 않은 돈의 재량권을 인정했어요. 의자가 앉기에 불편해요? 자리를 정돈해드릴까요? 쿠션이라도?"

아드리앵이 보행 보조기에 힘입어 블랑셰뜨와 함께 저녁식사를 하러 주방으로 올 수 있었던 첫번째 저녁이었다. 여느 때처럼 에 드몽은 없었다. 이 세련된 방에서 아드리앵은 묘한 감정을 느꼈다. 사적으로가 아니라 이렇게 공식적으로 하인들의 눈앞에서, 흰 장갑을 낀 하인의 시중을 받으면서 블랑셰뜨와 단둘이 마주 앉아 있다는 것이 이상했다. 뿨포르까[48] 은그릇, 물병에 담겨 나왔지만 그로 하여금 몰래 입맛을 다시게 하는 포도주를 비롯해 자연에서 얻은 고급 식자재가 수없이 많았다. 그리고 블랑셰뜨는 그를 존중하여 정장했다. 매우 단순한 드레스 차림이었다. 검은색 드레스, 검은색이 그녀에게 그토록 잘 어울렸고, 깃이 목을 꽉 감싸서 앞부분은 가려진 반면에 검은 깃 아래로 뒷부분은 많이 파여 등이 노출되었다. 예쁜 등이었다. 아드리앵은 블랑셰뜨의 약간 크고 우아하지 않은 얼굴에 익숙해졌다. 그녀의 용모에서 매력을 찾아내기조차 했다. 그는 생각했다. 그녀가 머리카락을 조금 더 부풀린다면…… 그

----

48 1820년 빠리에 설립된 금은세공회사. 1993년부터 에르메스 그룹에 속해 있다.

녀에게 알려줘야겠어. 그녀는 진주 목걸이를 했다.

저녁식사 후에 서재로 건너갔다. 테라스 쪽으로 창이 나 있었고 그늘진 곳에 삐까소의 커다란 푸른색 그림이 걸려 있었다. 부드러운 분위기가 감도는 속에서 빠리가 어렴풋이 꿈틀거렸다. 그들 둘뿐이었다. 하지만 바깥의 대도시 때문에 이 고독은 번듯해짐과 동시에 약간 불순해졌다.

"요컨대, 에드몽은 그것에 적합한 주인이죠, 요컨대." 아드리앵이 몽상에 잠긴 듯 나직하게 말하며 시가의 재를 청금석 재떨이에 부드럽게 털었다.

블랑셰뜨는 다른 것을 생각한 것이 틀림없었다. 그녀가 중얼거렸다. "어떻게 보면……" 분명히 그녀는 이 맥없는 말 뒤에서 멜로즈 부인의 부자연스러운 미소를 다시 보았을 것이다. 남편의 냉혹함. 이번처럼 그녀가 혼자 식사하는 저녁나절마다. 아드리앵이 오늘 오후에 들어가본 그 매혹적인 침실에 아버지를 껴안으러 오지 않는 아이들. 그녀는 자신이 구축한 에드몽의 이 독자성을 비통하게 후회하는 것이 틀림없었다. 그녀가 마치 아드리앵의 생각을 간파하기라도 한 듯이 말했다. "아주 훌륭하게 행동한다고들 생각하지요. 사람들은 불행을 자초해요."

그의 긴 속눈썹이 파르르 떨렸고 그가 눈을 반쯤 감았다. 그럼으로써 그녀를 더 잘 지켜보았다. "그것으로 인해 거기에서 뭔가 변화가 생겼으리라고 생각하세요?" 그녀는 그것이 뭐냐고도, 무엇에서의 변화냐고도 묻지 않았다. 대화가 종잡을 수 없이 진행된다.

"내 생각에, 그것은 처음부터 끝까지 참담한 오해였어요." 그녀가 대답했다.

"당신의 아이들은 오해가 아니에요."

"아, 그래요, 애들이 있지요! 애들이 없다면…… 당신이 없었다면 내 어린 마리빅뚜아르는…… 이런 생각을 할 때면……"

아드리앵의 손이 "좋으시다면 다른 이야기를 해요"라고 말하려는 양 올라갔다가 담뱃재를 바닥에 떨어뜨렸다. 그가 몸을 굽히는 척했다. "내버려둬요." 그녀가 부드럽게 말했다. "별일도 아니잖아요. 오늘 저녁은 즐겁네요."

"그렇군요."

그녀가 그를 바라보았다. 속눈썹이 참 예쁘구나! 거의 여자처럼. 그는 외출하지도 움직이지도 않아서 약간 생기를 잃었다. 그녀는 예전에 아드리앵에게서 마음에 들지 않았던 그 싱거운 작은 병사의 면모를 이제 찾아볼 수 없었다. 그가 자신의 수염을 살짝 만졌다. 그녀는 에드몽이 수염을 기르면 어떤 모습일지 궁금했다. 그러다 자신이 그에게 내준 재산에 다시 생각이 미쳤다. 그녀가 설명했다. "가정, 애들, 내 드레스를 위한 예산은 내 소관이지요. 하지만 재산, 엄밀하게 말해서 재산은 에드몽이 관리해요. 우선 '부동산' 회사, 컨소시엄에서……"

"알아요."

"오, 우리는 정말 우리의 재산에 맞춰 생활하지 않아요. 미래를, 애들을 생각해야 하는데……"

그것은 에드몽이 그녀에게 한 말임이 틀림없었다. 그리고 생활 수준에 대한 꽤 상대적인 이 겸손에는 이 위그노 여자를 마음속으로 우쭐하게 할 것이 틀림없는 뭔가가 있었다. 아드리앵은 마리 양이 전해준 서류를 생각했다. 마음이 불편했다.

"저, 괜찮으시다면, 쿠션이 있으면 좋겠는데요."

"오, 진즉에 말했어야죠!"

그녀가 서둘렀다. 그가 몸을 일으키자 그녀가 그의 등 뒤로 푸른색 쿠션을 밀어넣었고 그녀의 뺨이 남자의 수염을 스쳤다. 그녀는 그가 숨을 오래 참는 것을 느꼈다. 물러나는 데 약간 뜸을 들였다. 그가 그녀의 굽은 목덜미와 지독하게 만지고 싶은 욕구를 불러일으키는 등의 곡선을 바라보았다. 아직은 때가 아니었다. 얼른 말을 이을 필요가 있었다. 무엇에 관해서건. 이 등, 이 혼미함과 아주 관계가 먼 것을. "에드몽을 이해할 수 없어요. 그는 탐욕스러워졌어요."

"탐욕스러워졌다고요? 무슨 말을 하고 싶나요, 아드리앵? 당신이 알다시피, 그는 내게 아무것도 요구하지 않아요, 지난해 패커드[49]를 제외하고는."

당신은 작은 일부에 관해 말하는군, 아르노가 속으로 말했다. 이 "지난해를 제외하고"가 크로키의 등급을 말해주었다. 그가 몸을 약간 뒤로 젖혔다. 손으로 깁스를 건드렸다.

"아파요?"

"나요? 오, 아닙니다. 생각하고 있었어요."

그는 무엇을 생각했을까, 결국? 그는 그녀가 궁금해한다는 것을 알아차렸다. 그의 목소리에서 본의 아니게 불안이 묻어났다. 그가 잘 분석할 수 없는 불안이었다. 오랜 금욕 생활 후에 여자로 인해 느끼는 현기증, 또는 재산으로 인해, 재산에 대한 몽상으로 인해. 필시 이 모든 것이 약간씩 들어 있을 것이다. 물론 그는 자신의 불안을 감추려고 애썼다. 그리고 이와 동시에 그것을 드러내 보여도, 느껴지게 해도 괜찮다는 막연한 감정이 일었다. 블랑셰뜨, 그녀는 안정을 강조했다. "이상해요, 아드리앵, 오늘 저녁 당신은 여느 때

---

49 1899년부터 제작된 미국의 고급 자동차 상표.

같지 않네요."

경솔한 물음이었을까? 그의 속눈썹이 또다시 파르르 떨렸다. 그는 마음속으로 멀리 자신의 목소리를 찾으러 갔다. 의도적으로 시시한 말을 골랐다. "아마 오늘 저녁 날씨가 너무 좋아서인가봐요. 날씨가 너무 좋아서……"그가 말을 그쳤다. 그녀가 미심쩍은 듯 차분하게 물었다. "너무 좋아서 어떻다고요?"

"너무 좋아서, 누구라도 신을 믿을 정도예요."

바르뱅딴 집안의 부에 관한 대화의 한가운데에서 이 말은 매우 우스꽝스럽고 몹시 부적절하고 무척 괴이했다. 이에 블랑셰뜨가 충격을 받았다. "당신은 신자가 아닌가요?"

"아뇨, 물론 나는 자라길…… 하지만 때로는 의심해요. 그래서 때때로 저녁에……"

에드몽의 냉소적 불신앙으로 그토록 고통을 겪었던 그녀. 그녀가 정색하고 말했다. "당신은 가톨릭 신자인가요?"그가 고개를 끄덕였다. 또다시 그들 사이에 어색한 분위기가 조성되었다. 하지만 다른 종류의 것이었다. 블랑셰뜨는 자신의 마음 한구석에 관한 길고 진지한 대화를 막연하게 기대했다. 아무에게도, 물론 에드몽에게도 드러내지 않은 것이었다. 가톨릭 신자들에게는 헤아릴 수 없이 야릇한 것이 있었다. 그들이 성당, 채색 창유리에 대해 갖는 애착, 오르간, 동정녀…… 블랑셰뜨를 난처하게 하는 것은 무엇보다 마리아 숭배였다. 부득이한 경우에 그녀는 성체에 그리스도가 실재한다는 것을 받아들였을 것이다. 그녀는 이 심연이 두려웠고, 에드몽에게로 화제를 돌렸다. "그와 몇살 때부터 알고 지내세요? 바르뱅딴 말이에요."에드몽이 아니라 바르뱅딴이라 했다. 아드리앵에 대해 거리를 유지하기 위해서였다. 그는 이것을 다르게 이해했다. "오, 모르겠네요. 아주 어려서부터……"

"어쨌든 그가 결코, 아무것도 믿지 않는 것은 이상해요."

"아시다시피, 그의 아버지 때문에 바르뱅딴 부인이 많은 고통을 겪었지요."

그녀가 시어머니 생각에 입술을 깨물었다. 평생 처음으로 그녀는 에스떼르를 사람으로 생각한 것이 틀림없었다. 결국 한 세대에서 다른 세대로 동일한 일이 되풀이되고 있다. 이를 확인하는 데에는 상당한 불쾌감이 따른다. 하지만 에드몽과 블랑셰뜨 사이의 오해가 종교에 기인한다는 것은 확실한 사실이었을까? 어쨌든 상황이 그렇다고 생각하니 모든 것을 정리할 수 있었다. 그러는 동안 아드리앵은 무슨 말을 했는가? 세리안, 뻬땅끄 게임, 그가 초콜릿을 제조하는 쉴제르 집안의 사촌을 돕기 위해 설립한 프로 파트리아 그룹에 관해 말했다. 그렇다, 블랑셰뜨는 바렐 가족, 그 이야기를 해준 자끌린을 만난 적이 있었다. "실제로, 아드리앵, 당신은 에드몽의 사업을 아주 소상히 알고 있네요. 이봐요, 우리끼리의 이야기지만, 멜로즈 향수에서 그는 얼마만 한 몫을 갖고 있나요?"

"어이쿠, 말하기가 곤란해요. 이미 말했듯이, 블랑셰뜨, 그것에 관해서는 말하고 싶지 않네요."

"어쭙잖네요, 당신. 그런다고 무슨 큰일이라도 일어나나요? 내가 정말로 질투한다고 생각하세요? 그리고 돈으로 말하자면 결국, 에드몽에게 속한 것만 문제가 되잖아요. 그는 그것의 주인이에요. 당신에게 이미 말했듯이, 나는 그에게 막대한 금액에 대한 재량권을 인정했어요."

"이봐요, 우리 다른 것에 관해 말해요. 그 얘기는 내가 기분 좋게 할 수 있는 것이 아니어서요."

"이해가 안 가요. 정말 우습네요. 당신은 나를 아주 쩨쩨한 여자로 만들 셈인가요?"

"블랑셰뜨!"

"그러면 내가 당신의 난처해하는 모습을 보고 어떻게 생각하면 좋겠어요? 당신 앞에서 무슨 생각이 드느냐면……"

"제발……"

"장담컨대 당신 때문에, 아무도 바르뱅딴을 공격하지 않는데도 변호하는 당신의 방식 때문에 내가 이런저런 생각을 하게 된다고요."

"정말이라니까요. 에드몽에 대한 내 사정이 이중으로 미묘하다는 것을 이해하지 못하세요?"

"이중으로요?"

"그것참, 나는 실질적으로 그의 심복이에요."

"이중으로요?"

그는 대답하지 않았다. 그녀는 가슴이 두근거리는 것을 느꼈다. 아무것도 말하지 않으려는 아드리앵의 올곧은 성격, 충직함에도 불구하고, 그녀는 에드몽이 그녀에게 맞서 모종의 수작, 돈과 관련된 어떤 부정직한 일을 꾸몄다는 것을 점점 더 확신했다. 이와 동시에 아이들의 아버지에 대해 가졌던 신뢰가 무너지고 그녀의 마음속에서 다른 감정이 미친 듯이 날뛰었다. 이제 어쩌면 그녀는 그다지 충실하지 않을지도 모른다. 그녀의 변한 목소리에 그가 깜짝 놀랐다. 그녀가 물었던 것이다. "너무 피곤한 건 아니죠, 어쨌든?"

"네." 그가 말했다. "그런데 말이죠……" 어둠이 내린 가운데 향수 어린 소리가 들려왔다. 센강을 가로지르는 지하철이었다. 사복 차림의 장교처럼 보이는 아드리앵, 그가 시적인 정취에 민감해졌다. 그녀는 에드몽이 전시의 아드리앵에 관해 말한 것을 생각했다.

영웅.

"옛날에 당신을 먼저 알았더라면⋯⋯" 그녀가 탄식했다.

"블랑셰뜨!" 그가 거의 소리를 질렀다. 다리를 잊고 그녀 쪽으로 달려들었다.

"움직이지 말아요! 아프지 않으세요? 아드리앵, 정말 미쳤군요."
그가 넘어지지 않도록 그녀가 팔로 부축했다. 무의식적으로 몸을 그에게 밀착시켰다. 그가 손, 따뜻한 손으로 그 노출된 등을 쓸어내렸다. 손이 드레스의 깊게 파인 부분으로 미끄러졌다. 수염, 시가 냄새⋯⋯ 아무도 그녀를 이렇게 껴안은 적이 없었다. 그녀가 마침내 남자의 어깨에 뺨을 대고 신음했다. 아드리앵⋯⋯ 드디어 누군가가 그녀를 사랑했다.

"저기, 당신의 가련한 다리⋯⋯" 그녀가 말했다.

그녀는 그가 안락의자에 다시 앉도록 도왔다. 그는 커다란 어린아이 같았다. 다정한 말, 사과와 약속을 속삭였다. 그녀가 다시 몸을 일으켰다. 진주 목걸이가 아드리앵의 얼굴을 가볍게 스쳤다.

73

"우선, 사랑이란 무엇인가?"

"그건 문제가 아니죠. 우리는 사랑하거나 사랑하지 않거나 하니까요."

"그래도 만약 착각이라면⋯⋯ 사랑이 없다면⋯⋯"

이것은 취한 남자들의 말이었다. 그렇지만 그들은 자신들의 말, 따뜻한 저녁나절, 흘러가는 시간, 무엇보다 그들 사이에 강풍처럼 닥친 증오에 취했을 뿐이었다.

"만약 당신이 베레니스를 사랑한다면 그렇게 묻지 않을 거예요."
뽈 드니가 말했다.

그가 창백한 얼굴로 상대방의 눈을 도발적으로 바라보았다. 일
종의 단호한 악의가 엿보였으나 지속되지는 않았다. 산산이 흩어
졌다. 사실상 그는 뢰르띠유아를 미워할 수 없었다. 동일한 여자가
그들에게 동일한 아픔을 주었다. 그는 대판 싸웠을지도 모른다. 하
지만 서로 말을 한 이상…… 생조르주 광장의 작은 까페, 거의 비
어 있던, 사면으로 난 유리창, 구리 난간, 보기 흉한 기차 객실처럼
나뉜 방들, 많은 전등, 석간신문을 읽으면서 하품하는 종업원……
"내가 그녀를 사랑하지 않는다고 생각하나?" 오렐리앵이 말했다.
"그렇게 생각해, 꼬마?"

그가 느릿느릿 물었다. 그 자신도 확신하지 못하면서. 무뚝뚝하
게 반말을 쓰기 시작했다. 대화 상대가 진짜 젊은이, 예민하고 수
척한 젊은이였기 때문이다. 죽은 사람 같은 용모가 불빛 때문에 더
을씨년스럽게 보였다. 하지만 젊은이였다. 뽈이 투덜거렸다. "나를
'꼬마'라고 부르지 말아주세요!"

오렐리앵이 어깨를 으쓱했다. 꼴에 사내 녀석이라고 처음부터
기를 죽였나. 그를 베레니스의 애인으로 생각하는 것이 기묘했다.
기묘하고 불쾌하기 짝이 없었다. 몰래 담배를 피우다가 붙잡힌 중
학생 같았다. 그녀가 자신보다 저 녀석을 더 좋아했을지도 모른다,
그녀가. 더 좋아했을지도. 맙소사. 그는 자기 자신에게 화가 났다.
사실은 시빗거리가 되지 않는다.

"아마 자네를 믿어야겠지, '꼬마.'" 그가 금지된 말을 고집했다.
하지만 뽈 드니는 자신의 금지를 벌써 잊어버린 듯했다. "아마 나

는 그녀를 사랑하지 않는 걸 거야. 사랑은 그런 것이 아닐 거야. 그러면 사랑은 무엇이지? 내가 환상을 품었다고 생각하나?"

대답이 없었다. 그러자 오렐리앵이 또 물었다. "자네는 그녀가 예쁘다고 생각해?"

꼬마가 씩씩대며 바라보았다. 베레니스가 말한 대로 그는 입이 희한하게 생겼다. 곧 울 것 같았다.

"난 아니야." 오렐리앵이 마무리했다.

드니가 주먹으로 대리석 탁자를 쳤다. 작은 숟가락들이 튀었다. 종업원이 신문에서 눈을 들어올렸다가 잘못 들었다는 것을 알았다. 뽈이 빈정거렸다. "당신은 그녀를 사랑하지 않아요. 결코 그녀를 사랑하지 않았어요."

"아마 자네 말이 맞을 거야. 그럼 모든 것이 단순해질 테지."

그가 눈을 감았다. 괴로웠다. 집의 벽에 걸어놓은 석고 얼굴, 그리고 피가 통하는 여자, 그녀의 뺨을 비추는 빛, 그녀의 젖은 머리가 눈에 어렸다. 그녀를 전체적으로, 몸의 일부분이 아니라 몸 전체를 마음속에 그려보기가 무척이나 힘들었다. 하지만 얼마쯤 떨어진 길에서 마침내 그녀가 온전히 보였다. 지베르니에서만 그녀를 볼 수 있었다. 그렇게 어깨를 움직이면서 멀어지는 모습…… 뽈 드니가 말했다. 계속 말했다. 그들이 함께한 지 두시간이 훌쩍 지났다.

"……그리고 무엇보다, 그게 매한가지인가요? 그녀는 당신의 것이 아니었어요, 당신의 것이……" 그가 자기 가슴을 쳤다. "당신의 것이…… 비교할 수 있다고 우기다니! 아, 예, 소유하지 않는 사랑, 머릿속의 사랑, 그리고 다른 잡소리들! 아니지, 하지만 거울을 들여다봐요. 당신 같은 유형의 사랑, 그게 지속될까요? 난 그녀를 가졌어요, 이해하겠어요? 그런데 이제는 그녀가 없어요! 이건 그저 그런 일이 아니라고요. 잠에서 깨어날 때, 혼자 있을 때, 그녀가 어디든 다른 곳에 있다고 생각할 때…… 하지만 당신은, 제기랄, 이게 도대체 당신과 무슨 상관이란 말이에요?"

그는 이 젊은이가 하는 말에 귀를 기울였다. 사실 그 고통을 존중했다. 술에 취한 탓은 아니었을 것이다. 하지만 뽈은 괴로워했다. 그것은 확실했다. 오렐리앵이 중얼거렸다. "흥분하지 말게, 모든 걸 다 말하지는 않았으니까." 그들은 두 라운드 사이의 두 권투선수처럼 서로 노려보았다. 뢰르띠유아의 속에서 한가지 생각이 종을 울렸다.

"그렇지만, 그녀는 자네를 떠났어." 그가 말했다.

개자식의 말. 벨트 아래를 가격하는 반칙. 뽈이 머리를 숙이고 견뎌냈다. 대응책. "남편이 있었어요." 저런, 정말이라니까요! 상대방은 그것을 생각하지 않았다. 그것이 그들 둘 사이에 떨어졌다. 말을 한 뽈도 오렐리앵만큼이나 놀랐다. 남편!

"트렁크 차림이면 틀림없이 멋질 거야." 오렐리앵이 말했다.

그들이 낄낄댔고, 뽈이 불량스럽게, 구역질나게도 오른쪽 팔꿈치로 펭귄의 몸짓을 했다. 그들은 둘 다 이 비웃음의 욕구를 느꼈다. 머리를 굴렸다. 그들 둘 다 부부의 사생활, 한 팔을 잃은 사람에 대한 베레니스의 애정을 생각했음이 틀림없었다. 그 길을 따라 아주 바닥까지 내려가 완전히 외설적이게 되었을 것이다.

뽈 드니는 옳지 못하게도 베레니스의 말, 그녀가 절망 상태에서 한 말을 일러바쳤다. 그녀를 배반해서 만족해하는 것처럼 보였다. 아마 자신에게 고통스러운 그 애정의 간접적인 메아리로 자기 앞의 남자에게도 타격을 주려고 애썼을 것이다. 그들 사이에 상당한 거북함이 남았다.

"그래도" 오렐리앵이 말을 이었다. "만약 그녀가 결국 그를 사랑한다면?" 심술궂은 사람. 그는 전혀 그렇게 생각하지 않았다. 뿔을 학대하려고 이 말을 했다. 뿔이 복수했다. "그런 말을 하다니 당신은 지독하게 질투하는 것이 틀림없어요." 그렇다, 오렐리앵은 질투했다. 앞뒤 분간을 못 할 정도로 질투가 났다. 방금 그것이 파도처럼 단숨에 그의 머리까지 치달았다. 이 젊은이와 함께한 베레니스. 아, 창녀, 창녀!

"다 끝났네요." 상대방이 지적했다. "함께 그녀에 관해 말하고 있다니…… 끔찍해, 정말로 끔찍하네요!"

상처의 딱지를 떼어내는 것처럼 뢰르띠유아는 이 대화가 마음에 들었다. 각자의 말, 각자의 생각, 각자의 시선으로 인해 나중의, 이 까페에서 나간 다음의 불가피한 일, 자신의 되찾은 고독, 비관적인 생각, 다가올 날들이 약간 더 견딜 수 없어지리라는 것을 알고 있었다. 그것이 단번에 그치지 않는 한, 그가 더이상 그것을 생각하지 않기로 결심하지 않는 한. 만일 그가 더이상 그것을 생각하지 않기로 결심한다면? 그것을 쉽게 만들어줄 사람이 언제나 뿔인 것은 아니었다. 그가 말했다. "그래, 이해하지 못한단 말인가요? 내 삶에서 다른 어떤 여자도 중요하지 않았어요. 다른 어떤, 다른 여자들을 생각할 때면 괜스레 웃음이 나요. 다른 여자들과 같이 잤지요. 그러고 나면 그게 다였어요. 그녀들을 업신여겼어요. 그녀들의 용모, 그녀들의 품행…… 무엇보다 그녀들과 대화하지 않았어요. 그녀들이 당신의 뜻에 따르는 데에는 늘 그녀들만의 이유가 있어요. 다른 것 때문이죠. 그녀들을 만족시키는 것 말이에요. 속지 말아요."

"그러다 이번에는 된통 걸려든 거네, 그렇지 않은가?"

"말했듯이 그것은 아무 관계가 없어요. 나는 그녀를 사랑해요,

이해하시겠어요?"

야릇한 것. 사랑. 어느 쪽도 그것이 무엇을 의미하는지 알지 못했다. '나는 그녀를 사랑하지 않는다.' 오렐리앵은 이렇게 생각하려고 애썼다. 전혀 성공하지 못했다. 이제는 모욕적인 말로써 난관을 벗어나지 못할 것이다.

"자네는 그녀를 사랑해. 나는 그녀를 사랑해. 우리는 그녀를 사랑해. 남편도 그녀를 사랑하지, 그 나름대로. 하지만 그녀, 그녀는 어떻게 생각할까? 이봐, 그녀는 어떻게 생각할 수 있을까? 나는 그녀가 나를 사랑한다고 단언했을 거야. 그녀는 자네와 잤지."

"나는 그녀가 나를 사랑한다고 단언했을 거예요."

"그리고 그녀는 달아났네."

"내게 상처를 줘서 즐겁나요?"

"아마도."

"거참, 당신에게 그럴 능력이 있다고 생각하면 안 되죠! 내게 상처를 준 사람은 그녀예요. 내 말, 이해하시겠어요? 그녀라고요. 그걸 당신은 마구 헤집고 있죠."

"어이없군! 나는 나 자신만 마구 헤집고 있네."

그들 사이에 베레니스가 있는 것을 견디기가 힘들어졌다. 그들은 서로 얼굴을 돌렸다. 밖에서 자동차 경적이 울렸다. 틀림없이 극장에서 공연이 끝나는 시간일 것이다. 뽈 드니는 허공을 바라보면서 우울한 몽상을 계속했다. 희한하게 생긴 입이 떨렸고, 그가 앞을 똑바로 보며 말했다. 뢰르띠유아에게 한 말이 전혀 아니었다. "죽어버릴 거야."

이에 오렐리앵이 멍하니 동요했다. 이 젊은이! 아, 아니다, 그녀는 그럴 만한 가치가 없었다.

"입 다물게, 꼬마. 미친 거 아니지? 누구나 마땅한 누군가를 위해 죽는 법이야. 그 여자, 한 남자에게서 다른 남자에게로 간 여자 탓에……"

"우선, 나를 '꼬마'라고 부르지 말아주세요. 다음으로, 그게 무슨 말이죠? 한 남자에게서 다른 남자에게로? 그녀의 삶에서 나 이전에 누가 있었건 그게 나와 무슨 상관인지 원! 만약 누군가 있었다면……"

"이번에는 자네에게 상처를 주고 싶지 않았어, 뽈, 그래. 하지만 단언컨대……"

"당신이 바라는 대로 무엇이건 단언하세요! 끝내는 당신의 생각 때문에 웃게 되는군요. 그러니까 결국 당신은 그런 부류의 전형이에요. 당신의 견해에 따르면 여자는 손에서 손으로 넘어가면서 손상되니 말이죠. 당신, 도대체……"

"그런 게 아니야, 잘 알면서."

"나는 아무것도 몰라요. 아, 제기랄, 당신의 남자 윤리에 토할 지경이네요!"

"자네는 정상적인 상태가 아니야."

뢰르띠유아가 매우 무뚝뚝하게 이 말을 던졌다. 조금 전에 그는 그다지 좋아하지 않는 무언가에 부딪혔다. 하나의 세계. 자신이 꾀바르다고 생각하는 사람들의 온갖 생각, 그 혼미, 그 앞선 취향. 마치 남자와 여자가 매한가지인 듯이. 뽈 드니가 중얼거렸다. "아마 나는 정상적인 상태가 아닐 거예요." 그러자 곧 오렐리앵이 열세를 만회했다. "사람들은 자신이 사랑한다고 생각하지. 무척 사랑하고 싶어 할 거야. 사랑할 필요가 있고. 이봐, 아주 간단해. 그 대상은 여자일 수도, 다른 것일 수도 있지. 선택하는 것일까? 내가 말했잖아,

나는 그녀가 예쁘다고 생각한 적이 없어. 그렇지만 그녀를 사랑했지. 자네도 그랬어. 중요한 건 여자가 아니야. 사랑이지."

그는 자신을 설득하기 위해 이 모든 말을 했다. 자신이 하는 말에 귀를 기울였다. 자신이 그렇게 생각하는지 알 수 없었다. 그것은 그의 입에서 만들어졌다. 그는 자신이 곧 무슨 말을 할 것인지, 자신이 뒤이어 무슨 생각을 할 것인지 궁금했다. 뿔이 막연한 부정의 의견을 얼비추었다. 오렐리앵이 그의 말을 잘랐다. "우리는 여자에 대한 관념을 만들어 가졌지. 자기 마음속에 그것을 지니고 있었어. 그러다 베레니스를 만났지. 일치해야 했어, 기필코. 그래서 일치시켰지. 반드시 신품인 여자를 찾는다고는 말하지 않겠어. 결코 어떤 남자도 경험한 적이 없는 여자 말이야. 그건 아니야! 하지만 그녀에 대해 자네는 무엇을 알고 있나, 응? 자네가 그녀의 첫 경험이라고 생각해? 지방에서는, 작은 도시에서는 사람들이 따분해하지."

"입 다물어요!"

"오, 귀를 막는 게 더 쉬워! 늘 길게 말하진 않았어, 내가 자네에게…… 그런데도 자네는 그녀를 위해 죽고 싶다? 아, 이럴 수가!"

"아뇨, 당신은 결코 그녀를 사랑하지 않았어요. 난 알아요, 난 알아요."

"내가 그녀를 있는 그대로 보기 때문에? 착각하지 말게. 생각은 바뀌지. 어느 저녁이냐에 따라 약간은 더 잘 보이기도 해. 그러면…… 사랑할 때는 아마 정반대겠지. 결국 그녀에 앞서 그녀에 대해 가진 이미지, 맞지? 아니야? 솔직하라고. 아니야, 그렇지 않나? 사랑! 내가 남자의 관점을 지니고 있다면 미안해. 자네는 그것에 혐오감을 느끼지. 하지만 나는 달리 어쩔 수가 없어. 내게는 거의 어린 소녀야, 베레니스가 말일세. 자네가 보다시피 누구나 한없이 어리석을 수 있어!"

그가 헛웃음을 터뜨렸다. 상대방이 고개를 들어 그를 쳐다보았다. 뽈이 오렐리앵의 것이라고 여긴 얼굴과 지금 보는 얼굴은 아주 달랐다. 온통 땀에 젖어 있었다. 제대로 면도하지 않았음이 틀림없었다. 뽈은 그에게서 한번도 이 돌출한 광대뼈와 광대뼈에서 턱까지의 긴 선을 눈여겨본 적이 없었다. 거의 어린 소녀라. 베레니스를 거의 어린 소녀로 간주하다니 어떻게 그토록 어리석을 수 있을까? 맞아, 사람들, 꽤 많은 사람들이 갖는 소녀 취향……

"그래서, 만일 당신이 말하듯이 그녀가 …… 소녀였다면, 당신은 정말로 그녀를 사랑했을까요? 장난으로가 아니라? 그래도 나와 잤을 것이기 때문에 전혀 가치가 없었을까요?" 뽈이 물었다.

그는 한꺼번에 너무 많은 것을 말하고 싶었다. 그 모든 것이 뒤섞였다. 그렇지만 뜻밖에 오렐리앵은 그를 이해했다. 그의 무질서한 생각들에 내포되어 있는 분노의 어조를 이해했다. "우선, 누가 자네에게 소녀라고 말했지?(그는 자신이 그랬다는 것을 잊어버렸다.) 사랑은 잠자리를 같이하는 것이 아니네."

"그렇죠. 하지만 당신이 잠자리를 같이하는 것이라 부르는 것 때문에 사랑이 더러워지지는 않아요. 나는 당신처럼 순수한 정신이 아니랍니다, 선생."

오렐리앵이 어깨를 으쓱했다. 이 심술쟁이 때문에 기분이 상하지는 않았다. 상대방이 계속했다. "오, 잘 알아요. 당신과 당신 부류, 당신들은 사랑할 권리를 불륜 여성들에게도 부여하죠. 한번만 불륜을 저지른다는 조건에서 말이에요. 남편은 중요하지 않아요. 기혼 여성은 아직도 거의 순결한 것에 가깝죠. 단 한명의 애인을 두고 남편을 속이는 여자는 존중받을 수 있어요. 물론 눈물을 찔끔

296

흘려야겠죠. 그리고 오랜 동안의 추억, 그다음에는…… 아, 저런!"

뽈 드니가 그것을 그토록 괘씸하게 생각했다니! 오렐리앵은 결코 그것을 생각하지 않았다. 아니, 실은 그랬다. 결혼, 간통에 대해 생각했다. 그다지 새롭지 않고 그다지 독창적이지도 않은 생각이었다. 하지만 독창적이라는 것이 중요한가? 한 여자가 젊은 남자에게, 뽈 드니 같은 시시한 남자에게 몸을 던진 탓으로 그의 눈앞에서 사라질 수 있었다. 그렇고말고. 베레니스가 지베르니를 거치지 않고 곧바로 뤼시앵에게 돌아갔다면 그는 그녀에 대해 다른 추억, 순수한 추억, 아마 평생 그에게서 사라지지 않을 강박관념을 간직했을 것이다. 그녀는 그의 사랑일 수 있었다. 그의 사랑으로 머물러 있을 수 있었다. 그러나 이 얼룩진 베레니스…… 하지만 이 파리한 젊은 지식인이 무슨 차이를 불러일으킬 수 있을까? 옛날에는 애인이 있는 여자는 상황이 매우 나빴다. 오늘날 우리는 여자에게 애인을, 두 명은 허용하지 않으니 진전을 이룬 것인가? 작은 드니는 도대체 무엇에 관해 말했는가? 오렐리앵은 그에게 귀를 기울이지 않았다. 자신의 어머니를 생각했다. 어머니의 삶에는 한 남자밖에, 남편 이외에는 한 남자밖에 없었다. 그는 그 사람을 생각했다. 하지만 그는 무엇을 알고 있었을까? 게다가 그는 어머니를 기준으로 여자들을 판단하지 않았다. 삶에 관해, 사랑에 관해 자신의 견해가 있었다. 그러니까, 자신만의 것이. 틀림없이 적지 않은 사람이 그와 견해를 같이했을 것이다. 하지만 누가 자기 혼자만의 견해를 갖는가? 많은 사람이 동시에 생각한다. 날씨가 화창하다고. 그저 날씨가 화창할 따름이다.

"다른 곳으로 자리를 옮길까?" 그가 말했다. "이 긴 의자 위에서 사람들이 늙겠군." 그는 담배가 다 떨어졌다.

그들에게 포근하고 활기찬 밤이 다시 찾아왔다. 자러 갈 마음이
생기지 않는 빠리의 밤들 중 하나였다. 이때는 모든 거리에 어색한
비밀이 있고 행인들의 목소리가 수많은 이야기의 실마리 같다. 그
리고 각각의 여자가 놀란 것처럼 보인다. 이는 어둠에도 불구하고
가려질 수 없다. 노트르담드로레뜨 길, 퐁뗀 길…… 안쪽 높은 데서
물랭루주가 반짝이는 것을 볼 수 있었다. 그들은 사거리의 당번 약
국을 지날 때 남편에 관해 다시 말했다. 어느 나이트클럽, 꽃다발을
든 여자들, 세련된 남자들을 앞질렀다. 블랑슈 광장이 사방에서 번
쩍거렸다. 늦은 시간인데도 테라스 여기저기에 사람이 많았다. 큰
길들 위에는 불 꺼진 장터의 물건들이 옹기종기 모인 유령들처럼
펼쳐져 있었다. 불꽃이 숨결처럼 날름대는 물랭 근처 댄스홀의 입
구에 미국 선원들의 흰 꽃다발……

"잘 모르겠네." 오렐리앵이 말했다. "하지만 저 사람들이 신경
쓰이는군. 나만 그런 건 아니겠지."

"내게는 아주 좋은 미국 친구들이 있어요." 뽈이 단언했다.

"어떤 관계인데?"

실제로 어떤 관계였을까? 게다가 오렐리앵은 자신이 흑인에 관
해 말하자마자 드니가 흑인을 열렬히 편든다는 것을 알아챘다. 그
것은 재즈, 열등한 인종 등 온갖 종류의 문제를 불러일으켰다. 뢰르
띠유아는 한편으로 발전했을지도 모르는 흑인들, 공꾸르상을 받은
흑인이 있다는 것을 생각했다. 하지만 여기서, 사실상 그는 흑인 편
도 미국인 편도 아니었다.

"그리고 베레니스 말인데, 꼬마, 그녀가 이 문제에 관해 어떻게
생각한다고 보지?"

그가 비꼬는 목소리로 물었다. 이 순간 그를 사로잡고 있는 것

은 무엇보다도 뽈 드니와 함께 한가로이 거닐면서 여기에 있는 것이었다. 다른 이유 때문이 아니라 이 녀석이 베레니스와 잤다는 그 이유 때문이었다. 그렇지 않았다면 그들은 이야깃거리가 없었을 것이다.

오렐리앵이 럭키 스트라이크를 사러 들어간 담배 가게는 희고 파란 옷의 선원들, 낄낄대는 담황색과 붉은색 피부로 계산대가 북적댔다. 모두 상당히 취해 있었다. 전축에서 콧소리가 흘러나왔고 전깃불이 환하게 밝혀진 가운데 몇몇 여자가 거인의 어깨에 매달려 있었다. 오렐리앵은 어렴풋이 시몬을 생각했다. 틀림없이 좋은 한주였을 것이다. 한 무리의 프랑스인, 동네 얼치기들이 긴 의자들, 소매 끝의 엄지손가락, 화려한 색깔의 셔츠를 쳐다보고 있었다. 계산대의 부인, 예쁜 갈색 머리는 너무 바빠서 어쩔 줄 몰랐다. 그녀가 50프랑을 받고 잔돈을 거슬러 주면서 사과했다. 옆으로 작은 금니가 하나 보였다.

밖에서 왁자지껄 함성이 들려왔다. 그것이 배기펌프 구실을 했고 담배 가게가 비었다. 사람들이 몸을 일으켰다. 뽈이 밖으로 나갔다. 오렐리앵은 거스름돈에 신경을 쓰느라 이 잡다하고 순박한 사람들을 가로질러 무슨 일인지 파악하기가 어려웠다. 테라스에서 만취한 선원 한명이 팔을 쭉 뻗어 조그만 대리석 원탁을 들어올렸다. 여자들이 울부짖었다. 마르고 길고 키 큰 흑인이 보였다. 회색 플란넬 양복 차림의 그가 피하기 위해 팔을 구부렸다. 선원이 탁자로 쳤다. 그가 얼굴을 맞고 피를 흘렸다. 조그만 원탁이 다시 쳐들렸다. 굉장한 혼란이 일었다. 다른 선원들이 공격자를 에워쌌고 사방에서 흑인들이 약간 놀랐다. 그리고 초록색과 장미색 셔츠 차림의 남자 친구들이 어깨를 거들먹거리며 걸어와 맹렬한 기세로 큰 소리를 지르면서 푸른 옷의 선원들을 떼어놓았다. 솥뚜껑 같은 손들이 그들을 붙잡았다. 아크등 불빛 속의 산딸기.

오렐리앵은 밖에 있었다. 블랑슈 광장에 공기흡입장치가 달린 듯했다. 여기저기서 사람들이 모래 돌풍처럼 담배 가게 쪽으로 몰려들었다. 그들 뒤로 빈 자루 같은 공간들이 다시 형성되었다. 머캐덤도로처럼 기묘했다. 손님을 태우려고 천천히 달리는 빈 택시 두 세대는 어리둥절한 듯이 보였다. 정면의 보도 위에서, 저 아래 도심으로 이르는 급한 내리막길들의 모퉁이에 늘어선 여자들이 알지도 못하면서 울부짖었다. 주위를 온통 요란하게 울리는 소리가 불 꺼진 장터 가건물들 사이로 미끄러지듯 스며들었다. 살인의 빛이 퍼졌다.

이 소동에서는 미국인의 목소리가 지배적이었다. 주정뱅이의 흰 제복에서 매듭이 다시 묶였고 조그만 원탁이 선원들의 품에 안겼다. 이 모습이 럭비 스크럼처럼 보였다. 다른 사람들은 "깜둥이 새끼! 깜둥이 새끼!(Bloody nigger! Bloody nigger!)"라고 고함치는 광포한 사람을 제압하는 이들을 본능적으로 둘러쌌다. 광장이 불길한 폭동의 기운으로 뒤흔들렸다. 여자들과 그들의 남자들이 분개했다. 흑인들의 공포와 격분이 치솟았다. 흑인들은 뜻밖에 자신들의 입장을 옹호하는 사람들 뒤로 약간 물러서 있었다. 몇몇 흑인들은 칼을 꺼냈다.

"언제나 그렇지, 경찰은 한명도 안 오는군!" 오렐리앵 옆의 종업원이 말했다. 군중이 선원들을 가두고 말없는 분노로 그들을 밀어내고 압박했다. 그들은 군중에게서 죄인을 가로채려고 애썼다. 물랭루주 앞에서 피해자가 피에 젖은 얼굴을 다른, 그보다 피부색이 더 짙은 사람들에게 보여주었다. 사람들은 그가 피 흘리는 것을 보고 매우 창백한 흑인이라는 것을 알아차렸다. 누군가가 택시를 불렀고 선원 네다섯명이 의식불명으로 "깜둥이 새끼!"라고 되풀이해 외치는 동료를 택시 안으로 들어올렸다. 군중은 이제 택시를 막아섰다. 운전사가 큰 몸짓을 했다. 시동을 걸고 출발하기가 불가능했다. 함성이 일었다. 죽여라! 운전사가 겁을 먹었다. 협상을 했다. 그는 등 뒤에 군중이 있는 상황에서 선원들을 운송하고 싶지 않았다.

택시에서 선원 한명이 나와서 사람들을 향해 설교를 늘어놓으려 했다. 욕설이 쏟아졌다. 물건들이 날아들었다. 그가 팔로 이마를 가렸다. 세일러복의 거리낌 없는 특성이 이 생바르뗄레미의 분위기에 보태졌다. 갑자기 블랑슈 길과 퐁뗀 길 모퉁이에 있는 보도 맞은편에서 그 부근을 어슬렁거리던 건장한 사람들 중의 한명, 보통 키를 넘는 어느 순진한 사람이 전속력으로 떨어져나왔다. 어깨를 움츠리고 몸을 웅크렸다. 베이지색 상의 차림이었다. 아주 재빨리 가서 곧바로 택시의 발판에 이르렀다.

그렇지만 아주 신속하게 움직인 것은 아니어서 곧 구경꾼 수백명이 크게 동요했다. 그들은 팔이 쳐들리고 흉기가 번쩍이는 것을 보기 전에 이미 범죄를 목격하는 중이라고 확신했다. 아무도 감히 뛰어들어 사건에 개입해 공격을 누그러뜨리려 들지 않았다. 외칠 목소리가 없는 꿈에 대한 두려움.

아무도? 아니다. 그 돛의 티탄들과 옅은 색 상의를 입은 살인자에 비하면 어린아이에 불과한 어느 청년. 그는 담배 가게의 테라스에서 출발해 시라노 앞을 지났다. 그리고 사람들이 무슨 일이 일어났는지 알아차리기도 전에 택시에 접근해 무장한 남자와 선원들 사이에 있었다. 팔이 덮쳤다. 끔찍한 비명이 들렸다. 그런 다음 침묵이 이어졌다.

그리고 찌른 사람이 밤에 르뻬끄 길에서 어둠을 향해 군중 뒤로 미끄러지듯 움직일 때 아무도 그를 가로막지 않았다. 하지만 흰옷 차림의 선원들 한가운데에서 오렐리앵은 뽈 드니의 구부러진 몸이 초라한 누더기처럼 쓰러지는 것을 보았다.

그가 택시 옆에 다짜고짜 무릎을 꿇었다. 신음하는 젊은이가 머리를 그에게 기댔다. "별것 아니에요. 내버려둬요. 별것 아니에요." 그의 손에 피가 흥건했다. 누군가가 뽈의 넥타이를 풀려고 애썼고 선원 한명이 말했다. "죽은 건 아니지, 안 그래(He isn't dead, isn't he)?" 그리고 목의 끔찍한 상처, 피, 피, 그에게 기대어 늘어지는 몸, 마침내 경찰들이 도착했다.

"네놈 탓이야!" 연청색 옷에 팔꿈치까지 오는 검은 장갑을 낀 여자가 격분해서 외치며 택시 운전사의 얼굴에 침을 뱉었다.

74

그 모든 것이 지긋지긋했다. 꼬마 녀석을 택시에 태워 보종으로, 병원이지만 감옥처럼 보이기도 하는 그 낡은 대형 건물 안으로 옮겼다. 같은 택시를 타고 온 오렐리앵은 접수대, 당직 인턴, 경찰의 확인, 전화기 사이에서 갈팡질팡했다. 가장 급하게 해야 할 것이 무엇인지 잘 알지 못했다. 마리에게 전화하기로 마음먹었다. 전화기 너머에서 그녀는 얼른 이해가 안 되는 기색이었다. 잠이 덜 깼다. 그래, 그녀는 부모의 연락처를 알고 있었다. 전화할 것이었다. 전화기가 있었다. 인턴은 오렐리앵의 친구의 친구, 작가의 동생으로 어느 여자의 마음에 들기 위해 콧수염을 잘랐던 그 대학생이었다. 그가 오렐리앵을 안마당에서 오른쪽에 자리한 당직실로 안내했다. 천장이 낮은 방은 짙은 담배 냄새가 났고 연한 커피색의 관능적인 그림 몇점이 걸려 있었다. 얼마 후에 그가 돌아왔다. 그 젊은이는 혈청주사를 맞고 있다. 하지만, 하지만. 그러고 나서 메네스트렐 부부, 메네스트렐과 그의 아내가 첫번째로 도착했다. 마리가 알렸던 것이다. 메네스트렐 부인은 날씬하고 예쁜 금발의 여자였다. 충격을 받은 모양으로 질문을 한무더기 쏟아냈다. 아니, 어떻게 된 일이죠? 무슨 생각으로 그 사건에 끼어들었을까요? 메네스트렐은 두 손으로 지팡이를 꽉 쥐고서 이리저리 거닐었다. 올 필요가 없었다고 말했다. 우리가 온다고 나아질 것이 뭐 있겠어. 인턴은 책을 읽고 있었다. 메네스트렐이 와서 상황이 바뀌었다고 본 것이다. 그러고 있는데 간호사가 그를 찾으러 왔다.

오렐리앵은 참극이 일어나기 직전에 뽈이 "죽어버릴 거야"라고 말했다는 생각에 사로잡혀 있었다. 그 이야기를 하려 했다. 메네스트렐 부인이 외쳤다. "어머나, 그건 자살이에요!" 그러자 그녀의 남편이 타일렀다. "자, 자, 그렇게 말할 건 없잖아." 그다음에는 마리가 다시 소식을 알고자 했다. 당직실이 살롱으로 변했다. 마리는 불쌍해 보였다. 그렇게 밤사이 백살은 나이 들어 보였다. 맨처음 손에 잡힌 비비 모자를 썼던 것이다. "이 바보 같은 사람, 이 바보 같은 사람……" 그녀가 말했다.

인턴이 다시 내려왔다. 안색이 상황의 심각함을 말해주었다. 환자가…… 가족 되시는 분 아무도 없어요? 결국 뽈은 죽은 것이다. 도중에 피를 너무 많이 흘렸다. 그후로…… 그리고 여기서 정확한 사인은…… 바로 그 순간 어머니가 들어왔다. 오십대쯤 되어 보였고 핏기 없는 피부에 잿빛 머리카락, 마른 몸집에 짙은 색 투피스 차림이었다. 그녀가 변명을 했다. 아니에르가 그다지 가까운 곳은 아니라서. 내게 전화한 분이 부인인가요? 그녀가 메네스트렐 부인에게 말을 걸었다. 아뇨. 마리가 나서서 그녀의 두 손을 잡았다. 사람들은 문득 그녀 뒤로 들어온 거구의 신사를 알아차렸다. 황금빛 콧수염을 늘어뜨렸고 나이를 짐작하기 어려웠다. 긴 레인코트 차림에 소매에 상장을 달았고 손에는 모자가 들려 있었다. 뺨의 붉은 반점이 눈에 띄었다. "내 오빠예요." 모여 있는 사람들에게 드니 부인이 소개했다. "내 오빠, 장삐에르 베다리드예요."

아아, 이 참극. 이 어머니는 이해하지 못했다. 이 사람들 사이에서 아니에르의 소시민 여자, 공무원의 과부는 자신의 몹쓸 아들이 또 어떤 바보 같은 짓을 저질렀다고 확신하여 불평할, 그를 꾸짖을 태세였다. 그런데 이제 갑자기 꾸짖을 대상이 없어졌다. 그것은 어린아이의 고약한 속임수를 넘어서는 일이다. 신문에 나는 것 같은 사건, 길거리의 난투극이었다. 다쳤을까? 아무도 그녀에게 사실대로 말하지 못했다. 이미 그녀는 폭발했다. 자신의 오빠 장삐에르 베다리드에게 말했다. "내 생각에 또 그 메네스트렐 탓이에요!" 분위기가 더 거북해졌다. 그녀가 보기에 메네스트렐은 명백히 자기 아들에게 나쁜 영향을 미치는 사람이었다. 느닷없이 마리가 흐느끼기 시작했다. 엉겁결에 인턴과 오렐리앵이 그 삼촌에게 낮은 목소리로 조카가 죽었다고 마침내 말했다. 베다리드 씨가 떨면서 모자를 들어 얼굴을 가렸다. "자네뜨!" 그가 한숨을 쉬었고 동생이 그를 쳐다보았다. 그리고 이해했다. 그녀의 입은 아들의 입과 같았다. 희한한 입이었다. 누군가가 삼촌을 위층으로, 시신 곁으로 데려갔다. 아마 그 어머니는 그를 보지 않는 편이 나을 것이다. 적어도 당장은 아니었다. 그녀는 가서 보기를 원했다.

오렐리앵, 마리, 메네스트렐 부부만 남았다. 메네스트렐이 말했다. "우리는 떠나는 편이 좋겠어요. 방해만 되니까요." 그는 그 어머니의 미욱한 비난에 무척 흥분했다. 그의 아내는 남아 있다가 인턴의 상세한 설명을 들어보자고 고집을 부렸다. 그녀가 조용히 울었다. 지금이라도 프레데리끄에게 전할 수 있다면…… 그는 자신의 친구를 다시 보고 싶을 것이다. 틀림없었다. 메네스트렐은 그래도 역시 마찬가지이고 아무 소용이 없을 것이라고 말했다. 마리가 의자에 털썩 주저앉았고, 오렐리앵은 창유리에 이마를 대고 어둠을 들여다보았다.

삼촌이 인턴과 함께 돌아왔다. 벌써 그는 수사관의 어조를 띠었다. 진상을 밝히고 싶어 했다. 아, 선생이 뽈과 함께 있었나요? 벌써 가족의 의심이 뢰르띠유아에게로 향했다. 그가 애매하게 대답했다. 막 일어나려는 흥분을 더 자극해보았자 무슨 소용인가? 그 어머니가 돌아왔어도 전혀 해소되지 않았다. 그녀는 아들을 실어가고 싶어 했다. 이토록 음산한, 이토록 음산하고 끔찍한 병원에 내버려두고 싶지 않았다. 집으로 데려가고 싶었다. 꽃, 초, 줄지어 조문하러 올 친구들이 있고 막힌 공간에서 마음껏 눈물 흘릴 수 있는 자기 집으로. 그것은 들어줄 수 없는 바람이었다. 경찰이 허락하지 않을 것이다. 이튿날을 기다려 절차를 거쳐야 했다. 살인이 벌어졌다. 뭐라고, 살인이? 그러면 사고가 아니야? 그녀가 참담한 표정으로 돌아보았다. 거기 와 있는 사람들의 얼굴을 뚫어지게 쳐다보았다. 누가 살인자인가?

메네스트렐 부인이 그녀의 두 손을 잡았다. 온통 떨면서도 눈을 반짝이며 어떤 격정에 싸여 그녀에게 설명하려고 애썼다. "당신의 아들은 영웅이에요, 부인. 흑인들을 보호하려고 했어요." 흑인들을 보호하려고? 드니 부인은 제정신이 아니었다.

병원 측에서 그들을 부드럽게, 하지만 단호하게 병원 밖으로 내보냈다. 보도에서 이 작은 무리는 감정의 혼란 속에서 비통하게 흩어졌다. 그 어머니가 뒤돌아서서 병원 벽, 입구의 좁고 높고 거대한 둥근 지붕, 그 안쪽 어딘가에 버려진 아들의 시신이 있는 창문들을 바라보았다. 어둠 속에서 흐느낌으로 끊기는 그녀의 목소리가 높아졌다. 레인코트를 걸친 남자가 교외 쪽에서 내려오다가 손짓 신호에 따라 멈춰 선 택시로 그녀를 이끌었다. 그들은 프리들랑 가로를 통해 떠났다. 메네스트렐이 어깨를 으쓱했다. "드니가 자기 가족에 관해 했던 말이 생각나는군!" 그들이 역에 도착했다. 오렐리앵은 마리를 바래다줄 생각이었다. 메네스트렐 부부는 몽마르트르로 올라갔다.

"당신은 프레데리끄가 그 여자의 주소를 알 거라고 생각해? 이 소식을 알려야 하잖아." 메네스트렐 부인이 남편에게 물었다.

메네스트렐이 어깨를 으쓱했다.

이튿날 뢰르띠유아는 경찰서에 증언하러 가야 했다. 이야기는 간단했다. 신문은 매우 예의 바르게 진행되었다. 하지만 석간신문이 이 사건을 보도했다. 조간신문에는 세줄짜리 기사가 실렸다. 사람들은 블랑슈 광장의 사소한 사건을 부풀렸다. 뽈 드니의 사진을 손에 넣었고 메네스트렐 무리에 관해 말했다. 오, 그런 말은 저절로 사라질 것이다. 이튿날 『르 쁘띠 빠리지앵』은 이 사건을 두고 야단법석을 떨었고 이는 저녁때까지 이어져 『랭트랑』의 지면 하단에 기사가 났다. 그런 다음에는 이미 지난 이야기가 되었다. 미국인 선원들과 몽마르트르 흑인들 사이의 마찰에 관해 말이 많았지만 길게 지속되지는 않았다. 대사관 때문이었다.

장례, 오렐리앵은 그 장례를 쉽게 잊지 못할 것이다. 그는 참석하지 않으면 안 되는 처지였다. 아니에르, 더위, 베일을 쓰고 어머니 주위에 모여 있는 여자들의 히스테리, 남자 친지들과 드니 집안 사람 사십여명…… 그 속에서 오렐리앵은 자신이 발가벗겨지고 있다고 느꼈다. 야릇한 느낌이었다. 그 시끄럽고 수다스럽고 징징대는 무리. 그는 부질없이 메네스트렐을 찾아보았다. 그 무리의 모든 이가, 프레데리끄조차도 원칙에 따라 참석하지 않았다. 그들은 장례에 반대했다. 그들이 틀린 것은 아니었다. 관에 흙을 한삽씩 뿌린 후에 드니 가족과 일가친척은 묘지 입구에 줄지어 있었다. 오렐리앵이 그들에게 인사했고 베다리드 씨가 그를 향해 반걸음 앞으로 나섰다. 마른 장작처럼 약해 보였다. 그의 콧수염이 소곤거렸다. "와주어서 고맙습니다, 뢰르띠유아 씨. 내 가련한 동생도 큰 영광으로 여길 거예요." 오렐리앵 뒤에 아무도 알지 못하는 미국인 부부, 넓적하고 슬픈 얼굴에 모자를 쓰지 않은 남자와 성마르게 보이는 여자가 있었다. 그들은 악수하지 않고 어색한 모습으로 행렬에 끼여 걸었다. 머피 부부는 자신들의 슬픔과 프랑스 소시민 계급의 애도의 풍습으로 인한 놀람 사이에서 묘하게 분열되어 있었다.

에드몽은 소식을 들으러 곧장 마리의 집으로 갔다. 불쌍한 여자, 아무리 뽈이 그녀를 저버렸어도 소용없었다. 그녀는 신경이 날카로워져 있었고 눈 뜨고 볼 수 없는 끔찍한 상태였다. 모든 것을 집어치웠다. 그토록 아끼던 커다란 반투명 유리잔을 깨뜨렸다. "로즈더러 당신을 보러 오라고 할게요." "아, 아뇨, 괜찮아요! 로즈를 정말 좋아하지만 번거로울 거예요. 로즈는 인정이 많아요. 하지만 성가셔요. 물론 당신은…… 극장은 거절하겠어요. 지금은 그런 것을 생각할 여유가 없네요!"

그녀는 얼마나 부당한지! 그토록 재간이 많은 로즈를. 그들은 로즈에 관해 말했지만 문제는 로즈가 아니었다. 에드몽은 절대로 자신의 사촌동생을 거명하지 않을 것이다. 마리가 폭발했다. "그녀 때문에 그가 죽었어요, 에드몽. 그녀가 그를 죽인 셈이라고요!" 뻬르스발 부인은 베레니스를 증오했다. 아, 흑인들이 문제였는데! 그녀는 뢰르띠유아와 얘기했었다. 그는 그녀에게 뽈의 거의 마지막 말이 "죽어버릴 거야"였다고 전했다. 물론이지! 자살. 그 여자 때문에. 질투가 문제였다. 그녀가 그를 죽였다. 그저 그것만이 전부다.

바르뱅딴은 그 점을 확실히 해두고 싶었고, 오렐리앵을 심문하러 갔다. 그와 통화하기가 어려웠다. 전화를 받지 않거나 아니면 통화중, 통화중이었다. 틀림없이 수화기를 내려놓았을 것이다. 이튿날 아침 일찍 그를 덮쳤을 때, 상대방은 기분이 매우 언짢았고 그로부터는 아무것도 뽑아내지 못했다. 그것은 사고였다. 그 젊은이의 반사적 행동, 어이없는…… 아니, 그가 모렐 부인에게 할 말은 전혀 없었다. 아무것도. 그는 마음속으로 생각했다. 뽈이 그녀 때문에 죽어서 아마 그녀는 만족하겠지. 이번에는 완전무결한 사랑이로군! 이 무슨 개 같은 일인가!

장프레데리끄 시크르, 메네스트렐을 포함한 네 사람이 죽은 이의 친구들을 대표하여 생루이섬에 왔다. 그들은 사건에 대한 생각을 정리해보고자 했다. 풍문을 빼고. 프레데리끄는 정말로 충격을 받은 듯했다. 큰 눈 때문에 그는 쫓기는 물고기처럼 보였다. 그들은 '또한' 지베르니, 물랭, 머피 부부의 집에서도 탐문을 이어갈 생각이었다. 뻬르스발 부인에게도 캐물을 것이었다. 오렐리앵은 불쾌감을 줄 수도 있을 그 사설탐정의 어조에서 그들의 순진함을 알아보았다. 지독한 담배 연기, 여기저기 흩어진 꽁초와 함께 그들은 두

시간 남짓 머물렀다. 그런 다음에는 푹스가 뢰르띠유아의 집으로 찾아왔다. 그는 자신이 알고 싶은 것을 끌어내고자 했다. 발표되지 않은 뽈 드니의 원고를 약간 갖고 있는데 『라 까냐』의 다음 호에 실으면 나쁘지 않을 것이다. 하지만 서문이 필요하다. 그의 친구들 중 한명인 네가…… 그건 좀 어이없는 일이다. 나는 그를 잘 알지 못한다. 하지만 그 흑인 이야기, 거기엔 뭐가 있지? 오렐리앵은 그를 내쫓았다.

연극과 문학을 다루는 어느 유명 주간지에 부정기적으로 기고하며 늘 돈이 궁한 스떼판 뒤뻭에게 푹스가 이 모든 것에 관해 한마디 한 것은 경솔한 짓이었다. 그 주간지의 책임자가 푹스에게서 사건을 가로채기에 혈안이 되었다. 그는 흑인 문제에 관한 르네 마랑의 기사와 나란히 삐갈 광장의 무리, 메네스트렐, 페시미즘과 다다이즘, 이 모든 것의 기원인 뮌헨, 죽은 자가 마신 아뻬리띠프에 관한 온갖 종류의 고찰이 뒤섞인 뒤뻭의 기사를 실었다. 유력지다웠다. 그리고 그것이 식탁의 화젯거리로 떠오른 것에 자부심을 느꼈다. 정신분석, 프로이트, 샤르꼬는 말할 것도 없이. 흑인들, 또다른 형태의 오이디푸스 콤플렉스!

메네스트렐의 집에서 긴급 대책회의가 열렸다. 뽈의 모든 친구와 특히 프레데리끄가 격분했다. 정말 쓰레기 같은 글이야! 그리고 뒤뻭 자식, 정말 지저분한 놈. 그를 혼내주는 것에 관해서들 말했다. 그렇게 한들 아무것도 해결되지 않을 것이다. 아주 언짢은 일만 계속 생겨날지 모른다. 또한 어떤 견해를 옹호한다고 해서 당연히 더러워져야 하는 것도 아니다. 메네스트렐은 주간지 책임자를 겨냥한 반박을 조목조목 준비했다. 그가 그것을 읽었다. 완벽하다. 훌륭하다. 하지만 그것으로 충분하지 않았다. 뽈 드니는 무언가를 위해 죽은 것이어야 했다. 자살, 우연, 이 모든 것은 한심하다. 그것은 무엇보다 '자발적인' 행위였다. 그것이 원칙이었다. '자발적인 행위'는 이 집단의 최종 군마軍馬였다. 끝으로, 사람들이 이 죽음을 이용하도록 내버려두어서는 안 된다고 결정했다. 이 죽음은 그들의 것이어야 했다. 그들은 그것에 의미를 부여할 권리가 있었다. 서너 명이 모여서 선언문을 작성할 것이다.

그 저녁 모임에서 아주 이상하게 처신한 사람이 있었다. 사모라였다. 역겹게도 그는 진지한 마음이 없었다. 사소한 뒷이야기를 위해 대화를 가로막기도 했고 어느 발레리나의 다리에 관해 말하기도 했다. 그것참, 전혀, 전혀 분위기에 어울리지 않았다. 또한 굿맨 부인은 한마디도 하지 않았지만 저녁 모임이 끝나갈 무렵에 침묵을 끝내고 로즈 멜로즈와 샤를 루셀에 관해 말했다. 그런데 그 사람! 의상디자이너가 메네스트렐을 만나러 왔었다. 그는 이 집단에서 뽈 드니의 수중에 있었을지 모르는 모든 것을 사들였다. 원고, 시, 편지, 심지어는 그가 베낀 악보…… 격렬한 항의가 일었지만 누군가가 뽈을 기억하려면 모든 것을 모으는 것이 낫다고 지적했다. 루셀은 자신의 소장품을 시청에 유증할 것이 틀림없었다. 이에 사모라가 웃음보를 터뜨렸다. 완전히 부적절한 행동이었다. 메네스트렐이 그에게 대놓고 말했고, 그 화가는 상당히 심술궂었으므로 대화는 험악한 양상을 띠었다. 오래된 원한, 잊었다고 생각했거나 눈여겨보지 않던 것들을 서로의 머리에 무더기로 내던졌다. 지난해 발레 뤼스에서…… 그것참, 뭐라고, 메네스트렐은 말할 것이 전혀 없었다. 그가 먼저, 아주 냉정하게 헤어졌다.

결과적으로 메네스트렐의 반박문은 그 주간지 다음 호 어느 구석엔가 몇군데 삭제된 채 8포인트로 조그맣게 게재된 반면 사모라의 대담 기사는 일면에 대문짝만 하게 실렸을 뿐 아니라 그의 사진, 그의 그림 들이 삽화로 들어갔다. 뽈 드니를 그린 것이라는 데생 한점, 그리고 지난해 뚜께에서 굿맨 부인의 차이스 카메라로 뽈 드니, 사모라, 어느 에스빠냐 여자를 찍은 조그만 스냅사진과 마리 드 뻬르스발 부인 집에서의 뽈과 사모라, 등을 보여 누구인지 알 수 없는 사람들과 로즈 멜로즈(?)를 찍은 사진이 곁들여졌다. 기사는 몹시 비꼬는 어조였다. '자발적인 행위'에 대해 악의적인 농담을 늘어놓았다. 사모라는 프로이트보다 훨씬 전부터 정신분석을 알고 있었다고 공언했고 폭스테리어 사건을 이야기했다. 그것은 메네스트렐 및 그의 친구들과 결별한 이야기였다. 사모라는 원래 그들에게 가담했었는데, 그 이유는 타락이 때때로, 특히 나중에 목욕을 한 번 하고 나면 활력을 주기 때문이라고 말했다. "일반적으로 나는 친구를 양말처럼 바꾼다. 왜냐하면 그러는 편이 더 깨끗하기 때문이다"라고 그는 선언했다.

그런 다음 뽈 드니의 죽음에 이르러, 그는 드니의 못된 친구들이 그의 죽음을 대대적으로 선전하는 것에 대해 비난을 퍼부었다. 사실 그것은 전혀 흑인들에 대한 옹호도, 기관차처럼 낡은 불순한 낭만주의도 아니다. 뽈 드니는 어느 여자 때문에 자살했다. 모두가 이를 알고 있지만 말하지 않는다. 왜냐하면 시대에 뒤떨어진 것이라고들 생각하기 때문이다. 물론 그것은 그 사이비 근대인들, 상징주의를 추종하는 뒤떨어진 탐미주의자들에게 퍼져 있는 우편엽서, 벼룩시장 등에 대한 취향처럼 구시대적이다. 하지만 드니는 희생자다. 삐갈 광장의 분위기에 휩쓸린 약자다. 우리는 이제 그것을 필요로 하지 않는다. 손톱을 물어뜯는 그 어색한 습관을 반영하는 예술도 이제는 필요 없다. 그에게 불안의 그늘을 드리운 아방가르드 전체에, 이와 동시에 그가 혐오하는 삐까소에게 작별을 고할 좋은 기회다. 아무도 어찌할 바를 알 수 없도록 이 모든 것에 연루된 꼭또에게도.

그러자 인터뷰 기자가 물었다. "그런데 그 익명의 여자는요? 실례가 되지 않는다면!" 사모라는 여자의 명예를 존중하는 신사인 척했다. 하지만 그녀와 잘 아는 사이이며 그녀의 초상화를 그린 적이 있다고, 지베르니에서 고인과 살았던 상당히 기이한 여자라고 지나가는 듯이 설명했다. 이로 말미암아 곁다리로 모네에게 독설을 내뱉을 기회가 그에게 생겼다. 그 젊은이들은 「수련」 연작과 베르넴 갤러리의 회화 작품 전체에 깜짝 놀라는 기색이 역력했다!

사모라에 따르면, 매우 오래전부터 자신이 파는 모든 그림을 제작하고 그날그날의 기분에 따라 그것들에 모네, 드가, 쇠라, 마띠스, K. X. 루셀 등의 서명을 써넣은 사람은 바로 (조르주 빌리에라는 이름으로 어떤 그림에 못지않은 그림을 그리는) 베르넴 자신이라는 것을 "모든 이가 알고 있었다." 개인적으로 사모라는 거기에 어떤 부정적인 측면도 없다고 생각했고 매우 자주 자신의 그림을 굿맨 부인에게 그리게 했다. 그러니 만약 베르넴이 사모라의 그림을 그리고 싶어 한다면…… 게다가 이 모든 것에서 빠져나오기 위해서는 니켈도금이 되고 전기화학적이고 네슬레 음료 가루에 나오는 예쁜 어린이들을 그리면서 입체파와 인상주의의 그림자, 특히 야수파의 그림자도 어른거리지 않는, 사모라의 것과 같은 아르누보가 필요하다는 것이었다!

그사이에 메네스트렐의 선언문이 나왔지만 이 몰상식한 기사에 대응하기에는 너무 늦었다. 머리를 쥐어뜯을 일이었다.

프레데리끄 시크르가 격분했다. 뿔을 이렇게 이용해먹다니! "당신이 눈여겨보다시피 가장 나쁜 것은 베르넴을 유혹하려는 시도라고요! 가장 붙잡기 어려운 화상의 관심을 자신의 그림으로 끌기를 바라다니 개자식이죠!"

장삐에르 베다리드 씨가 온갖 자료를 싸들고 생루이섬에 하차했다. 일간지, 주간지, 선언문 들과 그가 떠받드는 듯이 보이는 친구, 줄무늬 바지에 철회색 재킷을 걸치고 둥글납작한 밀짚모자를 쓴 사십대의 남자와 함께였다. 면도한 각진 얼굴, 머리카락이 벌써 세기 시작한 남자는 좌안의 배우처럼 보였다. 반지들, 그리고 온갖 손놀림. 바로 아르날드 드 피스떼르였다. 소설가 피스떼르. 유명한 심리학자. 심리학자가 요구되는 상황이었다.

"왜 내가 아르날드 드 피스떼르를 데려왔는지 이해하죠." 베다리드 씨가 레인코트를 벗으면서 말했다. "모든 것을 밝힐 필요가 있어요. 나는 『백면百面 짐승』의 작가를 가장 신뢰해요." 고개를 살짝 숙이는 인사. 피스떼르 씨가 반지들로 겸손을 표시했다. "아니라고 말하지 마세요, 선생. 내가 당신을 신뢰한다는 것을 아시잖아요!"

불행한 오렐리앵은 이 두 꼭두각시 사이에 있었다. 그의 아파트가 침범당했고 탁자 위에 문서들이 펼쳐져 있었다. 피스떼르 씨가 제법 긴 머리카락을 두 손으로 쓸어넘겼다. 소설가는 메네스트렐과 그의 친구들을 싫어했다. 드니 사건과 그것에 관한 다양한 의견은 그에게 다시없을 기회였다. 그가 집주인을 매우 신랄하게 공격했다. 죽은 자의 친구 모두처럼 집주인도 그 가소로운 전위예술가들 중의 한명에 지나지 않을지 몰랐다. 이로 말미암아 끝없는 오해가 생겨났다. 오렐리앵이 다소 힘들게 그에게 잘못을 깨닫게 했을 때 우리의 심리학자는 사실 아주 난처한 처지였다. 하지만 어조를 바꾸었다. 무의식, 의식, 잠재의식에 관한 담론을 펼칠 필요가 있었

다. 그리고 범성욕주의, 선생, 범성욕주의! 무엇 때문에 프랑스에
서 우리가 그것을 필요로 하나요? 그것은 변비증에 걸린 앵글로색
슨족이나 몹시 추운 게르만-스칸디나비아 사람들에게나 알맞지
요! 베다리드 씨가 고개를 끄덕였다. 그는 사람들이 약간 길을 잃
었다고 생각했다. 뽈로가 사교계 여자에게 반했다면 왜 사람들이
말한 것처럼 흑인들을 위해, 실제로는 어느 사미의 목숨을 구하기
위해 희생되었는가를 알고 싶어 했다! 그 불행한 어머니에게 사람
들이 와서 하는 말은……

아르날드 드 피스떼르가 그의 말을 잘랐다. 그는 폐기 처분의 신
봉자였다. 나는 그 모든 나약한 젊은이들의 작품 이야기를 하려는
것이 아니에요. 사모라가 무슨 말을 했는지 보세요. 그는 그들보다
더 나은 사람이 아니지만 결국 그들과 아는 사이이고 재기 발랄한
사람이에요. 체조를 하죠, 하나 둘 하나 둘! 샤워를 덧붙여야겠네
요! 갑자기 그가 움직임을 멈추었다. 눈이 허공을 좇았고 입을 벌
렸다. 예민해 보였다. 이데아의 세계로 들어가는 플라톤처럼 점점
얼굴에서 감정이 흐려졌다. "저것, 저것!" 그가 말하며 베레니스의
초상화를 가리켰다.

아, 이제 이 뢰르띠유아 씨는 빠져나가려고 시도할 수도, 그 타
락한 사람들과 아무 관계도 없다고 주장할 수 없었다! "저 그림의
신경증적 특성을 알아보시겠죠, 친애하는 베다리드? 도취 취향,
현시顯示, 마약, 정신병원을요?"

오렐리앵은 화가 나기 시작했고 점잖게 그들을 밖으로 몰아낼
참이었다. 그때 심리학자가 뭔가를 깨달았다. 그런데 익명의 부인!
물론이죠! 사모라가 그녀의 초상화를 그렸어요! 그렇다면…… 그
리고 살인의 증인의 집에서…… 그래도 결국 살인이에요.

"놀랍군요!" 베다리드 씨가 경탄하며 말했다. "살아 있는 셜록 홈스네요!"

이 이야기는 불쾌했다. 베레니스가 이 모든 것에 연루되어서는 안 되었다. 만일 오렐리앵이 이 언급 직후에 불청객들을 내쫓는다면 그들에게 추적의 빌미를 제공할 것이다. 그래서 그는 이 가면극, 이 호인에게 떠오르는 연이은 생각, 그의 심리적 편집증, 그의 증오, 그의 소동을 한시간이나 더 견뎌내야 했다.

그날 저녁으로 그는 셰라는 사람과 상의하고 짐을 꾸렸다. 여권이 만료되지 않았다는 것을 확인한 뒤 티롤로 떠났다. 거기에서는 체면을 내려놓고 온갖 엉뚱한 짓을 저지를 수 있을 것이다. 1921년에 이미 그곳으로 여행한 적이 있었다. 우선 그 미친 사람들을 더 이상 보지 않고 어떤 것에 대해 하는 얘기도 더이상 듣지 않을 수 있을 것이다. 다음으로 약간 느긋하게 지내면서 기력을 회복하고 잊어버릴 수 있을 것이다. 인스부르크 위로 능선 길이 있다. 오직 햇빛과 바람만 있는 데서 몇시간이고 걸을 수 있다. 오직 햇빛과 바람만, 오직 햇빛과 바람만…… 그를 실어가는 기차 안에서 그는 긁힌 음반처럼 그것을 되풀이 말했다. 오직 햇빛…… 하지만 이 상투적인 문구를 알고 있었다, 제기랄! 그것이 그에게 무엇을 생각나게 했을까? 그의 머릿속에서 그것을 찾아내기는 불가능했다. 오직 햇빛과 바람만……

75

"조금이라도 생각해봐. 그 보잘것없는 조그만 베레니스, 흑인들이 그녀를 위해 투쟁하다니!"

에드몽이 어깨를 으쓱했다. 로즈는 다정스레 부풀려 말했다. 아무튼 그는 그녀가 늘 되풀이하는 얘기를 그만하면 좋겠다고 생각했다. 요즈음 그녀는 극장 때문에 곤란해졌다. 해결하기가 그리 쉽지 않았다. 우선은 극장, 다음으로 돈이 필요했다. 또한 다소간 수익성이 있어야 했다. 그리고 또 필요한 것은 적자 보전금, 대리인……

"나 때문에 자살할 사람은 아무도 없겠지!" 그녀가 유감스럽다는 듯이 말했다. "죽임을 당할 사람도. 부인은 잘 지내?"

그가 재미있다고 웃었다.

"왜냐하면, 나는 당신이 그녀에 대해 나를 속인다고 의심하기 때문이야." 그녀가 말했다. "오, 아니라고 말하지 마. 당신은 변태야. 내 슬립이나 좀 건네줘."

그녀가 짐을 꾸렸다. 다시. 요양 시설에 가입한 지끼와 함께 연례 온천치료를 마치고 닥스[50]에서 이제 막 돌아왔던 것이다. 그는 아직 거기에 머물게 두었다. 멜로즈 종합뷰티살롱은 비수기에 접어들었다. 닥스에서의 삼주, 드꾀르를 위한 희생은 이것으로 충분했다. 그녀는 빠리에서 에드몽과 재회하고 며칠을 보낸 후 다시 떠났다. 그를 스웨덴으로 데려갔다. 에드몽이 이렇게 순회공연을 따라 여행하는 것은 처음일 것이다. 로즈는 스톡홀름에서 「조꼰다」를 공연할 예정이었다. "그 단눈찌오 말인데, 나는 그를 좋아할 수가 없어!" 그가 말했다. "오, 그는 질투심이 강하지. 나는 당신을 정말 좋아해! 하지만 내 극장 건을 잊어버리지 마." "우리가 여행하는 동안 아드리앵이 맡아서 잘 처리할 거야." "그는 완전히 나

---

50 누벨아끼뗀 지방 랑드 도에 위치한 도시. 옛 가스꼬뉴 지방에 속했고 온천으로 유명하다.

았어? 그의 다리 말이야.""아, 아직 지팡이가 필요해. 하지만 결국……""당신은 그에게 큰 은혜를 입고 있어. 아이 때문만은 아니야, 불쌍한 당신! 하지만 아이가 치였다면 당신의 아내와 함께 들었을 음악은 말하지 않아도 알겠지! 오, 이런, 정말 끔찍한데! 차라리 생각하지 않는 편이 좋겠어."

그들의 애정 관계는 성격이 바뀌었다. 아마 겨울에 그들이 떨어져 있었던 덕분이었을 것이다. 그녀는 더 한결같고 친밀해졌다. 에드몽은 블랑셰뜨에게서 마음이 완전히 멀어졌다. 그녀는 이제 매우 온화했고 더이상 문제를 제기하지 않았다. 그는 그녀에게 싫증이 났다. 스웨덴의 8월은 날씨가 기막히게 좋았다. 거기서 로즈는 치명적으로 잘생기고 약간 나약한 남자를 만났다. 그가 그녀에게 반했다. 게다가 이 나라의 성냥 판매를 독점하고 있었다. 그녀에게 꼬메디 데 샹젤리제를 사라고 그가 제안했다. 그 극장은 예안 뵈를린[51]의 발레 쉬에두아[52] 때문에 스톡홀름에서 인기가 있었다. 오페라, 넓은 홀을 사용할 롤프 데 마레와 손잡을 수 있을 것이다. 에드몽이 말했다. "이봐, 당신, 부디 함께 자, 그까짓 것은 아무래도 좋아. 하지만 만일 당신이 그의 돈을 취하면 우리 둘 사이는 끝이야. 아니면 내가 뭐처럼 보이겠어?" 그녀가 그를 껴안았다. "당신은 너무 재미있어! 내 마음에 들어. 그리고 이토록 멋진 짐이 있는 남자는 누구도 속이지 않아." 바르뱅딴, 그에게 멋진 짐은 무엇이었는지! 하지만 결국 아드리앵 아르노에게 만일 베른스땡이 사지 않았다면 짐나즈[53] 구입을 위한 절차를 밟으라고 전보를 쳤다. 할 수 없

---

51 Jean Börlin(1893~1930). 스웨덴의 무용수 겸 안무가.
52 Ballets Suédois. 스웨덴의 미술품 수집가 겸 무용의 후원자 롤프 데 마레(Rolf de Maré)의 주도로 1920~25년 떼아트르 데 샹젤리제에 자리 잡고 활동한 발레단.

지! 짐나즈가 꼬메디 데 샹젤리제보다는 더 낫다.

게다가 연하의 성냥 상인은 침대에서 그렇게 잘하지 못했다. 그 다음에는 노르웨이. 배우, 로즈 멜로즈, 노르웨이를 잘 모르다니! 알다시피 입센이 있다. 그들은 피오르를 둘러보았다. 아드리앵이 편지를 보내왔다. 빨메드 그룹과의 컨소시엄이 순조롭게 진행되지 않는다는 소식이었다. 빠리에서 휘발유 판매 사업이 조직적인 반대에 부딪히고 있다는 것이었다. 까짓것, 아드리앵이 처리하기만 하면 되었다. 컨소시엄은 에드몽의 자유를 보장한다는 면에서만 그의 관심을 끌었을 뿐이다. 그것으로 인해 오히려 그의 자유가 제한된다면, 없애버리지 뭐! 우리는 치사스러운 사람이 아니다. 여태껏 아드리앵은 짐나즈에 관해 얘기가 없다. 짐나즈를 소유할 수 없다면 꼬메디 데 샹젤리제를 비방하지 않는 편이 좋다. "하지만 이바르는 침대에서 별로잖아, 그렇지?" "대단치 않아, 대단한 것이 못 돼. 난 그다지 관심 없어!" 나르비크에서 그들은 마리의 편지를 받았다. 그녀는 향수 이야기에 뽈의 죽음으로 인한 근심과 슬픔을 덧붙였다. 고인의 친구, 젊은 음악가 장프레데리끄 마생슈에뜨에 관해 다소 많은 얘기를 했다. 틀림없이 잠자리를 같이했을 것이다. 그런데 의사가 자신의 아내에게 가슴 아픈 편지를 여러통 보냈다. 로즈는 돌아가고 싶어 했다. 짐나즈에 대해서는 아무런 의심도 없을 것이고, 그녀는 자신의 지끼에게 며칠을 빚지고 있었다. 지긋지긋한 에드몽, 그래도 멋진 짐이지. "이봐, 당신과 함께 있으면 평온한 날이 없어. 당신은 당신의 극장만 생각하지." "그리고 내 남편 생각도 해. 그가 속을 썩여. 그리고, 당신은 나를 뭘로 만드는 거야?

---

53 빠리 10구 본누벨 대로에 위치한 극장. 1820년에 설립되어 오늘날까지 존속하고 있다.

나도 나름 직업이 있어.""멜로즈 종합뷰티살롱은? 그건 아무것도 아니라는 건가? 지끼는 틀림없이 그것에 몰두하고 있을 거야.""그게 아무것도 아니라고 말하진 않았어. 하지만 내가 향수 상표이기 위해서만 태어난 것은 아니잖아."

9월에 그들이 돌아왔을 때, 블랑셰뜨는 레누아르 길에 있지 않았다. 애들을 데리고 비아리츠의 별장으로 떠났던 것이다. 로즈는 드꾀르를 뒤에 달고 다녔다. 그는 늘 숫자를 이야기했다. 종합뷰티살롱은 잘되어갔다. 너무 잘된다고까지 말할 수 있었다. 휴가, 닥스에서의 연례 온천치료에도 불구하고 그 질주는 멎지 않은 듯했다. 운영자금을 위해 새로운 기금 모집이 필요했을 것이다. 주문이 넘쳐났다. 사람들의 무분별이란! 짐나즈 문제는 복잡하게 꼬였다. 더 작은 규모의 뭔가가 더 나았을 것이다. 하지만 로즈가 시비를 걸었다. 여름의 빠리는 신경에 좋을 것이 없다. 자동차회사의 불만족한 소액주주들이 결집해서 해명을 요구하고 사사건건 참견하고 여러 부동산회사를 비난하고 자본화에 관해 말하느니 만큼 더욱더. "여기 남아 있다가는 화가 치밀어오를 거야. 자네가 모든 것을 맡아서 해!" 에드몽이 아드리앵에게 말했다. "그런데 자네 다리는?" 이제 그는 좀처럼 모습을 보이지 않았다. 바르뱅딴은 비아리츠로 떠났다. 딸들은 자랐다. 그애들의 어머니는 쌀쌀맞았고, 마비된 것처럼 보였다. 꿈을 꾸고 있는 듯했다. 카지노에 강적들이 있었다. 에드몽은 재수가 좋았다. 쉴제르와 그다지 멀리 떨어져 있지 않은 식탁에서 디안 드 네땅꾸르가 멋진 몸매를 뽐냈다. 어느 투우사와 함께 있는 것이 여러차례 눈에 띄었다. 사람들이 수군거렸다. 뜻밖에 로즈가 우연히 에드몽과 마주쳤다. 생장드뤼즈에 숙소를 잡았던 것이다. 그녀는 그가 도박하는 것을 보고 화를 냈다. "내게는 극장

도 사주지 않더니만 돈을 함부로 낭비하네. 그래, 당신은 무척 운이
좋아. 하지만 당신이 생각하는 것만큼은 아니야!"그는 생장에서
일주일을 그녀와 함께 보냈다. 블랑셰뜨는 모든 것에 무관심해졌
다. 하지만 이 북새통! 사람들이 서로 밀쳤다. 또한 에스빠냐가 아
주 가까웠다. 무척 마음이 끌린다. 로즈는 기분이 내키면 매우 바레
스적인[54] 체했다. 바스끄 지방은 매우 멋진 곳이다. 하지만······ 똘
레도 말이야, 마음에 들지 않아? 똘레도에서 그녀는 짐나즈 문제로
그를 볶아댔다. "내가 받은 편지를 좀 봐. 안 보겠다고? 하지만 좀
보라고! 골칫거리가 넘쳐. 빨메드, 자동차회사에 관한 조사 등등
말이야." "나는 사업가가 아니야." 그녀가 말했다. "일이 어떻게 돌
아가는지 도무지 모르겠어."

그들은 안달루시아 가는 길로 접어들었다.

10월 초에 그들이 꼬르도바에 들렀을 때, 좁은 길 위로는 아직
차양이 드리워져 있었다. 희한하게도 날씨가 무더웠다. 저녁 무렵
에는 오렌지나무에서 멕시코 과자처럼 무척이나 좋은 냄새가 났
다. 모든 것이 무척이나 낭만적이었다. 정원은 눈에 잘 띄지 않았
다. 남자들이 창문의 격자를 꽉 붙들고 있었다. 그 너머에는 그들의
애인이 있으리라 짐작되었다. 그리고 두걸음 떨어진 곳에 샤프롱[55]
들이 있었다. "정말로 나는 짐나즈 문제가 해결된다는 것을 알기
만 한다면 행복할 거라고 생각해!"로즈가 말했다. 느닷없이 전보
가 에드몽을 빠리로 다시 불렀다. 블랑셰뜨가 이혼을 요구한 것이
다. "그녀가 도대체 왜 이러는 거지? 내가 해결할게. 원한다면 여기

---

54 프랑스 민족주의의 중심인물 모리스 바레스(Maurice Barrès)의 견해를 지지한
다는 뜻이다.
55 예전에 지체 높은 집안의 처녀를 보살피던 나이 든 여자.

남아 있어, 나는 떠날 테니.""오, 정말 슬퍼! 하지만 까디스에 가고
싶은 걸 어떡해. 세비야에도. 당신 아내는 부르주아일 뿐이라고 내
가 분명히 말했지. 그녀가 우리를 버리면 좋을 텐데!""내가 말하
잖아, 모든 것을 해결하겠다고.""짐나즈, 잊지 마!"

분명히 짐나즈가 문제였다. 마침내 블랑셰뜨를 폭발시키고 만
것은 바로 짐나즈인 것 같았다. 그녀가 어떻게 알게 되었을까? 결
국 그녀는 이혼을 요구했을 뿐만 아니라 딸들을 핑계로 에드몽의
사업에 대한 조사를 벌였다. 게다가 엉큼했다. 비아리츠에서 개의
치 않는 것처럼 보였을 때에도 사설탐정을 사서 그를 뒤쫓았다. 생
장드뤼즈에서는 멜로즈 부인에게 청구된 금액을 그가 지불했다.
그는 그녀 옆에 머물렀다. 종업원들의 증언이 있었다. 또한 그는 스
웨덴에서 돌아오지 않았는가? 그들은 에스빠냐에서도 목격되었
다. 비열한 년! 이제야 알아낸 척하는 블랑셰뜨. 그렇다, 그녀는 바
로 그가 쓴 돈의 흔적을 추적한 것이다. "당신은 그다지 신중하지
못했어요." 변호사가 말했다.

바르뱅딴은 급히 아버지에게 갔다. 장관은 이 이혼이 발표되면
언론에서 어떻게 다룰지 알아차렸을까? 그리고 자동차, 그리고 소
액주주들의 바보짓 때문에 세무조사에 착수한 국세청, 그리고 빨
메드……"그 점에 관해 빨메드는 어떻게 나올까?" 상원의원이 물
었다. 아, 아니, 그렇게 당황스럽지는 않아. 내가 네게 몇차례 설명
했잖니.

"얘야, 빨메드는 곧 당이야. 지난 양원 합동회의에서 우리는 함
께 투표했어. 누구나 급진파에 발목이 잡히면 아마 빠져나오지 못
할 거야! 너희가 아무리 나서도 그는 단념하지 않았을 테지." 상원
의원을 특히 성나게 한 점은 경찰이 너무도 엉터리여서 그의 며느

리가 이혼을 요구했는데도 아무도 그에게 그 사실을 알리지 않았다는 것이었다. "내무부에 항의하겠어. 그런데 멜로즈 부인은 어떻게 지내니?" 제기랄! 에드몽은 더이상 종합뷰티살롱을 생각하지 않았던 것이다! 다시 그 문제를 제기한다면…… "아버지는 이사회 의장이세요. 그 점을 잊지 마세요!" 아버지가 어깨를 으쓱했다. 그는 뿌앵까레에게 이 모든 것에 관해 말할 것이다.

엎친 데 덮친 격으로 아드리앵이 빠리에 있지 않았다. 뻬예빌 길은 가을에 을씨년스러웠다. 시모노, 역부족이었다. 뛰어난 직원이자 심복이지만 예사롭지 않은 경우에 주도적으로 행동하지는 못했다! 사무실에 심각한 망연자실의 분위기가 퍼졌다. 마리 양은 눈이 충혈되었다. 에드몽은 쓸데없는 서류들에 파묻혔다. 적어도 시모노는 작년의 그 거래가 추적될 수 없다고 확신했을까? 그는 아무것도 확신할 수 없었다. 멜로즈 종합뷰티살롱을 잊지 말아야 했다. 마리, 뢰르띠유아, 그리고 로즈의 화가 마생슈에뜨를 만나봐야 할 것이다.

마리는 프레데리끄와 열렬히 사랑하는 사이였다. 그를 따라 그의 독주회가 열리는 런던으로 가고 없었다. 앙베리외 영감은 찾아내지 못했는데, 그럴 만한 이유가 있었다. 그도 오렐리앵처럼 이 상황을 이용하여 뮌헨으로 가서 자신의 옛 친구들과 다시 친분을 나누고자 했던 것이다. 그는 온갖 치사스러운 짓으로 말미암아 사람들과 꽤 오래전부터 헤어진 상태였다! 에드몽은 속물적인 자만심 때문에 그들의 부재를 아쉬워하지 않았다. 그들 없이도 상황을 호전시켜야 할 판이었다. 종합뷰티살롱에는 별일 없을까? 시모노! 예? 아르노 씨에게 이 전보를 보내요, 세리안으로. 그가 세리안으로 간다고 말했던가? 그는 로즈에게 돌아오라고 편지를 썼다. 돈과 시간을 함부로 낭비할 때가 아니었다. 아, 그래, 종합뷰티살롱을 잊지 말자. 아가토폴로스 양은 뺨에 종기가 하나 났다. 뷰티살롱을 위한 광고라고나 할까! 회계 담당자가 15일에 돌아올 어음을 막기 위해서는 10만 프랑이 필요하다고 에드몽에게 설명했다. 사람들이 돈을 내지 않았다. 참 별꼴이군. 드뾔르로 말하자면, 술을 물리도록 마셨다. 닥스에서의 연례 온천치료는 지나갔다. 일년 중에 로즈를 정말로 독차지할 수 있는 기간이었다. 그가 아내를 어떻게 했는지 에드몽에게 물었다. 절반의 오만과 그 지긋지긋한 공손이 뒤섞인 태도로. 끝내주네, 빠리! 오렐리앵이 있기만 했다면 저녁 모임을 가질 수 있었을 것이다. 절대로 안전한 녀석, 그와 함께라면 생각한 바를 분명히 말할 수 있을 터였다. 그런데 없었다. 뢰르띠유아는 독일을 여행하는 중이었다. 산악 풍경에 얼근히 취한 뒤에는 티롤에서 잘츠카머구트로, 잘츠카머구트에서 빈으로, 거기에서 베를린으로 내려왔다. 마르크화가 통용되는 기차에서 그가 그렇게 빨리는 돌아오지 않을 것이다. 그가 천연색 우편엽서를 보내왔다. 에드몽은 레누아르 길에서 서너장을 발견했다! 낭패다! 그는 비아리츠로 가는 기차를 탔다. 블랑셰뜨는 비아리츠에 없었다. 앙띠브 쪽으로 떠났다. 시어머니의 보호를 받으러 간 것이다. 몹시 우스운 일이었다. 까를로따의 집에 블랑셰뜨라니! 그러니까 까를로따의 집이 아니라 그 옆, 그들이 사용하려고 지어둔 별장에 있었다. 까를로따와 함께라면 그는 반대 진영에 공모한 여자를 두고 있는 셈이었다. 비아리츠에서 앙띠브까지의 길은 정말이지 지옥 같다. 그 갈아타기, 남서부 기차는 악명이 높다. 그럴 수는 없다! 그것으로 끝이 아니다. 자동차만 있으면. 가는 동안 내내 에드몽은 따져보았다. 곰곰이 생각할수록 더욱더 까를로따의 지지를 받는 것이 기뻤다. 다만 까를로따는 여전히 이집트에 있었다. 며느리와 아이들이 별장에 자리 잡는 것을 보자마자 떠났다는 것이다. 자, 블랑셰뜨와 한바탕 큰 싸움을 벌여야 할 판이었다. 그는 쥐앙레뼁에 방을 잡았다. 미용실에 가서 손톱 손질과 마사지를 받았다. 10월의 쥐앙레뼁은 강풍이 몰아쳤다. 그는 카지노에서 1만 프랑을 잃었다. 장애물 앞에서 그가 꽁무니를 뺐을까? 그는 블랑셰뜨에게 접근하기 전에 하루를 망설였다. 금요일이 다 지나도록. 이제는 자신이 없었다.

76

눈에 대비해 지어 벽이 두꺼운 호텔은 한여름인데도 서늘했다. 오렐리앵은 어두운 복도와 희게 칠한 벽 안에서 갈피를 잡지 못했다. 수도원이나 대상隊商의 숙소 같은 곳이었다. 나뽈레옹 군대가 이 지역에 야영한 적이 있었고 어느 장군은 여기에 병영을 설치했었다. 촌락에, 올라가는 길 양쪽의 오목한 곳에 사람들이 가득했다. 엄청나게 많은 사람으로 미어터졌다. 모두 외지인이었다. 뢰르띠유아는 아무에게도 말을 걸지 않았다. 그는 사람들의 요령 부족에 짜증이 났다! 큰 액수의 지폐를 꺼내 종업원들의 코앞에서 흔드는 그들의 방식이 눈에 거슬렸다! 사실을 말하자면 종업원들은 그들을 비웃었다. 요컨대 어떤 것도 부족하지 않았다. 우유, 달걀, 과일, 적지 않은 고기가 있었다. 보아하니 도시는 끔찍했다. 하지만 시골에서는! 시골에서는 숨통이 트인다. 참으로 근사한 고장 아닌가! 바닥에 격류가 흐르는 좁고 깊은 계곡, 푸른 언덕, 여기저기 프랑스 것과는 너무나 닮은 데가 없는 푸른 지붕의 하얀 교회, 심지어 동양풍을 띠는 종탑, 도처에 전원풍의 바로크 양식, 그리고 모두 똑같은 지붕을 얹은 낮은 집들. 사람들은 깨끗하고 상냥하고 공손하다. 오렐리앵은 길에서 그들의 "안녕하세요(Grüß Gott)!"에 답하기를 좋아했다. 적? 정말로 믿기지 않았다.

슈타이나흐 일대를 며칠 동안 둘러보는 전통적인 들놀이 프로그램이 있었지만, 뢰르띠유아는 겁먹은 호텔 주인의 조언에도 불구하고 오솔길에 표지판이 아예 없거나 거의 없는 가파르고 황량한 산을 길잡이 없이 날마다 무턱대고 돌아다녔다. 어느날은 숲을 가로질러 곧장 등반하기 까다로운 오르막길로 들어섰다. 그 길을 따라 고산지대에서도 초목이 없는 첫번째 지맥支脈에 도달할 수 있다는 것을 알았던 것이다. 그는 동이 트기 전에 길을 나섰다. 가파른 비탈길을 세시간 동안 올라 에델바이스 들판에 아침 일찍 도착했다. 거기서 뒤돌아보니 북쪽으로는 인스부르크까지, 저 아래 남쪽으로는 돌로미띠를 향해 계곡들이 교차하고 있었다. 그곳은 참으로 유럽의 지붕이었다. 저 멀리로 스위스와 이딸리아가 어렴풋했다.

그곳부터 오렐리앵은 줄곧 하늘과 잇닿은 길을 걸었다. 등산의 위험에 그다지 신경 쓰지 않았다. 셔츠를 벗어 지팡이에 매달고 웃통을 드러낸 채 모자도 쓰지 않아 검게 그을었다. 처음 며칠의 햇볕이 남긴 희미한 흔적이었다. 그는 무너져 쌓인 흙더미, 호텔에서 읽은 베데커[56]의 금기를 무시하고 그 능선이나 다른 능선 또는 제3의 능선을 따라서 갔다. 능선은 칼날처럼 깎아지른 구역을 지나간다. 여러곳에서 절벽이 된다. 굴뚝 같은 곳으로 막혀 있기도 하다.

---

56 독일의 출판인, 서적상 겸 작가인 카를 베데커(Karl Baedeker)가 1828년부터 펴낸 현대적인 여행 안내서.

거기서는 아무리 작은 소리에도 커다란 돌멩이들이 떨어져내린다. 예리한 각도에 오금이 저릴 정도다. 갑자기 또다른 비탈, 산들의 고랑 같은 계곡, 깊은 구렁에서 꼬불대다가 한참 아래쪽 숲가에서 허물을 벗는 금속 뱀 같은 폭포가 모습을 드러낸다. 다음으로 바위 구덩이, 황폐화된 거대한 구멍이다. 다시 능선이 이어진다. 두 세계의 분리선이다. 이쪽으로 1천 미터, 저쪽으로 800미터의 낭떠러지다. 발아래로 양쪽이 다 깊은 구렁텅이다. 그리고 이 모든 것 위로 엄청나게 큰 태양이 오목하게 깎여내려간 거대한 골짜기에 봉우리의 구불구불한 그림자를 던진다. 심지어 하늘의 불은 그 자체로는 눈에 띄지도 않는다. 그만큼 공기가 맑고 쌀쌀하게 느껴진다. 그만큼 여기에는 그늘이 어울리지 않고 저지대에나 걸맞을 듯하다. 넋을 잃고 걷기에 도취한다. 가까스로 난관을 극복하느라 여념이 없다. 그는 산의 높이만큼 성장했다. 고독 속에서 무슨 힘을 갖지 못할까! 풍경이 우리의 사유, 우리의 광기일 정도로 풍경에 물들고 자신의 눈과 이 너무나 크고 순수한 세계가 인간의 걸음걸이, 심장박동, 관념의 움직임을 동시에 조건 지을 정도로 눈과 세계의 노예가 되어 무념무상의 힘마저 갖게 된다. 모든 발걸음에 유의해야 한다. 모든 근육이 변함없이 깨어 있어야 한다. 길잡이들은 일반적으로 능선이 아니라 긴 우회로로 접근하여 이 봉우리 지대에서 저기 아래 지역으로 이동하기 위해서는 이 지방에서 태어나야 한다고 주장한다. 기발한 농담! 그들은 꼭 필요한 존재임을 드러내고 싶어하는 것이다. 물론이다.

이쪽에는 대피소가 드물었다. 얼마간이라도 음식을 해먹을 수 있는 오두막으로 가야 했다. 상당히 멀지만 눈에 들어오는 유일한 오두막은 저 아래로 네다섯시간은 족히 걸어야 했다. 거기에는 다시 관광객들이 있을 것이고, 농부들은 영국인의 기호에 맞춰 요들 창법으로 노래하느라 청을 쉽게 들어주지 않을 것이다. 그리고 체조 모임과 함께 사제들이 있을 것이다. 혹은 일종의 동업조합에 속하는 금발의 젊은이들, 구릿빛으로 그을고 목에 메달을 건 반라의 젊은이들이 소집단 활동을 벌이고 있을 것이다. 자연을 사랑하는 사람들(Naturfreunde). 또한 여자들과 함께 배낭을 둘러멘 다른 사람들, 그림 같은 독일인들. 19세기의 어느 시기에 상으로 받은 책들. 그리고 셔츠 차림의 교사들 부류도 있었다. 그들은 지나는 길에 모든 이처럼 "안녕하세요!"라고 말하지 않았고 이것이 그들을 특징지었다. 사회주의 조직에 속해서 그런 것으로 보였다. 대개의 경우 오렐리앵은 어둠이 내리고 나서야 슈타이나흐로 급히 내려갔다. 벌써 거의 비어 있는 넓은 홀에서 저녁식사를 했다. 마지막 관광객들이 이미 디저트를 먹고 있었다. 옆방에서는 사진사가 젊은이들의 사진을 찍느라 움직이는 소리가 들려왔다.

그렇지만 어느날 저녁에는 뇌우의 조짐이 있다가 해소되었기 때문에 6시쯤 마을 입구에 도착했다. 그때 그는 낮아진 태양의 황금빛 후광을 받아 오페레타의 등장인물처럼 우스꽝스러운 한 커플이 정면의 작은 언덕에서 내려오는 것을 보았다. 남자는 티롤 사람으로 분장했다. 무릎이 드러나는 푸른 양말에 넓은 멜빵이 달린 반바지, 수놓은 셔츠 위에 걸친 조끼는 단추를 풀었고 깃털이 달린 중절모를 썼다. 이제는 좀처럼 찾아볼 수 없는 프랑스인인 것 같았다. 사십대로 보였다. 170센티미터 정도의 키에 작게 콧수염을 길렀고 뺨이 붉었으며, 귀가 뾰족하고 길고 거친 털을 지닌 벌레 모양의 검은색 스카이테리어 한마리의 목줄을 잡고 있었다. 다른 손에 들린 등산지팡이로 그의 모습이 완성되었다. 여자는 검은색 꽃

무늬 드레스에 밀짚모자 차림으로, 전부 인스부르크에서 구입한 것이었다. 남자가 그다지 산골 주민으로 보이지 않는 만큼 그녀도 그다지 시골 사람 같지 않았다. 눈화장에 손질한 손톱, 예쁜 얼굴에 호리호리하고 유연한 여자였다. 돌길이라 걸음이 꼬였다. 저 사람들을 어디서 봤더라? 뢰르띠유아가 자문했다. 물론 그들은 아마 마을에서 300여 미터 떨어진 곳쯤에도 이르지 않았을 것이다. 갑자기 그들이 큰 몸짓으로 신호를 보내고 소리를 질렀다. 의심의 여지가 없었다. 그들은 오렐리앵을 부른 것이었다. 플로레스 부부, 그가 뀌세 드 발랑뜨와 함께 몽마르트르 장터에서 마주친 앙주 강둑길의 이웃이었다. 그의 고독이 끝장났다.

그는 그들을 피하기 위해 몹시 애를 썼다. 그들은 어느 농부의 집을 빌려 그들의 차림새에 드러난 취향에 어울리게 꾸몄고 이 마을 사람 두명을 하인으로 두었다. 개가 식탁에서 밥을 먹었다. 그들은 죽을 지경으로 따분했다. 독일어를 알지 못했다. 플로레스 부인은 하인들과 몸짓으로 말했다. "이해하죠, 뢰르띠유아?" 남편이 말했다. "정말로 믿을 수 없는 물가만 아니라면! 너무 어리석어요, 이런 기회를 놓치는 것은. 우리는 거저 살고 있어요. 나중을 위한 추억…… 삶에서 이런 시기가 또 있겠어요!" 그는 전보문 같은 간결한 문체를 구사했다. 빠리 중심가에 큰 문구점을 소유하고 있었다. 그렇지만 지겨워했다.

오렐리앵은 곧 무슨 일이 일어날지 알아차렸다. 일어날 우려가 다분했다. 그는 그들을 멀리하기 위해 그럭저럭 최선을 다했다. 물론 레진 플로레스와 동침했다. 달리 어쩔 수 없었다. 결국은 성관계였다. 그는 남몰래 부랴부랴 하는 취향을 언제나 싫어했다. ……후에 다행히도 탁 트인 야외가 있었다. 그는 이삼일의 가벼운 여행을 했다. 계곡 위의 빙하에 이르렀다. 브레너 고개에서 이딸리아 국경으로 기어올라 이딸리아 초소의 저격병들과 수다를 떨었다. 아, 여기에서 전쟁이 있었구나, 모두가 느꼈다. 이제 그는 결코 베레니스를 생각하지 않았다.

그렇지만 점차로 그는 마음속에서 불안이 커지는 것을 느꼈다. 플로레스 부부가 그에게 들이닥친 때부터 그런 듯했다. 그는 진력이 났다, 제기랄! 하지만 슈타이나흐에서의 길고 굼뜬 저녁나절, 아직 따뜻하고 매력적인 밤이 있었다. 그는 새벽부터 높은 곳으로 오르는 산행을 다시 시작했다. 등반의 고역을 치러냈다. 하지만 묘하게도 뭔가 문제가 있었다. 이제는 풍경이 그의 머리를 채우기에 충분하지 않았다. 프랑스의 어느 소도시, 남서부의 어느 면 소재지, 큰길에 약국이 하나 있는 시시한 먼지투성이의 장소를 꿈에 보는 일이 벌어지곤 했다. 그리고 하루가 끝나가는 시간, 사람들이 일을 마칠 때쯤 십분 동안 그 큰길을 메운 엄청나게 많은 사람들, 지나가는 그녀, 베레니스에게 "모렐 부인! 안녕하십니까, 모렐 부인!" 하고 인사하는 한 무리의 남자들이 있다고 상상했다. 그는 문득 주위를 둘러보았다. 하늘과 바위뿐이었다. 그리고 이 척박하고 헐벗은 미궁의 안쪽 저 아래에 한줌의 병아리콩처럼 작고 투박한 수도원, 이유는 모르지만 카를 5세의 전설과 관련이 있는 수도원이 있었다. 자, 플로레스 때문에 즐겁지 않다고 레진에게 말해야 할 것이다. 그녀는 분명 웃을 것이다. 그녀가 정말로 웃었다. "바보 같은 말은 그만해요, 오렐리앵! 내가 최근에 획득한 것에 관해 어떻게 생각하는지나 말해줘요!" 암갈색 물감을 많이 사용한 17세기의 교회 그림, 올리브나무 정원, 그것이 소박한 농부 그림, 유리 위의 성상, 길고 낮은 옛날 궤, 귀걸이 등 플로레스 부부의 수많은 구입품에 추가된 것이다. "세관에서 귀찮게 하지 않을까?" 공트랑 플로레스가 말했다. "오스트리아에서 어떤 것도 빼낼 수 없게끔 아주 엄격한 조치를 취한 것 같아." "정말 가관이라니까!" 레진이 노기등등해서 외쳤다. "우리가 그것들의 값을 지불했어, 안 했어? 그러니까! 우리 거지."

공트랑은 소유권 개념이 정세와 관련 있다는 것을 아내에게 이해시키려고 머뭇거리며 애썼으나 소용이 없었다. "그러니까 결국 우리가 승리자야. 그래, 안 그래?" 평생 처음으로 오렐리앵은 이 표현을 여자의 입에서 들었다. 그녀는 그에게 괴상한 인상을 주었다. 그럼에도 그는 자국민들의 이 골동품 수집벽을 좋게 생각하지 않았다. 그들이 별로 자랑스럽지 않았다. 어느날 아침에 그는 즐겨 걷던 슈타이나흐 북동쪽 능선 길에서 홀로 여느 때처럼 웃통을 벗고 가다가 약간 헤맸다. 샌드위치 두개가 든 짐 보따리를 어깨에 멨다. 앞에 독일인 여남은명이 있었다. 진짜 독일인들이었다. 모두 하나같이 베이지색과 녹회색 옷차림이었다. 여러 여자가 함께였다. 그녀들은 이 갈색 머리의 관광객이 외국인임을 알아보고 그를 향해 주먹을 휘두르면서 곧 다시 죄다 쫓아내겠다고 외쳤다. 남자들이 만류하며 그녀들에게 귀엣말을 했다. 그는 두 낭떠러지 사이의 좁은 오솔길에서 이 무리 전체 앞으로 지나가야 했다. 어깨에 일격을 맞고 1킬로미터 아래로 떨어질 것이라는 느낌에 휩싸였고 정말로 오렐리앵 자신이 승리자라는 느낌은 그다지 들지 않았다. 상당히 겸연쩍었다. 결국 그도 그들의 입장이라면 그들처럼 느꼈을 것이라는, 도리어 플로레스 부부로 말미암아 그렇게 생각하게 될 것이라는 자각이 마음속에서 싹텄기 때문이다. 그래도 이러한 종류의 마찰은 매우 드물었다. 대개의 경우 이 고장 사람들은 친절하기 짝이 없었다.

그는 돈이 궁했다. 이번 달 배당금 지급이 늦어졌던 것이다. 은행의 바보짓 때문이었고, 같은 시기 동안 크로네의 화폐가치가 하락한 탓도 있었다. 오, 그는 난관에서 벗어날 수 있었다. 하지만 플로레스의 초대를 받아들여 그들의 집에 객실을 잡았다. 그 집은 엄청나게 컸고 그들에게는 침대 시트 세탁비만 내기로 했다. 그가 거절했다면 레진의 기분이 상했을 것이다.

그럼에도 그가 블레즈 아저씨의 짧은 편지를 받았을 때 느낀 감정은 스탠리 일행이 지평선에 나타났을 때 리빙스턴이 느꼈을 법한 것이었다.[57] 블레즈 아저씨는 뮌헨으로 가면서 오렐리앵을 보려고 인스부르크에 잠시 들렀고 그에게 거기까지 오라고 청했다. 슈타이나흐는 너무 경로에서 벗어난 곳이었다. 기차역에서 아저씨와 마르뜨 아주머니를 다시 만나는 아주 기쁜 일이었다. 그들은 변하지 않았다. 똑같았다, 아저씨가 수염을 기른 것만 빼고는. 아, 오렐리앵은 블레즈 아저씨가 매년 더울 때마다 꺼내 입는 그 낡은 비단 양복을 알고 있었다! 아주머니는 회색 투피스 차림이었다. 수예 재료가 들어 있는 커다란 가방을 메고 검은 밀짚모자를 썼다. "여전하시네요, 마르뜨 아주머니! 제가 어렸을 때 엄마와 함께 아주머니를 찾으러 갔을 때와 같은 모습이에요. 그리고 그 조랑말……"

"살갗이 검게 탄 것 같구나, 얘야." 그녀가 쉰 목소리로 말했다. "그런데 여기는 우리를 위한 고장이 아니더구나. 하고 싶은 말이 있으면 뭐든 해보렴!"

---

57 1871년 아프리카에서 죽을 고비를 맞은 영국의 선교사이자 탐험가 데이비드 리빙스턴(David Livingstone)을 영국 언론인이자 식민주의자 헨리 스탠리(Henry Stanley)가 탐험대를 이끌고 구조했다.

아주머니는 몹시 겁먹은 상태였다. 예전에 어느 티롤 애국자가 나뽈레옹 군대에 맞서서 발포한 것을 기념하는 일종의 시위가 전날 있었기 때문이다. 많은 상인이 외국인에 대한 항의의 표시로 가게를 닫았다.

"여기 사람들은 우리를 좋아하지 않는 것 같아요." 오렐리앵이 탄식조로 말했다. 그러자 마르뜨 아주머니가 외쳤다. "우리가 비난받을 게 뭔지 모르겠어!" 그가 어깨를 으쓱했다. 하지만 아저씨가 설명했다. "사람들이 굶주렸나봐. 시내에서……" 언제나 그렇지 뭐. 사람들에게 이념이 있어서가 아니야, 아니고말고. 배가 조국이라니까! 오렐리앵은 프랑스나 독일이나 마찬가지라고 말했다. 사람들이 천박한 물질주의자라는 것이었다. 어쨌든 다시 동포와 함께한다는 것이 즐거웠다. 하루 저녁, 이틀 저녁? 오, 이틀 저녁이요, 아저씨, 모레까지 놓아드리지 않겠어요!

77

"단언컨대, 애야, 네가 잘못했어."

블레즈가 난간 위에서 점잔을 뺐다. 마르뜨 아주머니는 좀처럼 대화에 끼지 않았다. 둥근 노란색 틀에 팽팽하게 끼운 자연색 그대로의 마포에, 그리고 아래쪽으로 밀랍을 먹인 푸르고 검은 마포에 바늘을 찔러가면서 영국식 자수를 놓는 데 몰두했다.

"네가 옳지 않다는 말이야. 메네스트렐은 재능이 있고, 사람들은 그에게 재능이 있건 말건 아랑곳하지 않아. 그는 더 나은…… 어느 세대에건 그런 괴짜들이 있지. 물론 그들은 때때로 이상한 녀석들에게 둘러싸여! 내가 기억하기로 상징주의 작가들 시대에는……
오, 내가 젊었을 때는 기묘한 상징주의자들을 예찬했어! 지금 생
각하면 웃음이 나오지. 그래도 메네스트렐은, 얘야, 메네스트렐
은…… 너도 나중에 알게 되겠지!"

이 멋진 풍경, 이 눈부신 빛 앞에서 그들은 어떻게 메네스트렐을
생각하게 되었을까? 그들은 케이블카를 타고 거대한 노대露臺에 이
르렀다. 인스부르크뿐만 아니라 인강의 계곡 전체가 내려다보였고
멀리 다뉴브강의 계곡도 보인다고 우길 만했다. 아주머니와 오렐
리앵은 맥주를 시켰다. 블레즈는 큰 잔으로 우유를 청했다.

"나는 그들, 그 사람들이 쓰는 것을 하나도 이해하지 못하겠어."
마르뜨 아주머니가 말했다. "하지만 네 아저씨가 그걸 좋게 생각한
다면 틀림없이 뭔가 있는 거겠지. 내가 눈여겨봐온 게 있거든. 사람
들이 어느 화가나 작가를 놀리고 그가 이렇게 고개를 끄덕이면(저
런, 저이 좀 봐!), 웬걸, 십년 후에는 정반대가 된단다. 이해하지 못
하던 사람들이 그에게 심취하지. 그리고 나의 블레즈는 그에 대해
아주 나쁘게 말해!"

사실을 말하자면 뢰르띠유아는 메네스트렐을 비웃었다. 입에 올
리지 않았지만 뽈 드니가 문제였다. 그에게 뽈 드니는 여전히 이중
으로 상처였다. 기억 속에서조차. 아마 그것은 저열한 감정이었을
것이다. 하지만 어쩔 것인가? 그에게는 그것이 있었다. 이제는 베
레니스를 생각하지 않기에 이르렀지만 드니의 죽음은 아직도 그
를 괴롭혔다. 그토록 어처구니없는 일이 쓴맛을 남겨 자꾸만 생각
이 났다. "베다리드가 피스떼르와 함께 왔을 때 아저씨가 보았다
면! 병이 날 것 같은 질문들…… 사실상 메네스트렐의 못된 친구들
이라고 그다지 다를 게 없어요. 조사한답시고…… 구역질나요. 그

장프레데리끄 시크르가 과부 뻬르스발과 착 달라붙은 게 틀림없다 니까요! 식은 죽 먹기죠. 그런데, 저……" 그는 난처한 기색이었다. 블레즈가 그를 부추겼다. 뭔데, 말해봐! "그것참…… 아저씨, 생각 해봤는데, 혹시 그녀가 편지하지 않았나요? 베레니스 말이에요." 했지, 두세차례. 특별한 것은 없어. 감사하다는, 소식을 전하는 편 지들이었어. 너에 관한 언급은 한마디도 없었다. 한번 남편에 관해 말했어. 뤼시앵은 완벽했어요, 딱 그뿐이야.

아, 오렐리앵은 오래 몽상에 잠겼다. 가슴에 뭔가가 있었다. 혼 자 지니고 있다가 물린 뭔가가. 그것이 몇차례 그의 머릿속에 다시 떠올랐다. 그것에 관해 언젠가는 누군가에게 말해야 할 것이다. 아 저씨에게라도. 그가 아주머니를 쳐다보았다. 비록…… 아주머니가 있는 것이 약간 거북했다. 하여튼 그렇게 직접적인 것, 내밀한 것이 아니라면, 그러면, 제기랄! "그런데……" 그가 말하고는 오랫동안 말을 잇지 않았다. "그런데 젊은 드니가 죽기 전날 저녁에 제게 한 가지 이야기를 했어요. 오, 입을 다무는 편이 더 나았을 텐데! 그가 어떤 상태였는지를 짐작할 수 있는 이야기죠. 게다가…… 그녀가 그런 사내한테 몸을 맡겼다니! 여자들은 무모해요."

"여자들에 관해서라면, 쉿!" 마르뜨 아주머니가 날카롭게 소리 쳤다.

"그만해둬." 블레즈가 엄하게 말했다.

"무슨 말을 했니, 애야? 말을 돌리는 것 같구나."

"제가요? 아뇨, 왜냐하면…… 실은 불쾌하기 짝이 없는 발언이 거든요. 어쩌면 그가 거짓말했을 거예요. 결국 그 젊은이는……"

"우리를 애태우는구나."

"죄송해요. 예, 그가 죽기 전날 저녁이었어요. 어떻게 그런 일이 일어났는진 몰라요. 아무튼, 베레니스가 그에게 말했을 거예요. 그들은 침대에 있었어요. 제 짐작엔…… 죄송해요, 아주머니!"

"그 꼴이 뭐냐!" 그녀가 외쳤다. "내게 낯을 가리는 거니! 그래서, 그들이 사랑을 나눴다, 그 말이야?"

오렐리앵이 볕에 탄 얼굴을 붉혔다. 그가 천천히 말을 이었다. "느닷없이 그녀가 그에게 말하길, 그녀 자신이 한 말이라고 생각되는데, 어쨌든 그녀가 그에게 한 말은 바로 '두 팔이 다 있는 남자가 얼마나 경이로운지 당신은 몰라'라고……"

그가 입을 다물었다. 그랬다가 다시 중얼거렸다. "당신은 몰라……" 그는 몹시 슬퍼 보였다. 앙베리외가 고개를 끄덕였다. 충격을 받았다. 그럴 만했다. 침묵이 고약하게 느껴졌다. 병풍처럼 펼쳐진 봉우리들이 도마뱀 무리처럼 빛났다. 아저씨가 입술로 소리를 냈다. 거의 쯧쯧거림에 가까웠다. 그다음에는 코를 문질렀다. 그는 온통 주름투성이였고 갈색 점들이 피부병 증상에 뒤섞여 있었다. "꽤나 악취미구나." 그가 투덜거렸다. "그 드니 말이야. 네게 그런 소리를 하다니!"

아주머니가 수틀과 수예 재료를 무릎에 내려놓고 소리쳤다. "아, 남자들이란! 아니, 이 두 사람 좀 보라지, 글쎄! 정말 위선자들이야! 나는 그걸 당연하다고 생각해, 그 젊은 여자가 한 말. 눈을 크게 뜨고 쳐다보지 말아요, 신사분들. 여자가 뜻밖에 대놓고 뭔가를 말했다고 불쾌해하다니 꼴불견이네. 그게 뭐라고! 내 말은…… 내가 생각한 것, 그러니까 남자에게서 경이롭다고 생각한 것? 그런 표정 짓지 마, 나의 블레즈! 당신네 남자들에게서 일찍이 경이롭다고 생각할 수 있었던 것 따위는 완전히 잊어버렸단 거야!"

아저씨가 말문을 돌렸다. 그녀는 못 하는 말이 없어. 그리고 오렐리앵, 음, 너는 사실 다른 종류의 교육을 받았지! "이것 봐, 아르노 씨의 편지를 한통 받았어. 그의 이름이 아르노 맞지? 종합뷰티살롱." 그는 멜로즈 종합뷰티살롱이라고 말하지 않았다. 마르뜨에게 눈길을 던졌다. 그녀는 바늘을 놀리느라 여념이 없었다. 그가 구시렁거렸다. 그녀가 그 사랑스러운 베레니스였다면…… 그러고는 의자를 뢰르띠유아 쪽으로 가까이 옮겼다. "그가 내게 무얼 원하는지 전혀 이해를 못 하겠다. 하지만 내 느낌으로는, 순전히 느낌인데, 뭔가 잘못되어가는 것 같아."

뢰르띠유아에게 잘못되어가는 일이란 은행에서 이번 달 배당금을 받는 것이었다. 오스트리아에서 쓸 수 있는 우편환을 받지 못했다. 프랑이 아니라 크로네로 지급받는데 그것이 그토록 늦어지고 환율은 발송일 기준으로 결정되니, 그가 돈을 손에 쥘 수 있을 때에는 크로네의 가치가 하락하고 또 하락한 뒤였다. 나는 꼼짝없이 손해를 보고 말았어.

술잔을 치운 웨이터가 매우 정확한 프랑스어로 말했다. "신사분들은 또다른 음료를 드실 건가요?" 그들은 미소 지었다. 웨이터가 외국인이라는 것을 간파했던 것이다.

나중에, 그들이 인스부르크로 돌아왔을 때에야 늙은 앙베리외는 오래전부터 하고 싶었던 질문을 감히 꺼냈다. "이봐, 얘야, 그것 때문에 마음이 많이 아팠지? 그래도 끝난 일이다."

"예, 그렇다고 생각해요, 정말로. 전혀 생각하지 않아요. 생각한다 해도 드물어요. 거기서 빠져나오는 것이 너무 쉬워서 이상하기조차 해요. 사람들이 생각하는 것과는 반대로 말이에요. 이제는 생각하지 않아요. 더 말할 필요도 없어요." 오렐리앵은 몽상에 잠겼다. 그런 다음 말을 이었다. "그렇지만 때때로 그 이야기를 하게 돼요. 외과의사가 남겨놓은 작은 포탄 파편들 같아요. 함께 산책하는 셈이죠. 그러다가 우연히 거기에 손가락을 대요."

아저씨가 잔기침을 했다. "나를 용서해라. 안 했으면 좋았을 것을……"

"가끔은 뭐가 뭔지 알 필요가 있죠. 때로는 고함치고 싶을 지경이에요, 그녀에 대해 더이상 아무것도 알지 못해서."

"왜 그녀에게 편지하지 않니?"

"그런데 그녀가 답장을 하지 않으면요? 그런 위험을 감수하고 싶지 않아요. 그것을 자초하고 싶지도 않고요. 그렇게 하면 제 마음속에서 모든 것이 다시 문제가 되고 모든 것이 다시 동요할 거예요. 더이상 제가 무얼 원하는지 모르겠어요. 사실상 젊은 드니가 우리를 갈라놓았어요."

"애인을 빼앗았다고 그를 용서하지 않는 거냐?"

"물론이죠. 그가 그런 것을 용서할 수 없어요. 저도 여느 사람이나 마찬가지라고요. 그가 살았다면 그것을 묵인했을 거예요. 하지만 그 죽음…… 장애물은 죽은 뽈 드니예요, 그녀 때문에 죽은. 저는 권리가 없지 않나 생각해요."

"어리석은 말을 하는구나! 말도 안 된다고 생각하면서 그래. 오히려 그가 죽었으니까……"

오렐리앵은 산속까지 그를 뒤따르는 이 모순을 표현할 수 있었을까? 아저씨는 아무것도 이해하지 못했을 것이다. 예컨대 고통 없이 지나가는 시간의 충격, 그가 이것에 정신을 집중할 때, 고통…… 그렇다, 어떤 결정을 내림으로써, 사랑으로 들어가듯이 사랑에서 나온다. 뢰르띠유아는 이것을 확인하고 깊은 실망을 느꼈다. 빈손으로 그 사랑에서 나왔다. 그의 삶은 그 어느 때보다도 의미가 적었다. 그는 의사 드꾀르가 한 말을 떠올렸다. "내게 사랑은 전쟁이라오." 그는 전쟁에서 벗어났듯이 자신의 사랑에서 벗어났다. 막연한 회한을 느끼고 당혹스러운 것도 똑같았다. 그때처럼 오늘도 현기증을 겪었지 싶었다. 1918년 11월의 그날들을 생각하면, 다른 사람들과 함께 승리에 그토록 열광했을 때 느낀 혐오감이 그에게 다시 일었다. 승리! 승리는 아름다웠다. 여기, 티롤에서 주위를 둘러보기만 하면 되었다. 플로레스 부부의 승리…… 그에게는 모든 것이 베레니스 생각에서 다른 것으로 미끄러지듯 넘어가는 데 효과적이었다. 미래는 어떻게 될까? 명예 없는 세상. 사랑 없는 세상. 정당화될 수 없는 세상. 레진 후에는 또다른 레진이 있을 것이다. 빠리의 겨울. 발레 뤼스. 그는 므제브에서 겨울 스포츠를 즐길 수 있을까? 라 불리 골프장이 있다. 봄이 돌아왔다. 그것이 삶이라 불린다. 사람들이 잘한다고 생각하면서 하는 모든 것…… 어느날 그것은 돈벌이가 된다. 플로레스가 골동품을 구입하고는 세관에서 압류당하도록 에빠르주가 있었던 것이다. 작은 뽈 드니가 죽은 것은 베레니스가……

오렐리앵은 슈타이나흐로 돌아오자마자 기차역의 출구에서 플로레스와 맞닥뜨렸다. 상대방이 그를 보면서 팔을 흔들었다. "아, 친구! 어떻게 사과하죠? 무슨 일이 일어났는지 전혀 몰라서…… 집배원이 다녀갔어요. 탁자 위에 우편물이 있어요. 짧은 편지들도요! 우리는 여기저기 돌아다녔어요. 그 농부가 우리에게 경탄할 만한, 정말 괜찮은 16세기 궤를 팔기로 결정했거든요. 아주 싸게요! 환율로 보면 물론…… 당신에게 뭔가가 온 것 같은데, 다시 찾을 수가 없었어요. 레진에게 물었지만 그녀는 아무것도 못 보았다네요."

맙소사! 만일 그것이 베레니스의 편지였다면? 필체가 어땠는가?

공트랑은 우표에 신경을 쓰지 않았다. 그것은 프랑스에서 왔다. 이것이 그가 말할 수 있는 전부였다. 레진은 질문을 받자 아무것도 못 봤다고 되풀이 말했다. 그리고 오렐리앵에게 여자의 편지를 기다리는지 상당히 날카롭게 물었다. 틀림없이 그녀가 그것을 가로챘을 것이다. 읽었을 것이다. 확실히 베레니스의 편지다. 만일 베레니스의 편지가 아니라면…… 베레니스에게 편지를 써서 묻는 것은 불가능하다. 그는 아직도 그녀를 사랑하는 걸까? 소심해서 고백하지 못한, 참으로 이상한 사랑. 그는 편지로 인한 마찰 때문에 다시 생겨난 그 잠재적인 불안을 언제나 마음속에 지니고 있는 것일까? 그를 잊힌 삶 속으로 다시 내던지는 데에는 이 잃어버린 편지로 충분했다. 자기 자신에게 솔직할 필요가 있었다. 그를 둘러싼 상황으로 말미암아 그는 베레니스로부터 오랫동안 벗어나 있었다. 그런데 갑자기 베레니스가 다시 나타났다. 이 상황이 불쾌감에 맞닿아 있어서이지 않았을까? 이 상황이 불쾌감에 맞닿아 있었기 때문에…… 그는 아르망딘과 함께 있으면서 자신이 베레니스를 사랑하기로 결심했던, 정확히 그렇게 결심했던 그날 저녁을 기억했다. 리께와 마주친 직후였다. 그러고 나서 아르망딘, 아르망딘이 나타내는 모든 것, 혐오스러운 가족, 어린 시절, 누구나 벗어나지 못하는 환경…… 그는 베레니스를 사랑하기로 결심했던 것이다. 베레니스는 그에게 사람들, 삶, 자신의 삶을 잊게 했다. 거꾸로 베레니스를 잊고 싶어 했을 때에는 그녀에게 맞선 세계, 높은 곳의 세계, 황량하고 자유롭고 양지바른 티롤이 그에게 다가왔다. 하지만 아주 황량하지는 않았다. 플로레스 부부와 함께 계곡이 있었다. 능선 길까지 관광객과 격정이 있었다. 점차로 이 기분 전환의 티롤이 리께의 물음과 아르망딘의 물음을 다른 형태로 뢰르띠유아 앞에 다시 제기했다. 점차로 봉우리의 공기 자체가 견디기 힘들어졌다. 그때 베레니스의 모습이 재구축되었다. 다시 한번 그가 주위 사람들을 잊는 데 그녀가 쓰였다. 내려야 할 결정. 자기 자신에게 솔직할 필요가 있었다. 그게 다였다.

그는 레진에게 싫증이 났다. 편지 건에 대해 그녀를 용서하지 않았다. 그들과 함께 머무르는 것이 거북했다. 다음 달 배당금이 더 빨리 도착하면 호텔로 돌아갈 수 있을 것이다. 하지만 ……처럼 보이는 것 역시 불편했다. 레진이 걸핏하면 그의 방으로 올라왔고 그는 이것이 몹시 싫었다. 가을이 왔다. 날씨가 궂었다. 그는 떠나겠다고 알렸다. 그의 매형이 편지를 했다고 했다. 그의 매형은 한번도 그에게 편지를 쓴 적이 없었다. 그는 곧장 빠리로 가지 않고 잘츠카머구트로 내려갔다. 그리고 거기에서 빈으로, 빈에서 베를린으로 향했다. 오, 등 뒤에 플로레스 부부가 없는 것이 경이롭기까지 했다!

여러 고장과 도시의 소용돌이, 그 호화로움, 그 비참함, 그리고 오렐리앵의 개방성과 눈먼 돈 덕분에 쾌락에 대한 정상적인 한계가 낮아져 거의 모든 것을 마다하지 않아도 되는 날들, 이 모든 것으로 말미암아 다시 베레니스의 모습이 흐려지고, 어두워지고, 지워졌다. 그가 가슴속에 간직한 작은 파편은 한순간 아저씨로 인해 활성화되었다가 다시 꿈쩍하지 않았다.

11월에 그는 놀렌도르프 광장의 어느 까페에 앉아 있었다. 그때 바로 앞에서 경찰이 군중을 향해 돌격했다. 그는 전쟁 이후로 이러한 폭력 사태를 결코 본 적이 없었다. 지붕이 있는 테라스에서 종업원들이 창백한 얼굴로 떨면서 밖을 내다보았다. 안에서는 오케스트라가 「꼬마(Bübchen)……」를 연주했다. 모카커피가 마실 만했다. 독일이었다. 고딕체로 된 대자보들, 다소 입체파적인 판화들이 있었다.

'결국 나는 무엇을 숙고하는 걸까? 승리는 언제나 이와 같다. 이번에는 우리가 승리자다.' 오렐리앵은 생각했다.

78

자동차회사의 한 주주 집단의 요구로 예심판사가 조사에 착수했다. 이로 인해 폭풍우가 거세게 일었다. 에드몽 바르뱅딴은 아내의 이익을 대변하고 그에게 맞서 활동하는 어느 기업 전문 변호사에게 자리를 넘겨주어야 했기 때문에 어려운 입장이 더욱 불안정해졌다. 회사에서나 컨소시엄에서나 그가 아직 자리를 차지하고 있는 것은 꼐넬 부인의 이름으로였다. 까를로따는 그에 대한 신뢰를 철회하지 않았다. 이혼이 공개되고부터 사람들이 발을 뺐다. 신용이 바닥으로 떨어졌다. 베를린에서 그를 걱정하는 편지를 보낸 뢰르띠유아조차…… 아, 그 사람! 에드몽은 당분간은 그에게 지급할 돈이 있을 것이다. 그다음에는 생주네를 담보로 넣기만 하면 되겠지. 그것은 종합뷰티살롱에서 아드리앵 아르노의 이해할 수 없는 암묵적인 동조에 힘입어 드피르가 사용한 엄청난 경비로 말미암아 신규 자본을 공모해야 했기 때문에 누군가, 다시 말해서 안달루시아에서 소환된 로즈가 상당히 미심쩍은 호인, 모자르, 그저 모자르라고 불리는 사람을 고용해 의뭉스럽게 찾아낸 방안이었다! 그리고 이 모자르는 음악에 정통했다.[58] 그와 그가 부리는 사람들이 샹젤리제에 들어앉아 회계장부를 조사하고 채권에 이의를 제기하고 조에 아가토폴로스를 비롯해 직원들을 내보냈다. 또한 바르뱅딴이 뢰르띠유아 씨라는 사람에게 매달 보내도록 해놓은 금액에 눈길이 갔을 때는 높다란 비명을 지르며 말도 안 되는 일이라고 일제히 말했다. 만일 이 사람이 주주라면 정상적인 배당금을 받을 권리가 있겠지만…… 좋아, 틀림없이 에드몽은 자기 돈으로 해결할 것이다.

극장, 짐나즈 등은 이제 끝난 문제였다. 로즈는 추잡스럽게 파산하지 않고 난관을 벗어난다면 아주 행복할 것이 분명했다. 왜 에드몽은 그녀를 거기에 끌어들여야 했을까? 그리고 풀 죽은 얼굴로 낙담에 빠져 있는 지끼! 그녀는 스톡홀름에서 만난 그 잘생긴 남자를 생각하니…… 모자르 씨보다는 언제나 더 쾌활했을 것이다! 에드몽은 로즈의 배은망덕에 지나치게 놀라지는 않았고, 그녀가 그렇다는 것을 잘 알았다. 또한 당분간 다른 일에 주의를 집중하고 있었다. 빵부스러기라도 보존할 필요가 있었다. 좋아, 이혼했다. 하지만 이 돌발 사건에 상당히 오랫동안 대비했다. 가능한 한 많은 것을 빼돌렸다. 무시무시한 것은 블랑셰뜨 측의 사업가가 악마적인 수완을 지녔다는 점이었다. 그는 재산 은닉, 위장 매각을 족집게처럼 찾아냈다. 누군가가 그에게 정보를 주는 것 같았다. 에드몽이 증거를 확보하기도 전에 그는 자신의 변호사 블뤼뗄을 통해 에드몽에게 이것 또는 저것을 인정하지 않으면, 그리고 이런저런 양도에 동의하지 않으면 소송을 제기할 것이라고 알려왔다. 에드몽은 제법 버티다가 그나마 좋은 부스러기를 얻어내고 싶어서 항복했다. 이런 식으로 급기야 자신이 속수무책이라는 것, 이혼소송에서의

58 모자르(Mozart)의 철자가 모차르트와 같은 것을 이용한 구절이다.

잘못을 인정하고 블랑셰뜨의 미심쩍기만 한 너그러움에 기댈 수밖에 없다는 것을 알아차리게 되었다.

그는 이 모든 것에서 아드리앵 아르노가 그에게 냉정하고 신중한 태도를 취하는 것을 보고서 크게 놀랐다. 그가 빈털터리 신세에서 끌어냈고 그에게 힘입어 출세의 기회를 얻은 그 녀석이! 아드리앵이 결연하게 그를 떠나겠다고, 이 모든 것에 말려들고 싶지 않다고 말하러 왔을 때, 그래도 에드몽은 그가 좀 세게 나온다고 생각했다. 로즈의 경우라면 그것은 당연하다. 하지만 아드리앵은! 죽마고우 아닌가! "할 수 없지 않나." 아드리앵이 말했다. "나는 자네를 두둔할 수 없네. 경우에 따라서는 자네에게 불리하게 증언해야 할 텐데, 그러고 싶진 않아. 자네의 사업에 관해 나는 너무 많은 것을 알고 있어. 모두 내 마음에 들지 않는 것들이지. 자네의 아내가 나를 돌봐준 것 때문에……" 말도 안 돼, 정말 어이가 없어! 그가 지금 블랑셰뜨를 편들다니! 격렬한 장면이었다. 하지만 아드리앵은 발을 뺐다. 그것으로 끝이었다.

며칠 후에 바르뱅딴 부인의 변호사가 아내의 대리인으로서 부부간의 재산분할을 전제로 하여 에드몽에 의해, 하지만 배임에 힘입어 획득한 재산을 기탁할 것을 요구했다. 그는 생주네를 담보로 넣을 시간조차 없었다. 생주네는 이 모든 것에서 작은 일에 불과했지만 심각성의 정도를 보여준다. 어떻게 대처할 것인가? 정말로 누군가가 서류를 손에 넣고 변호사에게 정보를 제공한 듯이 모든 일이 진행되었다.

에드몽은 칼튼 호텔에 머물렀다. 아파트를 아내에게 넘기는 편이 더 고상하다고 생각했던 것이다. 그는 사업에서 매우 힘들게 발버둥 쳤다. 사실은 자신이 벌여놓은 복잡한 상황에 말려들었다. 이제 시모노는 그에게 아무런 도움이 되지 않았다. 시모노는 오래전부터 께넬 집안의 서기였고 께넬 가족은 그를 믿었다. 아르노가 적어도 컨소시엄, 종합뷰티살롱과 함께 잘 아는 사업 때문에 남았다면…… 빨메드는 에드몽을 매우 비판적으로 대했다. 빠리와 근교에서 사들인 주유소들을 손해를 보고 되팔아야 했다. 빨메드가 은밀히 되샀다는 것은 명백했다. 칼튼 호텔을 떠날 필요가 있었다. 상원의원과 에스떼르가 관저에 살고 있었으므로 에드몽은 옵세르바뚜아르 가로에 자리 잡게 되었다. 상원의원은 이러한 타결이 못마땅했다. 아들의 상황에 관한 편향적인 보고서를 받아보았던 것이다. 싸구려 신문들에 가십 기사가 나기도 했다.

전문가가 아니더라도 에드몽이 곧장 곤두박질치리라는 것을 분명히 알 수 있었다. 뿌앵까레가 자신의 국무차관을 따로 불러 경고했다. 이 모든 것의 배후에 빨메드가 있으나 빨메드는 나쁜 사람이 아니고 당에 매우 충성스러운 만큼 바르뱅딴 박사는 그와 화해하는 편이 더 나을 것이라고. 견해가 명령인 경우도 있다. 따라서 장관은 빨메드를 만났다. 보고받은 바와 다른 점은 없었다. 죄인의 죽음을 전혀 바라지 않는다. 몇가지 사항에 대해 타협할 용의도 있다. 하지만 난점이 있다. 그것은 컨소시엄 때문에 빨메드가 이제 블랑셰뜨 바르뱅딴 부인, 그 탁월한 께넬의 딸과 공동 이익을 얻는다는 것, 그리고 매우 영리한 어느 젊은이의 주선으로 그들 사이에 여러 사항이 합의되어 있기도 하다는 것인데, 그 젊은이는 아르노 씨라고 짐작된다. 그에게 아들 빨메드가…… 아, 설마! 개자식이네요. 에드몽은 아버지가 이 대화를 이야기해주었을 때 대경실색했다. 이로써 모든 것이 명확히 이해되었다.

에드몽은 이러한 사실을 알게 되었다고 해서 무기력에 빠지는 유형의 인간이 아니었다. 정반대였다. 막대한 부와 평온 때문에 무뎌진 예전의 투지가 이로 인해 그의 마음속에서 다시 깨어났다. 그는 작은 것을 버리고 큰 것을 취할 필요가 있다는 것을 재빨리 간파했다. 애초에 예상한 것보다 훨씬 더 달갑지 않은 사태가 벌어질 것이다. 우선 가능한 한 신속하게 이혼을 매듭지어야 한다. 그는 한동안 장애물을 만들려고 시도했으나 이제는 그만두었다. 소송을 서둘러야 한다. 그러고 나서……

그는 알렉산드리아로 전보를 쳤고 이에 대한 답신이 왔다. 그의 아내가 되기를 수락한다는 까를로따의 전보를 받은 것이다. 그것은 행운이었다. 까를로따의 재산은 블랑셰뜨의 것에 비길 만했다. 에드몽은 까를로따를 옆에 끼고 빠리의 무대로 복귀하는 자신의 개선凱旋을 헤아려보았다. 그러면 블랑셰뜨는 충격을 받을 것이다. 그는 자신의 입지를 복원했고, 복수했다. 이제 빨메드와 대등하게 발언할 수 있었다. 두려워할 것이 전혀 없었다. 오로지 과거를 깨끗이 치워버리기만 하면 되었다. 상식적으로 두번째 에드몽 바르뱅딴 부인에게 블랑셰뜨 남편의 빚, 골칫거리, 애로 사항을 지참금으로 내놓을 수는 없었다. 애들의 어머니를 위해 종합뷰티살롱, 부동산회사, 생주네 등 모든 것을 포기하기만 하면 되었다. 그는 계약에 의해 그녀로부터 양도받은 것만 간직할 것이다. 그리고 요행히 소나기를 피한 몇가지 사소한 것들을.

로즈는 아메리카에서 순회공연을 했다. 모자르 씨의 기획이었다. 그리고 새로운 기반 위에서 아주 새로워진 종합뷰티살롱은 페를뮈터라는 의사와 매우 근면한 여러 사람의 손으로 넘어갔고 그들은 멜로즈 크림, 로즈마리Rose-Marie 향수를 중앙유럽과 미국으로 수출하는 사업을 기획했다. 의사 드피르는 그저 형식적으로만 거

오렐리앵 2 345

기에 남아 있었다. 얼마 전에 빠리로 돌아온 오렐리앵이 어느날 저녁 륄리스에서 어린 여자들과 함께 있는 그와 마주쳤다. 상당히 취해 있었다. 오렐리앵은 그의 갑작스러운 변화, 야윈 모습과 뺨의 불길한 빛에 놀라움을 감출 수 없었다. "우리와 합석하지 않을래요? 뤼세뜨, 저분한테 앉으라고 말씀드려!" 뤼세뜨는 짧은 줄에 매단 빨간 풍선을 잡고 있었다. 어떤 사람이 지나가면서 담뱃불로 풍선을 터뜨렸다. "짐승! 짐승!" 그녀가 소리쳤다. 그러자 드뽀르가 말했다. "짐승이 아니야, 뤼세뜨. 저 젊은이, 이름이 뭐더라?" 오렐리앵이 곧바로 갔다. 의사가 와서 합석했다. "아, 이제는 친구를 못 알아보나요, 뢰르띠유아? 아니면 마음이 불편한가요?" 그는 뉴욕에서 로즈가 거둔 성공, 그리고 모자르 씨가 공연기획자로서 가진 자질에 관해 장황한 이야기를 풀어놓았다. "아, 아마 당신은 모를 거요." 그가 말했다. "끝났어요, 로즈와 나, 끝이에요. 푸푸푸. 이상한 일이죠, 그렇지 않나요? 그토록 화목한 또는 그토록 화목한 것처럼 보이던 부부가 말이에요. 어쩔 수 없어요. 그녀 같은 특급의 인간, 그리고 나 같은 뒤떨어진 놈…… 영원히 지속될 수 있는 관계가 아니죠. 그런데 당신, 그 위대한 사랑은요? 실제로 위대한 사랑이었지요!"

그는 초라했다. 그리고 지저분했다. 붙였다 떼었다 하는 옷깃이 그다지 깨끗하지 못했고 턱시도에 얼룩이 보였다. 그는 어떻게 살아가지? 오렐리앵은 느닷없이 그가 몹시 측은하다는 생각이 들었다. 드뽀르의 손이 떨리는 것을 알아챘다. 그가 이렇게 흔들리는 것은 취기 때문이 아니었다. 틀림없이 병이 들었을 것이다. "선생, 집으로 돌아가서 침대에 누워야 할 것 같네요." "그럴 수 없어요." 상대방이 말했다. "이 아가씨들이 있어서요, 뤼세뜨…… 우리끼리의 이야기지만, 내게 1천 프랑을 꾸어줄 수 있을까요?"

아니, 오렐리앵은 이제 누군가에게 1천 프랑을 빌려줄 수 없었다. 그 정도로 상당히 곤란해졌다. 생주네의 땅은 블랑셰뜨의 손에 넘어갔다. 에드몽은 멜로즈 종합뷰티살롱이 일년에 매우 소소한 금액, 투자한 돈의 정상적인 이자만을 보장할 뿐이므로 해줄 수 있는 것이 전혀 없다는 것을 그에게 분명히 했다. 나머지는 블랑셰뜨에게 달려 있을 것이다. 그녀가 순전히 윤리적인 차원에서 약속을 인정하는 한도 내에서. 에드몽으로 말하자면, 그녀와 상의하는 것이 몹시 어색한 일인데다 자신이 갖고 있지 않은 것을 줄 수는 없었다. 오렐리앵은 그녀가 완전히 달라졌다는 것, 굉장히 악착스러워졌다는 것을 발견하고서 놀라워했다. 그럴 수 있으리라고는 생각하지도 못했던 것이다! 그녀는 자신이 사랑한다고 생각했던 남자가 자신을 속이려 한 에드몽의 공범처럼 보였기 때문에 그만큼 더 그에게 오만한 모습을 보이고자 했다. 그래서 그에게 맞대면해 말하지 않고 자신의 대리인에게 말하도록 했다. 오렐리앵이 모든 것이 실패했다고 생각한 후에 이 모든 것에서 나온 타협은 그래도 기대 이상인 듯했다. 하지만 그가 이제껏 살아온 것처럼 사는 데에는 불충분했다. 작년에 생주네의 소작인이 그에게 준 것의 절반도 되지 않았다. 어쨌든 아르망딘은 그에게 에드몽 바르뱅딴 부인의 반감을 일으킬 수 있는 일이라면 어떤 것도 하지 말라고 간청했고, 드브레스뜨는 공장 때문에 그녀와 좋은 관계를 유지했다. 에드몽이 거기에 돈을 투자했다고들 알고 있으니까. 자끄 드브레스뜨는 자신의 처남을 아주 살갑게 대했다고 말할 수 있다. 공장에서 조그만 일자리를 맡아달라고 제안했던 것이다. 그것으로 지대의 결손을 메꿀 수 있을 것이다. 오렐리앵은 곧바로 받아들이지 않았다. 생루이섬을 떠나 릴에 거주해야 할 것이다…… 아마 꾹 참고 그렇게 하겠지만, 깊이 생각해보고 싶었다.

당분간 그는 빠리에서 다시 배회하기 시작했다. 그가 베레니스와 마주친 지 일년이 되었다. 그의 운명을 뒤흔든 모든 것은 거기에서, 그 우연한 만남에서 시작된 듯했다. 그는 작년의 발자취를 따라 걸었다. 베레니스와 둘이 함께. 어떤 것도 동일한 모습, 동일한 열기를 내보이지 않았다. 겨울들이 잇따른다…… 그는 이제 그녀를 사랑하지 않았다. 그녀에게 매여 있지 않았다. 그렇다고 단언할 수 있었다. 하지만 그녀는 그의 삶에 어떤 향수를 영원히 남겨놓았다. 그는 여전히 그것의 포로일 것이다. 그 이해할 수 없는 사랑의 흔적, 말하자면 그들이 보낸 아득한 날들의 무대를 되찾는 벌이 그에게 가해졌다. 그는 얼마만큼 그 모든 것이 사라졌는지, 그 향기가 사라지자 삶이 얼마나 향기 없는 채로 머물러 있는지 확인하고 싶었다. 그 향기를 되찾을 수 있다는 생각은 한순간도, 한차례도 떠오르지 않았다. 기차를 탄다. 그녀를 따라다닌다. 아니다. 한번 죽은 것은 영원히 죽은 것이다. 하지만 무덤이 남는다. 오렐리앵은 그 사라진 사랑이 시든 꽃의 짐처럼 마음속에 영원히 남아 있을 것이라고 생각했다. 게다가 시대가 변했다. 사랑은 밥벌이를 해야 하는 불가피성을 달래줄 수 없었다. 1924년은 힘든 한해가 될 것 같았다. 뢰르띠유아는 레진 플로레스를 멀리하려고 갖은 애를 썼다. 공트랑이 끼어든 만큼 더욱더. 그는 한사코 오렐리앵에게 일자리를 얻어주고 싶어 했다. 그것참, 아니다. 오렐리앵은 원칙이 있었다.

2월 초에, 그는 숙고해보니 공장에서 일하는 것이 좋겠다는 내용의 편지를 매형에게 보냈다.

에필로그

1

약한 새벽빛에 늘어진 나뭇가지, 검은 나뭇잎이 희미하게 드러났다. 도로가 아니라 기껏해야 숲길이었다. 숲의 마지막 가장자리에 멈춰야 했던 것이다. 오른쪽으로 베이지색 경작지의 이랑에서 벌써 인간의 흔적이 드러났다. 트럭과 함께 산울타리 사이를 겨우 지났다. 멈춰 선 거대한 무한궤도가 이 첫새벽의 빛 속에서 피로로 얼어 있었다. 장교들이 신발 바닥에 묻은 흙을 털고 팔을 두드리면서 부대를 거슬러 올라갔다. 완수해야 할 임무가 있어서라기보다는 신경질 때문이었다. 지나가는 차에서 얼굴들이 비어져나왔다. 모든 것이 불면과 의심의 색깔 회색이었다. 위장망 위에 밀집한 용기병들이 끼리끼리 낮은 목소리로 말했고, 병기, 반합 등의 금속이 반짝이기 시작했다. 무엇을 기다릴까? 무슨 일이 생길지 아무도 모

른다. 앞에 가는 차를 뒤따른다. 그것이 전부다. 이러한 야간 이동
은 무엇보다도 느리기 때문에 몹시 힘들다. 내려가지 마, 제기랄!
이쯤에서 차량 옆에 오토바이, 사이드카가 따라붙는다. 바퀴와 병
사의 침입. 소위 후보생 한명이 자신의 사이드카에서 콧구멍을 하
늘로 향하고 입을 벌린 채 자고 있었다. 얼굴이 새벽 시간처럼 파
리했다. 다른 후보생들은 안장 위에서 어깨에 소총을 메고 잠이 들
었다. 여럿이 앉은 채로 몸을 구부리고 한숨 잤다. 또다른 후보생들
은 바퀴가 멈춰 선 휴식 시간을 이용하여 자신의 오토바이 위에 마
치 요람 속인 듯이 목덜미를 안장에 얹고 발을 핸들 위에 올려놓은
자세로 드러누웠다. 젊은 남자들, 머리 위에 단단히 눌러쓴 철모.
철모 없이는 잠들 수 없는 듯했다. 가죽과 금속의 남자들, 놀랍게도
그들에게서 수염이 자랐다. 새벽이지만 볼 수 있었다.

　멈춰 선 지 사십오분이 지났다. 그렇게 어둠 속의 뱀 모양으로
하룻밤 내내 행군한 후였으므로 긴 사십오분이다. 가로지른 마을
들, 그리고 도시. 그 도시는 뭐였는지, 높은 벽들이 보였다. 독일군
이 거기에 있었다고 주장하는 사람들, 이 모든 것, 어느 사거리에서
미지의 전차가 굴러가는 소리, 잃어버린 궤적, 앞서가는 차량의 흙
받기에 고정된 작은 흰 점의 집요한 어른거림, 끊임없는 경계 태세
로 말미암은 극심한 피로, 이 모든 것, 도로와 지도 없이, 불빛 없이
뒤따라가야 하는 이상한 노정, 말없는 전진, 한없는 정지, 이 모든
것이 그토록 많은 유사한 밤을 보낸 후에 기억 속에서, 아침의 흐
릿한 생각 속에서 흔적도 없이 사라진 듯했다. 한무더기의 것이 좌
표를 벗어났다. 먼저 지리 감각이 상실되었다. 프랑스의 너무도 많
은 곳을 가로질러서 이제는 어디에 있는지 불분명했다. 그리고 병
사들, 누가 행군 중에 낙오되었는가? 야전용 취사차가 뒤따르기만

했어도! 모두 무엇보다 먼지를 먹었던 것이다. 억양 없는 목소리가 높아졌다. 무선차가 안 보인다고 누군가가 말했다. 괜찮아, 취사차가 아닌 이상. 분위기가 심상찮았다. 사거리에서 두 대열이 골치 아프게 뒤섞였기 때문이다. 모두 어찌할 바를 몰랐다. 한 중대가 둘로 나뉘었다. 또다시 인원이 두배로 늘어난 의무대. 이 의사들은 누구지? 사단의 괴짜들. 모두 몹시 애를 쓴다. 그 씩씩한 사내들이 너희들을 완전히 거꾸로 내동댕이친다. 이 르노 5톤 트럭은 어디 것이지? 아, 그래, 헌병대. 여기서는 헌병대를 어떻게 해야 하는지 나는 네게 슬쩍 묻는다. 그리고 저들은? 우리 부대 사람들이 아니다. 왜 그들이 부대를 성가시게 하는 거지?

군대의 나머지 병력처럼 회색인 승용차 안에서 형체들이 움직였다. 한 사람이 담요로 어깨를 감쌌다. 그 안에 네명이 몸을 둥글게 웅크리고 있었다. 노란 머리 하나가 창유리에 바짝 붙어 하늘을 쳐다보았다. 보행자 두명이 장교를 분간하고서 비켜났다. 검은 털에 노란 머리, 벗어지기 시작하는 머리카락.

뢰르띠유아 대위는 자동차 안에서 몸을 굽히고 있었다. 잠자는 사람들의 군화가 거슬렸다. 비좁고 답답한 느낌이 들었다. 이런 트럭 한가운데 열원熱源이 있으니, 저런, 안락할 리가 없다. 오늘 아침에는 열기가 좀 가셨다. 하지만 여러날 동안 옷을 벗지 못했다. 땀, 더러운 셔츠, 벗지 못한 신발, 수통에는 물 한방울 없다. 만약 여기 있지 않고 그저 그 고약한 고장의 들판 한가운데에 멈추기만 했어도! 아마 대열의 선두는 이미 거기에 도착했을 것이다. 혼자 이동할 때는 좋다. 하지만 난데없이 일개 사단과 함께는…… 그래, 문이 열리지 않는다. 정말이다. 쇠줄로 손잡이를 대충 수리했던 것이다. 중위들을 건너뛰어야 했다. "내릴 건가요, 대위님?" 운전대에서 졸고 있던 블레조가 말했다. "바람을 쐬겠어." 오렐리앵이 말했다.

냉기가 그를 엄습했다. 단단한 땅바닥과의 접촉. 그는 넘어질 뻔했을 정도로 온통 다리가 저렸다. 개미들, 수많은 불빛처럼. 더이상 스무살이 아닐 때는…… 녀석들이 밭에 오줌을 누었다. 작달막한 졸병이 탄식하며 말했다. "아, 정말 자고 싶구나!" 기계적으로 오렐리앵은 다른 사람들이 했던 대로 발을 굴렀다. 부들거렸다. 아마 사령관이 원했듯이 철수해야 했을 것이다. 하지만, 뭐라고? 부하들을 버린다니. 그래서 부대와 함께 루아르강을 건너는 편을 선택했다. 피난민들을 여기저기로 이끌었다. 약간 닥치는 대로였다. 이튿날 그토록 멀리, 그토록 멀리 안전지대에 있는 것처럼 보이던 이들을 앞질렀다. 병원에 붙들리느니, 아니, 괜찮아, 중대의 남은 병력과 함께 자신의 몸뚱이를 끌고 가는 편이 더 나았다. 앙제 근처의 어딘가에서 그들은 이 기갑사단에 의지했다. 다른 중대들과 단절된 채. 뢰르띠유아는 민간의 소형 화물차를 징발했다. 버려진 트럭 한대를 수리하여 오십명의 부하를 태웠다. 자, 달려! 지금의 이 전우들처럼 기계화되었다. T 장군이 그를 맞이했고 오렐리앵은 그에게 상황을 설명했다. 그들은 사단의 짐으로 편입되었다. 대위와 소위 두명은 의사들과 생활했다. 요컨대 그들은 조직되었다. 솜에서부터 그런 상태가 지속되었다.[1] 용기병들이 됭께르끄에서 영국을 통해 돌아왔다. 기병대처럼 오만한 의무대까지. 보병들이 보호 아래 놓였다. 발로 싸우는 사람들. 백년전쟁, 맹세코.

오렐리앵은 배가 고팠다. 새벽의 심한 공복감. 자신의 병사들과 수다를 떨면서 무료함을 달랬다. 그들의 차량은 긴 의자가 실린 트

---

1 1916년 7~11월 솜(Somme)강 일대에서 벌어진 전투는 교전 양측 모두 엄청난 사상자를 낳은 격렬한 전투로 유명하다.

럭 네대에 의해 그의 차량과 떨어져 있었다. 그들은 푸른색과 붉은 색으로 위장한 탓에 마을 결혼식에 가는 잘 차려입은 기사들처럼 보였다. 하사관 한명이 그에게 비스킷 한조각을 주었다. 센강을 통과할 때 그토록 심하게 겁을 먹었던 하사. 하기야 그럴 만했다. 보병인데도 이렇게 기갑병들과 용기병들 뒤로 이리저리 돌아다니니 이 무슨 기묘한 운명인가! 만약의 경우에는 그들을 적절하게 활용할 것이다. 그들은 개인화기가 있었다. 도로에서 점잖지 못한 옷차림으로 여자들과 함께 일부는 자전거로, 다른 이들은 걸어서 지나가는 온갖 탈영병과는 달랐다. 이렇게 되리라고 그가 생각이나 했을 것인가! 사단은 이제 센강 하류 지방부터 계속해서 적과 교전을 벌였다. 우선 진지를 빼앗아야 한다고들 생각했다. 지류에서 지류로. 그것은 외르강 전투, 루아르강 전투가 된다. 우리는 그것이 어떤 강의 전투이기를 진심으로 바랐다. 저녁에 어느 버려진 학교에서 수석 군의관이 유럽 지도를 펼쳐놓고 칠판에 분필로 영웅적인 문장들을 써놓은 가운데 전략을 짰다. 멘강에서 버틸 수 있을 것이다, 이렇게. 나는 여기에 전차들을 투입한다. 꼬메르스 까페. 루아르강을 건너면 지류들이 유리한 방향으로 흐르지 않았다. 지류를 따라서 저항할 수는 없다. 적이 진격을 멈출 이유는 이제 없었다. 그렇지만 우리는 마을들을 떠나지 못했다. 미슐랭 지도, 우리에게 있는 유일한 지도에 선이 그어졌다. 지도를 가진 우리들, 기갑부대 장교들이 소뮈르에서 전쟁놀이했던 지역을 가로질렀다. "백색 진영은 청색 진영 앞으로 옮겨갈 것이다." 그리고 그들은 가상의 문제를 재검토했다. 나는 측면 부대의 엄호를 받는다. 나는 옆쪽 봉우리 뒤에 기관총을 설치한다. 이제 적은 한풀 꺾였다. 적의 오토바이나 전차가 어느 큰 부락의 입구에 도착하면 발포가 시작되고 그들은 뒤돌아 달아났다. 우리는 저녁까지 그들을 기다리기도 했다. 그들이 돌아오는 일은 없었다. 그들은 퇴로를 모색했다. 저항의 중심부를 피했고 우리에게서 멀어졌다. 오른쪽으로, 다시 말해서 그들 정면으로 프랑스 부대들 사이에 상당히 큰 구멍이 있었다. 어딘가에 경輕기갑사단의 소규모 부대들이 배치되었으나 연락이 허술했다. 승리자들의 행진을 늦추는 것이 문제였다. 아직은 승리자들이라는 말을 쓰지 않았다. 여러날 전부터 사람들은 휴전을 기다렸다. 휴전은 이뤄지지 않았다. 날마다 얼마간의 사람들이 죽어나갔다. 포로가 생겨나기도 했다. 정보과 녀석이 그들을 강도 높게 심문했다. 그는 자신의 일을 했다. 수집된 정보는 좀처럼 유용하지 않았지만 그것은 정보수집을 중단할 이유가 될 수 없다.

하늘이 서서히 파래졌다. 더위가 다시 찾아올 것이었다. 그러나 당분간은 체감되지 않았다. 오렐리앵은 자신의 큰 몸을 흔들었다. 어깨를 움직였다. 멜빵, 요대, 그리고 공동 식사의 습관 때문에 견장의 단추를 점검했다. 이제 단추가 없는 모든 이에게 벌금을 물린다면…… 그는 입을 씻고 싶었다. 푸르스름하게 돋아난 콧수염을 손으로 쓸었다. 면도가 사치는 아닐 것이다. 그는 슬그머니 조르제뜨를, 애들을 생각했다. 그들을 부활절에 꼬뜨로 떠나게 할 대단한 생각! 이딸리아인들이 끼어들었을 때 그 생각을 약간 했었다. 하지만 결국 가족은 피난의 시련, 끔찍한 도로 사정을 면했다. 아르망딘, 매형은 어떻게 되었는지 누가 알까! 공장에 무엇이 남았는지 궁금하다. 참모부의 뚱뚱한 사령관은 그쪽에서 전투가 적지 않게 벌어졌다고 주장한다. 갑자기 그는 마리 드 뻬르스발을 생각했다. 그녀는 틀림없이 북부의 도로를 통해 뚜께로 갔을 것이다. 불쌍한 늙은이! 그 나이에…… 그리고 다른 모든 사람. 오렐리앵은 놀랐다. 사실 평생 처음으로 그는 개인적으로 사람들, 파탄에 이른 사람들의 운명을 생각했던 것이다. 그럴 겨를이 거의 없었다. 조르제 뜨를 제외하면 그는 누구에게 애착을 가졌을까?

"안녕하세요, 대위님. 오늘 아침 어때요?"

요대에 철모를 매달고 영국식으로 모서리를 꺾어 올린 경찰모를 쓴 군의관 중위가 마르세유의 중국인처럼 생긴 얼굴에 미소를 띠었다. 그는 부대를 거슬러 올라왔던 것이다. 그들은 전차들이 지나가도록 걸음을 멈췄다. 다음에는 국도일 것이다. 방향은 언제나 불확실했다. 적의 기계화 부대들을 저지하기 위해 75킬로미터쯤 내려왔다. 하지만 정찰병들은 아무것도 없다고 단언했다. 또다시 가짜 소음에 근거한 일개 사단 전체의 투입. "차라리 웃는 것이 낫겠네요."

페네스트르 또한 다른 전쟁에 참전했었다. 그것이 두 남자를 연결시켰다. 군의관이 담배에 불을 붙였다. "라디오라도 들을 수 있다면!" 오렐리앵이 어깨를 으쓱했다. 그는 라디오를 좋아하지 않았다. "그래도 의무대장은 틀림없이 지시를 받았을 거요, 숙영지에 관해. 분명 어딘가에서 곧 휴식을 취할 거요." 그가 말했다.

페네스트르가 조용히 웃었다. 아, 아, 허세를 부린다. 그리고 이제는 스무살이 아니다. "당신의 본래 자리가 숙영지에 있었다니! 당신은 그걸 찾고 있었을 거요." "숙영지라니요? 하기야 숙영지로 말할 것 같으면…… 그런데 의무대장은 무슨 말 없었나요?" "웬걸요, 오늘 아침 R에 멈춰서 명령을 기다린대요."

다리의 무감각이 사라졌다. 하지만 오렐리앵은 머릿속에서 종소리를 들었다. 아련하고 먹먹한 종소리였다. 그가 더욱더 몸을 부르르 떨었다. 그 긴 밤에 틀림없이 방향을 전환했을 것이다. 설마 그럴 리가. 그는 훨씬 더 남쪽에 있다고, 서쪽으로 나아간다고 생각했다. 전날 취사병 뻴리시에가 발견한 화보집 『좋은 포도주 지도책』
을 들여다보았다. 그것은 베르뇌유부터 그들에게 아주 유용했다.
작은 상점, 포도밭, 숙박업소를 그려넣은 상당히 조잡한 지방별 지
도가 들어 있었다. 하지만 중대들에서 미슐랭 지도가 이미 없어졌
으므로……

"R에? 확신해요, 군의관?"

뭐라고, 그가 확신한다면! 누구나 건성으로 듣는 것들이 있다.
"특히 저놈들과 함께요, 대위님! 저들 때문에 우리는 오늘 밤 세번
이나 진창 속에서 절벅거릴 뻔했어요. 아니요, 아니요, 독일군이 생
맥상에 있었어요. 우리 앞에요."

"아니, 군의관, 그렇다고 어떻게 일개 사단 전체가……"

"어떻게 그럴 수 있냐고요? 내게 물을 것은 아니네요! 그들은
6시에 생맥상에 있었어요. 우리는 자정 무렵에 거기를 통과했고요.
내가 아는 것은 그것뿐이에요. 그리고 어제의 그 바보짓, 우리에게
하룻밤에 세번이나 빠르뜨네를 가로지르게 하다니! 재앙일 수도
있었어요."

"나는 우리가 생장당젤리 쪽으로 곧장 간다고 생각했는데."

"물론이죠, 지금까지는. 더군다나 그로 중위는 우리에게 자기 지
하실의 꼬냑을 약속했는데…… 동쪽으로 내닫는 것을 알면 실망한
표정을 짓겠군요. 저 아래 마을에서 유지들이 전차 앞으로 왔어요.
면장은 목도리를 했더군요. 프랑스군일 뿐이라는 것을 알고서 노
발대발했어요. 마을을 지켜주지 않을 건가요? 그가 말했죠. 우리를
모두 학살당하게 만들겠군요."

"R로 가야 한다면 오늘 아침에 여기 머물러 있지 않겠군요. 거기
는 얼마나 떨어져 있어요?"

"잠깐만요, 쪽지에 표시해놓았어요. 22, 자, 22 더하기 5, 27, 그리고 9, 36. 36킬로미터. 내가 운전해야죠. 내 운전병은 운전대에서 조니까요."

36킬로미터. R. 그것은 이제 비현실적인 것이 아니다. 이스나 바그다드 같은 도시. 36킬로미터. R. 그 격동 전체, 패배, 두달 동안의 이해할 수 없는 일, 그 짓눌림, 그 통제할 수 없는 고장, 그 엄청난 무질서, 수많은 사람의 이주…… 모두 불가피했다. 어제 그는 뻴리시에의 지도를 들여다보았을 때 R라는 지명을 분명히 읽었다. 그렇게 멀지 않았다. 언덕 위의 교회 같은 것, 그 옆에 작은 술병이 표시되어 있었다. 그는 그곳을 아주 가까이 지날 것이라는, 실재한다고 믿어지지 않을 정도로 너무나 오랫동안 자신의 꿈에 깃들었던 그 도시를 하마터면 지나칠 뻔했다는 생각조차 들지 않았다. 아니다. 그곳은 행군의 축에 들어 있지 않았다. 그는 생장당젤리 쪽으로 간다고 생각했다. 그래서 그에게는 그곳이 마치 보헤미아의 어느 도시, 멀리 떨어진 고장인 듯했다. R라는 지명은 분명히 지도에 있다. 하지만 그것은 당연하다. 지도에는 도시명이 있다. 그렇다고 거기로 지나갈 것이라는 의미는 아니다.

전율이 다시 그를 엄습했다. 몸이 떨렸다. 그것은 열기 때문이 아니라 그의 젊음 때문이었다. 절망적인 세계. 정확히 요한계시록의 분위기 속에서 그는 이 상상의 도시를 곧 가로지를 판이었다. 36킬로미터. 운이 좋으면 두시간이나 두시간 반 후에는 거기에 도착해 있을 것이다. 갑자기 그는 모든 사람이 길에서 비탈 아래 구덩이로 몸을 던지는 것을 보았다. 공중에서 들려오는 엔진 소리. 모두 머리를 하늘 쪽으로 돌렸다. 아무것도 보이지 않았다. 비행기는 분명히 저 아래 남쪽으로 날아갔을 것이다. 어쨌든 그들을 앞질렀다. 아쉬운 듯 모두들 다시 고개를 들었다. 우스갯소리를 했다. 대열을 따라 중얼거림이 퍼져나갔다.

36킬로미터.

슬그머니, 느리게, 오렐리앵은 마음속에서 어떤 모습 하나가 형성되는 것을 느꼈다. 그것을 마다하지 않았다. 어서 나타나라고 압박하지도 않았다. 이제는 주위의 자동차, 오토바이, 엄폐로와 들판이 그에게 보이지 않았다. 페네스트르가 떠났다. 그는 병사와 탈것의 무리 속에서 혼자였다. 꿈, 꿈의 안개와 함께 혼자였다. 패배가 필요했었다. 이제 그는 여기 있었다. R로 갈 것이었다. 이십년 동안 피한 R로. 그를 거기에 가지 못하게 할 수 있는 것은 아무것도 없었다. 누군가가 그를 붙들었다. 피난 가기를 받아들였다면 그 운명의 장소까지 그렇게 이끌리지는 않았을 것이다. 그것을 우연이라고들 부른다. 이십년 동안 그는 R를 피했었다. 그가 거기에 도착할 것이었다. 그는 베레니스가 아니라 조르제뜨를 생각했다. 거기서 해야 할 일은 없었다. 그것은 그에게 달려 있지 않았다. 조르제뜨는 그를 원망할 수 없을 것이다. 베레니스. 그렇지만 그의 마음속에서 버둥거리는 것은 바로 베레니스였다. 조르제뜨가 아니었다. R가 아니었다. 베레니스의 흐릿한 이목구비. 입술 표정. 얼굴과 눈의 이중성. 그는 그녀를 멀리하려고 애썼고, 그녀의 정확한 모습을 떠올릴 수 없어서 괴로웠다. 그녀의 볼품없는 머리카락. 그것이 어떻게 턱 근처에서 휘어졌지? 이상하게도 뻬르스발 부인 옆의 그녀가 다시 보였다. 로즈 멜로즈가 랭보의 시를 낭송한 때였다. 그 은색 드레스 차림, 아니, 은색 드레스가 아니었다. 그녀의 싱그러운 팔…… 그날 저녁 이래 일어난 모든 일. 삶. 삶 전체. 그토록 많은 사라진 사람들. 웬일인지 그는 특히 의사 드꾀르와 뽈 드니가 생각났다. 죽은 사람들. 전쟁만 죽이는 것은 아니다. 그는 베레니스의 환영을 떨쳐버리기 위해 다른 환영들을 찾아보았다. 2월 24일의 그 저녁에 어둠 속에서 샹젤리제의 가로수 아래를 서성거리는 사람들이 아주 뚜렷하게 다시 보였다. 왼쪽으로 거슬러 올라가면서. 끌레망소의 녹색 청동상이 군중보다 겨우 조금 더 높았다.

36킬로미터.

호각 소리가 대열을 따라 달렸다. 용기병들이 봄과 가을의 색깔인 자동차에 올라앉았다. 점호가 있었다. 시동 걸린 엔진이 헛기침했다. 막 출발할 참인 오토바이의 부릉부릉 소리. 일종의 혼란스러운 물결. 페네스트르가 달려 지나갔다.

사람들이 출발했다. 어찌 된 영문인지도 모른 채 오렐리앵은 자신의 자동차를 에돌았다. 누군가 그에게 차 문을 열어주었다. 그가 올라탔다. 베끄빌 소위가 어린 강아지 같은 표정으로 그에게 미소 지었다. 모포가 어지럽게 쌓여 있어 앉기에 불편했다. 시동이 걸리자 그들의 몸이 흔들렸다. 정말 고물 차로군! 자, 블레조, 조심해, 이 친구야. 뢰르띠유아 대위가 마치 아픈 사람처럼 "아!" 하는 소리를 냈다. 베끄빌이 걱정했다. "어디 아프세요, 대위님?"

"나? 아니."

그는 상대방이 무슨 말을 하고자 하는지 모르는 것처럼 보였다. 눈을 뜨는 베레니스의 모습을 방금 보았던 것이다.

2

36킬로미터. 피로. 열. 그 비몽사몽간에 오렐리앵에게 환영들이 깃들었다. 그토록 가까운 R에 관한 상념. 그의 머릿속에서 요동치는 것이 과거의 사슬을 형성했다. 나타났다가 사라지는 불명확한 모습들. 모로코에서 두번째 아내 까를로따와 함께 있는 에드몽 바르뱅딴, 그들의 막대한 재산, 그들의 요트. 블랑셰뜨 아르노, 그녀의 아들, 틀림없이 열두살일 녀석, 딸들 중 결혼한 한명, 그리고 노동자와 고용주의 상호이해를 위한 연구회를 조직하고 마띠뇽 합의[2]에 동조하는 등 최근 몇년의 모든 우여곡절에 관련된 아드리앵, 다음으로 의사 드꾀르의 딱한 최후, 그리고 배우를 위한 양로원을 후원하고 부르고뉴에 있는 자신의 성에서 공원의 나무 아래 중세 의상의 배우들이 라신 작품을 공연하는 기회를 마련하는 로즈 멜로즈. 고대 드라마의 모든 단역배우들. 그것은 드라마였을까? 최근의 드라마가 틀림없이 그들을 넘겨받았을 것이다.

오렐리앵은 R에 다가가는 지금, 베레니스가 결코, 결코 마음에서 떠나지 않았다는 것을 확실하게 알았다. 조르제뜨를 사랑했었고 사랑했다. 조르제뜨는 베레니스에 관해 아무것도 알지 못했다. 그리고 전쟁, 그 참화가 없었다면 그는 결코 베레니스와 재회하지 않았을 것이다. 자신의 마음속을 환히 들여다볼 수 없었을 것이다. 십팔년 전부터, 그렇다, 십칠년 반을 너무도 순수한 추억, 그 정화된 추억을 마음속에 간직했다. 그는 조르제뜨를 사랑했고 그의 삶은 전적으로 조르제뜨와 아이들을 위한 것이었다. 하지만 눈을 감으면 베레니스가 다시 보였다. 그의 비밀? 그는 그녀에 관해 누구와도 말한 적이 없었다. 인스부르크에서 블레즈 아저씨와 나누었

<hr />

2 1936년 프랑스 인민전선 내각의 수장 레옹 블룸(Léon Blum)의 주재로 마띠뇽 호텔에서 프랑스생산자총연합(CGPF), 노동자총연합(CGT)과 정부 3자 간에 체결한 협약. 임금인상, 파업 가담자 제재 금지와 향후 노조의 준법 약속을 합의했다.

던 대화 이래로. 맙소사, 이 혼란 속에서 아저씨는 어떻게 되었을까? 그는 적어도 여든다섯살은 되었을 것이 틀림없었다. 결코 누구와도. 사모라의 그림과 함께 벽장 안쪽에 감춰진 석고 가면을 본 사람은 결코 없었다. 오렐리앵은 1936년에 이사할 때 그것들을 둘 다를 손에 꼭 쥐었다. 다시 그 집에 돌아가 그것들을 없애버리고 싶었을 것이다. 그런 것을 자기 뒤에 남겨놓은 것이 꺼림칙했다. 그는 조르제뜨를 사랑했다. 하지만 베레니스는 그의 비밀이었다. 삶의 시였다. 미완성된 것. 그는 자신이 하려고 꾀하는 것에 관해 베레니스가 어떻게 생각할지 결정의 순간에 몇번이나 자문했던가? 그는 그녀와 뜻이 맞았다. 그들의 사랑에 관한 전설에서 그가 그녀에게 내비친 그 매우 높은 자아관보다 자신이 더 낮아 보일까봐 두려워했을 것이다. 이 자아관은 이별과 좌절의 고통이 진정되었을 때 슬그머니 형성되어 서서히 생각의 표면으로 떠오른 것이었다. 그가 곧바로 조르제뜨와 친분을 맺은 것은 아니었다. 그에게 조르제뜨는 장년기의 사랑이었다. 그들은 서른살에 결혼했다. 하지만 베레니스는 그의 삶, 그의 청춘과 다름없었다. 그의 마음속에 아직 남아 있는 젊음의 부분이었다. 그는 돌이켜 생각할 때 그녀를 알고 만난 것이 두달 조금 넘는 동안일 뿐이었다는 데 생각이 미쳤다. 그렇지만 그 두달은 그의 젊은 시절 전체였다. 그 두달이 나머지 젊은 시절 전체를 몰아내고 그의 나머지 삶 전체를 지배했던 것이다. 거의 이십년을. 그는 눈을 감을 때면 베레니스, 이상화된 베레니스를 되찾았다.

그의 삶! 모포 덕분에 열기가 모인 차 안에서, 차창을 통해 보이는 도로와 마을의 시시한 대낮 풍경 속에서 그토록 선택할 수 없고 그토록 뜻대로 되지 않은 삶을 회상하는 것은 얼마나 야릇했던가! 베레니스가 알았던 오렐리앵은 결코 이 삶의 우연을 상상하지 못했을 것이다. 베레니스는 다른 전쟁의 산물, 불확실성의 위기가 해소되는 시기의 오렐리앵을 알았던 것이다. 이제 와서 그것을 다시 생각하는 것은 이상했다. 아, 그래, 우리는 우리의 승리를 망쳤다! 우리에게는 승리한 것으로 충분한 듯이 보였다. 누구나 진부하고 기계적인 삶을 기대했다. 이중의 곤경, 베레니스의 상실과 바르뱅딴의 몰락이…… 그때 오렐리앵으로서는 자신의 삶을 모조리 개조해야 했다. 다른 눈으로 삶을 바라볼 필요가 있었다. 그는 게으름을 극복하고 이른바 매우 유능한 사람이 된 덕분에 매형의 공장에서 매우 빨리 실질적으로 경영을 맡게 되었고 그 결과 어쩔 수 없이 자신의 견해를 급격하게 변화시켰다. 누구나 실생활에 맞닥뜨리면 생각이 생활의 형편에 순응하게 마련이다. 공장은 도락의 종언이었다. 누구나 예전에는 유혹적인 발상이 갖는 바로 그 위험한 면 때문에 그 발상에 대해 공상하기를 좋아한 반면에 공장에서는 그것과 시시덕거리기를 그만둔다. 이제 농담은 없다. 그래, 이제 농담은 없다.

하지만 인간에게는 일정한 비율의 공상이 필요하다. 현실을 견디기 위해 꿈이 필요하다. 그 꿈, 그것은 베레니스였다. 모든 고결한 관념, 세상에 있을 수 있는 자랑스럽고 고결한 모든 것과 동일시된 베레니스였다. 그녀는 오렐리앵의 온갖 몽상에 연결되었다. 그는 그녀에게 의견을 물었다. 그를 조르제뜨에게로 이끈 것 역시 그녀였다. 아, 그에게는 조르제뜨, 그리고 딸과 아들이 있었다. 사실을 말하면 그는 아르노의 재정적 뒷받침에 힘입어 크게 성장한 기업의 경영자였다. 이 착실하고 치열하게 일하는 남자에게서 예전의 오렐리앵, 새벽 2시 무렵 륄리스에서 거의 어김없이 마주칠 수 있는 남자를 알아보기는 어려웠을 것이다. 후자에서 전자로 이르는 길의 동반자는 그가 눈꺼풀 아래 간직한 베레니스를 제외하고는 아무도 없었다. 릴의 산업지역에서 그는 예상 밖의 문제들과 씨름해야 했다. 어떤 상황을 손쓸 수 없을 것이라고 생각하는 것은 너무 한심하다. 그것에 대해 아무것도 하지 않았는데도 그것이 목을 죄어온다. 가령 정치가 그렇다. 어떤 사람은 뢰르띠유아가 1934년 어느날 저녁 다수의 사람들과 함께 어두워진 샹젤리제의 가로수 밑에서 땅을 쿵쿵 밟으며 행진했으리라고 그에게 말했을 것이다! 그날 저녁, 그 2월 6일[3]은 어떤 환상, 어떤 집요한 환상의 결과였을 뿐이다. 자신의 젊은 시절이 전쟁으로 유린되었을 때. 사실 전쟁 때문에 젊은 시절이 날아갔을 때 제대군인들의 집단적 움직임을 믿는 것, 다른 사람들, 참호에서 함께 고생한 이들과 단결함으로써 잘못되었다고, 썩었다고 생각하는 모든 것을 청산할 수 있다고 믿는 것은 지극히 당연하다. 그들이 분열되어 있다는 것은 불운이었다. 모두가 똑같은 소신을 갖고 있지는 않았다. 모두 불만이었고 서로에게 대항하여 궐기한 셈이었다. 그렇지만 오렐리앵은 그날 저녁 다른 사람들과 함께 릴에서 빠리로 왔다. 모든 것이 폭동, 총성, 불타는 버스 속으로 가라앉았다. 이해할 수 없는 일이었다. 이튿날에도 사망자에 관한 놀라운 소식, 나라가 들썩였다는 인상 때문에 오렐리앵은 훨씬 더 엄청난 결과가 초래될 것이라

---

3 1934년 2월 6일 프랑스 우파, 퇴역군인협회, 극우연맹이 빠리 하원 앞에서 행한 반의회 시위. 거액의 금융 사기 사건에 당시 급진당 내각 관련 혐의를 제기하며 일어난 시위는 폭동으로 이어져 30명의 사망자와 2천명의 부상자가 발생했고 급진당의 두번째 내각이 붕괴했다. 이 사태는 프랑스 정계에 깊고 지속적인 영향을 미쳤다.

고, 뭔가가 솟아나올 것이라고 생각했다. 더이상 아무것도. 정말 아무것도. 일종의 질식 상태. 나중에는…… 그는 정식 자격을 갖춘 단체들, 공식적인 대변인들, 전쟁 대변인들의 행동을 더이상 믿지 않았다. 다른 방법이 필요했다. 그는 다른 방법을 믿었다. 동일한 것은 결단코 반대였다. 모든 것이 그를 실망시켰던 것이다. 그가 살고 있는 나라에서 정치 투쟁, 선거 투쟁은 희망이 없었다. 그는 폭력에 의해서만 세상을 변화시킬 수 있다고 생각하는 이들 중의 한 명이었다. 그는 두루두루 귀를 기울였다. 지난 몇년을 다시 생각하기가 싫었다. 그 모든 것이 현재의 상황에 이르기 위해서였단 말인가? 어쩌면 아주 나쁜 것에서 좋은 것이 나올 수 있을지 모른다. 어쨌든 지금은 눈이 감겼고, 그는 베레니스를 되찾았다.

베끄빌이 무슨 말을 했지? "이렇게 어디까지 갈까요, 대위님? 휴전을 한다면 당장 하는 편이 나을 텐데요."

특별할 것 없는 어느 촌락으로 들어갔다. 모든 면에서 쇠락한 촌락이었다. 계곡의 비탈로 긴 오르막길이 나 있었다. 아마 그것이 마을의 축일 것이다. 하지만 마을은 측면에 발처럼 길들이 나 있는 애벌레 모양이었다. 거기서 방향을 바꾸기 시작했다.

"저기 좀 보세요, 대위님." 블레조가 말했다. "오래된 곳이네요, 이 촌락 말이에요. 조각품 같아요. 사람이 더럽게 많네요." 말할 필요도 없었다. 온통 파헤쳐진 넓은 광장에서, 철제 탁자들과 죄다 기우뚱한 주택들 앞에서 부대가 갑자기 혼잡 속으로 흐트러졌다. 150미터에 걸쳐 줄지어 보도 쪽에 후면 주차한 트럭들, 빈둥거리는 병사들, 한 무리의 장교들, 소규모 참모부를 거느리고 광장을 가로지르는 장군 한명. 그리고 약간은 구경꾼으로 물러난 듯이 현관문 앞에 서 있는 민간인들. 세네갈 병사들이 전혀 다른 용도로 제작된

차들에 빽빽하게 실려 지나갔다. 명령을 외치는 큰 소리가 들려왔다. 부대가 멈췄다. 고물차들 뒤로 그것들을 타고 온 용기병들이 보였다. 전차 한대가 길에서 빠져나와 빙그르르 회전했다. 병사들이 뒤로 물러났다.

"여기가 어딘가?" 뢰르띠유아 대위가 말했다. 블레조에 따르면 그곳은 R가 틀림없었다. 베끄빌이 확언했다. "R입니다, 대위님." 숙영할 곳이었다.

3

"아, 뢰르띠유아 씨, 대위님, 실은…… 수많은 사람 중에서도 당신을 알아봤을 거예요!"

약사는 몸집이 비대해지고 머리가 완전히 벗어져 대머리 위에 붓 하나만큼의 머리카락이 남아 있었다. 얼굴은 아직도 상당히 젊어 보였다. 그의 빈 소매는 해가 갈수록 영웅적인 정신을 더했다. 뤼시앵 모렐은 이제 단춧구멍에 흐린 색깔의 하찮은 훈장을 달고 있었기 때문이다. 날씨가 지독하게 무더웠고, 너무 많은 것을 한꺼번에 보아야 했다. 베레니스의 집, 사람들, 등나무 의자에 앉아 있는 노파, 짖어대는 적갈색 개, 높이 자란 푸른 초목들…… 약국은 큰길로 통해 있었고 골목길 모퉁이에는 성모상이 하나 서 있었다. 오래된 높은 건물로, 지붕에서 다른 나라의 느낌이 풍겼다. 그런데 갈색 곱슬머리의 젊은 여자가 아주 가까운 곳에서 방금 목욕을 마친 것처럼 흰색 블라우스만 걸치고 나타나 대위를 좁은 소로 쪽의 문으로 안내했다. 그들은 모퉁이를 돌아 모렐 씨네가 거주하는 집

의 닫힌 입구에 이르렀다. 창문 없는 벽과 집 사이에 높다란 문이
놀이용 안마당 쪽으로 비스듬히 나 있었다. 작은 자갈이 깔린 중심
부를 돌 보도가 둘러싸고 있는 삼각형의 안마당, 파란 화분 안의
크고 푸른 식물, 아파트 입구에 친 지나치게 큰 차양, 파랗고 하얀
큰 꽃병에 꽂혀 있는 꽃들, 그 옆으로 대서양 횡단 여객선 모형들.
제복 차림의 남자들, 가벼운 드레스 차림의 여자들과 윗도리를 벗
은 남자들이 무리를 짓고 있었다.

　"저게 뭐지, 지젤?" 약사가 한 무리에서 벗어나면서 먼저 물었
다. 지젤과 약사 사이에 퍼지는 친밀감, 그녀를 소유한 듯한 그 분
위기를 누구나 곧장 알아챌 수 있었다. 빼빼 마른 몸에 바둑판무늬
셔츠를 입은 노란 머리의 젊은 남자가 일어났다. 그가 이 친밀감으
로 괴로워한다는 것 또한 대낮처럼 명백했다. 그는 잎사귀 달린 굵
은 나뭇가지들을 손에 들고 있었다. 나무에서 막 잘라 매우 푸른
것들이었다. 노파는 거의 시력을 잃은 것이 틀림없었다. 사단 위생
반의 조수 두명과 함께 돌아온 군의관 페네스트르가 있었다. 그들
이 뢰르띠유아를 반갑게 맞이했다. 거기 우연히 와 있는 듯이 보이
는 두 남자가 일어나서 가볍게 인사했다.

　"아, 설마!"

　16세기의 낡은 집이었다. 아마 몇차례 다시 회반죽을 발랐을 것
이다. 바람이 들이치지 않는 안마당에서 지저귀는 새소리가 들려
왔다. 새장에는 오로지 카나리아들만 들어 있었다. 하지만 오렐리
앵에게 그것들은 수많은 색깔로 보였다. 고양이 한마리가 뜨개질
하는 노파의 털실 뭉치로 장난을 치고 있었다. 노파는 하늘색 옷을
입었고 몹시 쭈글쭈글한 목을 넓은 검은색 리본으로 가렸다. 한바
탕 요란하게 인사가 오갔다. 지젤이 뒤로 물러났다. 약사가 그녀에

게 외쳤다. "지젤, 누구인지 짐작이 좀 가?" 지젤은 짐작할 수 없었다. "뢰르띠유아 씨야, 알잖아, 오렐리앵 뢰르띠유아." 마치 빅또르 위고라도 되는 듯한 말투였다. 오렐리앵은 거북했다. 그 이상한 명성보다는 열기 때문이었다. 지젤이 집을 거쳐 가게로 돌아갔다. 그녀는 유명한 뢰르띠유아 씨를 더 잘 보려고 약간 뒷걸음쳤다. 예기치 못한 바람에 문이 세게 닫힐까봐 빼빼 마른 녀석이 그녀에게로 급히 달려가 문을 붙잡아주었다.

"대위와 아는 사이예요?" 페네스트르가 놀란 표정으로 말했다. 조수들 중 한명인 프레몽이 자신의 밀짚 의자를 새로 도착한 사람에게 양보했다. 그가 편하게 앉았다. 보고 들을 것이 너무 많았다. 희곡의 도입부처럼 지치게 하는 일이었다. 모든 예상 가능한 일, 의미 없지만 필요한 말, 약사의 이중 턱, 이해력이 떨어지고 눈이 몹시 어두운 노파. 그녀가 "뢰르띠유아 씨? 기억이 안 나. 뢰르띠유아 씨라, 브레장주의 사촌인가?" 하고 되풀이 말한다. 그러자 뤼시앵이 울컥한다. "자, 엄마, 봐요, 뢰르띠유아 씨, 오렐리앵이야!" 마침내 모든 것이 이해된다. 목소리들이 뒤섞인다. 페네스트르가 강조한다. "아, 거참, 우연의 일치로군!" 작은 조수의 질문들. 빼빼 마른 녀석이 우렁찬 억양으로. "부인께 알려야죠!" 사람들이 파란 유리잔으로 보리차를 마셨다. 모두가 알고 있는 듯했다. 지나가다가 물어보고는 "아!" 소리를 내며 새로 도착한 남자를 동시에 쳐다보는 두 남자까지도. 한명은 돋보기안경을 이마 위로 올리고 있었다. 옆집에서 라디오 소리가 들려왔다. 자갈이 거의 오렌지색에 가까운 묘한 색깔을 띠었는데, 아마도 벽돌 가루가 섞였기 때문일 것이다. 집은 어둠으로 가득한 것처럼 보였다. 블라인드가 내려져 있었다. 열린 문을 통해 구리 제품들이 반짝였다.

노파가 끙끙거렸다. 검은 안경 너머로 새로 도착한 사람을 더 잘 보려고 애썼다. "미안하지만 눈이 잘 안 보여서…… 그러면 당신이 우리 베레니스의 오렐리앵인가요?" 그녀가 말했다. 뢰르띠유아는 점점 더 거북해졌다. 이 말이 도대체 무슨 뜻일까? 큰 체형에 마른 청년이 허리를 깊숙이 굽히고 속삭였다. "놀라지 마세요. 여기서 당신은 약간 전설적인 인물이에요." 뤼시앵 모렐이 들뜬 기색을 감추지 못하고 웃었다. 누군가 하녀, 열여섯살이지만 힘센 여자아이를 불렀다. 그녀가 보리차를 가져왔다. 들큼하지만 시원한 음료였다. 페네스트르가 자신의 전쟁 이야기를 다시 시작했다. 그는 아블랭생나제르 쪽의 어딘가에 있었다. 그에게 귀를 기울이는 사람이 있었을까? 그렇다. 약간 뒤에 앉은키가 크고 침울한 처녀였다. 처음에 그녀는 오렐리앵의 눈에 띄지 않았다. 진갈색과 진자주색이 섞인 마포 드레스 차림으로, 짧은 소매의 흰색 부분까지 맨팔이 어설프게 그을었다. 소매가 더 아래까지 내려와야 했을 것이다. 베레니스의 세계에서 페네스트르의 철모가 땅에 떨어져 푸른 상자 가까이에서, 잘못 접힌 미슐랭 지도 옆에서 굴러갔다.

"모든 것이 동시에 일어나네요." 뤼시앵이 흥분한 목소리로 지껄였다. "전쟁, 패배, 이 외진 고장에 들르는 사람들, 그리고 뢰르띠유아, 여러해가 지난 후에! 알다시피 우리가 사흘도, 그래, 사흘도 같이 있지 못한 뢰르띠유아 씨(모두 어떤 형편으로인지는 모르지만 살아들 가죠), 에드몽, 그래, 에드몽과 까를로따, 바르뱅딴 가족…… 자동차, 당신이 그것을 보았어야 했는데! 지붕 위의 매트리스, 장밋빛 담요, 그리고 대형 여행 가방, 트렁크! 믿을 수 없었어요! 까를로따는 온갖 드레스를 가져왔지요. 사람들이 열광했어요. 정신이 없었죠! 독일군이 R에 온다면 나는……"

"오지 않을 거예요!" 빼빼 마른 녀석이 외쳤다.

"난 염려돼요." 페네스트르가 말했다. 뤼시앵이 말을 이었다. "어떻든 나는 여기서 줄행랑치지 않겠어요. 올 테면 오라죠, 뭐. 그런데 베레니스는 뭘 하지? 알게 되면 제정신이 아닐 거예요."

두 꼭두각시가 움직였다. 한 사람은 여러번 세탁한 파란 마포 윗도리를 입고 있었고, 돋보기안경 아래 짧은 수염이 나 있는 다른 사람은 숨이 멎을 정도로 품격 높은 도시풍의 정장 차림이었다.

"다른 곳에 방을 잡았다고는 말하지 마세요!" 뤼시앵이 외쳤다. "내가 허락하지 않겠어요! 내버려둬요, 내버려둬요! 당신의 당번병이 당신의 소지품을 찾으러 갈 거예요!"

"하지만 대위가 몸이 불편하다는 것을 제외하더라도……" 페네스트르가 말했다.

아, 설상가상이었다. 노파가 끼어들어 외쳤다. 아주 따뜻한 목욕물을…… 모든 이에게 노르스름한 땀이 맺혔다. 약사는 작은 비스킷이 남아 있지 않다는 것을 알아차렸다. "이런! 손님맞이가 엉망이군! 내게 버찌 술이 있어요. 그럼요, 그럼요! 하지만 아르마냐끄 브랜디가 당신의 상태에 더 좋지 않을까요? 의사 선생, 어떻게 생각하세요, 아르마냐끄? 아참, 당신도 아프지 않나요? 아르마냐끄를 찾으러 가야겠어요. 너, 가스똥, 뢰르띠유아 씨에게 노란 방을 보여드려. 이들 중 한명이 당신의 당번병에게 알릴 거예요." 조수들이 서둘렀다. 나! 아뇨, 나는! 그리고 모두 다시 앉았다. 왈가왈부한들 아무 소용이 없었다. 사실 오렐리앵은 눕고 싶은 마음이 굴뚝같았다. 가스똥이 있기에 가스똥을 따라갔다. 집은 햇빛이 부드럽게 새어들었다. 어두운 빛깔의 옷감, 전원풍의 가구가 가득한 것 같았고 도자기로 채워진 식기장, 접시가 들어 있는 벽장이 보였다. 아, 그래, 약사는 접시를 수집했다. 마른 체구의 가스똥이 도중에 희귀한 것 두세개에 대해 설명하려고 애썼다. 슬쩍. 그는 집주인보다 유리한 입장에 서서 집주인의 과시 효과를 없애버려야 했다. 오렐리앵은 그의 말을 건성으로 들었다. 야릇하기도 한 동요의 감정에 싸여 베레니스의 집을 가로질렀다. 모든 것이 너무 잘 어울렸다. 아주 최근에 보수한 그림들, 이 모든 것에서 찾아볼 수 있는 트루아까르띠에에[4] 취향, 그 가짜 현대식 고전미, 수많은 디테일의 단순성, 따로따로 입수한 적지 않은 골동품. 오렐리앵은 다른 방들보다 더 높지도 더 작지도 않은 그 방들에서 자신이 지나치게 크다고, 거대하다고 느꼈다. 아마 자신의 더러운 군화 때문이었을 것이다. 어설픈 동작으로 모든 것을 뒤엎을 것 같았다. 한창 전쟁 중이고 오늘 아침에도 부대와 함께였고 적의 진격에 관한 정보를 얻었다는 것이 몹시 기이했다. R에 독일 군인들이! 악몽이었다. 그들은 아직 여기에 이르지 않았다. 하지만 꼭 해야 할 것은…… 문이 열렸다. 노란 방으로 난 문이었다.

"대위님, 무엇보다, 편안하게 지내세요. 부족한 것이 있으면 망설이지 말고…… 모렐 부인이 우리를 용서하지 않을 거예요."

그곳은 틀림없이 모퉁이 방이었을 것이다. 창문 하나가 골목길 쪽으로 나 있었고 큰길 쪽으로도 창문이 있었다. 약국 위였다. 선반에 꽂혀 있는 책들, 끼예 백과사전,[5] 침대 의자 하나, 머리 받침이 있는 커다란 노란색 벨벳 소파들…… 가스똥이 일종의 세면장, 붙박이장 안의 세면대 쪽으로 난 문을 열었다. 양쪽 수도꼭지를 틀었다

4 19세기에 빠리 1구에 세워진 사치품 백화점. 원래 이름은 오트루아까르띠에(Aux-Trois-Quartiers)였으나 단골 고객들이 이렇게 줄여서 불렀다.
5 아리스띠드 끼예(Aristide Quillet)가 편찬한 백과사전. 1934년에 초판이 나왔다.

가 잠갔다. 잘 작동한다는 것을 보여주기 위해서인 듯했다. 흐르는 물, 놀랍지 않은가! 뢰르띠유아는 멜빵을 풀었다. 그 시원한 물살에 머리를 적셨다. 상대방이 그를 지켜보았다. "대위님······"

무엇을 원하는가, 상아처럼 흰 이 녀석은? 수도꼭지 밑에서 오렐리앵이 그를 향해 눈길을 돌렸다. 가스똥의 목소리가 닳은 음반처럼 끊겼다.

"대위님, 저와 관계없는 것에 참견하는 것을 용서해주시기 바랍니다. 당신은 우연히 여기에 들러서 모르실 거예요. 알려드리고 싶어요. 무엇보다 베······ 모렐 부인 때문에······"

"계속하세요." 오렐리앵이 말하고는 물속에서 코를 풀었다. 그는 가스똥이 충실한 개의 눈, 상당히 아름다운 눈을 지니고 있으며 한쪽 눈의 흰자위에 나뭇결 같은 작고 붉은 실핏줄이 있다는 것을 알아차렸다.

가스똥이 일부러인 듯 노란 소파 중 하나에 앉아 긴 다리를 꼬았다. 바지를 둘둘 만 양말 위로 걷어붙이고 털이 난 장딴지를 손으로 어루만졌다. 이야기를 더 잘하려고 몸을 숙였다. 흰 바탕에 녹색과 연보라색의 작은 바둑판무늬가 있는 셔츠의 어깨에 세탁부가 남긴 얼룩이 있었다. 그가 속내를 털어놓는 어조로 말했다. "우선, 모렐 씨와 그의 부인은 여러해 전부터 서로에게 관심이 없다는 것을 아실 필요가 있어요. 지젤, 그 약학 연수생을 보셨죠. 이해하시겠어요?" 그가 잔기침을 했다.

"그건 나와 관계가 없어요." 오렐리앵이 무뚝뚝하게 말했다.

상대방이 한 손을 흔들었다. "아뇨, 분명히······ 아니에요. 당신이 아셔야 합니다. 당신은 곧 모렐 부인을 만날 거예요. 그녀는 잠시 외출했어요. 만일 당신이 모른다면, 당신의 말 한마디가 모든 것을 망쳐버릴 수 있어요. 그러고도 남지요." 그는 오렐리앵의 항변을 받아들이지 않았다. 갑자기 날카로워진 목소리로 돌파했다. "이십년 전부터 베레니스는 추억 속에서 살아가고 있어요. 이해하시겠어요? 아니라고요? 당신은 그녀의 삶이에요. 그녀의 삶 전체였어요."

"그건 어리석은 짓이에요! 왜 내게 그런 말을 하나요?"

"우선은 사정이 그렇다는 거예요. 다음으로, 당신은 그녀를 만나기 전에 자각할 필요가 있어요. 한 여자의 삶 전체가……"

생각할 것이 너무 많았다. 오렐리앵은 침대 가장자리에 앉아 노란 모포의 벌집무늬를 영문도 모른 채 뚫어져라 보았다. 발이 아팠지만 군화 끈의 매듭을 풀기가 힘들었다. 군화가 교차된 손처럼 서로 포개졌다. 묘하게 인간적이었다. 뢰르띠유아는 가죽에 절여진 발을 빼냈다. 얼룩진 회색 양말과 함께 손으로 한 발씩 잡아뺐다. 그는 누울 필요가 있었다. 상대방이 계속해서 말했다. "……오랫동안 뤼시앵은 그녀와 화해하려고 애썼지요. 그가 받아들이고 싶지 않은 생각은…… 그러고 나면 별수 없죠. 가장 강한 것이 삶이니까요. 그에게는 친구들이 있었어요. 그녀는 줄곧 혼자였고요. 처음에는 그것을 축복으로 여겼죠. 이제는…… 하지만 어떻게 첫눈에 알지 못할 수가 있었을까요? 지젤, 그녀는 뚤루즈에서 약학을 공부했었고 지난해에 여기로 왔지요. 별난 아가씨, 아시다시피 상냥한 아가씨죠."

안개, 명료한 악몽, 어지러운 꿈, 잠의 논리를 가로질러 모든 것이 오렐리앵에게 다가왔다. 그것이 지난 며칠의 쓰라린 감정, 우물 속으로 떨어지는 추락의 감정에 뒤섞였다. 패배의 굴욕, 일어나고 있는 일에 대한 이해 불가능…… 조금 전에 약사가 에드몽과 까를로따에 관해 무슨 말을 했지? 가스똥이 소파 위에서 몸을 비비 꼬았다. 눈에 젊은이다운 열정이 있었다. 불운한 입, 여자들이 원하지 않는 입들 중의 하나로 부자연스러운 표정을 지었다. 그가 무슨 말을 했지? 그녀를 사랑한다고, 그가? 누구라고? 지젤, 아니야, 설마 그럴 수 있을까? 그는 베레니스에게 반한 것이다. 아, 그것 때문이었다. 그가 그녀의 어머니에 관해 무슨 말을 했지? 오렐리앵은 베레니스가 어머니에 관해 해준 이야기를 희미하게 기억했다. 그녀의 어머니가 아프리카로 떠났다는 것이었다. 이에 관해 그가 뭔가를 말했다.

"당신은 아래층에서 그녀를 이미 보았어요. 파란 옷을 입은 노파가 바로!"

아, 노파가 베레니스의 어머니였다. 그 어머니가 돌아왔던 것이다. 가스똥을 믿는다면, 그녀의 파란만장한 삶은 완전한 실패로 끝났다. 그녀가 늙자 그녀의 친구는 그녀를 떠났다. 그녀는 불치의 선고를 받은 사람으로 살아온 이 삶의 마지막을 딸 옆에서 보내러 돌아왔던 것이다. 사실을 말하자면, 그가 가스똥에게서 이야기를 끌어내지 않았다면 이 가스똥은 자기 자신에 관해서만 말했을 것이다. 그가 말하고 싶어 입이 근질근질한 것은 자신의 삶, 자신의 어린 시절, 탁월한 수학자인 자신의 아버지에 관해서였다. 멀리서 폭음이 들려왔다. 가스똥이 불안한 눈길로 창문을 바라보았다. "뭐죠?"

"항공 폭탄이오." 오렐리앵이 중얼거리고는 침대에서 돌아누워 손으로 눈을 가렸다. 그는 정말로 자고 싶었을 것이다.

"그녀의 그늘에서, 육년 전부터 나는 그녀의 그늘에서 살았어요, 그 환영과 함께. 환영에 맞서서는 아무것도 할 수 없지요. 그리고 당신이 왔어요. 나는 당신에게 이야기하고, 당신은 노란 방에 누워 있고요. 나는 당신을 증오해요. 하지만 그녀는 당신을 사랑하죠."

이 모든 것이 터무니없었다. 조르제뜨. 오렐리앵은 조르제뜨의 영상에 도움을 청했다. 하지만 그의 감은 눈에 조르제뜨의 모습은 맺히지 않았다. 조르제뜨와 아이들은 그의 기억에서 어두운 구석에 처박혀 있는 것 같았다. 그리고 아우성으로 흔들리는 이 세상. 가스똥의 집요한 목소리. 가스똥 뭐라고? 게다가…… 그러고 나서……

"그때 나는 내 작은 자동차를 탔어요. 낡은 위스네르가 한대 있거든요, 아시다시피. 그리고 시골로 급히 떠났지요. 여기 시골을 아세요?"

오렐리앵은 떠도는 어둠 속으로 떨어졌다. 잠들어서는 안 된다는 것을 알면서도 자는 사람의 그 떨떠름한 기분과 함께. 야간 부대의 한복판에서. 운전자 옆자리에 앉아 앞 차량의 뒷부분에 하얗게 칠해진 정사각형, 멀어졌다 위험하게 가까워지는 하얀 정사각형, 크게 뜬 눈 앞에서 춤추는 정사각형, 꿈에 보는 것, 실제로 보는 것일 따름인 하얀 정사각형, 터무니없는 의무, 불가능한 밤샘의…… 하얀 정사각형을 불빛이 전혀 없는 가운데 시야에서 놓치지 않으려고 애쓴다니까 글쎄.

그는 어디에 있었는가? 아라스 북쪽의 도로 위에. 거기서 분할된 일군의 사람들이 어수선하게 움직였다. 흙을 버리는 장소, 불길하고 음산한 흙산의 어둠이 드리워져 있었다. 어딘가에서 트럭 한대가 불타올랐다. 술꾼 한명이 발판 위로 몸을 던져 그들을 데려가려고 했다. 오렐리앵이 발로 그의 가슴을 걷어찼다.

갑자기 그는 시트처럼 자신을 덮고 있는 묘한 정적을 느꼈다. 침대 위에서 불안의 감정에 휩싸여 뒤척였다. 눈을 뜰 필요가 없었다.

그녀가 와 있다는 것, 베레니스가 와 있다는 것을 알았다. 그가 눈을 떴다.

베레니스가 거기 있었다.

4

그들은 노란 방에 단둘이 있었다. 가스똥은 사라지고 없었다. 베레니스 이외에는 볼 것이 전혀 없었다. 하지만 관심이 다른 데로 향하면서 모든 것이 베레니스를 대신했다. 검은 틀의 액자 안에서 로마의 폐허, 어부들, 갑작스런 폭풍우에 조난당한 조각배와 동굴의 판화, 그리고 오른쪽 선반 위에 흐릿하게 보이는 것, 그리고 베레니스…… 벽난로의 열 가리개 위에 사프란색 줄무늬 노루, 소라 껍데기, 풍요의 잔, 거품 모양의 열매와 꽃을 묘사한 그림, 그리고 베레니스……

"침대에 누워 있어야 할 거예요, 오렐리앵." 그녀가 말했다. "의사 말로는 당신이 아프다고……"

여전히 친숙한 그 목소리에 그의 몸이 가볍게 흔들렸다. 아래에서 침대가 배처럼 멀어졌다. 그가 힘들게 일어나 앉았다. 얼이 빠진 모습이었다. 여자의 두 손을 잡았다. 그녀가 한 손을 그에게 내맡겼고 빼낸 다른 손으로는 이불 밑에서 베개를 끌어내 뢰르띠유아의 허리를 받쳤다.

"베레니스……"

표현할 수 없는 그토록 많은 것을 요약하는 이 이름을 넘어 그가 무슨 말을 할 수 있었을까? 그녀는 그 점을 이해했다. 그리고 살짝 미소 지었다. "자, 그래요, 오렐리앵. 일이 이렇게 되었네요."

그가 그녀를 더 자세히 살펴보기 시작했다. 얼굴이 거의 변하지 않았지만 아마 단단해진 듯, 턱뼈가 더 도드라졌다. 표정은 그대로 였다. 하지만 눈꺼풀이 무거운 느낌을 주었다. 약간 침침한 색이 더 해졌다. 베레니스가 햇볕에 탄 탓도 있었다. 머리모양은 달라져 앞 머리가 작은 고리 모양으로 말려 있었다. 월계관처럼 땋은 머리에 서 미용사의 손길이 느껴졌다. 아마 머리 빛깔을 엷게 했을 것이다. 핵심은 이 약간 어색한 머리모양이 아니라 얼굴에 있었다. 잃어버 린 비밀, 어쩌면 화사함. 베레니스는 예전보다 더 짙게 루주를 발랐 다. 틀림없이 노란 방으로 들어오기 전에 다시 발랐을 것이다. 오렐 리앵이 눈길을 떨구었다.

"일이 이렇게 되었군요." 그가 되풀이 말했다. 그러고서 양말을 벗고 있다는 것을 알아차리고 소스라쳤다. 곧 일어날 태세였다. 그 녀가 그를 만류했다.

"가만히 있어요. 저, 나와 있을 때는 점잔 피울 것 없어요." 오랜 친구들. 그는 그녀를 23년 봄에 지베르니에서 보고 다시 본 적이 없었다. 그래서 어떻게 되었는가? 그가 말했다. "우리는 열일곱살 아들이 있었을지도 모르죠." 그녀가 얼굴을 돌렸다. 그 틈을 타서 그가 물었다. "베레니스, 왜 내게 편지하지 않았어요? 왜 답장하지 않았어요?"

"당신의 편지들은 아주 늦게 왔어요. 아무 때나 느닷없이 다다 랐어요. 그리고, 내가 당신에게 답장했더라도 무엇이 달라졌을까 요? 게다가 답장을 했어요. 당신에게 편지를 썼어요, 오렐리앵, 날 마다요."

"하지만 나는 아무것도 받지 못했다고요!"

"당연하죠, 하나도 보내지 않았으니까요. 전혀요."

그녀는 틀림없이 마흔두살일 것이다. 그 베이지색 드레스로도 돋보이지 않았다. 걸치고 있는 작은 케이프가 어깨를 둥글렸으나 소용없이, 밖으로 드러난 팔이 약간 야위었다. 오렐리앵의 손가락이 그녀의 한쪽 팔 위로 천천히 올라갔다. 열에 들뜬 손가락에 시원한 느낌이 전해졌다. 희한한 일이었다! 그는 조르제뜨를 전혀 생각할 수 없었다. 이제는 조르제뜨가 어떤 모습인지 알지 못했다. "당신의 연대가 상당히 오랫동안 여기에 머물러서 당신이 좀 쉴 수 있으면 좋겠네요." 베레니스가 말했다.

이 말로 말미암아 모든 것이 다시 생각났다. 전쟁, 후퇴, 휴전이 즉각적으로 이루어지지 않는다면 R로 들이닥칠 독일군. 휴전은 시간만 질질 끌었다. 그리고 오렐리앵, 그의 무력감, 혈관의 열……이 만남이 처한 상황이 춘추분 무렵 만조 때의 파도처럼 이 만남 위로 밀려왔다. 상황이 과도한 중요성을 띠었다. 상황. 그는 어떤 말을 하려고 했다. 다른 말을 했다. "에드몽이 여기에 들렀나요?" 그녀가 눈꺼풀로 그렇다는 표시를 했다. 그 갈색으로 변한 눈꺼풀에 거의 사금처럼 더 뚜렷해진 작은 점들이 보였다. 이제는 젊은 여자가 아니었다. 틀림없이 그녀는 이것을 그의 눈에서 읽었을 것이다. 남자의 눈길로부터 가슴을 보호하려고 어깨와 팔을 움츠렸다. 그가 말했다. "나를 잊지 않았나요?"

그리고, 매우 견디기 힘든 침묵이 이어졌다. 그가 덧붙여야 했다. "우리는 삶을 망쳤어요." 그 순간 그녀가 약간 씁쓸하지만 자연스러운 표정을 지었다. 너무도 순수하고 너무도 잘 '되새긴 것 같은' 표정, 그래서 큰길가의 작은 까페, 12월 빠리의 빛을 연상시켰다. "당신의 아내는 아름답더군요. 누군가 내게 그녀의 사진, 당신 아이들의 사진을 보여주었어요."

그러니까, 조르제뜨가 어떻게 생겼지? 그는 그녀의 드레스만 생각났다. 아이들…… 어떤 몸짓 하나로 이 모든 것이 지워졌다. 열기로 인해 그의 관자놀이가 불끈불끈 뛰었다. 오렐리앵에게는 말하도록 부추기는 어떤 힘이 있었다. 마치 그가 아니라 다른 사람이 말하기라도 하는 듯했다. "당신은 내 말을 안 믿을지도 모르지만, 베레니스, 나는 당신만을 사랑했어요. 당신의 모습을 줄곧 간직했어요. 내 젊은 시절의 그 어떤 것도 아쉽지 않아요, 당신 이외에는, 당신을 제외하고는. 당신에게 말하고 싶었을 거예요. 그 세월 내내 이날을 위해 말을 준비했죠. 그랬는데, 내가 상상한 것과 너무 다르네요…… 내 꼴이 형편없죠?"

그녀가 어색한 표정으로 어린아이같이 웃었다. "이것이 내게 하려고 준비한 말인가요?" 그녀가 말했다. "당신은 내가 당신 때문에 얼마나 겁먹었는지 몰라요. 당신이 동원되었다는 것을 알았어요. 하지만 그렇게 아무런 소식이 없었지요. 당신이 내게 편지하지 않은 지가 벌써 십사년이니까요. 요전에 에드몽과 까를로따가 여기에 들렀을 때, 그들은 당신에 관해 아무것도 알지 못했어요. 당신이 솜에서 징집되었다고 말하더군요. 맙소사, 정말 악몽이었죠!"

그가 여전히 잡고 있던 그 맨팔을 꽉 쥐었다. 그녀는 정말이지 울지 않기가 힘들었다. 상황이 또다시 그들의 발목을 잡았다. "에이, 망할 놈의 세상!" 그가 중얼거렸다. "우리는 삶을 망쳤어요. 우리 둘만이 아니에요. 모든 이가, 모든 것이. 우리의 승리가. 해야 했을 것은……" 말이 목구멍까지 올라왔다. 그 패배한 사람들, 최후로 무장한 장교들이 신랄하고 반항적인 부대 한가운데에서 일주일여 전부터 곱씹은 모든 말. 삐레네산맥이 강박관념처럼 조금씩 가까워지는 것을 보며 "그다음에는?"이라고 서로 말하는 그 군대에서 차츰 단위 부대에서 단위 부대로 퍼진 이미 만들어져 있는 말, 성급한 설명, 변명, 싹트는 흔해빠진 생각, 이미 굳어진 새로운 말. 참화의 책임을 허수아비, 유령에게 뒤집어씌우는…… 계속해서 살아가도록, 용케 궁지를 벗어나게 해준 선동하고 진정시키는 말. 베레니스는 그가 사랑 이외의 다른 것에 관해 하는 말에 귀를 기울였다. 그가 그들의 모든 파멸, 모든 이의 광범위한 파멸, 자기 삶의 온갖 실패를 그녀에게 아직 상투적이지 않은, 곧 기계적인 성격을 띨 테지만 아직은 그렇지 않은, 그녀가 아직 검토할 마음이 있는 말로 뭉뚱그린다는 것을 아마 어렴풋이 느꼈을 것이다. 그가 말하는 그러한 것들에 한두번은 항의하고 싶었다. 하지만 그 말들은 헛소리 같은 어조를 띠었다. 오렐리앵이 열이 있다는 것을 잊지 말아야 했다. "자리에 좀 누워요, 내 친구."

그가 갑작스럽게 신랄한 어조로, 요구하는 말투로 편한 삶이라는 주제를 펼쳤다. 베레니스가 그런 말을 들은 것은 처음이었다. 그녀는 누가 말하는지도, 뢰르띠유아의 열이나 노란 방도 별로 개의치 않았다. "무슨 말인지 이해할 수가 없네요." 그녀가 말했다. "누군들 삶이 편했나요, 누구에게 삶이 그렇게 편했나요?" 갑자기 그를 낯선 사람처럼 바라보았다. 이제는 그가 몽상 속의 오렐리앵, 예전에 젊었을 때의 오렐리앵이 아니라 다른 사람으로 보였다. 머리카락이 듬성해지고 관자놀이가 희끗희끗해진 크고 거무스름한, 근육으로 꼬아놓은 듯 길고 야윈, 뚜렷한 용모, 대위 군복을 벗어 저기 의자 등받이에 던져놓고 군화를 벗고 카키색 셔츠와 발목을 졸라맨 바지 차림으로 등에 베개를 대고 노란 침대 위에 앉아 얼굴에 낯선 경련을 일으키면서 이해하기 어려운 말을 하는 열에 들뜬 프랑스 장교. 이 사람이 정말로 오렐리앵일까? 그는 그녀의 집에 오기 전에 면도를 했다. 말끔하게 되지 않았다. 턱끝에 약간의 푸르스름한 수염이 남아 있었다. 그는 이제 정치를 비난했다. 그녀가 어깨를 으쓱했다. "오렐리앵, 우리가 지금 정치 이야기를 하는 건가요?" 그들 사이에 커다란 혼란이 일었다.

5

저녁 무렵에 열이 내렸다. 의사의 소견에도 불구하고 뢰르띠유아는 모렐 가족의 집을 나와 상황이 어떻게 돌아가는지 알아보기 위해 사단 본부로 갔다. 긴 언덕바지 길을 올라가야 했다. 길가에 허름한 집들이 따닥따닥 붙어 있었다. 고딕 양식의 긴 대형 건물, 그리고 벌써 꽃이 더러 진 장미나무로 가득한 회색 철책 뒤로 쑥 들어가서 갑자기 작은 호텔이 나타났다. 믿을 수 없게도 완전무장한 군인들이 오갔다. 그들은 장교들에게 좀처럼 경례하지 않았다. 사거리들에는 세네갈 병사들이 있었다. 한 무리의 보병이 어느 뚱뚱한 여자와 욕설을 주고받았다. 그녀는 일층 창문에서 그들에게 군대가 싫다고, 어서 꺼지라고, 결국 독일군이 와야 질서가 잡힐 것이라고 외쳤다. 대체로 민간인들은 친절한 것 같지 않았다. 그가 기묘한 모양의 고물차들을 지나쳤다. 사단은 곰팡내 나는 커다란 저택 아래층의 어두운 방 세개에 자리 잡았다. 칙칙한 응접실에는 1870년의 투사와 보이지 않는 부인에게 작은 손수건을 내밀면서 미소 짓는 혁명기의 젊은이를 재현한 실물 크기의 조각상이 있었다. "그리세리 부인의 아버지는 예술가였어요." 젊은 하사가 중얼거리고는 오렐리앵을 사령관 부예의 집무실로 안내했다.

사령관은 포 사격용 지도를 들여다보고 있었다. 살지고 점잖은 얼굴에 회색 머리칼을 한 그가 빨간색 색연필과 파란색 색연필로 그것들에 줄로 표시를 했다. 여전히 벨기에로 진격한 시기라고들 생각했을지 모른다. "아! 자네로군, 뢰르띠유아. 이거 미안하네, 방이 약간……" 그가 색연필을 내려놓고 한숨을 쉬었다. "그래, 건강은?" 오렐리앵은 즉시 전투에 뛰어들 만큼 컨디션이 좋다고 단언했다. 상대방이 코를 후볐다. 화를 잘 내는 감상적인 사람처럼 보였고 늘어진 볼이 애처로웠다. 그가 탄식했다. "거참, 다시 시작이야. 그래, 우리는 최근 우리에게 응수한 사단에 곧바로 응전하는 거야. 정통한 정보원들에 따르면, 서쪽에서 돌파해온 기계화부대 때문에 우리가 남쪽으로 밀려났네. 그후에 그 기계화부대를 찾으려 애썼지. 그 부대는 이제 내 ……에만 있네." 그가 농담했다. 하지만 피곤해 보였다. 누군가 그에게 서명할 서류를 가져왔다. 그가 불평했다. "산세바스띠안⁶에 있게 되어도 쓸데없는 서류에 서명할 테지!" 그러고는 오렐리앵 쪽으로 돌아서서 말했다. "아, 우리는 다시 기어오르네. 오늘 저녁 북쪽으로 75킬로미터, 제기랄! 목숨이 위태로운 이놈의 상황이 언제 끝날는지? 도시를 개방한 동안 병사들에게 가서 내려오라고 말하게. 민간인들이 우리를 질책하겠지. 궁지에 몰린 상황이라는 것을 다들 알고 있지! 자네는 여기 남게, 뢰르띠유아, 자네의 부하들과 함께 말일세. 나는 체조하는 데 자네가 필요하지 않네. 자네는 세네갈 보병부대에 일시적으로 전속되는 거네. 우리가 여기로 다시 내려오면 자네는 우리 취사실에 꼭 달라붙게나.

6 스페인 북부 바스끄 자율공동체에서 기뿌스꼬아 주의 수도.

십중팔구 내일 저녁이네. 자네는 비다소아강[7]을 이미 봤지?" 사령관 부예가 심술궂은 웃음을 지었다. 얼굴을 찌푸리자 납작코 주위로 볼살이 처졌다. "자네, 자네는 다른 전쟁을 했네, 그렇지? 웬걸, 쓸데없이 그것에 관해 말하지 말게나."

더위가 누그러지지 않았다. 날이 밝았다. 벤젠과 먼지가 뒤섞인 더위였다. 집들 사이로 하늘만이 온화한 기운을 띠었다. 길들이 서쪽으로 나 있었다. 엉뚱한 창 안으로 하늘에 장밋빛 새틴이 펼쳐졌고 창유리에 마지막 반사광으로 연어가 빚어졌다. 갓 쌓은 것처럼 보이는 벽 뒤로 나무들이 보였다. 오렐리앵은 중대가 숙영하는 건물에 들렀다. 녀석들은 운이 아주 나쁘지는 않았다. 아침에 그들은 거기에 들어가서 정렬하고 아무렇게나 자게 되기까지 상당히 오랫동안 기다려야 했을 것이 틀림없다. 하지만 좁은 공간에 몰아넣어졌다. 중대장이 침대에서 후들거리는 동안 베끄빌이 모든 것에 신경을 썼다. "걱정하지 마세요, 중대장님, 그들은 필요한 것을 가지고 있으니까요. 그러면 우리 떠나나요?" 아니, 남아 있을 것이다. "우리와 함께 저녁식사 하시나요? 초등학교에 음식을 차려줬어요. 여교사가 매우 친절해요." 그는 그럴 수 없었다. 모렐 가족이 그를 기다리고 있었다. 그는 자신의 부하들과 저녁식사를 하고 부하들의 상황을 공유하는 편이 더 좋았을 것이다. 차라리 베끄빌이 그와 함께 그들의 집으로 배를 채우러 간다면? 베끄빌은 거절했다. 여교사 때문이었다. 그는 영양 상태가 좋은 노르망디 사람이라 옷이 몸에 꽉 끼었다. 타고난 여자 사냥꾼이었다. 프랑스군은 자질이 떨어진다고들 주장하겠지!

---

7 바스끄 지방의 강. 나바르 산지에서 발원하여 가스꼬뉴만으로 흘러간다.

오렐리앵은 모렐 가족의 집으로 돌아가기를 가능한 한 늦췄다. 그 저녁식사. 눈이 어두운 늙은 어머니, 나이 어린 연수생 여자, 베레니스의 애인, 약사, 그리고 대화가 있을 것이다. 이 지방의 생활 수준…… 약사는 뒤아멜과 지로두를 읽었다. 세잔을 예찬했다. 무엇이 중요하고 무엇이 중요하지 않은지 알고 있었다. 다음으로 접시들이 있었다. 누군지 모를 사람의 작품으로 여겨지는 이딸리아 구비오[8] 도자기의 견본. 오렐리앵은 와그람 가로를 떠올렸다. 왜 갑자기 와그람 가로를? 십중팔구 앙피르 맞은편에 위치한 세라믹 호텔[9] 때문이었을 것이다.

묘한 것은 뢰르띠유아가 미래를, 미래의 어떤 것도, 다음 날도, 저녁나절도 마음속에 그려볼 수 없다는 것이었다. 스무살에는 누구나 그렇다. 하지만 오십대를 바라보는 때에는. 그는 이 방랑하는 삶을 추구하는 것도 포기하는 것도 생각하지 않았다. 조르제뜨와 아이들, 그와 그들 사이에 유지된 거리…… 그는 전쟁 전의 그 삶을 다시 살 것 같지 않았다. 파괴된 공장을 오렐리앵은 아쉬워하지 않았다. 하지만 그 결과로 인생의 한 시기가 막을 내렸다. 조르제뜨. 그렇지만 그녀의 삶 전체. 어떻게 베레니스를, 막을 내린 베레니스의 사십년을 그토록 순결하고 그토록 동물적이고 그토록 유쾌한 그 젊은 어머니의 싱그러움에 견줄 수 있겠는가. 그는 이날 내내 무의식중에 마치 베레니스를 데려가고 베레니스와 함께 살고 베레니스를 위해 나머지 전체를 무시할 것처럼 행동했다는 것을 알아차렸다. 그녀의 지배 아래 있었다. 그녀의 엄청난 사랑에 휘둘렸다. 설마! 그녀는 틀림없이 오렐리앵 이외의 다른 것을 생각했을

8 이딸리아 뻬루자 주 동북쪽에 위치한 도시. 고대부터 도자술이 유명하다.
9 빠리 8구 와그람 길에 위치한 아르누보 스타일의 호텔. 1904년에 건축되었다.

것이다. 오렐리앵은 뽈 드니를 잊었을까? 그가 그렇게 속으로 말한 것은 그 자신을 좀처럼 자극하지 않았다. 그는 이 이십년의 집착에 마음이 흔들렸다. 또는 거의 그랬다. 베레니스에게 죄책감을 느꼈다. 사죄하고 싶었을 것이다. 거북하게 뽈 드니를 떠올려도 소용없었다. 베레니스의 사랑, 베레니스의 사랑에 이 결론, 이 신격화를 부여하고 싶었을 것이다. 자신이 마침내 누군가의 낙원이라는 생각에 정신이 혼미했다. 사랑 이야기의 위대성이 마음속에 젊은 아내에 대한 두려움을 지니고 있는 쉰살 남자의 이기주의에는 없는 반면에 이러한 몽상에는 흘러들었다. 하기야 그는 아내를 생각하지 않았다. 베레니스에게 있을 수 있는 시든 것 전부는 이 낭만적인 현기증에 유리한 또 하나의 논거였다. 그는 '그녀가 많이도 변했어!'라고 생각하면서 스스로를 측은히 여겼다.

어느 창문에서 시끄러운 라디오 소리가 흘러나왔다. "당신의 부하들을 점검하시오! 노란 카드 소지자들의 지시를 따르시오!"라고 외치는 격렬한 증오의 목소리. 무슨 일이지? 오렐리앵이 어깨를 으쓱했다.

6

사람들은 안마당에서 저녁식사를 했다. 커다란 원탁에 개인별로 파란 냅킨과 조각된 무거운 유리잔 세개가 놓였다. 마지막 햇살이 빛나는 시간이었다. 땅이 가장 진한 오렌지색으로 물들고 역청처럼 짙은 청색의 어둠이 벌써 식탁과 모인 이들의 몸에 드리웠다. 눈이 어두운 노파에게로 생생한 장밋빛 잔광이 조롱하듯 비쳤다.

하녀 두명이 접시와 은식기를 들고 수프 냄새를 풍기면서 식탁을 돌았다. 오렐리앵이 이미 보았던 열여섯살의 아름답고 힘센 아가씨, 그리고 푸석한 얼굴 위로 검은색 머리카락을 길게 늘어뜨린 쇠약하고 나이 든 여자였다. 검은색 치마, 장밋빛 리본이 줄지어 달린 투명한 흰색 한랭사 블라우스를 입은 지젤은 산속의 옹달샘 같은 어린 갈색 머리 아가씨들의 싱그러움을 지녔다. 하지만 미소에는 천박한 뭔가가 어렸다. 모렐은 그녀에게 푹 빠져 있는 것이 분명했다. 진갈색과 진자주색의 민소매 줄무늬 드레스를 입은 키 크고 침울한 아가씨, 단음절로 짤막하게 대답하는 사촌과 대화해도 소용없었다. 눈으로 커다란 동요의 기색을 내보이면서 대위 쪽으로 몸을 돌리고 베레니스에게 요리를 건네주고 사람들에게 말을 걸어도 소용없었다. 지젤, 그녀가 먹는 것, 그녀가 마시는 것만 생각한다는 것이 뻔히 드러났다. 그는 포동포동하고 땅딸막했고, 몸을 빙그르 돌릴 때면 그의 빈 소매가 이상하게 펄럭거렸다. 그의 맞은편에 가스똥의 야윈 모습이 보였다. 번들거리는 나쁜 안색에 석양으로 인해 푸르스름한 그늘이 졌고 이에 따라 그의 반짝이는 광대뼈가 자취를 감췄다. 모든 이가 매우 큰 소리로, 매우 서투르게 말했다. 눈이 어두운 부인조차도 그랬다. 빛바랜 금발의 베레니스만 조용했다. 오렐리앵은 베레니스의 양쪽 입가에 파이기 시작한 주름을 눈여겨보았다. 그 주름, 실망의 도랑이 어떻게 될 것인지를 그녀의 어머니에게서 볼 수 있었다. 하지만 베레니스는 열여덟살을 유지하려는 듯이 계속해서 어색하고 경직된 미소를 지음으로써 그것들을 지웠다. 눈꺼풀이 신비스러운 검은 눈길을 힘주어 눌렀다. 안색과 어울리지 않는 황갈색 아이섀도를 발라서였을까, 석양의 반사광 때문이었을까? 베레니스의 얼굴에서 사모라가 그린 초상화의 어떤 면모도 알아볼 수 없었다. 그렇지만 오렐리앵은 석고 가면의 익사한 여자의 표정을 떠올렸다. 전율이 일었다. 베레니스는 저녁식사를 위해 드레스를 바꿔 입지 않았지만 피렌체에서 기념품 상인들이 한아름씩 걸고 있듯이 대여섯줄의 장밋빛 산호를 목에 걸었다. 이로 인해 고개가 수그러졌다. 붉은 강아지가 그녀 주위로 깡충거리며 뛰어다녔다. 얘기가 시시껄렁해지고 대화가 헝클어졌다. 모든 지리멸렬한 생각의 비상에서, 뒤섞인 고민거리의 누더기에서, 삶과 공허한 말의 교차에서 오렐리앵은 모든 이에게 공통된 진부한 관념, 어쩌면 추적해봐야 헛수고일 뿐인 그의 비밀스러운 몽상과 아주 유사한 것만을 다시 찾았을 뿐이다. 패배. 사람들은 이것에 관해 아무 말도 하지 않았다. 하지만 이것은 잔과 식기와 미소의 낌새, 그리고 화제에 대한 무관심을 물들였다. 누구나 마음속으로 '설마 그럴 리가'라는 말을 계속 되뇌었다. 조금 전에 누가 오렐리앵에게 말했던가. "우리가 승자였다는 것을 생각하세요." 취기에 가까운 쓰라린 심정으로 그는 짐짓 승리자인 것이 더 나빴을 것이라고 생각해보았다. 패배에 적응할 필요가 있었다. 꾸에의 방법.[10] 어떻게 패배에 맞춰나갈 것인가? 실제로 사람들은 패배에 맞춰나갈 것이었다. 그가 소스라쳤다. 베레니스가 그에게 말을 걸었던 것이다. 그는 그녀에게 어떻게 대답했을까? 이십년 만의 이 만남도 패배였다. 그는 이 낯선 여자에게서 자신이 간직한 사랑의 존재 자체를 알아보기 위해 틀림없이 자기 자신을 쥐어짰을 것이다.

---

10 19세기 말~20세기 초 프랑스의 약사 겸 심리학자 에밀 꾸에(Émile Coué)가 내세운 자기암시 및 자기최면 방법. 긍정적으로 상상하면 상상하는 대로 이루어진다는 주장으로, 요점은 의식적으로 생각하거나 의지를 앞세우는 것이 아니라 무의식적으로 상상되어야 한다는 데 있다.

그는 마음속에 베레니스의 관념을 보존했으나 베레니스는 이 관념을 흐트러뜨렸다. 마음속으로 그는 상황이 완전히 똑같다고 생각했다. 삶이 그와 그의 열광 사이로 빠져나갔다. 삶이 그를 어떤 나라로 끌어갔다. 그곳에서부터는 더이상 어떤 것도 알아볼 수 없었다. 베레니스도, 프랑스도. 그 패주, 도로를 통한 필사적인 도주, 자전거를 탄 젊은 남자들, 반바지를 입은 아가씨들은 그가 젊었을 때의 프랑스, 다른 전쟁을 치른 프랑스였을까? 아니다, 아니다, 아니다. 프랑스가 아니라 공화국. 그러한 관념은 어디로부터 그에게 왔던가? 누가 그것을 그에게 불어넣었던가? 그는 말할 수 없었다. 그것이 그를 살아가도록 도와주었다. 그것이 공중에 떠 있었다. 그것이 그에게 치욕을 견디게 했다. 그것은 베레니스와 관련된 듯했다. 그것은 베레니스가 아니었다. 이 나이 든 베레니스가 아니었다. 그의 것, 그의 베레니스는 그 석고 가면, 젊어서 죽어 영원히 아름다운 여자였다. 그가 사랑하는 프랑스도 사람들이 볼 수 있는 이 프랑스가 아니라 사라진 프랑스였다. 죽은 여자를 사랑하는 것은 행복이다. 죽은 여자는 얼마든지 마음에 드는 모습으로 바꿀 수 있다. 죽은 여자는 말할 수 없다. 하지 않았으면 하고 바랐을 말을 갑자기 하게 되는 일이 없다. "시장의 담화문을 읽었나요?" 베레니스가 물었다. 그는 읽지 못했다. 모렐 부인이 활기를 띠었다. 그녀는 못생긴 편에 가까웠다. 그녀의 눈에 격분이 일었다. "시장은 독일군이 곧 도시로 들어올 것이라고, 그들에 대한 정중하고 예의 바른 태도를 권고한다고, 그 대가로 승리자로부터 관대한 조치, 우리의 상황에 대한 이해, 친철함까지도 기대할 수 있다고 말했어요." 사람들은 코웃음 쳤다. 시장은 인기가 없었다. 그는 선출되었다가 지난겨울 개인적인 이유로 해임된 그 사람이 아니라, 시장이 될 기회를 평생 기다려온 급진 우파 인사로 행정명령에 의해 시장으로 임명된 자였다. 아, 급진파! 오렐리앵은 급진파를 좋아하지 않았다. 예컨대, 아버지 바르뱅딴. 그도 다른 사람들과 함께 코웃음 쳤다. "나는 우리가 같은 것에 관해 말하고 있지 않다는 생각이 들어요." 베레니스가 말했다. 그가 그녀를 쳐다보았다. 그들이 젊었을 때의 며칠에 대한 추억 속에서 십팔년을 산 그 여자일까? 그로부터만 빛을 받았던 그녀일까? 또다시 한순간 그는 금지된 술에 잔뜩 취한 느낌이 들었다. 그가 눈을 감고 생각했다. '그녀는 이제 젊지 않다. 그래서 어떻다는 건가? 나는 그녀에게 목숨을 바칠 것이다. 이 이야기를 그렇게 놀라운 방식으로 마무리할 것이다. 이 이야기에 로맨스의 성격을 부여할 것이다.' 그는 단번에 자기 자신의 삶에 대한 불만족을 고스란히 느꼈다. 결코 생각한 적이 없었지만 그것이 목구멍까지 올라왔다. 그의 아내, 그의 아이들, 그는 모든 것을 떠날 각오가 되어 있었고, 예전의 몽상을 다시 시작하기 위해, 적어도 이 유혹, 이로 인해 그의 전신에 퍼지는 전율에 몸을 맡겼다. 이러한 생각에 우쭐해져 그가 속으로 말했다. '베레니스와 함께 떠나겠어. 이 여자를 행복하게 만들 거야.' 사실은 자신이 아무것도 하지 않으리라는 것을 잘 알고 있었다. 어쩌면 비굴한 처신이었을 것이다. 그가 말했다. "독일군이 우리를 이겼어요. 우리보다 더 좋은 장비를 갖추었고 무엇보다 더 많이 훈련되어 있었기 때문이죠. 그리고 그들에게 그것은 끊임없는 잡담이 아니기 때문이죠. 지배하고자 하는 이는 모두……"

베레니스가 눈짓으로 그의 말을 막았다. 그가 칼을 가지고 손장난했다. 가스똥이 나섰다. "승부의 결과에 연연하지 않는 사람이 되어야 해요. 우리가 졌어요, 우리가 졌다고요." 오렐리앵은 지젤이 외치는 말을 듣지 못했다. 술이 나왔다. 모렐은 이 전쟁을 시작한 것이 잘못이라고 생각했다. 뢰르띠유아는 왁자지껄 떠드는 소리 속에 파묻혔다. 베레니스의 손을 잡고 싶었다. 자연스럽게 그녀가 손을 뺐다.

누가 처음으로 이 어처구니없는 아이디어를 대화에 끌어들였을까? 그것이 더러운 접시, 어수선한 디저트 사이로 떠돈 지 이미 오래였다. 저녁식사가 시작될 때부터 틀림없이 누군가 이 나들이에 관해 말했을 것이다. 아마 모렐. 또는 가스똥. 처음에는 누구도 그 말에 귀를 기울이지 않았다. 사람들은 다른 것에 관해 말했다. 서로 말다툼했다. 그것은 쓸데없이 자리 잡아 벌써 사람들이 그것에 관해 토론했다. 베레니스가 격앙되어 외쳤다. "정말 어이가 없군요. 그러지들 마세요! 오렐리앵은 아직 아파요."

"나는 전혀 아프지 않아요." 그가 말했다. "열은 내렸으니까 내가 아프다는 말은 더이상 하지 말아요." 모든 사람 사이에 일종의 음모가 있는 것 같았다. 두 사람을 둘러싼 음모, 암묵적인 동조. 재회한 연인들, 모렐은 이 문제와 무관한 사람이 아니었다. 적지 않게들 마셨다. 마시는 만큼 이득을 보는 셈이라는 느낌을 누구나 가졌다. 사람들이 마셨다. 빈 술잔에 빛이 녹아들었다. 서늘하지 않은 저녁이었다. 사랑하는 여자의 품처럼 짙고 무거웠다. 베레니스가 발버둥 쳤다. "내가 안 된다고 말했죠. 어서, 오렐리앵, 무분별한 짓이라고 그들에게 말해요. 길 위에서 떠돌 순 없잖아요." 가스똥이 설득하려고 나섰다. 그럴 리가 있나요! 고물차, 그의 고물차를 타요. 그렇게 해요. 헌병들은 다른 볼일이 있어요. "당신은 몰상식한 사람이에요, 가스똥! 오렐리앵은 대위예요. 만일 그것으로 인해 그에게 문제가 생긴다면……"

모든 이가 아랑곳하지 않았다. 그렇다고 말할 수 있다. 뢰르띠유아 대위는 출세하려고 애쓰지 않았지만 혹시라도? 지젤은 가스똥의 집이 아주 멋있다고 말했다. 가장 열심인 사람은 모렐이었다. 눈이 어두운 노파가 절망하여 고개를 흔들었다. "아직 햇빛이 있어?" 가져온 평범한 커피를 앞에 둔 다른 사람들의 소란 속에서 이 말은 실제로 하나의 삶이 찢기는 깊은 절망의 기미를 풍겼다. 베레니스가 자신의 어머니를 쳐다보고는 부르르 떨었다. "방으로 올라가는 것이 좋겠어요, 엄마."

그녀의 목소리는 오렐리앵이 알고 있는 것과 달랐다. 속삭이는 듯한 깊은 목소리. 어머니와 딸이 넓은 집에서 그 가혹한 아버지, 폭풍우 같은 남자 몰래 서로 말하던 어린 시절의 목소리. 이십년 전에 빠리에서 베레니스가 오렐리앵에게 했던 이야기가 온전히 그에게 떠올랐다. 가스똥이 그의 팔을 붙잡았다. "이봐요, 당신이 그거 재미있겠다고 말하면 베레니스가……" 그러자 모렐이 거들었다. "가스똥의 정원이 어떤지 모르시겠죠, 뢰르띠유아 씨. 감탄할 만해요. 큰 밤나무들이 있어요." 무엇이 확신을 가져오고 욕망을 불러일으키는가? 그는 베레니스가 자기 어머니를 집 안으로 데려가는 것을 지켜보았다. 그리고 그거 재미있겠다고 말했다.

7

아무도 차를 가로막지 않았다. 좁은 길을 통해 가스똥은 수Sioux족 인디언처럼 또는 술꾼처럼 능숙하게 자동차를 시내 밖으로 몰았다. 그쪽으로는 세네갈 보초가 없었다. 폐허 사이로 달려 빈 들판,

밭, 작은 농가, 포도밭을 지나갔다. 포도나무 버팀목들이 황산염으로 인해 파랬다, 마치 밤이 그것들로 시작되기라도 하는 듯이. 간신히 도로라 부를 만한 길이 바퀴를 피하려고 옆으로 비켜서는 개처럼 언덕바지로 나 있었다. 붉은 개, 이 개는 한순간 그들을 따라 달리다가 그쳤다. 그때 베레니스가 고개를 차창 밖으로 내밀어 눈으로 개를 좇았다. "불쌍한 늙은 개, 더이상 뒤따라올 수 없는 모양이야, 이제는." 누구를 두고 한 말인지 물어볼 필요는 없었다. 그것은 어떤 것에도, 아무에게도 적용되지 않았다. 당연한 일이었다.

오렐리앵은 그녀가 그와 운전하는 가스똥 사이에 끼여 그에게 기대고 있다고 느꼈다. 그녀가 있는 것 같기도 하고 없는 것 같기도 했다. 그가 한 팔을 뒤로 가져가 그녀의 어깨에 둘렀다. 그녀에게 좀더 공간의 여유를 주기 위해서였다. 베레니스의 억제된 숨결, 확실히 몸을 내맡기지 않는 여자의 기묘한 몸가짐이 느껴졌다. 가스똥이 십년 전부터 대충 수리해가면서 몰았을 것이 분명한 이 작은 위스네르의 뒷자리에는 모렐과 침울한 사촌, 그리고 중간에 지젤이 앉아 있었다. 지젤의 웃음소리가 들려왔고 모렐은 깝죽대며 말이 많았다. 숨을 쉬기가 힘든 저녁이었다. 이 갑작스러운 저녁 나들이의 의미는 무엇이었을까? 뒤늦은 어느 패배의 날, 포도밭에 내려앉는 새들, 모든 것 위로 떨어져 쌓이는 먼지와 함께. 그들은 가스똥의 집에 있는 본고장 와인을 좀 마실 계획이었다. 그것은 미친 짓에 가까웠다. 베레니스의 부푼 가슴이 평생 사랑했던 남자에게 밀착했지만 다른 한쪽 가슴에는 생소한 관념이 깃들었다. 그것은 자신의 다리를 따라 닿는 그 다리, 그녀가 몸을 숙여 닿으려 하지 않는 그 떨리는 입술처럼 생소했다. 그 집이 R에서 5킬로미터도 채 떨어져 있지 않아도 소용없이, 여정은 끝날 것 같지 않았다. 가스똥의 쓸데없는 말, 급작스러운 기어 변속을 빼고는 말이 없는 여정.

  내 뒤의 삶은 얼마나 맥없었는가! 거기에는 기입될 만한 값어치를 지닌 어떤 것도 새겨져 있지 않다. 모든 이의 사정이 다 이와 같을까? 검은 포도처럼 햇빛으로 충만한 운명도 틀림없이 있을 것이다. 왜 나는 그렇지 않을까? 아무것도 아닌 것을 찾는 도피, 그 오래고 헛된 활동, 내 삶의 이유는 무엇일까? 그것은 이 나들이의 부조리와 같다. 축포처럼 보이는 패주. 나는 모든 것을 비껴 지나갔을 것이다. 다시 시작하고 카드를 뽑고 패를 잘못 돌렸다고 외칠 순 없을까? 프랑스, 베레니스, 조르제뜨…… 안장 모양의 언덕을 넘어가자 풍경이 바뀌면서 큰 나무들이 빽빽하게 들어선 분지가 나타났고 평원과 도시 쪽으로의 전망이 사라졌다. 저녁이 서서히 밤으로 이어졌다. 오렐리앵은 자신도 모르는 사이에 베레니스를 더 세게 껴안으면서 일종의 기도를 올렸다. 그녀는 죽은 것 같았다. 남자의 팔이 감싸오는 것을 알아차리지 못한 듯했다. 한숨을 한번 내쉬었다. 그가 그녀 쪽으로 몸을 숙였다. 그녀가 말했다. "더위가 물러나질 않네요." 그러자 그가 이 쓸데없는 애원을 늦추었다. 말의 거부가 충분히 이 동물적인 물음에 대한 대답이 되었던 것이다. 지젤의 얼빠진 웃음. 가스똥이 더이상 속력을 내지 못하는 자신의 차에 호통을 쳤다. 도로가 오르막이었다. 차가 방향을 틀었다. 여행자들 위로 높고 검은 나무들의 잎 달린 가지들이 맞닿았다. 나무 그림자로 인해 밤다운 밤이 시작되었다. 그곳은 유휴지의 고장이었다. 살 가치가 없는 옷에서 부분부분이 그러하듯이, 밤의 날개로 말미암아 휴경지와 경작지 끝자락 간의 차이가 점차로 지워졌다. 그곳은 또한 폐가의 고장이었다. 여기저기에서 돌출하는 작은 농가, 어수선하고 퇴색한 지붕, 떨어져나가기 시작한 타일. 대체로 좁았고 출입문이 떨어져나가 바람이 제 집으로 향하듯 그 안으로 불어왔다. 다음으로 다른 나무, 내리막길, 또다시 나무, 물소리…… 자동차가 느려졌다. 교회 안에서의 너무 큰 목소리가 그렇듯이 지젤의 저속함이 확연히 드러났다. "제기랄" 그녀가 소리쳤다. "목말라, 가스뚜네!" 그리고 모렐에게. "오, 당신이 내 옆에 붙어 있으니까 더 더워요!"

다시 정적이 내리는 황폐화된 고장. 황폐화된, 하지만 전쟁으로 인해서가 아니다. 들판, 다음으로 주택을 덮치는 내부의 병폐 때문에 서서히 황폐화된 고장. 사람이 거의 살지 않는 곳. 가까이 들여다보지 않으면 아직도 사람이 살고 있다고 생각할 오지. 나무와 물이 있는 오지. 인적이 없는 곳. 후퇴와 집단 탈출의 여정 뒤에 이 속으로 오게 되다니 묘한 일이다. 이 나무, 이 길, 이 버려진 벽은 아직 파국을 모른다. 인접한 강은 저 아래 국도를 거쳐 이 도시 쪽으로 밀려왔지만 불행보다 더 큰 고장의 빈집들은 내버려둔다. 이 땅 전체, 흙덩이 하나하나, 조약돌 하나하나가 이 나라 사람들과 군대의 밀물을 맞이할 것이라고들 생각했을 것이다. 자, 가세. 풍경에는 누구도 영원히 모를 깊은 곳이 있다. 오렐리앵은 용기병 부대의 정보장교가 해준 말을 생각했다. 사람들이 라발과 원수 정부[11]에 관해 얘기한다는 것이었다. 그때 상대방이 외쳤다. "마음대로 하라고 해. 하지만 라발은 아니야! 만일 라발이라면 레지스땅스에 합류할 거야, 음모를 꾸밀 거라고!" 그 녀석은 프리메이슨 단원이 틀림없었다. 왜 내가 그를 생각했을까? 아, 그래, 고장의 깊은 곳, 사람

---

11 삐에르 라발(Pierre Laval)은 프랑스의 정치가. 제2차 세계대전 동안 뻬땡(Philippe Pétain) 원수와 함께 비시 정부를 이끌면서 나치 독일과의 협력정치를 표방, 해방 후 체포되어 사형선고를 받고 총살당했다. '원수 정부'는 뻬땡의 비시 정부를 가리킨다.

들이 곧 음모, 소란······ 시대로 접어들 것이다. 고장의 깊은 곳, 그 것에 대해 아무것도 모르는 넓은 공간이 있을 것이다. 또는 반대로, 쫓기는 사람들의 경우에는······

자동차가 울창한 오솔길에 정차했다. 오솔길 안쪽에 나무 방책 이 있었는데, 피폐한 벽에 비하면 매우 새것이었다. 사람들이 몸 을 흔들었다. 베레니스는 위험을 모면하듯이 오렐리앵에게서 벗어 났다. 정원에는 따지 않아 시들고 있는 장미, 네모난 채소밭, 두엄 이 있었다. "보시게 되겠지만 진짜 정원은 다른 쪽에 있어요." 가스 뚱이 말했다. 사람들이 캄캄한 집 안으로 들어갔다. 전기가 들어오 지 않아 가스뚱이 석유등을 찾으려고 넓고 낮은 방의 어둠 속을 더 듬었다. "안또니오!" 그가 외쳤다. "이놈은 도대체 어디에 틀어박 혀 있는 거야?" 문이 하나 열렸고 다른 쪽의 정원으로 난 창문이 파 리하게 드러났다. "안또니오!" 모렐이 설명했다. "그의 에스빠냐인 이에요." 웬 에스빠냐인? 시골 부엌과 서재 비슷한 방이 등불에 어 렴풋이 드러났다. 선반에는 먼지 쌓인 책이 빼곡히 꽂혀 있고 커다 란 벽난로에는 흩뜨린 불의 흔적이 남아있었다. 오렐리앵은 사촌 이라는 여자의 얼굴을 보았다. 이 유령 불빛을 받아, 그러니까 자신 의 기를 펼 수 있는 처지에 놓여서인 듯 덜 침울해 보였다. 지젤이 자주 드나드는 여자답게 작은 찬장을 열어 잔을 꺼냈다. 비스킷이 거의 없는 것을 보자 부르짖었다. "우리가 몇명이지? 다섯, 나를 포 함해서 여섯!" 루이필리쁘 시대풍으로 테두리가 금빛인 작은 거울 앞에서 베레니스가 말없이 머리카락을 정리했다.

"예, 그의 에스빠냐인 안또니오, 그가 베레니스를 기쁘게 하려 고 받아들인 공화주의자예요. 그들의 패배 이후에 말이죠." 모렐이 말했다. 그는 '그들'이라는 단어를 새삼스럽게 강조했다. 이로 인해 두 남자가 동시에 거북해했다. 약사가 수더분한 웃음을 띠었다. "이제는 우리가 패배를 당했으니 참 묘하군요." '베레니스를 기쁘게 하려고'라니. 그가 물었다. "그런데 왜 그것이 베레니스를 기쁘게 하나요?" "오, 그녀가 어떤지 잘 아시잖아요. 언제나 위원회에 들어가고 소란에 개입하는…… 가스똥은 그녀와 소신이 전혀 다르기 때문에, 아시다시피 그는 A. F.[12]에 속해 있기 때문에…… 하지만 안또니오는 그에게 도움을 주고 있어요. 집을 지키고 땅을 경작하죠. 가스똥은 시내에 방이 있어요. 그의 아버지 집에서 지내지요. 아시다시피 그의 아버지는 훌륭한 학자예요. 오크어[13]로 시를 짓기도 했어요. 그럼요, 그럼요."

가스똥이 어깨가 딱 바라진 젊은 농부와 함께 돌아왔다. 혈색 좋고 온화한 얼굴, 검은 눈에 키가 크지 않지만 다부진 유형이었다. 청바지에 단추를 잠그지 않고 소매를 접어올린 카키색 셔츠를 입고 있었다. 그가 종잡을 수 없는 말을 했고 가스똥은 알아듣는 것처럼 보였다. 그는 흰 버찌 한바구니를 가져왔다. "안녕, 안또니오!" 지젤이 외쳤다. 상대방이 온 얼굴에 미소를 띠고 몸을 숙였다. 오렐리앵은 모렐의 말을 곱씹으면서 그녀를 바라보았다. "그녀가 어떤지 잘 아시잖아요. 언제나 위원회에 들어가고……" 예상 밖의 깊은 곳이 이 고장에만 있는 것은 아니었다. 두번째 등불이 밝혀졌고 갑자기 방에 거의 명랑한 기운이 감돌았다. 펠릭스 포르[14] 시대의 여자 초상화 한점이 눈에 띄었다. 사촌이 오렐리앵에게 그림에 관해 설명했다. 그렇지만 그는 베레니스가 에스빠냐인과 말하는

12 프랑스 왕당파 단체 악시옹 프랑세즈(Action Française)의 약자.
13 구어 라틴어, 즉 로망스어의 하나. 루아르강 이남 지역에서 오랫동안 사용되었다.
14 Félix Faure(1841~99). 프랑스 제3공화국의 대통령(1895~99).

것을 지켜보았다. 그가 어깨를 으쓱했다. 무엇을 상상하려는 것이었을까? 갑자기 음악 소리가 났다.

이 어두운 주방에서 방금 피아노가 깨어나 피아노 위에 쌓인 공책 더미 사이에서 도자기 화분 하나가 흔들리고 있었다. 가스똥이 쇼팽을 연주했다. 미노르까의 전주곡[15]이었다. "재즈를!" 지젤이 외치고는 뢰르띠유아 쪽으로 몸을 돌려서 말했다. "가스똥이 얼마나 구식인지 대위님은 모르실 거예요. 여기는 전축도 라디오도 없다고요!" "아, 아니야, 라디오가 없어!" 그가 건반에서 항변했다. 날마다 노래가 흘러나온다는 점 때문에 라디오에 싫증이 나는 것은 사실이었다. "기억나지, 지난봄 여기에 라일락이 온통……" 모렐이 지젤에게 말했다. 지젤은 기억이 났다. 그런데 그 싸구려 포도주는 오지 않나요? 안또니오가 그것을 찾으러 갔다고 가스똥이 피아노 앞에서 말했다. 과연 안또니오가 그것을 가져왔다. 그를 따라갔던 베레니스와 함께였다. "언제부터 베레니스가 에스빠냐어를 할 줄 알죠?" "오, 그녀는 배웠어요!" 사촌이 대답했다. "베레니스는 늘 뭔가를 배워요, 한때는 속기술을, 한때는 에스빠냐어를." 사촌은 그것을 좋게 생각했을까, 나쁘게 생각했을까? 짐작할 수 없었다. 갑자기 피아노 소리가 그쳤다. "식사합시다!" 지젤이 불렀다.

버찌, 작은 케이크, 블루치즈와 백포도주가 있었다. 그나마 백포도주가 마실 만했다. 가스똥이 식탁에 포도찌꺼기 화주 한병을 놓았다. 맛이 괜찮을 거예요. 그리고 여자들을 위해 버찌 술을 올려놓았다. 게다가 이건 모렐이 가져온 거예요. 하지만 모두가 백포도주로 돌아갔다. 만약 대위가 요리에 쓰기 위해 두병을 가져가고자 한

---

15 쇼팽이 마요르까섬에서 작곡한 「전주곡집」(1834) 중 한곡을 가리키는 듯하다.

다면? 기꺼이 받아들이겠습니다. 모렐은 많이 말했다. 전쟁, 도자기, 그들이 지젤과 함께한 추억에 관해. 사촌이 약간 취해 어느 영화에 나온 노래를 한곡 불렀다. 정확히 무슨 영화였지? 앙리 가라뜨[16] 주연의…… 거기서 그는 대학생이었다가 지방으로 떠났지. 가스똥이 오렐리앵에게 낡은 가족 앨범, 자기 아버지의 사진을 보여주었다. 그가 머리를 뒤로 젖히고 시를 읊기 시작했다. 뢰르띠유아가 듣기에 프로방스어로 된 시였다. 그가 장담했다. 오렐리앵은 귀를 기울이는 척했다. 눈길이 베레니스를 향해 있었다. 그녀는 말없이 웨이퍼를 부스러뜨리면서 허공을 응시했다. 손가락이 신경질적으로 급하게 움직였다. 지젤은 여러차례 큰 소리로 웃었다. 에스빠냐인이 문 앞에 나타나 뭔가 알아들을 수 없는 말을 했다. 가스똥이 고개를 돌렸다. 아니, 아니야, 고마워, 안또니오. 밖에서 머리를 어지럽게 하는 푸른 소리가 들려왔다. 개구리들.

"덥다고 생각하지 않아요?" 베레니스가 말했다. 그녀는 누구에게 말을 걸었을까? 모든 이에게, 그리고 아무에게도. 어쨌든 오렐리앵에게는 아니었다. 적어도 더 특별하게는 아니었다. 가스똥이 베레니스에게가 아니라 오렐리앵에게 낮은 목소리로 대답했다. "정원을 구경하고 싶지 않나요?" 날씨가 더운 것은 사실이었다. 백포도주 기운이 머리로 올라왔다. 오렐리앵은 주방에서 흘러드는 약한 불빛으로 어렴풋이 밝혀진 두번째 방을 가로질렀고 베레니스가 앞으로 지나가게 두었다. 그들은 정원 입구에 멈췄다. 그들뿐이었다. 아무도 그들을 뒤따라오지 않았던 것이다. 매우 어두웠다. 달이 안 보이는 시기였다. 밤나무들 사이에서 정원은 어둠의 샘처럼

---

16 Henri Garrat(1902~59). 프랑스의 가수 겸 영화배우.

보였다. 양쪽의 크고 낮은 허술한 벽이 경계를 이루었고 세로 방향
으로 들판이 펼쳐져 있다고 짐작되었다. 한쪽 구석에 일종의 덤불
숲 별장이 있었다. 긴 의자와 원형 탁자가 보였다. 산책길의 무성한
풀, 발아래 구르는 밤송이, 모든 것이 아주 제멋대로였다.

그들은 마치 집과 자신들 사이에 멀리 거리를 두고 싶기라도 한
듯이 아무 말도 하지 않고 합심하여 앞으로 나아갔다. 정원의 끝자
락에서 마른 돌의 벽이 평원 위에 발코니를 이루고 있었다. 어렴풋
한 형체가 뒤죽박죽 섞여서 풍경이라는 생각이 들지 않았다. 시원
한 바람은 불지 않기로 작정한 모양이었다. 모기들이 앵앵거렸다.

"그 에스빠냐인이 강제수용소에 갇히지 않은 것은 어떻게 된 거
죠?"오렐리앵이 말했다.

딱히 대답을 기대하지는 않았다. 그저 불안을 떨쳐버리기 위해
한 말이었다. 어둠 속에서 베레니스는 다시 1922년의 사랑스러운
베레니스가 되었다. 그는 그녀가 도무지 자신의 말을 듣지 않는 듯
해 놀랐다. 오, 그래, 예전에는 그의 말을 경청했었지. 그럼에도 그
녀가 특별한 열의 없이 말했다. "가스똥은 유력 인사들과 친분이
있어요. 에스빠냐인을 대신해 대답해주었죠."모든 것에서 그들 사
이의 심연이 어김없이 헤아려지는 듯했다. 오렐리앵이 소스라쳤
다. "기분이 안 좋은가요?"이 물음이 어둠 속에서 우연히 두드린
악기의 음표처럼 떠올랐다. 그는 그녀에게 말하고 싶었을 것이다.
그들 둘 다에게 선택의 여지가 있었을까? 그들의 젊음은 돌아오지
않을 것이다. 그들은 서로에게 로맨스였다. 사정을 달리 바꿀 수는
없을 것이다. "베레니스……"그가 말했다. 그리고 이 이름은 그가
말하지 않을 모든 것, 그가 언제까지나 말할 뻔했던 것의 침묵 속
으로 서서히 사라졌다.

"당신은 아이들이 있어요." 그녀가 말했다. "얼마나 이상한지, 그리고 얼마나 경이로운지 몰라요. 당신이 부러워요. 아이들을 만나보고 싶어요. 아마 아들은 당신을 닮았겠죠. 딸애의 몸짓은 당신과 같을 테고요."

그가 중얼거렸다. "남자애는 나를 닮았어요."

그들의 머리 위 멀지 않은 공중으로 무언가가 날아갔다. 그는 보지도 않은 채 자신의 머리 위로 베레니스가 손을 옮겼으리라고 추측했다. 그가 이 손짓을 간파했다는 것을 그녀가 알아차렸을까? 그렇다고 해도 무슨 소용인가? "박쥐 아닐까요?" 그녀가 물었다. 그는 아무것도 몰랐다. "아니라고 생각해요." 그가 주장했다.

그녀는 정말로 애들에 대한 몽상에 빠졌을까? 속이지 않아도 될 만큼 충분히 어두웠다. 오렐리앵이 그녀에게 말하고 싶었을 모든 것, 상황에 맞는 이야기. 한평생, 한평생 그는 상황에 맞지 않아서 괴로웠지만 이런 욱신거림은 결코 없었다. 상황에 맞지 않았어도……

"이봐요, 베레니스, 여기서, 이 정원에서, 이 무성한 풀잎의 어둠 속에서 내가 해야 할 것이 있다면 그것은……" 그는 "당신의 손을 잡는 것"이라고 말하려 했을 것이다. 말하지 않았다. 그녀는 그에게 문장을 끝맺으라고 요청하지 않았다. 아마 그를 대신해서 끝맺었을 것이다. 그런데 어떻게? 그녀는 그가 무엇을 하리라고 기대했을까? 무엇으로 그녀는 그의 문장을 끝맺으려 했을까? 어쨌든 그는 그렇게 하지 않았고, 하지 않을 것이다. 왜냐하면 그녀가 그에게 기대하는 것, 또는 적어도 그가 하리라고 기대하는 것이 정확히 그것이라는 것을 몰랐기 때문이다.

그는 "당신의 손을 잡는 것"이라고 말하고 싶었을 것이다. 그 말을 하지 않았다. 이제 너무 늦었고, 또다른 말들이 그 말을 어깨로 밀어냈다. 말하지 않은 다른 말들이 침묵 속에서 떨어져내렸다, 하나하나 뜯어내는 장미꽃잎처럼. 또다시, 또다시. 그는 더 심각한 말로 달려들 태세였다. 이번에는 "베레니스……"라고 말하지 않았다. 다시 한번 그 이름이 너무 무거운 돌처럼, 목소리를 차단하는 향수처럼 자신의 말을 가로막을까봐 두려웠기 때문이다.

"당신은 나의 삶에서 가장 좋은 것, 가장 깊은 것이었어요. 아뇨, 내 말을 막지 말아요, 결심하기 위해 이미 꽤나 애를 썼으니까요! 당신은 일찍이 나의 삶에서 밝은 인상을 자아낸 모든 것이에요. 그리고 내가 나의 삶 전체를 훑어본다면…… 내가 하고 싶은 말은…… 나를 이해하겠어요? 사람들은 자기 자신에게 스스로를 정당화하려고 애쓰죠. 누구나 늙어가요. 그러니 자신의 로맨스를 망쳤을 리 없어요. 우리는 허용하지 않을 거예요, 그렇죠? 내 앞에 이 어둠이 있어요. 몽상이 없을 수 없어요. 더 나쁘게는 망친 몽상, 단 하나의 몽상에 대한 회한과 함께……"

그는 정확히 무엇을 말하고 싶었을까? 한동안의 침묵 후에 그녀가 "당신은 당신에 관해서만 말하는군요"라고 아련한 어조로 말했을 때, 그녀는 그것을 의심하지 않는 것 같았다. 그는 그녀의 말을 오해했다. 그녀에 관한 얘기였다고 말했다. 그녀는 오렐리앵이 모든 이의, 프랑스의 패배, 그 끔찍한 뜻밖의 일에 대한 생각 이외에 다른 생각을 하는 것이 기이하게 생각된다고 말하고 싶었던 것이다. 프랑스라는 이름이 뢰르띠유아에게는 공허하게, 과장되게 울렸다. 작은 세로선 같은 것을 지녔다고 그가 기억하는 그 보이지 않는 입술로 말해졌기 때문이다. 오래전의 익사한 여자 가면, 그 광대뼈가 그에게 어릿거렸다. 곧이어 그녀가 말했다. 프랑스…… 그는 자신의 생각을 어설피 밝힌 것에 짜증이 났다. 그것으로 인해 그가 방해받았고, 그의 베레니스가 허물어졌고, 그의 기억에 자리한 형상과 이 살아 있는 여자 사이의 거리, 그와 무관하게 흘러간 이십년이 헤아려졌다. 그 이십년 동안 일어난 모든 것. 그들을 갈라놓는 모든 것. 베레니스가 말했다. "당신들, 당신과 다른 사람들을 이해해요. 대화의 주제가 하늘에서 떨어지면, 아, 그것이 빠져나가게 내버려둘 수 없죠! 당신을 이해해요. 탈선하거나 빛을 발해서 너무 행복해하죠. 모두 똑같아요, 남자들이란! 당신은 의무의 수행에 이렇게 만족스러워해요. 동원되었으니까요. 제구실을 했어요. 그래서, 그다음에 사람들은 당신에게서 무엇을 바랄까요? 이제 끝이에요, 끝이라고요. 당신은 되는대로 살아가요. 이를테면 패배 때문에 더이상 면도도 하지 않을 듯이 말이에요. 당신은 재킷을 입지 않고 셔츠 차림으로 살아가는 셈이죠."

"하지만…… 물론 끝이죠, 베레니스. 당신은 우리가 무엇을 말하고 무엇을 하면 좋겠어요? 그래도 벽에 머리를 부딪쳐 깨뜨릴 수는 없잖아요!"

"왜 없죠? 어떻든 당신이 이번에 머리를 부딪지 않는다면, 그렇게 할 기회는 눈을 씻고 찾아도 없어요! 당신들의 귀중한 머리! 끝이라는 것을 알아차렸을 때, 휴우 하고 말했다는 것을 고백할 수 있나요?"

"우선, 아직 끝나지 않았어요."

"아직요? 다른 사람들 말을 듣지 못했나요?"

"누구요?"

"원수元帥, 사랑스런 아이들, 목소리 없는 눈물…… 아, 맙소사!"

"그렇게 말하지 말아요. 그 노인네는 사람 속을 뒤집어놓는 인

간이에요. 그런데, 당신은 사람들이 결국 어떻게 하길 바라는 건가
요?"

그녀는 대답하지 않았다. 그가 우쭐해졌다. "그 점에 대해서는,
당신이 보다시피……" 그녀가 돌연 격분했다. "내가 원했을 것 말
인가요? 저항하는 거요! 싸우는 거요!"

"하지만 싸웠잖아요."

"그렇죠, 불운한 사람들…… 정말 ……라고 생각했으니 말이에
요. 차라리……"

"당신을 이해할 수 없어요. 당신은 한가지 것을 말하고 나서 또
다른 것을 말해요. 당신의 관점에서는 충분히 많은 사람이 죽지 않
은 모양이죠?"

"이미 충분히 많은 사람이 죽었기 때문에 우리에겐 그들을 배반
하고 그들의 죽음을 헛되게 할 권리가 없는 거예요."

"그러니까 피해야 했을 거예요."

"싸워야 해요, 싸워야 한단 말이에요! 빠리를 방어하지 못하다
니!"

"당신의 말에 따르면 빠리를 파괴당하게 내버려둬야 했겠네요!
그래요? 참 나, 그만두죠."

"빠리를 파괴하는 편이 더 나았을 거예요."

"당신은 R에 살고 있으니까 그렇게 말하기 쉽죠."

"바보처럼 굴지 말아요. R에서도 빠리를 사랑할 수 있어요, 릴에
서나 빠리 자체에서와 꼭 마찬가지로. 그리고 내일 그들이 R에 다
다른다면……"

"R의 잿더미 속에서 죽고 싶어요?"

그는 이 빈정거리는 말투에 스스로 깜짝 놀랐다. 아. 그가 다시

말했다. "우리가 여기서 무슨 말을 할 수 있을까요?"

이에 베레니스가 대꾸했다. "오늘, 오늘 밤에 해야 할 말만 하죠. 아뇨, 반박하지 마세요. 내게 사랑에 관해 말해야 한다고 하지 말아요, 예전처럼!"

잠시 침묵한 후에 입 밖에 낸 마지막 말이 불러일으킨 온갖 쓰라린 심정. 가스똥의 말을 믿건대 오렐리앵에게 죽은 것 같은 지난 몇년이 한평생과 맞먹는다면, 오늘 그와 베레니스 사이에 삶보다 더 나쁜 세계가 있는 것은 어떻게 된 일일까? 또한 생각의 세계가. 그가 가소롭고 유치하다고 여기는 생각들이. 그가 그녀의 명예를 훼손하면서, 마음속으로 그녀에 대해 지니고 있는 이상화된 추억을 더럽히면서 그녀에게서 알아본 흔한 향수처럼, 그것들은 더 민감하고 더 머리를 아프게 할 뿐이었다. 그가 침묵을 깨뜨렸다. "베레니스, 내가 당신과 헤어졌을 때 당신은 몹시 정열적이고 솔직하고 무지한 어린 소녀 같았어요. 아, 남자들이 싸우고, 대결하고, 사상, 이익과 술책을 서투르게 감춘 사상의 선두에 서는 그런 세계와는 너무나 무관했지요. 그러고 나서 내가 되찾은 베레니스는 삶에 쏟았던 동일한 정열을 얼룩지고 연기에 휩싸인 것들, 우리의 병이었던 것들에 기울이는 여자, 예전에 어린 소녀가 빠리의 풍경, 저녁 모임, 노래에 도취했던 것만큼이나 쉽게 우리의 군중을 인도하는 무의미한 말에 열광하는 여자네요."

무엇 때문에 그의 목소리는 애원조가 되었을까? 이 목소리로 그는 그녀에게 무엇을 간청했을까? 그 자신은 아무것도 알지 못했다. 그래서 베레니스는 엉뚱한 음, 위선의 감정을 느꼈다. 그들 사이에 이제 젊음은 없었다. 그 경이로운 일치의 환상이 그들에게 일어나지 않았다. 그렇지만 둘 다 그 고양된 일치의 추억을 간직하고 있었다. 베레니스가 옳았다. 그날 밤 그들은 무엇에 관해 말했을까? 서로 막연하게 기대했던 말이 성운처럼 어둠 속으로 자취를 감추었다. 말해지면 거짓말로 들렸을 충격적인 말. 그러니 계속하지 않는 편이 나았다.

그들 뒤쪽에서 문의 네모난 유리창으로 불빛이 너울댔다. 이 불빛을 가로질러 외침 소리가 들려왔다. "누가 아르마냐끄를 원했나요? 연인들, 당신들이 아르마냐끄를 필요로 했나요?" 안에서 사람들이 웃었고, 피아노가 갈팡거렸고, 그런 다음 지젤의 목소리가 서서히 높아졌다. 몇몇 음 이후에 음정을 맞추는 목소리들 중의 하나였다. 약간 유행에 뒤진 노래가 시작되었다. 규칙적으로 반복되는 리듬과 프랑스 재즈 스타일의 불량한 노래였다.

누구나 행복하기 위해 무언가를 기다리네!

"비가 올 것 같지 않나요?" 베레니스가 물었다. 실제로 공기가 매우 습했다. 오렐리앵은 그 말의 의미가 '들어가요'라는 것을 받아들이고 싶지 않았다. 그래서 조금 전에 그를 괴롭혔던 무뚝뚝한 어조로 말했다. "무엇 때문에, 베레니스, 그 에스빠냐인들, 공산주의자들에게 관심을 갖는 거죠?" 그녀는 생각하는 기색도 없이 곧바로 대답했다. "그들의 불행 때문에요." 그녀의 말에 그는 기분이 상했다. "이봐요, 잘못을 저지른 이들의 불행은 정의일 따름이에요." 그가 대꾸했다. "그것은 오늘날 독일인들이 우리의 불행에 관해 할 법한 말이네요." 그녀가 말했다. 그들을 둘러싸고 있는 검은 레이스에 침묵의 구멍이 났다. 이어지는 베레니스의 목소리는 가파른 비탈을 힘겹게 오르는 듯했다. "이제 당신과 나 사이에는 공

406

통된 것이 정말로 전혀 없네요, 나의 소중한 오렐리앵, 이제는 아무 것도…… 이해하지 못하겠어요? 지금 우리가 왜 만나야 했는지 모르겠네요. 아마 이것을 위해서겠죠. 이것을 우리가 알도록 말이에요. 그리고 이쪽에서 각자……"

말은 중얼거림으로 끝났다. 오렐리앵의 심장이 쿵쿵 뛰었다. 격앙된 감정의 혼합. 자신이 판결을 받았다는 느낌에서 오는 공포, 맞는 말이라는 확신, 또한 자신이 기억하는 젊은 여자 대신 이 따지고 드는 여자를 되찾았다는 분노…… 나는 따지고 드는 여자가 싫다. 아내에 대한 추억, 아내의 젊음, 싱그러움이 폭발하듯 기억났다. 아, 제기랄, 조르제뜨는 이렇지 않았다. 그는 때때로 그녀가 지적인 면에서 아둔하다고 생각했다. 부당한 생각이었다. 여자는 다른 종류의 지능이 있다. 여자들과 관련이 없는 것에 여자들이 개입할 때는……

"그러니까 우리는 우리의 추억을 망친 셈이네요. 더이상 말할 필요가 없어요."

그가 초연한 어조로 이렇게 말했다. 그렇지만 그는 정통으로 대답을 들었다. "더이상 말할 필요가 없겠네요." 이런 베레니스를 데려가기를, 그녀 때문에, 그 오랜 십칠년의 이야기 때문에 모든 것과 단절하기를 갈망했다니! 그는 열이 났다. 사실이었다. 그래도 패배 위에 머물러 있을 수는 없다고 그는 생각했다. 그러고 나서 이 말의 또다른 의미로 말미암아 쓰라림과 냉소에 휩싸였다. 그가 짧게 웃었다. 메마른 웃음이었다.

"이것이 우습나요?" 베레니스가 물었다.

그가 사과했다. "아니요, 어떤 다른 생각이…… 이게 다여도 당신은 아무렇지 않아요?"

이번에는 그녀가 이 물음을 어둠 속에서 떠돌게끔 내버려두었다.
"예…… 아니요. 당신이 다른 남자들처럼 지니고 있는 그 어리석은 남자의 오만이 없다면 우리는 심상하게 말할 수 있었을 텐데…… 내 소중한 오렐리앵."

그가 알아차렸듯이 그녀는 "내 소중한"이라는 말에 힘을 주는 그녀만의 방식이 있었고, 전번처럼 이번에도 전혀 무례하거나 공격적이지 않았다. 마치 죽은 사람에게 말하기라도 하는 듯했다. "내 소중한 오렐리앵." 그녀가 되풀이 말했다. 그녀가 운다 해도 그럴 만했다.

8

아르마냐끄는 가스똥의 깜짝 선물이었다. 그는 저녁 모임에서 보잘것없는 마라스깽과 포도찌꺼기 브랜디 이후에 예술적 효과, 뜻밖의 이벤트로 아르마냐끄를 마련해두었던 것이다. 반응이 아주 좋았다. 감상적인, 믿을 수 없을 정도로 감상적인 모렐을 비롯해 지젤, 만세, 사촌은 말할 것도 없이. 그렇지만 시간이 늦었다. 뢰르띠유아 씨를 여기로 데리고 오기 위해 필요했던 기묘한 상황, 상상을 초월하는 사건에 관해 베레니스에게 지나치게 다정한 눈빛을 보내면서 감동한 어조로 말하는 남편을 서둘러 제지하고 나서 베레니스는 시간이 늦었다고, 어쨌든 아직 전쟁 중이라고 말했다. 분명히 도로는 통행이 금지되었을 것이라고 가스똥이 말했다. 하지만 사람들은 다른 할 일이 있었다. 사촌이 「뽈리왹끄뜨」[17]를 읊조렸다. 왜 「뽈리왹끄뜨」를? 그녀가 외우고 있는 것이 「뽈리왹끄뜨」였다.

「아멜리를 돌보라」[18]는 외우지 못했다.

그들은 고물차에 몸을 실었다. 가스똥이 시동을 걸자 그들의 몸이 옆으로 확 쏠렸고, 웃음이 터졌다. 자리를 고쳐 잡았다. 그리고 아무 일도 없었던 것처럼 오렐리앵의 팔이 모렐 부인의 어깨를 감쌌다. 그들은 사람들이 그들에 대해 기대하는 온갖 몸짓을 하자고 암묵적으로 합의했다. 설명을 차단하기 위해서였다. 모렐이 중얼거렸다. "그들이 재회했어, 지젤, 그들이 재회했다고! 기적이야!" 이 말에 가스똥의 어깨가 묘하게 흔들렸다. 사촌은 자동차 앞유리가 금 간 데가 있어 깨지기 쉽다고 단언하면서 애써 그것을 만지려 했다.

풍경 전체가 뒷걸음질 쳤다. 거꾸로 가는 여정이었다. 잎이 무성한 그늘에서 나와 덜 촘촘한 나무들로 덮인 도로, 위스네르가 오르락내리락 달리는 기복으로 다시 접어들었다. 이제는 그렇게 덥지 않았다. 하늘이 어두웠다. 틀림없이 큰 구름이 별들 앞에 자리 잡았을 것이다. 가스똥은 약간 신경질적으로 운전을 했다. 그가 취했다고는 말할 수 없다. 단지 서둘러 돌아가고자 했을 뿐이고 그래서 약간 신경질적으로 운전하게 되었다. 이 되밟아가는 도로가 다른 사람들에게는 친숙했지만 오렐리앵에게는 그들을 태우고 가는 이의 신경질에 공감할 정도로만 아는 기묘한 도로였다. 컴컴한 하늘 역시 그랬다. 자동차가 어둠 속으로 빨려들어갔다. 그 여러날 밤의 수송 대열 이후에 달랑 고물차 한대로 덜컹거리면서 달리는 것은 묘한 느낌이었다. 덜컹거리는 차는 인간의 범위를 벗어나 캄캄한 위험 속으로 길게 이어지는 고리 모양의 대(大)부대에 의해 제약

---

17 프랑스 고전 비극의 대가 꼬르네유(Pierre Corneille)의 비극(1641~42).
18 프랑스의 화가이자 극작가 조르주 페도(Georges Feydeau)의 희곡(1908).

을 받지 않았다. 오렐리앵은 이제 생각하지 않으려고 애썼다. 그가 R로 돌아가고 있다. 그것이 전부였다. 술 때문에 가중된 피로가 추억의 그물망, 그의 두개골 속에서 꾸물대는 생각의 실마리보다 더 크게 다가왔다. 베레니스의 어깨를 감싼 팔이 저렸다. 그쪽 손의 손가락이 아득하고 고통스러운 듯했다. 그렇지만 그는 팔을 빼지 않았다. 이 말없는 여자의 속에서 무슨 일이 일어나고 있을까? 한가지 어이없는 착각, 애매하고 눈물겨워서 벗어나지 못한 다른 착각들로 감싸인 그들 사이의 반목…… 순간순간 그는 생각했다. 그들의 이야기, 사랑의 그토록 완전한 실패, 사랑에 대한 삶의 반박, 또한 십팔년의 점진적인 망각에서 되살아나는 이해 불가능한 사랑의 환상…… 그는 생각했다. 결실을 맺었다고, 끝이 났다고 스스로에게 말할 수 있는 것이 하나도 없었다. 그의 몸이 굳었다. 자, 초기에 중단된 이 이야기에 관해 사랑의 실패라고 할 수 있을까? 그리고 한평생 그녀와 나 사이는 거의 생각하지 않고, 아니, 그건 사실이 아니다, 나는 늘 생각했다, 그래도 마치 ……한 듯이는 아니다. 차의 요동으로 인해 그들이 서로 부딪혔다. 갈수록 더 불편해졌다. 말다툼했지만 잠자리를 같이한 여자와 한 침대에 있는 기분이다. 차의 덜컹거림, 십팔년의 망각. 점진적이지만 어쨌든 망각이다. 그는 생각했다. 속으로 말했다. 한평생, 내 한평생, 어이없게도 나 자신에 대해, 이 사람들이 잘못 생각하듯이 우리 두 사람에 대해 측은한 마음이 든다. 그가 자기 자신을 측은히 여긴 것은 아마 실수였을 것이다. 이 밤과 같은 어느 밤. 이 나라에서 벌어지고 있는 일과 함께. 오렐리앵은 자신이 뇌우 속에서 숲의 나뭇잎 속에 잘 숨지 못하는 동물 같다고 느꼈다. 이 역사 속에서, 지극히 견딜 수 없고 동시에 지극히 중요한 그의 이야기. 전란 속의 기분 전환. 멀리서 둔탁한 소리가 들려왔다. 그들은 그 소리 쪽으로 나아가는 중이었다. "들었어요?" 가스똥이 그에게 말했다. 예. 전차, 전차 같아요. 뭐죠? 아마 돌아오는 사단. 아니면 우리 편이 이 도시를 포기하나? 커져가던 소리가 어둠의 솜 안에서 약해지다가 사라졌다. 틀림없이 R에서 그다지 멀리 떨어지지 않은 곳이었을 것이다. 베레니스의 침묵이 그들 사이에 무겁게 내려앉았다. 뒷좌석의 사람들이 뭔가 말을 하려고 시도했다. 기어 변속, 사거리에서 큰길로 나가는 자동차. 그리고 그때.

"뭐지? 이게 무슨 의미지? 무슨 일이야?" 목소리들이 엇갈렸고 브레이크 밟는 소리, 갑작스러운 진로 변경으로 인해 끊겼다. 기관총. 오른쪽에서 불꽃과 함께 기관총의 콩 볶는 소리. '어이쿠, 맞았구나.' 오렐리앵이 생각했다. '부상이야.' 팔이 무거웠다, 무거웠다. 아프지는 않았다. 틀림없이 피를 흘렸을 것이다. 베레니스를 감싼 팔. 그가 가스똥에게 소리쳤다. "달려요, 멈추지 말아요!" 가스똥이 차를 ⋯⋯맞은편 길로 접어들지 않고 계속 이어지는 비포장도로로 몰았다. 결국 큰길 쪽으로 차를 돌리지 않았다. 임기응변을 발휘했던 것이다. 앞창에서 유리 깨지는 소리가 났다. 그들에게로 약간의 유리 조각이 떨어졌다. "괜찮아요?" 술이 깬 모렐이 무척 불안한 목소리로 물었다. "예, 예." 오렐리앵이 말했다. ⋯⋯라고 말하면 멈출까봐 두려웠다. "베레니스, 가스똥은?" 그러자 가스똥이 숨을 몰아쉬었다. "뒷좌석 사람들은?" 뒤에서 사촌이 발작적으로 웃었다. 그것뿐이었다. 오렐리앵이 가스똥에게 말했다. "속력을 내요, 형씨, 낭패로군요. 어디로 가는 길인지 알아요?" 모른다. 저들의 경로에서 빠져나가는 것이 가장 중요하다.

"저들의 경로에서요? 누구 말인가요?"

뒤쪽에서 누군가 물었다. 지젤이 일어났다. 앉아요, 제기랄, 지젤! 약사가 그녀를 아래로 끌어내렸다. 차의 요동이 굉장해졌다.

"독일군이죠, 물론!" 오렐리앵이 말했다. 그는 팔을 움직이지 않았다. 틀림없이 출혈이 클 것이다. 자동 기관총, 저들이 길을 수색하기 위해 척후병을 실어 보내는 차들 중의 하나임이 틀림없었다. 요즈음 저들은 쓸데없는 손실을 피하기 위해 이런 수색을 한다. 적과 마주칠 때에는 계속하지 않는다. 우리 편을 따돌리기 위해 오른쪽이나 왼쪽으로 도망친다. 그는 아릿한 고통 속에서 저린 팔을 만지고 싶었다.

가스똥이 욕설을 했다. 뒷자리의 사람들이 미친 듯이 외쳐댔다. "그들이 우리를 따라오나요? "그러지는 않는 것 같아요. 볼 수 있죠, 당신은?" 이것은 뢰르띠유아에게 하는 말이었다. 그는 더듬어보다가 자신의 팔에서 베레니스의 어깨로 흘러내린 축축한 피를 느꼈다. 그녀가 알아차릴 것이었다. 그가 그녀에게 말했다. "베레니스, 놀라지 말아요." "놀라지 않아요." 그녀가 중얼거렸다. 예전의 목소리, 어느날 저녁 빠리의 택시 안에서 들었던 목소리였다. 오렐리앵은 부상당했다는 황당한 우쭐함이 마음속에서 올라오는 것을 느꼈다. "별것 아니에요." 그가 옆의 여자에게 아주 낮은 목소리로 속삭였다. 그러자 그녀가 말했다. "알아요, 별것 아니에요……" 그래서 그는 약간 기분이 나빠졌다. 그는 정말로 별것 아니라고 말하고 싶었지만, 그녀는 얼마나 사소하게 여기는지! 그랬기에 그가 그녀에게 밝혔다. "부상당했어요." 하지만 가스똥이 이 말을 들었고, 예상대로 브레이크를 밟았다. "부상이요? "아, 가볍게……" 뢰르띠유아는 베레니스의 머리가 자신에게 기대어 가볍게 흔들리는 것을 느꼈다.

412

"그가 부상을 입었어요." 뒤쪽에서 사촌이 날카롭게 소리쳤다. "뢰르띠유아 씨가 부상을 입었다고요!"

가스똥이 손전등을 꺼냈다. 노란 불빛이 우선 무릎을 쓸었고 그런 다음 얼굴로 뛰어올랐다. 부상 부위가 어딘지 찾았다. "팔이요." 뢰르띠유아가 빛을 인도하기 위해 말했다.

불빛이 내려와 늘어진 손, 가짜 애인의 밀착한 부분, 베레니스를 부축한 피 흘리는 팔을 비췄다. 피가 드레스를 식탁보처럼 물들였다. 베레니스의 머리가 비스듬히 기울어 있었다.

"베레니스!"

모두가 일제히 외쳤다. 오렐리앵이 다치지 않은 팔로 그녀의 얼굴을 들어올렸다. 그녀는 눈을 반쯤 감은 채 얼굴에 미소를, 센강에 빠져 죽은 이름 모를 여자의 미소를 머금고 있었다. 총알들이 그녀를 긴 죽음의 목걸이 모양으로 관통했던 것이다. 그녀가 죽었다. 오렐리앵은 그녀가 죽었다는 것을 곧장 알아차렸다.

"그런데 나는 내 팔에 관해 말했다니!"

다행히 누구도 그의 말을 듣지 못했다. 지젤의 흐느낌이 터져나왔다. 뚱뚱한 약사가 소리치고 울먹였다. "니세뜨, 그럴 리가 없어! 니세뜨!"

불빛이 꺼졌다. 가스똥이 목멘 목소리로 말했다. "이제 그녀를 집으로 데려다줘야겠어요."

불가능한 사랑과 '참된 거짓말'

정치적 환상의 상실과 사랑의 불가능

제1차 세계대전에 이어 1940년 42세의 나이에 재차 보조 군의관으로 동원되었다가 같은 해 7월 프랑스군이 패주하는 와중에 동원이 해제된 루이 아라공(Louis Aragon)은 까르까손, 아비뇽, 니스로 피신하여 해방될 때까지 가명으로 숨어 지내면서 '지적 레지스땅스' 운동에 적극적으로 참여한다. 이 시기에 여자와 프랑스에 대한 사랑을 노래하면서 나치의 폭력성에 맞서는 수단으로서 시집『비통』(*Le Crève-coeur*, 1941)『엘자의 눈』(*Les Yeux d'Elsa*, 1942)『브로셀리앙드 숲』(*Brocéliande*, 1942)『그레뱅 박물관』(*Musée Grévin*,

1943)을 펴낸다.

『오렐리앵』(*Aurélien*)은 1944년 10월 프랑스가 해방된 직후에 발간된다(1966년에는 작가 자신의 서문이 붙은 수정판이 나온다). 집필 시기는 1942년 4월에서 1943년 사이이다. 에필로그의 여덟개 장은 연합군의 노르망디 상륙 이후 전세가 독일에 불리해지고 프랑스 해방의 전망이 보일 때 써서 덧붙인 것이다. 왜 아라공은 (시집들과 비교할 때) 그 시기의 상황에 맞지 않게 이런 소설을 썼을까? 『오렐리앵』은 독자들이 앞의 시집들을 낸 저자에게서 기대한 소설이 전혀 아니다. 열광적인 해방의 맥락에서 대중은 애국적 서사를 바라기 마련이다. 그런데 아라공은 이 작품을, 한마디로 규정할 수 없지만 일단 불가능한 사랑 또는 커플의 불가능성에 관한 긴 자전적 소설이라 할 수 있는 우울한 비참여의 이야기를 독자들에게 제공한 것이다. 그래서 이 작품은 나중에야 대단한 인기를 끌게 되지만 발간된 당시에는 거의 주목받지 못한다. 평단에서도 이 작품의 교훈적 에필로그에도 불구하고 어떤 정치적 의미를 부여할지 몰라 난처해하면서 판단을 유보한다.

이 소설은 기본적으로 두 주인공 오렐리앵과 베레니스 사이의 맺어지지 못한 사랑을 이야기한다. 베레니스는 작가 자신이 서문에서 말하듯이 이 작품의 배경이 된 시기에 만난 드니즈 레비(Denise Lévy)라는 여자가 모델이다. 아라공은 20대 초반의 젊은 나이에 그녀로 인해 사랑의 열병을 앓는다. 그녀는 브르똥(André Breton)의 아내 시몬의 사촌, 제1차 세계대전에 동원되었다가 신체 일부를 잃은 의대생의 아내로 스트라스부르에 거주한다. 거기에서 가까이 지내던 막심 알렉상드르(Maxime Alexandre)와 마르셀 놀(Marcel Noll) 같은 이들을 당시에 태동하고 있던 초현실주의로 끌어들이는 데 일조하기도 한 그녀는 일반적으로 에르 드 라 뉙스(Eyre de Lanux), 낸시 커나드(Nancy Cunard), 엘자 트리올 레(Elsa Triolet)와 함께 젊은 아라공이 열렬히 사랑한 대상들 가운 데 하나로 여겨진다. 하지만 그녀와 아라공 사이에는 (성과 관련하여) 아무 일도 없었다. 1924년 그녀는 아라공을 버리고 초현실주의 신규 가담자 삐에르 나빌(Pierre Naville)의 애인이 된다.

그녀는 신체장애인의 아내라는 점, 지방 도시에 산다는 점, 빠리로 와서 사촌의 집에 머무른다는 점, 한 남자의 구애를 뿌리치고 다른 남자에게 가버린다는 점 등이 소설 속의 베레니스와 유사하다. 정말로 베레니스는 드니즈 레비로부터 착상된 인물이다. 하지만 그뿐이다. 드니즈 레비와 베레니스는 근본적으로 다르다. 설령 아라공이 드니즈 레비의 모든 면을 베레니스에 투사하려 했을지라도, 두 인물이 똑같을 수는 없다. 더군다나 아라공은 자신의 과거조차 작품에서 결코 있는 그대로 재현하지 않는다. 그의 자전적 이야기에는 언제나 현실의 단편에 허구의 요소가 병존한다. 모호함의 구름이 전기적 사실 자체를 감싼다. 사실이 상상력에 의해 변형된다. 그래서 사실인지 사실이 아닌지 분별하기 힘든 어떤 것이 생겨난다. 아라공에게 이것은 창작의 원리들 가운데 하나이다. 이것을 그는 '참된 거짓말'(le mentir-vrai)이라 부른다. 이는 현실과 비현실의 종합이 초현실이라는 그의 변증법적 사유와 맞닿아 있다.

오렐리앵의 모델 또한 이 소설의 서문에서 아라공 자신이 밝히듯이 작가의 젊은 시절 친구 드리외 라 로셸이자 작가 자신이다. 오렐리앵은 사랑의 면에서 실패한다는 점에 비추어서는 아라공이 모델인 것처럼 보이고, 정치의 면에서 베레니스의 레지스땅스 노선과 반대되는 방향을 취한다는 점으로 미루어보아서는 드리외 라 로셸이 모델인 듯하다. 드리외 라 로셸은 경제적으로 여유가 있어 언제나 사랑을 능동적으로 쟁취하고 정치적으로 비시 정부와 나치 즘에 협력하다가 해방 직후에 자살로 삶을 마감한다. 반면에 아라 공은 드리와 라 로셸의 관심이 다른 여자에게 쏠릴 때 그의 옛 애 인을 차지하는 식으로 사랑의 면에서 드리외에게 종속된 듯하고 정치적으로 평생 공산당원으로 활동한다. 그러나 오렐리앵은 베 레니스의 경우처럼 모델이 된 실존 인물과 결코 동일시할 수 없다. 이 작중인물은 아라공도 드리외 라 로셸도 아니다. 사랑에서 좌절 을 겪지만 1920년대 초의 젊은 아라공과는 달리 다다이즘이나 초 현실주의에 관심이 없다. 단지 제1차 세계대전의 강박에 시달리면 서 몽유병자처럼 밤늦게까지 빠리를 배회할 뿐이다. 패배를 받아 들이고 체념한다 해도 파시스트로까지 나아가지는 않는 모습으로 그려진 만큼 정치적 견해가 드리외 라 로셸과 온전히 일치하지도 않는다. 그들로부터 창조된 인물이긴 하지만 그들과는 다르면서도 그들과 똑같은 실존의 무게를 지닌, 별개의 자율적인 인물로 다가 온다.

오렐리앵과 베레니스 사이의 관계에는 아라공과 드니즈 레비의 관계가 가로놓여 있다. 이를테면 두 관계 사이에 사랑의 팔림프세 스트(palimpsest)가 엿보인다. 이처럼 불가능했던 옛사랑을 아라공 이 소설로 소환하여 재검토하는 이유는 무엇일까? 아무래도 집필 당시에 아라공이 처해 있던 암울한 상황 탓일 것이다. 1940년 프랑 스군의 패주와 1942년 어머니의 죽음도 이루지 못한 사랑에 관한 소설의 간접적인 집필 동기로 작용했을 것이지만, 직접적이고 결 정적인 이유는 엘자가 아라공을 떠나려 했다는 점에서 찾아야 할 것이다. 아라공 자신은 레지스땅스 운동의 규칙 때문이라고 하지만 그보다는 엘자에게 다른 남자가 생겨 그녀가 아라공을 떠나려고 했다고 보는 것이 타당한 추측이지 않을까 싶다. 이런 견지에서야 그가 "행복한 사랑은 없다"라고 단언하는 이유를 이해할 수 있다. 조르주 브라상스(Georges Brassens)가 샹송으로 불러 유명해진 이 제목의 시는 『오렐리앵』을 집필할 당시에 아라공의 심정이 어떠했을지를 여실히 말해준다. 오렐리앵과 베레니스의 사랑 이야기에는 상당히 딱해 보이는 연정의 추억과 엘자와 함께하는 결혼 생활의 씁쓸한 난관이 어우러져 있다. 이처럼 작품의 거울에는 언제나 작가의 과거사와 현재 상황이 동시에 비치는 법일까?

프랑스군이 패주하는 1940년의 이야기인 에필로그를 제외하면 『오렐리앵』의 시대 배경은 1922~24년 초까지(1944년판에서는 1921~23년까지)의 시기이다. 이른바 '광기의 20년대'에 속한다. 아라공에게는 이십년 전의 시기, 자신의 젊은 시절이기도 하다. 이 시기에 사람들은 1914~18년 전쟁의 기억에 사로잡히고 동시에 삶과 자유로움을 갈구한다. 참혹했던 제1차 세계대전이 끝나고 새로운 세대가 새로운 세상을 꿈꾼다. 미국에서 건너온 재즈와 찰스턴 춤이 카바레와 댄스홀을 통해 널리 유행하고 높은 경제성장률 덕분으로 라디오, 스포츠, 가전산업 등이 대중화된다. 이 시기 동안 가장 유명하고 가장 북적대는 동네는 몽빠르나스와 몽마르트르이다. 이곳들의 까페들, 예컨대 라 꾸뽈, 르 돔, 라 로똥드, 라 끌로즈리 데 릴라, 그리고 거트루드 스타인(Gertrude Stein)의 살롱 등은 지식인들을 위한 만남의 장소로 구실한다. 이른바 '잃어버린 세대'(거트루드 스타인이 처음으로 사용한 용어)의 미국 작가들, 즉 헨리 밀러(Henry Miller), 어니스트 헤밍웨이(Ernest Hemingway), 스콧 피츠제럴드(Scott Fitzgerald)가 거기에서 서로 가깝게 지낸다.(우디 앨런Woody Allen의 2011년 영화 「미드나잇 인 파리」에는 당시에 그들이 젖어든 빠리 분위기가 아주 잘 담겨 있다.) 또한 1920년대 동안 전위적인 초현실주의 운동이 문화 무대의 앞쪽을 차지한다. 여기에 브르똥을 필두로 아라공, 엘뤼아르(Paul Éluard), 데스노스(Robert Desnos) 등의 젊은 문인들뿐 아니라 막스 에른스트(Max Ernst), 호안 미로(Joan Miró), 달리(Salvador Dali), 삐까비아(Francis Picabia) 같은 화가들도 참여한다. 그들은 시와 혁명, 예술과 정치의 일치를 표방하면서 부르주아지와의 단절 의지를 함께하는 공산당에 대거 가입하기도 한다.

이러한 시대 분위기는 『오렐리앵』의 여기저기에서 감지된다. 특히 마리 드 뻬르스발 부인의 유별스러운 저녁 모임(6장)부터 사모라의 전람회 개막전(40장), 참전용사 연회(51, 52장)를 거쳐 발몽두아의 무도회(68장)까지 술과 춤이 난무하는 축제의 소용돌이가 이 소설에 리듬을 부여한다. 젊은이들은 몽마르트르의 뤼리스(실제로는 쥘리스) 바에서 미국 선원들에 섞여 재즈와 춤 그리고 술로 흥청망청한다. 같은 대대의 참전용사들은 참호 경험을 공유함으로 인해 유대 관계를 맺고 전우애를 확인하는 연회를 열기도 한다.

오렐리앵은 이 모든 행사에 참석한다. 그렇지만 주도적이거나 적극적이지 않다. 가령 그가 으레 고함과 노래로 시끌벅적할 참전용사 연회를 가소롭게 여기면서도 거기에 간 이유는 꼭 참석하려는 의지가 있어서가 아니라 베레니스의 소식을 전해줄지 모르는 바르뱅딴과의 마주침을 기대했기 때문이다. 특히 투우의 무언극과 이 저녁 모임의 끝을 장식하는 주먹다짐에 이르면 비꼼의 시선과 어조가 극에 달한다. 그러나 오렐리앵은 옛 전우들과 함께 노래를 부르기도 한다. 이를 본 의사 드쬐르의 놀람은 우아한 오렐리앵과 이 모임의 부조화, 아울러 그들과의 동질성에서 비롯한다. 정확히 말해서 오렐리앵은 그 시대의 전형도 이단아도 아니다. 금리생활자로서 특별한 일 없이 놀고 지내는 그로서는 굳이 참석하지 않을 이유도 없겠지만, 그렇대도 소설 속의 모든 모임에 참석하는 이유는 오로지 베레니스를 만나거나 베레니스의 소식을 듣기 위해서이다.

그리고 밤에 나다니는 그의 생활은 전쟁의 트라우마를 잊기 위해서이다. 제1차 세계대전의 치열한 참호전을 경험하고 무수히 많은 죽음을 목격한 참전 군인으로서 그는 수시로 전쟁의 참상을 떠올린다. 이는 그가 전쟁의 기억에 심리적으로 몹시 압박받고 있음을 말해준다. 이를 근거로 오렐리앵 역시 자기 세대의 정서에 어쩔 수 없이 물들어 있다고 말할 수 있다. 오렐리앵에게 사랑이 개인으로서의 좌절을 초래한다면 전쟁은 세대 차원의 좌절, 이를테면 정치적 환상의 상실을 가져다준다.

이러한 이중의 좌절로 인해 오렐리앵은 방황한다. 실없이 사랑의 환상을 좇고, 끝없이 전쟁의 기억에 쫓긴다. 자기 세대의 분위기에 휩쓸리면서도 그것으로부터 거리를 두는 오렐리앵의 독특한 입장은 바로 이로부터 생겨난다. 이 입장에도 불구하고, 아니 오히려 이 입장에 힘입어 오렐리앵은 자신과 자기 세대에 관한 증언을 효과적으로 제공하는 것이다.

사랑과 전쟁으로 인한 개인과 세대의 이중 좌절이라는 면에서 『오렐리앵』은 플로베르(Gustave Flaubert)의 『감정 교육』(*L'Éducation sentimentale*)과 비교할 때 좀더 분명히 규정될 수 있다. 『감정 교육』에서 플로베르가 아르누 부인에 대한 프레데리끄의 불가능한 사랑을 이야기하는 이유는 그가 이 소설을 집필한 시기에 사랑에 대해 느낀 회의에 있는 듯하다. 자신의 젊은 시절(과거사)을 소환해서 재검토함으로써 자신의 이 회의(현재 상황)를 분석하려는 의도를 소설의 행간에서, 특히 어릴 적 친구와 함께 창녀를 찾아간 이야기를 느닷없이 들려주는 마지막 대목의 대단히 아이러니한 어조에서 읽어낼 수 있기 때문이다. 그리고 이 맥락에 1848년 2월혁명 직후의 시기, 그러니까 1850년대와 젊은 시절이 겹치는 세대의 정치적 환멸이 덧붙여진다. 그 세대는 혁명의 환상을 잃어버리고 모든 가능한 정치적 비전을 빼앗긴다.『감정 교육』은 그들의 좌절을, 그 세대의 초상을 프레데리끄가 겪는 사랑의 좌절과 함께 엮어놓은 소설이다.

플로베르처럼 아라공도『오렐리앵』에서 자신의 젊은 시절을 소환하여 과거에 실패한 사랑에 현재의 사랑에 닥친 난관을 견주어보면서 불가능한 사랑, 불가능한 커플의 현실을 최대한 받아들이고 미련을 버림으로써 조금이나마 위안을 얻고자 한 듯하다. 이와 동시에 자기 또래 세대, 광기의 20년대, 두 전쟁 사이에 젊음을 맞이한 세대, 제1차 세계대전의 시련으로 전쟁 강박증에 시달리는 세대, 자기를 잊고 자포자기하는 세대, 조만간 닥쳐올 새로운 공포(제2차 세계대전)를 의식하지도 못한 채 조장하는 세대의 초라한 운명과 냉혹한 현실을 진단한다.

아라공이『오렐리앵』을 쓸 때 플로베르를 염두에 두었으리라는 추정은 그야말로 근거 없는 추측에 지나지 않을지도 모른다. 그렇지만 이 소설에서 가장 긴 두개 장을 차지한다는 점에서 유난히 눈길을 끄는 참전용사의 연회 장면은 플로베르의『보바리 부인』(*Madame Bovary*)에서 전체에 대해 비슷한 분량과 비중 그리고 묘사의 치밀함을 지닌 농업 공진회 장면을 떠올리게 한다. 그리고 이 연회 장면에서 연설을 통해 애국심과 전우애를 역설하는 미요 대위는 플로베르의 이 소설에서 자본주의적 탐욕에 눈이 멀어 몹시 위선적으로 처신하는 약사 오메를 연상시킨다. 이 두가지 근거에 비추어『오렐리앵』을 플로베르의 소설에 관련지어 볼 여지가 충분하다고 생각한다. 여기에 또 한가지 근거를 추가할 수 있는데, 그것은『오렐리앵』이『감정 교육』만큼 완전한 대실패에 관한 자조적인 이야기로 끝난다는 점이다.

아라공이 상당한 시간적 간격을 두고 추가한 에필로그에서 오렐리앵은 1940년 6월, 패주하는 사단을 따라 남프랑스의 R 시로 내려와 엄청난 우연에 의해 베레니스를 다시 만난다. 베레니스는 정찰 중인 독일군의 총알에 맞아 쓰러지기 전에 그에게 레지스땅스의 결의를 보여준다. 레지스땅스에 대한 이 호소에 오렐리앵은 귀기울이지 않는다. 패배를 받아들이고 싸우지 말자는 것이다. 베레니스의 말대로 그들 사이에는 이제 아무런 공통점이 없다는 것을 서로 확인한다. 그럴듯하지 않은 멜로드라마가 연상되는 이 마무리를 어떻게 받아들여야 할까? 비극적 결말임에도 불구하고 이데올로기적 해피엔딩이라는 인상, 억지라는 느낌을 준다. 사족일까? 소설 전체의 흐름에 비추어보면 오히려 오렐리앵의 죽음으로 끝나야 하지 않을까? 전쟁의 전망이 가장 암울한 시기에 불길한 현실로부터 눈을 돌리기 위한 기분 전환의 일환일까? 에필로그를 써서 덧붙인 시기, 독일의 가능한 패배가 전망되는 시기와 프랑스의 패배가 확실한 시기(소설의 시간) 사이의 어긋남 때문에, 아무래도 이 에필로그는 적절하지 않은 것으로 보인다. 하지만 이 에필로그를『감정 교육』의 끝부분과 비교해보면 작가의 의도치 않은 비꼼 또는 반어법이 어렴풋이 드러난다. 아라공은『오렐리앵』을 씀으로써 오렐리앙의 모든 문제에서 벗어나, 적어도 거리를 두고서 슬며시 또는 멋쩍은 듯 웃을 수 있게 된 것이고, 아마도 이러한 반어적 거리두기에 힘입어 에필로그를 덧붙이게 되었을 것이다.

반복적 은유와 이미지들이 빚어내는 교향시

소설 분량의 4분의 3은 오렐리앙의 내적 독백, 그의 시선과 환상이다. 소설의 처음부터 끝까지 오렐리앙은 줄곧 배회하고 산책하고 몽상한다. 사회나 세대의 차원은 배경으로 나타날 뿐이지 직접적으로 검토되거나 언급되지 않는다. 행동이나 사건이 차지하는 분량은 매우 적다. 주로 만남과 참석이 전부라 해도 과언이 아니다. 큰 사건이라 할 만한 장면이 거의 없다. 베레니스가 처음으로 오렐리앙의 집을 방문한 날 센강에서 익사한 여자의 석고 가면을 떨어뜨려 깨뜨리고는 나중에 자기 얼굴을 석고로 떠서 만든 가면을 오렐리앙이 외출 중일 때 그의 집에 맡기고 간 일, 한해의 마지막 날 뤼릴리스 바에서 베레니스를 기다리다가 그곳의 창녀 시몬이 끈질기게 유혹하자 만취한 상태로 얼떨결에 그녀의 집으로 가서 같이 잔 일, 그 시간에 베레니스가 오렐리앙의 집으로 와서 층계참의 의자에 쪼그려 앉아 밤을 보낸 일, 그러고는 오렐리앙을 떠나 아주 젊은 시인 뽈 드니의 애인이 되어 그와 함께 지베르니로 도피한 일, 말하자면 두번의 어긋난 동침이 이 사랑 이야기에서 큰 사건이라면 큰 사건이다. 뽈 드니와 베레니스뿐 아니라 오렐리앙과 마리 드 뻬르스발, 에드몽과 그의 아내 블랑셰뜨, 에드몽과 그의 정부 로즈 멜로즈, 로즈와 그녀의 남편 드꾀르 커플에게서도 큰 사건이라고

할 만한 일은 동침 여부이다. 소설을 다 읽은 독자라면 이 점과 관련하여 블레즈 아저씨라는 작중인물이 생각날 것이고 특히 그가 한 말을 떠올릴 것이다. "같이 자는 여자는 별것 아니야. 곤란한 건 같이 자지 않는 여자지."(2권 60면) 이 말은 사건의 면에서 『오렐리앵』의 핵심이 동침 여부임을 요약하고 있다.

이런 단순한 줄거리 구성만 고려한다면 불가능한 사랑이란 주제의 '위대한 소설'이란 규정은 터무니없다. 그렇다면 『오렐리앵』을 위대한 소설로 평가할 수 있는 근거는 무엇일까? 그것은 똘스또이(Lev Tolstoy)의 『전쟁과 평화』(Voyna i mir)를 위대한 소설로 여기게 만드는 근거와는 전혀 다르다. 『오렐리앵』은 똘스또이의 그 소설처럼 여러 물줄기가 물결처럼 밀려와 급기야 하나의 물줄기로 합류하여 일종의 연대기나 역사로 귀결되는 사건들의 이야기가 아니다. 마르셀 프루스뜨(Marcel Proust)의 『잃어버린 시간을 찾아서』(À la recherche du temps perdu)가, 범위를 좁히자면 스완의 사랑을 이야기하는 『스완네 집 쪽으로』(Du côté de chez Swann)가 위대한 소설인 것과 똑같은 이유로 『오렐리앵』은 위대한 소설이라고 말할 수 있다.

달리 말해서 이 소설의 탁월성은 뽈 끌로델(Paul Claudel)이 지적하듯이 그것이 한편의 시로 읽힐 수 있다는 점에 기인한다. 시는 사건들의 도도한 흐름이 아니라 온갖 차원의 언어적 수단을 통한 한가지 주제의 제시이다. 다시 말해서 일단 주제가 정해지면 모든 언어적 수단이 끊임없이 협주하는 일종의 음악이다. 이 작품을 시라는 관점에서 읽으면(사실은 읽고 나서 생기는 관점이지만) 협주곡이나 교향곡 한편을 듣는다는 인상을 받는다. 작가 자신이 『오렐리앵』의 서문에서 이 소설을 「행복한 사랑은 없다」라는 시와 동일시하는 듯한 발언을 하는 이유가 바로 여기에 있지 않나 싶다. 실제로 그는 산문과 시 사이의 전통적 구분을 거부한다. 한편의 소설 전체가 하나의 시라고는 말하지 않았을 테지만 적어도 소설을 넘어서는 것, 흔히 시라고 부르는 것 쪽으로의 통로 같은 문장이나 단락이 소설에 있다는 것은 인정했을 듯하다.

『오렐리앵』이 한편의 시라는 인상, 이 소설의 독서에서 얻을 수 있는 한편의 음악을 감상한 효과는 무엇보다도 한편으로 가면, 강, 물과 다른 한편으로 카이사레아, R 시의 (반복적이라는 의미에서의) 강박적 은유에서 비롯된다. 물론 유명한 첫 문장, "오렐리앵은 베레니스를 처음 본 순간 솔직히 못생겼다고 생각했다"가 변주되면서 반복적으로 나타나는 현상도 음악적 효과를 낳는다. 이것은 그들 사이의 정념과 대립한다. 그것에도 불구하고 연정이 싹트지, 그것 덕분에 사랑의 감정이 생겨나지는 않는다. 반면에 이 은유들은 오렐리앵의 요동치는 몽상, 미묘한 감정과 심리에 부합한다. 다시 말해서 전자는 사랑과 죽음(익사)에 연결된 이미지들의 망을 형성하고 후자는 전쟁과 사랑의 공간적 은유이다. 역으로 사랑과 죽음 그리고 전쟁이 화학적으로 합성할 하나의 주제가 이 은유들을 부분으로 아우른다고 볼 수 있는데, 그 하나의 주제를 무엇이라 명명할 수 있을까? 이것이 이 소설을 규정하는 관건이다. 하지만 이것은 결코 쉽게 해결될 문제가 아니다. 독자들에게 각자 오랫동안 붙들고 늘어질 만한 과제가 될 것이다. 이 과제의 해결에 도움이 될지 모르겠지만 전자와 후자에서 은유를 하나씩 선택해 살펴보자.

가면과 치명적이거나(예컨대 센강) 예외적으로 활기를 주는(예컨대 수영장) 물의 모티브는 소설 전체에서 날카롭게 찌르는 듯이 다시 나타나고 긴 시적 은유로 발전한다. 이것들은 흔히 추락, 어질

중, 거역할 수 없는 흐름, 심연에 연결된다. 가령 오렐리앵이 누나 아르망딘에게 사랑에 빠졌다고 고백할 때 "우물 속으로 돌이 가라앉는 소리"(1권 235면)가 그에게 들려온다. 오렐리앵의 상상 세계에서는 예외적으로 수영장의 물, 불, 햇빛, 눈, 바람을 매개로 삶의 충동이 이따금 우세할지라도, 죽음의 힘이 지배하는 듯하다. 게다가 시의 분석에서는 온갖 차원의 언어적 수단을 고려할 필요가 있는 만큼 무시할 수 없는 여러가지 하찮은 말놀이(가령 Aurélien에서 물eau과 끈lien을 읽어내는 미시적 관점)에 비추어서도, 오렐리앵은 물과 밀접한 관계가 있는 인물이다. 오렐리앵이 익사한 여자의 가면에 그토록 끌리고, 물과의 인연과 물에 의한 죽음의 충동에 자꾸만 휘말리고, 허무주의로 치닫는 성향은 그가 이처럼 물의 원소에 얽매인 점으로 말미암은 듯하다.

카이사레아는 또 하나의 기본적인 이미지이다. 소설의 첫 부분부터, 특히 라신(Jean Racine)의 시행 "나는 카이사레아에서 오랫동안 떠돌아다녔소"부터 여러가지 변이로 전개되는 카이사레아는 라신의 희곡에서 팔레스타인의 여왕 베레니케(베레니스)가 다스리는 왕국의 수도이자 카이사르의 여성형으로, 여자의 이름이다. 여왕의 불행한 연인 안티오코스는 티투스에게로 가버린 사랑하는 여자를 찾아 "황량한 동방"(1권 305면)에서 방황한다. 아라공의 소설 1장에서 오렐리앵은 이 도시를 자신이 프랑스 동방군에 소속된 군인으로서 겪은 전쟁의 기억에 연결한다. 이 모티브는 음악의 주제처럼 소설의 처음부터 소설 전체로 퍼진다. 카이사레아는 최근 전쟁의 은유이고 또한 연인 관계의 은유이다. 오렐리앵이 그곳을 생각하면서 떠올리는 얼빠진 표정의 조각상은 감은 눈의 가면, 그리고 쉽사리 사랑할 수 없는 베레니스를 미리 나타내 보인다. 황량한 도시에서 떠돌아다니는 안티오코스는 빠리의 한적한 길에서 권태로워하는 오렐리앵의 모습과 겹친다. 카이사레아라는 도시는 오렐리앵이 물결치는 대로 살아가는 부자연스러운 세계를 닮은 곳이다. 이 인물을 침묵, 허공, 추락으로 이끄는 죽음 충동과 관련된 카이사레아는 빠리가 "돌의 숲"이자 "포장도로의 사막"으로 묘사되는 8장에서도, 오렐리앵이 부동의 석고상을 바라보면서 "카이사레아의 길"을 떠올리는 22장의 끝에서도, 오렐리앵과 베레니스가 인공적인 장식의 어느 까페에서 다시 만나는 33장에서도, 삶이 연극과 유사한 모든 억지스러운 모임(마리 드 뻬르스발의 저녁 모임, 사모라 전시회의 개막전, 발몽두아의 무도회 등)에서 반복적으로 환기된다. 이런 식으로 카이사레아를 중심으로 반복적인 이미지들의 망이 짜인다.

오필리아, 오르페우스와 에우리디케 신화에 대한 반복되는 암시 역시 이 소설을 한편의 시로 읽을 수 있게 해주는 요소이다. 이외에도 여러가지 다른 근거를 찾아낼 수 있겠지만, 그것들을 덧붙인다 해도 소설이 곧 시라는 등식이 완벽하게 성립할 수는 없다. 소설은 여전히 많은 점에서 시와 다르다. 『오렐리앵』과 관련해서는 무엇이 가장 큰 차이일까? 앞에서 이미 암시했듯이 시는 직접적인 호소(글쓰기)이다. 견딜 수 없는 현실에 맞서 직접적으로 투쟁하는 수단이다. 그래서 레지스땅스 운동에 알맞다. 반면에 소설은 아라공이 『오렐리앵』의 서문에서 밝히고 있듯이 "간접적인 글쓰기"이다. "소설, 다시 말해서 간접적인 글쓰기"(1권 26면)는 무엇을 뜻할까? 이 등가성은 아마도 현실과 소설 사이의 관계가 간접적이라는 의미일 것이다. 스땅달(Stendhal)은 소설에 대해 움직이면서 현실을 비추는 거울이라고 정의했다. 그런데 아라공은 시인 아뽈리네르(Guillaume Apollinaire)가 글자로 그린 거울 모양의 상형시

(calligramme)로 암시했듯이, 현실을 비추는 거울이 실제의 거울이라기보다는 글로 된 거울이고 그 속에는 바로 저자 자신이 비쳐 보인다고 생각했음에 틀림없다.

글로 된 거울 속의 변용된 자화상

물론 『오렐리앵』이라는 거울에는 다양한 인물이 보인다. 그리고 많은 인물이 실재한 모델로부터 창조된다. 예컨대 다다이스트 화가 사모라는 삐까비아, 당시의 문학적 갈망을 가장 잘 상징하는 뽈 드니는 초현실주의 시인 뽈 엘뤼아르 또는 다다이스트에서 초현실주의자로 변신한 르네 크르벨(René Crevel), 뽈 드니를 재정적으로 도와주는 샤를 루셀은 브르똥과 아라공의 후원자 자끄 두세(Jacques Doucet), 목도리와 지팡이로 특징지어지는 소그룹의 우두머리로 미국인 아치의 눈에 "약소국의 왕"(2권 208면)으로 비치는 권위적인 메네스트렐은 앙드레 브르똥이 모델이다. 이외에도 몇몇 작중인물의 모델을 찾으려면 얼마든지 찾아낼 수 있을 것이다. 하지만 앞에서도 말했듯이 모델은 인물 창조의 실마리일 뿐이지 작중인물 자체는 아니다. 아무리 모델을 충실하게 반영하는 작중인물이라도 글로 된 거울에 비쳐 보이는 한 절대로 모델과 똑같을 수는 없다. 소설이 간접적인 글쓰기와 같다는 말에는 우선 이러한 뜻, 다시 말해서 글로 된 거울 속에서는 현실의 무엇이건 글에 의해 변용된다는 뜻이 있는 듯하다.

다음으로 이 등가성에는 소설이 결국 자서전이라는 뜻이 함축되어 있다고 생각한다. 즉 소설은 작가 자신을 비추는 거울이라는 것이다. 시가 직접적인 글쓰기로서 음악을 지향한다면 소설은 간접적인 글쓰기로서 그림을 지향한다고 말할 수 있지 않을까? 그러므로 소설은 작가의 초상임이 분명하다. 이는 우선 『오렐리앵』의 경우에 해당하는 말이다. 이 소설이 포함된 '현실 세계'(le Monde réel) 작품군으로 시야를 넓혀도 과연 소설-자화상의 등식이 성립할까? 아마도 그럴 것이다. 왜냐하면 소설은 기본적으로 작가가 삶에서 경험한 것에 관한 이야기, 다시 말하자면 작가의 자기 이야기에 바탕을 두고 있기 때문이다. 작가는, 독창적인 작가라면, 자기 이야기를 기본 재료로 쓸 수밖에 없다. 남에 관해 이야기하는 경우라도 돌고 돌아(간접적으로) 결국은 자기 이야기로 귀착하기 마련이다. 이 점에서 소설은 자기 자신을 남처럼 그린 것이자 남을 자기 자신처럼 그린 것이다.

글로 된 거울로서의 소설에는 다른 누구도 아닌 소설가 자신이 참되고 실감 나게 들어 있다. 이와 같은 귀결의 원인은 역설적으로 작가가 전지전능한 조물주는 아니라는 점에 있다. 조물주-소설가는 글로 된 거울에 자기를 담지 못한다. 사진처럼 현실의 요소를 그대로 담아낼 수 있기 때문이다. 하지만 소설가는 『잃어버린 시간을 찾아서』의 마르셀이 차와 마들렌의 경험, 찻잔의 공간이 어린 시절 꽁브레의 공간으로 통하는 이른바 '웜홀'의 경험 직후에 말하듯이 "평범하기를 그친" 사람일 뿐이지 만물을 빚어내는 신이 아니다. 글로 작업하는 작가는 언어의 불완전성으로 말미암아 조물주처럼 그렇게 현실을 재현할 수는 없다. 달리 말하자면 언어의 불완전성 덕분으로 자기의 참되고 생생한 모습을 작품에 담아낼 수 있는 것이다.

이 소설-간접적인 글쓰기의 관점에서 에드몽 바르뱅딴이라는 인물은 주목을 요한다. 그는 보조 군의관으로 전선에서 오렐리앵을 만나 친구가 된 비양심적인 야망의 인물이다. 동원이 해제된 이후 택시업계의 거물 조제프 께넬의 비서가 된다. 께넬의 정부 까를로따를 사랑했지만 어쩔 수 없이 께넬의 딸 블랑셰뜨와 결혼하는 야수 같은 몸의 발자끄적인 인물(예컨대 『고리오 영감』*Le Père Goriot*에 처음 등장하는 라스띠냐끄 같은 인물), 아름다운 여배우 로즈 멜로즈(성적 매력을 물씬 풍기는 1920년대의 스타 조제핀 베께르Joséphine Baker로부터 착상된 인물인 듯하다)의 애인으로 돈과 감정의 조종자, 심리분석가로 나온다. 자신의 아내 블랑셰뜨가 은근히 오렐리앵에게 반한 사실을 알아차리고서 오렐리앵을 빠리에 다니러 온 사촌동생 베레니스에게 접근시키고 그들 사이의 만남을 부추긴다. 『오렐리앵』에서 핵심적인 관계를 맺는 베레니스-오렐리앵-블랑셰뜨가 일견 그에 의해 조종당한다. 그는 이들을 계산기처럼 아주 섬세하게 다루는 관계의 조작자로서 질투, 증오, 사랑 등의 감정을 자기 뜻대로 불러일으키고자 한다. 이 인물을 어떻게 보아야 할까?

말할 것도 없이 그는 돈 많은 바람둥이 사업가이다. 하지만 이상하게도 그의 관심은 돈에 있지 않다. 그는 주변 사람들의 감정과 심리를 분석하고 조종하는 데에 관심을 쏟는다. 그들이 자기 뜻대로 행동할 때 가장 기뻐한다. 이와 같은 특성에 비추어 그는 감정을 행동의 원동력으로 간주하고 감정적 반응을 분석하는 심리소설가를 연상시킨다. 하지만 모든 일이 그의 뜻대로 진행되지는 않는다. 농락하고자 하는 에드몽 자신이 농락당한다. 자신의 어린 시절 친구이자 심복인 아드리앵과 자신의 아내 블랑셰뜨 사이에 싹트는 사랑을 알아채지 못한 탓이다. 이 사랑으로 말미암아 그는 몰락한다. 그는 감정과 심리의 전지전능한 조물주-소설가이기를 바란 셈이지만 이것으로 말미암아 자신의 몰락을 자초한다.

『오렐리앵』의 에드몽은 몰리에르(Molière)의 희곡 「따르뛰프」 (Tartuffe)의 주인공와 똑같은 범주의 인물이다. 따르뛰프 역시 오르공의 집에 신앙 지도사로 들어와 기존의 가족관계에 흠집을 낸다. 모든 일이 그의 뜻대로 굴러간다. 그러다가 집주인 오르공의 아내에 대한 사랑의 감정으로 인해 기생충으로서의 정체를 들킨다. 따르뛰프는 오르공 집안사람들 사이의 관계를 파고들어 변질시키려 든다는 점에서 에드몽과 유사한 작중인물이다. 그도 에드몽처럼 작가의 행태를 내보인다. 따라서 따르뛰프는 극작가 자신의 초상으로 볼 수 있다. 글로 된 거울로서의 이 희곡에 비친 극작가의 뒤틀린 모습이 바로 따르뛰프라는 인물로 나타난 것이다. 따르뛰프는 이를테면 몰리에르 자신에 의한 자기비판의 소산, 자조적인 자화상이 아닐 수 없다. 따르뛰프의 경우처럼 에드몽도 소설가의 비뚤어진 초상이다. 현실의 한 측면만을 파악할 수 있을 뿐인데도 행동과 사건의 지배자, 조물주-소설가로 군림하고자 하는 자의 온갖 가소로운 특성을 내보인다. 아라공은 이 인물을 통해 "소설, 다시 말해서 간접적인 글쓰기"를 귀류법적으로 예증한 셈이다.

소설, 간접적인 글쓰기, 글로 된 거울, 그리고 불가능한 자서전, 이것들은 의미의 진폭이 거의 같다. 모두 '참된 거짓말(하기)'의 원리에 포괄되는 용어들이다. '참된 거짓말(하기)'은 1980년에 출간된 아라공의 소설집 『참된 거짓말』의 표제작이자 맨 앞에 실린 단편의 제목이다. 1964년에 발표된 이 단편에서 아라공은 평생 처음으로 자신의 어린 시절을 이야기한다. 1908~09년, 그가 열한살에서 열두살이었을 때의 이야기가 이 작품에 들어 있다. 그를 아들로 인지하지 않은 생부가 이 단편에서는 놀랍게도 대부 겸 후견인으로서 아들과 친밀하게 지낸다. 어린 아라공은 어머니를 '엄마'(프랑스어로 maman)라고 부르지 못하고 마르뜨라고 부른다. 그렇지만 그녀가 자기 어머니라는 사실도, 외부에 자기 어머니로 알려진 여자가 실제로는 자기의 외할머니라는 사실도 알고 있다. 어머니의 행동에 대한 외할머니의 하소연을 듣기도 한다. 침대 머리맡의 외할아버지 사진을 어린 주인공-화자(가끔 늙은 소설가가 화자의 역할을 하기도 하지만)가 아버지의 사진이라 하자 생부가 자신의 사진으로 바꿔버린 일도 이야기된다. 어린 주인공-화자는 아버지의 펜싱 연습실에서 펜싱을 배우고, '귀천상혼(貴賤相婚)' 또는 '강혼'을 가리키는 '모르가나띠끄'(morganatique)라는 형용사를 얻어듣고 와서 이것의 의미를 어머니에게 묻자 어머니가 울음을 터뜨리거나, 그가 방과 후 길거리에서 예쁜 러시아 여자애를 뒤따라가기도 한다. 또한 외삼촌, 이모들, 친구들, 자신이 읽은 책들(특히 『안나 까레니나』Anna Karenina)에 관한 이야기가 비교적 소상하게 들려온다.

이는 또한 『오렐리앵』에서 늙은 화가 블레즈와 오렐리앵의 모호한 관계를 떠올리게 한다. 오렐리앵은 그를 친척도 아니면서 아저씨라고 부른다. 그는 오렐리앵의 어머니를 연모했으나 퇴짜 맞은 남자로, 어쨌든 오렐리앵의 어머니와 모종의 관계가 있다. 더군다나 그의 아내는 이름이 마르뜨이다. 이 점은 묘한 생각을 불러일으킨다. 아라공은 무의식적으로 자신의 어머니와 아버지를 블레즈와 마르뜨에게 투사하지 않았을까? 블레즈 아저씨라는 인물에게는 아라공의 실제 아버지 루이 앙드리외(Louis Andrieux)의 그림자가 어른거린다는 의심이 든다. 그는 세상 물정에 밝은 체하지만 실제로는, 특히 로즈 멜로즈와의 관계에 비추어볼 때 어리숙하기 짝이 없는 인물이다. 어쩌면 아라공은 이 작중인물을 통해 자기를 자식으로 인지하지 않은 아버지를 비웃고 비꼰 것인지도 모른다. 평생 아버지에 관해 함구하면서 살았고 「참된 거짓말」이라는 단편소설을 제외하고 수많은 작품에서 아버지를 직접적으로 언급하지 않았지만, 아버지의 그림자는 이처럼 다소 엉뚱하나 완전히 어처구니없지는 않은 작중인물에게서 어렴풋이 드러나는 것이 사실이다.

그런데 「참된 거짓말」은 시점이 꽤 오락가락한다. 특히 자신의 탄생과 관련된 비밀을 언제 알게 되었을까, 언제 어머니가 그에게 진실을 고백했을까 하는 문제가 여전히 오리무중이다. 작가 자신은 자신이 동원되었을 때 어머니가 아버지의 재촉을 받아 고백했다고 하지만 이는 믿기 어려운 것이, 이 단편의 행간에서 어린 시절에 이미 알았으리라는 의심이 들기 때문이다. 1964년이면 아라공이 예순일곱살이었을 때이다. 아라공은 이 단편의 주인공을 어린 시절의 자신과 "닮기도 하고 닮지 않기도 한 가엾은 어린이"라고 칭한다. 기억이 희미해서 그랬을까? 여전히 감추거나 은근히 드러내야 할 뭔가(특히 엘자의 사후에 실제로 발현된 소년애와 동성애 성향)가 있어서였을까? 아무래도 오십오년이라는 시간적 간격으로 인해 어린 시절의 모습에, 그 모습을 표현하는 말에 변형이 없지 않았을 것이다. 그리고 상상력의 개입을 간과할 수 없다. 아라공 자신도 이 단편에서 "나를 바라본다고 생각할 때 나를 상상한다"라고, "기억한다고 생각하면서 나를 꾸며낸다"라고 말하지 않는가.

그렇지만 '참된 거짓말(하기)'이라는 표현에는 뭔가 더 본질적인 뜻이 내포된 듯하다. 그것은 언어와 현실 사이의 관계에 대해 무언가를 암시한다. 언어는 그 자체로 불완전하고 변하는 것이어서 현실을 온전히 재현할 수도, 직접적으로 창조할 수도 없으니, 그리고 언어를 사용하는 인간 또한 조물주와는 달리 완벽하지 않으므로, 작가가 새로운 작품을 만들어내려면 "진실을 말하기 위해 더욱더 거짓말해야" 하리라는 의미가 아닐까 싶다. 이때의 '거짓말(하기)'이란 무엇일까? 왜 이것이 참말이나 진실이라는 것일까? '사회주의적 현실주의'를 표방하는 아라공에게 참말은 현실에, 거짓말은 공상이나 상상 또는 환상이나 몽상에 상응한다. 일반적으로 이것들은 현실과 반대되는 정신 현상이다. 하지만 현실 세계가 이것들 없이 이루어져 있다고 말할 수 있을까? 이 단편에서 아라공은 이와 정반대되는 의견을 제시한다. 현실 세계가 "몽상들로 이루어져" 있고 심지어는 몽상들 "위에 세워져" 있다고 말이다. 그러므로 '참된 거짓말(하기)'은 현실과 비현실 사이의 진폭을 함축하고 이것들을 아우르는 표현이다. 이 사이에서 계속 흔들리면서 현실과 비현실의 종합, 다시 말해서 초현실 또는 새로운 현실을 가리키는 것이 틀림없다. 이 종합의 결과가 곧 작품이라는 글로 된 거울 속의 참되고 생생한 자기인 셈이다. 이 자기의 모습은 묘하게도 작가뿐만 아니라 독자의 모습, 이를테면 보편적인 모습을 띤다. 요컨대 '참된 거짓말(하기)'은 자기 이야기를 보편적인 허구의 이야기로 빚어내는 원리이다.

앞에서 이미 시사했듯이 『오렐리앵』의 독서에서는 전통적인 소설을 읽을 때처럼 사건들의 연쇄에 주목할 수 없다. 사건이라 할 만한 무슨 큰일이 벌어지지 않기 때문이다. 유일하게 전쟁만이 큰 사건이지만 그것은 그저 작품의 배경에 지나지 않는다. 독자를 이끌어가는 요소는 작중인물들이 내보이는 몽상, 욕망, 감정의 이미

지들이다. 그런 만큼 이 작품을 읽는 것은 다양한 주관적 목소리들의 다성음악(polyphony)을 듣는 셈이 된다. 달리 말하자면 이 작품은 (전통적인) 소설이라기보다는 한편의 시이다. 불가피한 상실의 시, 부득이한 패배의 시, 불가능한 사랑과 잔혹한 시대로 인해 집필 당시의 작가가 겪은 괴로운 심정의 토로와 그 헤어날 수 없을 듯한 심정으로부터 마침내 풀려나게 해주는 해방의 시이다. '참된 거짓말하기'를 통해 제작되는 거울, 소설가 자신을 비추는 글로 된 거울, 소설가의 '살아 있는 은유'-참된 자화상이다.

오늘날 저자-독자 관계는 가변적이다. 적어도 가변적이라는 점이 받아들여지고 있다. 독자는 글로 된 거울에서 소설가의 초상을 봄과 동시에 자기 모습도 본다. 저자를 중심으로 한 해석의 속박이 완화된 것이다. 아라공이 말하는 '간접적인 글쓰기'로서의 소설은 해석의 자유를 일정 부분 독자에게 남겨놓는다. 이것을 마음껏 발휘하는 독자는 문학작품에서 살아 있는 참된 자기를 보게 되면서부터 저자의 반열에 오른다는 즐거운 '착각'을 누리게 된다. 『오렐리앵』은 무엇보다 이를 허용한다는 점에서 '현실 세계' 작품군에서 가장 새로운 소설로 여겨진다. 왜냐하면 작중인물과 서사의 해체, 그리고 훨씬 더 전복적인 독자의 문제 제기와 더 강한 자서전적 성격 쪽으로 진일보하는 『죽임』(*La Mise à mort*)이나 『블랑슈 또는 망각』(*Blanche ou l'oubli*) 같은 아라공의 마지막 소설들을 예고하기 때문이다.

이규현(프랑스문학 박사)

작가연보

1897년 10월 3일 루이 아라공이 출생한다. 그는 호적이 없다. 단지 1897년
11월 3일 날짜의 세례 증명서와 1914년 2월 13일 날짜가 찍힌
센(Seine) 민사재판소의 판결문(출생증명서의 효력을 지님)이
1997년의 쁠레이아드 전집에 소개되어 있을 뿐이다. 물론 이 문
서들에는 루이 아라공의 부모가 명명되어 있지 않다. 완전히 믿
을 만한 것은 아니지만 루이 아라공 자신의 증언과 전기 작가들
의 조사에 의하면 그의 생모는 마르그리뜨 뚜까스(Marguerite
Toucas)로서 미혼인 상태에서 스물네살에 아라공을 낳는다. 그녀
는 1873년생으로 1840년생인 아라공의 생부 루이 앙드리외(Louis
Andrieux)와 서른세살의 나이 차가 있다. 1870년 제3공화국의 검

사로 임명되고 1871년 4월 30일 리옹 꼬뮌 가담자들을 유혈 진압하는 데 앞장선 루이 앙드리외는 1928년 선거에서 패배하여 정계를 은퇴할 때까지 여러차례 하원의원으로 당선된다. 아라공이 태어날 당시 그는 약 이십년 전에 한 결혼으로 이미 세 아들을 둔 쉰일곱살의 유부남으로, 혼외자인 루이 아라공을 자식으로 인지하지 않는다. 아라공의 생모 역시 외아들을 인지하지 않는다. 그렇다고 아라공과 그들 사이의 관계가 끊긴 것은 아니다. 공식적으로 아라공은 외할머니 끌레르 마시용(Claire Massillon)의 아들로, 생모는 그의 누나로, 생부는 그의 대부가 된 상황에서, 생모와 생부는 은밀한 만남을 지속하고 매주 목요일과 일요일 아주 규칙적으로 자신들의 아들과 함께 야유회를 간다. 아라공은 생부를 따라 하원에 자주 드나들기도 한다. 그런데도 왜 그들은 아라공을 자식으로 인지하지 않았을까? (당시의 법률관계를 조사해야겠지만) 어쩌면 혼외자로 태어난 아이는 인지 자체가 불가능했을지도 모른다. 그렇다면 왜 그들의 관계가 그토록 오래 이어졌을까? 마르그리뜨 뚜까스가 경제적으로 루이 앙드리외에게 부양받는 관계였을까? 전혀 그렇지 않다. 아라공의 증언에 의하면 1904년 오히려 어머니가 아버지에게 5만 프랑(현 15만 유로 이상)을 빌려주었다고 한다. 이 돈을 아버지가 갚지 못하고 죽자 그의 이복형들이 사과하면서 엄청난 화폐가치 하락을 전혀 고려하지 않고 갚아주려 했다는 것이다. 루이 아라공이 그렇게 인정되기를 바란 대로 그의 아버지가 젊은 여성을 불명예의 삶으로 끌어들인 유혹자였다는 것은 아마도 틀림없는 사실일 것이다. 그렇지만 1931년 루이 앙드리외가 죽었을 때 끝이 난 그들의 관계, 많은 합법적인 관계보다 더 오래 지속된 그 관계가 이처럼 이해타산에 토대를 둔 관계가 아니라면 일정 부분 사랑으로 말미암았다는 것 역시 부정할 수 없는 사실일 것이다. 더군다나 서로 떨어져 살았지만 루이 앙드리외의 마지막 이년반 동안 그를 돌보고 그의 임종을 지켜본 사람이 마르그리뜨이고 그녀 역시 끝까지 결혼하지 않고 그에게 충실했다는 점에 비추어보면, 루이 아라공은 자신의 생모와 생부 사이의 관계를 상당히 부정적으로만 생각한 듯하다. 누구도 다른 사람의 사랑 이야기에 관해서는 훌륭한 판관이기 어려운 법이다. 어쨌든 아라공은 외할머니와 생모, 이모 두명과 외삼촌으로 이루어진 매우 여성적인 환경에서 어린 시절을 보낸다. 실제로 아라공의 외할아버지 페르낭 뚜까스(Fernand Toucas)는 뚤롱에서 소송대리인을 하고 알제리의 겔마(Guelma)에서 군수직을 맡다가 1889년 빚쟁이들을 피해 직위와 가족을 떠나 콘스탄티노플로 달아난다. 1904년 빠리로 돌아와 도박장을 열지만 1906년 수도에서 도박을 금지하는 법이 시행되자 또다시 파산, 강제퇴거명령을 받고 급히 스위스로 도피한다. 루이 아라공이 태어난 곳은 불확실하다. 앞서 언급한 판결문에는 빠리 16구로 되어 있으나 아라공은 어머니가 7구의 앵발리드 광장에서 자신을 낳았다고 밝힌다. 뇌이쉬르센(Neuilly-sur-Seine)이나 뚤롱 또는 마드리드(루이 앙드리외가 아들에게 스페인 지방의 이름을 성으로 붙인 것의 근거. 그는 1882년에 몇달 동안 스페인 주재 프랑스 대사를 역임했다)가 그의 출생지라고 주장하는 이들도 있다.

1904년 생모와 외가 식구들이 에뚜알 광장 근처의 펜션을 팔고 뇌이의 생 삐에르 길 20번지로 이사한다. 이곳은 1920년대까지 아라공의 거처가 된다. 아라공에게 유년기의 빠리는 '아름다운 동네'와 '아름다운 시대'(la belle époque)의 빠리이다. 아라공은 작가 가족의 환경에서 자란다. 어린 아라공의 주위에서는 모든 이가 글을 썼다. 회상록, 수필, 소설을 쓴 남자 루이 앙드리외와 늦은 나이에 소설가가 된 여자 마르그리뜨 뚜까스의 아들로서 문학과 글쓰기에 관한 그들의 대화와 관심은 틀림없이 아라공의 문학적 소명 의식을 자극했을 것이다. 아라공의 외삼촌 에드몽 뚜까스(Edmond Toucas) 또한 지금은 잊혔지만 '아름다운 시대'의 문학사에서 흔적을 찾아볼 수 있는 '모던 스타일' 문인으로서 분명히 어린 아라공을 문학의 길로 들어서도록 북돋웠을 것이다. 그는 당시의 유명 잡지 『메르뀌르 드 프랑스』(*Mercure de France*)의 동아리에 자주 드나들었는데, 때때로 그곳의 살롱으로 외삼촌을 따라간 어린 아라공은 귀스따브 깐(Gustave Kahn)이나 까뜔 망데스(Catulle Mendès) 같은 당시의 유명 인사들과 마주치기도 했을 것이다.

1906년 뚜까스 가족이 루이 앙드리외의 출신 도 앵(Ain)으로 가서 앙주빌 성을 빌려 여름휴가를 보낸다.

1908년 열한살이 된 아라공은 10월에 부셰 양(Mlle Boucher)의 혼합 과정(한 사람한테 개인별로 또는 단체로 배우는 교육과정)을 떠나 집 바로 옆에 자리한 생삐에르 학교의 6학급(중학교 1학년) 과정에 들어간다. 어머니가 창문으로 아들이 운동장에서 친구들과 뛰어 노는 모습을 지켜볼 수 있는 사립학교이다. 전교생이 육십명가량인 이곳에서 뽈(미래의 화학자이자 빠스뙤르 연구소 소장 자끄 트레푸엘Jacques Tréfouël), 기 르노도 다르끄(Guy Renaudot d'Arc), 장차 문학사에 큰 족적을 남기게 되는 앙리 드 몽떼를랑(Henry de Montherlant, 아라공보다 두살 연상)과 어울린다. 가족이 1906년까지 뇌이에 거주하던 자끄 프레베르(Jacques Prévert)가 자기 형과 함께 아라공의 집에 와서 놀다 가기도 한다.

1911년	빠리의 명문고들 가운데 하나인 까르노 고등학교의 3학급(1학년)으로 진학한다. 아라공의 친구들은 모두 마르그리뜨를 그의 어머니가 아니라 큰누나로, 끌레르 뚜까스를 양어머니가 아니라 생물학적 어머니로 여기며 아라공이 마드리드에서 태어났다는 말에 의아심을 품기도 한다. 아라공이 자신의 출생에 관한 비밀을 그만큼 철저하게 감춘 것일까?

1914년   6월 28일 오스트리아·헝가리제국의 프란츠 페르디난트 대공이 사라예보에서 암살당한다. 유럽 각국에서 총동원령이 발동된다 (러시아 7월 30일, 프랑스와 독일 8월 1일). 7월 31일 프랑스 사회당의 장 조레스(Jean Jaurès)가 암살당한다. 아라공은 7월에 첫번째 바깔로레아(라틴어·과학)를 치른다. 프랑스군이 마른(Marne)에서 적군의 진격을 기적적으로 막아설 때 그는 고등학교의 마지막 학년을 시작한다. 가을부터 참호전이 시작되면서 엄청난 사상자가 발생한다.

1915년   7월에 두번째 바깔로레아(철학)를 치른다.

1916년   아라공은 곧 전쟁에 동원되어 돌아오지 못하리라 예상하고 적성에 맞는지 따져보지도 않고 가족의 바람대로 의대에 진학하기 위해 물리·화학·자연과학(PCN) 자격증을 받고 9월 빠리대학에 등록한다. 외삼촌을 통해 문학 살롱에 자주 드나들게 된 이래로, 아드리엔 모니에(Adrienne Monnier)가 1915년 문을 연 서점 메종 데자미 데 리브르(Maison des Amis des Livres)의 단골이 된다. 책을 팔기도 하고 빌려주기도 하는 이곳에서 지드(André Gide), 끌로델(Paul Claudel), 잠(Francis Jammes), 쇼(George Bernard Shaw), 고리끼(Maksim Gor'kii) 등의 읽을거리를 얻는다. 이 서점은 문을 연 뒤 거의 곧장 지적 생활의 빛나는 중심들 가운데 하나로 떠오르고 오랫동안 그 지위를 유지한다. 이곳에서 만남과 강연이 조직되고 뽈 발레리(Paul Valéry), 앙드레 지드, 발레리 라르보(Valéry Larbaud) 등 당시 문학계의 쟁쟁한 인물들이 서로 가깝게 지내며 헤밍웨이(Ernest Hemingway), 파운드(Ezra Pound), 조이스(James Joyce) 같은 외국 작가들이 드나들게 되는데, 이는 아드리엔 모니에가 전후 셰익스피어 앤드 컴퍼니(Shakespeare and Company)라는 서점을 열고 특히 『율리시스』의 발행인으로 알려진 실비아 비치(Sylvia Beach)의 친구인 덕분이다. 이 서점에서 아라공은 아마도 앙드레 브르똥(André Breton)과 마주쳤을 테지만 두 사람이 서로를 확실히 알게 된 것은 입대 후의 일이다.

1917년 스무살이 된 아라공이 군복무 적합 판정을 받고 7월에 제22 위생병 소대로 입대, PCN을 갖추고 의대 1학년을 마친 연유로 보조 군의관(준위) 계급장을 달게 된다. 브르똥은 위생병으로 낭뜨에 배치된 후 연초에 발드그라스(빠리 육군병원)로 옮겨와 보조 군의관이 되기 위해 시험을 준비하나 아라공과 달리 실패하고 두번째 시도에서 통과하는데, 9월의 어느날 의대생들이 조직해 육군병원 복도에서 벌어진 요란한 베개 싸움의 와중에 아라공과 의기투합하여 절친한 친구가 된다. 이 시기에 아라공은 그저 시를 열망하는 반면, 브르똥은 더 날카로운 현실감각으로 문학적 경력을 시작하기 위해 구체적으로 활동한다. 브르똥은 여러해 전부터 자신에게 멘토 역할을 할 수 있는 몇몇 유명한 작가와 관계를 맺으려고 시도하여 가령 뽈 발레리에게 편지를 쓰고 아뽈리네르(Guillaume Apollinaire)에게 시를 보내며 그의 주선으로 삐에르 르베르디(Pierre Reverdy)와도 만나는데, 이런 점이 아라공의 감탄을 자아낸다. 아라공은 브르똥을 통해 이들과 관계를 맺게 되고 브르똥의 친구들, 예컨대 필리쁘 수뽀(Philippe Soupault), 떼오도르 프랭껠(Théodore Fraenkel) 등과 어울린다. 그리하여 미래의 초현실주의 그룹이 브르똥을 중심으로 어렴풋이 형성된다. 하지만 아라공에게는 브르똥이 소개하는 친구들 이외의 친구들이 있다. 가령 당시에 이미 갈리마르 출판사에서 시집을 낸 드리외 라 로셸(Drieu la Rochelle)과 1916년에 만나 여자 문제로 인해 갈라서는 1925년까지 강한 우정을 유지한다. 드리외는 아라공이 지니고 있고 자신에게는 없는 시와 소설의 재능을 부러워하고, 아라공은 드리외가 누리고 자신에게는 박탈되어 절망하는 성적, 재정적 행운을 시샘한다. 그들은 각자에게 본보기이자 경쟁자이다. 이러한 우정에는 또한 명백히 동성애적인 사랑이 가로놓여 있는 듯하다.

1918년 3월 『르 필름』(Le Film)지에 시 「감상적인 익살꾼」(Charlot sentimental)이, 전위문학지 『시끄』(SIC)에 첫번째 평론이, 삐에르 르베르디의 잡지 『북남』(Nord-Sud)에 초기 시들 가운데 두편 「서부에 대한 갈망」(Soifs de l'ouest)과 「곡예사」(Acrobate)가 실리며, 같은 잡지 5월호에 삐에르 르베르디의 시집 『지붕의 슬레이트』에 관한 찬사를 담은 긴 서평을 발표한다. 4월 『지상의 양식』의 저자에게 헌정한 단편소설 텍스트 「원칙 있는 아가씨」(La demoiselle aux principes)를 이 저자에게 보낸다. 6월 8일 발드그라스의 제1 부상자 병동에 배속되었다가 빠리 소방서 두곳으로 옮겨간다. 계급장을 달자마자 전선 투입을 청원, 곧장 수락되어 6월 20일 가족과 친구, 지인에게 전선으로의 출발을 알린다. 6월 26일 제355보병연대 5대대에 배속되어 빠리 동역에서 생디지에(Saint-Dizier)행 기차를 탄다. 바로 그때 아라공이 자신의 출생에 관한 진실을 알게 되었을까? 그는 자전적 소설들에서, 틀림없이 돌아오지 못할 최전선으로 출발하려는 기차역 플랫폼에서 자신의 아버지, 어머니, 출신에 관해 아버지가 보는 앞에서 어머니가 이야기해주었다고 암시한다. 이는 영화의 한 장면처럼 감동적이지만 그럴듯하지는 않은데, 설령 그때 어머니의 고백이 있었을지라도 수많은 병사와 그들이 가족이 북적대는 동역의 플랫폼에서는 아니었을 것이다. 어쨌든 자신이 죽을 가능성이 높다는 사실을 정면으로 직시할 준비가 되어 있었던 6월의 그날 즈음에 아라공이 자신의 출생에 관한 진실을 듣게 된다는 것은 그 시기에 정말로 청소년기가 끝난다는 점을 말해준다. 8월 6일 아라공은 꾸브렐쉬르라벨(Couvrelles-sur-la-Vesle)에서 포탄이 비 오듯 쏟아지는 힘들고 위험한 상황에서 대대의 유일한 군의관으로서 부상자들을 이송하다가 세차례나 산 채로 흙 속에 파묻힌다. 이 세번 살아남은 경험 이후 무공훈장(croix de guerre)을 받는다. 10월 장 꼭또(Jean Cocteau)와의 만남이 이루어진다. 이 만남으로 브르똥과의 우정에 금이 간다. 아라공에 대한 장 꼭또의 유혹이 못마땅해 마음이 상한 브르똥이 장 꼭또-아라공-브르똥 관계에 기존 가치를 극단적으로 부정하는 댄디이자 무정부주의자 자끄 바셰(Jacques Vaché)를 끌어들이면서 상황이 복잡해진다(이듬해 1월 6일 낭뜨의 호텔방에서 바셰가 주검으로 발견되면서 아라공과 브르똥의 관계가 더욱 틀어질 뻔한다). 11월 11일 355보병연대가 샤름쉬르모젤(Charmes-sur-Moselle)에 주둔해 있을 때 휴전 소식을 듣는다. 아라공에게 1918년은 그가 이후 『미완성 로망』(Le Roman inachevé)에서 '신화들의 황혼'이라 명명하게 되는 시기이다. 11월 9일 초현실주의의 선구자들 가운데 한 사람인 아뽈리네르가 스페인 독감으로 사망한다. 삐까소(Pablo Picasso), 막스 자꼬브(Max Jacob), 앙드레 살몽(André Salmon), 블레즈 상드라르 (Blaise Cendrars) 등이 뒤따르는 아뽈리네르의 장례 행렬과 휴전을 축하하는 사람들의 행렬이 마치 사라지는 구세대와 떠오르는 신세대처럼 선명한 대조를 이룬다. 자신들의 세대에 속하고 자신들이 문학과 예술의 무대에 올릴 수 있는 현대성의 새로운 형식을 창안하는 일이야말로 브르똥과 아라공을 비롯한 모든 젊은 작가의 신조가 된다.

1919년 2월 브르똥과 수뽀가 주도적으로 잡지 창간을 구상, 자금이 마련되자 뽈 발레리의 제안에 따라 '문학'으로 제호를 정하고 3월 초에 창간호가 나온다. 당시 아라공은 휴가를 받아 빠리에 도착하자마자 브르똥과 수뽀를 따라 르베르디를 위한 시 낭송회에 참석한다. 5~6월 브르똥과 수뽀가 이른바 '자동기술법'(écriture automatique)의 견지에서 『자기장』(Les Champs magnétiques)에 포함될 텍스트들을 쓴다. 이듬해 5월 출간되는 이 책에서 초현실주의가 시작된다. 휴전 직후 아라공은 부대를 따라 알자스 지방으로 가서 비슈빌러(Bischwiller) 주둔지에 합류하고 겨울 동안 스트라스부르 근처의 포르루이(Fort-Louis)에, 다음으로 오버호펜(Oberhoffen)에 숙영한다. 2월 자르브뤼켄(Sarrbrücken) 주둔군에 배속되어 있다가 5월 노이엔키르헨(Neuenkirchen)으로 떠난다. 그가 속한 355보병연대는 해산되었으나 그는 25보병대대에 재배속된다. 연초부터 고독과 절망을 절감하여 승리에도 불구하고 전쟁의 시련이 계속되는 듯하다. 6월에 마침내 동원이 해제되어 민간인 신분으로 돌아간다. 12월 첫번째 시집 『축제의 불』(Feu de Joie)이 출판된다. 유년기와 전쟁의 추억, 사랑과 우정, 죽음을 주제로 하며 영화, 특히 찰리 채플린에 대한 예찬과 서부 취향, 빠리

생활의 정경 등을 노래한 23편의 시를 수록했다. 문학적 입체파의 사례라 할 수 있다.

1921년   2월 첫번째 장편소설 『아니세 또는 파노라마, 로망』(*Anicet ou le Panorama, roman*)이 N.R.F.에서 출간된다. 시 입문과 아름다움의 추구에 관한 교양소설이자 모델소설로, 아니세(작가의 분신)와 아르뛰르(랭보)의 만남으로 시작되는 작품이다. 이해까지 의학 공부를 계속하는데, 브루세 병원에서 보낸 삼년간의 실습의 (externat) 과정은 엄청나게 격앙된 다다이즘의 시기와 겹친다. 이 시기 동안 의대생 생활과 젊은 작가 생활을 병행하던 아라공은 인턴 시험에서 백지를 제출한다. 의사의 길을 포기한 것이다. 『자기장』에 관한 평론 「무슨 생각을 합니까?」(À quoi pensez-vous?)에서 아라공도 초현실주의라는 용어를 쓰지만 이는 새로운 용어는 아니며, 1917년 아뽈리네르의 희곡 「테이레시아스의 유방」 서문에 형용사형으로지만 이미 나오고 1920년 『신프랑스평론』(*NRF*)에서 자끄 리비에르(Jacques Rivière)가 다다를 설명하기 위해 사용한 바 있다.

1922년   1월 어느날 아침 아라공은 병원에 가지 않기를 선택한다. 그의 결심은 집안의 수치가 되어 가족회의가 열린다. 그의 할머니, 어머니, 이모 마리의 남편, 외삼촌 에드몽이 참석하여 만류하나 소용이 없다. 그는 의사로서 편안하게 사는 것을 포기한다. 가족이 재정 지원을 중단한다. 그때부터 오랜 세월 동안 아라공은 돈 걱정을 달고 살아간다. 브르똥이 아라공을 '아름다운 시대'의 유명한 디자이너 자끄 두세(Jacques Doucet)에게 소개하여 이 부유한 사업가-후원자의 비서로 일하면서 매월 500프랑을 받게 된다. 생계를 위해 약간 영혼을 판 셈이다. 아라공과 자끄 두세의 관계는 우여곡절을 겪으면서 1927년까지 지속된다. 4월 아라공은 지난해 여름처럼 영국 에임즈버리(Amesbury)에 있는 이모 마들렌의 집에 머무른다. 8월 초 어머니와 할머니를 동반하고 티롤을 여행하며 베를린에서 경제위기의 참상을 목격하고 10월에 빠리로 돌아온다. 11월『텔레마코스의 모험』(*Les Aventures de Télémaque*)을 발표한다. 페늘롱의 동명 소설을 대상으로 의미를 뒤집고 교육적이고 약간 대가연하는 담론을 무정부주의와 허무주의에 대한 찬사로 변모시킬 목적으로 다시쓰기를 시도한 작품이다. 11월 혹은 12월 드니즈 레비(Denise Lévy)를 알게 된다. 그녀가 사촌 시몬(브르똥의 아내)과 함께 연말을 즐기기 위해 스트라스부르에서 빠리로 와서 체류하고 있을 때였다.

1923년 3월 8일 가스똥 갈리마르(Gaston Gallimard)의 추천을 받아 샹젤리제 극장의 책임자 자끄 에베르또(Jacques Hébertot)를 만난다. 그가 아라공에게 연극계의 소식을 전하는 주간지『빠리주르날』(*Paris-Journal*)의 책임을 맡긴다. 아라공은 도전에 응하지만 6호까지 내고 그만둔다. 아라공이 끌어들인 새로운 기고자들의 공공연한 급진성과 이 문화 잡지의 절충주의는 처음부터 맞지 않았다. 아라공은 타협할 수밖에 없었을 것이다. 이 타협적인 행동이 친구들의 비난을 사게 되고, 그는『빠리주르날』을 떠나 자끄 두세의 후원으로 지베르니 쪽에서 4월 말에서 7월 초까지 휴식을 취한다. 모네(Claude Monet)의 거처에서 지척인 그곳에서 미국인 친구, 나중에 윌리엄 포크너(William Faulkner)의 주석자가 되는 평론가 맬컴 카울리(Malcom Cowley)와 어울린다. 연초에 에르 드 라뉙스(Eyre de Lanux)와 드리외 라 로셸의 애정 관계가 시작되고 이 아름다운 미국 예술가에 대한 아라공의 욕망이 일어난다. 아라공은 에르가 자기 친구의 애인이어서 그녀에게 반한 것일까? 그녀가 드리외의 애인이기 때문에 그녀를 단념했을까? 그가 지베르니에 은거한 데에는 초현실주의자들의 책동뿐만 아니라 에르와 드리외의 애정 관계로 인한 슬픔이 작용했을지도 모른다. 8월 꼬메르시(Commercy)의 외삼촌 집에 가 있던 아라공은 드니즈 레비에게 편지를 써 자기를 스트라스부르로 초대해달라고 부탁한다. 아마도 에르에 대한 추억에서 벗어나 다른 여성에게서 애정운을 시험해보고 싶었을 것이다.

1924년　1월 또다시 드니즈에게 구애의 편지를 보낸다. 6월 브르똥과 아라공, 수뽀가 다시 모여 선언을 준비한다. 모두가 브르똥에게 '초현실주의'를 전유할 권리가 없다고 항의하고 이로 말미암아 여름 동안 논쟁이 벌어진다. 아라공은 드리외 라 로셸의 초대로 비아리츠 근처 게따리(Guéthary)에서 여름을 보낸다. 이 환상적인 체류로 말미암아, 사랑과 행복을 만끽하는 경쟁자이자 친구에게 무일푼으로 의존하는 자신의 굴욕적인 상황을 더욱 실감하게 된다. 또다시 드니즈에게 외로움을 하소연하는 편지를 써 근처 호텔로 와달라고 애원한다. 드니즈는 아라공의 제안을 진지하게 받아들이지만, 기이하게도 자신이 바라는 바를 얻을 수 있을 순간에 아라공은 호텔비가 없다는 핑계로 물러선다. 여러달 전부터 드니즈에 대해 지속되어온 순결한 목가적 사랑이 갑자기 매우 구체적인 로맨스로 변모된다는 생각에 아라공이 약간 뜨끔했을지도 모른다. 11월 초현실주의의 신규 가담자 삐에르 나빌(Pierre Naville)을 방문한 아라공은 그의 침실에서 드니즈의 사진 두장을 발견하고 그녀에게 격정적인 질투의 편지를 보낸다. 드니즈는 아라공과 영원히 결별, 남편과 이혼하고 삐에르 나빌과 결혼하게 된다. 드니즈와 아라공 사이에는 결국 아무 일도 일어나지 않았다. 1925년 여름 아라공이 드니즈에게 보낸 편지에서 말한 대로 그녀는 과연 이십년 후에 『오렐리앵』(*Aurélien*)의 여주인공 베레니스의 핵심 모델이 된다. 10월 아라공의 「꿈들의 물결」(Une vague de rêves)과 브르똥의 「초현실주의 선언」이 발표된다. 이 텍스트들에 힘입어 브르똥은 초현실주의의 창시자, 아라공은 초현실주의의 의미 확정자로 인정받게 된다. 브르똥의 선언보다 조금 일찍 나온 「꿈들의 물결」에서 아라공은 헤겔의 독자로서 정반합의 논리에 따라 현실-비현실-초현실을 규정한다. 하지만 이 텍스트보다 오히려 당시에 집필 중이던 『빠리의 농부』(*Le Paysan de Paris*)야말로 탄생하고 있던 초현실주의의 걸작이다. 이 작품이 예시하듯이 아라공의 초현실주의는 결코 현실주의를 포기하지 않는다는 특수성이 있는데, 이는 그가 초현실을 현실과 비현실의 종합으로 제시한다는 사실과 관련이 있다. 이 작품에서 아라공은 '현대적인 것의 현기증'을 직시하면서 예전의 횔덜린처럼 '궁핍한 시대에 시인들은 무엇에 소용될까?'라는 물음을 제기한다. 가을에 1918년~23년 사이에 쓴 초현실주의적 텍스트들, 단편소설 10편과 희곡 2편의 모음집 『자유사상』(*Le Libertinage*)이 출간되어 평단과 독자의 호평을 받는다. 10월 12일 제3공화국의 대작가 아나똘 프랑스(Anatole France)가 사망하고 전국적으로 추도 분위기가 고조되자, 이를 못마땅하게 여긴 브르똥, 수뽀, 엘뤼아르(Paul Éluard), 델떼유(Joseph Delteil), 아라공 등의 초현실주의자들이 드리외의 선동으로 『시체』(*Un cadavre*)라는 소책자를 며칠 만에 작성하여 위대한 국민 작가의 명성에 먹칠을 한다. 아라공의 글 「여러분 죽은 자의 뺨을 벌써 때렸는가?」(Avez-vous déjà giflé un mort?)는 모욕의 극치로 강한 인상을 준다. 12월 가장 유명하고 가장 중요한 초현실주의 잡지 『초현실주의 혁명』(La Révolution surréaliste)이 창간된다. 이 잡지는 1929년 12월까지 12호를 내고 간행이 중단된다.

1925년 실망한 연인들에게는 언제나 적절한 순간에 구원이 찾아오는 것일까? 마침내 3월 11일 에르 드 라뇌스가 자기 아파트로 아라공을 불러들인다. 여기에도 드리외 라 로셸이 개입되는데, 그는 미국 여성과 새로운 애정 관계를 시작하면서 에르에 대한 아라공의 관심을 간파하고 애인을 친구의 품에 안겨준 듯하다. 에르는 드니즈 레비와의 실없는 관계로 인해 위축된 연인의 품에 몸을 맡긴 것이다. 에르와 아라공의 사랑 이야기는 이 젊은 여성이 포기하지 않은 남편의 존재로 인해 수차례 중단되면서 몇달 동안 이어진다. 처음의 열렬한 불꽃이 사그라들자 만남은 소원해지다 연말에 관계가 끊어진다. 오랜 친구 삐에르 드리외 라 로셸(아라공은 그를 오렐리앵의 모델이라고 밝힌다. 그는 프랑스의 쇠퇴를 확신하여 파시즘에 동조했고 1945년 자살한다)과 관계가 멀어지기 시작한다.

1926년 연초 낸시 커나드(Nancy Cunard)와의 로맨스가 시작된다. 아라공이 '난'(Nane)이라 부른 낸시 커나드는 영국 선박회사 소유주 바치 커나드(Bache Cunard) 경의 딸로서, 1916년 오스트리아 장교와 충동적으로 결혼하지만 곧바로 갈라서고는 1920년 빠리로 온다. 막대한 부, 인상적인 미모, 자유분방한 생활, 높은 지적 수준과 재능으로 가장 주목받는 사교계 인물이 된다. 몽마르트르와 몽빠르나스의 까페와 나이트클럽에서 에즈라 파운드, 거트루드 스타인(Gertrude Stein), 실비아 비치, 젤다와 스콧 피츠제럴드(Zelda & Scott Fitzgerald), 맨 레이(Man Ray) 등 명망 높은 미국 유배자 무리와 어울린다. 또한 프랑스 전위문학의 가장 돋보이는 몇몇 인물, 가령 꼭또, 드리외 라 로셸, 트리스땅 차라(Tristan Tzara), 르네 크르벨(René Crevel)과도 자주 만난다. 그녀의 거처, 센강이 내려다보이는 생루이섬의 아파트는 아라공에게 『오렐리앵』의 '독신용 아파트'의 모델이 된다. 1월의 어느 저녁 모임에서 아라공이 영국 시인 존 로드커(John Rodker)와 그의 애인 낸시 커나드를 만나 어울린 것이 이들의 첫 만남이다. 셋이 탄 택시 뒷좌석에서 낸시가 아라공의 무릎에 손을 얹고, 애인이 먼저 내리자 그를 껴안는다. 이전에 에르 드 라뇌스가 그랬듯, 나중에 엘자 트리올레가 그러듯 낸시가 아라공을 차지한다. 2월 납치하듯 아라공을 런던으로 데려가고 이후 영국, 스페인, 이딸리아의 여러 도시를 함께 여행한다. 낸시에 대한 아라공의 정념은 그를 초현실주의와 혁명의 대의에서 멀어지게 하며 아라공의 공산당 가입에도 부정적으로 작용한다. 공산주의 작가이면서 동시에 백만장자 여성의 애인일 수 있는가 하는 물음이 아라공에게 제기된다. 2월 다다이즘과 초현실주의 텍스트를 모은 새로운 시집 『끊임없는 운동』(*Le Mouvement perpétuel*)이, 7월 『빠리의 농부』가 갈리마르 출판사에서 출간된다. 12월 24일 아라공은 공산당에 가입하겠다는 의사를 표명한다.

1927년 1월 6일 공산당 가입이 수락되어 당원증을 받는다. 아라공은 이번에도 역시 미친 사람처럼 허공 속으로 뛰어내린다. 현기증을 느낀다. 낸시와 함께 체류하던 런던에서 1월 14일 두세에게 편지를 보내 정치 참여의 허용을 요청한다. 이러한 선언의 논리적 귀결은 지원의 중단이다. 아라공의 비방자들은 언제나 그의 공산주의로의 전향 뒤에 순진성이나 기회주의가 있지 않나 의심한다. 하지만 아라공은 시를 위해 의학을 단념했듯이 이번에도 현실적인 이

익을 버리고 환상을 좇는다. 이로 인해 드리외 라 로셸이 아라공과 브르똥의 정치 참여에 이의를 제기함에 따라 그와 갈라서기에 이른다. 10월 낸시와 스페인으로 두번째 여행을 떠나 꼬르도바, 산세바스띠안, 마드리드를 방문한다. 마드리드의 푸에르따 델 솔 호텔에서 지베르니에 체류하던 1923년 5월부터 집필해온 방대한 소설『무한의 옹호』(La Défense de l'infini)의 원고를 불태운다. 그가 거의 1500쪽 분량의 원고를 갖고 다녔는지는 의심스럽지만, 『무한의 옹호』를 불태운 점은 일종의 상징적 죽음, '종이 자살'이다. 자기 삶에 불을 지름으로써 자신을 구해낸 셈이다.

1928년 4월 두세의 지원이 끊기자 불태운『무한의 옹호』에서 살아남은 「이렌의 음부」(Le Con d'Irène)를 익명으로 펴낸다. 이 중편소설이 경찰에 의해 금서로 지정되고 아라공은 예심판사 앞에서 이 작품의 작가임을 부정한다. 같은 달『문체론』(Traité du style)을 갈리마르 출판사에서 출간한다. 이 저서는 초현실주의에 대한 지지이면서 동시에 초현실주의가 유행과 순응주의로 저속화되는 현상에 대한 비판이다. 8월 낸시와 재차 이딸리아로 떠나 베네찌아에 체류한다. 두세의 후원이 끊기고 갈리마르 출판사에서 매달 지급하는 빈약한 금액 이외의 다른 수입이 없어 브라끄(Georges Braque)의 그림「목욕하는 여인」을 팔지만 수표가 도착하지 않는다. 어느 날 저녁 루나 호텔에서 재즈 연주를 들을 때 낸시가 흑인 피아니스트 헨리 크라우더(Henry Crowder)에게 열광하여 곧 그를 애인으로 만든다. 이런 일이 거듭된다. 경제적 곤란과 낸시의 행실에 질린 아라공은 베네찌아의 약국에서 산 약을 먹고 자살을 기도한다. 며칠 후에 깨어나 다시 약국으로 가지만 이번에는 약사가 판매 금지라며 약을 내주지 않는다. 마드리드에서의 원고 소각은 베네찌아에서의 이 실패한 자살 시도를 예고했을 것이다. 9월의 그 날은 그가 자살 협박을 실천에 옮긴 유일한 날이다. 아라공이 호텔로 돌아오자 그림값의 수표가 도착한다. 빠리로 돌아오는 길에 밀라노의 스깔라 극장에서 질투가 주제인 베르디(Giuseppe Verdi)의 오페라 「오셀로」를 감상하고 그의 가장 아름다운 시들 가운데 하나, 프랑스 문학에서 가장 통절한 사랑의 시들 가운데 하나인 「폐허에서 울부짖는 시」(*Poème à crier dans les ruines*)를 쓴다. 11월 6일 오후 5시 무렵, 아라공은 전날 위대한 러시아 시인 마야꼽스끼(Vladimir Mayakovsky)를 소개받은 까페 라 꾸뽈(La Coupole)에서 엘자 트리올레(Elsa Triolet)와 만난다. 그에게 엘자는 단떼의 베아트리체였다. 1896년 모스끄바에서 유대인 집안의 딸로 태어난 엘자에게는 구혼자들이 줄을 서는데, 그녀에게 최초로 정념을 불러일으킨 것은 마야꼽스끼이다. 그녀는 1917년 사절단의 일원으로 러시아에 온 앙드레 트리올레(André Triolet)를 만나 이듬해 함께 빠리로 와서 1919년 결혼한다. 이들은 낙원의 환상을 좇아 타히티로 갔다가 크게 실망하고 1920년 빠리로 돌아와 갈라선다. 다만 엘자는 결혼으로 획득한 프랑스 국적을 유지하기 위해 남편의 성과 재정적 지원을 유지한다. 1926년부터는 소비에뜨 대사관을 위해 일한다는 의심을 사서 경찰의 매우 밀접한 감시를 받는다. 그녀의 삶에서는 마야꼽스끼가 사라지지 않는다. 러시아혁명의 이념을 선양한 위대한 소비에뜨 시인으로 여겨지는 그는 1924년부터 정기적으로 빠리에 와서 그에게 가이드이자 통역자 노릇을 해주는 엘자와 함께 차라, 들로네(Delaunay) 형제, 페르낭 레제(Fernand Léger), 삐까소 등 유명 인사를 만난다. 11월 다시 빠리에 온 마야꼽스끼는 프랑스로 망명한 다른 여성에게 반해 그녀와 결혼하기를 열망한다. 11월 5일, 아라공과 만나기 전날 엘자에게는 마야꼽스끼에 대한 이루어질 수 없는 사랑이 중요했고, 이 시기에 그녀는 베네찌아에서 아라공이 실행한 시도를 고려한다. 11월 5일 아라공은 라 꾸뽈에서 마야꼽스끼를 만난다. 다음 날은 같은 장소에서 엘자를 만난다. 엘자가 사랑의 주도권을 쥐고 아라공을 끌어들인다. 당시 아라공은 낸시 커나드와 결별하지 않았고 또다른 여성, 빈 출신의 무용수 레나 암젤(Léna Amsel)이 그의 삶에 들어온 상태였다. 레나도 낸시처럼 아라공을 진지하게 사랑하고 욕망하면서도 자유를 포기하려 들지 않았다. 엘자로서는 이 새로운 애인에 대해 냉정을 유지하고 성급하게 열정을 불태우지 않아야 했다. 연말에 아라공은 엘자와 함께 벨기에로 여행한다.

1929년　4월 아라공은 임대한 아틀리에로 엘자와 함께 이사한다. 생활 형편이 어려워 엘자가 목걸이 제작에 뛰어든다. 엘자가 몇몇 친구를 임시로 고용하여 식탁 위에서 조립 작업을 하고 아라공은 상품을 작은 트렁크에 진열하듯 담아 방문판매를 맡는다. 이 경험은 힘겹고 굴욕적이다. 아라공은 서른두살에 처음으로 진정한 노동의 세계와 접촉한다. 문학이 멀어진 것처럼 보인다. 1928~29년에 쓴 시들을 모아 세번째 시집 『큰 즐거움』(La Grande Gaîté)을 출간한다. 제목은 반어적 표현으로, 실제 내용은 깊은 비관주의, 지극히 부정적인 세계관과 인간관으로 물들어 있다. 엘자와 함께 생활하기 시작한 시기에 직면한 사랑의 불확실성과 경제적 어려움을 반영하는 것 같다. 이 시기에 초현실주의 자체가 위기에 처한다. 『초현실주의 혁명』 12월호에서 브르똥이 「두번째 선언」을 발표한다. 자동기술법, 프로이트 이론, 맑스주의, 난해성의 까다롭고 의심스러운 종합을 희생하여 운동의 새로운 규정을 시도하고 운동의 정신을 재확인하려는 것이다. 초현실주의의 분열이라는 커다란 위기에 직면하여 아라공은 망설임 없이 브르똥 편에 선다.

1930년 4월 15일 아침 아틀리에로 마야꼽스끼의 자살 소식이 전해진다. 전날 자기 심장에 총을 쏘아 죽었다는 것이다. 같은 달 아라공의 외할머니가 숨을 거둔다. 이 일들로 인해 아라공과 엘자의 러시아 행이 늦춰진다. 이들은 8월 말 혹은 9월 초 무렵 첫번째 소련 여행을 시작한다.

1931년 모리스 또레즈(Maurice Thorez)가 프랑스 공산당 서기장이 된다. 봄에 초현실주의는 반식민주의 투쟁과 함께 반교권주의 투쟁을 펼친다. 아라공이 작성한 「불이야!」(Au feu!)라는 전단에서 초현실주의는 그러한 반란에 경의를 표하고 다가올 혁명의 정신과 양립할 수 없는 종교와 관계를 끊을 필요성을 공언한다. 가톨릭교회에 대한 투쟁의 영역에서 아라공은 아마 가장 과격한 초현실주의자일 것이다. 8월 27일 아라공의 아버지 루이 앙드리외가 아흔한 살의 나이로 사망한다. 그의 정식 가족이 그를 위해 매우 기독교적인 장례를 치른다. 운명의 아이러니이다. 새로운 시집 『박해하며 박해받는 자』(Persécuté persécuteur)가 출간된다.

1932년 1월 5일 맑스주의 작가이자 기자 장 프레빌(Jean Fréville)이 장 조레스가 창간한 신문 『뤼마니떼』(L'Humanité)에서 혁명작가-예술가협회(Association des écrivains et artistes révolutionnaires, AEAR)의 창립 소식을 보도하고 초현실주의자들의 지지를 요청한다. 하지만 그는 브르똥과 그의 무리를 '소시민 작가'로 여겨 맞아들일 의도가 전혀 없었다. 1월 16일 아라공은 소련 여행 중에 쓴 시 「붉은 전선」(Front rouge)이 빌미가 되어 무정부주의적 선동을 목적으로 군인들의 불복종을 자극하고 살해를 선동한다는 혐의로 기소된다. 이 시로 인해 3월 아라공은 초현실주의와 결정적으로 결별한다. 초현실주의와 공산주의 사이에서 결심의 시기를 계속 연기한 끝에 내린 선택이다. 이는 러시아혁명에 대한 낭만적 매혹에 기인하는 바 크다. 그는 혁명을 믿는다. 그런데 시는 현실을 뒤흔든다고 주장하나 현실에 대해 영향력이 없고, 초현실주의는 혁명에 봉사한다지만 상징주의, 미래주의, 그밖의 문학적 입체파들의 뒤를 이어 하찮은 자리를 주장할 추가의 문학운동과는 다른 것이 되는 데 실패했다는 점을 인정해야 한다는 것이다. 6월 선거에서 좌파가 득세한다. 이 새로운 정치 상황의 효과들 가운데 하나는 아라공 등에 대한 기소중지이다. 출국금지도 해제된다. 엘자와 두번째 소련 여행을 떠난다. 모스끄바에서 국제혁명작가연맹(UIER) 당국에 새로운 자아비판 형식의 글을 제출, 이를 통해 다시 한번 초현실주의를 거부한다. 엘자와 6월부터 1933년 5월까지 모스끄바에서 머물며 8월 우랄 지방을 방문한다.

1933년   프랑스로 돌아온 아라공은 투사이기를 그치지 않으면서 신문기자 노릇을 하게 된다. 프랑스 공산당 기관지 『뤼마니떼』의 기자로 채용되어 6월부터 1934년 7월까지 수많은 기사를 작성한다.

1934년   1월 말 파업 중인 택시 운전사들의 회합과 굉장한 시위를 취재하다 체포되어 경찰서에서 밤을 보낸다. 이 일로 『뤼마니떼』 1면에 기사가 실리는 영광을 누린다. 2월 9일 급진당의 가스똥 두메르그가 에두아르 달라디에의 뒤를 이어 수상직에 임명될 때 공산당은 파시스트, 반동분자, 급진파, 사회주의자를 끌어모으는 결탁을 통해 권력을 장악하려는 체제에 맞서 시위할 것을 호소한다. 아라공은 엘자와 함께 레쀠블리끄 광장으로 나가 폭동의 분위기를 고조시키는 새로운 폭력을 목격한다. 기마병들이 군중을 향해 돌격하고 경찰이 총을 쏜다. 여섯명이 사망하고 수백명의 부상자가 나온다. 4월 시집『우랄 만세』(*Hourra l'Oural*)가 출간된다. 8월 17일~9월 1일까지 열린 제1회 소비에뜨 작가회의에 아라공은 AEAR 대변인 자격으로 초대된다. 당시『인간의 조건』으로 공꾸르상을 받은 앙드레 말로(André Malraux)와 작가 장리샤르 블로흐(Jean-Richard Bloch)가 동행한다. 회의의 쟁점은 '사회주의적 현실주의'로, 러시아측에서는 막심 고리끼가 토론을 주도한다. 10월 또 레즈가 '더 폭넓은 반파시스트 인민전선'의 필요성을 역설한다.

1935년   연초 '사회주의적 현실주의' 범주에 속하는 소설들 가운데 첫번째 작품인『바젤의 종』(*Les Cloches de Bâle*)이 출간된다. 이 소설을 필두로『아름다운 동네』(*Les Beaux Quartiers*, 1936),『승합차 위의 여행자들』(*Les Voyageurs de l'impériale*, 1943),『오렐리앵』(1944),『공산주의자들』(*Les Communistes*, 전6권, 1949~51, 재집필 1966~67)이 19세기 말~20세기 초의 프랑스를 그린 아라공의 '현실 세계' 작품군을 이룬다. 이 '명제소설'(roman à thèse)에서 찾아볼 수 있는 기본 관념은 유령 작품『무한의 옹호』가 표현하는 것, 즉 세계가 매음굴, 일종의 대혼돈이라는 관념이다. 소설은 이러한 세계의 무정부성을 성찰하여 독자에게 자신을 둘러싼 무질서를 의식하고 그에 맞서 봉기하도록 권유하는 조건에서만 이 세계를 그려 낼 수 있다는 것이다. 이와 같은 입장에서 아라공은 부르주아 심리소설을 변환하여 공산주의 이데올로기에 의해 발상을 얻은 서정적인 동시에 서사적인 작품을 만들어내게 된다. 요컨대 이 소설은 아라공이 사회주의적 현실주의 미학으로 전향하는 시기를 나타낸다. 이를 통해 아라공이 추구하는 문학의 새로운 이해 방식은 현실의 진실한 재현에 대한 요구와 이 똑같은 현실을 혁명적 발전의 견지에서 파악하라는 요구, 상호모순적으로 보이는 두가지 요구를 조화시키는 것이다. 9월 꽤 잡다한 텍스트, 강연, 체험기를 모아 『사회주의적 현실주의를 위해』(*Pour un réalisme socialiste*)를 출간한다. 이 저서는 아라공의 사유와 행로를 이해하고자 하는 이들에게 아주 중요한 자료이다. 여기에서 아라공은 '현실로의 회귀'를 주창하며 사회주의적 현실주의와 혁명적 낭만주의가 같은 사물의 두 이름이라고 공언한다. 같은 시기에 브르똥도 맑스가 말한 '세상을 변모시키기'와 랭보(Arthur Rimbaud)가 말한 '삶을 변화시키기'의 일치를 역설한다. 이로써 그들이 지향하는 바는 바로 혁명과 시의 결합이다.

1936년 5월 선거에서 인민전선이 승리한다. 6월 엘자와 함께 또다시 소련을 여행하고 스딸린에 의한 대숙청의 무거운 분위기를 몸소 느낀다. 『아름다운 동네』의 집필을 마치고 출간, 12월에 이 소설로 르노도상을 받는다. 발자끄(Honoré de Balzac)의 방식으로 세리안이라는 가상 소도시에 대한 긴 묘사로 시작되는 이 소설은 19세기의 위대한 문학에서처럼 수도와 지방의 대립을 구조로 삼아 사랑 이야기와 금전 이야기가 뒤섞이는 가운데 이해타산이 지배하고 불의가 승리하는 프랑스의 파노라마를 제시한다. 여름에 『승합차 위의 여행자들』을 쓰기 시작한다. 이 작품은 1941년 미국에서 영어판으로 먼저 나오고 프랑스에서는 1943년 초 갈리마르에서 출간되는데, 검열을 잔뜩 받은 형태여서 거의 즉각 서점들에서 회수되고 결정판은 1947년 10월에 출간된다. 이 작품은 기본적으로 아라공의 외할아버지 페르낭 뚜까스의 이야기에서 발상을 얻은 가족소설, 자전적 소설이다. 7월 스페인 내전이 발발한다. 아라공은 모스끄바에서 마드리드로 눈길을 돌린다. 11월 스페인에서 돌아온 아라공은 모리스 또레즈로부터 새로운 석간지 운영을 제안 받고, 장리샤르 블로흐에게 공동 운영을 부탁하여 수락받는다.

1937년 5월 1일 『스 수아르』(*Ce Soir*) 첫 호가 발행된다. 페르낭 레제, 다리위스 미요(Darius Milhaud), 장 르누아르(Jean Renoir)가 회화, 음악, 영화를, 루이 기유(Louis Guilloux)가 문학비평을, 로베르 데스노스(Robert Desnos)가 음반 뉴스를, 마르셀 뒤샹(Marcel Duchamp)이 체스를 맡고 장 꼭또가 주간 시평을 담당한 이 신문은 1937년 10월~1939년 3월 사이에 발행부수가 12만부에서 24만 6천부로 배가된다.

1939년 1월 바르셀로나가 프랑꼬 장군파의 손아귀에 들어가자 아라공과 엘자는 이 패배를 개인적인 재난으로 느낀다. 그들은 프랑스 정부가 환대한답시고 수용소에 감금하려는 공화파 망명자들을 맞이하기 위해 국경으로 간다. 엘자가 앙드레 트리올레와의 이혼에 매달린다. 전쟁이 일어나면 아라공이 동원될 것이므로 엘자로서는 아라공의 배우자라는 지위를 얻을 필요가 있기 때문이다. 라 꾸뽈에서의 전설적인 만남이 이루어진 이후 십여 년만이다. 하지만 이 타산적 결혼이 연애결혼이기도 하다는 점에는 의심의 여지가 없다. 2월 28일 결혼식이 거행된다. 조르주 사둘(Georges Sadoul)과 삐에르 위니끄(Pierre Unik)만 증인으로 참석한다. 이들은 샴페인을 마시기 위해 맥줏집으로 몰려가나 아라공은 한쪽 탁자에서 신문 기사를 작성한다. 결혼식 날에도 아라공의 머리는 정치로 향한다. 5월 엘자와 미국 여행을 떠난다. 미국 작가연맹이 공식 초청했음에도 비용을 부담하지 않아 아라공은 여행비와 체재비를 마련하려고 『바젤의 종』의 원고를 팔아야 했다. 그들은 5월 24일 호화 여객선 노르망디 호에 승선, 6월 2일 카네기홀에서 열린 작가회의에 참석하고 뉴욕의 아름다움에 매혹된다. 8월 23일 히틀러와 스탈린 간에 독소불가침조약이 조인된다. 이 조약에 대한 지지를 이유로 8월 25일 『뤼마니떼』와 『스 수아르』가 경찰에 압류되고 이틀 뒤 정간 조처를 받는다. 9월 1일 히틀러가 스탈린의 동의 아래 전쟁을 일으켜 독일군이 폴란드를 침공한다. 이와 동시에 붉은 군대도 폴란드로 진입한다. 프랑스 정부가 총동원령을 공포하고 9월 26일 프랑스 공산당의 해산을 명한다. 반공의 폭풍우가 닥친다. 그러나 1944년 여름 프랑스 공산당은 레지스땅스에 적극 참여했다는 정당한 위세를 업고 '총살당한 사람들의 정당'으로서 프랑스의 제1 정치세력으로 부상한다. 전쟁과 함께 모든 것이 바뀐다. 9월 2일 아라공은 또다시 동원되어 보조 군의관으로서 제222 근로자연대에 배속된다. 기묘한 전쟁에 기묘한 연대인 셈이다.

1940년 1월 아라공이 빠리로 돌아와 모르디에(Mortier) 병영에 배치된다. 2월 25일 지원병으로서 시손(Sissone)으로 떠나 제3경기갑사단 39위생단 내에서 들것병 소대장의 직책을 맡는다. 3월 29일 제3경기갑사단이 시손을 떠나 깡브레(Cambrai) 쪽으로 이동, 나뮈르(Namur) 북쪽까지 진격하지만 포위될 위험에 처해 후퇴 명령을 받는다. 바다 쪽으로 계속 후퇴하여 이주 후에 됭께르끄에 이른다. 6월 1일 폭격을 당하는 와중에 약 삼백명의 병사와 함께 영국 구축함 플로어 호에 승선한다. 6월 4일 아라공의 사단은 다시 프랑스 브레스뜨에 이르러 기차로 에브뢰(Évreux) 지방으로 들어간다. 독일군이 솜강과 센강을 건너 빠리를 점령하고 서쪽과 남쪽으로 진격한다. 제3경기갑사단은 남쪽으로 후퇴를 거듭하여 사단의 일부 병사는 포로가 되고 나머지는 뿔뿔이 흩어진다. 아라공과 그의 부하들에게는 6월 26일로 전쟁이 끝난다.

7월 도르도뉴(Dordogne)에서 엘자와 합류한다. 이들은 까르까손
(Carcassonne)에 가스똥 갈리마르가 체류하고 작가들의 공동체가
형성된 사실을 알고 그곳으로 떠나 9월 그곳에 정착한다. 아라공
과 엘자가 느끼는 곤궁은 생활의 불안정과 불확실에 기인한다. 가
스똥 갈리마르가 빠리로 돌아가 상황을 정리하고 아라공에게 매
월 일정액을 보내주게 되면서 형편이 조금 나아진다. 9월 삐에르
세제르(Pierre Seghers)와 그의 아내가 아라공 부부를 만나기 위해
까르까손으로 와서 그들 소유인 앙글(Angles)의 집을 거처로 제공
한다. 아라공은 엘자와 그곳에서 초겨울을 보내고 12월 31일 니
스로 가서 정착, 『오렐리앵』의 첫 부분을 쓰기 시작한다. 1942년
12월까지 이년간 니스에 거주한다. 니스에는 그들 외에도 로제 마
르땡 뒤 가르(Roger Martin du Gard), 지드, 말로 등 작가들이 머무
르고 있었으며 일흔두살의 노화가 앙리 마띠스(Henri Matisse)가
살고 있다. 마띠스와의 만남은 이후 아라공이 삼십년 동안(1941~
71) 『앙리 마띠스, 로망』(*Henri Matisse, roman*)을 집필하는 계기
로 작용한다.

1941년 시집 『비통』(*Le Crève-coeur*)이 갈리마르 출판사에서 출간된다.
1939~40년에 쓴 시들로, 엘자에 대한 사랑과 조국에 대한 사랑을
똑같이 고통스럽게 노래한다. 양자가 서로 섞인다. 역사의 현재와
전쟁의 현재성이 시 속으로 들어온다. 5월 프랑스 공산당이 조국
해방 투쟁을 위해 국민전선을 창설하고 문학적 레지스땅스 기관
으로 '작가들의 국가위원회'(Comité national des écrivains, CNE)
설립을 주도한다. 공산당 당원으로서 아라공은 자유를 위해 싸우
는 조국의 시적 대변인, 프랑스 문학의 명예를 구하는 레지스땅스
의 핵심 대표자로 떠오른다. 10월 『승합차 위의 여행자들』이 미국

에서 '이 세기는 젊었다'(The Century Was Young)라는 제목으로
출판된다.

1942년 3월 2일 아라공의 어머니 마르그리뜨 뚜까스가 까오르(Cahors)에
서 말기 유방암으로 세상을 뜬다. 3월 시집 『엘자의 눈』(*Les Yeux
d'Elsa*)이 스위스 까이에 뒤 론 출판사에서 출간된다. 1941년 6월~
42년 2월 여러 잡지에 발표한 시 21편의 모음집이다. 12월 7편의
시를 묶은 시집 『브로셀리앙드 숲』(*Brocéliande*)이 역시 스위스 에
디시옹 드 라 브라꼬니에르에서 출간된다. 정치 상황이 악화하면
서 행동이기도 한 말로 나치즘에 저항하는 이들 또한 전투원 못지
않게 실제의 위험에 노출된다. 3월 초 프랑스 경찰이 1941년 여름
아라공과 함께 주간지 『레 레트르 프랑세즈』(*Les Lettres françaises*)
와 지적 레지스땅스 계획을 모의한 세 사람, 뽈리체르(Georges
Politzer)와 드꾸르(Jacques Decour), 솔로몽(Jacques Solomon)
을 체포, 협박과 회유를 거듭하다 5월 총살한다. 이해 11월부터
1944년 9월까지 숨죽이고 은밀하게 지내야 하는 시기가 찾아온
다. 아라공과 엘자의 활동이 비시 정부와 나치 당국에 알려지면서
프랑스 경찰과 독일군의 먹이가 될 위험이 고조된다. 빌린 신분
으로 숨어 지내기 위해 아라공은 뤼시앵 루이 앙드리외의 이름으
로 신분증과 노동 증명서를 위조한다. 이딸리아 병사들이 니스에
나타나자마자, 앙리 마띠스의 비서 리디아의 도움으로 아라공과
엘자는 삐에르 세제르를 동반하여 니스를 떠난다. 기차로 디뉴
(Digne)까지 갔다가 빌뇌브레자비뇽(Villeneuve-lès-Avignon)에
이르지만 더 안전한 은신처가 필요했고, 아라공은 드롬(Drôme)
의 남쪽에서 그러한 은신처를 발견한다. 아라공과 엘자는 이 새로
운 거처를 반어적으로 '하늘'이라 명명한다.

1943년	1월 엘자의 가짜 신분증이 확보되자 이들 부부는 또다시 떠나 리옹 교외 몽샤(Monchat)에 있는 르네 따베르니에(René Tavernier)의 집에 육개월간 유숙한다. 경찰의 감시와 억압이 갈수록 위협적으로 변하는 가운데, 7월 다시 아라공은 엘자와 함께 당시 많은 지식인에게 피난처 구실을 하던 드롬으로 은밀히 향한다. 이후로도 아라공 부부는 계속 피신해야 했다. 고통과 번민은 남자와 여자를 가깝게 하는 그만큼 멀어지게도 한다. 1943년 1월에 쓴 유명한 시 「행복한 사랑은 없다」(Il n'y a pas d'amour heureux)와 이 시기에 집필된 소설 『오렐리앵』은 아라공과 엘자의 사랑에 커다란 위기가 존재했음을 간접적으로 보여준다. 8월 아라공은 레지스땅스 문학의 걸작 『그레뱅 박물관』(Musée Grévin)을 생플루르 출판사와 미뉘 출판사에서 프랑수아 라 꼴레르(François la Colère)라는 가명으로 펴내고 엘자는 소설 『백마』(Le Cheval blanc)를 로베르 드노엘 출판사에서 출간한다. 10월 31일 드골 장군이 알제의 알리앙스 프랑세즈에서 연설하면서 레지스땅스 문학을 치사한다. 이해부터 아라공은 레지스땅스 시 덕분에 런던에서 알제까지 국민 시인의 지위를 획득한다. 곤궁한 시대에 시인의 의무는 침묵하는 데 있지 않고 다른 이들이 야만에 맞서 수행하는 투쟁을 위해 발언하는 데 있다는 것이 그의 확고한 신념이다.
1944년	6월 6일 노르망디상륙작전이 성공적으로 실행되면서 독일군이 패주하기 시작한다. 아라공은 자신이 이중의 승리를 거두었다고 생각할지 모른다. 우선은 프랑스 공산당이 내부 레지스땅스의 선두에서 큰 역할을 한 덕분으로 주요 정치세력으로 확연히 떠오른 까닭이다. 다음으로 작가로서 국민 시인의 호칭을 얻었을 뿐 아니라 문학적, 지적 레지스땅스의 상징이 되어 목소리의 정당성을 확

보했기 때문이다. 7월 7일 아라공은 그르노블 라디오방송에 나와 자기 생각을 피력한다. 여러해 만에 처음으로 자유롭게 공개 발언을 할 수 있게 된 것이다. 그는 프랑스 작가들과 지식인들이 수행한 은밀한 투쟁을 자신과 엘자의 이름으로 증언하고, 필리쁘 뻬땡이 처벌받고 모리스 또레즈의 프랑스 귀환이 허용되기를 요구한다. 9월 14일 도지사의 초대로 엘자와 함께 드골 장군을 주빈으로 리옹에서 열린 리셉션에 참석한다. 9월 말 빠리로 돌아가 수르디에르 길의 아파트에 재입주한다. 9월 28일 『스 수아르』 운영을 맡게 되고 10월 『오렐리앵』이 갈리마르에서 출간된다. 12월 「행복한 사랑은 없다」를 비롯해 제2차 세계대전 동안 쓴 시들을 모은 시집 『프랑스의 디아나』(*La Diane française*)가 세제르 출판사에서 출간된다.

1945년 2월 6일 작가 로베르 브라지야끄(Robert Brasillach)가 총살된다. 해방 공간에서 진행된 나치 협력자 숙청 과정에서 그는 희생양인 것으로 보인다. 11월 모리스 또레즈가 드골 정부에 입각한다.

1946년 1월 또레즈가 국제노동자연맹 프랑스 지부 대표 펠릭스 구앵(Félix Gouin)과 함께 부총리로 활동하게 된다. 2월 10일 아라공이 CNE 서기장을 맡는다. 아라공은 공산주의자들이 제4공화국의 새로운 제도에 참여하는 것에 대한 정당화를 목적으로 자신의 당에 의해 실행되는 정책을 매우 구체적으로 변호한다. 11월 선거에서 프랑스 공산당이 제1당으로 올라섬으로써 또레즈가 수상직을 노려볼 수 있게 된다. 공산주의자들이 권력에 대한 합법적인 접근을 합리적으로 고려할 수 있는 시대이다. 시론 『벨칸토에 관한 시평』(*Chroniques du Bel canto*)이 스끼라 출판사에서 출간된다.

1948년 1945~48년 창작한 시들을 모은 시집 『새로운 비통』(*Le Nouveau*

Crève-coeur)이 N.R.F.에서 출간된다.

1949년 『비와 좋은 날씨에 관한 시평』(*Chroniques de la pluie et du beau temps*)이 출간된다. 이해부터 1951년까지 이년에 걸쳐『공산주의자들』이 6권으로 간행된다. 이 작품은 단연코 '명제소설'이다. 아라공 자신이 원한 대로 발자끄의『인간 희극』(*La Comédie humaine*)의 본보기를 따라 이전 소설들의 주요한 주인공들, 가령『아름다운 동네』의 아르망 바르뱅딴,『승합차 위의 여행자들』의 장 블레즈와 뻬에르 메르까디에의 손자,『오렐리앵』의 오렐리앵 뢰르띠유아 등 많은 인물이 다시 모습을 보인다. 작가는 전쟁에 관한 자신의 기억을 이들 인물에게 갖다붙이는 식으로 이들을 모두가 사로잡혀 있는 역사의 혼돈 속으로 밀어넣는다. 장면, 작중 인물, 시점이 증가하고 자유간접화법이 체계적으로 원용되며 이에 힘입어 작가는 온갖 의식 속으로 연속해서 스며들 수 있게 된다. 온갖 의식의 거울에 역사의 불명료한 무질서가 비친다.

1950년 프랑스 공산당 중앙위원회 위원으로 임명된다.

1951년 『공산주의자들』의 집필을 단념한다.

1952년 빅또르 위고의 시를 평한 시선집『빅또르 위고를 읽었나요?』(*Avez-vous lu Victor Hugo?*)를 출간한다. 10월 18일 엘뤼아르가 세상을 뜬다. 12월 엘자와 함께 모스끄바에 가서 이듬해 1월까지 머물며 반유대주의의 참상을 목격하고 직접적인 불편함과 위협을 느낀다. 그러니 이듬해의 스딸린 사망 소식은 아라공 부부에게 일종의 안도감을 주었으리라고 추정할 수 있다.

1953년 3월 5일 스딸린이 사망한다. 며칠 후 아라공은 자신이 느낀 슬픔을『레 레트르 프랑세즈』에 쏟아낸다. 20세기의 가장 끔찍한 폭군의 죽음에 슬픔을 느끼다니, 이 점만 놓고 볼 때 확실히 아라공은 옳지 않다. 하지만 그가 표현하는 괴로움에는 그와 동시대인이 아니라면, 또는 그와 같이 공산주의자가 아니라면 알아차리지 못할 뭔가가 있지 않을까? 당시 아라공은 여전히 소련에 있던 또레즈의 명령에 따라 주필로서 삐에르 데(Pierre Daix)와 함께 『레 레트르 프랑세즈』를 맡고 있었다. 스딸린을 기리기 위해 특히 아라공과 데, 프레데리끄 졸리오뀌리(Jean Frédéric Joliot-Curie), 조르주 사둘의 기고문으로 한 호가 구성된다. 삐까소를 어떤 형식으로든 스딸린에 대한 예찬에 합류시키고 싶어 한 아라공이 데를 통해 삐까소에게 그림을 요청하고, 잡지가 인쇄소로 넘어가기 직전에야 스딸린의 목탄 초상화가 우편으로 도착한다. 아라공은 이 초상화를 3월 12일자 『레 레트르 프랑세즈』 1면에 싣는다. 즉각적이고 자발적인 분노가 퍼진다. 사람들이 삐까소를 통해 아라공을 겨냥하고, 아라공을 통해 또레즈에게 타격을 입히고자 한다. 독자들은 삐까소에게 스딸린의 진짜 모습을 보여주지 않았다고 비난하고, 아라공에게 그러한 신성모독적 변조의 선동자이자 공모자라고 비난한다. 당을 뒤흔드는 사태가 초래된 것이다. 아라공은 명백한 의기소침과 온갖 임상적 증후(병적인 체중감소)에도 불구하고 버틴다. 4월 9일자 『레 레트르 프랑세즈』부터 잘못을 인정하고 용서를 구하면서 한편으로 진정한 반격을 가한다. 또한 모리스 또레즈가 프랑스로 돌아오면서 여건이 극적으로 바뀐다. 아라공에게 설욕의 시간이 찾아온다. 정치평론집 『공산주의적 인간』(L'Homme communiste)과 『뒤발 씨의 조카』(Le Neveu de Monsieur Duval)가 출간된다. 조르주 브라상스(Georges Brassens)가 너무 애국주의적이라고 판단한 마지막 절을 빼고 아라공의 시 「행복한 사랑은 없다」를 샹송으로 노래하여 큰 성공을 거둔다. 아라공의 시가 샹송으로 대중성을 얻게 된 최초의 사례이다.

1954년   1948~54년에 쓴 시들을 모은 시집 『나의 카라반』(*Mes caravanes*),
소설에 관한 글 모음 『스땅달의 빛』(*La Lumière de Stendhal*), 일
종의 시론인 『민족시 일기』(*Journal d'une poésie nationale*)가 출간
된다. 시집 『눈과 기억』(*Les yeux et la mémoire*)이 갈리마르 출판
사에서 출간된다. 이 시집에서 모색한 새로운 길이 1956년에 출
간되는 부인할 수 없는 걸작 『미완성 로망』으로 이어진다. 겨울에
엘자와 함께 모스끄바에서 열린 제2차 소비에뜨 작가회의에 참
석한다. 장 페라(Jean Ferrat)가 아라공의 시 「엘자의 눈」(Les yeux
d'Elsa)을 상송으로 부르고, 레오 페레(Léo Ferré)가 주로 『미완성
로망』에서 뽑은 시 10편을 상송으로 만들어 음반을 낸다.

1955년   11월 『소비에뜨 문학』(*Littératures soviétiques*)이 드노엘 출판사에
서 출간된다.

1956년   직접 15편의 단편소설, 중편소설을 선정하여 묶고 서문을 붙인
책 『소비에뜨 문학 입문, 단편소설과 중편소설』(*Introduction aux
Littératures soviétiques, contes et nouvelles*)이 갈리마르 출판사에서
출간된다. 11월 소비에뜨 군대가 헝가리의 부다페스트로 진입한
다. 프랑스 공산당은 헝가리에서의 소요가 민주주의를 위협하는
제국주의자들의 소행이므로 민주주의를 수호하기 위해 부득이
소련이 개입했다는 해석을 지지하면서 군사개입을 반혁명적 폭
력에 대한 합법적인 대응이라고 정당화한다. 아라공은 침묵을 지
킨다. 헝가리에 대한 소련의 무력간섭이 일어난 다음 날 시적 자서
전이라 할 시집 『미완성 로망』이 갈리마르 출판사에서 출간된다.
이 시집에서 아라공은 자신의 사생활과 공적 생활을 돌이켜보며
자기 삶의 주요한 에피소드들, 예를 들어 비합법적 유년기, 제1차

세계대전, 다다이즘과 초현실주의, 에르와 낸시, 엘자에 대한 사랑, 투사의 행로, 레지스땅스의 추억 등을 재검토하는 가운데 자신이 지나온 허공, 자기 삶이 위태롭게 곤두박질칠지 모르는 허공을 들여다보고 느낀 현기증을 표현한다. 그는 마치 무덤 너머에서 독자에게 말하는 듯이 여러가지 고백과 기억을 유언의 성격이 어린 비가의 어조로 들려준다. 아라공 특유의 이중 어법이 여기에서도 확인되는데, 그가 공산주의에 대해 취하는 새로운 거리두기의 표현과 동시에 모든 여건에도 불구하고 변함없이 유지하는 충실성의 단언을 읽어낼 수 있다. 장 페라의 음악에 맞춰 앙드레 끌라보(André Claveau)가 「엘자의 눈」을 샹송으로 불러 대단한 성공을 거둔다.

1957년   11월 국제 레닌 평화상을 받는다.

1958년   소설 『신성한 주간』(*La Semaine sainte*)이 갈리마르 출판사에서 출간된다. 이 작품은 1815년 3월 19~26일 일주일 동안 일어난 사건들에 관한 이야기로, 이 기간에 나뽈레옹이 엘베섬에서 나와 빠리로 날아가고 루이 18세는 수도를 떠나 새로운 피난처를 찾아나선다. 아라공은 나중에 「메두사 호의 뗏목」을 그리게 되는 화가 제리꼬(Théodore Géricault)를 주인공으로 택하여 국왕의 군대에 속한 제리꼬가 루이 18세의 긴급한 벨기에행에 동행하게 한다. 로드무비의 인상을 주는 이 역사소설은 과거와 현재, 미래가 비춰 보이는 세계의 광범위한 무질서를 닮아 있다. 여기에서도 개인과 집단 차원의 와해 또는 패주 이야기에 대한 아라공의 취향이 확인된다. 1815년의 붕괴 이야기는 1940년의 붕괴 이야기와 관련하여 의미를 띠는데, 이 소설과 『공산주의자들』을 연이어 읽으면 둘다 똑같은 세계의 붕괴를 유사한 형식으로 이야기하는 것으로 보이며, 그가 표현하는 혼란은 어느 시대에나 일어나는 것이다. 과거에 비추어 현재를 읽어내기 위해 현재에 비추어 과거를 읽어내는 작업은 역사소설의 원리 자체로, 과거는 오직 현재에 따라서만 존재할 뿐이다. 이 소설은 대단한 화젯거리가 되면서 엄청난 판매고를 올려 평생 처음으로 아라공은 저작권료로 생활할 수 있게 된다. 이 예기치 못한 소득 덕분에 1960년 엘자와 함께 수르디에르 길의 비좁은 거처에서 바렌 길의 호화 아파트로 이사한다.

1959년 다양한 기사, 강연, 대담 모음집『내 패를 보여준다』(*J'abats mon jeu*)가 출간된다.

1960년 시집『시인들』(*Les Poètes*)이 갈리마르 출판사에서 출간된다.

1962년 9월 6일 프라하 대학에서 명예박사학위를 받는다. 12월 소련의 강제 노동 수용소에 관한 최초의 증언인 솔제니쩐(Aleksandr Solzhenitsyn)의 소설『이반 데니소비치의 하루』가 발표된다. 프랑스어판 저작권은 아라공과 갈리마르를 이기고 쥘리아르 출판사가 차지한다. 12월 7일『레 레트르 프랑세즈』가 이 작품을 특집으로 다룬다. 많은 이가 글을 기고하지만 아라공의 이름은 찾아볼 수 없다.

1963년 "남자의 미래는 여자다"(L'avenir de l'homme est la femme)라는 구절로 유명한 서사적인 동시에 서정적인 시집『엘자에 미친 남자』(*Le Fou d'Elsa*)가 갈리마르 출판사에서 출간된다.『신성한 주간』이 역사적인 소설이듯 이 시집은 역사적인 시가 된다.『신성한 주간』의 주인공 제리꼬처럼 이 시집의 주인공은 역사의 부조리한 혼돈 속에서 미쳐버린 예술가, 광인 시인이다.

1964년 시집『홀랜드 여행』(*Le voyage de Hollande*)과 시화집『내게는 엘자만의 빠리가 있다』(*Il ne m'est Paris que d'Elsa*)가 세제르 출판사에

서 출간된다. 7월 11일 모리스 또레즈가 흑해로 가는 여객선에서 뇌출혈로 급사한다. 아라공은 『레 레트르 프랑세즈』에 고인을 추모하는 긴 글을 발표하여 "모리스 또레즈는 당을 만들었고, 당은 모리스 또레즈를 만들었다"라고 말한다. 이해에 또한 트리스땅 차라가 죽는다. 너무 오래 사는 모든 사람이 그렇듯이 아라공은 이후 자기에게 중요한 이들, 가령 브르똥(1966년) 사둘(1967년), 뽈랑(Jean Paulhan, 1968년), 랭부르(Georges Limbour, 1970년)와 특히 아내 엘자(1970년)가 하나둘씩 사라지는 것을 보게 된다. 이해에 발표한 단편소설 「참된 거짓말」(Le mentir-vrai)에서 처음으로 자신의 유년기에 관해 이야기한다.

1965년 장편소설 『죽임』(*La Mise à mort*)이 갈리마르 출판사에서 출간된다. 한 사람의 두 모습이라 할 수 있는 두 인물(유명한 현실주의 소설가 앙뚜안 셀레브르와 알프레드)이 앙뚜안의 아내를 두고 질투하여 사생결단의 싸움을 벌이는 내용이다.

1966년 시집 『빠블로 네루다에게 붙이는 비가』(*Élégie à Pablo Neruda*)가 갈리마르 출판사에서 출간된다.

1967년 장편소설 『블랑슈 또는 망각』(*Blanche ou l'oubli*)이 출간된다. 이 기억에 관한 긴 성찰에서 아라공은 자기 삶을 이야기하지만, 그의 이야기는 상상력에 의해 변환되고 허구와 뒤섞인다. 늙은 언어학자 조프루아 게피에의 긴 독백 형식으로 그를 떠난 아내 블랑슈에 관한 추억을 곱씹고 고독 속에서 자기 삶의 이야기 전체를 재검토한다. 블랑슈의 반대 명제 겸 보완재로 등장하는 젊은 여자 마리누아르를 비롯해 상상적 대화 상대들이 넘쳐난다는 점에서 그는 전혀 고독하지 않은 셈이다. 10월에 만장일치로 공꾸르 아까데미의 심사위원이 된다.

1968년	5월 9일 소르본 광장 앞, 생미셸 대로가 수많은 사람으로 가득하

1968년 5월 9일 소르본 광장 앞, 생미셸 대로가 수많은 사람으로 가득하다. 수천명의 젊은 남녀 사이에 정장 차림의 한 늙은 신사가 손에 확성기를 들고 서 있다. 휘파람, 야유, 욕설이 난무한다. 다니엘 꼰벤디(Daniel Con-Bendit)가 약간의 평온과 고요를 얻어내고서야 간신히 그가 학생들에게 말할 수 있게 된다. 68혁명의 이 유명한 장면에서 그는 바로 일흔한살의 루이 아라공이다. 두달 뒤, 체코슬로바키아가 프라하에서 당하게 되는 폭압은 소비에뜨에 의한 해방이 환상이었다는 명백한 증거가 된다. 사회주의에 '인간의 얼굴'을 부여하려는 '프라하의 봄'은 그렇게 상황이 '정상화'되면서 끝이 난다. 아라공은 이중으로 나라를 잃어가는 셈이다. 11월 5일 아라공은 엘자와의 첫 만남과 그들이 함께 산 사십년을 기념하기 위해 엘자에게 이상한 선물을 한다. 그것은 아라공 자신이 직접 그림을 그리고 글을 쓴 가족 앨범이다. 두면 중에서 첫번째 면의 마지막 그림은 아라공이 그들의 공동생활을 축하하기 위해 엘자에게 바치는 꽃다발을 그린 것으로, 그림 설명이 접착테이프로 가려져 있고 테이프 위에 "비밀은 이 테이프 아래에 있다. 그것을 읽는 것은 당신 자신에게조차 금지되어 있다"라는 글귀가 적혀 있다. 이것을 떼어내면 아라공이 엘자에게 건네는 말, "사랑해"가 드러난다. 이것이 엘자에 대한 아라공의 사랑을 증명하는 가장 확실한 증거이다.

1969년 장편소설 『나는 결코 글쓰기를 배운 적이 없다 또는 첫 구절들』(*Je n'ai jamais appris à écrire ou les incipit*)이 제네바의 스끼라 출판사에서 출간된다. 생전의 마지막 시집 『침실』(*Les Chambres*)이 갈리마르 출판사에서 출간된다.

1970년 6월 16일 엘자가 심장마비로 세상을 뜬다. 그녀와 아라공이의 관계를 어떻게 규정할 수 있을까? 아라공이 엘자에 대한 사랑을 이상화했다는 비난은 분명 틀리지 않는다. 사실 육체의 소유라는 행위는 아무것도 소유하지 못하는 행위이다. 아라공이 말하는 바와 같은 사랑의 드라마는 전적으로 그러한 상실의 드라마이다. 『엘자에 미친 남자』에 나오는 '찢긴 옷감'처럼 아라공과 엘자는 '함께 떨어져'(ensemble séparés) 살았다. 여기에 무엇을 더 덧붙일 수 있겠는가? 여자와 남자 사이에서 일어나는 일에 관해서는 아무도 어떤 것도 알지 못한다. 심지어는 관계를 맺는 당사자들도 마찬가지이다. 커플은 언제나 그 자체로 이상한 것이며 작가 커플은 훨씬 더 그렇다. 작가 커플에서 각자는 상대방의 경쟁자이자 지지자이다. 이해 여름 하원의원이자 공산당 정치국 위원인 롤랑 르루아(Roland Leroy)가 아라공을 이끌어 함께 헝가리로 여행한다.

1971년 연말에 화가 앙리 마띠스에 관한 소설 『앙리 마띠스, 로망』(전2권)이 갈리마르 출판사에서 호화 장정으로 출간된다. 이것 역시 아라공 자신의 자화상이니, 작가라면 누구나 어떤 주제에 관해 쓰든지 언제나 자기 자신에 관해 쓰는 셈이다. 아라공에게서 빌려온 가사의 샹송을 끊임없이 앨범에 수록해온 페라가 음반 「페라가 아라공을 노래하다」(Ferrat chante Aragon)를 내고 이 음반이 베스트셀러가 된다.

1972년 봄에 『레 레트르 프랑세즈』의 종간이 결정된다. 아라공의 주간지가 사라진 상황은 논란의 대상이었고 여전히 그렇다. 원인은 역시 재정 압박으로, 1969년부터 헝가리를 제외한 공산주의 국가들에서 모든 정기 구독 계약이 해지된 것이다. 삐까소가 석판화 형태로 가져다준 도움은 잡지의 생존을 몇달 연장해주는 산소 주머니였을 뿐이다. 10월 초 공산당 중앙위원회는 아라공의 일흔다섯살

생일을 축하하는 자리에서 그의 잡지가 폐간될 것이라고 공식 통보하고 같은 달 11일 종간호인 1455호가 나온다. 아라공의 마지막 기고는 우레 같은 만큼이나 엉뚱했다. 『레 레트르 프랑세즈』의 역사나 운명에 관해서는 한마디 말도 없이 「작별의 왈츠」(La valse des adieux)라는 중편소설을 기고한 것이다. 레지스땅스 시절부터 글을 기고해왔고 거의 이십년 전부터 이끌었던 (주간) 신문, 참여의 불가결한 도구의 소멸은 일종의 상징적 죽음으로서 엘자의 죽음과 함께 아라공에게서 모든 것을 앗아간 셈이다. 그는 다시 아무것도 없는 처지가 된다. 11월 아라공은 소비에뜨연방의 대사로부터 직접 10월혁명 훈장을 받는다.

1974년   장편소설 『극장/소설』(Théâtre/Roman)이 갈리마르 출판사에서 출간된다. 일종의 소설적 자화상, 팩션(autofiction)이다. 작가는 추억한다. 또는 추억한다고 상상한다. 아라공은 『죽임』과 『블랑슈 또는 망각』에서처럼 다른 관점에서 검토하기 위해 자기 삶의 수많은 요소를 소설에 집어넣는다. 이러한 이유로 아라공이 자신의 책들에서 제시하는 자화상은 자기비판의 가치를 띠며, 이 자기비판은 유명한 '참된 거짓말'의 전형적으로 소설적인 형식으로 표현된다. 아라공이 자신의 반영 또는 반영의 부재를 응시하는 거울은 그가 말하듯이 '잉크의 거울'이다. 추억하는 사람은 필연적으로 상상하며, 기억과 창안을 구별하지 않는다. 현실과 상상이 서로 가까이 놓이고 기억된 인물과 창조된 인물이 정말로 구별되지 않는다. 삶이 꿈이고 우리는 우리 꿈의 소재가 되는, 세상은 연극의 무대라는 바로크적인 관념이 떠오른다. 우리는 허구의 거울 속에서 자기를 누구로 알아볼까? 말의 조각들로 된 거울은 얼굴을 수많은 조각으로 늘린다. 누구도 이것들을 모아 하나의 모습으로 조합할 수 없다. 아라공에게서『죽임』과『블랑슈 또는 망각』그리고『극장/소설』이 구성하는 소설적 자화상은 불가능한 자화상이다. 깨어진 거울에서는 이를테면 자기 삶의 찢김을 반영하는 거울의 금 자체 이외의 다른 어떤 것도 볼 수 없다. 그 속에서는 모든 것이 결국 소멸한다. 그 속을 들여다보면서 느끼는 자유낙하의 현기증, 아라공에게는 이것이 무엇보다도 중요하다. 왜냐하면 문학은 바로 이것의 표현이기 때문이다. 그에게 사유는 바로 낙하인 셈이다.

1980년   단편소설, 중편소설, 문학비평 등을 모은『참된 거짓말』이 갈리마르 출판사에서 출간된다. '참된 거짓말'은 루이 아라공이 만들어낸 문학적 개념으로서 예술 작품에서는 늘 현실과 허구가 섞인다는 관념을 내포한다. 아라공의 이 특유한 창작 방식은 허구적이지만 믿을 만하고 현실에 가까운 상황이나 인물 또는 이야기를 창조하기 위한 것이다.

1981년   5월 대통령선거에서 좌파가 승리한다. 바스띠유 광장이 환희의 물결로 넘쳐난다. 광장 근처의 보핑제(Bofinger) 맥줏집에서 아라공이 리어왕의 모습으로 목격된다. 11월 27일 엘리제궁에서 레지옹도뇌르훈장을 받는다. 이전에도 여러차례 이 훈장의 수여를 제안받았지만 거절하다가 이번에는 좌파 연합의 승리에 즈음하여 수락한 것이다. 연말에 시 전집의 마지막 권인 14권이 '작별과 그밖의 시들'이라는 제목으로 출간된다. 이 시집 역시『극장/소설』처럼 늙은 광인 예술가의 자화상이다.

1982년   12월 24일 자정 직후 여든다섯살의 나이로 숨을 거둔다. 생전에 아라공은 유언장을 변경하여 장 리스따(Jean Ristat)를 상속인으로 지정, 그가 끌로드 갈리마르 곁에서 아라공의 임종을 지켜본다. 12월 28일 꼴로넬파비앵 광장의 공산당 당사에서 장례식이 열린다. 연극배우 프랑수아 쇼메뜨(François Chaumette)가 『시인들』의 에필로그를 굉장히 예언적인 억양으로 낭송한다. "……바야흐로 나의 축축한 입술에서 벌써 내 말이 나뭇잎처럼 마르네."

고전의 새로운 기준, 창비세계문학

오늘날 우리는 인간의 존엄과 개성이 매몰되어가는 시대를 살고 있다. 물질만능과 승자독식을 강요하는 자본주의가 전지구적으로 확산되면서 현대사회는 더 황폐해지고 삶의 질은 크게 훼손되었다. 경제성장만이 최고의 선으로 인정되고 상업주의에 물든 문화소비가 삶을 지배할수록 문학은 점점 더 변방으로 밀려나고 있다. 삶의 본질을 성찰하는 문학의 자리가 위축되는 세계에서는 가진 자와 못 가진 자 할 것 없이 모두가 불행할 수밖에 없다.

이 시대야말로 인간답게 산다는 것의 의미가 무엇인지 근본적인 화두를 다시 던지고 사유의 모험을 떠나야 할 때다. 우리는 그 여정에 반드시 필요한 벗과 스승이 다름 아닌 세계문학의 고전이라는 점을 강조한다. 고전에는 다양한 전통과 문화를 쌓아올린 공동체의 경험이 녹아들어 있고, 세계와 존재에 대한 탁월한 개인들의 치열한 탐색이 기록되어 있으며, 새로운 세상을 꿈꾸는 아름다운 도전과 눈물이 아로새겨 있기 때문이다. 이 무궁무진한 상상력의 보고이자 살아 있는 문화유산을 되새길 때만 개인의 일상에서 참다운 인간적 가치를 실현하고 근대적 삶의 의미와 한계를 성찰하는 지혜를 얻을 수 있을 것이다.

'창비세계문학'은 이러한 문제의식에서 출발한다. 세계문학의 참의미를 되새겨 '지금 여기'의 관점으로 우리의 정전을 재구성해야 할 필요성이 그 어느 때보다 절실하다. '정전'이란 본디 고정된 목록으로 존재하는 것이 아니라 그때그때 주어진 처소에서 새롭게 재구성됨으로써 생명을 이어가는 것이다. 우리는 먼저 전세계 문학들의 다양성과 차이를 존중하면서 국가와 민족, 언어의 경계를 넘어 보편적 가치에 기여할 수 있는 가능성에 주목하고자 한다. 근대를 깊이 성찰한 서양문학뿐 아니라 아시아와 라틴아메리카, 중동과 아프리카 등 비서구권 문학의 성취를 발굴하고 재평가하는 것 역시 세계문학의 지형도를 다시 그리려는 창비의 필수적인 작업이 될 것이다.

여러 전집들이 나와 있는 세계문학 시장에서 '창비세계문학'은 세계문학 독서의 새로운 기준이 되고자 한다. 참신하고 폭넓으면서도 엄정한 기획, 원작의 의도와 문체를 살려내는 적확하고 충실한 번역, 그리고 완성도 높은 책의 품질이 그 기초이다. 독서시장을 왜곡하는 값싼 유행과 상업주의에 맞서 문학정신을 굳건히 세우며, 안팎의 조언과 비판에 귀 기울이고 독자들과 꾸준히 소통하면

서 진정 이 시대가 요구하는 세계문학이 무엇인지 되묻고 갱신해
나갈 것이다.

1966년 계간『창작과비평』을 창간한 이래 한국문학을 풍성하게
하고 민족문학과 세계문학 담론을 주도해온 창비가 오직 좋은 책
으로 독자와 함께해왔듯, '창비세계문학' 역시 그러한 항심을 지켜
나갈 것이다. '창비세계문학'이 다른 시공간에서 우리와 닮은 삶을
만나게 해주고, 가보지 못한 길을 걷게 하며, 그 길 끝에서 새로운
길을 열어주기를 소망한다. 또한 무한경쟁에 내몰린 젊은이와 청
소년 들에게 삶의 소중함과 기쁨을 일깨워주기를 바란다. 목록을
쌓아갈수록 '창비세계문학'이 독자들의 사랑으로 무르익고 그 감
동이 세대를 넘나들며 이어진다면 더없는 보람이겠다.

2012년 가을
창비세계문학 기획위원회
김현균 서은혜 석영중 이욱연 임홍배 정혜용 한기욱

창비세계문학 93

오렐리앵 2

초판 1쇄 발행/2023년 6월 27일

지은이/루이 아라공
옮긴이/이규현
펴낸이/강일우
책임편집/정편집실 양재화
조판/한향림
펴낸곳/(주)창비
등록/1986년 8월 5일 제85호
주소/10881 경기도 파주시 회동길 184
전화/031-955-3333
팩시밀리/영업 031-955-3399 편집 031-955-3400
홈페이지/www.changbi.com
전자우편/lit@changbi.com

한국어판 ⓒ (주)창비 2023
ISBN 978-89-364-3910-1 03860